1923年，40岁的卡夫卡。
所谓"柏林肖像"（1923年10月摄于柏林维尔特海姆商场的遗像）

密伦娜的丈夫思斯特·波拉克经营的维也纳中坚咖啡馆"申士宫"
格蒙德——1920年8月卡夫卡与密伦娜见面的地方

维也纳云雀原野街 113 号，最上一层系密伦娜的住处

密伦娜（左）和她的女友斯塔萨·吉洛芙斯卡

密伦娜·耶申斯卡

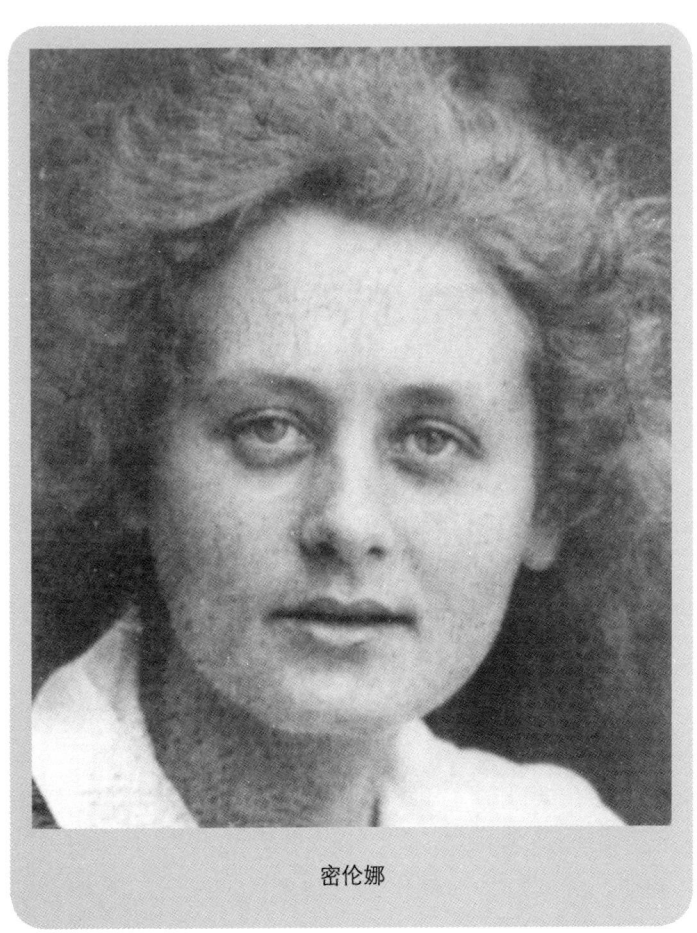

密伦娜

上图是V.H.布鲁诺的漫画:密伦娜和斯塔萨在捷克文报纸的办公室里(左二打电话者为密伦娜;其后为斯塔萨)

下图是位于坦特兰斯克-马特利阿雷疗养院里的客人或工作人员,前排右二为卡夫卡

> Der Vizesekretär Dr. Franz Kafka ist an einem ärztlich konstatierten Lungenspitzenkatarrh erkrankt und seit 11. September l. J. aus dem Büro weggeblieben.
>
> Prag, 14/9 1917.

1917年9月14日医生给卡夫卡开的病假条："经医学上查明：弗兰茨·卡夫卡副秘书长博士患肺炎，自9月11日起告假。"

位于坦特兰斯克－马特利阿雷疗养院里的客人或工作人员,前排左为罗伯特·克洛普斯托克,匈牙利药剂师,后成为卡夫卡的密友并在卡夫卡病危期间陪伴卡夫卡至死;前右即卡夫卡

上图是疗养院的"塔特拉别墅",其下面靠前的阳台属于卡夫卡的房间,上一层阳台即属于他朋友克洛普施托克的房间
下图是克特拉特拉高地远足的地方,这是卡夫卡于1921年8月8日寄给奥特拉的明信片

密伦娜的丈夫恩斯特·波拉克

密伦娜在一次游泳后放松

上图是卡夫卡于1922年给密伦娜写的最后几封信之一
下图是奥托堡旅馆朝花园的一面

上图是位于南提洛尔区的巅峰林荫道
下图是当时卡夫卡下榻的奥托堡旅馆。在这里他给他的小说《司炉》
的女译者、后来的女友耶申斯卡·密伦娜写了第一批信件

两幅图片反映的就是卡夫卡说的"每天进树林的路"

这两幅图片即是卡夫卡在信中抱怨的锯木厂,今天犹在

卡夫卡大妹艾莉（右）和她的"小姐"（佣人）及女儿格尔蒂（留辫子者）1923年7月在波罗的海畔的莫利茨度假

四张明信片上的图景都是卡夫卡喜爱的游览景点,它们作为明信片被卡夫卡先后分别寄给朋友马克斯·勃罗德(1908)、女友菲莉斯(1915)和情人密伦娜(1923)

上图是卡夫卡一家下榻的格绿克考夫宾馆（左边第一幢）。右后挨着树林的那幢房子是"柏林犹太人民之家"夏令营的驻地。在那里卡夫卡认识了多拉·狄芒，后两人一起迁往柏林

下图是莫里茨的登陆桥

狄芒早年照片

多拉·狄芒

柏林施特格里茨区绿林大街 13 号,卡夫卡与多拉在这里自 1923 年 11 月住到 1924 年 1 月

海德大街25—26号(今布塞大街7—9号),卡夫卡与多拉在这里从1924年2月住到3月

犹太教科学高校：
"在狂乱的柏林和内部狂乱的地区的一块净土。"

卡夫卡喜欢教堂的"新植物园"

当时柏林市内的电车

绿林大街与施特格里茨议会大厦拐角处橱窗里的地方报纸成了卡夫卡在昂贵的通货膨胀冬天里的读物

卡夫卡父母和西格弗里德舅舅 1926 年在波希米亚美兰

卡夫卡父母于 1930 年在波地布拉德浴场

Josefine, die Sängerin.
Von Franz Kafka.

Unsere Sängerin heißt Josefine. Wer sie nicht gehört hat, kennt nicht die Macht des Gesanges. Es gibt niemanden, den ihr Gesang nicht fortreißt, was umso höher zu bewerten ist, als unser Geschlecht im Ganzen Musik nicht liebt. Stiller Frieden ist uns die liebste Musik; unser Leben ist schwer, wir können uns, auch wenn wir einmal alle Tagessorgen abzuschütteln versucht haben, nicht mehr zu solchen, unserem sonstigen Leben so fernen Dingen erheben, wie es die Musik ist. Doch beklagen wir es nicht sehr; nicht einmal so weit kommen wir; eine gewisse praktische Schlauheit, die wir freilich auch äußerst dringend brauchen, halten wir für unsern größten Vorzug und mit dem Lächeln dieser Schlauheit pflegen wir uns über alles hinwegzutrösten, auch wenn wir einmal — was aber nicht geschieht — das Verlangen nach dem Glück haben sollten, das von der Musik vielleicht ausgeht. Nur Josefine macht eine Ausnahme; sie liebt die Musik und weiß sie auch zu vermitteln; sie ist die einzige; mit ihrem Hingang wird die Musik — wer weiß für wie lange — aus unserem Leben verschwinden.

卡夫卡的最后一篇短篇小说《约瑟芬,女歌手》的开头一段,首发于《布拉格日报》1924年的复活节副刊上

卡夫卡逝世不久,他的最后一本短篇小说集《饥饿艺术家》出版,卡夫卡病重期间还亲自看过它的校样

上图是维也纳郊区基尔林镇的霍夫曼博士疗养院,卡夫卡于1924年6月5日在这里病逝

下图是卡夫卡的父母于6月11日在布拉格的几家报纸上分别用德语和捷克语发布讣告

布拉格施特拉施尼茨公墓的卡夫卡墓,1931 和 1934 年父母亲也先后葬在这里

Gesammelte Werke Kafkas

卡夫卡全集 第**9**卷

〔奥〕卡夫卡 著

叶廷芳 主编

叶廷芳 黎奇 卢永华 等译

中央编译出版社

《致菲莉斯情书（Ⅱ）致密伦娜情书》

1.《致菲莉斯情书》(Ⅱ)，E.海勒和J.波尔恩编，费歇尔简装书出版社，法兰克福/美茵，1982

»Briefe an Feliceund andere Korrespondenz aus Verlobungszeit«, Herausgegeben von Erich Heller und Jürgen Born, Fischer Taschenbuch Verlag GmbH, Fiankfurt am Main, 1982

2.《致密伦娜情书》，E.海勒和J.波尔恩编，费歇尔简装书出版社，法兰克福/美茵，1966

»Briefe an Milena«, Herausgegeben von Willy Haas, Fischer Taschenbuch Verlag GmbH, Frankfurt am Main，1966

目录 CONTENTS

致菲莉斯情书（Ⅱ）

致菲莉斯情书（Ⅱ） 001

附录1 原版前言 143

附录2 原编者序 146

附录3 原版附录 168

附录4 菲莉斯·鲍威尔简历 173

致密伦娜情书

致密伦娜情书 175

附录1 原编者跋 363

附录2 原版后记 372

附录3 密伦娜、施塔萨和波希米亚的生活 375

附录4 卡夫卡生平和作品中的爱情关系 383

大事年表 415

致菲莉斯情书（Ⅱ）

（1915.1.25—1917.10.16）

卢永华 等译　叶廷芳 校

尤丽叶·卡夫卡夫人于菲莉斯的父亲去世之后写给鲍威尔一家的信

亲爱的：

我们已向你们电致哀悼，但我的内心深处却还催着我提笔对你们所遭到的痛心损失表示我们最深切的哀悼①。言语是如此的苍白，它难以形容我们在收到这个噩耗时的悲痛。亲爱的安娜，为了可爱的孩子们你务必节哀。因为如果人们把一切都想通的话，那么死亡并不是最可怕的事情。尤其是像你亲爱的丈夫那样没有任何濒死痛苦地离去。这对你们大家一定是这一段艰难日子中的一个安慰。

也许这场死亡事件有很大部分应归咎于战争，因为人们天天在担惊受怕。

我们也是忧心忡忡。我们的女婿佩普三个星期前带着一处手伤回家了，痊愈需要多长时间，我们也不清楚。从亲爱的卡尔那里我们经常得到消息。我的全家都要来分担你们的悲痛。尤其是我的丈夫，他像对待一位真正的朋友一样一直爱着已故者。六个星期前我们也遭到了痛心的损失，我丈夫最年长的、在科隆的哥哥菲利浦·卡夫卡在病后不久就去世了，终年六十八岁，这已经是他最后的一位兄弟了，两个弟弟都已先他而去。

就这样一个接一个地都去了。

请向亲爱的埃米莉阿姨转达我们的哀悼。对她来说，这也是一个不易挺过的巨大损失。

好了，就此搁笔，愿我们的友谊长在！

你们的　尤丽亚·卡夫卡
1914.11.27—布拉格
〔信头的花押字为〈H.K.〉〕

---

① 1914 年 11 月 5 日卡尔·鲍威尔突然死于心力衰竭。卡夫卡把这场死亡事件与他婚约的解除联系起来。他认为卡尔的死是他给这个家庭带来不幸的一个标志。参看 1914 年 12 月 5 日日记。

我有时甚至能感觉到这种对我的信赖所带来的影响……①

我该作个总结吗,菲?让我先作一个既贴近又久远的观察吧。我提起了笔,离你近了,我站到了沙发旁,离你更近了。这儿你不会让我不知所措,这儿你不会闪避我的眼睛,我的想象,我的问题,即便你沉默不语。在这所宅子带教堂尖顶大钟的阁楼上我们难道是落地大座钟吗?可能。

我们都认为,我们俩在一起度过的时光未曾有过美好。这话还不是很确切。也许我们在一起不曾有过完全轻松的一分钟。我想起了1912年的圣诞节。那时马克斯在柏林,他认为,你必须得对一封可恶的威胁你的信作好思想准备。你答应要勇敢地挺住,但还是说了下面的这段话:"这真是奇怪,我们互相定期经常地写信,我也已经收到了他的许多封信,我很想帮他,但太难了,他让我觉得做到这一点太难了。我们无法再靠近一些。"对此我很能理解,两个人的情况总是如此。一个人早认识到这一点,另一个却更慢,一个人能马上忘却它,另一个却会想着它。但人们应该相信,如果彼此不能靠得更近的话,就得离得更远,这也许是一个容易的补救。但现在这也是不可能了,路标只是指着一个方向。

这是第一个冷酷之处,第二个在我们俩身上。我发现,我们俩互相铁石心肠,这绝不是因为一个人太不重视另一个人,但我们的确铁石心肠。也许你毫无责任,因此也就没有过失感,当然也就不会有这种感觉所带来的痛苦。而我则完全不同。我不能争吵,这也许是一种不幸。我简直是在期待我内心渴求的那种确认的实现,希望毫不费劲顺利地得到这种确认或者宁可付出些努力。但是,我在那方面是那样的力不能及却

---

① 参看1914年7月28日日记。1914年7月26日卡夫卡在从丹麦的东海浴场马里列斯特回布拉格的归途中与埃尔娜·鲍威尔再次在柏林会面。参看弗兰茨·卡夫卡《给奥特拉及其家庭的信》,由H.宾德尔和K.瓦根巴赫编辑出版(纽约/法兰克福/M.1974),25页。

从来不曾被注意到。因此我们表面上没有争吵，我们融洽相处，但这种无能不时在我们中间闪动，就像有人不停地用刀截开我们之间的空气。为了不要忘记它，你也不争吵，你也容忍，也许这种容忍是为了调和，但因为它也是毫无过错的，所以比我的容忍要困难得多。

我以前的预言也就理所当然地应验。我不是自愿去那里的，我知道什么在威胁我。威胁着我的是靠近的诱惑。这种巨大的诱惑简直在缠绕着我，即使在这个冰冷的房间里也不放过我。早晨你是在搁着两个包的那条长凳旁，下午你站在通往咖啡屋的几级台阶前。尽管在以往几年里我一直从事着大量艰苦的脑力锻炼，但去想这些东西还是让我几乎难以忍受。我不知道，照此下去是否还能应付得了工作，但情况就是如此。

我将会很少写信给你，信件走得太慢了，人们在写信时也不能像以往那样随便了。我也不会催着要你回信。我们通过信件很少能取得什么结果，我们必须试图寻求另一种有效的方式。也许我又会把下午用来工作，尽管现在看来这不太可能，但无论如何我要试试。这项工作在某种意义上适合你，尽管好像是某个魔鬼在逼迫着你去取得这个评价。我应该尝试去干些工厂里的事，为什么你对工厂就比我懂得多！

行了，我还有许多事要做。女房东病了，我必须得把早上弄坏的床重新安顿好。我还得打扫房间，抹去灰尘。但女房东也总是拖拖拉拉的，所以今天也不用急着收拾。估计女房东也不会叫醒我，如果你在清晨8点半左右想以一个甜甜的美梦及时地唤醒我，那真是太好了。或许这个梦在叫醒我之前，还会走向一个但愿在某个地方正等待着我们的美好而真实的结尾。

问候你。

弗兰茨
〔19〕15.1.25①

---

① 1915年1月23和24日，一个周末，卡夫卡和菲莉斯在柏林至布拉格铁路线旁的、位于波希米亚部分的边境城市博登巴赫相会。这个约会的由来从现存的信件中不能明显地看出。在博登巴赫的停留期间卡夫卡给她朗读了1914年下半年创作的一些作品。其中有守门人的传说《在法的门前》，它同年9月7日首版于布拉格的《自卫》上。参看1915年1月24日日记。

〔页边空白处〕

韦尔弗的著作我已经寄给你了。

我要诉苦,菲,直到我觉得舒服一点。你不会发笑吧?到博登巴赫的几天前我的工作状况相对来说还不坏,但那时我姐夫的兄弟就必须得赶来。那座工厂,它的惨状令我十分痛心。它所带来的痛苦述说不尽(毫无意义,因为它确实没有任何好处),但现在我真的必须要去接近它,每天都要去那儿。我不再考虑工作了,尽管我动用了最后的意志力。工厂停顿了,但货仓还在,必须得去敷衍债主和顾客等等。我必须要把刚刚在前一段时间特别上手的工作放开。但情况不久会好转的,至少这是暂时性的。我妹夫的兄弟现在在布拉格干活,他可以来工厂照应一至两小时,对我而言这马上是个引退的信号,我又坐到了宁静的屋子里,试图重新把自己埋掉。但在作了一个停留之后要重新找到以前的路对我来说相当困难,就像一扇好不容易撞开的门又悄然合上了。这其中确实也存在对我自身能力的怀疑这个原因,但最终我总是还能走进这扇门,就像变了一个人似的。我在那里想找到的是你,而不是被解决的工作,为什么我连这一点也做不到?这种幸福只维持了两天,因为我必须要搬迁了,寻找住房意味着什么,我们俩都很清楚。现在我又目睹了怎样的一个房间啊!大家得相信,这儿的人们有意或无意地肮脏不堪,至少他们容忍这种龌龊。我的满满的餐具柜,窗前的地毯,没有得到正确使用的书桌上的照相架子,床上的一堆堆衣服,角落边的咖啡屋棕榈叶,所有的一切都被他们看成了奢侈品。但我对这些毫无兴致,我只需要宁静,但这些人却对宁静缺少概念,很容易理解,没有人会在一般的家居生活中需要我用来读书、学习和睡觉的宁静,人们没必要需要宁静,而我则要,为了写东西。我从昨天起搬入了新屋①,但在昨晚就产生了绝望感,

---

① 卡夫卡第一个自己的房间在比莱克胡同,它与其二妹瓦莉·波拉克的住房是在同一所房子里。参看1915年2月10日日记。

我都觉得，从这个房间里逃脱出来的必要等同于从这个世界逃脱出来，此间也没发生什么特别的事情。所有的人都小心翼翼，我的女房东因为我的缘故悄然躲入了暗处，住在我隔壁的年轻人晚上带着疲倦下班后，走动几步就上床了。尽管如此，这个屋子还是太小了，大家可以听到门的开启。女房东整天保持着沉默，但临睡前还得跟其他的房客低语几句，几乎听不见她的声音，但能听到房客的说话声。墙壁也是薄极了。很令女房东遗憾的是，我使房间里的挂钟中止了运行，这是我搬进来后做的第一件事，但我隔壁的挂钟为此就敲得越响，我试图不去理会它的走时，但每半个小时它就会大声报时，尽管报时是旋律式的，我也不喜欢。我不能扮演一个暴君的角色，也不能要求让这座座钟也中止运行，这也帮不了什么忙，因为总会有一些窃窃私语，总会有门铃的响动。昨天那个房客咳嗽了两次，今天更频繁了些，他的咳嗽给我的痛苦比给他自己的还多[①]。我不能生任何人的气，女房东早晨为她的低语向我道歉，她说，这只是个例外，因为那个房客要换房间（为了我的缘故），她想把他带到新房间里去。她还要在门前挂一个厚厚的帘子。女房东非常友好，但我多半会在周一解约。诚然，我住惯了安静的房子从而十分挑剔，但在此外的其他地方我确实不能生活。不要笑，菲，不要轻视我的痛苦。当然，人们现在有这么多的痛苦，造成他们痛苦的东西远不止是隔壁房间的轻声低语。但就是在最好的情况下他们为自身的生存或更正确地说，为自身生存与群体之间的关系而作的抗争也无异于我，无异于任何一个人。请带着美好的祝福伴随着我去寻找住房。

我还要回复你的来信，什么时候你将再次出门？最近在一家报刊的小品栏中登载了一段关于一家唱机厂转产为录制厂的文章，毫无疑问写的是你们的工厂，我非常高兴读到这些。因为我与这样一家工厂比与我自己的工厂更有诚挚的关系。致以衷心和美好的问候！

[①] 这些描述参看作家在《邻居》一文中的境况，取自《一场战斗纪实》，131 及以下几页。根据帕斯雷和瓦根巴赫注上的日期看这篇文章创作于 1917 年 6 月 5 日。参看《卡夫卡——学术讨论会》，82 页。

你喜欢韦尔弗的作品吗?

弗兰茨

〔19〕15.2.11

〔明信片:1915年—布拉格〕

今天,菲,你的信到了,有一封丢了,或许是你的,或许是我的,真是可恶。从现在起,我会每十四天定期给你寄一封挂号信。是啊,有许多的话要说,可是在公开的信件上说,这几乎不可能。我对写信甚至也可以说有厌恶感,如果写信能达到目的而其他的一切都不行的话,那么这又有什么用呢?你的信对未来作了种种设想,它是亲切而友好的。你在博登巴赫并没有误解我的心意,但作为对我的奖励在此之前还有一个更为正式而美好的决定,这个决定只能去做而不必写出来。

弗兰茨

〔1915年3月3日—布拉格〕

〔在明信片的反面〕
今天信走了。

现在寄发底稿①非常困难,等它写出来或印出来吧。

电报和卡片已寄发了。我对工作毫无兴趣、头痛欲裂以及许多念头长久地在脑子里徘徊的那几个星期已经过去了。今天的头疼也很剧烈(我睡得太少了),但以往它会好一些,以后也会更好一些。其实我并不缺少坚韧,只是它在需要出现的时候总会被它的对立面所取代。

---

① 估计是小说《诉讼》的选段。

我已经把房间〔比莱克胡同〕退了。作这个决定真费了不少气力。几乎每天早晨那个老妇人都来到我的床边，向我低声提出新的、她想借此使屋子更为宁静的改进建议。我得感谢自己在脑海中早已作好了解约的酝酿。当我前天最终开口解除租约时，她正从箱子里取出她女儿看戏时穿的外套（有一种黄色尖领的看戏时穿的外套，这种外套总弄得我极其阴郁，这件外套就是这种类型），打算晚上与女儿一起去参加一个小小的节日。因此我不想败坏她的兴致而把解约推至第二天。此外，情形也并不像我预计的那样糟糕，至少她向我吐露，她以为我至死都会待在她那儿（关于时间她并没有进一步说明）。我现在租的这个房间也许好不到哪里去，但毕竟是另一个房间①。也许在把我驱赶出来的那个屋子里并没有很多的嘈杂，因为在过去的这一段时间里我在工作上几乎一无所成，根本不可能去体验这个屋子宁静与否，一切倒不如说是我自身的不安，一种我无法再说清楚的感觉。

但我却想来诠释你的梦。如果你不是身在大地的群兽之中，那么你就看不到带星星的天空，就不会得到解救。你也许本来完全承受不了笔直站立的恐惧，我也是这种感觉，这是一个共同的梦，是你为我们两个人做的梦。

在你的信中你一会儿开玩笑地说，我应该来柏林，一会儿又严肃地谈我们的将来。这两方面是一个整体。请你坦率地告诉我，你相信我们在布拉格能有一个共同的将来吗？如果是不可能的话，那么原因完全不在于布拉格，也不在于外在的局势。恰恰相反，如果战争只进行了一半就平静地结束的话，那么预计这种局势会相当有利。你只要想想，我刚刚拿到了一千二百克朗，一笔很可观的钱，但在这儿却让我丝毫也高兴不起来，我几乎想宁可不要它，就像它会增加我的阻碍一样。你觉得呢？

还有一些问题，为什么你的睡眠很坏，原因是什么？你怎么会用那

---

① 在长巷卡塔斯特拉705号的房子"通往金鱼"里，第18号（今第16号）。那儿他作为转租房客住在一位萨拉姆·施泰先生处。他的房间是5楼一个带阳台的边房，从那儿越过布拉格老城区的屋顶和钟塔向摩尔达那边的劳伦兹山看去，风景格外优美。参看1915年3月21日的信，以及1915年3月17日日记。

样一个信封？为什么你要读像《思考》这样陈旧而糟糕的书？一个建议：你只想读我寄给你的书吗？但要完整地看。总而言之，你必须开始看福楼拜和勃朗宁的信册。夏天我们将作一次旅行。

弗兰茨

〔19〕14.3.3〔1915.3.23〕

还是没有消息，菲，这已经持续很长时间了。你怎么开始过春天？好久没有散步了，今天我去了，因为今天是星期天而且天气也很好，同时法庭的安排变更了，作了最可笑的推迟。在今天这样一个日子里，人们都认为自己能得到别人很好的对待，所有的账单尽管有着确凿无疑、显而易见的错误，那也应该是对的。但是，这种感觉找错了位置，至少是一种过多的良好感觉的堆积。在那个上午我不需要它，它也许应该出现在昨天和前天以及马上来临的那一刻，也就是我上午常常想要把疼痛欲裂的头在手中转动的那一刻，因为不去管它看来是不可能的。今天上午这种感觉也许会弥补这种痛苦，但昨天我不会知道它，明天我又忘记了它。

你们已经搬家了吗？我搬进了一个房间，这儿的噪音几乎十倍于原先的那间，但此外又比原先的那间漂亮多了。过去我不去考虑房间的地势和外形，但现在却不是这样。没有更开阔的视野，没有从窗户中看到一大片天空这种可能性，如果这儿不是空旷的田野的话，甚至也看不到远处的塔楼，那么我将会是个痛苦的受压抑的人。尽管我无法指出，这种痛苦中有多大部分应归咎于这样的一个房间，但一定是不会少的。我在这个房间里居然还能看到早晨的太阳，由于周围有许多较低的屋顶，它会完整地，直直地冲着我，而且我也不仅仅只能看到早晨的太阳，因为这是一间边屋，有两扇窗是朝着西南方向的。但为了让我不至于得意忘形，直到晚上总有人在我头顶的一间（空着的，未曾出租的！！）工作室里穿着厚重的靴子踏来踏去，此外还在那儿放置了一个毫无目的的制造噪音的东西，给人一种在玩九柱戏的错觉。一个大球被推着很快地滚过整个房间的地板，碰到了角落，又吱吱呀呀慢慢腾腾地滚回来。我向她租房的那位妇女尽管也听到了这种声音，却想试图合情合理地否认噪音的存在。因为人们为了留住一个房客总会千方百计地想出理由。她说，这间工作室是空着的，并未被租出去。对此我只能回答，这种噪音并不是这个世界上唯一的毫无理由的痛苦，因而也是无法消除的痛苦。

此外我决不是住在农村里，因为如果我站在我的平台上的话，几乎能看见那座房子的窗户，对它的设计图你和我曾经研究过。今天，在这座房子的所有三个靠街的窗户中都能看到早晨的太阳。我不知道，对这些窗户该说些什么，你会怎么说呢？我在晚上也能看到这些窗户，通常三个都亮着灯，但不会亮得像我窗上的灯光那样长。我完全在独自生活，每天晚上都在家，已经有一个月没去周六夜晚聚会①了，有两个月不能胜任任何能承担得起的工作了。现在我对自己说得够多了，该轮到你了。

你的最衷心的　弗兰茨

〔19〕15.3.21

〔信到达邮戳：1915.3.23—布拉格〕

又是一个星期天，菲莉斯，一个美丽宁静的星期天，屋子里只有我和金丝雀是醒着的。我现在是在父母这儿。我的房间那边也许正经历着地狱般的喧嚣，在右墙的后面好像要堆放一些树干。可以听到，树干是怎样在车上被松开，然后被举起来，它像一个生命体似地呻吟着，然后是一记咔嚓声，它掉了下来，引起整个讨厌的水泥屋的共振。在房间头顶的地板上升降机的器件嗡嗡作响，空旷的顶层使它发出回音（这就是以前我所猜测的工作室里的幽灵，在那儿还有一些女仆，她们晾衣服时趿着拖鞋简直就像踏在我的颅骨上）。在我的下面是一间儿童游戏室兼

---

① 每星期几个朋友勃罗德、韦尔弗和鲍姆的聚会，通常卡夫卡也会参加。

晚上的公共社交室。白天孩子们在那儿尖叫和奔跑，不知在什么地方有一扇门在被猛力打开时总像吹笛一样。保育员想用大声叫喊来迫使孩子们安静下来。晚上成年人在那儿乱七八糟地闲聊，就像他们在下面每天有一个节日似的。但在10点钟时它会结束的，至少到目前为止是这样的。有时候9点时就静了。这时如果我的神经还不曾崩溃的话，那么它就可以享受到一种美妙的宁静。

为了应付白天的喧闹，我已经寻求到了来自柏林的援助——我总是要提到柏林，奥罗帕克斯，一种裹上棉花的蜡，尽管它还比较润滑，但在有生之年就堵上耳朵也是很讨厌的，而且它也不能挡住噪音，只能降低噪音——毕竟还是有点用处。前几天我看了斯特林堡的小说《在公海上》，里面有一个精彩之处，你知道吗？那位主人公为了对付像我这样的痛苦，他备有在德国买的据称是睡球的东西，一种小铁球，人们可以让它滚进耳朵，可惜这似乎只是斯特林堡的一个发明。

战争是否让我痛苦了？通过这场战争人们能亲身体验到什么，现在根本还不知道，从表面上看它是让我痛苦，因为我们的工厂走向了崩溃，当然对这一点猜测的成分大于确切的消息，因为我已经有一个月不曾去那儿了。我妹夫的兄弟在这儿接受培训，可以暂时去照应一下。我妹妹的兄弟〔丈夫〕在喀尔巴阡山脉受训，可能不会有直接的危险。你知道，我另一位妹妹的丈夫受伤了，他在前线待了几天，已经和伊兹阿斯一起回来了，现在在特普利兹①治好了伤。此外在战争中经常让我感到痛苦的是，我不能亲身在那儿。但是把这种念头不假思索地写出来看来只是愚蠢的，此外也许还不排除我会去那儿的可能性。一些重要的东西阻碍着我去自愿报名，当然其中的部分也是到处阻碍我的东西。

也有阻碍我们，菲，在布拉格生活的东西，这儿的条件是这样的好，也许在若干年之后回想起这些还会津津乐道。但这儿并不适合我，也就是说，我在这儿并不会与环境抗争（如果要这么做的话，那么就不会存

---

① 卡夫卡的妹夫卡尔·赫尔曼，也就是他大妹埃莉的丈夫，当时是在匈牙利的喀尔巴阡山脉当兵，他二妹瓦莉的丈夫约瑟夫·波拉克受了轻伤。

在比你给予我的更亲切更衷心的帮助了），我只是在与我自己做斗争，而且把你也拉入了这场斗争。为了我们俩我不能这样做。当我失去理智想这样做后，我几乎马上为此受到了惩罚，在一个人感到和拥有爱另一个人的权力时，他要么就必须比我走得更远，要么就不要去走我所竭尽全力的那条路。但在布拉格，以我的情况看我好像根本就不可能走得更远一些。

看来你误解了我有关钱的解释。它是指每月工资上涨一百克朗，我当然不必担心怎样去花这些钱。你只要想一想，我是在以我的全部所有为我的工厂作抵押。我不满意的地方是指这些钱使我现在坐的这个坑又被挖深了一些。

关于你自己你写得太少了，菲，你在干什么？你在工作上是否比以前干得少了？新的职位意味着什么？你在和谁交往？为什么在星期天下午一个人坐在家里？你在看什么书？还去看戏吗？你的工资少了吗？你都穿些什么（在博登巴赫你的衣服很美，那件短上衣）？你与埃尔娜的关系怎么样？所有的这些我都听不到，但又时时地让我牵挂。还有，你的兄弟怎么样了？你的姐夫呢？

还有一点，我们不必为我对面那座房子的损失感到伤心，这是一座无法远眺的房子（相反我的房间向两面都有宽阔的视野。我想，如果不做更详细的描述，这很难理解）。里面住着一位妇女和她的女儿。对那个女儿我只记得一件刺目的黄衬衣、颊上的长发和摇摆的走路姿势。对这座房子人们不应抱有希望。

最衷心的问候。

弗兰茨

〔邮戳：1915.4.5—布拉格〕

有多长时间没有你的消息了，菲莉斯！出什么事了么？如果有人长久地不曾答复你，那么他就像默默地坐在你的对面，你就会情不自禁地问他，你在想什么呢？

现在是回忆去年的时候了。此外,要去想些什么也是时候了。当她进来的时候,穿着蓝色的衣服,美妙极了。但那个吻并不完美,没有完美地给予,也没有完美地接受①。没有完美地给予,因为他对这个吻没有权力,他爱她这一点并没有给予他这种权力,他爱她这一点应该使他放弃这个吻,因为他会把她带往何处呢?他自己又站在哪里?通过父母(他还为此恨过他们,当然是不公正的)和其他一些人的共同努力在他的身下被塞了一块木板,至今他还站在上面。由于这块板还能承受得了两个人——出于这个糟糕和可笑的事实他行使了把她带到身边的权力。但实际上他的脚下并无坚实的地面。他至今能在这块板上保持平衡并不是一种成就,而是一种耻辱。告诉我,他想把她带往何处?这真是无法想象。他刚爱上她就已经贪心不足了。今天,他爱她并不少一分,即使他最终得到这样一个教训:就算她同意的话,他也不会这么轻易这么简单地得到她。我只是不明白,她这样一个聪明而敏锐的姑娘怎么会以无穷无尽的痛苦来教训我。我不明白,她怎么会一直觉得在这儿,在布拉格这件事才有可能,才会有利。她曾经来过这儿,虽说没有看到全部,但也看到了这儿的许多东西,读过许多有关的介绍,但还是一直相信这一点。她对此是如何设想的?她至少不止一次感受到正确的所在,她在阿斯卡尼旅馆中带着孩子般恶意的话②是足够的证明。

——还有另外一些事情:

我们在圣灵降临节能见面吗?我将会很高兴。谁知道,那个你看来是不想问过的夏季旅游会不会因为假期的取消而无法成行。但在圣灵降临节我不想来柏林,总而言之,来德国总会碰到令人讨厌的困难。你知道,我为了护照等了多长时间,但它还是没有及时地到我这儿。此后我就再也没去过那儿。附件还在那儿,不知道是哪只老鼠在啃着你的两封给我的电报。类似的游戏现在必须又得开始。一封你寄来的信,一个有关紧急家事的证明也许会有用,然后又得漫长的等待。你有一个护照,

---

① 对此参看卡夫卡在给马克斯·勃罗德的一封信中对订婚时的吻发表的看法。见1916年7月中旬致勃罗德信。
② 参看1914年7月23日日记:"……说了一些深思熟虑的,可以长期保存的敌对的话。"

你想来博登巴赫吗?我们在圣灵降临节可以待在波希米亚的瑞士。如果你能一个人来的话,那当然是最好不过了。如果不行的话,随便带谁都可以。马上来信告诉我你对此的意见。

竭诚的　弗兰茨

两本书在去往你处的途中,它们其实早该到了。

致以衷心的问候。即使这些卡片只到了一部分,它们也已经代表了同样的意思。我带着一种荒唐的想法在旅行,那就是,我要举起一只垂着的手,吻它。

弗兰茨

〔明信片邮戳:1915.4.24—沙托拉廖伊赫利〕①

我在陪我的妹妹去看妹夫。向你致以衷心的问候,并希望你能中断这长久的缄默。我已把日期定在圣灵降临节。如果你愿意的话,我也来德国。但你必须事先给我来一封信确认。

弗兰茨

〔明信片邮戳:1915.3.25—哈特万〕

一步一个祝福。

弗兰茨

〔明信片邮戳:1915.4.26—纳基米哈利〕

---

① 卡夫卡陪他的大妹埃莉去看她在匈牙利当兵的丈夫。

我已经把妹妹移交并返回，很可惜。致以衷心的问候。

弗

〔明信片邮戳：1915.4.27—布达佩斯〕

最后一站。致以衷心的问候。

弗

〔明信片：1915年4月底—维也纳〕

对这个问题的回答是：对，对，对。但你不应该问，也应该知道你在问谁，谁会回答。圣灵降临节怎么样啊？信需要太长的时间了，你从弗赖恩瓦尔德来的信被耽搁得太过分了，它恰好是在我动身后到的。你的第二封信相当准时。昨天那本书①，我充满感激地在上面躺了半个下午。今天一大早起我就在农村了，一个人带着俾斯麦的一本传记，但几乎没怎么看。在布拉格，几乎只有独处才能相对给我带来一些愉快的感觉。

竭诚的 弗兰茨

〔明信片邮戳：1915.5.3 韦塞诺利—多布日霍维采〕

不要这么写，菲莉斯，你说得不对。这是我们之间的误会，但我确信并期待它们会消除，即便不是在信中。我并没有改变（很可惜），天平，我要描绘它的晃动的天平也保持着老样子。只是重量的分配有些变化。我认为要更多地去了解我们两个人，我有一个暂时的目标。如果可

---

① 估计为斯特林堡的《破裂》。参看1915年5月3日日记。

能的话,在圣灵降临节我们谈谈这些。菲莉斯,不要以为我并不把所有起阻碍作用的思考和忧虑都看作是几乎无法忍受的讨厌的负担。我想最好能抛弃这所有的一切而选择一条捷径,现在马上就在一个简单的小圈子里享受幸福,当然首先是创造幸福。但这是不可能的。我承受着这种负担,不愉快的感觉包围着我。我也应当相当清楚眼前的失败,不仅是失败,此外还有一切希望的落空和一切过错的更正——我也许不能克制自己。此外,为什么你会相信,菲莉斯,看起来至少你有时会相信,这儿在布拉格我们有可能共同生活?可是以前你对此却是深深地怀疑,是什么原因使怀疑得以消除?我对这一点一直还不明白。

现在又得说说书上的几行字①。看这本书对我来说是一种不幸。结尾什么也没有,没有黑暗,没有寒冷。我几乎害怕把这些写下来,因为那样就仿佛我在证明这一事实:这些东西确实是能够被写下来的。这样的误解又是越来越多。

瞧,菲莉斯,唯一发生的一件事就是我的信件越来越少,也不一样了。以往其他那些频繁的信件产生了什么样的结果?你很清楚。我们必须重新开始。但这里的我们不是指你,因为如果这件事独独取决于你的话,那么你不论在过去还是现在都是正确的②。这儿的我们更多的是指我和我们的联系。信件不适合于这样一个新的开端。如果它们是必要的话——它们是必要的——也必须与以往不同,彻底的,菲莉斯,彻底的不同。你还记得大约两年前,大约也就是在这个月份左右我给在法兰克福的你写的信吗?请相信我,其实我根本无意于重新就在现在写这些信。它们已等在我的笔尖,但我是不会写的。

---

① 可能是以后在这封信中提到的几行,菲莉斯把它们写在一本作为礼物寄给他的福楼拜的《萨拉姆伯》上。
② 卡夫卡在这儿一字一句地翻译了福楼拜的一个措辞 dans le vrai(意为在正确中),作家的侄女卡洛琳·克曼维列在她的卡夫卡非常熟悉的《秘密的纪念品》一文中引用了这句短语。卡夫卡也经常在谈话中使用福楼拜的 Ils sont dans le vrai,以此他把自己看作是生活在"正确"以外的一个人。参看勃罗德《传记》,121 及以下一页,以及他为卡夫卡的小说《城堡》作的《首版的后记》484 及以下一页。

为什么你不知道,对我这会是一种幸福(我们的幸福,也许不是我们的痛苦,但无论如何我们的幸福是——在一起,尽管是在萨拉姆伯,对这个地方我一直持怀疑态度,你其实不可以把这些写进教育里),即当兵对我是一种幸福,当然是在健康允许的条件下,我也希望如此。这个月底或者下月初我去作体格检查,你要祝我能如愿以偿地被接纳。

我们将在圣灵降临节见面。太可惜了,我还未从你那儿得到任何消息。如果你对坐车来博登巴赫有一丝反对的话,那么我就会尝试去弄护照并来看你。如果一定要这样的话,我会去做,即便不是在柏林。

《回忆录》① 不该对你的思想有所塑造或有所影响。这不是我的本意。但这个人的生活确实值得我们去共同体验。他是多么想也多么能作出牺牲啊!这是有生之年中一种真正的自杀和一种复活。他为了什么而作出牺牲呢?哪个读者能看到从这本书中透出的或含有的成功。我很高兴,你读了这本书。但愿穆兹在桌边拧水龙头时不会太打扰你。

问候你和她。

弗兰茨

〔抵达邮戳:1915.5.6—柏林〕

信走得太慢了,有一封在路上。担心你不安我写了这张卡片,把它只当做是一次握手吧,余下的东西都在信里。今天我得知,〔4月〕24日你在布达佩斯,我们当时也许都在那儿,这真是一个有利的而又不相宜的巧合啊!回程中在那儿我只在晚上停了两个小时,但应该很容易能待到第二天的。真是太傻了。我在布达佩斯最大的乐趣就是想着你,想着你曾经到过那儿(看来那个时候对我们俩更为合适),想着你在那儿有个姐姐等等以及所有可能的东西。总而言之,这些都给了我一种亲近的感觉。但一想到,你确实在那儿,可以突然地在我的咖啡房的桌边出

---

① 大概是里列·布朗的《一个女社会主义者的回忆录》,第2卷,慕尼黑1909—1911年。

现！太笨了！

〔明信片邮戳：1915年5月4日—布拉格〕

至少三星期没有你的消息了，没有你对我的信件和许多明信片的答复。我相当不安。但表面上我还是平静地坐在一个高高的花园平台上，在我的眼前是一个宽阔的山谷，田野和草原，一条河流和林木覆盖的山丘。是晴朗凉爽的一天。你在哪儿呀？不管你在哪儿，都向你

致最衷心的问候。

〔19〕15.5.9星期日

〔明信片：韦塞诺利—多布日霍维采〕

亲爱的菲莉斯：

最近你问了我一些有关F.的新郎的离奇的问题。现在我能更好地作出回答。因为回程中我在火车上观察了他[①]。这非常容易，因为拥挤使我们俩几乎坐在了一个位置上。我认为他完全迷恋着F.。你应该来看看，他在整个长长的行程中是怎样在丁香中（在其他任何一次行程中他从来没有带过这种东西）寻求着对F.和她的房间的回忆，在他的另一边坐着年老的、背诵着海涅的诗篇的W.先生[②]。但他的听众虽然喜欢W.先生，却并不喜欢海涅的诗，只有一小行让他感兴趣。但这一行也许根本就不是出自海涅的诗作，我认为，它是许多次以海涅的字体出现的名句："她是可爱的，他爱着她，他却并不可爱，她不爱他。"（旧的片断）但我不想写海涅，而是想告诉你看来你所希望得到的不同的答

---

① 卡夫卡在圣灵降临节假日期间从波西米亚瑞士的共同郊游回布拉格的归途中（5月23日和24日）。

② 可能是他的朋友菲利克斯·韦尔奇的父亲。

复，终究是这样。我认为，那个人对我比对 F. 还要信任。

〔明信片邮戳：1915.5.26—布拉格〕

〔页边空白处〕
吻你平坦而柔软的戴着薄薄手套的手。

亲爱的菲莉斯：

看，他说，他忧心忡忡，他说，他在那儿待得太久了，两天太多了。一天后人们很容易分开，两天就会产生联系，要去除这种联系就会带来痛苦。在同一个屋顶下睡觉，在一个桌子上吃饭，两个白天在一起共同度过，这也许已经是一种隐含着命令的仪式。至少他是这样觉得的。他很害怕，他恳求用欧若南属的照相技术，他想知道关于牙疼的答复，他不安地等待着消息。此外我不想说，他现在是不快乐的，他正欣喜地希望有可能被接纳①。如果事情有些糟糕，他没有被接纳的话，那么他会尽快地扭头前去参加东海边那个共同的远足。

弗

〔明信片邮戳：1915.5.27—布拉格〕

亲爱的菲莉斯：

我事先估计过一些糟糕的情况，但没想到是那样的结果。在胶片上什么也没有。我们用盖纸代替胶片照相了。我把胶片放到你的房间，你又把它扔回我的房间——一切都毫无意义，犹太人从你的相机前跑掉。

---

① 卡夫卡非常希望能应征入伍，尤其是因为想从公务员的恪尽职守和公务员的禁锢中逃脱出来。参看他1915年4月5日、5月3日、1916年5月14日写给菲莉斯的信以及1915年5月14日、1916年5月11日、8月27日日记。

我在厄尔伯根〔在卡尔温泉旁〕① 仰望着你,以为会长此以往。一切都毫无意义,毫无意义。对你,什么没发生,你拥有相机和你,但你会怎样来安慰我呢?

弗兰茨

〔明信片邮戳:1915.7.10—布拉格〕

亲爱的菲莉斯:

从现在起你会经常得到我的消息。请原谅我的沉默。回到布拉格后我觉得难以忍受,我必须离开,被迫离开。失眠和其他一些相关的东西也赶我走。我屈服了,我想要么远远地离开去湖边的沃尔夫岗,要么按照我的变得越来越稀落的老习惯进疗养院。最后,远途火车的行程把我吓住了(去沃尔夫岗要十七小时),因此我现在在疗养院,这是可耻的,但也是顺理成章的,很适合我一贯的生活,就像盖子配相称的锅子似的。此外我可能不会待很长时间。秋天有一个星期的空闲,这是最坏的情况。我也不知道,我的主要病症到底是急躁还是有耐心。

竭诚致意。

你的 弗兰茨

〔明信片邮戳:1915 年 7 月 20 日—鲁姆堡〕②

有一点习惯了,这儿有大大的、美丽的森林,是一个简洁的、有着小山丘但还没有山脉的地方。它非常适合我的现状。此外星期天我都坐车回家,今天我收到了家里的一个包裹。我很高兴。也许里面会发现你

---

① 很显然,卡夫卡和菲莉斯在 1915 年 6 月在卡尔温泉会面了。参阅 1915 年 8 月 9 日和 12 月 5 日、1916 年 1 月 18 日和 4 月 9 日写给菲莉斯的信。
② 卡夫卡于 1915 年 7 月 20 至 31 日在鲁姆堡(北波希米亚)的一家疗养院里。

的东西。

衷心的问候。

弗兰茨

〔明信片：1915年7月底—鲁姆堡〕

亲爱的菲莉斯：

我已按你的意思和他谈了，非常坦诚，他也坦诚地回答了我①。

我说：为什么你不写信？为什么要折磨菲？从你的卡片中显而易见你在折磨她。你许诺要写信，可又不写。你打电报说：信在途中，可是根本没有信在途中，而是在两天后才会被写出来。这种事情也许例外地可以由姑娘们做一次，如果她们的性格是这样的话，那么这不算是什么过错，但对你而言，这是一种过错，因为你的沉默只能表示一种隐瞒，因而是不可原谅的。

他回答说：这是可以原谅的，因为在一些情况中说出来与隐瞒没有多大的区别，我的痛苦是多方面的：

我不能在布拉格生活，我是否能在别处生活，我不知道，但我所知道的是我不能在这儿生活，这是毫无疑问的。

此外：我因此现在不能拥有菲。

此外：我必须要去羡慕陌生人的孩子②（这甚至已经被刊印出来了）。

最后一点：有时候我认为我会被各方面的痛苦所碾碎。但现在的痛苦不是最糟糕的。最糟糕的是时间在流逝，这种痛苦让我越来越不幸，越来越无能，而前景也是不断地黯淡。

---

① 这封信对话中的第一～第三人称参照在《一场战斗纪实》这册书中用第三人称写的心理活动，通过这封信心理活动的自传特征更为明显。在其他卡夫卡以第三人称表达的心理活动中也是如此。甚至在小说《诉讼》的结尾中，我们通过最后一页的手迹可以看出，作者突然从第三人称过渡到第一人称。参看海因兹·波里兹的《一本卡夫卡的传记》，收在《文章》中，布吕因，I，1935年，94及以下几页。

② 是指收在《思考》中的文章《单身汉的不幸》。

这还不够吗？上次与菲相聚后我的痛苦，菲是猜想不到的。几个星期里我害怕一个人待在我的房间里，几个星期里我把睡眠只当做是在发烧。我乘车去疗养院，又确信这是一种愚蠢的行为，我去那儿干什么？在那儿难道就没有黑夜了吗？那儿还要恶劣，那儿的白天也像黑夜。我回来了，浑浑噩噩地度过了第一个星期，脑子里只想着我的或者是我们的不幸。不管是在办公室还是与人谈话，我只能在头部的疼痛和紧张之中听懂最浅显的东西。我坠入了一种愚笨，在卡尔温泉难道我不是这样吗？我还记得在博登巴赫的最后一夜，我在4点裹上了被子。我在想，现在菲在这儿，我拥有了她——整整两天——幸福啊！然后就是卡尔温泉还有那个我所指的确实讨厌的去奥斯赫的行程。

对于这方面不是说得很多，但提起过一些。我也可以写信给菲，但她的回答肯定是相当的简短："这是你自己的过错。"去招惹这样的一个回答是毫无意义的，因此我不写信，如果发生了一些新的事情，我当然会马上写信给她的，但是这些在过去的几个月里令人难以置信的旧事她都知道，或者更确切地说，她听说过。我不知道什么药物能治这种病。下个星期天在博登巴赫见面？这不应该管用。

非常奇怪，菲写出来的话总是和她说的完全不一样。如果她口笔一致，那么一切就会大不一样，我不是说，这样会更好一些，但是一切就会不一样了。她说，我吝于言辞，可能吧，可是她做得更厉害。如果我把现在讲的话当着她的面说，她很可能这样回答："看一看你是什么样的人吧，你把在博登巴赫见面说成是不管用，你还说，如果我写的和说的一样，不会更好一些。"我不会在意这些话，我认为："如果我去年处于类似现在的这种情况的话，毫无疑问今天菲会在布拉格，第二个痛苦或者连同第三个痛苦都会被消除，但第一个痛苦和第四个中的半个痛苦就会滋长到把我们都埋掉。"

他是这么说的，他的外表也证实了他的状况。他在热度中，完全是冲动而涣散的，目前看来只能给他两种药，这儿的药不是能使他对过去视而不见，而是能使他免除将来的痛苦。第一种药是菲，另一种则是去当兵。这两种东西都离开了他。因此如果他不写信的话，我不能说他是不对的。写信难道不比沉默更能引起苦痛吗？

衷心的问候。

弗兰茨

由于去柏林旅行我没有收到你说的那封信，但它可能暂时只是对一个星期天具有意义，因为最近所有的受指责者都被取消了假期。

〔19〕15.8.9

一个清新的夏日夜晚。致以衷心的问候。

弗兰茨

地址：S.Fr〔索菲·弗里德曼〕

瓦尔登堡，普鲁士—西里西亚

菲斯腾施坦大街66号

马克斯·勃罗德致最美好的问候。

〔明信片：大约于1915年夏季—里察尼〕

亲爱的菲莉斯：

一切都没有改变。我很高兴，头部针扎的感觉不再更剧烈了。所以我也就不写信了，对此我已经解释过了，它本身也很好地说明了这一点。你一定还记得我在卡尔斯巴特时的样子吧。可能我现在比那时还要糟糕些。但我现在不想把这样一个形象给你，你也不能这样看待我。此外我还不知道，你是否能来博登巴赫？我当然不能来柏林，因为我没有护照。

但正如我以前所说的，在博登巴赫我也不想露面，我甚至不会在布拉格露面。但我不想说我已经完全绝望了，没有希望我怎么活呢？

但是，对你而言，写信并不存在任何直接的障碍，为什么我不能时时得到你的消息？你对我感到伤心吗？我该做什么？我觉得，即使是来自天国的一个小天使的真切的声音都不能使我振奋，我都已经陷得这么深了。如果你问为什么会这样，我也只能给予一个表面的解释。那也许就是失眠和头疼的缘故。它们真的太严重了。

寄给你姐姐的包裹明天发出。最近我会把我非常喜爱的马克斯的新小说《特洛·布朗通向上帝的路》寄给你。

即致

最衷心的问候

弗兰茨

埃尔娜的地址是什么？我想把《变形记》寄给她。

你的可爱的明信片到了，如果它们一齐到达的话，那该多好啊，可是我们不能这样做，这只能重新成为暂时的快乐，而这种暂时的快乐所带来的痛苦我们已经受够了。我只能又给你，甚至现在也是，给你带去失望。我现在是一个源于失眠和头痛的怪胎。但这次我决不离开布拉格，而要在整个节日期间爬行在老路上。

你在邮局里怎么样啊？你有B.弟的消息吗？你的家人？我的寥寥数语的空泛的回信不足以表达我收到你的消息之后的欣喜。

弗

〔邮戳：1915.7.5—布拉格〕

亲爱的菲莉斯:

今天只写几行。今天肯定会到一张卡片,我的头部又在火辣辣地作疼,我只想回答你的主要问题。战后我当然想重新安排生活,尽管我对将来有公务员式的惧怕,但我想迁往柏林。因为在这儿不可能再发展了。但那时迁移的我会是什么样的一个人呢?从我目前的状况看,那时我最好能在整个星期都为自己工作,这样才能最充分地迸发能量。今天是怎样的一个夜晚啊!是怎样的一天啊!在1912年我就该离开这儿。

最衷心的问候。

弗兰茨

〔明信片到达邮戳:1915.12.24—柏林〕

〔在另一页上〕

有关冯塔纳奖我还是刚刚从报纸上得悉。以前只是有一次由出版商为我做过准备,但不是很明确。施特海姆这个人我既没见过也没有与他通过信①。《变形记》已经成书出版了。装订后显得很漂亮②。如果你愿意的话,我寄给你。埃尔娜的地址呢?包裹是完好无损地抵达了吗?

亲爱的菲利斯:

去加米施的旅行非常值得赞赏。无论如何都让我觉得比以往几次更有利于健康。我也不止一次像这一次一样考虑过你来布拉格旅行这个问题,但只要把所有的顾虑都合起来看,你最好还是不要来。给穆兹的生日礼物明天我会按照我的品味以及短时间内必须搞到一些好东西这个限

---

① 1915年的冯塔纳奖由卡尔·施特海姆以他的短篇小说《布塞考夫》、《拿破仑》和《舒林》获得。百万富翁施特海姆根据弗兰茨·布莱斯的介绍把与此项奖有关的八百马克转送给卡夫卡。参看沃尔夫《信件往来》,34及下面几页。
② 卡夫卡的小说,已经在《白色篇页》的第10期(1915年10月)上发表了,1915年11月作为图书馆的双月刊(22/23)在《世界末日》上问世(库尔特·沃尔夫出版社,莱比锡)。

制条件所能达到的结果配置好（特别要有图画书）。我想收到在加米施拍的每张照片。我现在住在一位S.施泰先生那儿，他目前正在看他的女婿，司法顾问S.弗里德伦德尔先生，住在夏洛滕堡的凯泽达姆大街113号，把照片寄给他，那样我就会马上收到它们。但他肯定只待到31号，即使可能的话，他也不太会待得更长。

最诚挚的问候。

弗兰茨

〔明信片邮戳：1915.7.26—布拉格〕

亲爱的菲莉斯：

大概这是十天之后的第一次提笔向你写我的情况。我就是如此地生活。

我不能马上回复你的上一次的来信。我没有预料到它会这样。你在雪中的玉照与你完全不一样了，尽管如此，我还是能理解，这真是可怕。我知道会这样，但我不知道怎样帮你，不知道你在哪儿会看到一个过去无法得到的帮助。现在要去变化是不可能的。但是以后，如果条件最有利的话？在最合适的情况下我会来柏林，我不想再做一个被失眠和头痛撕裂的人（前不久我意外地听到一个好消息，它绝不是直接地关系到我，如果是前几年的话我会对此高兴上一会儿，但现在我处于这样一种状况，对这个消息我的脑子一下子一片空白，一天一夜头部就像被一根细细切碎的绳索织成的密网所缠绕）。我不想做这样一个人，我想在战后来柏林。菲莉斯，我的最首要的任务是找个洞钻进去，听听我自己到底患了什么病？会有什么结果呢？我心中那个充满活力的人当然希望如此，这并不令人惊奇，但那个评判者却并不这样希望。那个评判者也会说，即使我在那个洞中结束了自己，我也会完成我所能做到的最好的一切。但你呢？菲莉斯？只有我从洞中走出来，不管怎么走出来，我才有爱你的权力。与此相一致，你也才会正确地看待我。因为现在我给你的并且你认为是最正确的形象是在阿斯卡尼旅馆，在卡尔斯巴特，在动物园。我在你的眼中是一个坏小孩，一个傻瓜或者其他什么，你毫无道理地喜欢他，但是你应该寻找到一种道理去这样做。

这是我发热的头脑的展望。如果人们踮起脚尖，那么他们会很有希望，但是他们不可能这样坚持下去，因此他们的前景就会黯淡，这一点我不否认。

昨天我收到你姐姐的一封热情洋溢的信，我感到很不好意思，因为对寄给穆兹的包裹我并没有作任何精心的安排，只是作了很普通的挑选（两个包裹付二十马克自然是太多了），其中还有一张穆兹的很漂亮的照片，是一张带些想象力的照片。穆兹拿着调色板站在一张画前（仙鹤与孩子）。她真是一个聪明、漂亮、健康成长的孩子。看着那张照片我就觉得我寄的东西太少了，太不好了。

你在上封信上说附寄了一张照片，但我却没有找到，这对我真是一种会产生精神匮乏的打击。

你抱怨我写得太少了，除了上面这些话我还该写些什么呢？难道每个字对写信者和读信者不都是一种神经的扭曲吗？而神经需要宁静，更确切地说是需要工作，另外的工作，能带来幸福的工作。现在当我考虑如何写这封信时，就好像是在把它小心地凑起来以制造痛苦，我不想这么做，我宁可做任何其他事情。

弗兰茨

〔邮戳：1916.1.18—布拉格〕

亲爱的菲莉斯：

这本书被带着谢意接受了（我没有见过这本书，只知道那个人是魏斯博士的一个好朋友），但又会有什么样的批评呢？难道我的信不比我的沉默更可怕吗？或者我的生活比此更糟糕？总之我所给你的痛苦是雷同的。但在我的能力和你的帮助范围之内我只有等待，即使直至化为灰烬。我不知道其他有什么办法。相对这封信而言,沉默意味着什么?那样不是更好吗?我想打开脚下的一扇活门,让自己随便找个地方陷进去,在那儿我的力量中那些可怜的残存会为今后的自由而保留。更多的我就不知道了。

致
衷心的问候

弗兰茨

〔邮戳:1916.1.24—布拉格〕

最亲爱的菲莉斯:

把感冒当做我沉默的原因只是简而言之。我是感冒了,在床上也躺了一天,出去了两天,不喜欢在外面,又重新躺了两天。但感冒绝不是我待在家里的原因,我躺在那里,是因为整个一片混沌和无助。我希望那种力所能及的改变,即轻松。因为我绝望得像一只被关住的老鼠,失眠和头痛让我发狂,我真的无法描述我如何在打发时光。我唯一拯救自己的可能,我的第一个要求是从办公室解放出来。对此存在着阻力:即工厂。表面上好像在办公室缺不了我,那儿现在有许多事要干(附言:工作时间从8—2点,从4—6点),但相对于自由的必要性,相对于这种越来越倾斜的平面,这种形式的所有障碍都不应该存在。但我的力量还不够,再小一点的阻力对它而言都太大了。我对办公室外的生活毫无惧意,这种日夜在我脑海中燃烧的热度是因为得不到自由的缘故。但如果我的上司开始抱怨,如果我走的话,这个部门就会垮掉(无稽之谈,我很清楚地看到这很可笑),他自己也在生病等等,那么我就不能走,我心目中的公务员形象使我却步。那么就重新回到以往的日日夜夜。

菲莉斯,如果你对我们俩共同的不幸有任何责任的话(现在我不谈我的不幸,它已经完全被克服了),那么这就是你想把我固定在布拉格。尽管如此你也有责任看出,正是办公室和布拉格对我及我们俩意味着不断膨胀的不幸。我根本不相信，你不是有意想把我定在这儿，你的对未来生活的设想比我的更为勇敢，更为灵活（我的设想至少已被压到了奥地利官僚主义的腋部之后，此外还有我性格的障碍），因此你也没有迫切的需求去更精确地预计未来。尽管如此你还应该以我的心态去评价和估计这些，而且你自己要来反对我，反对我的言语，我其实应该一分钟都不要来反对你。那么取而代之的又发生了什么呢？我们在柏林为一个公务员的布拉格之居购买了家具，这些笨重的家具一旦被安置好，就好像人们永远也不会再去搬动它们。它的坚固正是你最欣赏的。餐具柜紧压着我的胸部，就像一个完美的墓碑或者说是一座布拉格公务员生活的纪念碑。如果我们在观看家具店远处的某个地方时听到了丧钟，那么这就最适合不过了。和你，菲莉斯，当然要和你在一起，但必须是无拘无束地在一起，我会用你猜想不到的力量去竭尽所能。如果你想象过要使用这些家具的话，那么至少在我的想象中不应该如此。都是些旧东西，对不起。但在用新的更好的东西来代替它们之前它们就会是说不完的话题。

衷心的问候。

你的　弗兰茨

〔估计在 1916 年 3 月〕

〔大概是这封信的附言〕

我所写的一切看上去是这样的冷酷，但我不能回避这些，因为我觉得它们并不冷酷。我是如此深深地被伤害，如此蹒跚，所以我不应被认为对此负有责任。就如我在信中读到你感冒的消息而半天都没看懂一样，在我的身边紧紧缠绕着那些幽灵，那些因为办公室而阻止着我离开的幽灵。它们日日夜夜地附着我。如果我能自由的话，那么能按照我的意愿去驱赶它们将会是我的快乐。但是它们已慢慢地沉聚在我的心头。只要我还未曾得到自由，我就不想被别人看到，也不想见你。菲莉斯，如果你寻找另外的原因的话，那么你就完全搞错了，伤心地搞错了。

那本书我刚刚才开始看，但大体上我已不想干一切与之有关的事，当然也不想看了。这本书太繁复了，总会不断出现一个富有特征的人物，但我又看不出这个人会带来很多新的开端。此外我也不是批评家，不太知道如何去分析，很容易造成误解。我经常只是扫过重要的部分而对整篇文章没有明确的印象。

你收到《特洛·布朗》这本书了吗？很久以前我从出版社让人把它寄给你。还有《世界末日——出版年鉴》① 这本我以挂号信方式寄给你的书？

〔在页边的空白处〕

感谢你给我的那个片断。Asbest（石棉）这个词我必须要拼出来才会念，它对我而言真是太陌生了②。

未获护照，衷心问候。

弗兰茨

〔致菲莉斯·鲍威尔的电报，技术车间，
柏林，马尔库斯街 52 号，1916.4.6—布拉格〕

亲爱的菲莉斯：

因公我在卡尔温泉待了两天，奥特拉也在。我们昨晚走的第一条路很像我们俩在魏玛的第一个午夜去歌德故居③的那条路，它通往塔霍斯别墅。这儿的一切包括我所经历的糟糕的夜晚都与去年不一样了。昨天

---

① 《世界末日丛书》，新作品年鉴，莱比锡，1916 年，它包括了《在法的门前》一书的一个复印件（126 及以下几页）。
② 卡夫卡是一家小型石棉工厂的股东，他不想回忆这家工厂。参看卡夫卡 1912 年 11 月 1 日致菲莉斯的信，以及勃罗德的《卡夫卡传》112 及以下几页。
③ 卡夫卡在 1912 年夏季与马克斯·勃罗德一起游览了魏玛。

起程前收到了你的信。写这样的一封信好吗？对你好还是对我好？显然不是。它对目前的这种状况毫无用处。我不能来瓦尔登堡，因为你知道我没有获得护照，除非我能出示一张官方的柏林旅行必要证明。

即致

衷心的问候。

弗兰茨

〔明信片邮戳：1916.4.9—卡尔斯巴德〕

〔页边空白处〕

最美好的问候。

你的　奥特拉

亲爱的菲莉斯：

你的信伴随着第一个好天来临了，你的信读起来也很不错，只是你不该隐讳你所喜欢的家具，不该否认你不喜欢那些家具，而是喜欢它们周围的东西，喜欢处于家庭舞会和邻里和睦之间的东西，喜欢就像你在瓦尔登堡觉得是如此美妙和舒适的东西。对我而言，这既不是咬文嚼字，也不是什么坏的东西，这使你的手握成拳而被我紧紧抓住。其实不买家具不是你的事情，而是我的事情。我也做到了，尽管做得很不完全。对于会面我要提醒你我，我太强烈地想着能够提前会面，而你并不希望如此。幸中之不幸——你不再牙疼了，我不再能经常为你去取阿司匹林，不能再在走廊里面对面地给你关爱。总之没有机会和你在一起。那位与我中断了信件联系的魏斯博士前几天在布拉格，他还会来的，然后坐车去柏林。我们现在分歧很大，至少目前暂时是。也许一切情形直至细节方面都与阿斯卡尼旅馆的那几幕相似，这并不特别奇怪，我指的是那些相似点。其实我们总在作类似于最初的责备。它的最高的和下一个的代表是我的父亲。给姐姐的生日礼物当然已经寄走了,你得到假期了吗?

最衷心的问候。

弗兰茨

〔估计在 1916 年 4 月初〕

亲爱的菲莉斯:

从现在起我会经常给你寄明信片,信走得太慢了①,而且现在关键不在于通知一些事情,而在于要弄清楚其他的一些事情。复活节我将在玛丽恩巴德,复活节周二我要在那里办点事,如果可能的话,我将在五月份度假,我已经不能再忍受了。此外既不是在这儿也不是在那儿,在卡尔斯巴德的头痛不比在布拉格的轻。在野外也许会好些,今天穆西尔②来我这儿了,你还记得他吗?那个步兵部队的中尉,他病了,但还是整洁利落。

衷心的问候。

弗兰茨

〔明信片邮戳:1916.4.14—布拉格〕

亲爱的菲莉斯:分

令人愉快的是一切进展得很快,我也感谢你给我的那个片断。至于魏斯博士,你误解我了,只要我的感觉不能再好一些的话,我们就不想

---

① 由于军队对邮件的检查,从布拉格到柏林的信件通常需要五至六天。明信片在通过检查站时较快一些。

② 罗伯特·穆西尔在 1914 年 2 月想让卡夫卡参与一份文学杂志——大概是《新观察》的工作。参看 1914 年 2 月 23 日日记,在 1914 年《新观察》8 月份的期刊上穆西尔评论了卡夫卡的《观察》和《司炉》。

同在一起干些什么,这是一个非常理智的解决办法。但最近他的新书①的寄法有点破坏了这个办法。他是一位多么与众不同的作家啊!一定要读一下他的书!尽管他现在在柏林,但是我觉得你与他会面并不能对任何人或任何事有益。恰恰相反。复活节我在玛丽恩巴德,因为星期二我在那儿有点公事。近来我去看了一个神经医生,这是一次毫无用处的就诊。诊断:心神经机能症。疗法:电疗。我回家写信拒绝了他。对一种连续性病症的治疗会有什么意义呢?祝复活节快乐。我的快乐总是会在旅行前消失。

即致

衷心的问候。

弗兰茨

〔明信片邮戳:1916.4.19—布拉格〕

亲爱的菲莉斯:

我没去玛丽恩巴德,出差必须被推迟,也许会在 5 月中旬。我将把它和我的假期连在一起,这样就能在玛丽恩巴德待三个星期。在头痛和自责许可的情况下,我希望能在那里安安静静地生活,然后重新回到布拉格,我注定可能会发现那儿不再像以前那样值得一住。你呢?你的复活节?你的假期?你的上司?复活节的这些日子我完全是一个人过的。我自己光在乱涂乱写,看看是否在两年之后还能写出一个成句。我游离于胡同、桌子和长沙发间,直至有一天感觉到自己过得还可以,直至有一天又感觉到不安狠狠地在鞭逐着我,头痛在锯开我的脑袋。好了,我就此结束我的喋喋不休的诉苦。

---

① 《战斗》,这本书早在付印前卡夫卡就已知道了。魏斯把书寄给他,希望卡夫卡能在《白色篇页》上加以评论,但根据恩斯特·魏斯1916年6月27日给拉舍尔·桑沙拉的一封未曾公开的信来看,卡夫卡拒绝了这件事。

最衷心的问候。

弗兰茨

〔明信片邮戳：1916.4.25—布拉格〕

亲爱的菲莉斯：

今天来了三张卡片，两张来自于阿尔特瓦斯，这是什么地方？一张来自于瓦尔登堡，卡片上的内容很明朗，我很高兴。我当然记得那位姨妈，即使是在其他人都有对人的记忆力，而我在这方面的记忆力则是一个空白的情况下。从她的脸上我几乎看不出什么，但我知道，她曾经非常活跃，富有同情心，爱说话。我真希望曾经预言过她有一个生气勃勃的长长的人生。她到底死于什么原因？有两个情景给我的印象极为深刻，在这两个情景中她毫无疑问地唱着主角，一次是在胡厄德克伦湖，另一次是在一间咖啡屋，我想是在陶恩车宫。我们三个人紧紧地挤在一起，坐在一张桌边，她给了你对未来的一些建议，不是真的建议，不对你，也不对我。

最衷心的问候。

弗兰茨

〔明信片邮戳：1916.4.28—布拉格〕

信今日才到请勿责备因此不声张不保密。
衷心问候。

弗兰茨

〔致菲莉斯·鲍威尔的电报，技术车间，柏林，马尔库斯街52号，1916年5月6日—布拉格〕

亲爱的菲莉斯：

又是明信片了。我有一个星期觉得写信实在是一种被滥用的行为。非常感谢你的来信，请原谅我记忆上极度的混乱，在柏林时亲戚们就像影子一样在我失眠的眼前晃动，从那时起我的记忆力就真的没有好转。令人难以置信的是我把克拉拉夫人（大概是莱菲尔）当成了丹齐格姨妈，此外又把她与瓦克斯曼夫人混为一体。这是一个很伟大的成就。无论如何我都注意到，我丝毫也想不起纳塔利姨妈。我只记得当我们坐在柏林的房间里，把房屋设计图摊开时她椅子边的一种半明半暗的情景。

最衷心的问候。

弗兰茨

〔明信片邮戳：1916.5.7—布拉格〕

亲爱的菲莉斯：

还有其他的一些记忆上的混乱。比如索菲夫人的意见以及我应该给她写信等等。我记得，很早的时候我请她找你，她是那么热心地做了，从那时以后我就再也没给她写过信，她也从来没有因为这些而抱怨过我。你可能已经收到魏斯的小说了吧，仔细地看一下它，试试去辨认各种人物。我们的分离是先由我后由他造成的，而最后是由我导致的。这次分离是非常正确的，而且是基于一个完整的毫无疑问的决定之上的，这个决定就是他肯定不会经常地在我这儿。我的假期又成问题了。尽管星期六我坐车去玛丽恩温泉，但可能是公事。关于这个下次再谈。

最衷心的问候。

弗兰茨

〔明信片邮戳：1916.5.11—布拉格〕

亲爱的菲莉斯：

我在卡尔温泉和玛丽恩温泉出差，这次是一个人。在这世上，与人交往和独处时都会有幽灵的存在。现在正轮到了后者，尤其是正当天下着雨，很冷，马车夫在院子里闲聊的时候。尽管如此我还很想在这儿一个人待几个月，看看我会变得怎么样。时光流逝，人们也无谓地随着时光度日。这是非常悲观的。人们甚至不必需要一种特殊的才能来完全毫不间断地注意这些东西。我真想把你的头发从额上掠开，就此问一下你的眼睛。但我的手在你的身旁落下了。我迄今为止所作的最大的尝试——这个尝试还要加强——即我要离开办公室这件事几乎已经不再提起了，而且几乎也是毫无成果的。受指责的人据说最近只能得到一个很短的假期，而且这个假期还是一个大发慈悲的例外。我利用这个诱因——这很聪明——向上司写了一封信。信中我在列举了详细的理由之后提出了两个请求，这些理由我在这儿就略过不谈了。一个请求是：因为战争在秋天结束，接下来应该有一个无薪的长假，另一个请求则是取消指责，你肯定会看出其中的捏造部分（那些理由更含虚构成分），这些捏造当然也使我丧失了成就。上司认为第一个请求非常奇怪，对于第二个他置之不理。如果他遵循了我的那些矫揉造作的理由（三次是完全加了标题），那么这两个请求就不是没有道理的。他认为，这只是对例行的假期的索求，他马上就给了我，并声称历来都是有意如此。我回答说，假期从来不是我最根本的愿望，它几乎帮不了我，我可以放弃它。他不理解这些，他也不可能理解，他也不懂我的神经疼痛究竟来自何处，他开始像一个神经医生那样说话。此外在他提及各种压迫过他或正在压迫他而与我毫不相干的神经折磨的痛苦之后，他以他那种特有的方式说："以你的职位和经历你丝毫都不必有忧虑，而我在初期还有敌人，他们竟想锯开我的生命枝。"生命枝！我的生命枝长在何处，谁锯开了它？但是如果它真的被锯开，用另外的锯子，在不同于上司所认为的那种树上，那么我会继续以孩子式的不负责任来撒谎，但这是被迫的。我只能以宏大的感伤的场景来完成最简单最实际的问题，但这是多难啊！为此需要怎样的谎言、技巧、时间的浪费和悔恨啊！如果失败的话，人们只能表示同意。

但我只会这个而不会其他了。如果我想向右走,我会先向左走然后悲哀地向右(这种悲哀存在于任何的自身参与者中,也是最矛盾的),最主要的原因可能是紧张。我不必害怕向左走,因为我根本不想去那儿,一个典型的例子是我辞去第一个职位。我辞职并不是因为我有更好的职位。不管它是多么正确,而是因为我无法忍受一个老公务员被厉声责骂。好了,今天就到此为止吧。太阳开始出来了。

顺致最衷心的问候。

弗兰茨

〔估计是 1916 年 5 月 14 日—玛丽恩温泉〕

〔海王星旅馆的信笺,玛丽恩温泉〕

亲爱的菲莉斯:

信是紧接着暴风雨的来临而写的,而这张卡片则是在出发之前写的。卡尔温泉相当舒适,而玛丽恩温泉是难以言传的美。我真该早一些去回应我的本能的召唤,它告诉我最胖的人也是最聪明的人。因为即使没有对温泉的喜爱,人们也到处可以变瘦。但要在这样的森林里漫游只能是在这儿。当然现在因为宁静和空旷,因为所有的生物和非生物都在跃跃欲试地摄取营养,这儿显得更美了,几乎不曾受阴郁的多风的天气的影响。我想,如果我是一个中国人,而且马上坐车回家的话(其实我是中国人,也马上能坐车回家),那么今后我必须要强求重新回到这儿。你一定会喜欢这儿的!

最衷心的问候。

弗兰茨

〔明信片:1916 年 5 月中旬—玛丽恩温泉〕

亲爱的菲莉斯：

暂时先简短地表示一下谢意，尤其是因为那张照片（脸是否变瘦了），另外的照片会给我如何的感觉呢，我把它们送给马克斯。我从玛丽恩温泉回来差不多有十四天了，也没有写什么，原因是多方面的。这样来来回回地被驱赶，只是头痛还是如旧。我不可能得到护ција。我还在写有关魏斯的东西，你对叔叔的询问让我感到很愉快，你一直认为他在米兰，其实他生活在马德里。这个错误虽然不能与我对待瓦克斯曼夫人的情况相提并论，但毕竟也算是一个小小的补偿。长假正是你所理解的那种，但也绝不仅仅是挣脱后的轻松，也不仅仅是对未来的保证。

最衷心的问候。

弗兰茨

〔明信片邮戳：1916.5.26—布拉格〕

亲爱的菲莉斯：

现在是下午，我在办公室。因为头疼我根本干不了什么，不能工作，不能看书，不能安静地坐着。"那就写信给我吧！"你会这么想。但这个想法不应该成为你的一种责备。当然事情也并不总是那么糟糕，但三天来一直是这样。

一张很漂亮的照片，只是在其他的照片上你的脸更显得快乐。那个领子也使照片有所减色，如果我没记错的话，梅菲斯托是穿这样的领子的，在斯特林堡那儿我也看过这样的领子，但是如果你穿，菲莉斯，尽管如此这还是一张很漂亮的照片，它给我带来了许多的快乐。阳台花的栅栏，远景，一切都没有改变。人们试图穿过黑暗时光的挤迫——你的假期怎么样啊？上司已经走了吗？你们家在干些什么？还有埃尔娜，我已经很久很久没有给她写信了。

最衷心的问候。

弗兰茨

〔明信片邮戳：1916.5.26—布拉格〕

亲爱的菲莉斯：

又下雨了，又是星期天，只是我不在玛丽恩温泉，稍稍远离了些。我在坟墓里，在布拉格，五天来脑子里又是长久所没有的翻动。

你十分小心地评价了魏斯的长篇小说〔《战争》〕，这很对，宁可这样也比一种不确定的感动好。我也做不到半是喜爱半是钦佩。我知道，这本书实质上的光辉是它真实的因素，而要说这个因素完全是服务于一种陌生的因素的话，那么这是精神错乱（失眠和头痛仅是前兆），但奇怪的是，一部从这样的起源走出来的小说，不少人认为它只能算是消遣小说，他们没有感觉到那种犀利的效果①。你感觉到了，"也许我不能承受这个事实"。你这样写。如果要我来描述这种效果的话，那么我会拒绝。我还做不到这样的深思熟虑，至少目前做不到。

我也相信我会在书中出现，但不会比其他人多。因为在里面我真的不是个别的人物，这是一个与西欧的犹太人相似的典型。当他向后靠着，闭上眼睛的时候，他就几乎是以最主要的角色的身份出现的，如果这样的人物还能"力量无比"的话，那么他们完全是魔鬼，这儿表明了善良的天意。

但我还想多听听你对弗兰齐斯卡的看法。这是书里的要求。如果人们能抓住这一点的话，那么他就掌握了作者的意图。

你从中并未发现许多新的东西，这令我感到很奇怪。我发现了许多，以至于都穷于应付。那看上去的单调其实只是一种半明半暗的模糊，必要的是要使人的眼睛能忍受某些东西。

此外自从我上次读了底稿之后已经有很长时间了，等到我看了书之后，我会继续给你写信的。

十四天以后，尤其是如果我的状况没有好转的话，我会去玛丽恩温泉待三个星期。我本来想稳定地待一段时间，并且与写给上司的那封信相一致暂时不去度假，但是我忍受不了。此外办公室里的人容忍我的程

---

① 参看卡夫卡1904年1月21日给奥斯卡·波拉克的信："我认为，人们就应该只读那些让人感到被撕咬和刺戳的书。〔……〕一本书必须是能破开我们内心冰冻海洋的斧子。"以及在1913年12月9日的日记中对恩斯特·魏斯的《战舰》的评论性意见。

度已经超过了所有的公务员传统。

菲莉斯,你在空闲时间里干些什么?你好久没写这些了,你去看了《特洛伊妇女》①了吗?几天前我在这儿看了。韦尔弗的作品是与众不同的,对此我不想说什么。但是在看了演出后(莱辛剧团),我毫不犹豫地决定在我的有生之年再也不进那家剧院了,我坚持这样做也有很长时间了。

最衷心的问候。

弗兰茨

〔估计是 1916 年 5 月 28 日〕

亲爱的菲莉斯:

我给你寄去两本印刷品以供消遣,作为快乐的消遣的是一本《回声》,里面有马克斯的一篇文章②(他为了讲述这个基本观点在冬季作了十一场巡回报告,此外每星期两个小时要在春季学校的五十多位姑娘前作报告,我近来曾在一次郊游中和她们在一起,还有一个小时在一家犹太复国主义的姑娘俱乐部),作为痛苦的消遣的则是上次的教育机构报告,其中的第十页到八十页是我的大作。我不会用大约一百页的慷慨激昂的周年纪念日报告来打扰你,此外也不会用那篇我连名字也想不起来的年终报告来打扰你。你在弗里德曼的照片我很喜欢,尤其喜欢那些爱情的场面。

最衷心的问候。

弗兰茨

〔明信片邮戳:1916.5.30—布拉格〕

---

① 欧里庇得斯的《特洛伊妇女》,由弗兰茨·韦尔弗作德文改编。这个剧目在 1916 年 5 月 24 日和 25 日由柏林莱辛剧团在布拉格作客串演出。
② 马克斯·勃罗德的《当代文学的三大主流》,载《回声》(慕尼黑)第二年度(1915—1916 年)第 13 号,196 及以下几页。

亲爱的菲莉斯：

对此我当然是非常同意的。但是去疗养院这个建议意味着什么？是我自身一个奇特的需求吗？或者是对我的一种让步吗？就我而言，我去年就与疗养院最终断绝了关系。我现在的想法是严肃的，一个病人最好还是避开疗养院。但这种想法只适合我单独的时候，如果你和我在一起，那么我在哪儿都会觉得很合适。只是我不能去德国，而你也许能来玛丽恩温泉，你想来吗？在波希米亚没有什么好的疗养院，鲁姆堡最好的疗养院也不怎么样。我想在圣灵降临节就能带着我的不幸的脑袋前往玛丽恩巴德，不过就时间和地点我还要等待你的决定。

衷心的问候。

弗兰茨

〔明信片邮戳：1916.5.31—布拉格〕

亲爱的菲莉斯：

一上午我们只能浅浅地谈有关疗养院的问题。我反对疗养院的主要理由是它无谓地需要许多时间，许多思考，我想在这个短短的假期里干些工作（或多或少地干些，只要这个脑子还能冒出些东西），如果你在那里的话，我想和你在一起，但我不想被诊断，被包装起来，被电疗，洗温泉，被检查，通过特别好的会诊而得到特别精确的有关自己病情的报告。这几乎是身体工作部门的又一新办公室。但目前非常重要的是，为什么你想去疗养院？如果在波希米亚也没有好的疗养院的话，那么在西里西亚，在奥地利？施蒂利亚会有的。我很紧张地等待着你的回信。

弗兰茨

〔明信片邮戳：1916.5.31—布拉格〕

亲爱的菲莉斯：

根据那封信你的假期应该从 7 月 2、3 日开始，但根据那封离现在更近一些的电报看来假期大约从 7 月中旬才开始。如果我在星期一得不到更确切的消息，我会打电报的。在那本我领你看的书里，我的感冒以及"繁重的工作"都被记到了你的账里，这不应该是坏事。不好的是你这样地折磨自己，而我对你和对我自己则不得不束手无策地旁观。施特海姆的短篇小说①看来对我很有意义，尤其是那部从文学性上看也许是最弱的小说：《舒林》。这是一篇很受欢迎同时也很令人讨厌的作品。我们也许会谈到这方面。但愿你能告诉我，我们俩将会有一次愉快的会面。

最衷心的问候。

弗兰茨

〔明信片邮戳：1916 年 6 月 3 日—布拉格〕

为什么没有回音？

〔致菲莉斯·鲍威尔的电报，技术车间，柏林，马尔库斯街 52 号 1916 年 6 月 9 日—布拉格〕

亲爱的菲莉斯：

我们暂时达成了一致，选择了玛丽恩巴德。现在在德国已经不需要医生的证明了，你肯定能来。你要求来疗养院的理由以前我也曾考虑过，尽管我很少有编造这方面谎言的才能。它们其实也正是反对进疗养院的理由。也许我们——我也不知道，能通过痛苦，通过时光的流逝和其他的特殊之处来越过这些理由。我想大约在十天前知道我们假期的开始时

---

① 卡尔·施特海姆，三个短篇《布塞柯夫》、《拿破仑》和《舒林》，库尔特·沃尔夫出版社，莱比锡，1916 年。

间，因为我在泰普（离玛丽恩巴德非常近）有一桩小小的生意，想在办完后直接去那儿，但我必须要提前十天来预告我到达的时间。

衷心的问候。

弗兰茨

〔明信片邮戳：1916年6月14日—布拉格〕

亲爱的菲莉斯：

我其实不想比你去得早，相反我宁可等到你能去为止。但前提条件是不能晚于8月份。因为8月份我必须在布拉格。如果你6月底去的话，那真是太好了。也许明天我就能从你那儿获悉最终的日期。我也应该因为泰普方面的生意而感到高兴。另外昨天马克斯决定和他的夫人也坐车去玛丽恩巴德，时间还没定下来。他夫人最小的妹妹死于肺病，你不要去吊唁，因为她太悲伤了，不想听任何东西。我不想比你早一个星期去，因为我的三个星期的假期也不是很确定，而且我在等待你来临时的焦躁不安更甚于我对假期的兴奋。

弗兰茨

〔明信片邮戳：1916年6月19日—布拉格〕

直到周日7月2日晚　玛丽恩巴德海王星旅馆

〔致菲莉斯·鲍威尔的电报，技术车间，柏林 O27，

马尔库斯街52号　1916年6月27日—布拉格〕

弗兰茨·卡夫卡和菲莉斯·鲍威尔共同致安娜·鲍威尔的信

亲爱的妈妈：

并不是过去的时光赋予我对你这样讲话的权力，而是近来的这一段

时光给了我这种权力。就像我们经常所做的那样，菲莉斯和我在这儿，在玛丽恩温泉会面了。我们发现，在几年前我们错误地处理了那件事，要看到这一点并不是很难。圆满的结果并不是尝试了一两次之后就能得到的，也许要千百次，对此我们现在要把握住，我们还想保留住它。从你在阳台上带着友好的示意陪伴着我穿过莫蒙森大街的最后一次散步起，我就相信对此我肯定得到了母亲的赞许。从那时起情况有了一些变化，但好转的成分不多。这我知道，但在这很少中包括了菲莉斯和我的关系以及将来的这种关系的保证。今天我就想对你说这些。

恭敬地吻你的手，对埃尔娜和托尼致衷心的问候。

你的　弗兰茨

亲爱的妈妈：

我希望你能真正理解上面弗兰茨的话，你现在正有机会重新把你的爱给予他。如果你想写信给弗兰茨的话，那么我得告诉你，他暂时还待在这儿。而我在周末就必须回来。

好了，我希望一切顺利，让这封信寄去我衷心的问候。

你的　菲莉斯
1916年7月10日

〔施洛斯·巴尔摩拉和奥斯伯纳旅馆信笺玛丽恩温泉〕①

---

① 1916年卡夫卡和菲莉斯在玛丽恩温泉共同度过了他们的假期，从7月3日至13日他们住在施洛斯·巴尔摩拉旅馆。菲莉斯离开之后，卡夫卡在玛丽恩温泉又待了10天。他的健康状况日渐好转。头痛以及使他备受折磨的失眠消失了。卡夫卡在1916年7月12至14日给马克斯·勃罗德的信中说："从在泰普的上午〔7月18日〕起这些天是这样的美妙和轻松，我简直不敢相信我会享受到这一切。"——他在日记中写道："除了在楚克曼斯特外，我还从来不曾与一位少女很熟，从来不曾熟悉过里瓦的任何一位瑞士女性。第一位是个女士，我对她一无所知，第二位是个孩子，我完全糊涂了，我对菲的熟悉只停留在信件上，而感性上的认识这两天才获得。当然我对她不是很清楚，还存在着疑问。但她那柔和的眼睛中的目光，她那打开了的女性的心扉是美丽的。"（《1916年7月》《日记》以及瓦根巴赫的《专著》101页），对此参看给马克斯·勃罗德信中的部分："其实我从来不熟悉任何一位妇女……"卡夫卡还在1922年在日记中写道，他在"玛丽恩温泉的十四天是幸福的……但是在痛苦地冲破了界限之后"。参看1922年1月29日和1916年7月3日至6日日记。

我的最可怜见的：

我在用你的笔，你的墨水写信，我睡在你的床上，坐在你的阳台上———一切都很不错。但通过那扇简单的门我听到了过道里和左右两边房客的嘈杂声。底下那些该死的家伙和顶上的那个小女魔把房间弄错了，或者更确切地说是住了一个有两张床的房间，因此我认为他们是搞错了①。现在我没有精力去找房子了，因为你已经走了，这儿有 Frl. 埃尔娜给你的两张卡片，格蕾特小姐的一张卡片和一封电报。在电报里没有什么特别的事情，最多是埃尔娜小姐告诉你她因为裁缝的问题必须要跑很多路。我现在去蒂阿娜旅馆，为了能看着黄油盘而想到你。

问候你。

弗兰茨

〔明信片邮戳：1916 年 7 月 14 日—玛丽恩温泉〕

我的亲爱的菲莉斯：

我一个人在这儿，没有宁静的房间能给予我安慰，这太坏了，我绝望了，害怕面对房屋里的嘈杂。昨天晚上我绝望地穿梭在城市的公园——城市公园，穿梭在林荫大道——林荫大道！然后像一位收罗所有噪音的窃听者一样过早地回来了。你在这间屋子里是怎么忍受的！今天早晨我去找房子了，但没有找到，因为没有人会把一个好房间只出租一个星期。我没去出席奠基仪式而是和埃德姆特②在蒂阿娜旅馆。不要因为我不能向你描述奠基仪式而生气。在蒂阿娜旅馆我和那个小小的圆脸颊的莉泽

---

① 在卡夫卡不在时——前一天他陪菲莉斯去弗朗兹巴特——他一直住的房间在他不知情的情况下被租出去了。他被安排到菲莉斯以前一直住的房间里。参看给马克斯·勃罗德的信〔7月中旬，1916〕。

② 埃德姆特·多蕾西亚是齐岑多夫伯爵夫人，母姓罗斯·楚·普劳恩。她一生对虔信主义和兄弟教区历史作出过贡献。威廉·雅拿施《兄弟历史杂志》（亨胡特兄弟会教）第 8 年度（1914年）（整一年都致力于这项长达 507 页的艰苦的工作）。

洛特谈上朋友了，昨天还为她固定在胸前的一朵玫瑰而劝说了她半天。

弗兰茨

〔明信片邮戳：1916 年 7 月 15 日—玛丽恩温泉〕

最亲爱的：

最可怜见的，唉！（旁边的那对老夫妻在闲聊些什么啊。）我一个人在那条老路上，如果我什么也不做，只是享受这份宁静，那该多好啊，因为只要我们按照我们的方式目前能拥有保证，那么鉴于你的保证我也得到了保证，我请你也为你的幸福而利用这个保证。在躲避甜熟干香肠的诱惑的同时请开始吧。通往高处的路是无穷无尽的（现在那位年迈的丈夫踏着沉重的脚步从床上走下来），我和小海伦告别时的谈话是："您给我们出了个坏主意，火车没有中转车。""啊，我想成了自行车。""我们没有自行车。""啊，本来你们可以好好看看埃格，非常美丽。""但我们通知了是11点。""啊，那么你们本来应该是走路去，非常漂亮的路。""但我们没有行李。""啊，那么你们本来应该坐车去，非常漂亮的行程。""谢谢，我们已经这样做了，但把给你的小费丢了。"

弗兰茨

〔明信片邮戳：1916 年 7 月 16 日—玛丽恩温泉〕

最亲爱的：

——我想先说的，先写在最前面的是：两天来的头疼。我不知道是为什么，是什么原因。都是些虿从吗？或者是永久的伴随？瞧一瞧那位在玛丽恩温泉疗养的头等要人吧，我是指那位集中了最多的人的信赖的人，我们根本不认识他，这个贝尔兹·拉宾，现在可能是犹太复国主义运动的主要成员,他在这儿有三星期了,昨天我第一次列于他晚上散步的十名随从之中,就此可以说许多,但我现在要详细地把这些写给马克斯,拉宾会在场这个消息是他通知我的① ——你过得好吗?我的最重要的玛丽恩温泉的疗养者。我还没有收到你的消息。我很满足于对那些老路的叙述,比如今天是固执和秘密的林荫道。

弗兰茨

〔明信片邮戳:1916.7.18—玛丽恩温泉〕

我最亲爱的:

在我们的老朋友看来要和你继续旅游之际(真的有可爱的卡斯特莱兹这个人吗?),来了些新朋友。他们昨天在我从森林的最里面往家走的时候给了我一个小小的惊吓,当时简直让我目瞪口呆。因为我的上司迈着舒适的卡斯特莱兹式的步伐朝我走过来,我无法回避。他不是你认识的老是咳嗽的那位,而是职位最高的上司。我和他相处得很好。在他后面跟着他的妻子和女儿。我看上去是什么样的一副模样啊!不需要去抱怨我确实存在的头痛,不需要解释我总是得一个人在森林里漫步,我的样子就足够了。三重同情的目光环绕着我。尽管我有一个小时和他们待在一起,但下一次的会面还没有说定。因此我又一个人了,可惜还得不到你的消息。

弗兰茨

〔明信片邮戳:16.7.19—玛丽恩温泉〕

〔写于1916年7年18日晚〕

---

① 参看致马克斯·勃罗德的信〔1916年7月中旬〕,以及尤利乌斯·埃利阿斯对贝尔兹·乌尔德拉宾在玛丽恩温泉的停留期间所写的文章《玛丽恩温泉》,载《柏林日报》1916年7月20日晚间版。

最亲爱的菲莉斯:

  我的睡眠更差了,头疼也一直折磨着我,让我忧心忡忡。我不知道目前有什么原因会造成这种现象。因为有了你,我已经变得很安静也很愉快。是四年里我为自己干得太起劲了吗?这就是回报吗[1]?或者这只是森林的空气所引起的暂时的影响。这种空气还让我饥肠辘辘。给我一个安慰的回答吧。我目前的状态不能去工作,这还不是最坏的事情。在八天之后我突然发现应该做的事情也不会在我的工作时间之内。但将来会变得怎么样呢?给你的邀请[2]已经寄走了。我非常渴切地想知道你会在什么时候和怎么样来处理它。父亲托我在一封用打字机写的卡片里向你问候,我把这些问候融在我的问候之中,现在让我把这一大堆的问候都送给你。

弗兰茨

〔明信片邮戳:1916.7.19—玛丽恩温泉〕

最亲爱的菲莉斯:

  一位真正的(或者正在成为正式的)埃尔斯特夫人偷走了我能和你在一起的一个下午。今天睡眠稍稍好一些,稍稍轻松一些,但吃饭之后,我没有睡觉。昨天晚上我开始喜欢这个房间了(天暖和了些,我可以坐在阳台上),今天一个有着年轻人的新的家庭搬进了我隔壁的屋子(那对年老的可爱的夫妇!),他们肯定是一群机灵活泼的年轻人。他们五分钟就钉入了一枚钉子或其他什么东西。——尽管失眠和头痛我还是变胖了,不像我的上司那样胖,但也是在相应的下属所该有的重量级。昨天的菜单是:10点半——两份牛奶,蜂蜜,两份黄油,两个小面包;11点——四分之一千克樱桃;12点——凯撒肉,菠菜,土豆,香草面条,

---

[1] 参看1916年7月20日日记。
[2] 邀请参加犹太之家的工作。参看1916年7月中旬信件。

小面包；3点——杯装牛奶，两个小面包；5点——巧克力，两份黄油，两个小面包；7点——蔬菜，色拉，面包，艾门塔尔干酪；9点——两个蛋糕，牛奶。怎么样？

弗兰茨

〔明信片：1916.7.20—玛丽恩温泉〕

最亲爱的菲莉斯：

为星期二的信我要特别地感谢你，此外我在过去的几天里还收到了三张卡片。菲莉斯，你给了我一个很大的也是很好的影响。缘于我们相处的那些天——尽管其中也有许多小小的不愉快，我相信，你会很好地利用这个影响，但愿对你而言，和我在一起也有这样的感觉！有许多事情要做，我的要比你的多。但我们双方都有许多事，如果现在就因为头疼而精疲力竭，那未免就过早了。如果我们不久以后又能见面，那就太好了。我现在坐在蒂阿娜旅馆，天在下雨，我不能离开，我有一点忧郁，就只有一点点，我也认识到我有必要去观察一种手工活，不是我邻桌的那个小姑娘制作的那种。但除此以外我还是不喜欢一切手工活。

一再的问候。

弗兰茨
7.20

〔明信片邮戳：1916.7.21—玛丽恩温泉〕

最亲爱的：

又稍微好了一些。没有完整的睡眠，但至少有了十分之一带梦境的睡眠。毕竟能入睡了，头部也好多了。如果还能待得长一些，每天还能增加些"更好"的话，那么最后我就能从这儿直接去你那儿，这将是一条快乐的人生之路。但这是做不到的，因为我在这儿得为饮食花许多钱，通知给我们的菜单每天以怪诞的方式重复。我当然早就给马克斯写过信了。我非常急切地想听到犹太之家给你的印象以及你会采取什么样的行动——我没有去菲莉斯那儿。他的第一张写自于卡尔温泉的卡片是这样开始的："天很冷，有雾，下着雨。我冷，爸爸冷，我的妻子也冷，东西昂贵，面包很糟，空气阴冷，我没长疖，我的妻子喉咙疼，等等。"你看，那儿的生活也不轻松，但愿在疗养院的这些日子能让他轻松一些！

弗兰茨

〔明信片邮戳：1916.7.21—玛丽恩温泉〕

最亲爱的：

我又要像以前那样夸张地写这张卡片吗？对不起，我坐在你的阳台上，在桌子的曾经属于你的那侧，就好像桌子的两侧是车厢的护板。我们在美好的夜晚所拥有的平衡好像被打破了，我独自在一面护板上，在沉醉，沉醉。因为你在远方，为此我写了这张卡片，当然也因为脑子里嗡嗡作响，尽管在过去的两天里我的头疼有所好转。通过写信我的手至少能触摸到在你身边的平和。这儿现在几乎是我所希望的那种宁静。在阳台的小桌上亮着夜光，其他所有的阳台都已空无一人，因为有些冷。只是从凯撒大街那儿传来了有规律的轻声细语，它们不会打扰我的。

祝你健康，但愿你比你的弗兰茨有好上一千倍的睡眠。

你的 弗兰茨

〔19〕16.7.21

〔明信片邮戳：1916年7月22日—玛丽恩温泉〕

最亲爱的菲莉斯:

人们当然是无法预计到,收信人是怎样拿到这张卡片的。很可惜我也根本不会知道——毕竟两天来我没有收到任何消息(人们已经因为能在一起而变得如此娇弱,向左走两步就能获得消息),今天菲莉斯和他的妻子、兄弟和父亲在这儿。每一次邮差来我都跑回家,终于找到了这张可爱的,尽管值得去吻一下,但无论如何是等得不耐烦的卡片。当然,在陌生的房屋里人们是不会受到打扰的。但你为什么要阻止我向你屈膝诉苦,把这个作为表白吧。还有莉泽洛特的事?我经常念到那部分,如果我是认真看待这件事的话,那么我真还害怕要丢丑。你会相信我是如此毫无口味,会去以此自我炫耀?更不必说去关心它了。

她是一个圆圆的、三岁小姑娘,我们在蒂阿娜旅馆曾经笑过她。她得到了一朵玫瑰。谈的就是那朵玫瑰,最亲爱的菲莉斯!

弗兰茨

〔明信片:1916年7月22日—玛丽恩温泉〕

我在我们熟悉的埃格兰德①,如你所知,许多次的邀请之后我们终于见面了,但对你而言太晚了。

问候再问候。

弗兰茨

〔明信片邮戳:1916年7月23日—玛丽恩温泉〕

也该送去鲍姆先生和夫人的问候!

伊尔玛·韦尔捷的最美好的问候!

---

① 玛丽恩温泉附近一个很受欢迎的郊游地点。

现在我们真的来了，可惜太晚了，只是那个阳台还在。因此我们的问候诚意更重。

费利克斯·韦尔奇

老韦尔奇致以衷心的问候！

保尔·韦尔奇

我又在埃格兰德了，这儿有许许多多的客人，你看人们在安慰我，所有的人都对我很好，包括那位卡斯特莱兹朋友，他隔着两张桌子，冲我友好地笑着，他不知道自己显然是想要我转达对你的问候。

弗兰茨

〔明信片邮戳：1916 年 7 月 24 日—玛丽恩温泉〕

向你和你所爱的人们致以最衷心的问候！

你的尤丽叶·卡夫卡

如果我是那个卡斯特莱兹[①]……如果他朝着我的耳朵大喊大叫的话……

感谢你的亲切的问候，回致最衷心的问候！

你的瓦莉

---

① 这个词的后半部分无法辨认。

我的最可怜见的（可怜，是因为我们所有的人都很可怜，人们如果帮不了别的忙的话，就只能抚摸着可怜人的面颊）：

我又在办公室了，在痛苦的沉淀处。我找到了出版社〔库尔特·沃尔夫〕的一封信，在里面——不，现在这是件毫无意义的东西，在两三年前它也许会有令人惊异的意义①。我在玛丽恩巴德的最后一件事是想在阳台上给你写信，但时间只够做一个小小的追忆，只够吞下二分之一千克的樱桃。最后一夜是最好的一夜，大概有六个小时（我觉得是）连续的睡眠，这是我的神经从未取得过的成就（总是有人打扰我并站在我的桌子周围），在这儿我的脑子开始比在那儿还要受到震动，我不知道将来会变得怎么样。当然我们相互依附着是好的。——《司炉》不可能被拿错，它到了玛丽恩巴德，但是很晚了，我把它送出去了。关于埃德姆特下次再谈。这本书对我们是够重要的了。犹太人之家？问候你，请接受一个永恒的亲吻。

弗兰茨

〔明信片邮戳：1916.7.25—布拉格〕

最亲爱的：

我的一些卡片一块到了你那儿，这很好，这样就可以有一个比较。目前我克制不住写信的欲望。——如果你相信，我对你不吃午饭的生活满意的话，那就搞错了。相反这是一个很坏的饮食结构。如果你寄给我一份有关你每天菜单的详细的设置的话，我才会感到满意。在你的附近会有一个酒店，里面做吃的东西。无论如何要给我写写这方面的事。对你整天吃可可和小面包的设想（即使不是接近弗兰舍尔②的要求），使我几乎情绪低沉，尤其是我想到与此相对你拥有繁重的工作的时候。我

---

① 参看致库尔特·沃尔夫出版社的信，1916年7月28日。
② 因美国健康劝诫者荷拉斯·弗兰舍尔的姓名而得名，他尤其推荐饮食中彻底的咀嚼。

现在不寄故事①了，这太麻烦了。它在我这儿就跟在你那儿是一样的。你必须亲自跑到工厂来吗？不能由那儿的一个人在某个特定的时间过来一趟询问吗？

问候你。

弗兰茨

〔明信片：1916 年 7 月 26 日—布拉格〕

最亲爱的：

又干了一下午。我脑子里唯一留下的感受是我认为我的口述室与玛丽恩温泉森林完全不能比拟。扩大工厂意味着什么？它重要吗？它与专利有关系吗？它使你增加工作了吗？——你问起我的上司，不，我已经不再和他谈话了，但可能经常看到他们一家。不过就像一个中学生一样我总是避开他们，有一次竟在五步之遥。最后一天我寄给他夫人五朵长长的玫瑰，此外还写信告诉她我的讨厌的（一个富有价值的但无法解释的词）状态使我丧失了荣誉和快乐，以及我个人的一些情况。不坏吧，怎么样？也不是完全是不真实的——问候你，为了让我的因为口述而疲惫的嘴唇恢复生机吻你的手。

弗兰茨

〔下面在旁边的空白处〕
犹太人之家？

〔明信片：1916 年 7 月 27 日—布拉格〕

---

① 大概是短篇小说《布鲁姆费尔德，一个上了年岁的单身汉》，他在玛丽恩温泉曾经给她朗诵过。

最亲爱的：

到达后的四天里我还受到那种内在和外在宁静的影响，那种我在玛丽恩温泉因为你的和大森林的帮助而拥有的宁静的影响。这种影响会越来越弱，头痛、噩梦、旧有的睡眠中断将会重新出现。但我毕竟相信，少许的旅行和许多的宁静和自由也许还能合拢我撕裂的脑子。不过这是将来的事了。在办公室的生活中每增加一分体质只会带来坏的结果，因为先会有一种新的更为强烈的渴求，然后又会陷得更深。我很想知道玛丽恩温泉给你留下了什么，你现在的生活是否与以前有所区别，好的还是坏的，是什么样的区别。

问候你。

弗兰茨

〔明信片：1916 年 7 月 28 日—布拉格〕

最亲爱的：

这真是一件美妙的事，工厂扩大了而你又是一个人了。如果你增加了工作的话，那么我也会有更多的工作。我真的不知道，带着这种感觉在卡尔斯霍尔斯特[①]生活会是什么样呢。现在唯一的安慰是这不是真正的工作上的增加（除了给上司的报告），而仅仅是责任的增加，但这也是够糟糕的了。你写信时特别要告诉我，你是否增加了工作，是什么性质的增加工作，它在时间上是如何表述的。我很伤心，这些事情越来越缠绕着你。你还为林德施特雷姆工作吗（关于酬金的争执的结果如何）？如果是的话，那么你留给疗养院的只能是很少的时间，我非常渴切地想知道你是否参与了。对我而言重要的不是犹太复国主义（对你也不是），而只是事情本身以及其中的东西。

[①] 卡夫卡打算与菲莉斯结婚后在柏林的郊区卡尔斯霍尔斯特居住。

问候你。

弗兰茨

〔明信片：1916年7月29日—布拉格〕

最亲爱的：

我又看了一遍昨天的卡片，你给雷曼博士①写了什么？无论如何你要为他尽力。对于留给你的极少的时间你不可能使用的比在那儿好（我把散步和做体操排除在外），它比起剧院，比起克拉邦德、盖尔松和其他东西都来得无可比拟的重要。它还是最自私自利的事情之一。人们不去帮助什么，而在寻求帮助。从这项工作中能比从玛丽恩温泉的所有的花中吸取出更多的蜂蜜。我不知道你为什么认为只有大学生才予以考虑，当然那些男女大学生作为普遍的最无私的、最坚决的、最不安分的、最热切的、最勤奋的、最独立的、最有远见的人已经开始了这件事并且正在进行。但是每个活着的人都能干得这么好。

问候你。

弗兰茨

〔明信片：1916年7月30日—布拉格〕

最亲爱的：

已经有几天没有消息了（我宁可说几天，其实只是三天），关于你现在承担的工作我已经好久没有听到消息了。但是我的头痛还是老样子

---

① 西格弗里德·雷曼在犹太人的教育中起过重要作用，他先在柏林，后到以色列，1917年3月初他发表了《关于犹太人定居和犹太人之家的观点》，《犹太人观察》22年度第9期76及下一页和第10期83及下一页。

（我的睡眠几乎不超过一小时，停顿之后又会入睡，但重新又不会延续太久），一个凉爽的、宁静的脑子看起东西来与一个发热的疼痛的脑子完全不同。讨厌，太讨厌了，居然在这样美妙的一天头疼。昨天这个周末还可以忍受（我在床上待到12点半），我以散步、坐在草地里、喝牛奶、看书（鲁比林斯克：《犹太民族的产生》）度过了美好的下午。你呢？你知不知道，"等等吧，以后吧……"这些话其实不是祝福。即使它们是的话，"以后"这个词也是靠不住的，或者恰恰相反，它是完全靠得住的？

问候再问候。

弗兰茨

〔明信片〕〔1916年〕7月31日〔布拉格〕

最亲爱的：

四天没有消息了，这几乎让我有些害怕了，此间还过了一个星期天，我现在有了一种新的娱乐：躺在草地里。时间和兴趣都不足以让我到城郊去（就像星期天给我的印象一样，布拉格附近相当美），我就躺在穷人和他们的孩子坐着的儿童游乐场上，那儿一点都不吵，比在克罗兹布鲁〔在玛丽恩温泉〕安静得多，最近当一个相当高贵的、我与他在公事上有过交往的先生坐着一辆双套马车去参加一个更为高贵的节日而从我身边走过时，我几乎正躺在公路的排水沟里（今天在排水沟里的草也很高很密），我伸展着四肢，感受到失去社会地位的快乐（也就剩下这种快乐了），你呢？星期日你是这么活泼地在我这儿。现在这儿很宁静。

弗兰茨

〔明信片〕〔1916年〕8月1日〔布拉格〕

最亲爱的:

已经是第五天没有你的消息了,我不想相信你没有写过信,我也不想相信你病了或其他类似的情况,尽管如此这也不能安慰我,我的写信也失去了意义。昨天我给你寄了一期犹太评论,马克斯的文章表明了他在干什么,信上的那几段表明了这是关于什么样的一个小姑娘的事,那篇小品文章表明了(不是写得很好)一种奇怪的犹太复国主义的气氛①。无论如何你都不要因为你不是很熟知的犹太复国主义而对犹太人之家感到害怕。通过这个犹太人之家另外一些力量正在进行并起着作用;对这些力量我相反更放在心上。犹太复国主义现在至少处在一种外在的顶峰,它对大多数的活着的犹太人来说是可以达到的,但是它仅是通往更重要部分的一个过程。写这些有什么用呢?你在沉默。

问候你。

弗兰茨

〔明信片〕〔1916年〕8月2日〔布拉格〕

亲爱的菲莉斯:

你在8月1日写的卡片让我一星期都为之高兴,但里面的内容几乎没有什么是关于你自己的。我要求得到的是关于你的消息,而不是关于那件小外套的消息(对它的丢失你不必感到生气,给我必要的购买指南和乃姐的地址,我会把小外套寄去),我知道,你有太多的事要做,但你不能把写小外套的那十行文字换成谈你的工作,你的饮食,你的健康状况吗?这样我就可以感受到,你在急于做某种方式的靠近而来超越现在根据新的护照法规而变得远不可及的距离。抱怨这些,写这些有什么帮助呢?让我们重新回到以前的十四天一信吧。

弗兰茨

〔明信片:1916年8月3日—布拉格〕

---

① 《犹太人论坛》第21年度第29期(1916年7月21日),其中发表了马克斯·勃罗德的文章《从加利兹难民在布拉格的应急学校中出来》以及卡夫卡提到的信件检查(241及下一页)。

最亲爱的:

那位要帮助你的姑娘万岁!你的因为你的邮局而承担的责任有什么样好的或坏的结果?你要去吃饭是什么意思?去哪儿?——还有雷曼先生?在7月26日你写道:"无论如何明天我要给雷博士写信。"8月1日:"我将给雷博士写封信。"然后现在在2号:"我将会十分精力充沛地去关心这件事。"加起来你就此谈得很多,但也没有呈现出一种逐渐上升的趋势,我完全不知道你想给他写些什么。最简单的方法可能是自己去那儿一趟。它在夏洛特堡①,可能不是很远。真正的协会晚会目前在夏天可能很少——其他呢?你在看什么书?星期日是怎么过的?星期五你怎样才能坐车去那位画家处〔菲格〕?你曾去过卡尔斯霍尔斯特吗?

衷心的问候。

弗兰茨

〔明信片:1916年8月5日—布拉格〕

最亲爱的:

宁可这样而不要别的做法。宁可我们在书信往来中存在着分歧(在你的最后几张卡片里我觉得少了些什么,这是些用套语写成的报告,部分还写得很勉强,你的过重的工作也许应对造成这种现象负主要责任),宁可这样说,也比我们在口头上不能理解强。鉴于此我们至今还存在着一种根本的误会,玛丽恩温泉已经纠正了这个错误。如果你以前想把一切书面的东西都推至口头来往的话,我那时会觉得这是一种逃避。现在我相信,你是有道理的。我们将控制书信往来,以免打扰你的工作(这对我也很重要),以免写信这件事会打扰你,你不必被迫写上冷冷的、仓促的、心不在焉的十行,来代替原来应有的美好的、生动的、令人快

---

① 鲍威尔一家当时住在柏林—夏洛特堡,威尔蒙斯多夫大街73号(莫蒙森大街街角),就像卡夫卡后来解释的那样,他在这儿把犹太人之家和犹太定居所搞混了,后者在夏洛特堡。

乐的十行。我觉得这样不坏。

弗兰茨

〔明信片：1916年8月7日—布拉格〕

亲爱的菲莉斯：

因为我在想你，而且没有去玛丽恩温泉前那么忙，所以就想到埃德姆特中的一处。不只因为书中的某一处，我才说这本书对于我们很重要，我只是认为这一处是书中最有教育意义的，因此我要帮她这个忙。当二十二岁的女伯爵婚礼之后来到她在德累斯顿的新房时，她热泪盈眶。齐岑多夫的祖母已经为一对新人将房子收拾得舒舒服服。"祖母所做的一切给了我好大的安慰，"她写道，"只有上帝知道我们是认真的。他的仁慈使我能够以别种形式证明我是他的孩子，因为我不能如我所愿用现在的形式来证明这一点。他紧紧抓住我的灵魂，将我的视线从世界的种种愚蠢拉开。"①

把它刻在一块黑板上并且放入一间家具储藏室里。

弗兰茨〔19〕16.8.7

〔明信片：1916年8月8日—布拉格〕

我最亲爱的：

近日可好？每当情绪好的时候，只要一有空，我就溜达到城外。这附近的果园后面是一片小树林，我特别喜欢在小树林的边上休憩。左面有河水流过，河的那边是一片树木稀少的高地，我的对面是孤零零的土

---

① 埃德姆特·多蕾西娅，齐岑多夫的伯爵夫人。

坡，土坡上的那些房子在我儿时的记忆中就是一个谜，老房子的周围是寂静的、波浪一样起伏的土地。坐在小树林边上，夕阳抚慰着我的面颊和胸膛。——母亲和瓦莉——就是你信中提到的奥特拉，昨天来了，妹夫在这儿度假。——特尔乔夫我不认识。——我写东西的时候，既不会太吝惜笔墨，也不会下笔千言，——向格蕾特小姐致以问候。她对犹太人之家评价如何？

弗兰茨

〔明信片：1916年8月9日—布拉格〕

尤利叶·卡夫卡夫人致安娜·鲍威尔夫人

亲爱的安娜：

我们已经两年多没有互相写信了，而我们在这艰难的时代的经历的，痛苦多于快乐。现在我们只想希望命运能使我们的孩子们过上快乐幸福的生活，去除我们的所有烦恼。

在弗兰岑温泉我就想给你写信，只是找不到时间，又不能静下心来。在疗养期间活动安排得很多，另外还得时常给家里写信，因此一天老是匆匆忙忙。我是7号下午4点和亲爱的瓦莉乘车回布拉格的，晚上10点到达。我们那些可爱的孩子们已经等在火车站了，彼博也在。我们的彼博意外地得到十四天假期，并且给我们打了电报，于是我们提前两天返回。在弗兰岑温泉没有治好的头痛病，也许这一兴奋倒好了。医生说，疗养结束后六至八周就会见效，希望是这样。

再说说我们其他的几个孩子。你知道当我收到弗兰茨从玛丽恩温泉寄来的卡片时是多么的惊喜，因为那上面有菲莉斯的亲笔问候。尽管我一直觉得他们俩的友谊没有中断，但看到这张卡片我仍然十分惊喜，特别是他们来弗兰岑温泉来看我们，这真是令我们高兴极了。从他们俩的眼中我看到了两颗和谐默契的心。我真希望他们在战争后找到他们的幸福，我亲爱的丈夫也非常希望菲莉斯能够成为他的女儿。眼下生意兴隆，家里的男人全都过来帮忙，这么一来我倒觉得比在弗岑斯巴德感觉还好。操劳惯了，倒受不了清静和闲暇。我们一切都好，望不久能够收到你的来信，代问你的孩子们，特别是菲莉斯好，也祝你安好。

你的　尤利叶·卡夫卡

1916年8月9日于布拉格

我亲爱的丈夫和孩子们也向你们致以衷心的问候。

最亲爱的：

你知道你对乃母的责难是一种什么样的责难？是一种令人头痛的责难。从这一点来看，最好还是平静下来。来信告诉我近来情况如何。——你并没有度过一个愉快的周末。那你为什么不一大早开车到乡下去？这么阳光明媚的星期天没有几个了。我和奥特拉去散步（碰到我们的一个公务员，竟以为她是我的新娘），最后还在一个花园里喝了酸牛奶。——你在信中写到，你刚吃午饭回来；在哪里吃的？女佣人星期一去了吗？本来星期天她就该到那里。——建议你该读些什么，这不大容易。如果要我说的话，我想建议你读与犹太人之家重建有关的那本回忆录①，我曾经给你寄过这本回忆录。"如果她放下手中的……最最讨人喜欢的工作……"可是，当她刚刚找到最漂亮的新颜色时，怎么可能放下手中的工作呢？

最衷心的问候。

弗兰茨

〔明信片〕〔1916年〕8月10日〔布拉格〕

---

① 《一个女社会主义者的回忆录》。

最亲爱的：

你写给雷博士的信很好，我不希望它是其他的样子。你给他写信我怎么能知道？此外我搞错了住址——应该是在夏洛特堡。非常赞同去弗里德里希哈根郊游；这种活动难道不能常搞吗？不久前我带菲莉斯和他的太太去了那片我曾经向你描述过的稀稀拉拉的小树林，他们觉得还不错。一个非常宁静的地方，每当独处，都觉得你就在我身边。此外没有什么能够提起兴趣的。最近有这么三四天头没有痛，因而能够好好地考虑考虑问题，昨天反倒严重了，今天也不见好转。吻你的手，并把这个吻作为这封信的结尾。

弗兰茨

〔明信片〕〔1916年〕8月12日〔布拉格〕

最亲爱的：

如果读一读这些无可争辩的东西，人们就会愈加糊涂：冯塔纳于1876年接受了在Kgl艺术学院任秘书的职务。而三个月后在与其妻子激烈争吵之后放弃了这个工作。他在给女朋友的信中写到："全世界都在评论我，说我孩子气，说我自负，糊涂，一切都必须顺我的意。类似的话我就不一一列举了。"后来又写到："我已经上了三个半月的班。这段时间内我从没有过快乐。记忆中也没有留下任何好的印象。不管是从主观还是客观的角度来看，这个工作不适合于我。一切令我窒息；一切令我变得愚蠢；一切令我作呕。我清醒地感到，我永远不会幸福，我将会患忧郁症，我将变得闷闷不乐。""我度过了一段非常可怕的时光。会发生的事情，就尽快发生好了。或许我还有能力将事情重新搞得和交给我的时候一样好。人类的智慧于我无补。这些至理名言所能告诉我的，我已经在无数个不眠之夜早就自己讲过了。最终我还是得振作起来，用艰苦的工作日来交换舒适的日子（虽然这些日子的深处有令人恐惧的东西，但仍然是舒适的）。""任何人不能违背他的本性。每个人的心中都有这么一种对于某事的特殊爱好，这种爱好是无法控制的。我必须做出决定，是要过一种有外在安全感但却麻木不仁，没有快乐没有希望的生活，或者……"① 今天寄给你的东西不是我写的，而是冯塔纳写的。

最衷心的问候。

弗兰茨

〔两张明信片〕〔1916 年〕8 月 13 日〔布拉格〕

最亲爱的：

你所遵从的那种责任感，我仍然不能理解。如果这样做不会给你带来任何好处，那么唯一的解释就是，你可以从中找到乐趣。为何要有责任感？责任感的表现是什么？没有责任感，那么又会怎样？——午饭吃巧克力搞得我很不舒服，特别是咽下这黑块前要先忍受嘎嘣嘎嘣嚼碎它的声音。或者干脆不吃巧克力了，以免听到那不愉快的声音？其他的午餐也很差劲儿。那个餐厅叫什么？我倒是愿意想象一下那里的样子。应该牵着你的手的手，由于激动而正在颤抖。

弗兰茨

〔明信片〕〔1916 年〕8 月 14 日〔布拉格〕

最亲爱的：

关于你纪念我们初次相识的信②，我必须坦白，我确实记不起具体

---

① 冯塔纳 1876 年 6 月 17 日和 7 月 1 日给马蒂尔德·V. 罗尔的信件。见《台奥多尔·冯塔纳书信集》第二版。出版者奥托·普尼奥威尔和保罗·施伦特，1910 年柏林出版，第一卷第 360 页和 363 页。卡夫卡在这里没有对引文作大的改动。
② 菲莉斯为纪念和卡夫卡首次相识（1912 年 8 月 13 日）所写的一封信。

日子了，甚至哪年我也记不清了。如果就这么让我说出那个日子，我可能会说：那是五年前。这当然不准确，因为那不是五年前，不是四年就是四千年前。除此之外任何一个细节我都比你记得更清楚。因为那时你没必要去记住这些，不是吗？如果你说我不该陪你进饭店的话，那么你就歪曲了历史。我陪你进饭店，勃罗德先生也在。我记得每一个细节。另外我还记得在护城河边，由于激动和渴望，我无数次在人行道和车道之间来回徘徊。然后你就轻盈地闪入电梯，不是对我轻轻地耳语，相反毫不在乎勃罗德在场，大咧咧地说："和我一起去柏林吧，放下手中的事情和我一起来吧。"①

弗兰茨

〔明信片〕〔19〕16 年 8 月 15 日〔布拉格〕

最亲爱的：

在哪儿，从谁那儿，你是怎么打听到这件事的？关于这件事情是谁，在哪儿，告诉了你些什么？不应该，不应该，对我如此重要的一件事情，你怎么也应该详细一点告诉我。遗憾，星期四后拿到报告还得有好长一段时间，星期一前看来没什么希望了。——我一时记不大清楚坐在"西方咖啡店"那张桌边的情景了。我所看到的只是乌烟瘴气的一团，以及那些彼此认识的陌生人，他们将小店挤得水泄不通。我曾经有一次一个人去过那里，寂寞孤独又沮丧。于是我想起那次和你与托尼一起在维兰达吃午餐的情景。不过，那次也并不是很有意思。竟是四年前的事情了！那时我还是个可爱的，黑发，意志坚强，好睡懒觉，固执的毛躁小子。写信时你一定要描述一下我那时的样子，在你的描述中我也许还能找回年轻的我。

---

① 见 1912 年 10 月 27 日的信。

顺致问候。

弗兰茨

〔明信片〕〔19〕16 年 8 月 16 日〔布拉格〕

最亲爱的：

别再用星期六明信片中那种含糊的词句令我担心。你怎么会突然想起弗兰岑温泉①和在那里的最后一个晚上？你都想了些什么？什么事令你不解？是些什么事情这么难于下笔（但却极易令人担忧）？想要说的还有许多，是什么？与其这样盲人摸象地瞎猜，我们还不如开诚布公地谈谈。对此我诚恳地请求你。不要有任何顾虑和想法。在一起生活，就有可能沉默；沉默虽然会折寿，但平均来看，生命却延长了。不能经常在一起，那么就应该利用各种机会坦率地交流思想。总而言之，我们现在是各自在一个岛上，邮船每年才靠岸一次，而这个时候你却一定要用暗示来写信吗？

深切的问候。

弗兰茨

〔明信片〕〔19〕16 年 8 月 17 日〔布拉格〕

最亲爱的：

昨天没有收到你的信；"她"星期四没有时间和兴趣给我写信，我这么想；今天就来了信和明信片，真高兴。——你终于和犹太人之家有了接触，我真高兴。你在那里和哪个女士谈过话？——那些文件，是的，

---

① 在玛丽恩巴德的邂逅之后，卡夫卡曾陪同她前往弗岑斯巴德。

这不大容易。特别是那些名册副本很难搞到。而且我出生也是好久以前的事了。我一直觉得,两年前在柏林你们把那些文件给了某个人,也许是在教堂或某个机构,我记不得了。我无论如何会找一找的,不过,这得先打起精神。——想到时间的漫长,我们俩是一样的,过去的每一分钟不仅在震颤着你,而且也震颤着我,对于这一点我毫无疑问。不过这样也好。——一个请求:你知道,我堂兄结婚了。他希望我父母送他一张画作为结婚礼物。我给费里茨·菲格尔写了一封信(我觉得他很了不起,过去聊天时我们也曾谈起过他),他的地址是:威墨斯多夫,维格郝斯勒大街6号。为了压低价格,我撒了个谎,当然很不绅士,我说,是我要送这幅画。他回信说,我提到的画,在科隆,而柏林的画也又不知道应该为我选择哪一张。(另外他问,二百克朗是不是太贵了。是太贵了。)是不是我给他写封信,让他和你取得联系,告诉他,你(用你那很有鉴赏力的眼光)会去选出一幅适合于犹太人的结婚礼物?你将会借这个机会看到许多有价值的东西——他本人,他的画,他夫人,以及他的家。

深切的问候。

弗兰茨

〔两张明信片〕〔1916年〕8月18日〔布拉格〕

最亲爱的:

关于那个画家菲格尔。在得到你的答复之前,我不想让他等太久。我向他出价一百五十克朗(我把这件事情完全看成一种心意,而不是买卖,尽管二百克朗贵了一些,不过也只是个意思罢了),并请他给你打电话,当然,如果他同意的话。请他和你一起选出合适的一幅。我之所以不等你的回音,是想在他打电话时,你也好有个回旋的余地,如果你不去他那里,就说,和我已经商量好,由他自己挑出一张好了。就看你自己的意愿和情绪了。

弗兰茨

〔明信片〕〔1916年〕8月19日〔布拉格〕

最亲爱的：

没有回音，但是这种不太规律的联系并非没有好处，因为这样，没有收到信的时候，就会想到信只是迟到了。——如果一定要找到一些令自己眼下高兴的事情去做的话，我的高兴的事情就是：了解开始和犹太人的犹太人家园发生关系的你。你曾经写信提到过乃母，这件事我早就想谈谈我的看法。不管是乃母想了解你的事情，还是你不愿意和她讲，你们这两方面我都能理解（特别是你这方面我更能理解）。但是一个折衷的办法还是必要的。不需要给她讲所有的事情，但可以讲些我们共同关心的事情。涉及我们的关系，这已经是绝对肯定的了；时间还没有完全确定，至于我们今后生活中的细节（除了在布拉格这一点以外），取决于将来的具体情况，尽管把这事告诉母亲对我会是很大的压力，那也没什么，告诉她好了。只是乃母对我们的将来所关心的与一般母亲们通常所关心的不大一样，这是为什么？眼下，未来还很模糊。——我不能理解的是，母亲为何会要求你星期天待在家里。怎么能这样要求你，况且你晚上大多都陪着母亲，而且星期天你出去也不过是在天气好的时候。如果你不给我一个满意的答复，我会亲自给乃母写信说说这事。虽然听起来令人很不愉快，但这样做的结果可能最好。

深切的问候。

弗兰茨〔19〕16.8.19

〔两张明信片邮戳：〔19〕16.8.20—布拉格〕

最亲爱的：

星期四早上你想好这天晚上不去德罗根大街①，而去弗里德里希大街，呼吸呼吸新鲜空气，看看风景，主意不错。但是，听说你打算星期

---

① 在拜德罗根大街22号（现在的马克斯—比尔大街5号），曾经是犹太人之家。

天搬到西方咖啡店那边去之后,我却感到有点失望。显然,星期一有关斯洛提女士的消息说明原来的消息并不确切(这里的人们对她看法不错。你对她印象如何?),我想提醒你的是,如果能够参与一件会成功、但尚未完成的事情,经历它的失败与教训,这对你会是十分有益的。等待你的消息。——是的,关于冯塔纳。你没有必要如此对待那位女士,事情对她已经很不公平了。我虽然提到是哪年,但是没说,冯塔纳当时是五十七岁,也就是说他有权提出自己的正当要求,但是他没有承担起五个孩子之家的责任。我想是这样的。他虽然有他的道理,但事情并不那么简单。还有一处写到他太太:"如果我不是想到她会用那句著名的'人能够适应一切'的日常用语来安慰自己,我就会毫不留情地指出她的要求。这句话是错误的。我不是伤感的人,但我还是觉得,许许多多的人,无论年老的还是年少的,悲痛、渴望或疾病都会使他们心碎。每天人们都会发现,人并不能适应一切。同样,我也不能,假如我必须努力去适应一切的话,要么我就会变得十分忧郁,要么就是经历了一回由清新变得污浊,由精神生存变成精神死亡的转变。我们当然可以把这称之为'适应'。可这又能算作适应吗!"①说比想容易,想又比做容易,冯塔纳远远地超越了从前的自己。但是他要求妻子能够理解(并能也像他一样去做,我个人这样认为),却是勉为其难,因此,我认为这种可能性不大;而她呢,也应该信任他,但是如果她在结婚这么久后都没能学会(我是指信任和沉默),那么,现在也就不要再抱有任何幻想。另外,我们没有对他们书信进行规范评价的依据。今天就写到这里。希望明天有你的信。我去拿你的卡片就像小老鼠去抓肥肉,今天一只小老鼠真把我吓了一跳。顺致问候。

弗兰茨

〔三张明信片〕〔19〕16年8月21日〔布拉格〕

---

① 冯塔纳于1876年7月1日致马蒂尔德·冯·罗尔的一封信。

最亲爱的：

我刚刚坐到打字机旁，试图写点什么。帮我打字的小姐正在休假。眼下我很想念她，因为接替她的人实在缺乏耐心和热心，而且他很紧张（我时常能听到他的心跳声），紧张得让我觉得，那咚咚的声音直接敲打在我的神经上。明天，不，是后天，她就回来了。突然有一个念头：你给我写信时也用一回打字机。那肯定能多写不少，比如上星期天的卡片（从星期五到星期六没有你的信），用打字机可能会快一些通过检查。——还有，星期天在办公室很不公平，这已经是第二次了。问题出在哪里？没有来自犹太人之家的新消息，很遗憾。我一直在想（看到打字机突然想起来的）：能给我寄几张你的照片吗？你已经答应过了。——马克斯和他的太太在我的建议下，由咱们那个导游陪同去玛丽恩温泉了。对我们来说，这是如此遥远，如此不可能（坐在打字机旁几欲落泪）。致问候，当然也代我向格蕾特小姐问好。

弗兰茨

〔明信片〕〔19〕16年8月22日〔布拉格〕

你有没有看犹太周报①？

非常满意，菲莉斯，我对你非常满意，只是你离我太遥远了，不能亲眼看到我是多么地高兴。希望不久能收到雷曼博士的消息，要等这么长时间。你的计划我认为不错：你要做什么以及怎么做，这很重要；当然更重要的是，你所投入的精力和热情最后要有结果，这应该是起决定作用的。总而言之，一开始不要接太多的工作，一方面由于你会负担过重，另一方面也要为自己留些时间全盘考虑这事。

弗兰茨

〔明信片：1916年8月24日—布拉格〕

---

① 1916年8月2日卡夫卡的明信片。

〔边旁〕

我没有收到你星期五、星期六的信件，是丢了？

最亲爱的：

当准时还是可能的时候，就没有必要千方百计去维持它，也就是说现在不应该抱怨。可是早上有时还是要抱怨。——施瓦本小姐是谁？我不记得你提起过她的名字。如果你对画家的家以及他妻子不甚感兴趣的话，那么施瓦本小姐大概对他没有友好的评论。事实上我也只了解他和他的画，他的妻子我只是认识，至于他的家我一无所知。我认为对你来说，值得参观的是总体的模式以及众多的真实与较少的抽象的有机结合。另外在他今天来的明信片中（"我们非常高兴能结识您未来的新娘"）说到，画主要是在八张布拉格的画中来选，这些画我在布拉格见过，但是回忆不起来都是哪些，我只记得当时是十分吃惊地盯着那些画。眼下那些画都在科隆，但似乎正在去柏林的路上。（他明确讲过）等画一到，他就给你打电话。现在我从这冷冰冰的打字机转入十分有人情味的问候。

弗兰茨

〔明信片：1916年8月25日—布拉格〕

最亲爱的：

一张漂亮的照片当然会赢得最衷心的感谢，特别是这张照片是你主动寄来（事实上我的请求正在路上），你的姿态显得与众不同，格蕾特小姐皮肤白皙，舒尔曼小姐表情有些呆板，好像非得让一个人说他不愿说的话，她的脸，眼睛，鼻子，以及她的微笑都不大自然，特别是站在她漂亮的小弟弟旁边，就更不耐看。这可不是在品头论足。——我提的一些问题你还没有答复，比如，你突然想起了在玛丽恩温泉的最后一个晚上，这意味了什么，另外，乃母对我们的将来到底持什么态度。

深切的问候。

弗兰茨

〔明信片〕〔19〕16 年 8 月 26 日〔布拉格〕

最亲爱的:

多日不见你的来信。前几日我这里也是一团糟,不过这在我是常事。——我很想知道,你对费格尔印象如何。你记性不错,在信中我确实提起过他,只是没有到柏林拜访过他。非常遗憾,去拜访他耽误了你一个非常美妙的星期天的下午。好在只是一个下午,因为中午有客人,你才没能到乡下去。另外,下次再有机会你还是会去的,即使瓦尔登堡来人①早上就离开的话,你也还是会去的。只是,如果为了那些画你才没去成乡下,我感到十分抱歉。——犹太人之家? 对此我只想说:或许某些工作将会是必要的。这些事情你应该全部交给我来做,也好使我除了能够分享你工作中的快乐以外,还能以另外的方式和你贴得更近。

弗兰茨

〔明信片〕〔19〕16 年 8 月 30 日〔布拉格〕

最亲爱的:

非常感谢你如此详尽的来信。用打字机写信看上去确实不舒服,所以人们就试图在冰冷的打字机字后寻找有生机的东西。当然,用打字机写信的确很方便。我有这样的感觉,你似乎已经习惯用打字机。——画家,他妻子,和这些人相比,我当然喜欢你。我认为,只有首先和一个

---

① 菲莉斯的亲戚马克斯和索菲·弗里德曼,他们有时住在西里西亚的瓦尔登堡。

人单独交谈，和他交往，才能真正地了解这个人。

你对画的了解多吗？我对自己没什么信心。有这么几幅费格尔的画我还能说出个子丑寅卯。我想，这几年他肯定又画了许多。——费格尔夫妇结婚已经有三四年了。费格尔太太看上去不大热情，但我也注意到，在咖啡馆聊会儿天，再散散步，你就会改变对她的看法，他们俩看上去虽然有些不大般配，但不难看出，他们俩对自己的小家庭还是很满意的。我几乎记不起他上学时的样子了。只记得上学的时候，最后一排有一个挺笨的大高个儿，似乎是他。——他讲话以及思维方式给我印象很深，虽然有点逻辑不清，但却铿锵有力。他的处世态度你称之为"瞬间乐观主义"，在这一点上，我们俩看法完全一致，尽管喝茶的时间很短，你还是发现了这一点。为什么在他太太面前表现出来如此的孩子气，我也解释不清。不管她多么冷冰冰，多么傲慢，她是他的妻子，是他喜欢的类型。我是这样认为。你觉得表现巴黎的画适合于做结婚礼物吗？是怎样的一幅画？有多大？他会不会帮助运输？我们付一百五十克朗，就一幅画来讲很少，但就一件礼物来讲，已经很不少了。有空的时候再讲一讲那天下午的事情。你在那儿感觉如何？

弗兰茨

〔两张明信片〕〔19〕16年8月31日〔布拉格〕

〔边旁〕

这事勃洛赫小姐怎么能忍受？这对她又意味着什么？

最亲爱的：

我一直沉浸在昨天信件的快乐中，特别是其中的两件事情：对人的观察和对他人的尊重。再给我写一些关于那天下午的事情，着重写一些你所看到的东西。他（弗里德里希·费格尔）不是有一项伟大的计划吗？——他要为米勒出版社将出版的陀思妥耶夫斯基的书作画。他有没有把完成的作品拿出来给你看？你在信中写到，他们夫妇的情绪不大好，上次我和他们见面的时候，他们的情绪也十分低落。今天费格尔的兄弟来办公室看我，解释了他们情绪不好的原因。（我对格蕾特小姐的痛苦深感同情。你现在的心情我能够理解。当一个人决定帮助他人之后，他就会全力以赴。）你给她以帮助，当然也代表了我。有三天我感到头脑特别清爽，可今天又开始发烧，从昨天起我就已经从头到脚感到不大舒服了。大约十四天前我去看了大夫，一位无法形容的大夫（我的各种疑难病症不仅没能得到治疗，反而加重了）。我会再给你讲这天的事情的。

衷心的问候。

弗兰茨

〔明信片〕〔19〕16 年 9 月 1 日〔布拉格〕

最亲爱的：

只写几句话：我回信晚了，奥特拉在游泳学校等我，头涨得厉害，我得到外面透透气。——我还没有给你妹妹写信，在一张电报上记有她的地址，可我还没有找到。我只想告诉你：如果危险已经危及到她的话，那也就失去了一切。我绝对不排除这种可能，但是现在还不应该让这些烦恼搞垮。我肯定会给她写信的。——我想知道乃母对我们将来的明确态度，这不只是因为我的原因（我认为，住房是最大的问题），另外，为了母亲的原因① 好也还是讲清此事。在我看来，你的节俭简直令我大吃一惊（别生气）。下封信我会再谈这事。

弗兰茨

〔明信片〕〔19〕16 年 9 月 3 日〔布拉格〕

---

① 卡夫卡于 1916 年 8 月 19 日和 26 日写的明信片。

最亲爱的：

三天没有你的来信，代之是今天的信和这许多照片。照片的效果虽然不是很好，其中的一张好像是在排演特洛伊妇女挽歌队时照的，但不管怎么说，这些照片离我如此之近，我可以随时端详抚摩。多给我送来诸如此类的快乐。——你提出来的关于孩子们的问题，是最最困难，甚至是无法解决的问题。这个问题可以说几乎和我的病同属一类。它一方面无法解决，另一方面又不能忽视。这种至高无上的权力，实际上是一根无情的皮鞭！——此外，你对这一转变所提出的疑问，并不难解释。这三次婚姻中的任何一次显然都有它的道理。没有任何人愿意让自己显得无理，多半要努力使自己显得有理。那些女人们本身有缺点而且有责任，而男人们只允许有责任，然而他们受到的惩罚却多得多。这个问题现在清楚些了吗？

就在我马上要写完明信片的时候，看到面前的《柏林日报》上有一则关于在柏林举办"母亲和婴儿"的展览和讲座的消息。

深切的问候。

弗兰茨

〔明信片〕〔19〕16年9月7日〔布拉格〕

〔边旁〕

我一点也不反对用打字机。

最亲爱的：

今天收到你5日、6日的来信，非常感谢。你信中提到房子。昨天我是如此的渴望宁静，渴望绝对的宁静。你相信吗，只要我有耳可听，有可以证明生命存在意义的头脑，我就要拥有它们。我想我不会有宁静，就如同被冲到岸边的鱼儿得不到水一般。昨天下午我读一本奥托·考斯①写的《陀思妥耶夫斯基》，那一个小时我很快乐。在玛丽恩温泉我给你看过一幅布莱的照片。在他的旁边站着一个穿制服的年轻人，那就是考斯。不想向你推荐这本书，因为至少开头看起来不大让人理解，但对那些整天和那一时期及那时期文学打交道的人来说，也许就很容易理解了。

弗兰茨

〔明信片〕〔19〕16年9月9日〔布拉格〕

最亲爱的：

你妹妹的地址我还没有找到，不过，你最初的激动也许已经平息下来了。我们所要做的，并不十分急切，只是表达一种心意。——因为你和费格尔夫妇相处很好，所以在他们出发前，你或许能去和他们告个别，慰问慰问。你也可以给他们写封信，或者给他们寄张合适的卡片，这样也许更好。他还没有给我写信，那些画也还没寄来。此外，考虑到他作为国家美术馆长的绘画成就，他也该得到一封特别讨人欢喜的信函，主要是为了让他减轻心中的不快。另外，只要一个女人对服装有感受力，那么就不会太难和她相处，另外，你当时穿的又不是丧服。你特别提到妇女平等是不是故意吓唬我？作为相互信任的标志，我接受你的提示。——关于星期四晚上的描述令我十分高兴。——文件吗，我就只需要出生和原籍证明。我听说，这些东西很容易搞到。我必须抽出几个小时办这件事情。

深切的问候。

弗兰茨

〔明信片〕〔19〕16年9月9日〔布拉格〕

---

① 奥托·考斯，这里说到的是《陀思妥耶夫斯基·人物批评》，参见《试验》，慕尼黑，1916年。

〔边旁〕

费格尔的弟弟（恩斯特）刚给我拿来他的诗作，不大容易理解，不过是些很严肃的东西①。

最亲爱的：

忙碌的星期天。我又和奥特拉去散步。前天，星期五，我们去了两个很棒的地方，是我最近刚发现的，还是在特洛雅附近，不过这比那个树林②更美。那儿有一块空地，草很高，周围忽远忽近隆起一圈斜坡，斜坡和密草将太阳挡在另一个世界。还有一处，离那处不远，是一个很深很窄、变化无穷的峡谷。这两个地方都很静，静得就像无人的乐园。我请奥特拉打破沉静，教我唱歌。尽管我的嗓音不好，可那时我觉得自己像是变成了金嗓子。

深切的问候。

弗兰茨

〔明信片：1916 年 9 月 10 日—布拉格〕

最亲爱的：

时间还早，等待我的是工作和上司。由于睡眠不好，头很痛，也许该在椅背上靠一会儿。可我还是坐到打字机旁给你写信。你的信所给我带来的快乐根本是无法用简短的语言表达的。你带给我一个家，这才是最重要的，其他的一切就听其自然好了。你对我们将来的家的设想，我完全赞同（只是我并不认为一定要把钢琴当作我们家摆设的关键之物），

---

① 参见沃尔夫的《通信集》，第 40 页。
② 参见 1916 年 8 月 9 日的明信片。

但是这一切不过是次要的事情。最重要的是人，只有人才是最重要的。除此之外，我还很想听些其他的事情。顺便提一下雷曼博士和他的报告。你说听他的报告一点不感到吃惊（这话听起来有些让人觉得你并不喜欢他的报告），但你又说，很久以来你就不赞同报告中的观点（这实际上是惊奇有余，而表达不足吧）。就这个报告而言，应该说你很走运，因为这篇报告所涉及的中心问题是要动摇犹太复国主义的决心，依我来看，这样的观点和争论不会平息，它们会时常出现，首先要做的工作是免受这种观点的干扰，这也是你要做的。或许，这话不该由我来说。不管怎么说，首先要做的是澄清认识，有关的问题在我寄给你的回忆录中可以找到答案，而且我也一直想让你关心这件事，做好这些已经是很多工作了。我还想听你讲讲那天听众的情况，还有那些按你的说法，我会觉得非常漂亮的姑娘们的情况。犹太人之家的孤儿们也在场吗？讲座当中有没有引起强烈反响的争论？勃洛赫小姐也在场这很好。她对这个讲座怎么看？这件事情整个儿就让我高兴，因为我预感到（我本不应该告诉你这些的，但是这事情太重要了，而且我们的距离也太近了，我实在已经顾不到这么多了），也就是说，我觉得你一定会从你现在经历的事情中认识到，部分来说（只是部分来说，因为没有人能完全否定自己，我想，如果你还信任我的话，你就应当同意我的这个意见），至今为止，你还没有发现真正重要的那些东西，而只有这些真正重要的东西，才能唤醒你力量中的最善；你一定会认识到，工作、家庭、文学、戏剧，这些东西从根本上说只能唤醒你这种最善的一部分；也许，真正的结合点在这里，这种最善反过来又会有益于所有其他的方面，例如家庭之类。在这里，我有意识地避开了我们俩和我们俩的关系，我们说过我们将不讨论这个。不过，如果这些思想的余晖——不仅是在某个不期的晚上，而是整个儿的这些思想以及它们的那些可能性——落到了你的身上的话（而且，为了充塞你现在的环境，也落到了勃洛赫小姐的身上的话），我将感到非常的高兴。

我的头痛病前一阵是时好时坏，所以还能忍受，只是有这么几天痛得非常厉害。给我看病的医生极尽其所能给我做了检查。这个医生给我的印象还是挺不错的,冷静,然而有些滑稽,这也许是由于他的年龄,他大块头的身材(正像我这样的瘦高个能使你有一种信任感一样,不过,这是为什么我一直没有明白),他的外形(厚嘴唇和宽厚的、好像能碾碎一切的舌头),他对病人发自内心然而并不过分的关注和同情,他在医学方面的谦虚谨慎,以及其他方面,这一切能够唤起人们对他的信任。他说,没有什么大病,只是太紧张了。他的建议很有意思:少抽烟,少喝酒(不过,偶尔还是要喝一点),多吃蔬菜少吃肉,晚上最好不吃肉,游游泳,总之,锻炼锻炼,晚上上床时保持心情平静,然后入睡。特别是最后这一条他认为有助于食欲增加。情况就是这样。

现在我必须停笔了,这中间我被打断好几次,而且事情一次比一次急。

提起过的那个施瓦本小姐也在犹太人之家吗?我有一个请求,你那方面凡是与犹太人之家有关的必要的花费全由我承担。此外,前不久,我也送给马克斯一本回忆录,我还要再送给奥特拉一本,我把这本书送给我最亲近的人。如果我没有搞错的话,他们是我最客观,最实实在在,也是离我最近的读者。

最诚挚的问候。

弗兰茨

〔19〕16年9月11日

最亲爱的:

你问及我的事情,在我昨天的信中提到了,不过,这不是什么最重要的事情。我想说的是,不能用嘴表达的意思,用笔我也不能。按照你的性格可能你有理由要讨个明白,可是我却不能,我想,我或许是害怕把这事弄得太清楚。通过书报杂志把你领向一个在我看来适合于你的精神归宿倒是可能的。我没有这样去做,因为这样做的意义也不大,那些本身就十分微弱的力量它们所做努力的结果也只是微乎其微的,更不用说，你只要一转头就可以避过这些力量。我要补充的是：你有权避开它们，因为这种努力缺乏近距离的观察和了解。所以，当你在玛丽恩巴德认真考虑寄宿学校的事情时，我多么高兴，当时我根本没有料到你会提出这样的想法。只有真实可以给你带来最大的帮助，哪怕是最微小的真实。不要对自己有任何偏见，不管是好的，还是坏的，就是对我也不要抱有任何偏见。这样你会发现有人需要帮助，而且，理智的帮助——你有给予这种帮助的能力——正如雪中送炭。这极其简单，然而又比任何主导思想都深奥。其他所有你问的都会自然由这简单的事情中得出结论。至于我，我有这种顾虑：你可能会由于这一工作在某些个别问题上与我有分歧，因为我至少目前没有能力献身于这项工作——倒不是因为我身体的原因。然而，总的来看，再没有什么能比这件事情更能使我们在精神上的联系更加紧密的了。你在那里所做的任何努力，你在那里所承担的任何工作（但不应让这些工作搞坏你的身体），以及你的上封信都给我带来无比的慰藉。我看，这是通向精神自由的唯一之路。那些帮助别人的人会比被人帮助的人更早地走向这条自由之路。不要听不进反面意见，记住这一点很重要。在寄宿学校你能在哪些方面给他们以帮助？因为一个人的一生全都包在皮下，至少是用自己的手包在其中，而缝合之处无法改变，因此就要努力使那些被照顾的孩子们在保护他们自身个性的前提下和帮助者的精神世界及生活态度逐渐接近，也就是说，要让孩子们与我们时代受过教育的，带有柏林特色的西部犹太人的状况接近，应该承认的是，或许他们是犹太人中最优秀的样板。在这方面成效并不大。如果我可以在柏林寄宿学校和另一个寄宿学校中进行选择，而在后者中那些柏林的帮助人以及来自克罗米亚和施坦尼斯劳的普通的东部犹太人帮助人就曾经是被照顾的孩子们，那该多好。我肯定会屏住呼吸，睁大眼睛毫不犹豫地选择后者。不过我想，这样的选择不存在，没有人享有它，一些对于东部犹太人同样重要的事情，是不能够在寄宿学校传授的，在这个问题上过去甚至由亲人所进行的教育都做不到，这是一些不可传授的东西，但是，我们可以希望它们是一些可以通过努力掌握的东西。掌握它的可能性——我这样认为——只有在寄宿学校帮助人的人才会有。因为他们的能力以及他们自身都是微不足道的，因此，他们所能够做的也是微不足道的，然而，当他们对事情理解之后，他们会使出他们的一切力量，尽他们的一切所能，这又是很多的，只有这才是不可估量的。在寄宿学校的工作得到一种新生的强有力的方法，总而言之，是一种新生的力量，这种力量激励了民族向上的精神，而这种精神在别处可能会被遗忘，这种力量还会使人们想起久远的过去，然而，这种力量是有限度的，没有这种力量犹太复国主义的梦想就不会存在，只有在这种情况下才与犹太复国主义有关。你是不是能处理好和犹太复国主义的关系，这是你的事情，在你和犹太复国主义之间发生的任何意见分歧（漠不关心不在此列）都会令我感到高兴。现在且不论此事，但是你应该先体会一下拥护犹太复国主义者的感受（你已经有过一次体验，仅仅是体验而已，并不是真正的加入进去），然后才会承认，我不是犹太复国主义的拥护者——考查的结果会是这样的——于是，我就不再恐惧，你也不应该恐惧，犹太复国主义不会分裂它的拥护者。

天已经很晚了，而且，两天来我的头和血液又不愿意保持平静了。

弗兰茨

〔19〕16.9.12

最亲爱的：

今天没有来信。如果你想知道的事情在我的两封信中提到的都不多，那倒不是什么坏事。因为这样，我们在信中肯定就还会时常提到这些事情。找房子的事情进展如何？这件事我当然十分关心。还留着老房子的想法我认为不现实，尽管这一想法确实发自内心，而事实上常常不过是一种幻想，一种美好的愿望罢了。你星期五必须去参加的是个什么样的检查活动？那个牙医怎么又冒出来了，一提他我就紧张。——我当然对你如此地节俭赞叹不已。你的手指肯定是被施了魔法，不然怎么能这么神奇地把流出去的钱又弄了回来。在这方面我有一双典型的平庸无奇的国家公务员之手。

弗兰茨

〔明信片〕〔19〕16.9.13〔布拉格〕

〔边旁〕

我希望最晚在星期五能收到你讲述星期一情况的信。

最亲爱的：

今天收到你 11、12、13 号的明信片以及 13 号的信。尽管头和牙还很痛，心情也仍然不佳，但一下来了这么多的信件，低落的情绪以及不好的消息也就被冲淡许多。我代表自己，也代表你，代表我们俩感谢你定期去犹太人之家(上星期的信可能有些过激，但你会明白我的意思的)。你喜欢那里的一切，这很好。因为很有可能，一件并非坏事之事会令你特别反感。这次没有考查你，并不意味着其他所有考查你都能逃过。关于你上次提出的问题，首先是，今天我坐在一台不好用的打字机前，而且时间很紧。——另外，不久前我接到一封邀请，邀请我参加《新文艺之夜》丛书在慕尼黑举办的一个朗诵会。这倒不是件坏事，我喜欢朗读，或许你也能来（10 月 6 号或者 11 号）。为此办签证应该不会太困难，只是对于我的能力和时间而言却是个问题。也许最后我还是得放弃这次朗诵。不过，我是很想晚上能和沃尔芬施坦①坐在一起朗读。

顺致问候。

弗兰茨

〔明信片〕〔19〕16 年 9 月 15 日〔布拉格〕

---

① 诗人阿尔弗雷德·沃尔芬施坦（1888—1945）。除了卡夫卡 1916 年 11 月 10 日晚上在慕尼黑朗诵了自己作品之外，参加这个活动的还有：9 月 8 日是 S. 弗里德伦德（迈诺纳）；9 月 26 日是 E. 拉斯克—舒勒；10 月 10 日是 A. 沃尔芬施坦；10 月 27 日是 TH. 多尹布勒；11 月 17 日是 J.R. 贝歇尔和 W. 赫兹菲尔德；12 月 4 日是 G. 科尔韦尔。

仍然是简短数语,但却如就在身边交谈。是寄宿学校使我们联系更加紧密。在那些姑娘的问题面前你不必害怕,或者为了不损害寄宿学校而把这种害怕藏在心里。不仅是那些问题让你害怕,而且那些沉默也让你受到压抑。不仅是那些姑娘的问题让你害怕,而且那些咄咄逼人的和对你唱赞美歌的"有用之人"们的问题也让你害怕。你曾经这样醉心地写到过他们。此外,把他们对你的信任从崇拜上引开,这是你的事情;在这里有一点是很重要的,就是要让标准的犹太教黑色情结——这里面有许多不可解的东西——起作用。当然,在这个过程中不可以抹去任何东西,这里的人却很乐意抹去点什么。我想这样做是很不公平的。我想不到要去教堂。教堂不是轻易能够靠近的。我们现在不可能,就像我们还是孩子时一样不能;我还记得我小时候对上教堂是多么地感到无聊;那种经历对于以后的办公室生活简直是一种学前教育。那些只是出于犹太复国主义的信仰而拥入教堂的人,对于我来说,就像是那些一定要从约柜①后面和约柜中间穿过去进入教堂之门,而不是规规矩矩地正常地从大门进去的人一样。但是就我来看,你那里的情况和我这里不大一样。当我必须告诉孩子们(当然挑起这样的谈话是很不明智的,而这种问题孩子们一般不会自己想出来。因为大城市的孩子们见多识广,他们明白,如果他们是东部犹太人的话,一旦有人挑起这一话题,他们就会立刻起来保护自己并攻击他人,当然这很不好),由于我的出身,教育,天资,环境的不同而和他们在信仰方面没有什么共同之处(遵守宗教戒律不只是表面的形式,而是犹太信仰的中心问题)时,当我必须向他们承认这一点时(我会很坦率地这样去做的,失去坦率,一切也就全无意义),你也许就不是与这一信仰没有什么关系了。这很可能是一些已经模糊了的记忆,这些记忆被城市的喧嚣,被疲于奔命的生活,被多年繁杂的各种对话和各种想法所淹没。我不愿说你还站在门外,但远处还会有某个闪亮的门把手在向你呼唤。我的意思是,你至少可以给孩子们一个悲伤

---

① 犹太人保藏刻有摩西十诫的两块石板的木柜——译者

的答案，就是这一点，我也很难做到。但这就足以赢得他们对你的信任。亲爱的教师，你什么时候开始上课？

我已经给乃妹写信了。因为你没有对我的反对意见提出异议，另一方面也没有不让我写信，所以，我就给她写了一封语气和缓，但具有说服力的信。

弗兰茨

〔四张明信片〕〔19〕16年9月16日〔布拉格〕

最亲爱的：

午饭还得等一会，我先简短地回答你的问题，——你立刻热心而有条不紊地着手此事，这很好。星期天的郊游对你来说会很有意义，另外，这些天天气很好。我和奥特拉坐的地方可以俯瞰一条蜿蜒曲折的狭谷，这条狭谷并不宽，但很美，尽管太阳很足，而且正对着我们，但我们还是觉得有点冷。我们阅读斯特拉乔夫的《回忆陀思妥耶夫斯基》①。眼下，我正读福斯特的《青年教程》②。我不认识福斯特，但听到过许多对他的溢美之词，仅是我听到过的一些书中的例子（费利克斯对此评价很高），已经令我很感动了。从为犹太人之家所做的工作我们来分析一下教育理论：教育学不能纯粹作为指导具体工作的理论来学，而是要通过一本优秀的教育学书籍唤起认识并衡量自己的施教能力。一本书所能给予人的

---

① 这里指的可能是 N.N. 斯特拉乔夫为陀思妥耶夫斯基作品所作的引言，见 F.M. 陀斯妥耶夫斯基的《全集》第二部第十二卷，慕尼黑1913年出版。
② 弗里德里希·威廉·福斯特的《青年教程》。这本书是写给父母、教师和神职人员的，柏林1914年出版（在以下的引文中名为《福斯特，青年教程》）。在犹太人家园的一份手稿中有这样的文字："作为教育学方面的进修，教辅人员目前正在一个短训班中学习 F.W. 福斯特的《青年教程》。选中这本书的原因是缺乏以犹太教理论为基础的教育学著作。在礼拜日的晚上……可以将在福斯特讨论会上讨论过的教育学问题用犹太教的观点再作分析。"参见《柏林的犹太人之家》第一篇文章，1916年12月5日；1917年柏林出版，第15页。

不会更多，人们也不应期待一本书会给予你更多。你的第一个被接受了的建议我觉得很正确，第二个我觉得有些问题。如果福斯特的书在课上读过了，那么课后学生也许就不再看了，顶多也就是草草地看一下，而普遍被采纳了的教学方法是，每个想要跟上教学进程的人，不仅要阅读教师指定的内容，而且要阅读全书。因此你的顾虑并不过分。每个人必须通过福斯特其人来了解福斯特，如果除了福斯特的报告还能从其他人，比如菲莉斯那儿得到一些闪光的东西，肯定不会有什么有异议的，特别是当我想到我上面提到的能够拥有一本指导具体工作的教育学书籍的意义时，就更坚信这一点。另外，是不是你接过了这个题目中最难讲的一部分？为什么这么困难，别人不合作吗？——关于维也纳犹太人之家的书籍我将尽力搞到，或许你能给我一些这方面的具体信息。我也非常想再听一些关于上次那个宗教教育报告方面的情况。①——勃洛赫小姐当时也在场吗？

我可能要求你写的太多了，因为你还有许多其他工作。我只是想说，我给你带来的工作很多，但是你的信给我带来的快乐是无法用语言描述的，只是想到你要用很多时间来回信，我总感到有些内疚。你的上司在柏林吗？你有没有找一个帮手？

弗兰茨
〔19〕16.9.18

最亲爱的：

今天没有你的来信。昨天我给你寄去福斯特的青年教程，但没有订成册，这样，就是你已经有了成册的书，也还有一份可以随便拆开，而不必带着一本沉甸甸的书到处跑。昨天我翻了一下这本教程，你的那

---

① 《犹太教育问题》，这是西格夫里德·雷曼为犹太人之家的教辅人员和来访者所做的一个报告。

章我详细读了一下（尽管我当时头痛得要命）。就这本书来讲，十分值得钦佩，尽管依我来看在各方面还可商榷。昨天我竟然在床边坐了一个小时而没有躺下，甚至都没有想要躺下。而现在坐了一上午办公室之后就觉得没这么大劲了。你的这一章可以用三十句话来概括。给我寄一份讲稿的复写件然后我们再来谈这一章。也写几句对我写给你的信的看法。——怎么会呢，你做了这么多准备工作，而最后还是没有找到房子？这样看来以后找房子不会太容易。或许我还是能去①。但是我今天听说，邀请是在马克斯的影响下发出的；因此我参加这次活动的兴趣减少许多。你愿意作这样一次长途旅行吗？倒不是为了来听朗诵，这不是我的意思，我主要是想有这么几个小时，大约五个小时，你能和我在一起，但是一切还都没有定下来。

弗兰茨

〔明信片〕〔19〕16.9.19〔布拉格〕

最亲爱的：

很好，你和大家一起去郊游了，这太好了。只是对于一个累了一个星期的姑娘来说走四小时的路太多了点，尽管这可以代替寄宿学校晚间的户外活动。总之：你自己一定要注意，别太好强，一个晚上研究福斯特，一个晚上上课是无论如何要做的，如果每两个星期天再安排一次活动的话，那就全排满了。如果能像我们在玛丽恩温泉提到过的，每星期抽出一个晚上做做体操，那我会很高兴。你有没有听到（费里德利希）费格尔的消息或给他写信？他可能要来布拉格，不过他既没有写信来，又没有寄来画，我还是觉得很奇怪。我没有接到你星期六的信件，是丢了？

弗兰茨

〔明信片〕〔19〕16.9.20〔布拉格〕

---

① 去参加 9 月 15 日信中提到的慕尼黑的诗人朗诵会。

〔边旁〕

牙医在做什么？

最亲爱的：

你又去参加一个培训班，我真的认为大可不必。一方面不要把你累坏，另一方面不要影响你的吸收能力和工作效率，你想，这可能吗？你讲到的那个辩论，很有特点，说心里话，我更欣赏邵勒姆先生那类的建议，它要求人们要通晓一切，从而达到无所求的目的。这些建议及其意义绝不能和一个人所面对的实际结果去比较。另外，我这是从一般意义上来讲。就邵勒姆先生的建议本身来看也是不可行的。——你和那些姑娘们相处很好而且希望和她们接近，这令我很高兴。你信中所流露出的哪怕是一点点的自满情绪都是有害的，比如信中有这样一句："能够公平地对待她们并且愿意也能够给予她们。"是由于这些孩子们才有所成就，只意识到这一点还是不够的，重要的是要回报她们。如果一个人没有什么可感激的，那么他就处在一个无法弥补其精神折磨的中学女教师的可悲境地。地狱中的人物——说到这儿我想起：你的那些老故事就要出新版了。我把过去的题词改为："致菲"，你看如何①？

深切的问候。

弗兰茨

〔明信片〕〔19〕16 年 9 月 22 日〔布拉格〕

最亲爱的：

又没收到你的来信，这星期只收到星期一的明信片和信。今天，天

---

① 在 ARKADIA 年鉴中首次发表时的献辞为：献给鲍·菲莉斯小姐。参见 1912 年 10 月 18 日的信。

气很好，明媚的天空令我快活许多。你和孩子们也会再有一个快乐的星期天，只是希望不要太紧张。我真希望也能坐在车里紧挨着你并且不时地问，我可不可以问问题。然后，无休止的吵嚷也许就会停止。我常想，人的身体就如一艘即将报废的海船，当无情的海浪肆意袭来的时候，它是多么地不堪一击。——有件事我好几次想写信告诉你：你还记得那首本来应该作为马克斯一篇文章的附录发表在《犹太人》上的小诗吗？稿件在寄送的时候丢了，后来又寄了一份，我自认为这是我最得意的一首小诗，可是，最后布勃在提出保留意见的情况下发表了马克斯的文章，却没有登我的小诗《梦》，但他在一封极尽溢美之词的信中却说，这首小诗本来是应该能够发表的①。我之所以提起这件事有两个原因：首先，这封信令我很高兴，其次，我也想利用公职人员谨小慎微生活中的一个小例子告诉你，我无论是在物质上还是在精神上的存在都是不稳定的，不管是否我将来会有所成就（乱哄哄的时候我什么也写不出来），这不是不可能的，那些善意的人们会否定我的文章，恶意的人们就更不用说了。

衷心的问候。

弗兰茨

〔明信片〕〔19〕16.9.23〔布拉格〕

最亲爱的：

多么美好的一天，早上起床后顺便到办公室问一下有没有我的信，没白去，那儿竟然有22号和23号两封信。我真不知道怎样描述这两封

---

① 这里指的是从《诉讼》中摘出来的小诗《梦》。这首诗本来应当和马克斯·勃罗德的文章《我们的文人和团体》一起发表在《犹太人》月刊(1917年10月)上，但最后是发表在马丁·布勃编辑的另一本文集《犹太人的布拉格》(自卫出版社，1916年12月出版)里面。1916年底，这首诗又发表在《1917年新青年年鉴》（柏林新青年出版社出版）上，在第172页。1917年1月6日，这首诗还出现在《布拉格日报》的娱乐版上。

信给我带来的快乐。那种感觉就像是,那些小姑娘是我的孩子,她们终于有了母亲(不会耿耿于怀吧?),又如,你是我的孩子,经过许久的孤独,你终于得到一个母亲,或者,我坐在一处安静平和的地方,看着如油的春雨撒向我的田地。而所有这一切的最妙之处在于,我没有刻意追求这一切,因此按照神秘的自然法则,由于我的无为也就不会惹来任何麻烦。明天我会写得详细些,并给你寄去一份报告,那上面记录了我的想法。把施勒米尔作为开始我认为很好。明天我会让人寄去十份摘自《世界文学》的《施勒米尔》①(带插图)。我幻想着与你并肩走向缪贝克。

弗兰茨

〔明信片〕〔19〕16.9.24〔布拉格〕

最亲爱的:

希望你能及时收到那篇文章。今天早上我有许多事要做并且由于各种各样的原因自从第一次读福斯特时就没能和他交换我的看法,现在为了能赶出关于你那一章的一篇东西,还有头四十八页的内容,我不得不紧咬嘴唇拼命地赶,由于时间仓促,所以会有许多地方不很成熟。我们这就开始吧:不,这之前还有一些要做的事情,我认为,整个报告有四分之三照本宣科,而四分之一现场发挥,这一构想是正确的,但是作为一个十分详细阅读过这篇文章并想把他文章中的思想传达给他人的报告人,首先应该把整篇报告简明扼要地概括一下。此外,利用这一机会对福斯特作品的合理性提出疑问,我认为,这不是报告人的事情。但是,如果能单独安排一个晚上,或者在培训班结束之后专门搞一个讲座,也可以在讨论会的理论部分结束之后各抒己见,提出自己的保留意见。我

---

① 这里指的是阿达尔巴特·冯·沙米索的小说《彼得·施勒米尔的神奇故事》。

很想按照我的想法为你设计一个方案。下面是报告内容：

到现在为止已经阐述了伦理学方法的基本观点，即：大致分为两大类，引导孩子们从生活上升到伦理道德的法则；引导孩子们从伦理道德的法则去指导生活。不管是把它作为纯理论的伦理学还是作为常识课，这两个方面的内容是可以统一的。我们今天要讨论的这一节是对在知识课中独立的各个问题范围之内的伦理课进行研究。主要涉及自然科学，特别是物理学、生理学、天文学；再有，语言学，历史学，文学史，声乐课；地理课只是附带提一提。

自然科学与伦理道德法则的联系比其他学科与之的联系更为重要，因为这里包含了解释本来并不必要然而确实存在的与伦理道德法则相悖现象的原因。有两个表明道德的反作用力的例子：例子之一（适合于十一至十四岁的孩子），如果没有合乎道德准则的人操作机器的话，那么一切的发明和发现都是无意义的。例子之二适于高年级的学生，通过普罗米修斯所作所为以及他因此而受到的惩罚来说明在反抗更高秩序时所能获得的权力以及为此所必然会降临的惩罚。

道德伦理与天文学的联系大致为：哥白尼学说的伟大之处就在于，它敢于对亲眼看到的事物提出疑问，同样在判断一种行为是否合乎道德时，人们仍应该敢于提出疑问。能够认识到天文学研究中存在主观干扰因素，那么在判断一种行为是否合乎道德的时候，也应该承认导致错误的主观因素。

语言课和道德伦理学的联系是这样的：语言是促进人类之爱的基础，通过语言可以表达心中的好恶之情，改变自己狭隘的认识，扩大自己的视角，使自己变得更加宽容更加谦虚。如果一个人没有这种美德，只是通过学习语言也不能改变什么。这一点我们可以通过讲同样语言的人们之间，比如，地位不同的人们，或者，不同的两代人之间不可调和的矛盾得到证实。从这个意义上来讲，学会一门语言也只是对于那些有共同语言的人才有意义。

在通常的历史课中不只是伦理学，就是历史本身也常常被滥用。人们常常试图把历史作为这样一句话的佐证，即：应该把世界历史看作世界法庭。这种做法是错误的,也是十分危险的。人们应该更多地在放弃做无谓的历史证明的情况下,把自己的精力集中在表述历代衰亡的心理因素上,比如,强权对于施暴者以及受害者的心理影响,只有用这种方法人们才能够揭开历史事件模糊的外表,看清事物的本质。(总之,目的使手段神圣化。看66页,第二段,该段作为重点课堂朗读!)容易得到别人赞同的争取自由的暴力是伦理道德方面的基本错误,这一点可以通过基督的例子说明。

继续写下去时间有些来不及。我大约看到第77页,而文学、艺术、音乐课与伦理道德的关系我只是找出一些例子,这些例子至少还是有些用途的:《第二个声音》①一定要朗读。最后也许还有一点需要说明,大家可能自己还会找出一些与书中讲到的内容相关联的例子,这些例子在实践部分会更多(这部分会常常提到),切忌丢了西瓜,拣回芝麻。所有的例子都必须以解释主题为目的。

弗兰茨
〔19〕16.9.25

不要接太多的工作,菲莉斯!比如,为什么一定要由你来写那篇报告②?

最亲爱的:

昨天和今天都没有收到你的来信。首先是几个需要回答的问题:你现在每周要在寄宿学校待几天?多少小时?寄宿学校有多远?你怎么去,坐车还是走路?雷曼博士的关于宗教教育的讲座涉及了哪些方面的

---

① 这是福斯特著作中一章的标题,见《青年教程》第78页。
② 菲莉斯正在写上面提到过的犹太人之家的领导们出版的小册子的有关报告。

内容？你信中写到，学生们的辅导老师由她们自己选择。她们到哪去自己选？你不会是这么选出来的吧？或许你的任命只是一种试验？为什么蜜丽莲不再是那里的头儿？你认识她本人吗？那位自己要求带这个组的女士在做什么？说不定就是你叫她红石头的那位女士。你们之间是怎么分配工作的？你的朋友们，姐妹们，以及你母亲是怎么看寄宿学校的？你都两个星期没能和她们在一起了。你为什么接下写年终报告的工作？这件事肯定会有人来做，尽管只需写出一页，但这对你仍然是一种不必要的负担（提出这个问题主要是出于我自己的利益，因为，不是写这么篇报告的话，这张纸也许就是为我而写了）。你的上司在柏林吗？你现在有助手了吗？她干得怎么样？为什么你又得搬家？经过第一次的失败就不再找房了吗？写有关于但泽先生情况的信到了吗？你最近有没有听到费格尔的消息或给他写信？（我一直没给他写信）——今天就问这些吧。

我昨天给你寄去了十篇施勒米尔的文章，是从《世界文学》上搞到的，纸很好，希望能如我所愿——上面的插图比较容易弄下来。顺便说一下，这个小册子我没过。此外，你还会收到两本由莎夫斯坦出版的施勒米尔。这两本小书可能会比从《世界文学》搞到的那些漂亮，特别是那些老的画会使整个书增色不少，但我认为，这两本小书中的文字内容不完整。我觉得，姑娘们在听课的时候不应该看书，而是在你讲完施勒米尔之后把书发给她们，用来加强记忆。由于故事中各种复杂的关系，我认为你的首讲内容选得很好。非常遗憾的是，我想象不出这些十一到十四岁无忧无虑的孩子们的能力和要求。你有没有注意到，至少是在开始的时候，福斯特没大注意如何给女生上课？在这个问题上你就可以用你的经验去加以补充。我还没有和马克斯正面谈到过你那个组的课堂读物的事情，我担心，为这个年龄组推选读物，他也不一定能提出什么好的建议。夏洛姆·阿施出版的圣经故事[①]也许比较合适，这是我目前能

[①] 这里说的是夏洛姆·阿施所著的《圣经小故事》，柏林，犹太出版社1914年出版。

够提出的唯一建议。这本书我没有读过，尽管我读过的这个出版社出版的一些其他东西没有给我留下什么印象，但是这本圣经故事应该还不错。这本书我随后给你寄去。我想，你和小姑娘们就李希特瓦科的这本小书进行看图练习，从某种意义上讲与福斯特的理论非常相似，甚至于有过之而无不及，这就值得提出疑问了。李希特瓦科的书我也会寄给你。如果我建议你少做一点寄宿学校的工作的话（你接过的工作显得确实多了点），主要担心，很快跳进水中的人会很快又从水中钻出来。在这方面我相信你不会这样做的。我只是担心，你的工作负担太重，从而会削弱你的工作成绩。告诉我一些关于这方面的情况。

第一堂课以唱歌开始，又以唱歌结束我觉得很好，只是不明白，你自己为什么不愿意唱歌。在卡尔斯温泉你唱得不是很好吗，毫不夸张，我当时和你一比真觉得无地自容。要唱些什么歌？至于自由练习，我提醒你注意米勒舍的体系。你还记得那本书吗？我建议你在作自由练习时，不要让她们任意发挥，而是要好好研究这些练习，特别是在做练习之前好好研究。我可能要到慕尼黑去朗诵。你若能来，对我是强大的动力（不然，我可能不去参加这次朗诵）。由于某些原因绕道柏林不大可能，另外，我也不打算这样做。尽管我不愿看到你受旅途之苦，我还是希望在慕尼黑而不是在柏林看到你，至于寄宿学校我也想通过你去了解，而不是看到它实实在在的样子。由于我这里的各种情况，可能也由于我的性格而作出的如此决定，见谅。

弗兰茨
〔19〕16.9.26

---

① 阿尔弗雷德·李希特瓦科《小学中试验过的艺术观察练习》，由教师协会出版，用于艺术教育的辅助材料，德累斯顿1898年版。

最亲爱的：

前天，昨天，今天都没有你的来信，太久了，是吧？不过我能理解，星期六，星期天你都没有时间。另外，这里今天天气也很不好，昨天倒好得多，看天气这么好，我就出去走了走，一个人，到那块视野很好的高地，就是上回我信中写到的那块高地。当时的感觉有如到了另一个世界。你享受过独处，独自散步，独自沐浴在阳光之中的快乐吗？我这么说没有任何反对两个人或者三个人在一起的意思。但是你知道一人独处对于受折磨的心和疼痛的头是一种多么大的抚慰！你有过类似的经历吗？你有没有一个人独自走过很远的路？独处的能力是经过已往的痛苦和快乐培养出来的。我知道，我还是个孩子的时候，就常常处于孤独之中，而当时更多的是不幸，很少有发自内心的快乐，现在我走向孤独，就如水流入大海。

深切的问候。

弗兰茨

〔19〕16.9.26

〔明信片邮戳〕〔19〕16.9.27〔布拉格〕

我已经和马克斯谈过了，他现在唯一能推荐的是施勒姆·阿莱夏的一本书。不过，我认为，他也有同感，孩子们读这本书似乎复杂了点儿。我倒是想给你寄去一本好的猜谜的书或者一本教孩子们做手工的书，只是我得先找一找。

最亲爱的：

今天收到你星期六写的信，你的贺卡还没到。照目前情况看，我的文章是不能按时到了，不过你可不要搞错了，朗诵会是不会在新年举办的。令我烦躁的常常是你给孩子们搞的讲座已经过去了许久，我才能得到任何有关的消息。施莱伯我当然认识,尽管我和他只相处过一两次,但是他给我的印象很好。一个时常沦落但最后总能崛起的人物。我想,他在婚姻方面也很不幸。当然请代我向他问候。寄宿学校是一个很好的组织,它所达到的目的已经超出了最初的设想。把孩子们交给你再合适不过了。

弗兰茨

〔明信片〕〔19〕16.9.28〔布拉格〕

最亲爱的:

我以为今天会特别静,福斯特的书就放在我身边,我本打算把文章写完,尽量的使之具有整体性,谁知,今天这里特别热闹。如果能让我把这几行写完,我会很高兴。今天收到你星期二的信。尽管与过去的最好的时期最好的信件相比,我仍然觉得,你现在的信把我们俩比以往任何时候都联结得更加牢固更加紧密。我在回答你的问题时不简洁明了,就是说,我的回信不符合我的性格,比较啰唆,我感到很抱歉。我的信之所以不简明扼要,啰啰唆唆,主要还是由于打字机的缘故,尽管打字机使你的信更加明了。好了,用打字机书写的必要性就要成为过去。每当我想到会有信件丢失,我就感到非常的紧张。比如你写到,上个星期一没有写信,而且特别强调是由于索菲的原因。可是我也没有收到你星期天写的信,或许你在星期天的信中提到了给姑娘们搞的第一次讲座?因为在星期二的信中你只字未提这件事,也没提星期天的郊游,我真的想象不出到底是怎么回事。如果丢了一封信而且我知道它是丢了,那我也就甘心了,如果没收到信,却又不知道为何,会令我非常不安。最好

---

① 音乐家阿道夫·施莱伯(1883—1920)。马克斯·勃罗德写过一本关于他的书,书名是《阿道夫·施莱伯,一个音乐家的命运》,柏林,1921年版。

让我心中有个数。你有没有收到我关于信仰问题的啰唆回答?这是一个很大的题目。莱姆选这么个题目,似乎是大了点。谁是听众?你能给我讲讲关于那个讲座及讨论的情况以及雷曼过去那个关于宗教教育的讲座吗?当然数语即可。我认识莱姆①只是通过他的诸多作品。他这个人除了文体有些繁冗以外,其他都很了不起(不知道你听说过他关于中间国家的学说吗?),诚实,坚定,各方面能力都很强。他给我的印象是这样的。他有多大年岁?你在那里都和谁聊天来着?

接下来由你继续读《巴恩黑尔姆的女佣》,这可不是件好差事。小姑娘们能理解这么复杂的戏剧语言吗?朗读进行不下去的时候,在这种情况下,怎能不中止朗读,用适当的词语来解释呢?肯定是这样的,你的前任——肯定不是蜜丽莲——在姑娘们中间唤起了对于该作品的感受。不过这对我来说是一种无法理解的做法。如果小姑娘们已开始接触戏剧作品的话,那么阿施的书对于她们来说就有些太幼稚了(这并不一定是错误),因为能够读戏剧作品,那么她们也应该能读圣经。尽管从我本意并不愿意让她们读圣经。无论如何我会给你寄一本佩雷斯②的书以供挑选,这本书的名字是《民间故事》。

在课时安排中有一个词"集体活动"我不能理解。星期三的时间安排不同于星期六的朗读和游戏吗?怎么会这样,星期三你6点就要开始工作,甚至于星期六5点就要开始;这么早你能到那里吗?星期六工作,报酬怎么给?勃洛赫小姐找到了干涉此事的办法,这很好。费格尔的两幅画昨天到了,其中正有我想要的那一幅,这样,就不用凭着记忆去描述了。

---

① 作家阿尔弗雷德·莱姆[作家阿尔弗雷德·雷曼(1889—1918年)的笔名]是刚才提到的西格弗里德·雷曼的兄弟。他写过一系列的短篇小说、长篇小说以及文艺和政论文章,并因此而闻名。卡夫卡这里提到的关于"中间国家"的书是《关于中等国家的思想》,参见阿·莱姆的《我们这些德国犹太人》中的"做过的事情"。原文见"德意志文化社会宗教月刊"第七卷第11号(1916年2月出版),第946页。
② 见依兹约克·莱普·佩雷斯所著《民间故事集》第三卷的犹太故事集《来自始祖》,柏林1913年版。

你的贺信今天到的。用花做礼物不符合我的家庭环境；如果我一定得买花的话，这之前我必须先把自己打碎。你不愿这样吧？而且就是我把自己打碎了，也不一定就能买花。不管怎么说，我祝你新年能好好休息两天。

弗兰茨

〔19〕16.9.29

最亲爱的：

今天没有你的来信。去慕尼黑旅行的事情我们还得彼此常通着点信儿。具体日期还没有确定，只知道是在11月份。我最后是不是能去，也不能保证。这次出差我总共才有两天时间，时间很紧，特别是去慕尼黑的交通也不很便利，坐一天的车，晚上到达后立刻就得开始，第二天一大早又得起程。应该把朗诵会安排在周末或是节日的前后，那么，我们就可以为我们自己安排出一天的时间。——这才是这次出差的真正愿望。你在贺信中提到可能有机会来一趟布拉格。真的吗？确实有这种可能性？不过，我不得不向你承认，你可别生我的气，我更希望在博登巴赫见到你，而不是这里，但是，在这儿见到你，总比见不到的强，你是怎么想的？

弗兰茨

〔明信片〕〔19〕16.9.30〔布拉格〕

最亲爱的：

今天仍然没有你的信件。晚上睡得很不好，部分原因是因为你。这是我夜里做的一个可怕的梦：公司的门房给我打来电话，说是那里有我一封信。我跑下去，没看见看门人，却见收发室主任，信件每天先到收发室。我就向他要我的信。那个人在小桌上翻了半天也没找到，可那封信刚才还在桌上呢，他说，这都是门房的错，因为他应该让送信人将信交给收发室，而不是交给他。反正，我得等门房回来，得等好长时间。最后，他终于回来了，一个高大而单纯的巨人。他也不知道，信在哪里。我非常失望，便去找经理告状，想要和送信人以及门房当面讲清，让门房保证，再也不拿信了。我在楼道和楼梯上糊里糊涂地转来转去，想要找到经理，结果是白费力。

弗兰茨

〔明信片〕〔19〕16.10.1〔布拉格〕

最亲爱的：

终于收到你的来信，是29号写的。——使用第二册《青年教程》我知道了，这一做法当然很正确。你尽可以把书拆开，如果在实践或者思考过程当中产生任何想法，你就把它们写在和书一样大小的纸上，然后夹在书中适当的位置，以后我们将书连同这些附页一起装订起来。你要想的只是，这样装订起来之后，这才是一本精美的书！我差点写成：（只是留作纪念）你每次听报告时作的记录或许能给我寄来？——你曾经提到过的寄宿学校能够牢牢地吸引一个人的特点，我在如此遥远的布拉格都已经感觉到了。——或许下回你给我说说你们女院长的情况。如果能有张远足或任何集体活动的小照片是最直观最能给我加深印象的。——我给你寄去的那本夏洛姆·阿施的书虽然难了些，但非常适合儿童阅读。为什么不从读沙米索开始？"从来没有而且永远不会狂风大作。虽然有困难，但困难也不会大到非找罗塞格尔的境地不可。"现在最合适的是赫贝尔，你有他的书吗？——朗诵会如果能开的话是在星期五，11月10号，星期六就会是我们的了。快作决定！

弗兰茨

〔明信片〕〔19〕16年10月2日〔布拉格〕

最亲爱的：

今天又什么都没有，我简直都快无法忍受了。寄宿学校①就在亚历山大广场附近，而那里有那么多不吉利的纪念物。不是经常，但也有很多次我在此穿行，在此徘徊，甚至梦中也来过此处。我又回忆起给你打电话的情景，当时电话的这端是一个关在电话亭中的可怜的犯人；我不愿重复我们当时说过的话。确实希望这段往事随着时间被淡忘，不过，如果刚好愈合的伤口又遭创伤的话，重提旧事也是未尝不可的。不过，这事不能和头痛一样，刚有几天舒服日子这头又开始痛。——刚才那些牢骚话都是不理智的打字机写的，每个星期理智的笔都表白它的满意之情而且认为通往寄宿学校之路和信同样重要。——你有希尔施②的信吗？我认为，这是一部正统的德国犹太人的主要作品，我对它一点都不了解。是哪一版的？深切的问候。

弗兰茨

〔明信片〕〔19〕16.10.3〔布拉格〕

马克斯让我转达他的谢意。他和我一样对你在寄宿学校的工作感到高兴（这对我来说，又是一件值得高兴的事情）。

最亲爱的：

今天又什么都没有，以后我最好是不再强调又没有信之类的，因为没有你的信反倒是正常的了。

这不过是早上的想法，晚些时候我还是等到了你星期日的信。我本人，就是说，最深层的我，完全赞同知足常乐，不过，当一个人经过

---

① 犹太人之家位于柏林亚历山大广场附近的一个贫民区。参见克拉拉·埃申巴赫的《居住问题》，发表在《新犹太月刊》第五卷第 11/12 期。
② 这里指的是本·乌西尔（西蒙·拉法尔·希尔施的笔名）的《关于犹太教的 19 封信》，西蒙·拉法尔·希尔施 1836 年出版，1911 年美茵河畔的法兰克福第四版。

无数个痛苦之夜而全无所得的话，他又怎能知足常乐。我举这个例子，你可别生气。你信中写到，在柏林我们可以更多地在一起，在慕尼黑属于我们俩的时间则不会太多。我想象不出其中的理由，而且，事实也并非如此。如果朗诵会能如期进行而且你也有时间的话，星期六，也就是11月11号，一整天都是我们自己的，如果去柏林的话，就找不到这么完整的时间。——今天收到一封令妹的来信。她说，她当然不愿离开，目前感到相当满意，就像当初你请我帮她消除恐惧一样，她现在请我帮你摆脱恐惧。另外，使我不解的是，尽管我经常提起过那事，但自从第一次情绪特别激动之后，你就再也没写过有关的事情。我也是这么想，她眼下待在那里最好。

弗兰茨

〔明信片〕〔19〕16.10.4〔布拉格〕

最亲爱的：

　　终于坐到打字机前，不过头疼得厉害，不知道我这身体里的血是按个什么规律运动的，已经有好几天了，各处的神经又开始捣乱，不让我睡觉。昨天我去了贝尔格曼那里，他正在这里度假。贝尔格曼是我过去的同窗，我喜欢他，很想和他在一起聊聊。你听说过这个名字吗？他对犹太复国主义影响很大。雨果·贝尔格曼[①]。不过，这里我只是想说，昨天晚上在他那里，我感觉就像一个被审判者。有的时候我感觉会好一些。不，我现在不敢去想工作。我特别感到遗憾的是，由于身体的原因，根本不能如我所愿，通过书信在工作方面给你更多的支持。你说感谢我，而我想做的远远超过这些；而我真正做的，几近于零，而且做得并不好。

　　我在打听但泽格尔和我的施坦尼兹，这也是我头疼的一个征兆。可

---

① 雨果·贝格尔曼，布拉格的一位哲学家，犹太复国主义者。后来成为耶路撒冷希伯来国家图书馆的专家和希伯来大学的教授。

以得到安慰的至少是，这件事情自己迎刃而解。

昨天我才听说，世界文学出版的施勒米尔故事集印制较好的版本搞不到了，而普通的版本不能作为礼物送给孩子们。无论如何我会搞到五本给你寄去，另外，我再去茵泽尔书店看看，那里有没有合适的版本。我想知道一下，你班上到底有多少姑娘。

你对那个展览①的夸奖，大概是写在我的一封赞美孤独的明信片的同一天。我只是想补充说明一点，人间之爱的美丽和孤独的美丽不一定是对立的，而是可以相互补充的。那个展览所展示给人们的，是很美丽，但并不一定全面。比如，作品中缺少一个小黑屋，描写小黑屋的目的就在于，提醒人们，一定不能脱离集体，就像我的一个外甥女和她的丈夫、孩子所组成的那样的一个集体。一个好姑娘，尽管特别聪明，也会随着年龄增长和知识的贫乏而变得迷惘，不知所措，于是她就得嫁人，然而必须首先得到各路亲戚们的认可，而她所嫁之人，在她理智的时候是绝对不会考虑的。我对他没有什么不满，和他在一起的时候我会觉得他很可笑，可笑到让人觉得，做他太太会感到很丢脸。可笑之处简直无法理解。如果我想仔细描写描写他的话，会很费劲儿。就这么说吧，他长相还可以，倒是挺健康，总是很满足的样子，而且看上去一点都不比她老。现在他们有了一个孩子。这个孩子大约两岁，特别结实，白白的皮肤，清澈碧蓝的眼睛，满头的金发，长得和爸爸、妈妈很像，不过比两个人都可爱。但是，这孩子一点都不活泼，躺在小车里一动不动，眼睛来回瞎看，没有灵气。这么大了还不能坐，脸上也没有笑容，说什么也逗不乐他。如果夫妇二人带着孩子去散步，路上遇到熟人（比如说我）而不情愿地停下来的时候，母亲含泪的双眼就会在熟人和孩子之间游移不定。有时也会强打笑脸，以使丈夫的笑不致过于尴尬。——总而言之，这一幕在那个展览中不应被忽略。

我们还是离开这样的话题。

---

① 这里大约指的是在1916年9月7日的明信片中提到的柏林的"母亲与婴儿"展览会。

最诚挚的问候。

弗兰茨

〔19〕16.10.5

最亲爱的：

　　昨天收到你星期一的信，星期三的信今天到的。你上封信的结尾提到，你的房门正对姑娘们的房间，在这个房间中是我的祝福一直伴随着你。——今天又令我想起我们的爱尔德穆瑟，因为这本书大学图书馆催还。爱尔德穆瑟也应该列于展览之中，尽管它会处于和我外甥女完全不同的地方。她有十二个，也许更多的孩子，除了一个活了二十几岁，其他的都在很小的时候就死了，就是那一个活了下来的，也在二十几岁的时候离开了人世。除了这一群孩子，她还掌管了当时在整个欧洲乃至北美很快壮大发展起来并传播十分广泛的兄弟会的全部财政和部分的精神工作。她在五十六岁离开了人世。在她死后不久，她丈夫就娶了一个女子，他实际上很早就和这个女子在精神上紧紧地联在一起。——我今天在茵泽尔书店给你寄去施勒米尔的故事集。可惜的是，没有一版能够令人满意。夏夫施坦的不全，世界文学的印得太小，费舍尔的又太贵。不带插图的还有一些好的版本。看一看你还需要什么，来信告诉我。如果你想要的话，有机会我可以把布勃的信给你寄去。

挚爱你的　弗兰茨

〔明信片〕〔19〕16.10.6〔布拉格〕

最亲爱的：

　　今天没有你的来信。关于第一次寄宿学校晚间讲座的情况我当然想知道，只是，别来得太快，这也正是今天没有你的信的原因，如果真是这样的,那最好。若能向姑娘们明确,讲座过程中可以发表自己的意见和评论,那么,效果会更好。或许,就是这样搞的,只是我没有正确理解你的意思。——在写报告时,一味的抄袭,最令我恼火。誊写员哪儿都可以找到。不过,如果你面对当事人的时候,也许就严厉不起来了。——关于马克斯的文章:《我们的文人及其团体》这篇东西可能会在下一期的犹太杂志上发表①。你难道不想也对我做番评论吗?在上期的新评论上提到了《变形记》,当然是加以否定,不过说得合情合理,后来又做如下评述:"卡夫卡的叙事艺术带有一些古老的意志叙事艺术的风格。"马克斯的文章中却说:"卡夫卡的小说是我们这一时代最具犹太风格的文献。"②

这真是个难题。我难道是马戏团骑在两匹马上的骑手?遗憾的是,我不是骑在马上,而是躺在地上。

弗兰茨

〔明信片〕〔19〕16.10.7〔布拉格〕

最亲爱的:

我今天真高兴,收到了星期四的信、明信片和照片。人们往往过分夸奖他刚刚得到的东西,但是我觉得,孩子们站在你左侧,你身后是个(车窗?)窗子的那张太好了,你给我的照片这是最好的一张。只是你有些暗(是不是别人不大会使你的相机?),正确理解我的意思,这样画面效果再有意义不过了。还有一张类似的照片,只是没有你,有你的

---

① 勃罗德的文章发表在《犹太人》第七期(1916年10月)第457页。
② 罗伯特·米勒在他的评论文章(发表于《新观察》1916年第二卷,第1421页)《幻想》中写道:"卡夫卡本来是个无目的的小说家,他擅长于写作原始德意志风格的、独具一格的、叙事大师式的东西。但是,因为对他的美丽的长袍上的修修补补,他已经堕落了。"在马克斯·勃罗德的文章《我们的文人及其团体》中,他对卡夫卡的评价是:虽然在他的著作中你永远找不到"犹太"这个字,他的著作仍然是我们这个时代的犹太文献。

那张照片显然是站在你位置上穿毛衣的女孩照的了。你是不是也在维尔卡诺兹小姐那班照了一张。如果我没猜错的话，她有一张娇嫩的、五官紧凑的小脸庞，然而，这张脸由于它清晰的轮廓而给人以深刻的印象。小莎宾娜让我想起一个和她很像的，但比她要大些的美丽的小姑娘，奥特拉已经教了她很长时间德语。——恳请你再给我讲些关于这第一个晚间讲座的事情。

〔边缘〕
很长时间以来我都在天天写信。

弗兰茨

〔明信片〕〔19〕16.10.8〔布拉格〕

尤利叶·卡夫卡夫人致菲莉斯·鲍威尔小姐

亲爱的女儿：

非常感谢你的来信及祝福，虽然回信晚了些，但我们全家人向你致以最衷心的问候。放假前店里很忙，所以我没能早些给你回信。

我们对待犹太节日就像地地道道的犹太人一样。新年我们的店关门两天，我们非常认真地做了祷告。斋日我们没觉得很难捱，因为整年我们都在为此训练。不过，在布拉格，吃不饱饭的情况还不是太严重。如果你不久能来我们这儿，我们会非常高兴的。或许你能休几天假。

感谢上帝，我们从大卡尔和佩波那里得到了好消息。八个星期前佩波休了十四天的假，卡尔不久也能得到假期。我们希望不久能再见到你。我，还有父亲向你致以衷心的问候。拥抱你。

你忠诚的母亲　尤利叶·卡夫卡

1916.10.8—布拉格

我们的孩子们问你好。

最亲爱的：

今天没有你的信，不过记着，第一个寄宿学校晚间讲座报告的结尾一定给我寄来。第一个最重要的任务或许就是教育不听话的赫尔塔。她之所以变成这样肯定是有原因的。你给姑娘们布置的任务几乎等于零，因为她们不愿和她讲话。如果你直接给她写封信，是不是会好些？而其他姑娘们在那天晚会结束时的举动，我却认为是可以理解的，在那种情况下，我也会那样做的。提前辞退巴恩海尔姆的女佣的事情你事先已经征得了我的同意。这当然最好。孩子们根本不能理解的事情不能强迫她们去做。虽然不能忘记强制有时也能起到好的效果，但是这种效果是无法估计得到的。说到这儿，我想起一个教授，在读《伊利亚特》的时候他常说："很遗憾，必须和你们一起读。尽管你们认为，你们已经理解了，实际上你们还没有理解，你们一点都不理解。只理解其中的一点点，也需要事先了解很多东西。"[①] 这段话（他的声音中充满了他全部的激情）当时给我的印象比全部的《伊利亚特》和《奥德赛》多得多。当自尊心受到伤害的时候，可能会激发人的上进心。

弗兰茨

〔明信片〕〔19〕16.10.9〔布拉格〕

最亲爱的：

今天又没有你的信，真悲伤。我还不知道俱乐部晚会的一切，对你的报告一无所知，对你的星期天一无所知。上星期天或上上星期天你是和孩子们在一起过的吗？在上个星期天，而后直到在这次大雨中（《对

---

① 这也许是卡夫卡的拉丁文和希腊文教师艾米尔·格什温的一句话。参见瓦根巴赫的《传记》第39页。

他毫无秘密》)你大概淋湿了吧,而我们,我和奥特拉看见天快下雨的时候,没有像夏日行军那样,因为奥特拉当然是根本不怕下雨的。其实我也是不怕的,只要在泥浴疗养地前的任何地方有个顶篷,顶篷下有一只板凳,板凳上坐着你。——谈谈慕尼黑吧,以便及时进行准备。你什么时候抵达那里?住在什么饭店?必须什么时候乘车回去?我呢,如果可能的话,我将阅读你还不知道的那篇故事,它叫《在流刑营》。——昨天我给你寄去一本少女运动游戏手册,也许你用得着它,看起来是写得挺理智的。过些时候我还要用这种方式给你寄点什么。我还要给你一些适合于和孩子们一起读的书籍(除了想必你已经开始读的施勒米尔之外)供你考虑:黑贝尔、托尔斯泰的大众小说集、幸运的雨鞋,安徒生。选择一下,然后我寄给你。

弗兰茨

〔明信片〕〔19〕16.10.10〔布拉格〕

最亲爱的:

今天收到你星期六、星期天和星期一的信。——你的生活受到影响我是不是有责任?如果真是这样的话,别生我的气。我不大能控制自己,另外我已经尽力而为了。再次请你原谅——和这件事不同,我不能为没有寄去新年问候而请你原谅。我想象得出,乃母肯定会摇头表示不满的,可能比这更严重。做我本性以外的事情我做不到。你不必要理解,也不会与我有同感,你只要知道情况是这样就可以了。你母亲不会也不能理解我,而且她也没有必要去这样做。不得已,这里我不得不这样说。我希望这种非我的能力所能消除的隔膜能够保持下去,对此我感到遗憾,但这种感觉并不很强烈。另外,新年的时候在家我也没有说一句新年好,对你也什么都没说,因为这个日期现在对我没有任何意义。如果再要就节日说出各种各样的祝福,那简直是在撒谎。不过,在你母亲看来这肯定是不能原谅的。我在玛丽恩温泉给她写的信她没有回,所以她也就不应该收到我的祝福。假如她当时回了信,我也不会向她致以新年祝福①。亲爱的,我就是这样。

弗兰茨

〔明信片〕〔19〕16.10.11〔布拉格〕

最亲爱的:

这样很好,尽管我知道,长此以往是不可能的:今天收到你星期二的信。——如果我的旅行能和你的一样顺利,那是最好不过的,但是还有许多麻烦,所以还不能决定。另外,去慕尼黑的交通也不好。我想,我可能会坐早上8点的车(唯一的一趟车),晚上6点24分到达,就是说,星期五晚上。回来怎么走我还不清楚,恐怕,星期天早上7点我就得坐上回程的车,晚上没有车,我又不能多请两天假。以后我们再谈圣诞节旅行的事情,我不想躲避任何人,我也不怕任何人,只是我父母,他们挺难办。和父母坐在桌边对我来说简直是最大的折磨(我指的是现在,以后可能会容易些)。但是能单独向你展示布拉格,和这一幸福相比,与父母在一起的折磨又算什么,——寄宿学校不好的消息,这,我们要放在最后来说。你觉得我没有音乐细胞吗?"和孩子们在一起我感到很快乐,甚至于比在办公室快乐许多。"这话听起来比任何音乐都入耳。勃洛赫小姐怎么忍受她们?

我还不知道那个学校,请你下次详细说一下有关情况。这方面的情况你没有给我寄来。

弗兰茨

〔明信片〕〔19〕16.11.12〔布拉格〕

〔1916年10月12日〕

---

① 显然卡夫卡不愿在犹太人的新年向菲莉斯的母亲致以祝福。

[边旁]
年度报告我还没有收到。

最亲爱的:
今天没有你的来信,年度报告也还没有到。看了你所陈述的理由,我当然同意你信中的观点,如果只有趴在写字桌边才能迫使自己有效阅读的话,那么要想使结论全面就还得摘抄一些福斯特或者——作为永久的并且在现在看来全不合时宜的用以抨击的工具——回忆录①上的一些东西。此外对于我来说,由于经常如此,所以这还只是一剂很弱的药方。但是对于那个很令你失望的福斯特培训班,就不得不找点更强劲的良药以唤起众人的兴趣。在这种情况下就必须通读福斯特,而不是每个人分其中的一部分阅读。自己读一下福斯特并不会搞乱培训班,更何况是这么个糟糕的培训班。真希望我的头能一直清醒,也好和你共同一章一章地讨论福斯特。不容置疑,福斯特很重要。——今天我给你寄去一本字谜书,我真心地希望,在我的真真切切的大朋友指导下,这本书会令小姑娘们开心。——没有雷曼、雷姆,或许再加上威尔卡诺兹,会怎么样?我现在必须在折磨人的药剂师的阴影下生活,以求得平安,求平安也是为了我们共同的未来。

弗兰茨

〔明信片〕〔19〕16.10.13〔布拉格〕

---

① 《一个女社会主义者的回忆录》。

最亲爱的:

今天收到一张卡片和那份报告①。你知道,这篇报告对于我来说是多么亲切。于你来说可不是件轻松的事情。眼下,我只是粗粗地读了一下,不过已经感到这是一篇条理清楚、内容丰富的文章。只是那段描写和男生班谈话的文字不太真实。不过,这是可以谅解的,特别是,这是第一个报告。我觉得还应该更加突出管理和其他工作人员,只突出重建犹太人家园和各种旨在振奋人心的东西还是不够的。战后,抚养人及那些被照看的孤儿应该更亲近地在一起生活,文章中对此表示欠疚的暗示同样令人感到并不可信。眼下,在这个意义上来看还缺少很多东西,你的各种抱怨,我很想一个一个地去了解,你的抱怨也证明了这种疑虑。另外,人们还注意到,女生的发展落后于男生的发展。总而言之:报告的立意及文笔都很不俗。事情总是这样的,一旦你没有工作缠身的时候,时间就会多得令你无所适从。——我给你寄那些书没有影响你吧?我没有占用你太多的读福斯特的时间吧?顺便问一下,是什么使你认为我并不是早就看过爱尔德穆特?去玛丽恩温泉的时候就已经看过了,甚至连那些不太重要的注释都读过。不久我会寄去一些郊游时的照片,以惩罚这种不公正的责难。

弗兰茨

〔明信片〕〔19〕16.10.14〔布拉格〕

最亲爱的:

今天天气很好,现在我坐在办公室。你在米伦贝克,这对我是一种安慰。——今天又没有你的来信。你信中常说没有收到我的信,可

---

① 这里指的是已经提到过的小册子《柏林的犹太人家园》的第一个报告,1916 年 5 月 12 日(柏林,1917 年出版),这份 20 页的出版物的献辞是:"谨向一直支持我们的工作的马克斯·勃罗德博士、马丁·布伯博士、古斯塔夫·兰道尔先生、西格伯特·斯特昂先生、拉宾纳先生和华绍尔博士先生致以衷心的谢意。"

是，却不说我的信第二天就到了。肯定是这样的，因为我每天都给你写信。——如果不是马克斯借去的话，那篇报告我肯定还得再看一遍，他借这份报告是为了那个还很脆弱的但并非没有意义的女子俱乐部[①]。你抱怨道：一切都太注重个别人的意见了，特别是这次制定俱乐部座右铭。在那篇报告中我特别注意到，那个有关年纪较大的男生班的部分，这部分不错，显然，是雷曼搞的。这部分当中包含事实描述和结论两个部分，而其他部分的内容大多是人们从一开始就已经了解的，但却仍然占去了报告的篇幅。另外，幼儿园也应该相当不错，只是报告中这一块写得很少。——今天奥特拉去乡下了，我一人在家，我可以去把菲莉斯和他太太接来，我曾经答应过他们，或者一个人去散步。我作何选择呢？

弗兰茨

〔明信片〕〔19〕16.10.15〔布拉格〕

最亲爱的：

今天很不顺利，是你13号的信才使这一天变得好起来。——为了不让你猜对，我昨天还是选择了一个人去散步。我走了很远，大约走了五个小时，一个人，但并不孤独，在空寂的山谷中，但并不失落。有时，我会感到各种困扰，似乎它们要将我的血液从太阳穴中全部吸尽。——小萨宾娜的情况确实很麻烦。只是有一些事情我不明白。钱一般用于哪些地方？借了两马克之后才和别人说起这件事情？由谁来决定，账上的钱怎么使用？钱是哪来的？过去的管理人员不知道这事吗？我当然一点不怀疑小萨宾娜的诚实和她乐于助人的品格，但是，如果不按照程序出借钱物的话，那么在面对其他姑娘的时候人们就必定会有想法，其他的

[①] 这里说的是布拉格的犹太复国主义俱乐部"犹太女性俱乐部"。这个俱乐部的人数很少，但卡夫卡的妹妹奥特拉有时参加她们的活动。布拉格的《自卫》周刊时常报道这个俱乐部的活动。

姑娘们和她一样诚实，乐于助人，只是不愿因为跟钱打交道而受到任何误解。但是，千万不要让小萨宾娜因为这事而丢面子。不过，彼此之间能完全信任，也是不大可能的。我知道，你会有许多工作要做。应该先去看看小萨宾娜和海尔塔。

弗兰茨

〔明信片〕〔19〕16.10.16〔布拉格〕

最亲爱的：

简直是奇迹，虽然还没有完全定下来，但目前看来，我能去慕尼黑的可能性很大。克服了可预见的重重障碍后，并不是说就不会再有不可预见的情况发生。另外，也不能排除朗诵会从11月10号推迟到17号举行的可能。下星期就会最后决定下来。如果朗诵会在10号举行的话，那么你最好能够为了我放弃参加米兰①的朗诵会，我想，他的朗诵会是11月9号在克拉利奥大厅举办，如果不是10号举行，你就为我去听一听他的朗诵会。他的这个朗诵会也许不是最能表现他的长处的节目（埃伯纳—埃申巴赫，克勒尔，施托姆），也许会有克勒尔的作品，不过，也是为了和朗诵雅可布森的小说相呼应，这篇作品我听过，并不十分成功（当然只是相对而言），尽管如此，菲莉斯，我还是建议你去听一听。——我非常同意你朗读《幸运的雨鞋》，你还可以从安徒生童话中选更多的作品来读，但是，千万不要读那些你下次不愿意读完的段落。为了获得一个整体的印象把孩子们带到巴恩海姆的女佣那里，这种事以后不应该再发生了。——今天没有你的来信。

弗兰茨

〔明信片〕〔19〕16.10.17〔布拉格〕

---

① 演讲家艾米尔·米兰教授（1850—1917）。

最亲爱的：

可怜的补付欠资邮件的人儿，对不起，我可以说不是有意的，你一定要允许我详细向你叙述这事，以说明我的无辜，就是马克斯，邮递员也给他送过这类信件。今天早上先收到你星期六的信，晚上又收到星期一的信。特别是第二封信对我是个极大的安慰。昨天装有来自柏林邮件的邮车起了火，我今天一早上心神不定地到处转来转去，一直因为邮车起火而担心，因为我想，在这辆车上会有你给我讲述学校去郊游的信。后来信到了，心里才一块石头落了地！——马克斯根本没有获得去慕尼黑的许可，如果朗诵会能办成的话，我或许会在朗诵会的前半部朗诵他的诗。我虽然不是很好的诗歌朗诵者，甚至，可以说很不好，但是，如果找不到他人，我还是很愿意代劳的。不过，我要说明：如果你不能去的话，那我也就不去了。已成定式了，只要一提去慕尼黑，我想到的首先是去那里见你。22 号你的上司度假回来后，你应该能给我一个准确的答复了——这次旅行到底能否成行。

            弗兰茨

〔明信片〕〔19〕16.10.18〔布拉格〕

最亲爱的：

关于母亲，父亲，鲜花，新年，全家人围坐桌旁，我和你说的这一切真的不这么容易应付。你信中写到，在我们家，和我的全家人坐在桌旁对于你也会很不自在。你当然是想通过这事说明你的观点，也就是说，这事是不是令我高兴并不重要。现在讲明，这事令我不高兴。不过，你如果信中不是这样说的，而是正相反，我会更不高兴。请尽量明确地告诉我，你在哪方面会感到不舒服，原因在哪里。我们已经尽了最大的可能，时常交流各自的想法，但一直没有找到问题的关键。应该经常从新的角度去探索。扼要概括，我可以这样描述一下我的态度：从前那个事事依靠别人的我，对独立、自由的强烈渴望表现在各个方面；宁可戴上眼罩走我的极端路,也不愿被家乡的羊群牵着鼻子到处跑而最终扰乱我的视线。所以,不管是我对我父母,还是他们对我说的话,尽管双方都认为自己的话很重要,但谁也不会让步接受对方的观点。任何不是由我自己联结的人际关系纽带,只要它们违背真实的我,都会阻止我的前进,我讨厌这种纽带,对这样的纽带我特别容易产生反感。道路还很长,而我们的力量是有限的,因此,我们有足够的理由痛恨这种纽带。我由父母生养,和他们,和姐妹有着不解的血缘之联系,这种血缘关系在平常的生活中,以及在我偏执的人生观中,我没有感受到,但内心深处对于这种纽带的敬仰远远地超过我所能感知的。一方面,我痛恨这一切;每当我看到父母的床,看到用过的被单床罩,以及那些小心翼翼放在那里的睡衣,我就会感到无比厌烦,就会觉得,自己并没有真正出生,而是重复着从这令人窒息的房子中的窒息生活中降临人世的过程,似乎我必须不断地证实一点,即,我无法摆脱这些令人作呕的事情,因为我的一双想走路的脚还没有形成。这是一方面,而另一方面我又明白,他们毕竟是我的父母,在很多方面他们又是我力量的源泉,他们不只是我前进的障碍,而且也是我自身的一部分。于是,我想拥有他们,拥有他们最可爱的部分;而同时,由于我一直很顽皮,自私,没有爱心,所以我害怕面对他们。——尽管我明白这一点,但我不能改正自己,常言道,本性难移。——而我的父母,父亲站在一种立场,母亲站在另一种立场,他们总是想要改变我,尽管如此,我还是认为他们值得我尊敬(奥特拉对于我来说,有时就像我想象中的母亲:纯洁,真诚,不虚伪,干事合乎逻辑,不卑不亢,敏感但不过分,自立但不自封,内向但很勇敢。我这里提到奥特拉,是因为在她身上我看到了母亲的影子),也正是因为这个原因,我愿意尊敬他们。这种愿望的结果就是,他们的简单和粗暴,他们的刻板与可笑在我看来就百倍地明显。所以我觉得自己被他们欺骗了,然而却无法抗拒自然的法则。这是一种非恨非爱的感觉,总之,很难说清。现在你属于我;我想,任何童话中所描述的为得到自己心上人所付出的努力,都比不上我为了得到你而付出的努力,不只过去,现在是这样,而且永远会这样。你属于我。所以我和你父母的关系就像我和我父母的关系，当然不会太远，也不会太近。你父母也可能会给我设置许多障碍（尽管我从来没有和他们说过一句话），如果这样，他们不会像我父母一样，仍能在我心中受到尊敬。我这里如对自己一样向你直言。你不会生我的气，也不会觉得我非常自大，对吧。至少，你不会在不应该的地方发现我有任何自大情绪。如果你得来布拉格和我父母坐在同一张桌边的话，你和我父母之间的对立，肯定要比我和他们之间的对立更加严重。我和全家人的关系在他们看来变得越来越重要（不会这样，也不应该这样），并且他们试图让我感到这一点；在他们看来我加入了他们的行列（然而我并没有加入）；他们不顾我的抗议，认为从你这里找到了帮助（他们没有得到帮助），他们的不满在加剧，因为在我的眼中他们发现更强烈的不满。如果是这样的话，我为什么不为你上次说的话感到高兴？因为我手中握着刀站在这个家的前面，总是用这把刀同时伤害并保护这个家。让我在各个方面维护你，而你不在你的家人面前为我开脱。亲爱的，你是不是觉得这种牺牲过于沉重？确实有些沉重，放弃这沉重包袱的唯一办法是，你给我力量，如果你这样做了，你就给了我最大的支持。

  我故意两三天没有给你写信，以便你可以好好想想，然后给我一个答复。我非常相信你，所以你的答复有一个字就够了。

弗兰茨

〔19〕16.11.19

（估计为 1916 年 10 月 19 日）①

最亲爱的：

  我现在又坐在这里。前天和昨天我收到你星期二、星期三的信，不

---

① 参见 1916 年 10 月 18 日日记。

过信中都没有讲有关郊游的情况。你会给我描述郊游的经过的,而且还会给我寄来好多我盼望已久的照片,其中好多你的照片(我刚刚去接了一个电话,说,我的护照和过境证都批了下来,现在就差签证)。你问起豪施奈尔女士①。我没见过她,只是有一次读过她的一部篇幅特别长但写得还不错的小说,不久前,马克斯给我看了老妇人写给他的二三封信,写信的原因是她引起了一场混乱,而这场混乱最终被她以十分奇怪、但却十分诚实的方式解决了,信写得很感人。从马克斯那里我还听说,她很富有,待人友好,乐善好施。从这一点(不过,她不主张犹太复国主义)来看,她会对寄宿学校感兴趣,在合适的时候可以邀请她参加寄宿学校在晚上或下午安排的一些有特色的活动,争取一下她的支持。另外,她在布拉格一直待到11月初,星期二和她谈完之后,我给你写信。

弗兰茨

〔明信片〕〔19〕16.10.21〔布拉格〕

最亲爱的:

这么一大早,特别是在一夜没休息好醒来之后。因为我和奥特拉要去乡下。不是去参加结茅节,而是去看望奥特拉过去的一位老师。奥特拉就是这样一个人:我不是想用她来树立一个榜样,我只是想说,与母亲相比她有许多特别优秀的品质。不过,我不想隐瞒,她很自负,特别是精神方面。但是考虑到我自己的情况,我觉得,自己没有批评或表扬他人的权力。

弗兰茨

〔明信片〕〔19〕16.10.22.7点〔布拉格〕

---

① 女作家奥古斯特·豪施奈尔(1853—1924年)。这里谈到的小说可能是《洛沃西兹一家》,柏林,1908年出版。

最亲爱的：

今天收到你星期四的信。也应该让我听你抱怨抱怨不能按时收到信，这样就能扯平了，因为很长一段时间以来我天天给你写信，上个星期五例外。——过去和菲莉斯所作的约定，让你猜对了。只是提问的方式比你想象得要容易。怎么，你现在想威胁我？幸运的是，令我吃惊的是我所得到的是安慰，而不是威胁。菲莉斯，你的威胁是得不到实现的，除非你借助一件束缚衣。你肯定不会这样做的，不管是遗憾也好，还是幸运也好，你会让我保持本来的我。昨天去乡下，简直太美了。这些年来，我悄悄地，不被人注意地由一个城里人变成一个乡下人，至少是很像一个乡下人了。我们到了一个非常偏僻的地方，乡间气息很浓，真是美极了。我们在一个中学教师家做客，她年收入大约六百克朗，看来她生活得十分幸福美满。客观地说，她只读过高中，一方面是为了自己的生计，另一方面学校也需要人，于是她在那里教课，另外上些德语课每月还能挣五十克朗，由于偶然的机会上半年她还得到一处免费住房。她一共有五十五个十到十一岁的男女学生。——你有没有收到茵泽尔出版的施勒米尔的那本猜谜书？

弗兰茨

〔明信片〕〔19〕16.10.23〔布拉格〕

最亲爱的：

今天又没有你的信。——昨天信中有一处我看了特别高兴："你是一个对自己分析得太透彻的人，因此，孤独的你会比任何其他时候的你变得更加忧伤。"这是不是就是说，孤独或者真正平心静气地看清自己（人类至高无上的优点）肯定会使我忧伤。看起来我这人是不可救药了。你真是这么看的吗？也许你是对的。——顺便告诉你，有一个审判官对我进行评判（在玛丽恩温泉我曾提起过她，按照她的说法，我是一个不讲道德的人）①，昨天我又听人提起了她。她前几天说，我首先很不自然，意思就是说，我所说的话不是发自内心的冲动，而是在考虑了后果之后才说的。另外，她还说我不是好人。这确实是个聪明的姑娘，她说的话，我刚听到的时候，真觉得像是从遥远的地方发出的声音。——所有的姑娘都去郊游了吗？那个翰甫也去了吗？——你的上司是不是延长了假期？——去参加朗诵的最后日期还没有定。又有了新的麻烦。——我给你寄了四本茵泽尔出版社出版的歌集，小册子装订得很漂亮。另外，还有一本蓝白相间的歌集②。——寓言故事晚会搞得怎么样？——现在谁在主管福斯特教程？

弗兰茨

〔明信片〕〔19〕16.10.24〔布拉格〕

最亲爱的：

今天收到你星期六的信。小姑娘们把你从我这里拉开。如果她们不把你还给我的话，我就要生她们的气了。今天不多写了，我有好几件令人神经紧张的急事要做。

弗兰茨

〔明信片邮戳〕〔19〕16.10.25〔布拉格〕

马克斯昨天和豪施奈尔女士谈过了，并且和她提了去参观的事情。现在她只想做些力所能及的事情。如果能当面诚心邀请她出席一次精彩的活动，也许她还会再做些什么。

---

① 参见从玛丽恩巴德写给马克斯·勃罗德的信。
② 犹太复国主义青年联合会的蓝白歌集。

最亲爱的：

今天收到你星期一、星期二的信。过了相当长一段没有头痛折磨的时候，最近我的身体状况又很糟。如果这只是偶尔的情况，我也就忍受着了。——你们去郊游时什么都不缺，你们甚至带上并不属于郊游应带的东西，这很好。不，你没有和我提起过布鲁姆斯妲小姐。看了那些照片后就都清楚了。——朗诵会是在星期五，11月10号8点开始，我到慕尼黑的具体时间我明天写信告诉你。你也来信告诉我，你什么时候来，住在哪里。朗诵会的事情终于最后定了下来，只是还有一个很小很小的麻烦（不是我的原因造成的），也许是我过虑，这点小事根本不成问题。——你定期去参加报告会，我觉得对你来说实在是太多了。甚至于，你自己还得写关于斯特林堡的报告！我们几乎和他是同时代的人。只要闭上眼睛看一下自己的经历，就能写出关于斯特林堡的报告。尽管如此，如果你真去听报告的话，来信时给我讲一些有关的情况。——我没有和豪施奈尔说过话，因为她不认识我，不过，马克斯已经和她说起过你们要去拜访她，对此她很高兴。

弗兰茨

〔明信片〕〔19〕16.10.26〔布拉格〕

最亲爱的：

非常感谢你星期三信中那些溢美之词。总的来说，我不怀疑，在这件事上我们是一致的，而且我们将会十分协调地生活，不过，时不时地在家里敲响这种警铃或许是好事。——朗诵会10号举办。我和马克斯每人应该有一个晚上要朗诵。因为马克斯一家这两天想要去度假，所以推掉了这次活动。他不能去，于是，由我代他读几篇他的诗，我将尽力而为。朗诵会中他不应该完全不出现，我虽然读得差一些，也总比根本没有他的作品强。影响我去朗读的唯一障碍可能会是慕尼黑检查机构，他们可能会制造点麻烦。不过，我猜不出他们会提些什么反对意见。——

你在临行前的头一个晚上还去听米兰的朗诵会,这是不是有点太紧张了。他每年的冬天都搞几次朗诵会,另外,不管他的艺术魅力有多高,睡好觉同样重要,再者,你也不应该刚刚听了他的朗诵,然后就带着如此高的要求来听我的,除非你一定要这么做,你还是应该好好考虑一下。我6点24分到达慕尼黑,星期天7点又要坐上回程的车。——邮递员满意了吗?他对我可不公平。

弗兰茨

〔明信片〕〔19〕16.10.27〔布拉格〕

[边旁]
还在看弗斯特尔的书吗?

最亲爱的:

又是漫漫的长夜和折磨人的头痛,你也许会说,是因为头痛夜才显得如此之长,随你怎么说,总之,我又忍受了难熬之夜。——前不久我看了茨威格的一部喜剧,名字是《匈牙利的宗教谋杀》;作者挖空心思去描述尘世之外的情景,然而读起来却显得很贫乏,就我对茨威格作品的了解,这和我预料的差不多。与此相反,世间情景的描写就显得非常有生活,这主要是因为有大量的案件审理档案。总之,几乎没有漏掉任何细节,他紧紧抓住案件的审理过程,所以在写这部分时,他就非常得心应手。现在我对他的看法和以前不同了。在读到某一处时,我不得不停下来坐到沙发上大哭一场。我已经有好几年没哭过了[①]。

弗兰茨

〔明信片〕〔19〕16.10.28〔布拉格〕

---

① 这里说的是阿诺德·茨威格(Arnold Zweig)的《匈牙利的宗教谋杀》,载于《犹太人的悲剧》,五卷本,柏林1914年出版。

[边旁]

最后的一段路我们是不是会乘同一辆车？我途经伊格。

最亲爱的：

今天收到你星期四的信。你说得有道理，我们是得好好谈谈了，只要朗诵会能开成。除了已经定下的，我没有其他节目，我也不想再读别的。如果上面不批准，我就得取消这次慕尼黑之行。所以我特别担心这种事发生，要不我就不会说这件事了。如果我们在路上就能在一起的话，那该多好；对于我来说当然好，因为你得到我的三等席位。——不久前我和费格尔谈过了，文章他肯定登。你的信以及其他信件他们没有收到，因为他们把房子租出去了，而他们留在邮局的新地址又不清楚。——你要关于那所中学的资料干什么？我不知道他们怎么能够搞到。——照片还没到，没有带着包装就把胶卷装上了吧？

弗兰茨

〔明信片邮戳〕〔19〕16.10.29〔布拉格〕

最亲爱的：

请别要求我写长信；如果我也有像你上封信中那么多工作方面的事情可以写，那我的笔也会飞快不停地给你写信。可是我的生活就是由两部分组成的，一部分是，完全由于你的存在而变得充实、幸福，我本人看上去也像个挺不错的人，而另一部分就像一张破碎了的蜘蛛网，不漂泊动荡，不受头痛之苦是它的最大愿望，然而，这种愿望很少能实现。我们有何办法对付这第二部分？他最后一次去上班是两年前的事情了，对于这个工作他一是没有能力，二是没有兴趣。换个话题，希望很快我们就能在10、11号两天在一起了，也是由于这一份幸福的期待引起了许多不安,而没有写很多。这期间千万不要冒出任何阻碍。

随信寄去几样东西:

1) 奥特拉的一张照片,但是效果很差。修版之后的牙和咧着的嘴角是最失败之处。

2) 布勃尔的信,我今天再读这封信的时候发现其中几乎没有任何出众之处。我的看法可能会给你带来先入之见,我不知道为什么会写下去。这封信你多次要,所以我给你寄去。

3) 我的另一部分工作的例证①。在签字的地方你会看到我的名字,本来我应该在筹备委员会成员中,可是后来,没费多大力气我就跑到这个大组中来了。那篇文章(和许多其他的一样)也是我的。这件事不再多说。

4) 朗诵会的节目安排。在倒数第二页你会看到标题《判决》。沃尔夫在没有给我只言片语的情况下,看起来又要把它压下②。如若我自己没有对生命的追求,而听任生命浑浑噩噩,那么一切也就无所谓了。

亲爱的,你千万不要多想我那个女法官的事③。这倒是一副安定剂(如果愿意的话,也可以把它当成不安定剂),她竟能通过半年前五至十次简短的谈话中总结出这么一个事实。

再见,再见。

弗兰茨
〔19〕16.10.30

最亲爱的:

前几天在办公室我一直没有时间写东西。我收到的你的上一封信是

---

① 参见附录。其他和附件没有收到。
② 卡夫卡多虑了。《判决》10月底就以库尔特·沃尔夫《末日审判》丛书第34册出版了。
③ 参看1916年10月24日明信片:"此外,这里有一个关于我的女法官……"

星期五写的，今天没有你的来信。——在你的领导之下儿童图书馆当然不能这么贫乏，所以，今天我给你寄去夏夫斯坦那些蓝色的小集子作为一小块基石。这些小集子和你的彼得·施勒米尔一样是硬封皮，装订当然更好，只是太贵。或许这些书在用之前，可以拿到寄宿学校的校办工场装订。这些书各个年龄组的人都能看，没有必要把它们小心翼翼地和其他书分开。绿色的夏夫斯坦的书，也是我最喜欢的书，给那些男孩子们看最好，不过，我不想一下子全寄去，这些下回再寄。比如，其中有一本我读起来觉得特别亲切，讲的就好像是我的故事，或者说是我的生活准则，而我正在摆脱或已经摆脱这种准则（我常有这种感觉），这本书的书名是《糖果男爵》，书的最后一章是最主要部分[1]。另外，很难判定哪些书算儿童书。如果一定要我根据我的经验说出一些最好的儿童书的话，那么霍夫曼兄弟的小集子[2]该不算是好书，若阴间能出版我们现在读的书该有多好！

对于图书馆的具体建议下封信我还要再写。

弗兰茨

〔明信片〕〔19〕16.10.31〔布拉格〕

最亲爱的：

怎么，现在你也用不能去慕尼黑来威胁我？这么多的小困难之后，怎么又会出来个大困难？绝不能这样。你上司的假期早就该定下来了。——我今天收到那些照片和你星期一的信。森林中的那张合影很漂亮。这可能就是你的九个女学生，那个翰甫也在。这次就S.一人没笑。

---

① 奥斯卡·韦伯《糖果男爵》。讲述的是一个前德国军官在南非的经历。由马克斯·毕尔格尔插图，夏夫斯坦绿色丛书，第54卷，科隆1914年出版。卡夫卡特别喜欢读这些丛书，除了在瓦根巴赫提到（《传记》，第263页）的那几卷之外，他还读过：第18卷，《森林管理员弗莱克斯1812至1814在俄国的经历》；第32卷，《1870—1871的这一代》。参见1915年9月16日以及1913年12月15日日记。

② 这里说的是亨利希·霍夫曼的儿童书籍。

最漂亮的是左边穿系腰带的衬衫的俏姑娘。照片最前面一些杂乱的东西使照片的美感受了点影响。高个子姑娘中有这么二三个长得很有个性。不过，有一些面孔也许得看上一千次才可能记住。站成两排的那张也有你的学生，虽然看上去不像，但仔细辨认一下，还是可以肯定是她们。那张有好多花的照片我看不出来到底在干什么，不过，由于你在其中，其他的也就不重要了。在第五张照片上我只认出了 S.，你一定得给我讲讲她们都是谁。我不知道，我是不是能把卡奴卡剧[1]写出来。我当然会立刻试试看。在我给你寄去的纸页上你看到了自卑的我（如果谎言只是自卑），你对这怎么看？这并不是我自卑情绪的最低点，在其他方面还有更为严重的，不过在这方面已经够严重的了[2]。千万别再用不去慕尼黑来威胁我。

弗兰茨

〔明信片〕〔19〕16.11.1〔布拉格〕

最亲爱的：

那不过是为了制造恐慌的威胁。它的目的达到了。现在你该来了吧。批文还没有最后下来。稿子得到星期一才能到那里。这事仍然一直令我不安。说实话，我真不敢想象这事这么轻易地能批下来。如果有什么麻烦，我会立刻给你打电报，眼下，我还是希望立刻能见到你。我们也许能在车上碰上——我手头没有大的时刻表，我只是根据手里的票估计出的——可能会在维骚，大约在中午一二点钟的时候。如果我在车里能见到你，那我们就赢得好多时间。我当然也住在巴伐利亚霍夫（按照迷信说法，我也在这留点余地）。——卡奴卡节演的那个剧我是肯定找不着了。我本以为从一个女孩那里我可能会得到一点希望（她去年和这里的

---

① 显然指的是那些反映夏奴卡历史的剧作中的段落。参见附录。
② 这里说到的纸页没有保存下来。卡夫卡也可能说的是他附在10月30日信中的名单。

东犹太幼儿园的孩子们一起排练过这个戏；我当时和我外甥在那儿，这个为很小的孩子写的剧她根本用不上，不过，小姑娘相当不错），她应该有这方面的东西，结果，她也什么都没有了。在犹太出版社应该出版过卡奴卡的书，他们也许会给你找一找。

弗兰茨

〔明信片〕〔19〕16.11.3〔布拉格〕

最亲爱的：

又是一大早去乡下之前。昨天没有你的信，不过，我也没给你写。去慕尼黑的可能性与日俱增。总之，星期三或星期四我再给你发电报向你报告好消息："我们可以去了。"或者坏的消息："去不成了。"

弗兰茨

〔明信片〕〔19〕16.11.5〔布拉格〕

弗兰茨·卡夫卡致菲莉斯的母亲安娜·鲍威尔女士

亲爱的母亲：

听菲莉斯讲，你真诚友好地接受了像我从玛丽恩温泉给你写来的信，所以，今天在你生日之际我可以比以往更坦率地给你写信。就像我经常看到、听到的，我自己也常说，和我相处并不是件容易事，我自己都有这种感觉。所以，即使是把女儿交给我的你，即使是有权力向我提出任何要求的你，也在尽力接受我容忍我，这是多么的大度。这里，请你今后同样能对我宽容忍让（在生日祝贺中提出这种自私的请求），祝你青春永驻，在我的记忆中你有着年轻人的朝气。

恭敬地吻你的手并向爱尔娜和托尼致以衷心的问候。

你的　弗兰茨

〔19〕16年11月14日

最亲爱的：

已经好几天没有你的信了。为什么？我寄去的几张明信片你难道没收到①？这几张卡片大多提到了我们今后共同生活的核心问题。我不能允许你总是这么旁敲侧击，这么自以为是，有时甚至是用威胁的方式批评我自私。这种指责之所以令我如此痛苦，是因为它正中要害。这一点我承认。但有一点我却不敢苟同，你批评我自私，但你对于自私的否定不过说说而已，你做得又如何呢？更何况，这种自私涉及的是具体的事情，而不是某个人。不再需要外界提醒，我已经知道自己的错误有多么严重，遗憾的是，我的机体过于孱弱，因而无法承受更多的指责。

弗兰茨

〔明信片〕〔19〕16.11.21〔布拉格〕

最亲爱的：

即使在这种状况下（包括头痛），我还是能继续活下去，这一点我还是相信的。我虽然不相信这样的争吵（可怕的糕饼店）②还会再发生，然而它们将不会再充满因短暂相会而带来的、含含糊糊的和妖影幢幢的那种紧张，这样，它们就不会加重我们的忧伤，而只是作为一种普通的人类的弱点而受到宽容。你可以以拳击石，而石头只不过会有点划痕。

---

① 这里说到的在这张明信片之前发出的几张明信片显然丢失了。
② 这里讲的是他们在慕尼黑的见面。这次见面的时间是1916年11月10日至12日。

它只要不提前破裂，它就必须像手一样承受这划痕。——现在让我伤脑筋的是，除了从慕尼黑以来就一直没有停过的（今天特别厉害的）头痛之外，我最关心的是搬家的事情，还有就是那些小小的希望，虽然我本身从来总是生活在沮丧之中的，而且这些希望和沮丧也是密不可分的。我能走进房屋介绍所，就是一个不小的进步。从那一刻开始，有三个女人无比殷勤地围着我团团转：一个是房屋介绍所的主人，一个是我准备住进的房屋的管理员，还有以前占用这个房子的那个党的女佣人。从昨天开始，我的慈祥亲爱的妈妈也加入了她们的战线。我不能透露更多的秘密了，等到后天决定之后再说吧。——明天那些给你的书也寄出了。

弗兰茨
〔明信片〕〔19〕16.11.23〔布拉格〕

最亲爱的：

早上拿起笔给你写一张明信片，刚开头就被什么事打断了，现在那张已经开了头的明信片不知放在何处。一般只有办公室的文件才会找不到。实在令人不快。——我最亲爱的，并不像你想象的那样。看来你确实没有收到我祝贺生日的电报。邮政系统现在是越来越不可靠了。那封电报我是17号晚上发出的。内容是：——在远方拥抱你。——或许电文有些不寻常，所以邮局没有发。我也许会去投诉。眼下我的全部心思又都回到我的房子的问题上来了，虽然这事令人很伤感。又得再过几天才能做出最后决定，这个房子我能不能得到现在又有点成问题了。你应该知道，这是一套由两个房间组成的房子，没有厨房，这套房子我觉得很符合我的梦想。如果我得不到这套房子，我会非常难过。这套房子虽然不会使我重新得到内心的平静，然而，却给我提供了工作的可能；天堂的大门不会突然打开，但是，在天堂的围墙上说不定我会发现两条小缝向里面窥视。——今天我看了步兵雷曼给马克斯的一封信，信中他特别提到你对工作的认真态度。——圣诞节？我不能去旅行。

弗兰茨

〔明信片〕〔19〕16.11.24〔布拉格〕

最亲爱的：

今天收到那封退回给你的信。我们还是可以彼此信赖的。我坚持我对于圣诞节的看法，我知道，如果我最后得知我们见不了面我会很伤心，但是我不会怀疑我的观点的正确性。——你也头痛，真令我不安。难道我们两个分享的是同一份安宁，不然，怎么会我舒服的时候，烦乱就又会找上你？原因又何在呢？一个月前你也并没有感到比现在更不安。寄宿学校的情况如何？难道那不再使你感到充实？——那个剧本我读不成了，前几天马克斯什么都没说就把它寄了出去。他认为这个剧本一般，我当然是非常想看一看，因为你希望我看一下，可是现在它已经寄了出去，因而也就没有意义再把它要回来，我的建议或者评论对于作者已经不会再有什么意义。另外，前一阵有好多人请马克斯看稿，所以他也就不太愿意过于仔细地过目。

弗兰茨

〔明信片〕〔19〕16.12.4〔布拉格〕

最亲爱的：

已经好几天没有你的信了。千万别以为我可以一直生活在天堂之中。那种相对的平静也许只是为了聚集更多的痛苦，然后这种痛苦便在一夜之间，比如昨晚全部爆发出来，于是你就想大吼，你就要在第二天，也就是今天，像在自己的葬礼上一般茫然。——你问起关于朗诵会的评论。

我只从慕尼黑-奥格斯堡报上又得到一篇[1]。这篇比上篇温和许多,然而,因为它在基本观点上与上篇一致,所以,这种温和的语气就更加突出了整个朗诵会的失败。我不想再费任何力气去搞其他的有关看法了。不管怎么说,我应该承认这些评论是正确的。我有两年没写作了,在这两年之后我竟然有勇气在慕尼黑公开朗读自己的作品,而这种勇气在我布拉格最好的朋友面前都不曾有过,这令我自己都很吃惊。不过,在布拉格我记起了里尔克说过的一句话,他十分善意地评价了《司炉》后讲道:不管是在《变形记》还是《在流刑营》中都达到了同样的效果。这话虽然有些不大容易理解,但弄清真正含义后,你会发现它很有见地[2]。

弗兰茨

〔明信片邮戳〕〔19〕16.12.7〔布拉格〕

最亲爱的:

你提到你的上司圣诞节要去旅行的那张卡片很晚才到,这张迟到的卡片使你给我写信的间隔显得小了一些。收到这张卡片之后我的头痛病又开始犯了。你现在陷入沉默之中。寄宿学校情况如何?夏奴卡剧搞得怎么样了?随后我会给你寄几本犹太人的书。你收到那个装着书的邮包了吗?明天我就把给姆兹的书寄出去,不,也许我应该先问一下,你是

---

[1] 这里说的是对卡夫卡慕尼黑朗诵(高尔茨艺术沙龙,1916年11月10日)的批评,载《慕尼黑-奥格斯堡晚报》,午间号外,1916年11月13日,第2页。(卡夫卡读到的第二篇批评载于《慕尼黑新闻》,1916年11月11日,第3页。)另一篇批评载于《慕尼黑报》,1916年11月12日,第2页。参见《卡夫卡研究》,第151页。

[2] 里尔克和卡夫卡可能从未见过面。卡夫卡很可能是从欧根·蒙特那里听说里尔克对他的作品的评价的。里尔克是怎么看到那时尚未出版的《在流刑营》的,已经不可考了。他也许读的是手稿,因为手稿9月30日就到了慕尼黑,然后和欧根·蒙特谈起过它。参见欧根·蒙特的《慕尼黑一达骚,文学回忆录》(慕尼黑市立图书馆),第42页。——里尔克在1922年2月17日写给库尔特·沃尔夫的一封信中提到了他对卡夫卡创作的重视:"……卡夫卡的创作是您一定要替我注意的。我可以向您保证,我不是他的最坏的读者。"见沃尔夫的《通信集》,第152页,洛乌·阿尔伯特·拉萨德说,里尔克曾给他朗诵过《变形记》(《与里尔克同行》,法兰克福/美茵,1952年出版,第43页)。

不是委托我这么做。邮包中我已经装好如下东西:两本书,一副玩具,糖果,卡尔温泉的薄饼,一些巧克力。除此之外我就再也想不出其他的东西。难道不应该再装上一件小衣服或者这一类的东西?不过,这类东西你得事先告诉我尺码,另外,我得请奥特拉帮忙去买。对了,还应该寄些可可粉;我会准备好的,然后我就只需等着你的回信了。——我现在白天待在奥特拉的小房子里[①]。不管怎么说,这里比过去那两年的情况好多了。还要再做些小的改进,住处远离此处使一切更近完美。绝对完美只有守夜人才能享受得到。在一天中最美好时光开始之际我便踱步回家,开始是在8点,后来又推迟到8点半,以至到现在的9点之后,当你披着星光走进狭窄的胡同,然后轻轻锁上自家房门的时候,不觉会生出一种奇特的感觉。最近,我的邻居诺尔先生常在这个时候站在胡同口,手里拿着一口袋圣诞甜食,等着胡同里的孩子们。

衷心问候。

弗兰茨

〔明信片〕〔19〕16.12.8〔布拉格〕

最亲爱的:

今天,9号,因为手套的原因我才得以收到你的信。因为那个亲戚10号起程,所以我想,把手套寄过去就没什么意义了,另外,手套我是星期一才拿到的。也许,星期一我会把它作为样品寄过去。应该没有问题。——你的信写得这么短是不是说你也头痛?如果不是正在看你的信,我是不会相信,我的身体对你的信任是如此之大(其他方面同样)——或者,是你生气了才写这么短?我也不知该怎么办了?白天我还待在那

---

① 他的妹妹奥特拉在安静的炼金术士胡同修了一间小房子。她把这间房子给了她这个对噪音十分敏感、想在那里找到清静来创作的哥哥。不过,卡夫卡并不在此过夜。他晚上——有时在凌晨——回到他在朗格胡同(后来是在含恩波宫附近)的住处。参见雅诺施的插图《卡夫卡和他的世界》,第130页。

个小房子,只是时间分配将会有些不同,我会在那里待到更晚。——柏林搞了几个很有价值的讲座,米蓝,伯夏特,布吕姆内尔(艾斯希的《路希》)①,我总是很晚才能读到讲稿。——现在我必须离家去为一个会议作记录。

弗兰茨

〔明信片邮戳〕〔19〕16.12.9〔布拉格〕

不,没有这么严重,两天后你就不会这么写了。你信中没有说是不是还头痛。我白天还待在那个小房子里,这儿的环境有时很好,有时差点,不能要求太高。——福楼拜我没读过,我会立刻补读的,你熟悉的人我也应该有所了解。——青年杂志目录还没到。不过,不会等很长时间的。明天我给你寄去一本可供朗读的书。——手套我已经拿到,只是,寄不大方便。有个熟人下星期要去柏林,可以托他带去,给姆兹寄包裹的事情我还等着你的指示呢。

弗兰茨

〔明信片邮戳〕〔19〕16.12.13〔布拉格〕

最亲爱的:

是的,那些书,它们马上就到。犹太书商是很特殊的,印刷品的邮寄也是很特殊的,所以,会需要一段时间。不过,我希望这个星期能把它们寄出去。——昨天我给你寄了一本《克莱茵·多立特》。你肯定知道这本书。我们怎能忘了狄更斯。当然不能和孩子们通读全书,不过其

---

① 前面提到过的艾米尔·米蓝12月7日在科拉利昂大厅演讲;鲁道夫·伯夏特同日在柏林爱乐乐团的大演奏厅作了一个报告,"战争和德意志的决定";12月6日晚上,鲁道夫·布吕姆内尔在"狂飙"艺术展上朗诵了赫尔曼·艾斯希的中篇小说《路希》。

中的个别部分读一读会给你和孩子们带来乐趣的。——祝你们夏奴卡节快乐。节日期间肯定会照相的（我不知道具体日期），我有权力要些照片。——在我的房子里我被一些不可想象的事情所纠缠，而这些事情恰恰是我某一日一手制造出的，而另一日却要以十倍的力量全部划掉。不过，待在那里挺好，每天午夜经过旧的皇宫小路进城回家也别有一番情趣①。

弗兰茨
〔明信片〕〔19〕16.12.14〔布拉格〕

如果没有收到我的信，千万别伤心。我真的不是有意如此，这令我不安，现在我很敏感。只顾自己的利益，而伤害了别人的感情。千万别伤心。没有信至少比硬拼凑出的信要好。——我的生活一如既往，眼下还得再把我与生俱来的三部分不幸加上。如果我不能做事情的时候，就会感到十分忧郁；当我能做事情的时候，又总觉得时间不够；如果我把希望寄托在将来，我仍然会有和现在一样的忧虑，我首先担心的是不能工作，无法逃避的深渊。但是，——这是目前最重要的事情——并不是一切都很糟。——这回给姆兹的礼物特别可爱，是奥特拉选的。十分愚蠢，就像我叔叔的地址一样，这个地址也老让我拿不准。"Azstalos utca 2 古特曼女士处"，希望这样是对的。

你前不久提到解决我们的中心问题的办法。不能讲一讲到底是什么吗？

弗兰茨
〔明信片〕〔19〕16.12.20〔布拉格〕

---

① 参见雅诺施插图本《卡夫卡和他的世界》，第127页。

最亲爱的:

已经好几天没有你的信了。昨天寄出给姆兹的包裹,非常可爱,唯一的缺陷是,没有找到一个合适的玩具,所以只寄去一副积木。不过,其他的东西肯定会弥补这一缺陷的。今天又找到一本儿童读物,一点一点还是能找全的。但是手套还在我这里。那个熟人下星期才走。我的住处现在又有了麻烦,这件事我得从头到尾把它的来龙去脉给你讲清[1]。除了房子的事情,我一切都好,最重要的是身体状况不错。昨天科威尔寄来三首诗[2],这令我想起慕尼黑。这些诗绝对发自一颗纯洁的心灵,不过,在慕尼黑时这些诗显得更美。关于上次提到的"无耻"(这里布鲁姆施坦的名字让我想起:温和和强硬密不可分,两个字母之差,温和就变成了强硬),从这个意义上看,演员洛维的一封信已经使我由于"无耻"而受到了惩罚(我和你提起过他)[3]。他现在在布达佩斯名气不小,并且正在对我施以猛烈攻击,真希望我只是和他做做游戏,而没有为他做过太多的事情。

弗兰茨
〔明信片〕〔19〕16.12.22〔布拉格〕

尤利叶·卡夫卡夫人写给安娜·鲍威尔夫人

亲爱的安娜:

正值新年即将到来之际我提笔致信给你,衷心地祝你们在新的一年里事事如意。但愿万能的上帝快快结束这场战争,让我们重得安宁,让我们和我们的孩子们能够重新过上幸福生活。感谢上帝我们都很健康,

---

[1] 参见 1916 年 12 月底至 1917 年 1 月初的信件。
[2] 参见 1917 年 1 月 3 日给哥特弗里德·科威尔的信。卡夫卡在信中对科威尔寄来的诗表示感谢。《通信》,第 153 页。
[3] 谈到这次"无耻"事件的明信片显然是没有收到。

大家工作的也很努力，对未来我们还是充满希望的。你和你可爱的孩子们怎么样？我很想念你们。我本来以为，亲爱的菲莉斯会在圣诞节来这里，让我们惊喜一下，或许，她脱不开身。我们非常想见到她，希望她不久能来。

感谢上帝，我们的女婿们也都很好，战争期间能够如此已经很不错了。亲爱的埃米丽姨妈好吗？请代我们向她问好。

盼尽快能听到你们的好消息。

顺致衷心的问候！

你的　朱利叶·卡夫卡

1916年12月31日—布拉格

也代问你亲爱的孩子们好，特别向我们亲爱的菲莉斯问好。

我老伴和孩子们也向你们问好。

最亲爱的：

首先是我的房子的问题，一个太大的题目。吓了我一跳，我简直不知如何是好。对于我来说，这个题目太大了。我只能向你讲述全部事情的千分之一，而现在写在纸上又只剩下千分之一中的千分之一，而我所能向你讲清楚的又只是这剩下的千分之一中的千分之一了。尽管如此，我还是要听听你的建议。现在仔细看，然后好好给我参谋参谋：你深知我两年来的苦衷，和世界的苦难相比，我的苦衷虽然微不足道，然而对于区区的我已经是苦不堪言了。一间带两扇窗子和一扇通向阳台的门的舒适温馨的角屋。从屋里望去可以看到远远近近高低不一的房顶和教堂。那里的人们并不难相处，因为，我也几乎看不到他们。只是胡同内十分嘈杂，每天一大早就有车辆驶过，不过，这些我几乎已经习惯。尽管这间房子有个进深很大的前厅，我还是认为不能住。因为，这房子是水泥结构，每天10点多了你还能听到隔壁大声叹气的声音，熟人聊天的声音，厨房里锅碗瓢盆的叮当声。特别不能忍受的是，不定哪一天，当我下午正要干点什么的时候，楼上打扫卫生的姑娘穿着高跟鞋走来走去晾晒衣服，鞋跟敲在薄薄的天花板上，就像直接敲在我的头上。有时，不知从哪里传来弹钢琴的声音，夏天还经常能听到前边那片房子里传出的歌声、小提琴声和留声机的声音。每天到夜里11点之后才能真正安静下来。总之，在这种无法达到平和的情况下，你就会感到没有自己的家，一切都只是空想，你会变得越来越虚弱，越来越无望。这方面还有好多要说的。

夏天，有一次，我和奥特拉去找房，尽管我不大相信能找到真正安静的房子，我还是和她一起去找。我们在比较偏僻的地方看了几处，甚至，我在想，如果在旧皇宫的某处或者某个角落有个安静的洞，我也会为了最终得到安宁蜗居其中的。没有一处，我们没有发现一处合适的地方。为了找乐，我们跑到那条小胡同去问。11月那里还真有一间小屋要出租。奥特拉也是个好静的人，她非常想租下那房子。只是由于我天生的弱点，没让她那样做。我甚至不敢想象，自己去住到那里。又小，又脏，总之，一无是处。可是她却坚持，说，请原来的住户搬走时，把房子收拾干净，重新粉刷，再买几件钢管家具（我真不知道还有哪种家具会更舒服），这件事她一直向家里的其他人保密。我从慕尼黑回来的时候带着极大的勇气又去了介绍房子的公司，这个公司一上来就向我介绍一处在一个最漂亮的大楼里的房子[①]。这套房子有两个房间，一个前厅，前厅的一半被装修成一间浴室。每年房租六百克朗。这真像是在梦中。我去看了房子。房子很高很漂亮，墙壁是金红两色，很像凡尔赛那种。四个窗子朝向一个极静的院子，一个窗子朝向花园。那个花园简直无法描述。当你沿着入口向里走的时候，你难以相信你所看到的一切。第二道门是由女像柱装饰的拱形门，穿过这道门你可以看到大花园的一侧是个平缓宽阔的斜坡，沿着斜坡是由一些大小不一的石头组成的台阶，这些石阶一直通向最高处的观景台[②]。现在说一下这个房子的唯一一点不足。现在租

[①] 参见《卡夫卡，一个布拉格人》插图，第28号
[②] 市场胡同一侧的美泉宫，365/15。卡夫卡1917年3月初到8月底住在这里。参见雅诺施《卡夫卡和他的世界》插图，第132页。

用这个房子的是一个和太太分居的年轻人,他和他的佣人虽然在这里刚住几个月,可是他突然要调动工作(他是个公务员),得离开布拉格,房子的装修他们下了很大功夫,不想就这么白白放弃。他之所以还没有退掉房子,是想找到一个能补偿他在这套房子上所投入资本的新用户(安了电灯,建了浴室,装了墙柜,安了电话,地上绷了很大的一块地毯),哪怕只是其中的一部分。我不是他要找的人,因为他要六百五十克朗(当然并不多)。不过,这对我还是个不小的数目,另外,那高大冷清的房间对于我来说太过奢华,还有一点小顾虑就是,我也没有家具。就在那同一个宫殿内还有一套房子,在三层,房间矮一些,窗子面向胡同,这套房子由管理部门直接出租。这套房子装饰布置得简朴亲切,一位曾在这里客居的伯爵小姐在这套房子里住过,说不定那是个生活十分简朴的小姐。少女味很浓的旧式家具仍然摆放在它们原来的地方。当时,我拿不定主意到底要不要这房子。就在举棋不定的时候,我来到奥特拉的房子,当时房子刚刚弄好,房子刚开始装修的时候有许多毛病,不过,我现在没有时间描述装修的整个过程,如今这房子完全符合我的要求,最重要的:上坡的路很美,那也很静,与隔壁相邻的墙虽然很薄,但这个邻居很安静;晚上我把晚饭拿到楼上,然后一般都待到午夜;然后,在月色中走回我的住处:我必须下决心住笔,让夜风清醒我发胀的大脑。至于那里的生活:在那里确实与众不同,当你想与世隔绝的时候,你不是锁上房门或者单元门,而是直接锁上整座房子的门;走出房门你就可以踏在小巷中的积雪上。所有的这一切每月只需二十克朗,用这二十克朗,小妹妹就可以应付一切开支,房子由那个可爱的小姑娘(奥特拉的学生)稍微整理一下就非常整洁漂亮。就在现在,宫殿中那套房子可以让我使用。那里的一个管理员对我相当友善。靠近胡同的房子六百克朗就可以租下,但不带家具,我本来希望能带家具的。这是一套有两个房间一个前厅的房子。有电灯,但是没有浴室,没有浴盆,反正这些东西我也不需要。现在简单总结一下现在待的房子和宫殿内房子相比的优点:
1. 一切依然如故的优点。2. 我现在挺满足的,为什么去做有可能让自己后悔的事。3. 白白空置自己的房子。4. 省去了晚上的回家之路,而这段路恰恰能使我更好地入睡。5. 我得把家具从现在住在我们这里的妹妹那儿临时搬出来，不过，在那么个大房子里，我有个床也就够了。可以省去搬家的费用。6. 现在我住的地方离办公室只有十分钟的路程。我想，宫殿的房子坐西朝东，只有早上有太阳。和现在的房子相比，宫殿内房子的优点是：1. 改变一下环境本来就是优点，而且这种改变在某些方面有较大不同。2. 有一处属于自己的安静的房子。3. 在现在的地方工作我并不完全独立，因为，事实上我是占了奥特拉的房子；她对我很好，而且非常具有献身精神，然而，时间长了，当她情绪不好的时候，她也会情不自禁的表现出来。4. 我就不用每天晚上回家了，在家，夜里就很难出来走走，因为家里的大门不能从外面上锁，但是，在曾经为王公贵族们享用的大花园里，即使在夜里，我也可以尽情地散步。5. 战争结束后我一定争取先休一年的假，这个愿望马上变成现实是不大可能的。我现在要说的是，如果能成为现实，我们两个在布拉格就有一处我所能想象得出的最棒的房子，不过，这处房子也只是短期住一住，因为，住在这儿你就必须打消自己做饭的念头，另外，洗澡也成问题。尽管如此，我还是觉得，在这儿你能好好休息两三个月。而且，春夏（主人不在）秋三季花园肯定非常美。如果我不立刻弄到这房子的话，就是每个季度付一百五十克朗，我都不一定能得到这房子了，而事实上是，这房子我已经租下，而且管理人员当然希望结果是这样的了，因为房子租给谁对他来说并不重要，只要能租出去。我讲给你听的，还是太少了。好了，现在就听你的看法了，尽快回信。

〔1916 年 12 月底 /1917 年 1 月初[①]〕

[①] 这封信的副本——或者说是底稿——在卡夫卡的遗稿中发现，并立刻由马克斯·勃罗德（《传记》，第 192 页）发表了。

最亲爱的:

对你我不需要托辞,慢慢地一切都会搞清。今天才给你写信,这是我唯一的托辞。并不是因为你的沉默我才沉默。你保持沉默这是理所当然的,令人吃惊的是你亲切的回信。我的上两封信[①]虽然都内容丰富,不平淡,但令人难以置信,这封信既无法回答又不能不予理睬,这些我都知道,只是在写这封信的时候我睡着了,我虽然很快醒来,但还是太晚了。顺便说一下,这并不是我最大的缺点。我这么久没写信的原因是:我写完上封信后两天,就是说,整整四个星期前,半夜5点,我肺里出血。挺严重的,血从喉咙里涌出,大约持续了十几分钟,我当时想,血是止不住了。第二天我去看医生,做了检查,后来又做了多次检查,照了X光片,后来在马克斯的催促下去找了一个教授,这里我就不讲具体细节了,检查的结果是,我两边的肺尖都已形成结核。突然发病并不令我惊奇,咯血我也没觉得吃惊,因为这许多年以来的失眠,头痛已经埋下大病的隐患,而这病是肺结核却令我十分吃惊,我们家根本没人得过这种病,而一夜之间,它却来拜访刚刚三十四岁的我。现在,我必须接受这个现实,咯血之后,头痛好像被冲跑了。现在还看不出来有什么发展,将来会怎么样不得而知,也许在这个年龄它还是有所顾忌的。我要到乡下待段时间,至少三个月,下星期就动身,到屈劳去奥特拉那里,我本来想就此退休,大家认为,从我自己的利益出发,不应该退休,另外,想到我无法推辞按照老的传统一定要搞的伤感的告别喜剧,我也就放弃了原先的想法,那就还做我积极的公务员,现在我只是去度假。我一方面没有把这件事当成什么秘密,另一方面这事我却没跟父母讲。开始,我根本不相信真是这样。可是,当我试图和我母亲讲这件事的时候,我感到非常紧张,我告诉她要去休一次长假,听我这么说,她一点没有怀疑,并说我应该休息休息,于是,我就没再解释,到目前为止我也没和父亲多讲。

这就是我四个星期,准确地说是一个星期(确切的诊断刚做出不久)

---

① 未收到。

没写信的原因。可怜的菲莉斯上次我是这么写的；这难道会成为我信中经常的结束语？这不是一把只刺向前方的尖刀，它还会划圈，会反戈一击。

弗兰茨

〔1917年9月9日—布拉格〕

为了不让你觉得我现在感觉太差，我再补充一点：我一点都不难受，而且正好相反。虽然从那天晚上我开始咳嗽，但并不厉害，有时低烧，夜里盗汗，觉得有点气短，除此之外，我总的觉得比前几年都好。头不痛了，而且从那次以后，我夜里的觉比过去睡得也好了。头痛、失眠是我知道的最讨厌的事情，至少目前是这样。

亲爱的菲莉斯：

昨天收到一封你的信。我当时问自己，这么快就来了一封信？这封信我半天没看①。后来一看才知这是9月11号的一封信，信中你并不很肯定地说起旅行的事情，这封信之所以走了这么长时间，是因为你地址写的是佛列奥·迈伦，而不是波希米亚，这也说明了为什么你上次没有收到我的信的原因。

可是今天，星期天，我一下子收到你9月24日、26日写的两封信，信是早上到的，我没有立刻打开（其中还有一封别人写来的信，也没有打开），白天母亲在这里（她说，她问你，我是不是情绪好些了，你说，没注意到），晚上的时候我还是不想看那信，而是先让自己松口气，先给你写信，信的内容要和你来信的内容无关。可最后，我还是先看了那两封信。

---

① 菲莉斯刚刚——也就是9月20日至21日——才到屈劳看望了卡夫卡。关于菲莉斯的告别参见下一封信和1917年9月21日日记。

在信中，我看到了一定会有的内容和令我感到惭愧的内容，正如你所能体会得到的，你没有必要一定要做你现在做的事情，你也没有必要一定要做现在的你。

正如你这次所看到的我，这同时我也看到了我自己，只是更真切，更深刻，因此，这里我可以向你剖析真实的我：

两个我一直斗争很激烈，这你知道。两个中较好的一个属于你，在过去这几天中我对此就更坚信不移。在过去的五年中你体验过我的喋喋不休，也体验过我的长期沉默，通过所有的这一切你了解了我的内心斗争，而大多数时候它们给你带来的是痛苦。如果你问我这是不是都是真实的，我只能说，我克制自己不向别人故意撒谎，更确切地说，对你我就更加克制。有时有些闪烁其词，但很少撒谎，前提是，本来就没有什么谎可撒。我是一个爱编造故事的人，我没有其他的方法保持平衡，我的小船非常脆弱。当我反省自己的最终目标时，发现，我并没有努力去做个好人，没有努力去附和最高法官的要求，而是相反，通观所有的人和动物，以了解它们的基本爱好，愿望、理想，探究它们的一般规律，并且尽可能快地朝这个方向发展，于是我就会令所有的人感到满意，令所有人满意（这是一个大的飞跃），以至，为了不失去大家常说的爱，作为唯一没被煎熬的罪人最后把内心的卑鄙展现给所有人。总而言之，这于我只和人性的法庭有关，在这方面我撒的都是没有诺言的谎[①]。

现在再来说我们俩，我们俩的情况不同于一般的情况，在我最具有代表性。你是我的人类法官。在我的内心斗争的两个我，一个是好的，一个是坏的；它们在时常变换着彼此的面具，这就使本已十分混乱的斗争愈加混乱；最后我终于相信，最不可能的情况（最有可能的情况应该是：永远的斗争），这种情况看起来似乎是最后的感情，然而却仍然动人，会最终到来的，而我虽然经过这多年之后已经十分虚弱，可我终于能够得到你了。

突然之间，失血过于严重，而那些血是那个好的我流的，流血是

[①] 参见1917年9月至10月日记，以及1917年10月初给马克斯·勃罗德的信。

为了得到你，鲜血帮助了坏的我。当坏的我不能再靠自己的力量找到更加具有说服力的东西时，好的我给它提供了方便。我暗地里认为这种病根本不是什么肺结核，或者说，至少首先不能把它看做肺结核，而是整个我的崩溃。我想，这一切会如此继续下去的，然而，情况并未如我所愿。——血不是从我的肺中流出的，而是从一个战斗者的伤口中流出的。

这个坏的我现在有了肺结核做掩护，就像一个小孩子藏在妈妈宽大的裙褶里。另一个我又会怎么样？难道不能辉煌地结束战斗？最后的战斗是肺结核，而肺结核又是整个战斗的结束。

弗兰茨

〔1917年9月30日或10月1日—屈劳〕

亲爱的菲莉斯：

这里我把马克斯给我的上封信的开场白抄录下来，因为他道出了我，或者说我们的目前状况：

"如果我不担心由此会使你不安的话，我就会对你说，你的信证明你很平静。好了，现在我已经说了，这就证明，我从不担心，肺结核或任何其他事情会使你不安。你虽身处不幸之中，但你却是幸福的。"

在我告诉你我给他复信的内容前我想知道，你是不是也这样认为？虽然并不这么笼统，但也隐含着潜台词？如果是这样，我就在这里给你举众多例子中的一个：傍晚时分你站在屈劳的房子前，不久你就要启程回柏林。我在房间里坐了很长时间，然后来到院子里找你，没找到，回到房间听奥特拉说，你在房前，我于是来到房前，对你说："我刚才还听见你在房间里说话。"我们彼此只说了几句无关紧要的话，就这么默默无语地在阶梯上站了很长时间，望着远处。这次毫无意义的旅行，我无法理解的态度，以及一切的一切使你感到不快。而我并没有感到不幸福。"幸福"这个词，实际上对我的目前状况极不合适。我体验折磨，但并不觉得不幸，当我看到并体验到这种痛苦的时候，我比较平静地接受了它存在的现实，于是，我感到这全部的痛苦在减轻。在这件事上我也许还有点耍花招，对此请你能给予一点谅解，我之所以这样做，是因为我对事情的观察（当然这不是第一次）过于悲观，就好像人们希望台上的人出现的时候没有任何背景音乐；不管演出成功与否，演出都要进行。给马克斯的信的内容大致相同，我当然只是说：意思大致相同。他的"身处不幸，但并非不幸"的结论超出了现实，是一种当代人惯用的评论。我不知道，他是不是把他的这一看法写进文章，这种想法他早已有之。他还常说："不管是别人的观点，怜悯还是对某事的劝告他都非常看重，而抱怨、责难他却认为十分不齿。""身处不幸，但不觉不幸"同时也意味着"幸福之中仍感不幸"（但是，或许前者是最为重要的），这说不定就是印在该隐额上作为标记的箴言吧。这一标记意味着不再和世界同步，也意味着，带有这一标记的人就是曾经毁灭过世界，然而无法使世界重新复活，最终被碎片追袭的人。但是，他并非不幸，因为，不幸是生命中的一个组成部分，他既已战胜生命，又何言不幸？现在他不过是在用更加犀利的目光注视着，在这件事情当中与不幸类似的东西会意味着什么。

我现在的身体状况相当不错，我不大敢问你身体如何。

下个星期六马克斯在离这很近的科摩陶去作一个重建犹太家园的报告，我也去，星期天中午我们一起乘车回屈劳，晚上全都回布拉格，我吗，得拜访教授，去看医生，去办公室。这三件事都挺麻烦，特别是来回的路程。希望两三天我就能回来。

只是由于这次科摩陶的报告马克斯才来看我，因为我很早就向马克斯、费利克斯和鲍姆讲明理由，请他们不要来。

坎特我不认识，但那句话对百姓却非常适合，这句话指的是民族战争，跟"内心的战争"几乎没有关系，这里平和只是对那些即将化为灰烬之人才有。

弗兰茨

〔弗略奥邮局　邮戳〕〔19〕17.10.16〔屈劳〕

附录1

原版前言

1955年,舍肯出版社从菲莉斯·鲍威尔处得到了弗兰茨·卡夫卡给她的书信。此外,她把她收藏的卡夫卡给其女友格蕾特·勃洛赫的那部分书信也交给了出版社,这部分书信,大约是这里出版的弗兰茨·卡夫卡给格蕾特·勃洛赫信的一半,是收信人1935年离开德国流亡国外时留给她的。在佛罗伦萨逗留时,格蕾特·勃洛赫把卡夫卡寄给她的信的其余部分托付给她的私人律师保管。格蕾特·勃洛赫去世后,律师把这些书信的复制件交给了马克斯·勃罗德,经过勃罗德的斡旋,这部分书信最终也交给了舍肯出版社。

出版社决定把卡夫卡致格蕾特·勃洛赫的信和来自卡夫卡家庭和朋友的、有关订婚的以及由菲莉斯保存的书信一并按时间顺序收入此书,它们也是这段恋情史的一部分并如实反映了卡夫卡当时的处境。本书概略介绍了菲莉斯·鲍威尔和格蕾特·勃洛赫的生平,对书信提及的其他人物在有关篇页里均作了注释。

卡夫卡给菲莉斯·鲍威尔所有信的原件和复制件均为舍肯出版社所拥有,本书收纳并全文收编了所有的这些书信。对卡夫卡在语言文字上与标准德语不同的用法未作任何改动。做过修改的仅是个别显然由于疏忽而造成的拼写和语法错误,书名和刊名以及专有名词方面的差错。为了便于理解内容,对一些错误的标点符号做了修正。

出版者看到的都是信的原件。大部分书信是易于辨认的卡夫卡手笔,其余是用打字机打出来的。但从书信本身可以看出,卡夫卡给菲莉斯·鲍威尔的信并没有全部得以保留:从作者注明的参看条目中可以看出,缺少一些、但似乎为数不多的信和明信片。与卡夫卡致菲莉斯·鲍威尔完全无损的书信不同的是，他给格蕾特·勃洛赫的信中有十二封被莫名其妙地剪成好几部分，数年间散落在两个不同的地方，一部分在菲莉斯·鲍威尔处，一部分在格蕾特·勃洛赫的律师那里。唯一幸运的是，它们后来得以重新合为一体。

菲莉斯写给卡夫卡的信显然已经散落遗失，下落不明。

有些信卡夫卡甚至没有注明日期，有些信根据上下文判断，是写错了日期。遇到这种情况时，我们试图研究出正确的日期，并把它们同出版者对其他作的注解一样排在方括号里。这些日期是否完全正确无误，我们也没有把握。有些信还在信封里，信封上面可以清楚看出邮戳日期，修正这些信的日期当然也就易如反掌。但这类信为数甚寡。其他情况的注明或更正日期基于何种考虑，以下例子可略见一斑：

1. 有一封信卡夫卡注明的日期是 14.3.7.，我们更正为 1914 年 4 月 7 日。因为卡夫卡在此信中谈到复活节去柏林的情况。这里，他准确地提到了他所乘火车的抵达时间，并请菲莉斯到车站迎接。可见，他即将开始柏林之行。而 1914 年 4 月 22 日才是复活节。此外，他在信中还提到一封电报，在 4 月 3 日的信中他逐字逐句地复述了这封电报的内容。另外得以保留的还有一个带有 14.4.7. 邮戳的信封，而相应日期的信却没有。

2. 另一封信卡夫卡注明的日期为 14.3.13.，我们更改为 1913 年 3 月 3 日。卡夫卡在此信中提到，他退掉了在比勒克巷的住房。而他在 1915 年 3 月 1 日的日记中写道："经过数周的准备和恐慌之后，费了九牛二虎之力才退掉了……"在这封令人疑惑的信中他还写道："要是战争不再那么残酷打下去……"这里毋庸置疑是指第一次世界大战。

在注释中引用了马克斯·勃罗德在费舍尔出版社（经纽约肯舍出版社同意的德文版）出版的全集之后的卡夫卡的作品。

此书编纂过程中，承蒙约翰南·布洛赫，克丽丝蒂娜和薇拉·博恩，马克斯·勃罗德，约瑟夫·塞尔玛克，艾杜瓦特·高尔德施蒂克，恩斯特和玛丽亚·海因尼茨，古斯塔夫·雅诺施，奥恩根·蒙特，保尔·拉贝，约翰内斯·乌尔茨迪尔，沃尔夫冈·舍肯，克劳斯·瓦根巴赫，费利克斯·维尔奇以及罗伯特·维尔奇等的协助，谨此致谢。

多蒙克努特·贝克，约阿希姆·博克，库尔特·克罗洛普，约瑟夫·普卡尔特，蒙诺·施潘，玛丽阿娜·施比格尔，和恩斯特—彼得·维肯贝格不舍朝夕，给予宝贵指点，特此表示诚挚谢忱。我们要感谢菲莉斯之子和其妹艾尔娜提供的重要提示，因为这是他人所不能的。

还要致谢丹弗基金会和美利坚哲学社会研究所为出版该书进行的必要研究工作所做的积极贡献。在查阅部分十分困难的资料方面，马尔巴赫德意志文学档案馆、奥地利国家图书馆和捷克斯洛伐克科学院自始至终给予了诚挚的帮助。同样要衷心感谢马凯特大学、西北大学和马萨诸塞大学图书馆。

艾·海勒

于·博尔恩

1967 年 8 月

附录2

原编者序

> "……任何童话中所描述的为得到自己心上人所付出的努力，都比不上我为了得到你而付出的努力，不只过去、现在是这样，而且永远会这样。"
>
> ——摘自弗兰茨·卡夫卡致菲莉斯·鲍威尔的信

"以下情歌是20世纪上半叶一位不知名的宫廷抒情诗人的作品。"就用这句话作为开场白吧！因为假使这句话完全是真实的话——虽然还需要作一些说明——那么，对本书信集的出版者来说也就没有什么需要解释的问题了。但这个问题实际上是存在的，不仅是因为弗兰茨·卡夫卡在遗嘱中要后人把其遗物付之一炬，而且还因为尽管有过不顾弗兰茨·卡夫卡的遗嘱，依然出版其著作的先例。但是这个问题仍然存在，仍无法消除存在的疑虑，因为在伦理学中并没有不成文的习惯做法，更没有使恶习可能成为规范的习惯做法。不能让那些把读者置于书已出版的既成事实面前的人再去散布与此有关的道德方面的忧虑，如果他们仅仅是为了宽恕他们的良心的话。关于弗兰茨·卡夫卡"意志"的讨论超出了讨论的初衷，但可能有助于人们更好地理解不易理解的作者。作者正是弗兰茨·卡夫卡，其作品在整整一个时代里都是一个谜，这是其作品的需要，作品本身虽然不能揭开这个谜，但它们从中又认识了自己，这当中甚至可能会产生一点点自我理解。加深这一理解和减少一点儿时代的随意性——就像发表这些书信本身最终可能的——的确是自我辩解的做法。

这些"情歌"就是弗兰茨·卡夫卡的爱情书信。这些书信是他在1912年9月20日到1917年10月16日期间写给他当时确信要鸾凤和鸣的女子,他和这个女子两次你恩我爱,又两次分道扬镳。这样的书信应该公开吗?虽然没有明确禁止公开这些书信,仍应该对这一问题进行反复思考。因为在文艺此起彼伏时期,把为丰富人们精神境地而作的作家和那些唯利是趋的作家加以区别的能力日益衰弱。而卡夫卡书信的发表使这一状况恰似久旱逢甘露。这是一个十分有益的问题,正如我们面前的这种情况,即使是收信人自己决定或者确信在她仙逝之后人们会把这些用内心自白撰写的成册成卷的书信公布于世,而它们的作者却做梦都没有想到,有一天成千上万的半大不小的学生和怀有好奇心的成年人在他们书写私信时会在他的书信中寻求灵感和情趣。卡夫卡生时聪明却大器晚成,死后闻名遐迩。在罗曼蒂克传统的影响下,他有着最神秘、最隐蔽和最内向的内心世界,而这一内心世界被公布于世,是他万万没有料到的。这些书信说明,作者本人就是一个孜孜不倦的读者,对自传、书信、日记和自叙体裁的作品爱不释手。如果这些作品的作者是诗人或作家,比起他们的本来的著作,他更钟情上述这些体裁的作品。例如,他十分喜欢格里尔帕策的中篇小说《可怜的吟游诗人》,更多是出于非常个人的缘故,而不是仅仅从文学角度出发。至于格里尔帕策的其他作品,可以肯定地说,卡夫卡更偏爱、也更经常阅读的是格里尔帕策的日记,而不是那些剧本。

不愿意让后人看到他的书信和日记(包括他未发表的故事和未完成的小说),是卡夫卡的遗愿。但他那时远远没有今天享有的令闻广誉。由于时代的风气,文学研究和其他文学活动的陈规陋习,这种名气甚至使哪怕是卡夫卡写的只言片语都要被公布于众。尽管他当时发表过一些作品,但仍属无名之辈。这就提出了一个问题:如果他的遗愿得以满足,那么,公众是否还会对他的个人言论怀有兴趣?那么,他的《失踪者》(《美国》)、《诉讼》、《城堡》等代表作也会被毁于一旦。如果这些杰作不能流传后世,肯定也就不会有如此众多的卡夫卡的崇拜者了。然而,卡夫卡一直是想亲手毁掉自己的作品,但又感心不忍,力不足。他请求不够顺从的挚友马克斯·勃罗德把他遗物中所有的"日记、书稿和信件"之类的东西统统烧掉,片纸不留。马克斯·勃罗德在其为保留下来的卡夫卡未完成的小说《诉讼》初版写的《跋》中写道,这个遗嘱是卡夫卡用墨水写在一张未注明日期的纸条上,纸条和"其他许多纸张"胡乱放在写字桌的抽屉里,没有一丝一毫人们习惯上对遗嘱细心保存的痕迹。马克斯·勃罗德看了卡夫卡遗留的每一张字条,没有发现卡夫卡留下正式的遗嘱。而卡夫卡曾于1922年给勃罗德看过一份遗嘱,并告诉勃罗德他在遗嘱中委托他的事情。而他,勃罗德,斩钉截铁地拒绝扮演遗嘱执行人的角色。

但在卡夫卡的写字桌里还发现了第二张字条,这是用铅笔写的,是一份同样没有注明日期的遗嘱。勃罗德经过判断认为,这张铅笔字条是在1921年用墨水写的字条之后写的。梅诺·斯潘则确信(见威斯康星州麦迪逊市1955年11月《月报》),卡夫卡这最后的意愿产生于1922年。这份遗嘱虽然没有流露丝毫的激情,但具体提到了书名,使得一些作品免遭焚为灰烬的命运。这里涉及六篇短篇小说,因为他们当时已经付印成书并公开发行,或如同最后提及的故事那样是作者自己决定公开发表,这样,也就无人能够把这六篇作品付之一炬。这六部小说是:《判决》、《司炉》(小说《失踪者》的第一章)、《变形记》、《在流刑营》、《乡村医生》和《饥饿艺术家》。是的,在这里,小说残稿、书信、日记没有逃脱被烧毁的命运。对于上面提及的作品,作者表示:不愿意再版,"也不愿意留给后人";"相反如果它们全部消失的话,这才符合我的本意。既然它们已经出版,我只是不想阻拦任何人去得到它们,如果人们对它们怀有兴趣的话"。非同寻常的是,作者自己——显然是在此之后不久——对此同样感兴趣:卡夫卡致力于最后的文学工作是校对《饥饿艺术家——故事四篇》一书的清样,1922年10月在《新评论》上首发了这部作品,使之得以流传后世。此书包括《初痛》、《小妇人》和《女歌手约瑟芬》,其中一篇,即在《饥饿艺术家》之前撰写的《初痛》,根据铅笔字条是"不算数"的,应该烧掉。尽管如此,卡夫卡在去世前不久还是公开了这些作品。

当马克斯·勃罗德下决心不去履行两张字条所赋予的使命时，他是有充分的理由的，或至少有充分的理由提出疑虑。他在《诉讼》一书的《跋》中已经提到过一些原因。然而还有其他的、更强烈的理由，他当时对这些理由视而不见，有意不提。1922年6月26日——大约在写第二张遗嘱字条时——卡夫卡给马克斯·勃罗德写信，论述他"自我谴责"极其自相矛盾的本质，对卡夫卡这种"自我谴责"的倾向，勃罗德进行过开诚布公的批评。卡夫卡在其信中写道，对自己和其所有作品采取消极态度有两个原因：其一，表明他对自己产品的真实看法，也就是"现实性"；他刚刚把《令人讨厌的小故事》一书递给出版商库尔特·沃尔夫——这是《初痛》的一部分——如果他能够把这份书稿"从沃尔夫的抽屉里拿出来并使沃尔夫永远忘掉它"，他会感到十分"幸运"。这是一个方面。而另一方面是"方法"问题，即如何使沃尔夫无法说出，您说的对，这个稿子不行，我还是把它给您寄回去吧。不让出版商这么说并不是出于通常的礼貌，而是"利用这个办法"把他引导到本来的现实中；这个现实就是他正因为如此才会真心鉴赏作者自己谴责的作品。"这是什么样的调查啊！"卡夫卡信的结尾还有这样的话。

是的，这是什么样的调查啊！卡夫卡在其信中谈论这些调查时如同谈论他的"托辞"，使每位看到要求焚烧其作品的遗嘱的人，不管是用"现实的"还是不那么现实的"方法"，都感到进退维谷，难以决断，而这正是卡夫卡的本意。这将会使其最亲密的朋友感到十分为难，因为这决定了他精神生活的很大一部分是欣赏另外一个人的作品。此人还警告他说，不要不执行那个判决！海茵茨·波利策在其《艺术家弗兰茨·卡夫卡》一书中一针见血地指出，卡夫卡"让马克斯·勃罗德成为其遗嘱的执行人，坚持他的原则决定，即把其作品全部烧毁。但同时他对马克斯·勃罗德其人也非常了解，他知道，勃罗德不会尊重他的决定"。但无从判断的是，这一"原则"到底有多少原则。卡夫卡最后一部短篇小说中的女主人公、耗子女歌手约瑟芬只想得到一样东西，就是"公开地、明确地、超越时代地、高于一切地承认她的艺术"，难道比使她充满情感的这一原则还要原则吗？为达到她梦寐以求的目的，她有时甚至拒绝再演唱，甚至完全失去踪影,目的是让人们去寻找她,恳求她再登台演出。但她的如意算盘却未能如愿,"这个自以为聪明的算计却大错特错,因为人们认为,她根本没有经过深思熟虑,而是完全被命运所操纵":老鼠们并没有逼迫她去演出,而是"继续走它们的路",好像什么事情都没有发生。如此说来,她可能正是想"在如释重负中被人们遗忘"? 谁知晓这一点,有谁能够知晓这一点? 这里只有一点是清楚的:"约瑟芬嘴上说的,原本并没有准备去付诸实施。"1914年7月10日,也就是去柏林与菲莉斯解除他第一个订婚婚约的头一天,卡夫卡给事先了解这一棘手的关系、也知道卡夫卡柏林之行目的之所在的妹妹奥特拉写信,卡夫卡在信中写道:"我所写的并不是我所要说的,我所说的不同于我所想的,我所想的又有别于我应该想的。这样,循环往复,一直到最深邃的暗处。"

那么,究竟什么是卡夫卡的"真正意愿"呢? 在给菲莉斯最后的一封信中(1917年10月1日),他提到在他头脑中存在着相互矛盾的两种思想,而他体现了它们之间的斗争,他将在它们的斗争中走向死亡。至于他心中有多少互相争斗的灵魂(由于争斗的斗士甚多,互不相让),他常常计算错误,过多地估计了自己这边的力量。尽管如此,每当关系到作品问题时,总是爆发两方之争。至于这些作品,好像反方中间就分成了两派,扮演两个著名的角色,浮士德和梅菲斯特,尽管它们后来争论时显得疲惫不堪,有气无力。甲方问道,这些作品有什么值得一看的,它们完全索然寡味。乙方则在怀着含有一丝希望的疑虑答复道,如果他的人间时光痕迹可能的确不会消逝在万古永恒之中,那么,这要归功于这些作品。甲方又问,这有什么可怕的。"那又怎么样!"卡夫卡同时代和同语种的人用行话这样说。然而,卡夫卡除了反对这种无所谓的做法外,没有别的高招。由于他倾向徒劳无益、一无所获,同样倾向热情奔放的性格和追求珍惜时光的品德,在其艺术和生活中片刻都没有产生过这类疑虑,在艺术与生活之间是一个"和"字在发挥作用。我们将会看到,这个"和"字仅仅是在语言的强迫下连接实际上即是一个和同一个,也是一个不可调和的矛盾。这样,卡夫卡一而再,再而三,不知所措地面对无法协调的可能性——比如,诗人的名声或者可避免的遗忘,婚姻或禁欲——之所以这样,仅仅是因为对他,正是对他来说,好像为了得到满足而把两者都放弃了;为什么他经常如此激烈地摇摆不定,远远看上去,他的摇摆不定似乎又如同稳坐钓鱼台。卡夫卡的奇才正是扎根于这种互相矛盾的悖谬之中,这促使首先发现这个奇才的马克斯·勃罗德没有逐字逐句地遵照卡夫卡的意愿去办。卡夫卡的意愿?但是卡夫卡的意愿并没有字句,他的字句没有意愿。

他之前的哈姆雷特处于类似的境地。因此,哈姆雷特的"自我谴责"源于同一源泉,也就是预先决定了一个人的内心世界向一个越来越脱离外部生活的方向运动。1915年9月底,卡夫卡在日记中问道,福廷布拉斯怎么能相信,"哈姆雷特真的证实了自己是尊贵之至的?"正是基于内外协调一致的"现实生活"成为幻想,举棋不定成了唯一"真正"的行动,在这种情况下去证实自己的尊贵?这些道德上十分敏感的行为把精神和现实之间的不协调,把人与世界的疏远归咎于己——黑格尔则认为世界精神的历史现状应对这些行动负责——,指责自己沉湎演戏,甚至虚词诡说,欺三瞒四,在这里,每个外部标记——不管是对家庭的挑战,或是放弃一个令人厌恶的工作,或是成家立业,或仅是书写的文字——似乎都是对内心状态粗糙和错误的描写。在卡夫卡1917年10月1日给其恋人的那封令人可怕而又使人感动的信之前——他在信中介绍自己病情时说,仅从外表症状看好像是肺结核,而在"内在的"是一件追求生活的武器,这也就是他为什么"不能康复"的原因,现在,在他写这封把"外表"的肺痨看作是"欺骗"的标志的信之前,她一定问过他,他是否一直真的反感她。如前所述,他甚至把自己认为是不可避免的弊病视为道德上的过失,他以其对道德上的疑虑回答说,他"很少"撒谎,前提是他"根本就'很少'有谎可撒。但我是一个好撒谎的人,我不得不这样做,是为了保持平衡,我的小船经不起风浪"。没有谎言就无法维持的平衡大概是指内外条件之间的平衡,小船之所以经不起风浪,是因为这只船不是按照同样适用他命中注定只能在其中行动的环境的自然规律修造的。但是,只要能够使用语言文字描述早已无法描述的东西,这个"表面上"简单的对谎言虚伪的承认之后却是"典型的、卡夫卡式的、更接近事实的并发症"。是的,卡夫卡写道,他要撒谎,"当然是不带欺骗的"。

正如哈姆雷特的"伪装"不过是适合演戏的事实真相的代号,这一事实真相迫使一个人在内在方面变成另外一个人,只要他在外表上扮演角色,这样,卡夫卡"没有欺骗的谎言"如同是在内外之间深渊边缘仍老老实实交纳过桥税一样。"没有欺骗的谎言"——这是他三年多以前,也就是1914年7月23日,在日记中写的较温和的说法,当时他是这样描述在柏林第一次解除婚约情景的:"多么清白无辜啊!"

这就是这些书信一再提出的问题:这个人和被普遍一致——他自己也以自我折磨和近似于宗教虔诚的坚定所赞成的——称之为世界或真实的东西之间的关系如何?他的内心,也就是他的意愿是与外部存在有着"自然真实"的关系吗?是一种不同于通过"艺术真实"可表达的关系吗,而正是仅仅由于这点,即独一无二方式的艺术也是独一无二的关系吗?由于卡夫卡的最后意愿可能并没有一定所指,"真的"想要什么或干什么,谈论满足或违背其意愿,尽管是最后的,还有什么意义吗?假设这位女收信人在两个城市进行两次徒劳的婚礼准备之后很久,在婚约最终解除之后很久,也可能在卡夫卡过世之后很久才问道:他"真的"想娶我为妻吗?他认为喜爱的是否就是"我"?要是她鼓起勇气一口气读完这些信,她就不会得出这样的结论:这个问题忽略了现实或更多的是非现实?信笺上有"她"吗?虽然他当时很清楚,在1917年9月,当解除婚约已近在眼前时,她"极度的不幸"演变成了"真正"的不幸,而他本人,即诗人,能够按照哥德的塔索方式谈论自己时说,在他人遭受痛苦而沉默寡言时,他也处于"不幸之中,也可能由于针扎般头痛而有过之而无不及,并在五光十色之中……对此进行简单的或有比较的或浮想联翩地一番幻想"。由于他一点儿都没有意识到自己的过失,所以她就不一定会感到是上当受骗了吗,尽管她在读信时似乎觉得,好像在炽热、闪烁和渐弱的光照之下一切黑暗都无法存在。然而,不知从什么时候开始,他就把克尔凯郭尔针对自己而不是针对恋人的一句名言以非同寻常的"无私"的措辞和变化多端的形式不断地纠缠她:"嫁给我,你会后悔的,不嫁给我,你同样会后悔。不管你是否嫁给我,你都会后悔莫及的。"——"在这种心情下与一个女人结婚,世上有这样的事吗?"莎士比亚的这句话是讲给一个大无赖听的。但令人惊奇的是,以另外的语调说出这句话同样也适用于这位撰写这些情书的非凡圣人。

弗兰茨·卡夫卡对待婚姻如同对待著书作诗的成功与荣誉一样,因为他遗嘱的真正执行人必须是一个魔术师,一个神话剧的导演,在这出剧中有一个场景是,经过一场烈火的燃烧和锻炼,作品以无可比拟的完美脱颖而出,一部完全表演"充满光明、充满自由、充满才干,没有阴影,没有框框的作品"。德意志文学史上的另一位伟大的纯粹派艺术家曾这样描述他作为诗人怀有的最崇高的凤望,为了实现之,他准备发挥他"全部的力量和他非凡的天性","尽管他这当中可能会被消耗殆尽",席勒在1795年11月29日给威廉·冯·洪堡的信中这样写道。卡夫卡1917年9月底完成小说《乡村医生》后在日记中写道,写作上的成功固然会给他带来"暂时的满足",但只有当他把"世界升华到完美无缺、名副其实、永恒不变的境地时,他才会感到幸福"。经常给人们的印象是,似乎卡夫卡唯一的意愿是,针对一个否认意愿世界的世界,针对那个他曾认为除了这个世界再没有其他什么了的"精神世界":"我们称之为淫荡的世界是精神世界的邪恶……"这正是他对艺术永不满足的追求,就是通过语言内涵的尽善尽美,把邪恶从唯一真正的世界,即精神世界中清除出去。语言固然是人类最普通之事,人人都会讲,如同每只老鼠都会叫一样。但只有当卡夫卡的女艺术家、老鼠歌唱家约瑟芬叫唤时,她的叫声才是摆脱了日常生活的桎梏,从而也使我们获得片刻的解放。福楼拜对卡夫卡来说十分重要,他1916年10月26日致菲莉斯的明信片上对斯特林堡的谈论也适用于福楼拜:"只需要闭上眼睛,用自己的鲜血作关于他的报告。"福楼拜曾梦想撰写一本书,一本没有任何内容、与外界毫无关系的书,仅仅是由于其风格的内在力量而存在。但是,福楼拜认为是纯粹唯美主义的东西,卡夫卡揭掉了其绝对艺术的面具,并直言不讳地指出其宗教的面孔:卡夫卡曾称他的信是祈祷的形式,当他想说服菲莉斯相信他不能结婚时,他几乎总是把他的作家生涯作为理由,似乎这种生涯决定了必须像和尚那样一辈子不得结婚。他不厌其烦地向菲莉斯发誓说,只有当他写作顺利时,他才能有力量生活下去。过了不久,即1912年11月1日,他向她承认,"在他精神萎靡,厌倦写作时,从没有勇气"去接近她。但如果有那么一回难得的精神振奋时,又不允许他把它挥霍在生活上面。因为如果他抛弃了艺术,那么,他就会感觉是被上帝抛弃了,也就不再具有能力与他人交往了。假使有过循环往复的话,这就是。在来往飞鸿的最初几周里,她就开诚布公地以一个受到强大竞争对手威胁的女性的直觉劝阻他在写作时要适度。不,他在1912年11月5日信中答复说,如果他对她的话百依百顺,那他就是一个"不可救药的痴汉","如果我在这方面只顾保重自己,那么,正确地来看,我就不是在保重自己,而是毁灭自己"。当然,他的创作也可能最终一事无成,那么,他自己肯定也就一事无成。他害怕结婚有时也是因为害怕性无能,同时也是畏惧对他是禁区的生活方式和忍受痛苦,即赤裸裸地做爱行为将被内心当面鼓、对面锣的声音证实是欺骗,譬如,1916年7月5日日记中的这段话:"共同生活是痛苦的。强求得到的是生疏、怜悯、淫欲、胆怯和空虚,只是似乎在内心深处有一条称得上为爱情的潺潺溪流,却寻觅不得,仅在片刻的瞬间倏忽而过。"这是他与菲莉斯在玛丽温泉时写的。正如他在1922年1月底的一篇日记中记载的,1916年他与她——似乎是第一次作为他的情人——共同度过几个夏日,当时他感到是在神秘的幸福之中度过的,后来,每当回忆这段时光时他感到的只是恐惧。后来,他到了波希米亚冬季休养胜地施品德勒米勒,当时他琢磨着,如果当时是密伦娜——个当时对她的爱占据了他生活的女人——去了玛丽温泉,又会怎么样呢?他想,可能会带来一些欢快,但也会是令人可怕的,因为我会坠入一个"我无法生存的世界"。那就"只有解开谜团,为什么在玛丽温泉的十四天我感到很幸福……"不管会是什么答案(其中一种可能的答复是,根据日记,他当时并没有感到那么幸福,另一个比较有把握的答复是,即使他感到幸福,也没有持续十四天);正如对待所有昔日往事一样,现在为时已晚。让别人去爱吧,他自己已经不行了:"我走得太远了,我被赶出去了……"虽然那"下面"也有他的代表,但他的"主食"是来自于"另外的空气中生长的另样的根茎"。

在他的写作生涯中吹拂的是另外的空气吗?他的写作是来自另样的根茎吗?他常常有这种自我感觉。对他来说,他"真正的"生活就是保卫他的写字台,唯有当写作成功时,他才会感到幸福(否则就沮丧),如果写作不顺利,则意味着灾难。当写小说写不下去的时候,他就抱怨,如同抱怨失去了幸福的爱情:抱怨它们躲避他,拒绝他,违抗他。一段时间不写东西,他就感觉"十分空虚"。只有"写作才能在内心深处产生平衡力量",他在1913年6月26日对菲莉斯这样说,他不得不伤害她是有意的,但同时又是无意的。她与他的这种关系犹如一种令他不喜欢的职业,她也是浮在"生活上面",这就是为什么与她的婚姻可以纳入公务范围,与写作在内心深处产生平衡力量截然不同。为了写作,他需要"离群索居":不,可能是受了他常常向她引用的那首中国爱情诗的影响,并不是像她似乎说过的,是一个隐居者的离群索居,而是一个死者的孤身只影。这种意义上的写作是深沉的睡眠,也就是死亡,而人们不会,也不可能把一个死者从坟墓里拉出来,人们也不会在夜深人静时把我从写字桌旁拉走。是的,早在半年以前,在他1912年除夕之夜给她的那封长信中,他在写作与婚姻,这种与那种生活,这样和那样的死亡之间摇摆不定的爱情上诡计多端使她心惊胆战。针对她那天真无邪的话"我们一定要结合在一起",他在回信中写道:"我最亲爱的,你所言千真万确,譬如,此时此刻,新年伊始之际,我没有更远大的和更新奇的愿望,我一心一意祝愿你的左手和我的右手能够紧紧地握在一起。"为什么他恰恰想到的是这样的情景呢?可能是在他面前正好是一本描写法国大革命的书,可能这确实是可能的,即一对恋人手挽着手被带上绞架。当时他已经醒悟,这封信变成了一封多么糟糕的情书和新年贺信:"那时我脑子里都在想些什么啊,"他说,同一个脑子,今天在写正开始形成的美国小说时却没有一丁点儿灵感。"看来,新年的年号是不吉利的十三了。"看,他就是这样考虑生活与爱情的。

他"真正"的生活是扎根于写作之中的吗？这样评论他是很容易的。菲莉斯在休假地结识的一位业余笔相学者根据卡夫卡的笔迹向菲莉斯"占卜"卡夫卡的性格，她把占卜结果告诉了卡夫卡。"住你们公寓的这位先生最好不要再绞尽脑汁琢磨什么笔相了"，卡夫卡在1913年8月14日回信时说，因为笔相的结论没有一个是正确的，他卡夫卡既不"行为果断"，也不是"好色之徒"，相反，他具有"非同寻常的天生的苦行能力"，如此等等，这位先生的结论无不是信口雌黄。笔相占卜结论中的绝对错误就是声称他对文学感兴趣。这就大错特错了。卡夫卡抗议说："我对文学没有兴趣，我就是文学组成的，除了文学外我什么都不是。"然后，他讲述了神鬼故事中的一段情节，讲的是一个和尚擅长唱歌，歌喉优美动听，听者都十分聚精会神地聆听他的歌声。有一天，来了一个和尚，他声称这动听的歌声是一个魔鬼的声音，他可以当众驱魔。这时，那个只是因为着魔才具有活力的身躯倒了下去并立即开始腐烂。卡夫卡写道："我与文学的关系与这个故事相似，只是我的文学不像那位和尚的声音那样甜蜜。"这样，正如他告诉菲莉斯的那样，她将与一个情绪愠怒、心情伤感、沉默寡言、不知满足、体弱多病的人共度一种修道院式的生活，这个人被一条无形的锁链束缚在无形的文学上，她肯定会觉得这种想法是毫无理性的。两天之后，他还向她发誓说，他并不是像她所说那样是"嗜好写作"。不，这不是嗜好："嗜好应该克服或受到克制。如果说是嗜好，那这嗜好就是我自己。"从中可以看出，这无异于是帮忙死后再自杀，这也是他对其遗嘱执行人所期望的。

卡夫卡说，他不是别的什么，只是文学。他经常这么说，说得很坚定，很富诗意，还没有人对他说的表示不相信的。然而，他是话里有话，而且以几乎同样的固执和肯定毫不逊色的风格说：他因此实现了灵魂的解脱。似乎只有写作给予了他生活中"内心深处的力量"，似乎只有艺术才能使世界升华到完美无缺、名副其实、永恒不变的境地，似乎婚姻和职业，乃至整个性爱生活在唯一"现实"的世界中，即精神世界中——荒谬绝伦之极！——它是邪恶，使艺术，仅使艺术易受淫荡的影响。而自己本身不会因此成为邪恶的牺牲品，魔鬼已经在那里窥伺它的猎物：

相信此事的人。艺术高于一切，卡夫卡只是瞬间觉得可信。更使他相信的倒常常是相反的观点。

在卡夫卡1922年7月初给马克斯·勃罗德的一封长信中，不仅他的艺术家风度的"自我谴责"，还有黑格尔理论的艺术自我注解的历史都达到了它们的顶峰，并且以歌德的《托夸多·塔索》，他的《潘多拉》，他的《欧福里翁》，格里尔帕策的《萨福》和他的《贫穷的乐师》，施蒂夫特的《晚来的夏日》，托马斯·曼的《托尼奥·克略格尔》和《浮士德博士》为例最清晰地指出了德意志文学领域的各个阶段，一个随着艺术的终结方才找到自己的终结的历史。"写作支撑着我的生活"，卡夫卡在那封信里对菲莉斯这么说，而且常常对她这么说。但这是什么样的、由写作支撑的生活？一种极其腐败堕落的生活。因为"写作是甜蜜的报偿，但报偿什么呢？夜深人静时，我感到像上儿童直观教育课那样清楚明白，这是对为魔鬼服务的报偿。"这是对卡夫卡写作着魔所做的精彩而准确的描写，随之而来的是：报偿"这种降格与黑暗势力为伍，这种对被缚精灵的本性的释放，并与之大成问题的拥抱。报偿一切在光天化日下撰写小说时，上面的人并不知道下面还可能发生什么事情。也可能还有另外方式的写作，但我只知道这种方式……"他要是想到尼采，他就会教育这位伟大的"价值重估者"，通过这样的描述，狂热的东西——这就是他所描述的东西——多么容易被"重新估值"为犹太—基督的东西，陶醉的上帝多么迅速地变换成清醒的撒旦。不明确的是，这里所提到的"在光天化日下写作的"是谁？是他自己？《判决》——和阳光？《变形记》，这个"令人作呕的故事"，如他一次对菲莉斯说的（1912年11月24日）——和阳光？阳光——和《诉讼》、《城堡》？假如"上面"结出这样的花朵，那么"下面"又该是怎样呢？

看来，卡夫卡在指责写作方面的词汇也是取之不尽的，而这一切的一切都是在颇为敏感的情况下针对最晚自克尔凯郭尔以来人们所熟识的，针对济慈早已记述过的艺术家的"生存忧虑"，他们是克莱斯特、格里尔帕策、福楼拜、波德莱尔、里尔克等其他许多艺术家，一直到托马斯·曼。卡夫卡认为这一生存方式上"着魔的"东西是建造住房和宫殿的美学的创造精神,目的即是自我欣赏,也是让别人欣赏,但同时也要看是否有人搬进去住。卡夫卡在那封信里对勃罗德说:"不断琢磨自己的或别人的形象并以此为荣,正是虚荣心和享受欲的表现——这种运动不断重复,形成了虚荣心的太阳系。"较所有凡人生命更凡俗的是诗人生存的非现实性,它比一切其他易逝的生存更易逝,它"根本没有存在过","连尘埃都不是";"而只是一种享受的结构",在他人认为是"我"者,在诗人看来是不可能经历永生的,因为它甚至根本就没有过生命。"……我仍是泥土,"卡夫卡写道,"我没有把火星变成火焰,而只是用来照亮我的尸体。"1914年8月初——可能因为当时欧洲的"现实"是如此的非同寻常,似乎它越来越会变得"更加现实"——卡夫卡在日记中明明白白地记述了他对现实的痛苦感受:"我的梦境般内心世界的意义和表现把其他一切都推到了次要的地位,其他一切都可怕地萎缩了,并不断地萎缩着。"为了以他认为唯一合适的方式向备受纠缠的菲莉斯保证这一爱情的"真实",他越来越要求她多写信(如果不是恳求她少写信的话,因为每收到她的信都使他无法继续写作)。有一次,当她就一封该写而没写的信向卡夫卡表示歉意时,他说(那是1913年2月21日到22日的夜晚):"你既不可能在办公室,也不可能在电车上给我写信。要我向你做出解释吗,我最亲爱的?你不知道该给谁写信,我不是写信的目标。"因为事实上他并不存在,他认为,他只存在于写作的非现实中。

这是一种无可挽救的局面。因为他是一名作家,所以,他失去了世界。但他为此赢得了一个真正的世界——除了一个现实世界有效的规律外,还有什么能证实卡夫卡的语言如此忠实这些规律呢?——但在这个这样赢得的世界中,他越来越产生地狱般的幻觉。筑造他这个世界的语言符合哪种现实呢?甚至可能连自我感觉、自己内心世界的现实都不是。卡夫卡在1917年9月19日日记中写道,语言才是拯救,它"在痛苦明显地耗尽了我所有的力量,直到我生命所拥有的最后一点精力"的时候以宽恕的方式给予我充沛的力量,它是被从外部生存驱逐出去的内心世界的避难所,可在那里,它同时又再次迅速变得什么都不是了,剩下的只是欺骗。"有一次，当我精力充沛时，"1913年3月17至18日深夜卡夫卡给菲莉斯写信时说，"我给你写信说，每次想表达内心真实感情时都为找不到适当的措辞而感到迷惘，我不是与它们发生冲撞就是甚至被它们所驱赶。"是的，他大概是这么说的，那是在不到四个星期以前，也就是1913年2月18至19日的夜里。当时他说，尽管他落笔时总是出错，错话缠绕着他的笔尖不放并且都写到信纸上，尽管如此，他永远不会缺乏表达完整思想的力量："完全没有指出语言的弱点以及比较语言的局限性和情感的无限性。无限的情感在语言中如同内心世界一样是无限的。内心世界清楚的，在语言中也必然是清晰的。"他就是这样写的，一个充满期望的白痴，相信至少有一个外部的标记反映内心的真实：语言的标记。因此，对生活中其他所有行为采取拒绝态度的只有在写作中才能寻觅到：外部标记的真实性。但现在这也什么都不是了。他觉得好像"几乎没有一个词是凭灵感而得"，每写一个词都是"从很远的什么地方、偶然地、异常费力"地抢夺过来并紧紧地抓住不放。

这是一种厄运：当他不写作时，他就毫无价值，当他难以深入写作时，就是另外一种的毫无价值。在他较早给菲莉斯的一封信中（1912年11月1日）——明白无误地暗示当时正在诞生的"极其令人厌恶的小说"：《变形记》，小说最后描述了女清洁工费力地用扫帚清扫格里高尔·萨姆沙的尸体，然后笑着对其父母和妹妹说，他们不用担心"怎么弄走旁边这东西"——他告诉菲莉斯，如果他写作不成功，他"就会躺在地上并被扫地出门"。同年同月底，也就是1912年11月30日夜里，卡夫卡写作不顺，彻夜未眠，挥毫疾书告诉菲莉斯，当他成为爱人者和求婚者时就会改邪归正，因为"我多次想到，我已经深入到写作之中并感受到其中的温暖，人们已无法把我完全从写作中抛出去"。但就在几周之后的1913年1月14到15日夜间，卡夫卡写作时明显顺手，他向她吐露了她无法理解的想法：他将是一个难尽忠心的丈夫，因为每天夜晚他将以写作蒙骗她。她怀着一片忠贞然而又一无所知地对他说，他写作时，她会坐在他身边陪伴。不，他回答说，这将会使他无法写作，因为即使是万籁俱寂的深夜也仍还不能满足他写作所需要的安谧。因为写作需要全心全意地投入,"甚至要有过之而无不及",要求一个想生存的人,"当他在思考时",如同他人打交道时,就是自己最亲近的人,也要克制"襟怀坦白"。一旦有助写作创造人物的较为真切情感出现时,当上面站立一个或两人同时站立的地面开始晃动时,"我常常想到,对我来说最理想的生活方式就是带上我的书写工具和一盏灯,待在一个宽敞和与外界隔离的地下室最里面的房间……我会痛痛快快地写作!我将从深处汲取灵感!毫不费力!因为聚精会神,专心致志,就会忘却辛劳。只是我可能不会长久这么干下去,在头一次遭到可能即使在这种情况下仍无法避免的失败时,我会发疯的"。

真正的现实存在于写作之中,除此之外,任何地方都不会再有了。谁与这种现实共存后一旦失去,谁就会变得疯狂。而生活本身,即世界,比如这里要结婚嫁娶,这就是失去了现实。她会怎么看呢,亲爱的和受骗的女士?她会毫无保留地告诉这位"地下室居住者"!但这完全不需要她费心劳神。半年之后,在已提到的1913年8月22日的信中,他写道,如果他所创作的现实取决于所写的与"真实"的关系如何(请注意,这里真实又完全站到了现实一边),那么,就会出现"一种根本无法控制的不协调"。在1922年7月20日给马克斯·勃罗德的信中他给这种不协调冠以"撒谎"的称号。他刚刚读完斯托姆的回忆录并重复斯托姆和默里克两人关于他们共同欣赏的海涅的谈话。默里克说:"他是一位彻头彻尾的诗人,但他这个人从里到外都是欺骗,正因为这一点,我一时一刻都无法与他共生。"卡夫卡在给马克斯·勃罗德的信中说,这一论断"至少从一个方面是我对作家看法绝好的并仍是十分神秘的概括……"是对所有的作家,而不是仅仅针对这位特殊的海涅,默里克对他的评论不过是道出了"普遍的看法"。

刚才还服务于完美无缺的、震惊所有欺骗性的"真实"的"现实"的文学,自己却也成了彻头彻尾的谎言。为什么呢?因为它要求从事文学的人牺牲现实世界。由于文学是欺骗,看上去"真实"本身完全被"现实"所占有。在他看来,文学和现实显得越来越格格不入了,对此已毋庸置疑。遗留的问题只是翻来覆去极其迅速的交替转换,即真实是否存在于在他看来只是有时候——那就只能是基于迷惑——被认为是真实的写作方面或"现实"方面，或他说的关于现实的话时，这些话如同饥饿的艺术家软弱无力的双腿走在地板上发出的声音一样："似乎这不是真实的，真实的他们还在寻觅之中"，——那么，现实是在他所说的话中还是在他说时丢失的那个世界里？正由于这些书信的缘故，有关解释卡夫卡的《饥饿艺术家》的争论一直没有结果，因为这部小说不仅是"内心"饥饿和"外部"可见食物之间的不协调的完美的譬喻，更是那个要命的阴差阳错使饥饿艺术家成为饥饿汉的比喻：要是他找到可口的食物，他也会同你和其他所有人一样"饱餐一顿"；而且《饥饿艺术家》也是一个大胆的然而看上去却是轻而易举获得成功的形式，通过这种形式，卡夫卡同时表达了肯定与否定，他对饥饿艺术家的肯定与否定，因为如果当时没有人在场，他也不会把食物吃掉的——"其艺术的荣誉感不允许这样做"——正如马戏团的那只豹子，马戏团经理对它那强健的、"为了撕咬"已装备好必要的一切的躯体感到心满意足，尽管他难以"抵挡它那复仇的火焰"，还是给了它一个最后饿死过人的笼子。

  在《饥饿艺术家》一书里，蓝色的八开本上并列的三句互不谐和的格言看起来好像确实在为它们疑似之间的和解弹冠相庆。那句孤零零的精神世界的格言说："我们称为淫荡的世界乃是精神世界之邪恶。"在这句前面的另外两句中的一句是："勿骗人，勿向世界骗取胜利。"第三句是过分自我折磨和卡夫卡过分热忱尊崇的命令句："在你与世界的争斗中，我要为世界充当帮手。"因为谁要想"以健康男子的好恶在现实世界中生活，即一边围着老婆孩子家务转，一边又想正经从商，谁就存在于'现实之中'"。卡夫卡十分喜欢福楼拜的这句话，福楼拜和他一样，从文学的"灾难中"渴望得到"真实的"现实，尽管他不像卡夫卡那样不顾一切。在《饥饿艺术家》中，这些矛盾达到了思想上无法研究透彻的艺术的统一，同样是这些矛盾使这些书信成为难以理解的爱情故事。正像里尔克在杜伊诺哀歌第七首末尾用同一个动作同时招来并挥走了天使一样，卡夫卡在这些信中也追求爱情和"生活中"的生活，其执著不亚于他对埋头写作的"地下室居者"孤身只影苦行生活的追求。

1913年3月17日至18日卡夫卡给菲莉斯的信中谈到语言拒绝服从内心世界的问题,卡夫卡写道:"尽管我们已经订婚,但我怎么才能够通过给你的信得到我想得到的一切呢:使你同时相信两个严肃的请求:'爱我吧'和'恨我吧'!"同年5月12日至13日夜里,他向她表示,当他前一天过完圣灵降临节后准备从柏林返回时,脑子里只有一个念头:"离开她,我无法生活,和她在一起,我同样无法生活。"

不足为怪的是,在这种内部与外部的关系中,他试图在它们与外部世界之间斗争中充当世界的帮手,甚至超过了试图在渴望摆脱世界饥饿语言的世界那里自己一心期待这一解脱。在卡夫卡的帮助下,有时世界的处境非常好!比它所应得的还要好得无可比拟!作家以其丰富的想象力先于他人预见到欧洲现实中正在酝酿的第一次世界大战的残酷。这些书信也证明,作家不言而喻准备以现实态度接受这一残酷。还有,这里他看到了摆脱头脑和内心中进行的"非现实"战争的痛苦而进入"现实"的机会:"下一个任务是无条件的:当兵去。"他在1916年8月27日的日记中这样写道。为了履行这项任务,卡夫卡花费了不少气力(以其惯用的努力方式,尽管明知是徒劳的)。此前,他像君主制下每个忠实于王室的臣民那样接受并肯定了晚期奥匈帝国极端贫乏和十分脆弱的"现实"。当巴尔干政局朝着不利于哈布斯堡王朝的方向转变时,他颇有世界末日来临的感觉,"为了一切,主张撤退"(1912年10月27日给菲莉斯的信)。当然,战争爆发后,他并不喜欢在战争爆发时进行的爱国主义游行。他在日记中写道,它们是最可憎的战争伴随现象并几乎是以卡尔·克劳斯的方式使战争变成反犹太主义的战争。他认为,造成这可憎局势的责任在那些"忽而称自己是德国人,忽而称自己是捷克人的"犹太商人。他从感情上反对战争,他认为这是自身的缘故,而不能归咎于事件本身。他称自己是一个"空桶","里面充满了欺骗、仇恨和忌妒",他发现自己身上尽是可怕的东西,"胸襟狭窄,优柔寡断,对参战者忌妒仇恨"以及对他们"强烈地诅咒"。后来,当1915年4月5日菲莉斯直率地问他,是否是战争使他担惊受怕。他答道:"战争给人们带来什么,人们在很大程度上还一无所知。"但如果说他遭受战争之苦,"多半"是因为他"自己不能"亲临战场。两个月之后,就是1915年5月6日,他说,如果能够去当兵,他会感到很幸运。不久他将去体检,菲莉斯应该和他一样希望他能够"顺利通过"。

人们重视卡夫卡对时代的理解,如果真的是这样,那么,人们对于指出这场战争的根源在于殖民主义、阶级斗争和历史唯物主义的大声的、博学的、明白易懂、深入浅出的分析不妨装聋作哑,片刻,聆听一下一个由于世界异化而感到绝望的智者在选择一个除了自行毁灭而别无他途的精神荒凉的世界时发出的呢喃。1912年9月20日卡夫卡给菲莉斯写第一封信,不管他有意还是无意,他试图在菲莉斯那里躲避"非现实"对他的逼迫。但三个月之后,也就是同年元旦除夕之夜,他已预料到这一试图的结果不妙,便给她写了一封令人诧异的信,信里从头至尾大谈特谈"文学"和"真正的"文学(而且远远超出了衡量所有写得好的可成为文学标准的尺度)并要求她答复一个问题,这不是问题,而是他自己如同对待所有"现实"一样与她难乎其难的关系:他说,他再清楚不过地提出了这个问题,因为他期待的答复也应该是十分清楚的并应排除其他方方面面包括现实方面的影响("从十二分的清楚直至非现实的"——这是对他本人作品的特性多么精确的刻画啊!)。在信的结尾,他要求她向他"靠近,靠近,再靠近",但他突然意识到,这个要求可能是无法兑现的,因为他和她生活在不同的世界里,他在他所认为的"非世界",而她,是的,她在柏林。"你现在什么地方?"他问道,"我在哪个聚会中才能找到你呢?"——他认为,表面的"上面"只是柏林的一个除夕晚会,但当他从这封信毫无顾忌的深思中猛醒时,他感到,他的问话有损无补:"不管是哪个聚会,都是人的聚会。"

"从十二分的清楚到非现实"——在1912年11月28日的信中我们可以看到,卡夫卡向菲莉斯叙述了三个半月之前发生的事,即8月13日晚上的情景,那天晚上他与她初次相识。难道这是一见钟情的见证吗?是爱情使目光变得敏锐的见证吗?是对突然萌生的爱慕之情记忆犹新的见证吗?这是可能的。但这也是那种有时被认为是"不可思议的"文学现实主义的见证,是在顽固不化的学究气氛中宣称愈来愈害怕针对自己的幻觉的见证。如果她忽略了哪怕是很微小的细节,她最终会完全失去"现实"。在这类"现实"的描述中没有一点儿荷马在描述阿气里斯的盾牌时所表现的泰然自若。同时知道,可靠的信赖就是对盾牌这个现实的信赖,也是对表达信赖的语言现实的信赖。这里对每个措辞都应该向说者进行证实,这个"现实"也同样适用内心感受,"应予考虑"。波德莱尔已对巴尔扎克的小说作过评论,如果他的注重每个细节的总结不是真的成为拿破仑的战争计划,这些战争计划幻想试图重新征服和巩固它担心完全失去的现实,那么巴的小说将是何等的无聊。

一副毫不掩饰地流露毫无表情的"毫无表情的面孔",卡夫卡在日记里这样形容初遇的菲莉斯。毫无表情:就是说像一张白纸那样有足够的地方可以尽情发挥想象力。这位小姐情窦初开,而在布拉格钟情柏林那张可爱的、毫无表情的面孔而释放出来的柔情蜜意在翻滚,在沸腾。1912年9月20日,也就是初次的、当时唯一的、在大庭广众之下仓促相遇后的第五个星期,卡夫卡以"尊敬的小姐"之称开始写信——按时间顺序看,是进入文学的陶醉状态的序幕,因此,两天之后,用了八个小时的夜间工作创作完成《判决》。这部小说是献给F.B.的,书中弗丽达·勃兰登费德的起首大写字母与"毫无表情"的F.B.是一致的,就像它在《诉讼》一书改换成毕尔斯特娜小姐一样,开头用的也是组成"弗丽达"的起首字母,和小说《城堡》里的弗丽达一样。——最初使用的称呼是"尊敬的小姐",后来在幻想并在文字中上升到了"亲爱的菲莉斯小姐"、"最亲爱的小姐"直到1912年11月14日信中以"最亲爱的"开始并以心醉神迷的"你"相称。然而,幻想之中的和纸面上的拥抱并没有变成圣诞之夜柏林郊外的相会。虽然这是菲莉斯所期望的,但卡夫卡反对,理由是他要利用仅有的几天假日进行写作。他也是这么做的,他所写的主要都是给她的信。

就这样开始了年复一年的痛苦和烦恼的斗争:不,斗争不是为了这位他随时可以带回家的小姐,假如他真的想有这么一个家的话。斗争是为了世界的"现实":婚姻和家庭。令人感动同时又使人吃惊的是,明知是徒劳之举,他仍寄书传情追求她这个"现实":为了他通过她的书信而获得的一点儿现实，这个"真实"和"文学"之间符合其现状的未定现实。最现实的倒是通过书信试图创作和忽而可笑、忽而可悲的"神话化"。他带着"现实"的痛苦盼望着她的飞鸿，这种真实的痛苦演变成了创作一部吸引人的喜剧的灵感。在这出剧中，最滑稽的是他的三个**情书的传递使者**，即办公室的工作人员梅格尔、沃塔瓦和伯姆小姐，他训练她们如何以最快的速度把来自柏林的消息传给他。要么他一再要求菲莉斯，最详细地告诉他她每天是怎么度过的，甚至各种日常生活琐事，如她在夜里是用什么信号告诉她母亲她已经到家门口的，这些都很快成了神话的因素。要么他恳求她寄相片来，而且越多越好，这些是时时刻刻都在贬值的现实的纸币。他刚刚得到这些现实，就在虚拟——现实中又失去了它们，正如他的面孔流露的毫无表情，这种虚拟——现实能使内心的目光进入幻想的深邃，并恍惚觉得他一直在面对这个如此从"现实"写照下来的现实，而且是非常的迫不及待，好像所有机械产生的相片都是朦胧的萨伊斯的肖像，应该向他揭开世界形成的秘密，或是愈来愈逼近的结婚住房和房间陈设的现实。菲莉斯置办了许多家具，但它们却如同魔鬼一般地阻挡骑士去寻找他的心上人。或是他全心关注她的职业：她当秘书的公司向市场推销口授记录机，这就如同一首写在信纸上面的实用爱情抒情诗，他在信中就发展口授记录机业务而高谈阔论，并在口授记录机的促销方面给她出主意，想点子，相形之下，现代的广告艺术都显得大为逊色。这一切只有一个共同的目的，就是文学上圆满的成功和现实上完全的徒劳。

这些信纸上的抒情诗只有一次变成了短暂的"现实一些"。那是1916年夏天在玛丽温泉共同度假之后，当时她在柏林刚刚建立起来的犹太人之家帮助照料东犹太的难民和儿童。而他头脑里想的全是她面临的教育难题，他鼓励她，帮助她，向她和她所保护的人推荐读物，邮寄书刊，并且周密审慎地考虑着"现实"。初次交往——当然是通过她的职业，绕了一个弯儿——是经过"现实的"，甚至是社会一民族的努力才实现的，他认为，所付出的努力是十分有意义的，虽然他在1916年9月12日的信中说，经过调查可以证实他不是犹太复国主义者，这次交往使他在一段时间里心安神泰。但这好像是有其原因的,他看到了正是他最赞赏的犹太教的精华,即东犹太人特有的精神——宗教的,所谓确实是"非现实"的品质,正在遭到民族国家中民族"正常化"的威胁。尽管如此,卡夫卡和菲莉斯在"现实"中度过的时光是短暂的,而且两人之间越来越不和谐。1917年7月两人仍决定再次订婚后不久卡夫卡开始吐血,从此病魔缠身,他知道,自己不会再康复了。他在1917年10月1日的信中写道,他得的病并不"真的"是肺痨,而是他的"全面破产",鲜血不是简单地流自生病的肺部,而是他心中两个斗士中一个给予的致命一刀。

两个斗士中的一个……是哪个呢?大概是"现实"的这个,因为卡夫卡确实因此而仙逝。然而,称"现实"最终比文学——或比我们依据卡夫卡的做法给予微不足道的名称"文学"的东西——要现实,那就过于草率了。事实上,尽管他坚定不移地向文学提出毫不留情的怀疑,对他来说,文学正是我们现实的另一面的完美形象,对此,仍然可以说,它是有意义的或至少允许具有这种意义,即在居其之上的毫无意义中倏忽而过,就像在一张刮去旧字的羊皮纸上字迹仍依稀可辨一样。是的,卡夫卡对菲莉斯说,他只不过是文学,这并没有错。因为卡夫卡所创作的一切几乎都是无法解释的,但都有其内涵。比如他的情书。在这种意义上,它们同他一样是"文学"。没有任何东西,包括爱发脾气、任性执拗、"私下秘密"和公开一些其他私情书信使人尴尬和"见不得人"的东西。它们与宫廷抒情诗人的抒情诗有共同之处,即没有"真正地"要被歌颂者为妻。

在我们这个20世纪,如果希冀公开这些书信会促使许多读者宁愿研究宫廷抒情诗,而不是去背诵早已倒背如流的弗洛伊德的定理,那肯定是太冒失了。是的,甚至令人担心的是,已经多次冤枉儿子的老卡夫卡将把他曾十分"现实"的人格完全输给绝对超我的"思想"并变成威严的俄狄浦斯父亲拉伊奥斯的布拉格老城的阴影,只要还在流传说,儿子1913年8月30日写信给菲莉斯称,阻碍他给她和他自己带来幸福的不是"事实",而是无法克服的胆怯,害怕得到幸福的胆怯,为了更高的目标而折磨自己的乐趣和命令。当人们浏览1913年7月10日的信时，会伸出指头高喊："性无能！"因为，卡夫卡"害怕交往，哪怕是与最亲近的人交往，尤其害怕同自己交往"，这种害怕使他不能与她结为连理。人们比书信者本人更了解："这个无法安抚的害怕"的根源，和这个根源一样，他自己也无法解释为什么会害怕，好像这"简直就是天意"。

简直是天意：在一个由于它的自以为无所不知的人而觉得无所不知的世界里这样认为，这对这一不幸的爱情是否多少作出了一些解释？可能多少甚至是卡夫卡给菲莉斯带来的不幸，像他所说，菲莉斯同他一道钻到了"这部车的车轮底下"？假使他不是在即将过去的19世纪的布拉格，而是在第十一省出生的，他可能会成为阿基坦尼亚的一个公爵，一个首创爱情语言的人，并认为在陶醉中轻信地期待天堂般的、但并非因此不现实的幸福欢乐超过了对爱情的心满意足，在那里，情人的面庞那样的毫无表情，她的身体那样的"不现实"，因为一束光照上面——可能是他同一封信提到同一束光，它把一切照得"如此明亮"，"我真想把它遮挡住，因为我感到炫目"！在这种意义上，这些书信的确是一部迄今陌生的宫廷抒情诗人的作品。情书？1922年2月12日卡夫卡在日记中写道，他在内心里从未知晓"我爱你"这句话。知道的"仅是期待着的寂静……我应该说'我爱你'，以打破这种寂静，但我只是知道了，仅此而已"。这是一位宗教诗人令人厌烦的抒情诗，因为不是上帝，这位诗人也没有获得爱情，或他的爱情不可阻挡地上升到上面的空间，错过在地面上与情人的约会，就像卡夫卡在1912年除夕信中出奇地准确地想象的与菲莉斯在法兰克福歌剧院约会一样。

艾里希·海勒

附录 3

原版附录

附于卡夫卡 1912 年 11 月 24 日信中：
摘录于 1912 年 9 月 25 日《布拉格日报》

为乌干达殉难者举行的宣福礼

在 8 月 13 日为"乌干达烈士"举行的宣福礼仪式上确认了二十二位在二十六年前因信仰基督教而被第一批烧死的黑人青年为殉道者。从罗马的圣佩鲁斯·克勒威团结会传来的消息说，那些讨论这件事情的红衣主教们都为这些年轻的烈士们的英勇气概感动得流下了眼泪。这些烈士被确认为殉道者的消息使所有的黑人们，尤其是那些北维多利亚——卢安扎地区的黑人——那些黑人出身于该地区——欣喜若狂，他们用跳舞和跳跃来表达他们的欣喜。

附于卡夫卡 1913 年 6 月 1 日信中：摘录于 1913 年 6 月 1 日《布拉格日报》。

一个东部犹太演员

6 月 2 日（布里斯多饭店，晚 8 点）布拉格人有机会了解一种在中欧很少引起如此直接影响、不大受人重视的艺术的重要代表。很多人还会记得去年在老城的一个小礼堂简陋的舞台上演的一出白话话剧，这个剧当时我们大家都觉得很简陋。人们当时陷入一个陌生的世界。在这个陌生的世界中人类是靠着儿童似的强烈的幻想生活的，对于那些狂热的幻想者们,脚下能有一方土地,身上能有几块花布,已经非常满足了——于是人们就在舞台上用一把靠背椅作为御座,外加一张小桌,便开始执着地表演他们的故事。人们普遍认为伊萨克·列维是投身戏剧白话文学中最具表演艺术典范的代表人物。人们还没有忘记他去年所扮演的形象,不可救药的恶棍,悔过的骗子,他扮演的狡猾的东方桑波·班查的仆人角色,动个不停的双手,满是皱纹的脸,在这张脸上你随时可以看到迷人的微笑,他走路的样子,他那多变的,唱歌时非常男性化的动听声音,这一切人们还都没有忘记。6月2日我们有幸再度欣赏朗诵者、歌唱者和戏剧表演者伊·列维的表演,再一次了解远方艺术家那不可比拟的气质。

附于卡夫卡1916年10月30日信中:
由卡夫卡起草的一篇名为《建立并维护布拉格波希米亚的德语地区士兵及百姓精神病院的德国人组织》的呼吁文章。

人民大众们!

  包含了人类各种痛苦的世界大战,还是一场精神战,这场战争中的精神战比以往任何一次战争中的都多。在这场精神战中有太多的人遭受折磨。就如上一个世纪和平时期高强度的机器大生产企业给在这些企业中劳动的人们所造成的危害远远超过以往的企业,这些大机器生产企业使劳动者的身心都受到危害,另外,当今战争中急剧增长的机器部分也对参战者的精神带来无法描述的危害和痛苦。造成这种危害和痛苦的程度是任何没有亲身经历的人都无法想象的。1916年6月以波希米亚保守的统计数据来看,仅在波希米亚德语地区就有四千患有精神病症的战争受害者。我们还将面临的会是什么?在波希米亚以外的医院中还躺着多少患有精神病症的人?有多少患有精神病症的人将会从战俘营中返回?这里有无法估计的痛苦的人们等待帮助。我们城市的街道上神经质战栗的人以及到处乱跑的人,只是痛苦大军中不会带来危害的代表。

我们该做些什么？我们有如下的选择：对到目前为止发生的一切我们可以听其自然。我们可以旁观，从前线下来的患有精神病症的人如何拥入战地医院，而其中只有极少一部分人能够进入专门的有限的精神病科，而其他人只能住进普通的战地营房。在各种设施不完备的情况下，这些专门的科当然也要尽一切可能达到治疗和恢复健康的目的。然而又有多少幸运者能够接受这种治疗呢！而众多的住进普通医院的患有精神病症的人又会怎样呢？最美好的愿望以及最伟大的医术今天不能帮助他们。在他们曾经用生命保卫的家乡，在他们为之献出自己以及家人前途的家乡没有任何帮助，因为只有在现代设立的医疗机构的小心护理下才能给他们带来帮助。因为不具备这一切，也就注定了这些不幸者的命运。他们将在没有痊愈的情况下被送回家乡，扩大着来自于和平时期精神病患者的数量，作为永无休止的、不断加剧的痛苦的牺牲者，作为家庭的拖累，作为德语波希米亚人民力量的损失，作为精神病院的候补人。难道德语波希米亚就是以此来奖赏他的儿子吗？

"不过还是有其他的可能！"德语波希米亚人，就是说，所有讲德语的人民大众，可以依靠自己的力量建立一所治疗精神病的人民医院，但是要由不管是在战争中还是在和平时期都对这样一个机构特别表示关注的政府提供相应的资助，还要有社会保险机构，私人保险公司，铁路部门，大的地产所有者，大企业，以及所有愿意提供哪怕是最微小帮助然而却怀着十分热心的人的资助。按照德意志模式建造起来的具备一切必要设施的人民医院会造福于德语波希米亚人的。现在以及战后一段时期内，必要的时候，这所医院可以用于治疗来自于德语波希米亚地区的战争受害者，而从长远来看，它的根本目的在于，为德语波希米亚贫穷的精神病患者提供住院和治疗的可能。这里向人们展示了这样一种可能，即，不管是战争中还是和平时期的苦难，人们都可以运用人类之爱和科学的武器去控制住，即使不能完全控制，也会控制住大部分。

我们可以在这两条道路中进行选择，或者确切地说，这里根本没有什么选择。尽管我们提供的帮助所可能达到的成功不一定显著，而且我们大家都可能有这种想法，但是用全部力量来参与此事仍然是我们义不容辞的、人道的、爱国主义的、人民大众的义务，因为是这样，就更应该加紧。

已经开了头。10月14日在布拉格的德国公司举办了一个由所有德语波希米亚各党派、阶层、机构代表参加的大会。大家以少有的一致和牺牲精神达成提供实际帮助的共识并决定，建立一个总部设在布拉格的"建立并保障德语波希米亚地区的治疗精神病的人民医院的德国协会"。这一协会是作为德语波希米亚大众救济的一部分考虑的，这一协会暂时由在那个大会上经过选举产生的筹备委员会代理。

"第一步的工作是要筹集资金"。为了这一目的向您发出一个由衷的请求，请您尽可能地参与这项伟大的德语波希米亚工程，并能在您所在地区对此予以支持，这样一项工程在奥地利还没有出现。

这种参与可以按照下述章程规定进行：

1. 通过自愿捐款的方式。

2. 作为创始人加入协会。入会需要捐赠五千克朗或更多；捐赠五千克朗并加入协会的"创始人"可以获得推荐一个病人接受医院护理的权力。

3. 通过一次性一千克朗或更多的捐赠作为协办人加入协会。"创始人"和"协办人"的名字将被刻在树于精神病院的纪念碑上作为永久纪念。

4. 通过每年交纳不低于五克朗的会费作为正式入册的会员加入协会。这一连续的年度会费可以通过一次性交纳代替，一次性交纳的最低限额为二百克朗。

我们满怀信心地期望，我们向您提出的请求，"这同时也是我们可爱的祖国的请求"，不会一无所获。

汇款可以通过附上缴款单汇出，信件请暂时寄往以下地址："建立并保障德语波希米亚地区的治疗精神病的人民医院的德国协会，布拉格一波利奇七号，工伤保险公司"。

1916年11月于布拉格

在这一份呼吁书上有上百德语波希米亚公职人员签了字,其中有罗伯特·马施奈尔、奥托·普里布兰姆以及弗兰茨·卡夫卡。

附录4

菲莉斯·鲍威尔简历

菲莉斯·鲍威尔1887年11月18日生于上西里西亚的诺斯塔市。她有四个兄弟姐妹：伊丽莎白、艾尔娜、安东尼和费尔迪南德。艾尔娜在卡夫卡的日记以E简称频繁出现，尤其是在1914年下半年的日记中，也就是解除与菲莉斯的婚约之后。父亲是地地道道的维也纳人，与在家乡定居的一个染匠的女儿结为伉俪。1899年，当菲莉斯十二岁时，父亲举家从上西里西亚的小城迁居到柏林，父亲为一家外国保险公司充当代理人。在1904年到1910年的六年期间，鲍威尔夫妇分居。1908年，为了帮助伶仃孤苦的母亲养家糊口，菲莉斯学校毕业后在奥德恩唱片公司谋职当速记员，1909年又换到生产口授记录机和录音机的卡尔·林德施特罗姆股份公司工作，并且在数年时间里就擢升为代理人。

到1913年3月，鲍威尔一家一直住在柏林东部伊玛努埃基希大街，一条僻静而不引人注目的街道。后来，他们搬到了位于柏林西部环境比较优雅的住宅区的威尔默大街。1914年11月，菲莉斯的父亲谢世。

1916年9月，菲莉斯听从卡夫卡的建议，到柏林犹太人民之家从事志愿工作。这是当年5月建成的犹太人民工作中心，坐落在亚历山大广场附近主要是犹太战争难民和移民的居住区。马克斯·勃罗德、马丁·布伯和古斯塔夫·兰道尔都是中心的赞助者。中心的任务是对生活拮据家庭的孩子和青年人进行民族和宗教的教育。在中心从事教育的，即所谓的"助手"都是大学生、年轻商人和犹太文化社的妇女们。尽管他们中许多人来自柏林西部富有的家庭，他们仍有意衣着简朴，以使他们的学生感觉不出社会的差异。

菲莉斯总是利用业余时间从事这项社会工作，受到同仁们的称赞。

她在授课的女生班里颇受爱戴。卡夫卡从布拉格为她的新工作出主意，想办法，给她寄去她自用的师范教材和供她学生使用的读物。总之，他十分关注中心的工作。

菲莉斯·鲍威尔获得的证书和有关她的报道都强调她勤奋、实干。卡夫卡曾提到这些品质他都不具有，一生中只是非常并且常常是过分地赞赏他人的这些品德，也包括对菲莉斯和后来对在他与菲莉斯关系中具有十分重要作用的格蕾特·勃洛赫。菲莉斯看上去是一个热爱生活、心地直率的人。卡夫卡曾称她是一个"生性快乐、身心健康和颇有主见的姑娘"。她钟情文学、艺术和住宅的审美观符合那个时代资产阶级的世界观。由此可见，她对卡夫卡的文学创作理解甚寡。

1919年3月，与卡夫卡最终分手后的一年零三个月，菲莉斯嫁给了柏林的一个富商，后生育一子一女。从卡夫卡给密伦娜和马克斯·勃罗德的信中可以看出，卡夫卡是知道孩子出生消息的。1931年，菲莉斯与全家移居瑞士，1936年又定居美国并于1960年10月15日在那里溘然长逝。

致密伦娜情书

叶廷芳 黎奇 译

亲爱的密伦娜夫人：

我在布拉格和美兰曾先后给您写过一封短信，至今未得到您的任何答复。这些短信并不是非马上答复不可的。人在生活比较优裕的时候往往不愿意写信，因此，假如您的沉默仅仅是表明这种迹象的话，我便满意了。但也有其他可能（因此我才写这封信），即我的短信中有什么话伤害了您（如果是这样的话，那我真要恨死我这处处跟自己意愿作对的粗笨的手了）；或者（那就更糟了）您心平气和地书写的时刻已经过去，而现在又处于一个恶劣的时期。对于第一种可能，我不知该说什么，我在这方面比其他任何方面都要笨；对于第二种可能，我不想作任何猜测——怎么去猜呢？——我只想问：您为什么不离开一下维也纳，出来走走呢？您并不像其他人那样走投无路呀。在波希米亚小住几天难道不会给您增添新的力量吗？假如您出自什么我所不知道的原因而不愿意到波希米亚去，那就到别的地方去好了，也许美兰就不错。您知道这地方吗？

我期待着两种可能性的任何一种。要么您继续沉默下去，这意味着："别担心，我过得不错。"要么写几行字来。

卡夫卡　谨上

于美兰—翁特尔麦斯，奥托堡公寓①

我突然想起，其实我已记不起您的面容的确切模样了。只有您从桌子中间走过、离开咖啡馆时的模样，您的形象，您的服装，还历历在目。

亲爱的密伦娜夫人：

您在维也纳浑浊的环境里孜孜不倦地从事翻译，不知为什么，这总

---

① 卡夫卡致密伦娜的所有信件都未署日期。——译者

叫我既感动又羞愧。您大概已经收到沃尔夫①的信了吧，他在前些日子给我的信中提到，他曾给您写过信。书目中出现的中篇小说《杀人犯》不是我写的，这是个误会；也许由于这是最好的一本，所以那种说法可能是对的。

从您上一封和再上一封信中看出，您已完全、彻底地摆脱了不安和忧虑，那么这跟您的丈夫一定有关吧，我由衷地为你们两位祝福。我还记得几年前的一个星期天下午，我在弗兰茨凯大街沿着墙壁行走时，碰上您的丈夫迎面走来，他的风度并不比我像样多少，我们俩都是"头痛专家"，当然性质完全不同。我已想不起来，当时我们是一起走呢，还是让过对方，各走各的，这两种情况的区别想必不很大。但这已经是过去的事了，应该完全把它置于脑后。您在家过得好吧？谨致衷心问候。

您的　卡夫卡

亲爱的密伦娜夫人：

一连下了两昼一夜的雨刚才停了，也许只是暂时的，但总是一件值得庆贺的事，我便以给您写信的方式来庆贺。再说，这雨本身也是好受的，它在这儿有一种异地味道，尽管只有那么点儿，却也叫人心里舒坦。假如我的印象正确的话，零星地回忆那多半默默无语的、短暂的共同生活，显然是回忆不完的。您也曾因维也纳的异地风味而喜悦，这风味以后可能会被笼罩着那儿的气氛所污染，但是这污染了的异地风味也会使您喜悦吗？（也许这是个不妙的迹象，本来不该这么写。）

我在这儿过得挺好，凡人的肉身几乎不能领受大自然更多的赐予了，我的阳台掩没在花园之中，周围、头顶长满了鲜花盛开的灌木丛，还有骄阳的照耀（或者像一周以来那样，为乌云密布的天空所笼罩）。这儿的植物很怪，在布拉格积水潭都快结冰的天气里，我阳台前的花朵却慢

---

① 沃尔夫（Kurt Wolff），沃尔夫出版社的老板，最早出版卡夫卡的作品的出版家之一。

慢地绽开着。壁虎和鸟,姿态各异、成双结对地来拜访我。我多想把美兰赐给您啊!最近您在一封信中提到您"呼吸困难",象征和实际含义在这儿十分接近,假如您到这儿来,在这双重含义上事情总会有所缓解的。

谨致

最衷心的问候!

您的 F.卡夫卡

美兰—翁特尔麦斯,奥托堡公寓

哦,肺的问题,我脑子里整天想着这件事情,别的什么也不能想。并不是说我对这种病特别害怕,也许(您的暗示似乎也这么表明)它在您身上只是轻微的,但愿如此吧;而且就算是真正的肺病(其实有半数西欧人的肺多少都有点儿毛病),就像三年来我自己所领教的,给予我的好处还是比坏处多。大约三年前我半夜突然咯血。我站了起来——就像一切使人们激动的新鲜事那样(照理说我应该躺着,这是我后来从医嘱中才知道的),当然有些惊恐,我走到窗前,探出身去,然后走向盥洗台,在房间里来回走动,坐在床上——不停地咯血。但我没有伤心,因为我慢慢地悟出一个道理来:在长达三四年几乎连续失眠之后,我将第一次可以好好睡一觉了,当然前提是不再吐血。咯血果然停了(从此就没再犯过),我在当夜剩下的几个小时内睡了一觉。早晨侍女来了(那时我住在逊伯伦宫中的一个房间里),那是位好心的、几乎具有献身精神又特别实在的姑娘。她看到了血,说道:"博士先生,您的日子不会长了。"[①]可我的感觉却比以往好。我到办公室去上班,下午才去看医生。接踵而至的事情就不必多说了。我要说的只是:惊吓我的并不是您的病(尤其是我不断联系自己的经历去想,搜索枯肠地回忆,从您的状况的

---

① 原文为捷克语:"Pane doktore, s Vami to dlouho nepotrvá."

全部柔和性质看到的那种几乎是田园般的清新,并据此断言:不,您没有病,这只是一种警告,但不是肺病),惊吓我的并不是这个,而是我对引起您这一状况的几种因素的考虑。首先我将您信中这些因素排除在外,如:一文不名——茶和苹果——每天从2点到8点。这是些我所不能理解的东西,显然只有当面才能解释清楚。于是我便刨去这些(当然仅仅指在信中,要忘掉这些是不可能的),而只去想当时在我发病时能说得通,并且对许多情况都说得通的那种解释。也就是说:大脑已不再受得了压在它上面的忧虑和痛苦,它说:"我干不了啦。这里还有谁愿意为保持整体而出力的,它便可以从我的负担中取走一份,这样便可以再坚持一会儿。"肺自告奋勇,它自己不会因此而损失过多的。大脑和肺之间的这种谈判(是在我一无所知的情况下进行的)也许是很可怕的。

您现在怎么办呢?只要人们对您稍许照料一下,可能就什么事也没有了。但您必须得到些许照料,这是每个爱您的人定会明白的;至于其他一切则不必管它。那么这也是一种解脱啰?我曾以为是的。——不,我不想开玩笑,我根本不是个快活的人,在您写信告诉我您将怎样更健康地重新选择生活方式之前,我不会变得快活的。接到您上一封来信后,我明白了您为什么不离开维也纳略事旅游的原因,我也不想再提这个问题了,但就在维也纳附近也有很美的去处,也有一些使您得到照料的可能性。今天我不写别的什么了,目前没有比这更重要的需要向您说的了。其他一切明天再写,包括对那令我感动又羞愧、伤感又高兴的本子的感谢。不,今天还得说一点:只要您哪怕将一分钟的睡眠时间用于翻译工作,那就意味着您将对我进行诅咒。因为假如有一天走上法庭,人们将无须作进一步的调查,便可直截了当地作出结论:他夺去了她的睡眠时间。这样我便会被判罪,这是无可争辩的。所以,如果说我请求您不要再这么干,这是因为我自己也在斗争。

您的 弗兰茨·K.

亲爱的密伦娜夫人：

今天我本想写点别的，可是做不到。这并不是说我真的那么想写别的事；假如我真的这么想，那就会写别的了。但是总该在园子里的阴凉处为您放个躺椅，在您的手够得着的地方放上十来杯牛奶。在维也纳也可以，尤其是这样的夏日，不过这地方必须是个安静的去处，且不愁饮食。这不能办到吗？难道就没人为您张罗这些事吗？医生是怎么说的呢？

当我从大信封中抽出这个本子时，我几乎失望了。我想听您说话，而不是想听从旧沟壑中冒出的我已经熟透了的声音。这声音为什么要插入我们中间呢？直到后来我突然想起，这声音曾在我们之间起过媒介作用。此外，您对自己下了那么大的功夫，这使我感到难以理解，而您怀着如此真诚的感情干了这件事，这又使我非常感动。您来回调整句子的顺序，这真诚的感情显示出的可能性和美妙的、天然的合理性，使我在捷克语中发现了一个新的天地。德语和捷克语竟是如此相近吗？不管怎么说，这总是个坏得不能再坏的故事，亲爱的密伦娜夫人，我可以不费吹灰之力几乎逐句逐行地给您指出来；只是如果这样做，那就太使我反感了。您喜欢这个故事，这自然赋予它以价值，但却使我眼前的世界稍稍黯淡了一些。不说这些了。《乡村医生》①将由沃尔夫寄给您，我已写信跟他说了。捷克语我确实懂得。有好几次我曾想问您，您为何不试试用捷克语给我写封信来。我并不是说您的德语不熟练。在大多数情况下您的德语熟练得令人吃惊，偶尔出现错误的时候，德语会自觉地向您鞠躬赔礼，而后它就显得特别美；就是一个德国人也不敢奢望他的母语会给他这样的待遇，他们不敢无所顾忌地写自己的感受。我想读您用捷克语写的东西，是因为它是您的母语，在那里密伦娜才是完美无缺的（您的翻译已经证实了这点）；而在这里，即在您写的德语里，则只有来自维也纳、或者为维也纳准备的那一部分密伦娜。因此用捷克语写吧，我请求您，还有您信中提到的那些小品文，就算它们是些鄙陋的东西吧。您不也通读了这个鄙陋的故事了吗？读到哪里为止？我不知道。也许我

---

① 卡夫卡于1919年出版的短篇小说集，其中包括《乡村医生》等十四篇短篇小说。——译者

也会这么做的；但如果我不能这么做，我就会抱住我那最好的成见不放。

您问我订婚的事。我曾两次（说具体点是三次，因为两次与同一姑娘）订婚，三次解约时都离婚礼只有几天。第一门亲事已经完全过去（我听说她现在已结婚，并有个男孩），第二门婚事还存在着，但没有任何成婚的希望，因此实际上并不存在，或者说，它独立存在着，但却要人来为它付出代价。总之我从这里和别的地方都发现，男人在这种情况下更遭罪，或者说（如果要这么看的话）比女人更缺乏抗拒的能力。女人却总是无辜地受罪，诚然不是说她们对此"无能为力"，而是从最本质的意义上讲，这显然最终仍要汇入到"无能为力"之中去的。再说，反复思索这些事是没用的。就好比您费尽力气要打烂地狱里的锅炉一样。首先，这是办不到的；其次，即使办到了，砸锅炉者虽然在飞快流出的热体中被焚为灰烬，而地狱却仍丝毫不为所动，堂而皇之地照样存在。此事必须另辟途径。

不管怎么说，首先应该在一个花园里躺下，尽可能地享受这疾病（特别是假如这不是真的病的话）的甜美。这里面有许多甜美的滋味呢。

您的　弗兰茨·K.

亲爱的密伦娜夫人：

首先，我坦白地告诉您，免得您与我的愿望相违。从我的信中可直接觉察出来：大约两周以来，我忍受着日复一日的失眠。我并不把它看成完完全全的坏事。这样的日子反反复复，总还有一些原因（可笑的是，照贝德克的说法，连美兰的空气都可能是起因），即使有时那些起因几乎看不见，摸不着，但它们总是令人目瞪口呆，使您像林中野兽一般烦躁不安。

有一点对我却是很大的安慰：您睡得很好，尽管是"奇怪地"，尽管昨天还有些"失常"，但毕竟睡了个好觉。当夜间的睡意从我身边掠过时，我知道它此行的去向，也予以默认。对此进行反抗是愚蠢的，睡眠是最无辜的事情，而失眠者则是罪孽深重的。

而您在上封信中恰恰对这么一个失眠者表示感谢。假如一个不知底细的陌生人读到这儿，一定会想："这是个什么样的人啊！在这种情况下他竟然像完成了移山填海的伟业似的。"其实他在这期间什么也没干，连指头都没动一动（握笔的指头除外），靠牛奶和好东西度日；眼前并不总是放着"茶和苹果"（尽管经常如此），此外，一任事物自由发展，一任山和海躺在它们的老地方。您知道陀思妥耶夫斯基第一篇成功的短篇小说吗？这是个归纳了很多道理的故事，我在此引用它，仅仅因为引用一个伟大人物的故事能使人快乐，而一个发生在周围的、甚至更近处的故事往往可以具有同样的意义。这故事我已经记不太清楚，更别提人物姓名了。陀思妥耶夫斯基写他的第一部长篇小说《穷人》时，同一个文人朋友格里高列夫住在一起。这位朋友尽管数月之久一直看到桌上摊着写过的纸，却直到小说写完才得以一读。他读着小说，被深深地感动了，未经陀思妥耶夫斯基同意，就带着文稿去找当时著名的评论家涅克拉索夫。夜间3点，陀思妥耶夫斯基的门铃响了。来人是格里高列夫和涅克拉索夫。他们闯进房间，热烈地拥吻陀思妥耶夫斯基。当时还不认识他的涅克拉索夫称他为俄国的希望。他们谈着话，主要谈这部小说，共谈了一两个小时，直到早晨他们才告辞。陀思妥耶夫斯基（他后来总把这一夜称作是他一生中最幸福的夜晚）靠在窗旁，看着他们的背影，抑制不住自己，哭了起来。他的基本感觉（我已经想不起来，他在什么作品中写到过）大体上是："多好的人啊！他们多么善良而高尚！而我是多么卑贱。假如他们能看透我的内心，他们会怎么想啊！假如我如实告诉他们，他们是不会相信的。"我的故事到此结束了。至于以后陀思妥耶夫斯基怎么下决心向他们看齐，则是无须赘言的，这只是不可战胜的青年时代必不可少的结束语，而不属于我意欲引用的故事。亲爱的密伦娜夫人，您觉察到了这个故事的匪夷所思的神秘之处吗？我想大概是：格里高列夫和涅克拉索夫肯定不比陀思妥耶夫斯基高尚，这是从总的方面而言的。现在您不去看总的（陀在那个夜晚也并没有要求这一点，而且这在具体情况下也没有任何用处），而只听陀思妥耶夫斯基说的话，您就会相信格和涅确实了不起,而陀则不纯洁,卑贱得不得了。这当然使得他即使从远处看格和涅也不可企及,永远谈不上报答他们那宏伟的、受之有愧的壮举。他只能从窗台上看着他们远去,以此喻示他们是不可接近的。——可惜这个故事的含义被陀思妥耶夫斯基这一伟大的名字抹去了。我的失眠将把我引向何处呢?肯定引向子虚乌有,假如这"子虚乌有"含义不怎么好的话。

您的 弗兰茨·K①

亲爱的密伦娜夫人:

只写几句话。明天我一定再写信给您,今天仅仅是为我自己的缘故而写,亦即为了我本人所做的某件事情,为了想将您的信造成的日夜压着我的印象稍稍减轻一些。您很特别,密伦娜夫人,您住在维也纳那边,要忍受种种痛苦,却有时间对别人(譬如我)这一夜比上一夜睡得差一点表示惊奇。我这儿三位女友(三位姐妹,最大的五岁)的看法比您理智,只要一有机会,不管我们是否在河边见面,她们就要把我扔到水里去,而这不是因为我干了什么坏事,根本不是。假如大人这么吓唬孩子,这当然是开玩笑和爱的表示,它意味着:现在让我们说说最最不可能的事情来开心一下吧。但孩子们是严肃的,她们不懂得什么是不可能的事情,哪怕十次扔不动,她们也不会相信下一次还不会成功,她们甚至不知道,这十次没有一次是成功的。假如用大人的知识来理解孩子们的意图,孩子们便让人感到无名的恐惧。这么一个四岁的小孩只能吸引人们去吻她、抱她,而她像个小熊一样强健,婴儿时期给她还留下个鼓鼓的肚子。假如她向您发起进攻,而两个姐妹一左一右地帮助她,而您身后又是栏杆,这时她那和善的父亲和温柔、美丽、胖胖的母亲(站在第四

---

① 卡夫卡的署名越来越简化,从这封信起不再是 K.,而是 K。此后逐渐地干脆连任何字样的署名都舍弃了。——译者

个孩子的摇篮边）在远处向你微笑，却不想插手助你一臂之力，这就差不多算完了，已经几乎不可能想象你会得救。明智的、或者说是感觉敏锐的孩子们要把我扔下去，没有任何原因，也许她们把我看成是多余的人，也许根本不知道您的来信和我的回信的内容。

您不必为上封信中的"好意的"而害怕。这是一段对我来说并非少见的完全失眠的时间。我写下了这个经常与您不无关系的故事，但当我写完时，我左右太阳穴均处于紧张状态，以致我已不能清楚地思考一下为什么要叙述这故事了。此外，当时我还有一大堆形象模糊的事要向您叙说，我在阳台的躺椅上曾想要向您说的，于是我只能把我的基本感觉写下来，现在我好像只能这么做了。

我以前出版的全部作品您都有，只有我最近出版的《乡村医生》一书您还未拿到手。这是一本短篇小说集，沃尔夫会寄给您的，至少我在一星期前已为此事给沃尔夫写了信。现在没有什么书在付印，我也不知道今后会出版些什么。您为这些书和翻译本所做的一切将是正确的，可惜我自己并不觉得这些东西很有价值，因此将它们交给您才是真正表达了我对您的信任。能对《司炉》写几句您所希望的说明我很高兴，因为这样我真的可以作出一点小小的贡献了。这将意味着预尝一下那种地狱刑罚的滋味，即：以睿智的目光重新审核一遍整个生活之路，从而看到，最坏的事情并不是识破那些显而易见的恶行，而是看穿那些曾经被认为是善的行为。

不管怎么说，写作总是好事。我的心情已经比两小时前拿着您的信躺在外面躺椅上的时候安宁些了。当时我卧在躺椅上，离我一步之遥的地方有一只摔了个底朝天的甲虫，正在绝望地挣扎着，翻不过身来。我很愿意帮它一把。帮它倒很容易，只要跨出一步，用脚尖碰它一下就行了，但是您的信使我忘记了它的存在，我也站不起来，直到一只壁虎出现才使我又注意自己身边的这个小生命。壁虎爬的路正通向甲虫那儿，甲虫则一动不动，我想：这不是遭难，而是在同死亡作斗争，是天然的动物装死的罕见景象。当壁虎从它身上擦过时，顺带地使它翻了个身，它仍然一动不动地趴了一会儿，然后突然竭尽全力地沿着墙爬了上去。

不知怎的，我好像从中又汲取了一点勇气，于是站起来，喝了牛奶，便开始给您写信。

您的　弗兰茨·K

明天我要寄给您的说明，只有几页篇幅，内容空空洞洞，译文那不言而喻的真实性（假如将"不言而喻"从我身上抖落下来）不断使我惊讶，几乎没有误解之处。仅仅这样恐怕还算不了什么，更令我惊讶的是如此强劲而坚定的理解。我只是不清楚，是不是捷克语给了您忠实的翻译能力。对我来说，这是翻译的最理想的语言（不是因为故事本身的要求，而是因为我的缘故）；我的捷克语感（我也具有这么一种语感）得到了充分的满足，但这是由于带有特别强烈的偏爱。不管怎么说，如果有人挑您的毛病，我的感激之情可抵消您所受到的刺激。

亲爱的密伦娜夫人：

（是的，这样的抬头成了累赘，但这却是病人们在这不安定的世界中可以赖以支持自己的扶手之一，假如病人们感到这扶手变成累赘，那还不是他们病症痊愈的证明。）我从未在德国人民中生活过，德语是我的母语，因此对我来说是自然的。然而捷克语却使我感到亲切得多，所以您的信将某些不安定的因素撕得粉碎，通过它，我对您看得更清楚了，看到您的身体、手的动作那么迅疾，那么坚定，简直像我们互相见了面一般；当然，在我试图将目光抬到您的面孔的高度时，信中便喷射出火来——这是一个什么样的故事啊——于是我眼前看见的只有熊熊的火光了。

这可能会诱使我去相信您所提出的生活法则。您不会因为自己据称是处于其中的法则而感到遗憾，这是不言而喻的，因为提出这种法则只能意味着高傲和自大（já jsem ten, Ktery platí）[①]。对您为这法则所

[①] 捷克语，意为"我就是付钱的人"。

作的尝试自然没有什么可说的了,只能静静地吻您的手。就我而言,我是相信您的法则的,我只是不相信,它会永远这样赤裸裸地残忍而昭著地悬于您的生活之上,这虽然是一种认识,但只是在道路上的一种认识,而这道路是无穷无尽的。

您生活在烧得太热的火炉中,这对一个其理解力限制在凡人范围内而不受上述影响的人来说,生活在其中是可怕的!我希望能有一回只谈我自己。假使将整体作为一道习题来看,那么您在我面前曾有三种解法:比如说您可以根本不谈自己,那您就使我丧失了认识您的幸福,更不幸的是,您将使我失去以此来检验我自己的可能性,您也可以向我隐瞒或者美化一些事情。您现在还可以这么做,但我在目前状况下对这些是能够感觉出来的(即使我不说出来),而这会使我们倍感痛苦。那么这个您也不能去做。于是剩下的只有第三种可能性了:尝试在一定程度上拯救自己吧。你在信中已显示出一个小小的可能性。我从您的信中经常读到安宁和稳固,当然还经常读到一些别的什么,如在结尾处则读到:"reelní hruza."①

您对自己的健康所谈的(我的健康状况是好的,只是在山野空气中我的睡眠情况不佳)不能使我满意。医生的诊断我并不认为特别有利,不如说既不是有利也不是不利,只有您的举止可决定人们应如何理解这一诊断。无疑,这些医生是愚蠢的,或者说得更准确些,他们并不比其他人蠢,但他们的自负是可笑的。因此必须估计到:从人们请他们帮忙的时刻起,他们就越变越愚蠢,而这位医生目前所要求的,既不是很愚蠢也不是不可能。不可能的是您真的会得病,这种不可能性将保持不变。您同这位医生谈过后,您的生活发生了什么变化——这是主要问题。

下面请您允许我再提一些次要的问题:为什么您没有钱花了?从什么时候开始的?为什么(如您信中所说)以前在维也纳同许多人交往,而现在同谁都不往来?

您不想将自己的杂文寄给我,这就是说,您不相信我能将这些文章

---

① 捷克语:"真正的恐惧"。

在我对您的整个看法中置于正确的位置。那好吧,在这一点上我对您生气了;当然这并非不幸,因为如果在心灵的一角还留有为您生点气的余地,这样,作为一种平衡倒是很不错呢。

您的　弗兰茨·K

首先①,密伦娜:您星期天是在怎样的一套住房里写信的?宽敞而且空空荡荡?您独自一人?日夜如此?

在一个美丽的星期日下午,独自坐在一个"陌生人"对面,他的脸只是"写满了字的纸",当然是令人心情阴郁的。我的情况却要好得多。我的房间虽小,但是真正的密伦娜在这儿,她显然是星期天从您那儿跑来的。请您相信,同您在一起是多么美好!

您抱怨自己没用。在其他日子里情况并不是这样,今后也不会是这样。这个句子(它是在什么情况下被说出来的?)使您惊骇,但它是这么清楚,因此它曾经是说过、想过无数遍的了。一个被他自己身上的魔鬼折磨着的人,无意识地向身边的人作报复。正是在这样的时刻,您想要完全解脱出来,但不成功,您就说自己没有用处。谁可以做出如此可笑的事情呢?没有人成功过,比如就是耶稣也没有成功。他只能说:"跟着我。"然后说出这句伟大的话(可惜我一定会引错):"照我的话去做,这样您就会看到这不是一个人的话,而是上帝的话。"至于那些魔鬼,耶稣只是将他们从跟着他走的那些人身上赶走。但这也持续不了许久,因为他们一旦离开他,他也就失去了作用和"用处"。当然——这是我向您承认的唯一的一点——他也经受不住诱惑。

星期五

---

① 上封信一开头,卡夫卡就说写抬头是一种"累赘",所以从这封信起,除极个别外,他一般就不写抬头了。——译者

今天傍晚我独自去散步,一个人走这么长时间实际上还是第一次。平时我总是同其他人一起走的,要不,通常就在家里躺着。这是怎样的大地啊!您,可爱的天空,密伦娜,要是您在这里该多好啊。哦,您那可怜的、无力思索的头脑!这时假如我说,我惦念您,那不是谎言才怪哩,这是多么完美、多么令人痛苦的魔幻啊!您就在这里,和我一模一样,并且比我强壮;我到哪里,您便在哪里,和我一模一样,比我强壮。这不是玩笑,我设想着:您,确实在这里的您,因我不在而怅然,并问:"他到底在哪里呀?他不是写信说,他在米兰吗?"

F

星期五

我的两封回信您收到了吗?

亲爱的密伦娜夫人:

这一天是这么短,与您一起再加上几件小事,就这么度过了,结束了。几乎没有片刻时间让我给真正的密伦娜写信,因为更真实的密伦娜从早到晚都在这儿,在房间里,在阳台上,在云雾中。

您上一封信中的清新气息、舒畅心情、无忧无虑由何而来?发生什么变化了吗?或者是我搞错了,要不,就是那几篇散文所起的作用?或者说,您善于自我控制,因而心绪显得很好?到底是什么原因?

您的信的开端带有审判的语气,我这么讲是认真的。您的责备"ci ne tak docela pravdu"[①]是有道理的,就如您对"dobře miněno"[②]的看法从根本上说是有道理的一样。这是不言而喻的。假如我恰如我信

---

① 捷克语:或者说并不完全合适。
② 捷克语:好意的。

中所说的那样，心中始终充满忧虑的话，我在躺椅上便会再也待不下去，什么也阻挡不住我，一天之后我就会出现在您的房间里。这是对真实性唯一可靠的检验，其他一切都是空话。或许还有对基本感情的呼唤，然而这感情实际上是沉默着的，未派上用场而已。

您怎么会对那些您所描写的可笑的人们（您是爱描写的，因此写得生动极了）、还有那个问话的人以及其他许多人不感到厌烦呢？您有裁决的权力，妇女是最终的裁决者（关于巴黎的传说使这一点黯淡了些，但哪怕是巴黎也只是对女神的最终裁决中之最强者作出裁决）。这也许与可笑无关，可能只是一时的可笑，而从整体上讲它将会变得严肃而和善的，是否这一希望促成您留在这些人那儿？谁也不能声称自己知道女法官暗中在想什么，但我却有这么个印象：您对这些可笑现象采取了宽容的、理解的、爱的态度，并通过您的爱使它们变得高尚。这些可笑现象不啻是一群狗在东奔西窜，而主人则横贯着行走，并非正好走在中间，而是恰恰朝着那条小路所延伸的方向走去。尽管如此，您的爱将具有某种意义，我对此是坚信不疑的（只是我对此不得不发问，并感到奇怪），这还使我想起我那公司里一个职员说的话（在这儿只是为了强调他的意见的可能性）。几年前我常去莫尔道河上的西冷特伦克，在那儿逆水划船，然后伸展四肢平躺在船上，顺流而下，从桥下穿过。因为我很瘦，从桥上看一定很可笑。那个职员有一次从桥上看见了我，在充分强调了我的可笑样子后，可把他的印象归纳为：我看上去就像是在审判的末日时刻那样。这或许可以说像棺材盖已打开，而所有死人仍躺着不动的那个时刻。

我作了一次小小的旅游（不是我提到过的那次大型的旅游，那次大型的旅游吹了），回来后累得我几乎有三天什么事都不能干（但这种累却并非不舒服的），甚至不能书写。三天里我只能阅读，读那封信，读那些文章①。我认为，这样的散文并不是为它们本身而存在，而是通向

---

① 指密伦娜用捷克语写的杂文、随笔一类的文章。

一个人的路上的一种路标。人们在这条路上越走越高兴,直到在光线明亮的一瞬间才发现,根本没有向前走,而只是在他自己的迷宫中来回乱跑,只是比平时跑得更加激动,更加迷乱而已。然而,不管怎么说,写这些东西的不是一个一般的女作家。读完之后,我对您的文笔的信任感与我对您本人的信任感几乎没有区别了。捷克语我知之甚少,只知道它是一种语言的音乐,如波契娜·涅姆科娃[①]使用的那种语言;而您的却是另一种音乐,但在坚定、热情、可爱,特别是目光敏锐的聪明方面与那种语言相近。这是近几年来才开始的吗?您以前也写吗?您当然可以说,我事先便怀着可笑的偏爱,您说的也有道理,我确实是有偏爱的,但是偏爱的产生并不是因为我在这些文章中(这是些不相同的、部分风格已被报纸破坏了的作品)初次发现的一些东西,而是重新发现。有两处迷惑了我,使我将那篇支离破碎的时装介绍文章也当成是您的了,从这一点上您便可以发现我的判断是没什么价值的了。我很想把这些剪报留下来,至少让我的妹妹们阅读,但因为您急着要,我只好随信附上了。我也看见边上的计算公式了。我对您的丈夫的看法以前并不是这样的。在咖啡馆里的人们之中,我觉得他是最可信赖的、最明智的、最冷静的人,几乎有点儿过分慈祥的味道。当然也有点儿让人捉摸不透,但这后一点并不至于取代前面那些。我对他一直是尊敬的,但没有其他机会能使我对他有进一步的认识。不过朋友们(尤其是马克斯·勃罗德)对他评价很高。只要我想起他,这些评价就会在耳边回响。有一段时间我特别喜欢他的一个特点:晚上不管在哪家咖啡馆,总有几次接到别人打来的电话。我想一定有什么人不睡觉而坐在电话机旁打瞌睡,头靠在椅背上,每隔一段时间便惊醒过来打电话。我很理解这种状况,这也许是我写这些的原因吧。

您的 弗兰茨·K

[①] 波契娜·涅姆科娃(Božena Němcova 1820—1862年),伟大的捷克女小说家,代表作为《祖母》。

您是怎么看的？星期日之前我还能收到一封信吗？要能收到多好啊。但这种对信的奢望是荒唐的。一封信难道还不够吗？心中有数不就行了？这确实够了，尽管如此，人们却伸展四肢地躺着，吮吸着信，除了不想停止吮吸外，别的什么也不知道。您解释一下这个现象吧，密伦娜，我的老师！

现在我别的什么都不谈，只想谈一点（您的信我还没有仔细看，只是浏览了几遍，就像蚊子围着火光飞舞，小脑袋多次被烧灼。此外，我还发觉，这是两封截然不同的信，一封叫人吮吸不止，一封则令人惊恐，但后一封大概是后来写的）：

假如有人碰见一个熟人，紧张地问他：二乘二等于多少，这可是个属于疯人院性质的问题了，但在小学一年级这却是很正常的。密伦娜，现在我对您提的问题也是这样的，它两种性质都有，疯人院的和小学的，幸亏这儿还有一点儿小学的性质呢。假如有人因为我而伤脑筋，我总是感到完全不能理解，我出自一种合乎逻辑的、总是相信别人的谬误甚至相信奇迹（对我来说仅仅是奇迹的东西）的精神机制，破坏了一些人情关系（魏斯①便是个例子了）。

我想过，为什么还要用这样一些东西把本来就混浊的生活之水搅得混浊不堪呢？我看见我面前有一段路，我认为是可行的。我知道，在离我现在这个地方十分遥远处，有我根本达不到的地方。我得到仅仅是偶尔的一瞥（我的一瞥，怎会是别人的呢！），我只配得到偶尔的一瞥（这不是谦虚，假如您仔细想一想，便会发现这是由于高傲），而我现在得到了——您的信件，密伦娜。我应该怎么说明这个区别呢？一个人躺在他临死的床上，肮脏得很，散发着臭气，这时死亡天使来了（在所有天使中，她是最善于施恩的），注视着他。这个人难道敢去死吗？他转过

---

① 指小说家恩斯特·魏斯（Ernst weiss）。

身去，这才真地埋在床里了，死亡对于他来说是不可能的事。简而言之：我不相信您在信中对我说的，密伦娜，不管以任何方式都不能向我证明（陀思妥耶夫斯基在那个夜晚也不能向任何人证明，而我的生命只有一夜之久），这只能由我来加以证明。我可以设想自己是有能力的（犹如您有一次设想一个男人躺在躺椅上一样），可是我也不相信自己有这种能力。因此这个问题是一种可笑的应急手段（您当然可以马上发现），正如一个老师有时疲倦了，充满期望，想通过学生的一个正确回答来欺骗自己：这个学生对此是真的懂了吗？其实该学生只是由于某种不重要的原因知道了答案，并没能从根本上理解，因为只有这位老师能告诉他应该怎么理解。但要达到这一地步，不是通过呻吟、抱怨、抚摩、请求、梦想（您还保存着最近的五六封信吗？您应该重读一下，它们都属于整体）获得的，而只有通过——听之任之。

我匆匆读您的信时，看到您也提及这位姑娘[①]。不容置疑的是：撇开暂时的痛苦不谈，您对这位姑娘表示了最伟大的善意。我只能以此方式设想：假如她从我身边走开的话，情况又会怎样呢。尽管她会产生一种痛苦的感觉，但她的目光丝毫不会注意到我身旁座位的温暖（虽令人害怕，但对她来说却没什么可怕的）从何而来。我记起：在乌勒索维茨的一套单间住房里，我们并肩坐在沙发上（记得是11月份，这间住房再过一个月将成为我们的共同住房了），她至少会为付出许多精力后终于能占有这间住房而高兴，而且身边坐着未来的丈夫（我重申一遍：正是我突然起了结婚的念头，正是我把这事和婚姻牵扯在一起，而她一开始就震惊不已，违心地顺从，后来当然对这一想法也习惯了）。只要我想起这一幕的种种细节（多得胜过发烧时心跳的次数），我便相信人类所有头脑发昏的事例（在这件事情上我也曾头脑发昏达数月之久，但并不仅仅是头脑发昏，也有其他考虑，由此可见这本来也可以成为真正意义上的理智婚姻的），我对这些事例理解得非常透彻，所以害怕把牛奶杯举到嘴边，害怕它不是出于偶然、而是蓄意在我面前炸开，让碎片扎

---

① 指尤丽叶·沃里切克，卡夫卡曾与她订婚，主要因卡夫卡父亲的反对（门户不当）而失败。

得我满脸都是。

一个问题：人家对您的责备是什么？我也给一些人造成过不幸，但是他们并没有不停地责备我，他们只是沉默不语，我觉得，他们内心并没责备我。我在人与人之间就处于这么一种例外的地位。

但是这一切与我今天早晨从床上起来时想起的一个主意相比显得微不足道。这主意使我入了迷，以至于我洗完脸、穿上衣服时竟不知道这一切是怎么做的，要不是一个来客唤醒了我，我还会在这种情绪中把胡子刮完呢。

这主意简要说来就是：您离开您的丈夫一段时间。这不是什么新鲜事儿，已经有过一次先例了。理由是：您的病，他的神经质（您这么做也能使他轻松一下），再就是维也纳的状况。我不知道您要到哪里去，最好能去波希米亚任何一个安宁的所在。要是我自己不插手，也不表态，那是再好不过了。需要的钱您暂时从我这里拿（关于怎么偿还我们还可以商量。我在此只提一个也许我能从中得到的次要好处：我将成为一个热衷于工作的职员——话说回来，我的工作轻松得可笑又可卑，这您也许无法想象。我不知道，我为什么会赚到钱）。假如每个月这笔钱有时不太够，所缺的零头您总有办法轻而易举地解决的。

我暂时不再夸耀这个想法了，但是您可以对此作出判断，从而向我表示，我是否可以信任您对我以往的主意的判断（因为我确知这个主意的价值）。

您的　卡夫卡
星期四

在读完这封可怕的（但不是连骨子里都可怕的）信后，现在要我对刚收到信时的喜悦表示感谢就不那么容易了。今天是节日，一般信件是不会来的，明天星期五是否会收到您的什么，仍很难说，所以这是一种令人沉闷的寂静，但只要有您的消息，就毫无凄凉之感。您在前几封信中是那么强大，我从这儿看着您，就好比我从这躺椅上认出雪峰上登山者的身影后便会紧盯着他们一般。现在，信在午饭前来了，于是我可以带上它，再从口袋里掏出来，放在桌子上，又塞进口袋里。与一封信嬉戏是多么有趣，看着它们，就像看到孩子们一样高兴。我不能总是注意到坐在我对面的将军和工程师（他们是很好的、很和善的人），更顾不上听他们说话、吃饭（我今天又开始吃饭了，昨天什么也没吃），不再使自己厌烦。在饭后通过谈判解决的算钱游戏中，我觉得简短的问题比长长的解答要清楚。与此同时，我从敞开的窗户望出去，自由自在地望着枞树、太阳、山峦、村庄，以及在这一切之上屹立着的对维也纳的预感。

然后我便仔细地读起信来，就是说我仔细地读星期天的来信。星期一的来信我推迟到接到您的下一封信时才读，信中有些事情使我不能仔细地读下去。我显然还没有完全康复，再说这封信也有点过时了。我算了一下，已有五封给您的信正在途中，即使又有一封丢失或者挂号信走得较慢，现在至少应该有三封已经到了您的手中。我只想请求您，**马上再给我回封信，寄到这里来**，一句话也就够了，但必须是一句能够消除这封星期一来信中所有责备的果断的话，使一切变得可以细读。再说，那个星期一正是我在这儿（以并非毫无希望的方式）使劲地摇撼自己的理智的时候。

现在读另一封信。——但是时间已经晚了，我曾多次不确定地答应了那位工程师以后，今天肯定地答应到他那儿去，去看看他的孩子们那些了不起的、不能带到这儿看的照片。他年纪不比我大多少，是巴伐利亚人，工厂主，懂得很多科学知识，也很风趣、明智，有过五个孩子，只有两个还活着（为了他的妻子，他将不再要孩子了），男孩十三岁，女孩十一岁。这是个什么样的世界啊！而他将他们置于同样分量的天平上。不，密伦娜，您别说什么反对平衡的话。

您的　F

明天再写。假如拖到后天,不要再"恨",不要,我求求您。

我将那封星期天来信又读了一遍,它比我第一次读完所想的更可怕。密伦娜,人们应该双手捧着您的脸,盯着您的眼睛看,这样您会从别人的眼睛中认出您自己来,从此对您在那封信中写下的那些东西连想都不会去想。

什么时候才能将这颠倒的世界稍稍端正过来呢?白天带着枯竭的脑袋胡乱转悠(山上到处有美丽的废墟,我想我的大脑也可以变得这么美丽),躺在床上则不能入睡,最好的奇思妙想倒纷纷出现。譬如说今天我在补充昨天的建议时想起,您可以到施塔萨①那儿去过个暑天。您曾在信中提到过她,说她在乡下。昨天我写过这样的蠢话,说有些月份钱可能会不够,这是荒唐的,钱将永远是足够的。

星期二早晨和晚上的信证实了我的建议的价值,这并非特别偶然,因为这个建议将被一切的一切证实是有价值的。假如说这个建议中有诡计——哪里又没有诡计呢?这是头庞大的野兽,需要时它也可变得很小,我会牵住它的鼻子的,在这方面连您的丈夫也尽可以对我放心。我夸大其词了。不管怎么说,我是可以依赖的。我不会去见您,现在不会,到时也不会。您将生活在您所喜爱的乡村(在这点上我们很相像,我说的是人烟稀少的乡村——整个中部山区还不是我最喜爱的,有树林,有湖泊)。

您错看自己的信的作用了,密伦娜。星期一的来信(jen strach o Vás)②我仍然没有读完(今天早晨我试了一下,好一点了,我的建议使其中的内容部分地变成了历史,但我还是不能把它读完)。星期二的来信则相反(还有那张奇怪的明信片,是在咖啡馆写的吗?您对韦尔弗③的谴

---

① 施塔萨(Staša),密伦娜的女友。
② 捷克语:纯粹是为她害怕。
③ 韦尔弗(Franz Werfel),奥地利著名表现主义作家。——译者

责我会作出答复的。其实我根本不会答复您什么,您答复得更好,这很有意思),它使我在度过星期一来信引起的几乎不眠之夜后已能安静下来,重新充满了信心。确实,星期二来信也有它的芒刺,它为了开路划开了自己的身体,但是您引导着它,您的所作所为中又有什么难以忍受的东西呢?(这当然只是一个瞬间,一个幸福与痛苦同时颤抖着的瞬间的真实性。)

F

星期五

假如对您不是什么难堪的事的话,您能否在谈到韦尔弗时为我的缘故说一些好听的话。——有些事可惜您不予回答,比如因您的信所引起的问题。

最近我又梦见您了,这真是个好梦,但我几乎什么都记不得了。我在维也纳,但我根本不知道,然后我又到了布拉格,忘了您的地址,不仅忘了路名,还忘了您在哪座城市,一切都忘了,只有写信者的名字还不时在我脑海中出现,但我不知道应该拿它怎么办。也就是说我完全失去了您。我绝望地作了种种十分狡猾的尝试,但不知为什么这些尝试都未进行下去,我只记得其中一个尝试:我在一个信封上写上密伦娜,在下边写着"请你们把信送到,否则财政当局将蒙受巨大的损失"。我希望通过这一威吓把一切国家机器调动起来去找您。狡猾吗?您不要因此而对我有看法。只有在梦中我才这样令人难以捉摸。

我再一次将信从信封中抽出,这里还有位置:再用"你"[①] 称呼我一遍吧!(我不是要求您永远这么称呼,这我根本不需要。)

[①] 欧洲人的习惯:异性成人间一般关系均用"您",只有相爱的人或同辈亲属以及长辈对小辈才用"你"称呼。——译者

我算了一下：星期六写的信，尽管隔着个星期天，星期二中午便到了，星期二从侍女手中迫不及待地夺了过来，多好的通讯联系啊！星期一我应该坐车离开，把它发出去。

您在担忧，您真好，您少不了这些信。是的，上星期我有几天没握笔，但从星期六以来每天都在写，这样您现在应该相继收到三封信了，为此您将赞美那段无信的日子。您将看到，您的一切担忧都是正确的，也就是说，我对您总的说来确实很生气，特别是您信中有许多东西令我不喜欢，那些小品文使我恼火，等等。不，密伦娜，对这一切您不必害怕，假如事情反过来，您倒应该为之战栗！

我收到了您的信，必须以我不眠的大脑答复您，这真不错。我不知写什么好，老在字里行间转悠，在您的目光下，在您的呼吸中，就像在一个美丽的、幸福的日子里。这日子在脑袋生病的时候，在人们极端疲倦之际，而且将于星期一出发，经过慕尼黑后，依然美丽而幸福。

您的 F

星期二

为了我的缘故您才跑回家去，跑得上气不接下气？那么，您并没有病，而我也不再为您担忧啰？果真是这样，那我一点忧虑都没有了——不，现在我又像当初一样言过其实了。不过这种担忧就像您在我的看护之下，我用自己喝的牛奶喂您，向您灌输我呼吸着的、从园子里带来的空气，给您以新的生气。不，这么说太不够了，应该说，与我相比，你已成倍地吸进了新鲜空气。

也许由于种种原因，星期一我可能还不能启程，而要稍晚一些。那时我就将直奔布拉格，最近新开了一列从博岑经慕尼黑到布拉格的直快火车。假如您还想给我写几个字，尽可写来；假如我已经走了，别人会转寄到布拉格去的。

好好为我保重！

F

真是愚蠢的典范。我正在读一本关于西藏的书。读到对西藏边境山中一个村落的描写时，我的心突然痛楚起来。这村落在那里显得那么孤零零，几乎与世隔绝，离维也纳那么遥远。说西藏离维也纳很远，这种想法我称之为愚蠢。难道它真的很远吗？

您看，密伦娜，度过一个几乎不眠之夜后，我躺在躺椅上，上午，光着身子，一半在阳光下，一半在阴影中。我怎么能入睡呢，我的睡眠轻飘飘的，总是萦绕在您的周围。我真像您今天信中所写的那样，会被"落到我怀里的东西"吓一跳，就像预言家们受惊时一样。他们说，他们是弱小的孩子（不管曾经是或者仍然是），听见有个声音呼唤他们，就会吓一跳，不敢相信自己的听觉。他们把脚落在地板上，恐惧得大脑都快裂了。在这之前他们也听到过呼唤声，却不知道那可怕的音响是怎么进到这声音中去的——是他们耳朵神经太脆弱呢，还是呼唤声太强？——因为他们是孩子，所以不知道这呼唤声已经获得胜利，而且正是通过他们对这声音的预感性的恐惧而留存了下来。但这并不能给人以预言的本领，因为许多人都听到过这声音，只是他们是否都配听到这声音。客观地说这是值得怀疑的；为保险起见，对此，还是坚决否认为好——当您的两封信到来时，我就这么躺着。

我觉得我们有一个共同的特点，密伦娜，我们是那么的怯懦，每封信几乎都面目全非，几乎每一封信都对上一封信或下一封回信感到惊恐。很容易看出，这不是出自您的天性，甚至可能不是出自我的天性，但几乎化成了我们的天性。这种怯懦只有在绝望中、顶多在愤怒中，噢，不要忘了，还有在恐惧中才会消逝。

有时候我有这么个印象：我们有个房间，这房间有两个互相对着的门，我们每人攥着一扇门的把手。只要一个人的睫毛动一下，另一个就站到这个人的门后了；只要第一个人说一句话，第二个就带上了身后的门，并且再也看不见了。当然他也许会重新打开这扇门，因为这是一个也许离开不了的房间。只要第一个人不完全像第二个一样，他就会很安静，他表面上仿佛根本不朝第二个人看一眼。他会慢慢地整理房间，好像这房间和其他任何房间一样似的。尽管这样,他总要在他那门旁重复同样的动作,有时两个人甚至同时跑到门外,于是这美丽的房间便空无一人了。

折磨人的误解正是由此产生的。密伦娜,对我的有些信您抱怨说,把它们朝各个方向都抖落遍也没有任何东西掉出来。但正是这些信,假如我没有弄错的话,在它们里面我的心离您那么近,浑身血液是那么驯服,那么驯服于您。在那么幽深的密林深处,在寂静中憩息,这时人们除了说说诸如"透过树丛可以看见头顶上的天空"之类的话外,别的什么也不会说,而在一个小时后人们又会重复一遍同样的话。这些话中肯定"没有一句是未经过深思熟虑的"①。这样也不会持续很久,顶多一会儿,马上不眠之夜的鼓声又会响起。

您想想看,密伦娜,我是怎么走到您身边来的,我已经走过了怎样的三十八年的人生旅程啊(因为我是犹太人,这旅程实际上更要漫长得多)。如果说我是在一个拐弯处偶然看见您的话(我从来没有指望过会见到您,到了现在这般年纪更不会有这指望),那么,密伦娜,我不能叫出声来,我心中已没有叫喊声了;我也不会说千百句傻话,我心中也没有这些东西(当然在其他时候我干过的傻事够多的了)。我会跪下来,也许这样我才会得知,您的双脚就在我的眼前,那么近,我会去抚摩它们的。

您不要要求我正直,密伦娜,除了我自己之外,谁也不能再向我提出这个要求了。很多东西正从我身上消失呢,一点不假,也许一切都正在从我身上消失。虽然这在狩猎场上能鼓舞士气,却鼓舞不了我的心。正相反,我会因此而迈不动步子。突然间一切都会变成骗局,被猎者会把猎人掐死。我就是走在一条如此危险的道路上,密伦娜。您站在一棵树旁一动不动,年轻、漂亮,您的眼睛把这世界的苦难反射到地上。人们在玩"小树、小树,换换个,小树"②的游戏,我在阴影下从一棵树

---

① 原文是捷克语:ani jedine slovo, Které by nebylo velmi dobve uváveno.——译者
② 原文是捷克语:skatule, skatule, hejbejte se,有名的儿童游戏。

下潜行到另一棵树下。我正走在半路上,您向我呼叫,叫我当心危险,想给我以勇气,对我不稳的脚步感到惊恐,提醒我(我!)不要忘了这是游戏——但我不能,我倒下了,我已经躺下了。我不能同时倾听内心可怕的声音和您的声音,但我能听见那个声音并信赖您,您,除此之外在这个世界上我谁都不能信赖了。

您的 F
星期四

　　您这两页信纸上的言谈,密伦娜,是出自内心深处的,出自一颗受伤的心(to mě rozbolelo① 写在那儿,作恶的是我,是我伤害了您),听上去是那么纯洁而自豪,宛似击中的不是心,而是钢,要求的是最不言而喻的东西,也误解了我(因为我那些"可笑的"人们真的恰恰是您的那些人,还有:我在哪里表示过我在你们两人中站在哪一个的立场上了?这个句子在哪儿呀?我那丑恶的主意在哪儿?我又怎么会对你们的事加以判断呢?我这人在任何现实方面——结婚、工作、勇气、牺牲、纯洁、自由、自立、真实——在你们两人中我陷得如此之深,以致要我对此发表任何看法都令我恶心。我什么时候胆敢表示给予积极的帮助呢?即使我有这个胆量,我又怎么能付诸实施呢?问题提得够多的了,它们本来在地下睡得正香,为什么要把它们召唤到地面上来呢?它们是灰暗的、悲凉的,它们的作用也是如此。请您不要说两小时生活无疑要比两页文字丰富吧,文字虽更贫乏,可是更清楚)。——所以您误解我了,不过,尽管如此,这番话却是跟我有关的,而我不是无辜者。奇怪的是,我之所以在很大程度上不属于那种人,恰恰是因为以上问题只能用"不"和"哪儿都不是"来回答。
　　然后收到了您的可爱、可爱的电报,这是对付夜晚这个死敌的安慰

---

① 捷克语:这伤害了我。

剂（假如其作用不够大，那么这不是您的，而是夜晚的责任。这些短暂的尘世之夜几乎可以教会人们去害怕那永恒的长夜）。尽管那封信也包含着很多美妙的慰藉，但它毕竟是一个整体啊，但却有那两页信纸在其中肆虐。电报则是独立的，它与此毫无关系。但是，密伦娜，我可以对着电报说：假如我不顾一切来到维也纳，而您面对面地对我说了信中这番话（这番话正如我刚才说的，不是从我身边擦过，而是向我身上撞来的，而且是撞得有理的，虽说不是撞个满怀，却也很有力），这番话无论如何也得以某种方式表达出来，即使不是说出来的，那也肯定想过，用目光表示过，颤动过，或至少也设想过。不管以何种方式，我听到这番话便会像挨了当头一棒，直挺挺地摔下去，那就通过什么样的急救，您也无法叫我重新站起来了。假如事情不是这样，那么它只会更糟。您看吧，密伦娜。

您的 F
星期日

密伦娜，您对人的认识怎样？有时我对此怀疑过，比如当您写到韦尔弗的时候，话语中也带着爱，也许只有爱，但却是误解的爱。假如撇开韦尔弗其他方面不谈，只就您对他的肥胖的责备而言（这一责备我同样认为是没有道理的。我觉得韦尔弗一年比一年漂亮、可爱，当然我很少碰到他），难道您不知道，只有胖子是值得信赖的吗？只有在这种外壳坚厚的容器中，一切才可能煮熟、煮透。只有这些占有空间的资本家（就人们力所能及的范围而言）才不至于被忧愁和疯狂所侵扰，能安静地去干他们的事。正如有人曾经说过，只有他们才是全球可以通用的真正的地球公民，因为在北方他们会发出热量，在南方他们可给人遮阳（这也可以反过来说，不过那样就不真实了）。

再有便是犹太教。您问我是不是犹太人。也许这只是说笑，也许您想问的是：我是否属于那种战战兢兢的犹太教。不管怎么说，您作为布拉格人，在这方面不会像海涅夫人玛蒂尔德那种人一样天真（也许您不知道这个故事。我觉得我应该向您叙述些比这更重要的故事，而且我无疑会受到伤害，不是由于这个故事，而是由于叙述本身；但您毕竟想听我说些有意思的东西。一个叫麦斯纳尔的波希米亚德语诗人，不是犹太人，在他的回忆录中说，玛蒂尔德老是大骂德国人，这使他恼火：德国人恶毒、狡猾、爱强词夺理、咬文嚼字、纠缠不休，总之是个令人难以忍受的民族！"您根本不了解德国人，"有一次麦斯纳尔终于忍不住了，"亨利[①]只跟德国记者打交道，在巴黎这些人都是犹太人。""不，不，"玛蒂尔德说，"您是在夸大其词，犹太人当然可能会有那么一个两个，比如说赛弗尔特……""不，"麦斯纳尔说，"他是唯一的非犹太人。""什么？"玛蒂尔德说，"比如耶特勒，"——这是个高大、健壮、满头金发的人，"难道是犹太人？""当然是的。"麦斯纳尔说。"可是班贝格呢？""也是。""阿伦斯坦？""同样是。"于是他们把所有熟人都数了一遍。玛蒂尔德终于火了："您拿我当猴耍，最后您会声称，科恩是犹太人的名字，但是科恩是亨利的一个堂兄弟，而亨利是个路德教徒。"[②]这回麦斯纳尔无言以对了）。不管怎么说，看来您是不怕犹太教的。这是有关我们这些城市最近或稍近的一个犹太教的某种英雄行为，而这绝不是开玩笑——一个纯洁的姑娘对她的亲属们说："让我走！"并迁到犹太人那儿去，这就比一个奥尔良的少女离开她的村子还要庄重。

这样一来，您还可以谴责犹太人那种独特的畏惧心理。尽管如此，这种一般性的责难所包含的对人的认识，其理论上的意义多于实际上的意义。说它理论上的意义更大些，是因为首先这个责难压根儿不适用于您以前所描绘过的您的丈夫[③]；其次，根据我的经验，这对大多数犹太人不适用；第三，这只适用于个别人，这个别人却是非常坚强的，譬如我。最奇怪的是，这种责难普遍不适用。犹太人不安全的地位——内心

[①] 指海涅。——译者
[②] 亨利希·海涅是犹太人，但他加入了路德创立的新教。——译者
[③] 密伦娜的丈夫也是犹太人，密伦娜是与家庭决裂后才与他结合的。——译者

的不安全,人与人之间的不安全——站在这一切之上就可以把事情解释得容易理解了:为什么只有握在手中、咬在牙齿间的东西他们才认为是自己所有的。此外,为什么只有触手可及的财产才使他们感到拥有生活的权利;为什么他们的东西一旦失去便再也找不回来,这些东西却在欢欣地永远告别他们,漂流而去。从根本想不到的方面也有危险在威胁着犹太人,或者让我们把危险二字去掉,以便表达得更准确一些:"有些威胁在威胁着他们。"随便举个例子。虽然我好像保证过对此保守秘密(当我刚刚认识您的时候),只告诉您我没有什么顾虑,因为这对您不是什么新鲜事,这也表明亲戚们对您的爱。我不说名字和细节了,因为我已经遗忘了。我的小妹妹兴许要嫁给一个捷克人,他是个基督教徒。一次他向您的一个亲戚谈起要与一个犹太女人结婚的意图,她回答说:"这可不行,就是不能同犹太人结合!告诉您:我们的密伦娜等等。"

我说这些话想把您引向哪里呢?我有点迷路了。可是这没有什么关系。因为您也许是与我一起走的,而现在我们两人都迷路了。您在翻译上的美好之处是忠实原意(您就为"忠实"二字责骂我吧。您什么都会,但是最拿手的也许是责骂,我愿当您的学生,不断地出错,这样便可以荣幸地不断被您责骂。我坐在学生的板凳上,几乎头也不敢抬,您则俯身看着我。您的食指不停地在上面晃动,进行着种种指摘,是这样的吧?),这就是"忠实"。我有这么个感觉,仿佛您在我后面,我拉着您的手穿过地下那黑暗、低矮而丑陋的历史通道,几乎没有尽头(因此这些句子也没有尽头,您难道没有看出来吗?),几乎没有尽头(您说,只有两个月?),这样在出口处出来,进入光天化日之下时或许不会丧失马上溜掉的理智。

一个警告:今天该结束了,今天应该解放这双带来幸福的手了。明天我又要动笔,我将在我可以担保的范围内说明,为什么我不去维也纳,为什么我不等到您说"他说得有道理"时就不能安下心来。

您的 F

请将地址稍稍写清楚一点,您的信一进入信封,它几乎便是我的财产了。您对待别人的财产应该更细心些,责任感更强些。Tak①。

此外,我有这么一种感觉,但还不能进一步确定:我的信也许有一封丢失了。犹太人的恐惧性!却不是担心信安全到达!

现在我就此事还要说一些蠢话。我说蠢,是指我认为正确的就说,而不管是否损害我的利益。而后密伦娜还要说恐惧性,当胸给我一拳,或者问道(这句话在捷克语中无论在动作还是在声音方面都是一样的):Jste zid?②您看见吗,在"Jste"中拳头收了回去,为了积蓄肌肉的力量。而在"žid"中我们则看到欢快的、不偏不倚的、向前迅疾的一击。捷克语言在德国人的耳朵中经常产生这样的附加效果。譬如有一次您问道,我怎么会让一封信决定了我是否在此逗留,然后您马上自己回答道:nechápu。③这在捷克语中也就是在您的语言中是一个有陌生意味的字,它是那么严厉、冷酷、淡漠、简洁,尤其像是咬开核桃那样。在一个词中颚骨三次碰撞,或者说得更准确一些:第一个音节试着咬住核桃,但没有成功,第二个音节把嘴撑得大大的,现在核桃已经放得进去了,第三个音节终于咬开了核桃。您听见牙齿的声音了吗?特别是结束时,嘴唇的最终闭合禁止另一个人再作任何相反的解释。有时候这倒真不错啊,譬如,假使另一个人像我现在这样地唠叨着④。唠叨者会对此再发表言论,以求原谅,说:"一个人只有当他有点高兴时才会唠叨呢。"

显然今天不会有您的信了。原来我想在结尾时说的话还是没有说出。下回吧。我非常想在明天能听到您的一些话。在门碰上之前(所有的门碰上时都是讨厌的)我听到的您的最后几句话是可怕的。

您的 F

---

① 捷克语:仅此。
② 捷克语:您是犹太人吗?
③ 捷克语:我不理解。
④ 这三个音节也可能意味着布拉格大钟上耶稣弟子的动作:到达、现身、倒霉的下场。——译者

就谈谈昨天许诺的说明吧：

我不想（密伦娜，您帮帮我吧！您要从我说的话的深层意义上理解我），我不想（这不是口吃）到维也纳去，因为我受不住那种精神上的极度紧张。我的精神处于病态，肺病不过是精神疾患"漫过堤坝"而已。从我头两次订婚那四五年以来我就这么病了（我当时对您上封信的快乐情绪不能马上作出解释，后来我才想起该怎么解释，我总是忘了这一点：您是那么年轻，可能还不到二十五岁，也许才二十三岁。我已三十七岁，快到三十八了，几乎相当于过了小半辈子了，以前那些夜晚和头痛使我头发差不多白了）。我不想将那漫长的故事完全在您面前铺开，叙述那茫如烟海的细节。我对这些始终很害怕，就像个孩子一样，所缺的只是没有孩子的易忘性。这三次订婚史有个共同之处：一切都是我的罪过，毫无疑问的罪过，我给两个姑娘①带来了不幸。我只想谈第一个姑娘。我不能说第二个姑娘，她很敏感，每句话，即使是最善意的也可能会严重地刺伤她。我知道这一点。我给她带来不幸的表现形式是：我在她身上（就她而言，假如我需要，她也许会牺牲自己）不能持续地寻找到快乐和安宁，不能坚定起来，不具备结婚的心理条件，尽管我完全出于自愿地不断向她作出结婚的保证，尽管我有时爱她爱得要命，尽管我把结婚视为最值得追求的目标。我给了她几乎五年之久的打击（或者，她也打击了我，假如她想的话）。幸亏她是不可摧毁的。她是普鲁士－犹太人的混合种，这是一种强大的、必胜的混合。而我则没那么强大，当然她只需受罪，而我则又打击**又受罪**。

完了，我再也写不了什么，再也无法解释。尽管如此，我还是开始描写我的精神疾病，陈述我不能去的其他原因。一个电报来了："勿忘在卡尔斯巴德见面，务请书面答复。"我承认，当我拆开电报时，它向我露出了可怕的面孔，尽管如此，在这面孔的后面却是个最无私、最宁静、最谦虚的生物。尽管如此，这一切本来就是我的愿望。这问题现在

---

① 卡夫卡先后两次与菲莉斯·鲍威尔订婚，然后于1919年又与尤丽叶·沃里切克订婚。

我已无法解释清楚，因为我已不能引证对疾病的描述。确定无疑的是：星期一我将从这里启程。有时我看着电报，几乎不能读它，我觉得这像是一封密件，把上面那两句话擦去，可以读成："车经维也纳！"这分明是一道命令，但没有任何命令的可怕性。我不坐经过慕尼黑的车（听上去便很荒唐），而多绕一倍的路取道林茨，这样还是要经过维也纳。我做过一个试验：阳台上有一只麻雀，它等着我把桌子上的面包掰一点扔到阳台上，可我却将面包扔在屋子中间我身边的地板上。麻雀站在外边，在半昏暗中凝视着它的生命食粮。诱惑力大极了，它抖动着，它的心在这儿，但这里是一片黑暗，而我——神秘的势力——站在面包边上。尽管如此，它还是跃过了门槛，又向前蹦了几下，但是不敢再向前了，一下突然的惊吓，它便飞走了。但是这可怜的鸟身上潜藏着多么巨大的力量啊，过了一会儿它又来了，审察着形势。为使它方便起见，我撒出一点面包屑，假如我不是故意地——我也确实是无意地（神秘势力就是这样发挥作用的）——以一个小动作惊走了它，那么它已经取走面包了。

情况是这样的：我的假期到6月底结束，为了过渡一下（那时这里已将很热，这我倒不怕），我将去别处乡下待一阵。她也要去，这样我们便将在那儿见面了。我在那里待几天，然后也许到我父母所在的康斯坦丁巴德去待几天，然后回布拉格。当我综览这一旅行计划时，将它与我的脑袋的状况结合起来看，我便感到，这就像那时的拿破仑，他在制订进军俄罗斯计划的同时，已经非常清楚地知道结果将是怎样的了。

那是您的第一封来信到达时——正在那本来要举行的婚礼前夕（有关计划完全是我制订的），当时我真高兴，把那封信拿给她看。以后——不，什么也没有了，我也没有撕掉那封信，我们有共同的特性，只是我手边没有炉子。我似乎看到了征兆，担心在第一封写给您的信的背面有我写给那位姑娘的一封信。

这一切都无关紧要，没有这封电报我何尝不能去维也纳？恰恰相反，这封电报就像是给我此行提供了理论依据似的。我完全肯定是不来的，假如我真的（这是不会的）可怕地出乎自己意料来到维也纳，那么我既不需要早点，也不需要晚餐，而只需要一副担架，以便我可以在上面躺一会儿。

别了,将在这里过一个并不轻松的礼拜。

        您的 F
        星期一

愿意的话,您就写一句话通过邮路寄到卡尔斯巴德——不,还是先寄到布拉格吧。

您执教的那些学校真是庞大,二百个学生,五十个教师。我想在最后一排找个靠窗的位置,坐一个小时,然后我便不再与您见面(即使想与您见面也不会见到您的),不再作任何旅行,并且……够了,这张似乎不愿终结的白纸把眼睛都眩花了,而我正是为此而写。

现在将近 11 点。下午我已根据目前唯一的可能性作了安排。我给布拉格发了电报,说不能到卡尔斯巴德去,对此我只能以精神紊乱来解释。这一方面是非常真实的,另一方面则有些前后矛盾,因为我以前正是由于精神紊乱而想到卡尔斯巴德去。我这是在玩弄一个活人。但我没有别的办法,在卡尔斯巴德我也许会既说不了话,又沉默不了,或者说得更准确些:在我沉默的时候,我也在说话,因为我现在自身只是一句话。但我现在肯定不会取道维也纳了,而将于星期一走慕尼黑那条路。到哪里去我不清楚,去卡尔斯巴德也好,玛丽亚巴德也好,不管怎样总是单独一人。我会写信给您的,〔也许①〕到布拉格后,起码三星期才会收到您的信。

我不断自问,您是否已经理解我的答复是根据我的全面思考作出的,

---

① "也许"二字在原信上被划掉了。

是不得已的。当然这个答复还太温柔，太容易给人以错觉，因它被美化得太多了。我日日夜夜不停地向自己提出这个问题，想到您将来的回信便不禁颤抖。我毫无用处地自问着，好像我负有义务要花一周时间日夜不停地把一个钉子钉进石头里去。我既是工人又是这钉子。密伦娜！

风传（我不能相信）因罢工之故，今天晚上去梯罗尔的铁路将中断。

星期六

您的信来了，它带来了幸福。把它所包含的其他一切撇开不谈，主要的一点是：您也许不会再往布拉格给我写信了。我首先突出这一点，以便一切，包括您，都给它以特殊的惠顾。于是人们以此来威胁一个人，并且知道（至少从远处知道）这个人的底细。此外，人们还借口说，他对这个人来说可好呢。

但您不再给我写信也许是有道理的呢，您信中有些地方指出了这样做的必要性。我对这些地方说不出什么反对的理由来。正是在那些地方我清楚地知道，也非常严肃地认识到：我处于很高的高处，正因为如此，那儿的空气对我的肺来说过于稀薄，我必须休息。

您的 F

星期六

明天我再写。

今天找到一些或许可以用来解释某些事情的东西。密伦娜（这是内容多么丰富、多么有分量的名字啊，由于它的充实而让人几乎举不起来。开始时我不怎么喜欢，觉得像个希腊人或罗马人的名字，误入了波希米亚，被捷克的特点所强奸，在重音上受欺骗，但在色彩上和形象上那是个美妙的女郎,被人托在手上,从世界上,从火里托了出来。我不知道,而她则心甘情愿地、信赖地紧靠在你①的手臂上,只有那强大的"i"音是令人不快的②,这名字不会从你的怀里蹦下来逃走吗?或者这也许只是幸福的一跃,是你自己为甩掉负担而促成的):

你写的信有两种,我不是指用钢笔和铅笔写的两种,尽管用铅笔写的文字也有某些寓意,对之值得侧耳倾听。但这一区别不是决定性的。譬如夹有住房明信片的上一封信虽是用铅笔写的,却使我很高兴。使我高兴的是那些安泰的信件(你应当明白,密伦娜,我的年龄、我的暮气、特别是我的恐惧;你应当明白,你的青春、你的朝气、你的勇气;我的恐惧与日俱增,它意味着在世俗面前的退避,而世俗的压力却因此而增强;你的勇气意味着一种进逼,因此压力也随之减轻,勇气益发增长),我能坐在这样的书信面前,感到无穷的幸福。这是朝火烧火燎的脑袋淋下的雨。但假如另一种这样的信件到来,密伦娜,即使其实质比第一种带来更多的幸福(但由于我的弱点,总要过几天才能领会这种幸福的存在)。这是些以呼喊开头的信(但我也确实离得那么远),结尾总是给我以一种莫名的惊恐,那么,密伦娜,我真的开始发抖了,就像在警钟下那样。我不能读啊,但读还是要读的,就像一头渴得半死的牲畜在饮水,恐惧阵阵加剧。我寻找一件能让我钻进去的家什。我毫无知觉地躲在角落里,颤抖着祈祷,希望在这封信中呼啸着闯进来的你重新从窗子里飞出去,我不能将暴风留在屋子里呀。在这些信中你一定长着梅杜莎③那个了不起的脑袋,恐惧之蛇一条条盘在你的头上抖动着,而盘在我的头上的一定是更加凶险的恐惧之蛇。④

你星期三、星期四写的信。可是小宝贝,小宝贝(我就是这样读出

---

① 从这封信开始,卡夫卡对密伦娜不再称呼"您",而用"你"称呼。——译者
② 指 Milena(密伦娜)的名字重音在第一个音节"i"上。
③ 梅杜莎(Medusa),希腊神话中的女性怪物,脑袋上长着毒蛇,谁看了她的脑袋,谁就化成石头。——译者
④ 〔左侧边上写着〕:"星期五的信,星期三才到,加快信和挂号信比平信还慢。"

梅杜莎这个词的）！你对我所有愚蠢的玩笑（zid，nechápu 和"恨"）都认了真，我只不过想以此逗你笑笑——出于害怕，我们误解了。不要逼我用捷克语写信吧，这些玩笑并没有任何责备的成分。假如要责备，我倒可以责备你。你对所认识的犹太人（包括我在内）的看法太好了。有时我真想把正是作为犹太人的这些人（包括我在内）全部塞到衣柜的抽屉里去，等一会儿，然后把抽屉拉开一点，看看他们是不是都窒息了，假如没有，就把抽屉再关上，如此往复，直至终了。——我对你的"言谈"所说的当然不是严肃的（"严肃的"这个词不断地往信里钻。我对他①〔我无法细想〕也许很不公道。另一个感觉也同样强烈：我觉得现在同他联系在一起了，而且越来越紧密，我几乎要说"生死与共"了。我要是能同他谈谈多好！但是我怕他，他所处的地位比我高得多。你知道吗，密伦娜，你到他那里去时，已从你所处的平面上向下跨了一大步，但你到我这里来时，却是跳进了深渊。你知道这一点吗？不，我那封信里提到的我的"高处"，其实不是我的，而是你的）——我所说的"言谈"，也是严肃地指你的言谈，这我可不会弄错。

我又听你说到你的病了，密伦娜。假如这是因为你需要卧床休息的话，也许你也应该躺一会儿了。也许在我写这封信时你正躺着。我一个月前不是比现在好吗？假如说我那时为你担忧（当然只是在我的脑子中），知道你在生病，那么现在这些都没有了，现在我只想着我的疾病和我的健康，当然这两者（甲也好，乙也好）都是你。

F
星期日

我今天作了一次小小的出游，这是为了摆脱同那位心爱的工程师在一起时那种叫人无法入眠的空气。我从那里也给你写了一张明信片，但

---

① "严肃的"，德语为 ernst，密伦娜的丈夫正好叫 Ernst，所以在此一语双关。

却不能签字寄出。我再也不能像给一个陌生人写信那样给你写信了。

今天早晨醒来前不久,也是刚睡着不久,我做了一个讨厌的梦,且不说它是可怕的梦吧(幸亏梦的印象消退得很快),也就是说做的只是个讨厌的梦。也多亏它我才能睡一会儿——做起这样的梦来,不到梦结束人是不会醒的,要想提前躲开它是办不到的,它抓着人的舌头不放。

梦境在维也纳,犹如我在醒着做梦时设想我到那里去的情景一样(在这些醒着的梦中维也纳只是一小块场地,一边是你的住房,对面是我将要下榻的旅馆,左边是我即将到达的西火车站,火车站的左边是弗兰茨·约瑟夫车站,是我离开时所要进入的车站。哦,在我的房子的底层倒不错,有个素食餐厅,是我吃饭的地方。不是为了吃饭,是为了回布拉格时能保持一定的体重。我为什么要陈述这些呢?这其实不应该属于梦,我对这些显然一直很害怕)。夜里的梦并不完全一样,那是座真正的大城市,傍晚,潮湿,昏暗,繁忙得难以形容的交通状况,一座狭长的长方形花园隔开了我俩的住处。我突然到了维也纳,赶在自己的几封信的前面,这些信自然还在寄往你那儿的途中(这后者使我特别痛苦),信中告诉你我要与你会面。走运的是(其实我同时也感到讨厌),我不是独自一人,有一伙人(我相信也有个姑娘)和我在一起,但我对她几乎一无所知,她在一定程度上可以算我的陪同。他们要是安静些就好了,可他们偏偏唠叨个没完,很可能是在议论我。我只听到他们在轻声说话,叫人神经紧张。我什么也听不出来,什么也不想弄明白。

我站在我的房子右边人行道的边缘,察看着你的房子。那是一座低矮的别墅,有个美丽而质朴的圆顶前廊石柱,与底层一般高。

突然就到了早饭时间,前廊中的桌子上摆好了餐具。我从远处看见你的丈夫走来,坐在右边一张钢管椅上,睡眼惺忪地伸展着胳膊。接着你来了,坐在桌子后边,这样我可以看到你的一举一动。当然谈不上看得清楚,距离太远了,你丈夫的轮廓倒显得清楚得多。不知为什么,你的形象总是保持着蓝、白两色,流动多变,样子像鬼魂。你也伸开了双臂，但不是为了舒展肢体，而是一种庄严的举动。

没过多久又到了傍晚。在小街上，你和我在一起，你站在人行道上，我有一只脚踩在行车道上。我握着你的手，我们进行着一场语句短促、速度快捷得近乎荒唐的对话，一顿一顿地进行着，几乎不间断地持续到梦的结束。

我复述不了，我只记得头两句和末两句话，中间是整体的、不可言传的折磨。

见面时我没有问候便迅速说道（受你脸上什么因素的影响）："你想象中的我不是这样的。"你答道："要我老实说的话，我想象中的你要帅些。"（你用的是一个更具维也纳方言特点的词，但是我忘了。）

这是头两句（这使我想起：你知道吗，我是完完全全没有音乐细胞的？据我所知，没有什么人在这一点上超过我的了），这样一来，一切都已决定了，还想怎样？然后就再次见面的问题开始了谈判，在你那方面是用最不肯定的表达方式，而我则不断地以提问进攻。

现在我的陪同们插手了，他们扬言，我到维也纳来是为了进维也纳附近的一所农业学校学习。现在看上去我有时间了，人们显然是出于慈悲要把我拽走。

我看穿了他们的居心，可还是跟他们一起去火车站了，也许是因为我希望我这样一本正经地做出要离开的样子会引起你的注意。我们一起到附近的火车站去，但这时才发现，我把那学校所在地的地名忘了。我们站在大张的列车时刻表前，他们不停地指着一个个站名问我，会不会是这个或是那个，但哪个都不是。

这期间我偶尔可以瞥你一眼，对你的外貌我是毫不在意的，所关心的只是你在说些什么。你不那么像你自己了，至少黑多了，脸瘦瘦的；假如你的脸颊还是圆圆的话，你就不会这么冷酷了（是真的冷酷吗？）。奇怪的是，你的服装料子跟我的一样，非常男性化，我一点也不喜欢。后来我想起了信中的一段（诗句：dvoje šaty mám a přece slusně vypadám[①]），

[①] 捷克语：我有两身衣服，穿着真漂亮（也许出自一首捷克民歌）。

从这时起我便非常喜欢这衣服了。你的话对我的威力真大啊。

但这时已接近尾声了。我的陪同们还在时刻表上查找，我们站在一边谈判。谈判的最后一段内容大致如此：明天是星期天，我竟然认为星期天你会有时间陪我，这对你来说实在是不可理解，简直叫你反感。最后你似乎让步了，你说，你愿意挤出四十分钟来。（这次对话的最可怕之处不是这些话，而是那个出发点：这一切都毫无意义。你嘴上不说，但心里不住地说着："我不想去。我去对你又会有什么帮助呢？"）你什么时候能挤出这四十分钟来，我还不得而知。你自己也不知道，你似乎竭力想了半天，还是想不出来。于是我不得不问："要我整天等你吗？""对。"你说着便转过身子，向等着你的一伙人走去。这一回答的含义是：你根本不会来，你对我的唯一的让步是允许我等待。"我不会等着的。"我轻声说。我估计你没有听见，而这却是我最后一张王牌，于是我又冲着你的背后大叫了一遍。但是你毫不在乎，你对此不再关心了。我神思恍惚地回到了城里。

但是两小时后收到了信和花，善意和安慰。

你的 F

星期一

密伦娜，这次地址又写得不清楚，是经邮局填改后才寄来的。我第一次请求你后，那地址写得漂亮极了，那是一张美丽的、但也是难以辨认的各式字体的字帖。假如邮局有我的眼力就好了，那他们一定只认得你写的地址，而对别人的一概不知。不过邮局毕竟是邮局——

可惜我晚上很晚才收到你的信，而明天一早我就要同那位工程师一起去博岑游览，因此确实如你所说，当我此刻读到你为"小宝贝"这一称呼而责备的那些话时，我真的自忖道：够了，这几封信你今天不能读了，既然明天一早就要旅游去，你总得睡一会儿呀。稍过了一会，我又继续读了下去，并且读懂了，心里的一块石头落了地。现在假如你在这里（这不光指身体的接近），我便会深深地吸口气，一头扎进你的怀里。这就叫生病，对吗？但我是知道你的，而且还知道，对你来说，"小宝贝"并不真是那么可怕的称呼。我也懂得玩笑，但一切对我也都可能成为威胁。假如你在来信中写道："昨天我数了数你信中的'和'字，竟有如此之多，你怎么能在给我的信中写上'和'字，而且如此之多呢？"假如你保持认真态度，我也许会慢慢地相信，我这么写确实侮辱了你，因而我伤心不已，但最终会不会真的是一种伤害呢，这是难以验证的。

你也不能忘了，玩笑和严肃本身虽是易于区分的，但对那些能决定自己生活的重要人物来说，这便不那么容易了。这里确实存在着很大的风险，人们的眼睛会因此变成显微镜似的。一旦如此，人们就糊涂了。在这点上，即使在我强大的时刻也不强大。比如在小学一年级时，我们的女厨子每天早晨领我到学校去。她是个瘦小干瘪的女人，尖鼻子、高颧骨、黄脸，但却有主意、有热情、有头脑。我们住的房子位于内环城路与外环城路之间。我们先要穿过环城路，走入泰恩巷，再走过一个拱门进入肉市巷，一直朝着肉市场的方向走下去。这样每天早晨重复一次，持续了足有一年之久。女厨子在走出家门时说，她要告诉老师，我在家是多么淘气。那时我也许并不很淘气，只是固执、不听话、好伤感、爱生气，但这一切综合起来在老师眼里却有某种可爱的地方。我知道这一点，但对女厨子的威胁不敢掉以轻心。开始我确实以为到学校去的路长得不得了，而且路上还会发生许多事（由于路并非长得不得了，这种表面性的孩子的轻率便渐渐衍成了一种畏怯和死心眼似的认真）。至少在旧环城路上行走时，我怀疑这女厨子（她虽是个值得尊敬的人，但这只是在家庭范围内）在老师这种为世人所尊敬的人面前，会不会连话都不敢讲。记得我对她说过这样的话，这女厨子总是启合着她那毫无怜悯心的薄嘴唇，简短地回答道，信不信由我，反正她会说的。大约在肉市巷的入口处（它对我具有一种小小的历史性的意义——你童年时在什么样的地方住过？），对这威胁的畏惧占了上风。学校本身对我来说已构成一种威吓，而现在女厨子还要对我加重这种威吓。我开始央求她，她摇头。我央求得越厉害,我所求的事便越使我感到可贵,而同时感到的危险也越大。我站着不走,求她原谅我,她拽着我走。我用父母的报复来威胁她,她大笑了。在这里她是万能的。我抓住商店的门,抱住墙角的石头不放,她不原谅我,我就是不走。我抓着她的裙子往回拽(这对她来说也不轻松),但她仍然拽住我往前走,嘴里还说,也要把这些说给老师听。时间晚了,雅阔布教堂的大钟敲了八下,学校的钟声也响了,其他孩子都奔跑起来,我最怕迟到,现在我们也不得不跑起来。我一边跑一边想:"她会去说的,她不会去说的吧。"——后来呢,她什么也没有说,自始至终没说过什么,但这种可能性始终握在她的手里,而且在不断上升(昨天我没有说,今天我一定要说),而她永远不放手。有时候(你想想,密伦娜)她发火了,在我前方的路面上跺脚。有时有个卖煤的女商贩在旁边什么地方看着我们。密伦娜,这是些什么样的蠢事啊,我和这一切——女厨子、威胁和那纠缠了三十八年之久、如今躲在我的肺腑中作怪的全部尘埃同你的关系是多么密切啊。

但我本来根本不想谈这些,或至少应该谈谈别的什么。时间不早了,我该就此打住,睡觉去了,但我将无法入眠,因为我停止了给你写信。假如你想知道我以前的日子,我可以把我在大约半年前写给父亲、但至今未寄给他的一封长信寄给你。

你的信我明天再复,万一晚上没时间,那么就后天回复。我在这儿要多待几天,因为我放弃了去弗岑斯巴德看望父母的打算,当然,"算了"①并不等于"干脆永远躺在阳台上"。

再次感谢你的信。

F

星期一

---

① 卡夫卡晚年写过一篇题为《算了吧!》的短篇小说。

今天早晨我又梦见你了。我们挨着坐在一起,你推开我,不是生气地,而是和和气气地。我很伤心,不是为推开我而伤心,只是对我自己,觉得我不该像对待一个哑女那般对待你,没有听见你所说的——而且正是对我说的声音。或者我并非没听见,而是无从回答。我走开了,比在第一个梦中更悲伤。

我想起我读过谁写的这么一句话:"我的爱人是穿越地球的一道火柱,现在她把我拥抱住了。但引导她前进的不是被拥抱者,而是旁观者。"

你的

(现在我连名字都丢了,它越来越短,只成了:你的)

星期二

这两封信是中午一起收到的。它们不是供阅读的,而是让人把它展开,把脸埋进去,从而失去理智。现在看来,失去大半理智倒是好事,因为余下的那部分会长时间聚合在一起。因此,面对你二十四年的基督徒生涯,我的三十八年犹太人生涯说道:

这是怎么一回事?人间的法律和天堂的警察在哪里?你三十八岁,已如此疲倦,这怎么可能是年龄造成的呢。或者说得更准确些:你根本不是疲倦,而是不安,是在这随处有失足之虞的地球上害怕迈出哪怕是小小的一步,因而你总是双脚同时悬于空中;你不是疲倦,而是唯恐在这巨大的不安后面将有巨大的疲倦跟随而来(你是犹太人啊,知道什么是恐惧),而这种巨大的疲倦就像是痴呆的凝视,说得更好一些,就像在卡尔广场后面的疯人院里常见的那样。

好啊,这就是你的现状。你参加了一些战役,给朋友和敌人都带来不幸(甚至可以说你只有朋友,一些善良的可爱的人,而没有敌人),而自己则成了残废者,成了那些看见儿童手枪就发抖的人中的一个。而现在,现在你好像是突然应召前来参加伟大的解救世界的斗争了。这很离奇吧,对吗?

想一想吧，你对谁都还没有真正谈起过的也许是你一生中最美好的时期，即约两年前在一个村子里度过的那8个月。当时你以为已经与世隔绝，无牵无挂，自由自在，结束了与柏林间长达五年之久的通信往来①。在你疾病的保护伞下，这并未使你身上发生多大变化，只是不得不将你那本来就窄小的生命轮廓勾勒得更加紧凑罢了（自从这第六年以来，你那灰白头发下面的脸孔几乎没有什么变化）。

可惜你在最近一年半中得知，这并不是一切的终结，在这个深渊中你几乎不能坠得更深了（去年秋天除外，那时我正为建立婚姻而全力以赴②）。你不能拽着一个人，一个为无私的境界献出一切的可爱的好姑娘一起坠向更深处，不能再往下坠了，任何方面都没有出路可寻，包括向深处坠落。

好吧，现在密伦娜在呼唤你，她的声音以同样的强度浸入你的理智和心灵。当然，密伦娜不认识你，几篇小说和一些书信弄得她眼花缭乱。她有如大海，有如烟波浩渺的大海一样强大，但却在遥远而死寂的月亮召唤下，带着误解，以全副力量向前冲去。她不认识你，如果她想要你到她身边去，那也许是出于一种对真实的预感。而你真实的莅临不再会使她眼花缭乱，这你大可放心。你啊，柔弱的心灵，你之所以最后决定不到她那里去，正是因为你害怕这一点吧？

但必须承认，你不去那里还有上百条其他内在的原因（这些的确存在着），此外还有一条外在原因：就是去后将不可能与密伦娜的丈夫说话，甚至连看都不敢看他一眼。同样你也将丧失跟密伦娜说话或直面看她的勇气，即使她的丈夫不在——承认了这一切，就产生了下面两种考虑：

第一，假如你对密伦娜说你要去，她也许压根儿就不再愿意让你去了，这不是由于变化无常，而是因为自然而然的疲倦。她将遂你所愿，让你乐意并宽慰地离去。

第二，真的到维也纳去！密伦娜一心想着让门自己打开。门显然是

---

① 指与第一个未婚妻菲莉斯的通信，菲莉斯住在柏林。——译者
② 指他1919年与第二个姑娘尤丽叶·沃里切克的婚事（后又解约）。——译者

会自行打开的，但是然后呢？然后那里将站着一个瘦高个子和蔼地微笑着（他总是这么做的，这是他从一个也总是脸挂微笑的姑妈那儿继承来的，但他们俩这么做都不是出自什么动机，而是出自尴尬），然后朝着可以让人看清自己的方向坐下。到此，庄重的仪式便结束了，因为他几乎不会讲话，他缺乏讲话所需的生命力（昨天我的一个新的同桌餐友在谈到沉默的人的食素问题时说："我认为，吃肉对于脑力劳动者是必不可少的。"），甚至连愉快情绪都不会产生，为此他也缺乏必要的生命力。

您看，密伦娜，我说得十分坦率。但您是聪明的，您一定发现，我虽然说的是真话（彻头彻尾的、毫无疑问的和准确无误的真话），却过于坦率了。我完全可以不作这番通报就到你那儿去，并在转瞬间让你清醒过来。我没有这么做，这正是我的话的真实性和我的弱点的一个明证。

我还要待两星期，主要是因为我感到羞愧，不好意思带着这样的疗养成效回去。家里的人，更令人恼火的是我的公司里的人期待着这次休假会使我基本康复。这样的问题真叫人头痛：你又长了几公斤？而我的重量恰恰减轻了。别那么省！（这是针对我的吝啬而言的）而我的钱却全部用来支付房钱了，什么也没吃。

还有许多这类话要说，但这样信便没法收住了。噢，差点儿忘了说：再过两星期左右假如您仍像星期五那么坚决地要我去，那我准去。

您的 F
星期三

这种"两地书"应该停止了，密伦娜。这简直把我们搞疯了，都不知道写了些什么，答复了些什么，不管怎么着，总是颤抖不已。你的捷克语我能完全懂，也听到里面的笑声，但我还是在你信上的话语和笑声中钻来钻去，后来便只能听到话语了。此外我的本质是：恐惧。

你在收到我星期三与星期四之间写的信后是否还想见我，我无从捉摸。我对你的关系我是清楚的（即使我将永远见不到你，**你仍然属于我**），只要这关系不陷入错综复杂的恐惧区域,我对它便是清楚的;你对我的关系如何我仍茫无所知,它全然处于恐惧的笼罩之下。你也不认识我,密伦娜,我想重申这一点①。

所发生的事情于我是难以置信的。我的世界在坍塌,我的世界在建起,看吧,看你(这个"你"指我)这当儿怎么办。对于倒塌我不抱怨,我的世界的确坍塌过。但我抱怨它的建立,抱怨我的软弱无力,抱怨它的诞生,抱怨太阳的光芒。

我们将怎么继续生活下去呢?假如你对我回信中的意见说声"是",你便不可以在维也纳继续生活下去,这是办不到的。

密伦娜,问题不在这里,你对我来说不是夫人,而是一位姑娘,是我所见到过的最具姑娘特性的一位。我不会斗胆地向你伸出手去,姑娘,这是我肮脏的、颤抖的、爪子般的、局促不安的、又冷又热的手。

F

星期六　又及

说到布拉格那个公务人员,这是个糟糕的打算。你只会找到一座空房子。它是我们的办公室。而那时我将在旧环城路六号四楼,坐在写字台旁,两手捂着脸。

说真话是困难的,因为真话虽然只有一种,但它是活的,因此具有一张活生生的变幻不定的脸(Krásná oubec nikdy vázné ne, snak někdy hezká②)。假如我在星期一夜里至星期二凌晨之间给你回信,那将是封可怕的回信。那时我躺在床上,像夹在刑具里,整个晚上我一直在回答着你,向你诉苦,试图把你从我面前吓跑,自己咒骂自

---

① 〔左边边缘写着:〕"是的,你也确实不理解我,密伦娜,'犹太人问题'只是个愚蠢的玩笑啊。"
② 捷克语:从来就不美丽,真的不美丽,有时也许还算作漂亮。

己（全部起因是，我在晚上较晚时才收到你的信，而在快入夜时听到这些严肃的话太容易激动，太容易当真了）。第二天一早我便到博岑去。坐电力车去克罗本施坦，在一千二百米高处，呼吸着纯净的凉丝丝的空气，当然神智仍昏昏沉沉。对面不远处是山脉边缘的一排白云岩峰，然后我在归途上写下了一些话，现在将它们抄录如下。现在觉得这些话（至少在今天看来）过于尖锐了，每天的情绪就这么变化着：

终于只剩下我一个人了，工程师留在博岑，我坐车回去。工程师和周围的人插入我与你之间，这并不叫我怎么难受，因为甚至我自己都不在我身上。昨天晚上12点半，我先是写作，接着更多的想念你了。6点之前在床上迷糊了几回，然后我从床上一跃而起，就像一个陌生人把另一个陌生人从床上拽起一样。这是件好事，否则我就会无望地在米兰于昏睡和书写中度过这一天的。至于这次旅游本身我本来就是稀里糊涂的，它只会像一个不太清晰的梦留在我的记忆之中。这倒没有什么关系，这个夜晚就是这么度过的，因为你以你的信（你有一种洞察一切的目光，这本身也许没有什么了不起。有人在街上跑来跑去，这就吸引着过路人的目光。但是你有注视的勇气，尤其是有超越这道目光继续注视下去的力量。这种继续注视是关键所在，而你是做得到的）唤醒了那些闭一只眼睡觉而睁着另一只眼以捕捉时机的老魔鬼。虽然这么做是可怕的，能叫人冷汗直冒（我向你起誓：我对什么都比不上对他们这些不可捉摸的势力这般害怕）。但这是好事，是健康的，剥下他们富丽堂皇的戏装便知道他们在这里了。尽管如此，你的解释与我说的"你必须离开维也纳"的话并不完全相符。这个我不是轻率而言的，我也不怕承受明显摆在那里的负担（我赚钱不多，但我相信，够我们俩花的了，当然这期间倘碰上生病又当别论），再说我也真正尽了我思索和表达的能力（这一能力以前也挖掘过，可是你是第一个真正地、长时间地看到这一点的人）。我所担心的、瞪大眼睛担心着的、使我莫名其妙地坠入恐惧深渊中的（假如我能像沉入恐惧之中那样入睡，我也许早就死了）仅仅是那种内心深处对我反叛的力量（这种内心反叛你通过我致父亲的那封信可以理解得深刻些，当然也许不能完全理解，因为这封信为达到它的目的而作了过多的虚构)。这种内心反叛大体上可以这么解释:我在大棋盘上甚至连一个小卒的小卒都算不上,离这个地位也还远着呢,现在却一反规矩,打乱一切棋路,想要占据皇后的位置(我这个小卒的小卒,一个根本不存在、根本上不了棋局的棋子),也许同时还想占据皇帝的宝座,以至占据整个棋盘,而这一切(假如我真的想要这么做的话)必须以其他更不人道的方式来实现。

因此我向你提的这个建议对我的意义比对你的意义要大得多。这在目前是无可置疑的、高尚纯洁的,并且一定会带来幸福的。

这就是昨天的思想,比如今天我也许会说,我一定会到维也纳去了。因为今天是今天,明天是明天,我还是给自己留下余地。我不会给你来个"突然袭击"的,也不会在星期四以后去。假如我到维也纳来,我就会给你拍一封管道邮政①信(除你之外我谁也不想见,这我自己明白),但星期二之前肯定不行。我想在南站下车,还不知道在哪里乘车离开。也许会住在南站那儿,可惜我不知道你什么时候到南站来,我或许可以在5点钟到那里等你(我想必是在一个童话中读到过这么一句话:假如他们没有死去,那么他们今天仍活着)。我今天看了一张维也纳的地图,有那么一会儿我觉得难以理解:怎么人们建起这么大一个城市,而你却只需要一个房间。

F
星期三

我补读了关于饮食的一段话,假如我有朝一日成为这么一个重要人

---

① 用压缩空气的办法输送信件的一种装置。1865年由德国西门子公司试制成功,并在柏林投入使用。——译者

物,我也会作这样的安排——我读这两封信时就好像一只麻雀在我的房间里啄食面包屑那样,颤抖着,侧耳倾听着动静,注视着周围的一切,全身羽毛耸起。

不睡醒要比睡醒聪明得多。昨天我睡得清醒了些,便就维也纳之行写下了某些蠢话。此行毕竟不是什么微不足道的事,不是可以用来取乐的。对你进行突然袭击,我当然是绝对不会这么做的,哪怕动一下这一念头我都会发抖。我根本就不到你的住处去。假如到星期四你还未收到管道邮政信件,那就是我去布拉格了。此外,我听说,我的抵达站将是西站(我想我昨天写的是南站吧),不过这倒无所谓。我也不是超过一切常人那般地不切实际,那么执拗死板,那么粗心大意(前提是睡过一会觉),对此你不必担忧。假如我上了开往维也纳的火车,那么最大的可能是我将在维也纳下车。麻烦的仅仅是上车。那么再见吧(不一定在维也纳,也可能是在信中再见)。

F
星期四

说到密伦娜,那么这与德国人还是与犹太人这一点是毫无关系的。最懂捷克语的(捷克犹太人当然除外)是 Na serec 的先生们,其次是杂志的读者,第三是订阅者,而我就是订阅者……作为这样一个人,我告诉你,捷克语中密伦娜只是 milenka① 这个词的小写。不管你喜不喜欢,反正语言学上是这么解释的。

假如我去维也纳,我就事先打电报或写信给你。当然我在所有的信上都贴上了邮票,难道你没有发现信封上邮票被撕去的痕迹吗?

---

① 卡夫卡认为"Milena"(密伦娜)是个拉丁语化了的名字。其小写词"milenka"则毫无疑问是捷克语,意思是"情人"。按卡夫卡的意见,这个名字的纯捷克语形式是"Milada"。

今天早晨我写了一番蠢话,现在你的两封厚厚实实而又令人心爱的信来了,我将口头答复。假如内心或外界不发生什么意外,我星期二将到达维也纳。假如我(星期二我想是个节日,假如我要从维也纳给你打电话或者拍电报,也许邮局都关门了)今天便告诉你我将在哪里等你,也许是很理智的;但是假如我今天(现在)就说好一个地方,那么这个地方就会三天三夜一直在我眼前,空空荡荡,而我不得不等待着,直到星期二规定的时间我才走过去,那么到不了那时候我就会窒息的,密伦娜,世界上有足够我支配的那么多的耐心吗?礼拜二告诉我。

F
星期五晚

12点之前这封信也许还到不了,或者说肯定到不了,现在是10点。那么明天才能到了,也许这样倒好些,因为我人虽在维也纳,坐在南站旁的一家咖啡馆里(这算什么可可、什么糕点?你就靠吃这些过日子吗?),但又不是完全在这里。两个晚上没有睡着觉,不知道第三个晚上在南站旁的利瓦饭店(我住在那里)能否睡好(在一个汽车库旁边)。我没有更好的主意:礼拜三上午10点起我在旅馆门口等你。密伦娜,不要"从一边来"或"从后面来"吓我一跳,我也不想这么做。今天我也许会去看看一些名胜:L大街[①]、邮局、从南站到L大街那条带状路段、那个贩煤女人等等,尽可能隐身不现。

你的
星期二,10时

〔明信片加封,邮戳日期:6月29日20时—维也纳〕

---

① 密伦娜的住处。

今天，密伦娜，密伦娜，密伦娜——别的我什么也写不了。噢，不，可以的，今天，密伦娜，只是匆匆写几笔，由于疲乏和你不在跟前（后一点明天也依然如此），怎么会不累呢。本来向一个有病的人许诺要给他一个季度的假期，结果只给了他四天，从星期二到星期天只是那么短暂的一段时间，连晚上和早晨都计算在内。我说得不对吗？——我没有完全恢复健康，我说得不对吗？密伦娜！（从你的左耳送话进去，而你躺在可怜的床上，睡得那么香甜——你有良好的睡觉根底，不知不觉中慢慢地从右向左翻身，向我的嘴巴转来。）

旅途？一开始很简单，站台上没有卖报的，这是个出去跑跑的理由。你已不在那儿了，这很好。然后我又上了车、火车开了，我开始读报，这时还一切正常。过了一会儿，我停止了读报，这时你突然不见，倒不如说你还在，我感到你在我身边，一刻不离，但是这种存在与那四天中却是如此不同，我不得不从头开始熟悉。我又开始读报。巴尔的日记①，以描写多瑙河畔格莱茵的克略岑休养地开始。我放下报纸，当我向窗外看去时，正好有一辆火车开过，车厢上写着：格莱茵。我的目光回到了车厢里，对面一位先生在读《民族报》，我看见那儿有一篇路切娜·耶申斯卡②的小品文。我向他借来读了一会儿，毫无收获，放下了。现在我坐在那儿，眼前出现了你的脸，就像在火车站告别时那样③。在那里的站台上，我看到了我从未见过的自然景象：阳光不是被云翳所遮掩，而是自行阴暗了下来。

我还能说什么呢？喉咙不帮忙，手也不帮忙。

你的
〔星期日布拉格〕

明天再叙述下一段旅程的美妙故事。

---

① 赫尔曼·巴尔（Hermann Bahr）的日记当时每星期天登在《新维也纳日报》上。
② 密伦娜的姓也是"耶申斯卡"。
③ 这期间他们已在维也纳见过一面。

这封附加的信将由一位公务人员带去（看完后请连同马克斯①的信一起撕掉），望即给予答复。我在信中写道：我将于9点到达那里。我要说什么，这很清楚；我将怎么说，还不知道。亲爱的上帝，假如我已经结过婚，回到家里找到的不是那个公务人员而是一张床，钻进被窝里，与世隔绝，找不到通向维也纳的地下通道，那该是多么糟糕啊！我对自己说这些，是为了使自己清楚，我所面临的困难处境是多么容易对付。

你的

星期日，稍晚②

我给你寄这封信，是想借此实现这一幻想：当我在你的房子前来回踱步时，你那时就在我的身旁。

3)③ 我至少要给这些信
编上号码，不能错过一封，使你不致收不到它，
正如我在小公园里，
不能错过你一样。

没有结果，尽管一切都这么清楚明了，而我也这么说过。我不想向你叙述每个细节，只想讲明一点：他们没有说你或我的任何坏话，哪怕挨边儿的话也没有说。由于我感到事情十分清楚，因此我连同情心都没有产生，我只能实事求是地说一点：我和她④之间的关系没有发生任何变化，并且很难说在什么时候会发生什么变化，仅仅——这仅仅是令人

---

① 指作家马克斯·勃罗德。
② 信都是从布拉格发出的。
③ 但不见1)、2)——译者
④ 应指卡夫卡的第二个未婚妻尤丽叶·沃里切克。——译者

讨厌的事情,是一种类似刽子手的工作,不是我应该干的工作,仅此而已。只有这一点,密伦娜,假如她病重(她看上去身体很不好,完全陷于绝望之中,明天下午我必须再到她那里去一次),假如她病了或者出了别的什么事,我便没有力量不断地把真实情况告诉她。这情况不仅仅是真实的,而且有更多的含义,同时意味着我虽然与她并肩走着,我的心却已融化在对你的爱情之中——假如发生什么事。密伦娜,那么你必须来一下。

F
星期日,11时半

蠢话。基于<u>同样的</u>原因你是来不了的。

明天我把致父亲的信寄到你的住处去。望你能妥善保存,也许有朝一日我会把它交给父亲的。尽可能不要让别人看到。展读时要理解其中一切律师式的手法,这是一封律师信件。绝不要因噎废食。

今天我把《可怜的乐师》[①]寄给你,并不是因为他对我来说有多大意义,若干年前倒确实如此。我把小说寄给你,是因为他有着那么浓重的维也纳气息,是那么毫无乐感,那么催人泪下。因为他在人民花园[②]中俯视着我们(看着我们!你走在我身边,密伦娜,想想吧,你曾走在我的身边!),因为他是那么官僚气十足,因为他爱上了一个很会做生意的姑娘。

星期一,晨

---

① 《可怜的乐师》(*Armer Spielmann*)是奥地利著名作家弗兰茨·格列尔帕策(Franz Grillparzer,1791—1872年)的中篇小说。

② 人民花园(Volksgarten),维也纳市中心一座古老的公园。

4)一早我收到了你星期五的信,稍晚了又收到了星期五夜里的信。第一封是那么悲伤,正如你在火车站上那悲伤的面容。悲伤不完全因为它的内容,何况那内容已经过时了,就是说这一切都已经过去了:我们共步的树林,同游的城郊,同乘的旅车。但这些是不会消失的:那笔直的、我们共同的旅途线,沿着石子路往上漫步,穿过林荫道归来,在夕阳中沐浴,永无休止。但说它无休无止,却又是个愚蠢的笑话。公文袋横七竖八地堆在这儿,还有一些我现在读完了的信。与经理互致问候(我没有被解雇)。再就是一会儿东,一会儿西。与此同时,我耳朵里有一只小钟在鸣响:"她已经不在你身边了。"当然,天上什么地方还有一口大钟在鸣响:"她不会离开你的。"但那小钟确确实实是在耳中鸣响着。接着那封夜里写的信也来了,难以理解,怎么能去读它,难以理解,胸脯需要多大幅度的张与缩,才能呼吸这种空气,难以理解,怎么会离你那么遥远呢。

但是尽管如此,我并不抱怨。这一切都不是抱怨。我记着你的话。

现在叙述旅途的故事,完了还要说一句:你不是天使,因为我早就知道我们的奥地利签证其实(而又不能说"其实")在两个月前就已到期。但是美兰有人告诉我,过境根本不需要签证。果然在进入奥地利时确实没有受到刁难。所以我在维也纳把这一错误也忘得一干二净了。在格蒙德的边防站上,一个官员(一个年轻人,很强硬)马上就发现了这个错误。我的护照被放在一边,别人都可以继续往前,走到海关检查站去,只有我不能走。这已经够糟了,还老被人打扰。这是我第一天上班,本来没有义务来听公务上的瞎扯,但是不断有人来找我,要把我从你身边推开,不,是把你从我身边推开,但这是办不到的,密伦娜,对吗?谁也办不到,永远办不到。情况就是这样。但你早就开始工作了。一个边防警察走了过来,友好、坦率,以奥地利方式同情而诚恳地领我走上楼梯,穿过走廊,进入边防站长室。有个在护照上犯了同样错误的罗马尼亚犹太女人也站在那儿。有趣的是,她也是被你友好地打发前来的,你这犹太人的天使。但是反对力量却要强得多,大个子站长和他的小个子助手都是一副固执相，因而越发显得又黄又瘦，至少当时如此。他们把护照接过去，站长只翻了一下，马上作出决定："回维也纳去，到那儿的警察局办理签证！"我除了反复说几遍"这对我来说太可怕了"，别的什么也说不出。站长讥讽而生气地同样说了几遍："对你来说只能如此。""不能打个电报取得证明吗？""不行。""一切费用由我负担呢？""不行！"那个女人一直很镇静，她看到我这么苦恼，便请求站长把我放过去算了。多软弱的手段，密伦娜！你就是这样让我过不了关的。我将不得不沿着那漫长的路重返验证处去取我的行李，今天离开的打算彻底破灭了。现在我们一起坐在边防站长室里，除了延长车票的有效期外，这警察也不知怎么安慰我才好。站长说过决断性的话后，已回到他私人办公室去了，只有那个矮小的助手还在这儿。我算了一下：下一班去维也纳的火车晚上10点发车，将于夜间2点半到达维也纳。利瓦饭店的大虫子差点没有咬死我，我在弗兰茨·约瑟夫车站旁的房间又如何是好呢？但是在那里我不会找到任何房间的，那么我就（在2点半的时候）到L.大街去请求给个房间（是的，那将是凌晨5点了）。不管最终情况如何，反正我要到星期一上午才能去办签证（我能马上得到吗？或者要到星期二才给我？），然后到你那儿去。你打开门看见我一定会吓一跳。老天爷。我的思路中断了一下，稍事休息，便又继续下去，但是我还是度过这么一个晚上。这样长时间徒劳的坐车后将出现什么样的状态呢？当天晚上我又将坐上火车，再行驶十三个小时。我将怎样到达布拉格，又怎么对经理解释呢（我现在又得给他打电报请求延长签证了）？这一切你一定不希望发生，但是你究竟希望什么呢？别无他法。我突然想起，只有一个办法可以使我心情稍稍轻松一些：在格蒙德过夜，早晨再坐车去维也纳。我疲惫地问那安静的助手，早晨什么时候有去维也纳的火车。5点半开，上午11点到。好吧，我将坐这辆车走，那个罗马尼亚女人同样如此。这时谈话中突然出现了转折，我不知是怎么回事，反正突然间这位矮小的助手表示愿意帮助我们了。假如我们在格蒙德过夜，他早晨单独在办公室里时将偷偷地放我们去坐开往布拉格的客车，那么我们便可以在下午4点到达布拉格。对站长我们则应该说，我们乘早班车去维也纳。太妙了！当然只是相对的妙，因为我还必须给布拉格拍电报。不管怎么样，站长进来了，我们围绕去维也纳的早班车演了一幕小小的喜剧，然后那助手就叫我们走。约好晚上我们再悄悄地来找他，商谈下一步的计划。在黑暗中摸索着的我觉得，这是你的神通在发挥作用，而实际上这只是敌对力量的最后一次进攻。现在我们——这女人和我——慢慢地向车站外走去（那辆本来应该载着我们继续前进的快车还在那儿，行李检查持续时间很长）。从这儿到城里有多远？一个小时。真是祸不单行。但是我们发现车站旁也有两家旅馆，我们就向其中一家走去。旅馆旁边有一条轨道，我们必须跨过这铁道，但这时开来一辆货车，我还想跑过去，那女人拦住了我。好吧，这列货车干脆停在我们面前不动了，我们只能等着。这是不幸之上附加的一个小小的不幸，我们想。而这一等待恰恰是个转折，没有它，我星期天就到不了布拉格了。就像你当时在西站旁从一家旅馆跑到另一家打听一样，现在一定是你从天堂的一道门跑到另一道门为我请求，因为这时你的警察沿着这足够长的路跑出车站，向我们跑来，叫喊着："快回来，站长让你们走了！"这是真的吗？这个时刻我们的呼吸真的噎住了。我们请求这位警察足有十次之多，他才收下了我们的钱。现在该跑回去了，把行李从站长室取出来，带着它跑向护照检查处，再跑向海关检查处。可是现在你已安排好了一切，我不用提着行李走了，一个行李搬运工正好来到我身边。在护照检查处我挤进了人流中，不经检查警察就放我通过。在海关检查处我那装着一些金质衬衣扣的皮夹子掉到地上，我没有发现，一个官员看见了，把它交给了我。我们一上去火车就开了，我终于可以擦擦脸上和胸前的汗水了。你永远留在我身边吧！

F

星期一，上午

5）我相信当然啰，我应该去睡了，现在已是午夜1点了。晚上本来我早就想给你写信的，但是马克斯来了。我对他的来访非常高兴，那个姑娘和由她引起的忧虑使我至今未能去看他。8点半前我同那姑娘在一起，9点时马克斯前来通报，于是我们一起散步，直到12点半。想想看，我以为在给他的信里说得再清楚不过了，我说的是指你，你，你（我的笔又一次停滞了）。他没有搞清楚，直到现在他才知道你的名字（我当然没有轻率地写得那么明了，因为那个女人是有可能读到我的信的）。这个姑娘：今天好些了，但是代价是高昂的——我允许她给你写信。这真使我后悔。今天我发往你那邮局的那份电报是我恐惧心理的一个表现（"姑娘将写信给你，友好地答复，"——在"友好"前我本来想加上"非常"的——"严厉点，但不要抛弃我"）。总的说来今天的过程平静了一些。我克制住自己，平静地向她叙述米兰的事，紧迫的气氛减弱了些。但是在触及关键问题时（在卡尔广场，姑娘站在我身边浑身发抖，足有好几分钟），我却不得不说，你身边的一切——即使其本身不变，都在消逝，而什么也不会成功的。她提出了最后一个问题，我对此总是无言以对，那就是："我不能走开，可是你要是打发我走，我就走开。你打发我走吗？"（我复述这些话，除了自大外，还有十分可怕的性质，但我复述是因为我为你害怕。除去为你害怕的原因，我又有什么可做呢？① 看吧，这又是一种离奇的新的害怕。）我答道："对。"她说："我不能走。"现在她开始说话，对她来说一口气说那么多是超出她力所能及的。这个善良、可爱的人，她说她完全不能理解，你爱你的丈夫，怎么又会暗地里同我窃窃私语云云。老实说，她说到你时也夹带着一些难听的话，为此我真想揍她，也应该揍她，但是难道我不应该让她埋怨个够吗？至少在这一件事上。她说她要给你写信，我出于对她忧虑和对你的无比信任，允许她这么做。我同意她这么做，尽管我知道，这将给我带来几个不眠之夜。这一允许使她安静下来，恰恰是这一点又引起了我的不安。你应该友好而严厉，不过严厉应多于友好。我这是在说些什

---

① 〔右边边缘上写着〕虽然如此，有时我认为：假如可以因为得到幸福而死，那么我情愿去死，假如一个已经注定要死的人可以因为得到幸福而活下去，那么我愿意活下去。

么呀,难道我不知道你会正确地回复,该怎么写就怎么写的吗?但我害怕的是,她必要时会写一些耍心计的话,挑拨你与我的关系。这种害怕岂不是太看不起你了吗?的确,这对你几乎是侮辱,可是这种害怕取代了心脏在我胸中的跳动,我又有什么办法呢?我不应该答应她的。明天我还会见到她。明天是个节日(胡斯)①,她苦苦求我下午跟她去郊游,她说,这样的话,整个剩下的一星期我就可以不必到她那儿去了。也许我还可以劝阻她别写这样的信,假如她还没有写的话。但是,我又想:也许她真的只想看你怎么解释,也许你的话通过其友好而严厉的力量恰恰会使她平静下来,也许她甚至(现在我的所有思路的走向都是如此)会在你的信面前跪下来。

弗兰茨

星期一

我允许她给你写信还有一个原因,她想要看看你写给我的信。但是我不能给她看。

6)对我来说这是一个小小的打击:巴黎来了封电报,我一个年老的舅舅明天晚上要到这里来。当然说到底,我是很喜欢他的,他住在马德里,已经多年没来了。之所以是个打击,因为他将占去我的时间,而我却愿将一切时间,比一切时间要多一千倍的时间,能用便用的一切时间都用于你身上,用于对你的思念,用于为你的呼吸。这么一来,我的住房也将安静不了,夜晚不安静,我真想到别处去。许多事我都想改变一下,而办公室我想完全放弃。但是我又想,假如我超出目前的限制而说出我的愿望来,我是该挨些耳光的。

我除了向你写那些仅仅属于我们的、属于夹在这拥挤世界中的我们

---

① 捷克民族英雄胡斯(Jan Hus)的忌辰在当时的捷克斯洛伐克共和国是法定的节日。

的事情之外，什么也不能写了。一切陌生的终究是陌生的。不合理！不合理！但嘴在蠕动着，而脸贴在你的怀里，怀里。

维也纳的日子留下了一段苦涩的回忆，允许我说吗？第二天在山上树林里，我相信，你约莫说过："与前厅的斗争不能再持续下去了。"而如今你在倒数第二封米兰通信中写到了疾病。我怎么才能在这两者之间找到出路呢？我说这些不是出于忌妒，密伦娜，我不忌妒，不是世界太小就是我们过于庞大，总之我们把世界塞得满满的。我又应该忌妒谁呢？

星期二，晨

7）你看，密伦娜，现在我自己把这封信寄给你，却根本不知道里面写了什么。事情是这样的：我答应今天下午3点半到她家门口。本来打算坐汽船游览的，但是我昨天很晚才上床，几乎没有睡着，所以今天一早给她写了一封管道邮政传递信：下午必须睡一觉，6点才到她那里去。任何信和电报上的保证都无法消除的不安心情促使我补充了一句："等我们讨论后再寄那封发往维也纳的信。"但是她一早就迷迷糊糊地写了这封信（她也说不出写了些什么），而且马上投进邮箱。这可怜的人一收到我的管道邮递信，马上惊恐万状地向中央邮局跑去，竟然还截住了那封信，兴奋中把身边所有的钱都给了那个邮差，过后她才为花费那么多钱大吃一惊。晚上她把信交给我。可我怎么办呢？只希望事情能马上得到美满的结局。我把这个希望完全寄托在这封信和你的答复上，我不得不承认，这是一种荒唐的希望，但却是我唯一的希望。假如我现在拆开这封信，先读一下再寄出，那么首先我将伤了她的心。其次我可以断定，那时我就不可能再寄出它了。所以我将其原封不动地交给你，就像我已经把自己交给你一样。

布拉格有点阴沉，到现在一封信未来，心跳有些沉重：虽然明知现在还根本不可能有信来,但把这解释给心听,试试。

F
星期二晚

8)刚把信投进去,我就想起:怎么能向你提出这样的要求呢?且不说对此采取正确的和必要的措施完全是我自己的事情,就是对你来说,给一个陌生人写这样的一封回信,并向她交心,或许也是不可能的。那么密伦娜,请原谅这些信和电报吧,把这看成是我由于与你别离而智力减退的表现。你不答复她也毫无关系,总会找到别的解决方法的,不要为此发愁。散步使我疲乏得要命,今天去了武什拉德·莱那,仅此而已。再说明天舅舅要来,我的时间将更少了。

谈点快乐些的事吧:你知道吗,在维也纳时你什么时候穿得最美而又是美得太厉害了吗?这恐怕是不容争辩的:星期天。

星期二,更晚

9)仅为我的新宅剪礼说几句最紧急的话。说最紧急是因为父母10点从弗岑斯巴德来,舅舅12点从巴黎来,双方都要我去接。住新宅,是因为我搬进了妹妹(她现在在玛丽恩巴德)的空房子,以给舅舅腾出地方来。空而大的住房,这很好。但街上热闹了些,不管怎么说,还不是太不合算的交换。我必须给你写信,密伦娜,因为你也许会从我最近几封抱怨的信中(最糟的一封我今天上午撕掉了,出于羞愧;想想,我现在还未得到你的回信,就抱怨邮局是愚蠢的,我和邮局又有什么关系呢?)得出结论,认为我对你不放心,担心失去你。不,我并没有不放心,假如我对你不放心的话,你能像历来对我那样来对待我吗?唤醒这一现象的,是我们躯体的短暂接近又突然分离(为什么偏偏在星期天?为什么偏偏在7点钟？到底为什么？），这自然会使神智稍稍迷离。原谅我！在这晚上，为了好好睡一觉，接受奔涌而来的潮流中的一切吧：我与生俱来的和我所拥有的以及因为能在你心中栖息而感到非常幸福的一切。

F
星期三晚

10）街上吵闹得很，斜对面也在大兴土木，正对面不是俄国教堂，而是一些塞满了人家的住宅。尽管如此——单独住一间房子也许是生活的一个前提，单独住一套房子——**准确地说：暂时地**——是幸福的一个前提（一个前提，因为假如我不生活着，假如我没有可以安憩的家园，比如说两只浅蓝色的、因难以理解的仁慈而生气勃勃的眼睛）。这样的住房就是幸福的住房，一切都很安静，洗澡间、厨房、前厅，其他三间房间，没有那些杂居的住房所特有的那种嘈杂，那种淫乱，那种意志薄弱的、早就控制不住自己的身体、思想和愿望的乱伦行为。在那儿，在所有角落里，在各种家具之间发生着天理难容的关系，有碍观瞻的、偶然而发的事情，私生的子女纷纷出现，这种事不断发生，不像你那供星期日利用的安静、空寂的郊外，而像是在一个无穷无尽的星期六晚上，在那纵情狂欢、人山人海、令人喘不过气来的郊外。

妹妹走了那么远的路，给我送来早饭（这没有什么必要，因为我本来是要回家去的），她按了几分钟电铃，才把我从信中和尘世外的境界中唤醒过来。

F
星期四晨

这套住房不属于我，我妹夫就是夏天也常住在这里。

11) 你的信终于来了。我只想马上言归正传,匆匆写上几句,匆忙中也许夹杂着不正确的因素,而我过后会懊悔的:这是我们三人关系中我还未曾见过的一种独特的情况,因此大可不必根据从其他情况中得出的经验(尸体——三者的痛苦,或是二者的——以任何一种方式消逝),把它看得太灰暗。我不是他①的朋友,我没有出卖过任何朋友,但我也并不仅仅是他的熟人,而是与他有密切关系的人,在某些情况下甚至超出了朋友的意义。反过来说,你也没有出卖他,因为不管你怎么说,你是爱他的。假如我们能达成一致(我想的是你们,你们的肩膀!),那就将是在另一个水平线上,而不是在他的范围内。这样的结果将是:这件事情真的不单是我们应该保密的事情,也不单是折磨惶恐痛苦忧虑(你的信以它相对的安宁使我非常恐慌,这一安宁还是来自我们的共同生活,它也许又将被卷入米兰的漩涡中去,不管怎么说,一些强大有力的障碍阻挡对米兰的状况重现),而是一件公开的,公开得十分清楚明了的三角恋爱,即使你还将保持片刻的沉默也罢。我也很反对把所有的可能都考虑一遍,我所以反对是因为我有了你。假使我是单独一人,那就没有任何力量能阻止我进行透彻的考虑。当前人们已使自己成为未来的战场,那么这钻掘得稀烂的土地又怎么承受得住未来的房子呢?

我的脑子现在一片空白,我坐在办公室里已是第三天了,还只字未写。或许现在可以写了。顺便说一句,在我写这封信时,马克斯到这儿来看我,他沉默不语,这可以理解,我走林茨这条路线是为大家着想的,但我的妹妹、父母、姑娘和他除外。

F

星期四,上午

我可以寄钱给你吗?比如通过 L..。我可以对他说,你在维也纳借

---

① 指密伦娜的丈夫。

了钱给我,那么他会把这笔款子与你的稿费一起寄给你的[①]。

12) 我觉得好像一切书信都毫无价值,它们也确是这样。最好的办法或许是:我坐车去维也纳,把你带走。也许我真会这么做的,尽管你不愿意。确实只有两种可能,一种比另一种更好,要么你到布拉格来,或者到利贝西切去。昨天我怀着犹太人天生的不信任感悄悄向 L. 走去,在开往利贝西切的火车快启动时我找到了他。他带着你写给施塔萨的信。他是一个出色的人,开朗、聪明,挽住人的胳膊就滔滔不绝地说开了。此人无所不为,无所不知,懂得极多。他打算同他的夫人到住在布吕恩的弗洛里安[②]那儿去,再从那里继续往前走,去维也纳找你。今天下午他将重回布拉格,到时带来施塔萨的回音。我将于下午 3 点与他面谈,然后给你拍个电报。原谅十一封信中的啰嗦话吧,把它们扔在一边,现在你将看到真实,它要伟大一些,美好一些。我觉得目前只有一件事令人感到恐惧,那就是你对你丈夫的爱。至于你信中提到的那个新任务自然是沉重的,但是不要低估你在我身旁时给我的力量。虽然我暂时睡不着,可是比起昨天晚上面对你那封信时要安宁得多(马克斯当时碰巧在场,这不见得是好事,因为从哪个角度说这都是我的私事。嗨,不忌妒的人开始忌妒了,可怜的密伦娜)。你今天的电报又给我带来了一些宽慰。现在,至少是现在,我对你丈夫的忧虑不是深得不得了,不是深得难以承受。他接过了一个艰巨的任务,部分地出于自己的本质,也许完全出于荣誉感而去执行它。我觉得他没有能力继续承受下去,这并不是说他没有这样做的力量(我的力量跟他能比吗?),而是因为至今发生的一切给了他太大的负担和压力,从而使他失去了干这件事所必不可少的那种聚精会神。也许这倒可以使他从其他事务中稍稍解脱出来,轻松

---

① 〔左边边缘上写着〕你说你将出于恐惧而写信,这也使我有点恐惧。
② 弗洛里安(Florian),有成就的天主教作家和出版家,是列昂·布洛依(Léon Bloys)的女婿,施塔萨(Staša)当时在他那里工作。

一些。为什么我不能给他写信呢?

F
星期五

13)仅对施塔萨的信说几句。那位舅舅在等着我,他平时那么叫人喜欢,现在却有点烦人。好,现在谈施塔萨的信吧,这封信写得十分友好和真挚,只是有那么点说不上来的缺陷,总有那么一点,也许只是表面上的缺陷(并不是说,没有这个缺陷这些信的内容就发自内心了,事情或许恰恰相反),总之缺少一点什么,或者是多了一点什么,也许是思考力,这似乎往往只是男人才有的。因为她昨天正是这么对我说话的,可是我对这些真正善良的人说了些什么啊!忌妒,真的是忌妒,但我向你保证,密伦娜,永远不用它来折磨你,只折磨我,只折磨我。可我总觉得这封信中确实有一个误会,你不想听施塔萨的意见,也不愿意让她与你丈夫谈话,你要的目前还没有什么可以代替:她在你的跟前。我有这个感觉。

但愿我今天还能得到你的消息。一个不知道他拥有一切的人是个资本家。现在在这午后的时光,当我在办公室里不抱希望地询问有没有我的信件时,有人交给我一封你的信,这是我刚离开这里去米兰时到达的,读着它有一种奇异的感觉。

你的
星期五

14)真糟糕,前天来了两封令人不快的信,昨天只来了那份电报(这虽有叫人宽心的作用,但总让人感到像是什么拼缀而成的东西,电报也是这样),而今天却一无所获。那些信对我并不能起多大的安慰作用,从任何方面看都不能。信上写道，你会马上写信来，可你却没有写。前天晚上我给你发了一个要求即复的急电，复信本该早就到了。我复述一遍电文："这是唯一正确可行的，放心。你在此犹如在家里。J.八天后可能携妻赴维也纳。我怎么寄钱给你？"没有回音。"到维也纳去，"我对自己说，"但是密伦娜不希望你去，非常坚决地不让你去。你或许是决定问题的关键，可她不要你，她有忧虑和疑惑，因此她要施塔萨。"尽管如此，我还是应该去，只是由于身体不好。平静，我比较平静，这是我在近几年来做梦也不敢想的，可是白天我一直咳嗽得很厉害，而晚上经常一咳就是一刻钟之久。也许仅仅因为重新适应布拉格生活头几天都得这样，也许只是由于我认识你，有幸看着你眼前那段杂乱无章的美兰日子的后果。

维也纳变得如此昏暗，曾有四天是那么明亮的。我坐在这儿，一手写信，一手托着脸的时候，那边正在为我煮些什么呢？

F

星期六

然后我坐在沙发上，通过敞开的窗户望着外面的雨景，想起了种种可能，也许你病了，疲乏了，躺在床上；K.夫人也许能够从中斡旋；再就是（奇怪地觉得这是最顺理成章、最自然而然的可能）：门打开了，你站在那儿。

15）那两天，至少应该说是可怕的两天。但现在我看到，对此你是完全无辜的，不知哪个恶魔把你星期四以来的一切信件都截住了。星期五我只收到你的电报，星期六什么也没有，星期天亦如此，今天四封信，是星期四、星期五、星期六的。我太累了，已无力写信，已无力从这四封信中，从这绝望、痛苦、爱与不爱的大山中马上找出为我留下的东西。假如人累了，在可怕的想象中消耗了两天两夜之后，他就会这么自私的。可是尽管如此——这又得归功于你给人以生命的力量了，慈母密伦娜——尽管如此，我的精神却不像最近整整七年中（在乡村度过的那一年除外）那么紊乱。

为什么至今还不答复我星期四晚上的急电，这个我总是理解不了。过后我又给 K. 夫人拍了电报，也没有回音。至于我给你的男人写信，不用害怕，我对此也没多大兴趣。我只有兴趣到维也纳去，但是这我也不会付诸实践的，即使没有种种障碍，比如你对我此行的拒绝，办签证的困难，办公室，咳嗽，疲乏，我妹妹的婚礼（星期四）。当然啰，与其度过这样的下午，像度过星期六或星期天的下午那样，还不如去你那儿。星期六：我到处乱逛，有时同舅舅，有时同马克斯，每隔两个小时到办公室去一下，问问有没有我的邮件。晚上好一些，我到 L. 那里去，他只知道你的好处，提到你那使我欣喜的信，打电话给《新自由报》的 K.，他也一无所知，不想打电话给你的丈夫询问你的情况。我便这样坐在 L. 那儿，经常听到你的名字，为此十分感激他。当然，同他谈话既不容易也不舒服。他像个孩子，像个没有完全被唤醒的孩子；他同样爱自夸，爱撒谎，爱演喜剧。他安然地坐在那儿倾听我的谈话，人们会产生一种感觉，好像自己也变得狡猾得过于做作，滑稽得叫人恶心，尤其因为他不仅仅是个孩子，而是善良的、富于同情心的、乐于助人的、一个高大而又非常严肃的成年人，陷入这种不调和的物体之中，令人难以自拔。假如不是不停地对自己说，"再一遍，我只想再一遍听到你的名字"，那我早就走了。他以同样的声调谈到他的婚礼（星期二）。

星期天更糟糕。本来我想到公墓去——这样做就对了，可是整个上午我却躺在床上，下午我不得不到我从未去过的我妹妹的公婆那里去。直到 6 点，我回到保险公司，询问有没有电报，可什么也没有。现在干什么呢？看看剧院节目表，因为 J. 匆忙中提到过，施塔萨将去看瓦格纳的一出歌剧。我看到，演出 6 点开始，而 6 点我们有约会。糟糕。那么现在呢？到奥卜斯特路去看看房子。那儿很安静，无人进进出出，等了一会儿，先在街上靠房子的"一边"，然后在对面的"一边"，但什么人也没有。这样的房子比那些死死盯着它们的人要有头脑得多。现在怎么办？到鲁切那商场去，那儿原先有 Dobré dilo① 的橱窗，现在已经撤走；那么要不就去施塔萨那里，这很容易，因为她现在肯定不在家里。一座幽静、漂亮的房子，后面有个小花园。住房门前挂着外保险锁，那么按电铃就不会受罚了。在下面同房子的女保管谈了一会儿，意在说说"利贝西切"和"J."这些名字，可惜没有机会说"密伦娜"。现在呢？最蠢的事发生了，我走进了阿尔可咖啡馆②，我已经好多年没到这里来了，目的是想找到一个认识你的人。幸亏什么人都没有，我便马上走了出来。再不能度过这样的星期日了，密伦娜！③

F
星期一

17)④ 在星期六晚上的信中你是多么疲倦啊！我就这封信有许多话要说，但又不想对那疲倦的人说什么，再说我也疲倦了。这是我到达维也纳那天以来，脑袋受到睡眠不足折磨的第一次。我什么也不对你说，只将你放在靠背椅上（你说，你没有给我足够的爱的表示，难道还有比让我坐在那儿，而你坐在我面前，在我身边表现出更强烈的爱和尊敬更重要了吗？）。现在我将你放在靠背椅上，不知道该怎样用语言、眼睛、双手和可怜的心脏来容纳这种幸福，这幸福是，你在这儿，属于我。这时候我爱的却完全不是你，而是比这更多，是你赠予我的那种存在。

今天我对 L. 什么也不想谈，也不谈那姑娘，这一切都会循着自己的道路前进的，这一切是多么遥远。

星期二，稍晚

---

① 捷克语：工艺品商场。
② 位于胡伯纳巷（Hybernergasse）的文学艺术家聚会的咖啡馆。
③ 〔左边边缘上写着〕昨天我不能写，维也纳的一切对我来说太昏暗了。
④ 未见 16。——译者

你谈到《可怜的乐师》的话都是对的。我说过它对我来说没有什么意义，但这仅仅是出于谨慎，因为我不知道你将怎么看，也因为我为这故事感到害羞，就好像是我自己写的一样。再说它的出发点确实是错的，有一大堆不正确之处，可笑之处，半通不通之处，极端造作之处（尤其在朗读时会发现这些毛病，我将告诉你具体的段落）；特别是那样的音乐操作是一种可怜而又可笑的杜撰，这只能让那姑娘激动起来，粗暴地破坏她在店里所有的一切。整个世界都会被激怒，而我是第一个。我要抓起随手取得的东西去追击这个故事，直到它由于自身的因素而毁灭为止，它也只能有这样的下场。当然，对这个故事来说，以这样的方式销声匿迹，恐怕是最佳的命运了。那位小说作者，那个滑稽的心理学家对此将会十分赞同，因为可能他就是那个可怜的乐师，他给故事定下的音乐基调毫无乐感，却接受你眼睛里溢出的过于慷慨的感谢的泪水。

你写道："Ano máš prardu, mám ho ráda. Ale F., I Tebe mám ráda."① 我十分仔细地读了这句子，读了每个词，尤其在读到"i"② 的地方才停下来。一切正确，假如这不正确，你就不是密伦娜了；假如没有你，我又会怎样呢？你在维也纳写这些话也比你当初在布拉格这么说来得强。这一切我知道得很清楚，也许比你清楚；由于某种弱点，我跟这句子一起陷进了没完没了的纠缠之中。这是一种无穷无尽的阅读，而我最终又在这里将它抄上，以便让你也看到它，我们一起来读它，太阳穴贴着太阳穴（你的头发贴着我的太阳穴）读它。

你那两封信到达时，这封已经写完了。你以为我不知道会有这些信来吗？但我只在内心深处知道。人却不会始终生活在内心深处的，而宁可以可怜的形象生活在地球上。我不明白，为什么你老是害怕我会盲目地干出什么事来。我在信中写的难道还不够清楚吗？给 K. 夫人我只发

---

① 捷克语：是的，你说得对，我喜欢他。但是 F.，你我也是喜欢的。
② 捷克语中的"也"。

了一份电报，那是因为我几乎三天——而且是三个糟糕的日子——没收到任何音讯，没收到对电报的答复，当时我几乎认定你病了。

  昨天我到我的医生那里去，他觉得我的状况与去米兰前一样，这三个月几乎没有给肺部带来什么受到影响的痕迹，在左肺叶尖上病菌还像当时那样生气勃勃地盘踞在那儿。他对这一结果非常失望，我却认为已相当不错了，因为假如这段时间我一直待在布拉格，现在会成什么模样呢？他还认为我的体重根本没有增加，但是据我估计增加了约三千克。秋天他将试图给我打针，但我不相信能忍受得住。

  假如我把这一结果与你也在破坏你的健康状况相提并论（你当然是出于无奈，对此我也无须补充了），有时我觉得，我们并不是共同生活，而是好好地、心满意足地躺在一起等死。但是不管发生什么事，我始终在你身边。

  此外，与医生的见解相反，我知道，假如我想在一定程度上恢复健康，需要的只是安静。但那是一种特殊形式的安静，假如从另一个角度看，也可以说是一种特殊形式的不安。

  今天是法国国庆①，街上的部队已结束阅兵，正列队回营（我在你的信中呼吸着，感到具有某种伟大的意义）。阅兵的意义不是其富丽堂皇，不是其音乐，不是其列队行进，不是那种老式的、放在（德国的）蜡像馆中的法国人——穿着红裤子、蓝上衣，在一列军队面前正步走过，而是各种力量的某种宣言。这些力量在深处叫喊："尽管如此，你们这些不做声的、剃光了头的、踏步行进的人们，你们这些狂热的人们，我们是不会抛弃你们的，在你们干最大的蠢事时也不会抛弃你们，尤其在那个时候。"而人们却闭着眼睛向着那个深处，几乎在对你的思念中沉了下去。

  他们终于把为我攒下的一堆文件给我送来了。你想想，自从我重返

---

① 7月14日为法国国庆日，这天在当时的布拉格也举行庆祝。

办公室后,仔细算一下,我一共写了六封公函,而人们对此却能容忍。等待着我的大量工作,由于为我保管这些文件的那个部门的懒惰,而至今尚未送到我手里,我对此很满意。可是现在它们来了。尽管如此,我其实毫不在乎,只要我晚上能较好地睡上一觉的话。今天当然还是相当糟的。

F

星期三

我去办公室前匆匆写几笔。我本想沉默,三天来这几乎令我窒息,至少现在如此。你在进行这个可怕的斗争时,我想保持沉默,但这是不可能的,因为这是互相依附的呀,这也是**我的**斗争。你也许已发觉,我有几个夜晚不得安睡了。简单说来是"恐惧"在作怪。这东西真弄得我失去了自己的意志,眼看它围着我抛来抛去。我不再知道上下左右……你最近几封信中夹杂着两三句话,它们使我愉快,但却是绝望的愉快,因为你对此所说的话使理智马上说服身心,但此地有一种更深刻的说服力,我不知道它的所在,它什么也说服不了。再说,你身躯的临近所发生的那种使人又安心又不安心的奇妙作用一天天在淡漠下去,这与其他因素一起在削弱我的力量。要是你在这里多好啊!你看我什么人也没有,这里一个人也没有,只有恐惧,它和我死死地缠在一起,一夜又一夜地滚来滚去。围绕着这恐惧,事情在某些方面变得十分严重(奇怪的是,这恐惧总是对着妹妹,不,这是不对的)①,这恐惧不断地告诉我必须承认这一点:密伦娜也是人。这一点在某种意义上使恐惧本身也变得易于理解了。你对此说得那么美,那么好,听了这些话,别的话根本就不想听了。但这是不是就道出了其最精辟的定义,却是很成问题的,这种恐惧并不是我私人的恐惧(当然它同时也是,而且就这点而言十分可怕),

---

① 这句在原信中被划去。

这也是自古以来一切信仰的恐惧。

给你写了这些，使我的头脑冷静下来了。

你的

星期四

那封"白公鸡"①夜函和星期一的来信到了。第一封显然写得晚一些，但不能完全肯定。我只匆匆读了一遍，便马上给你回信，请求你不要把我想得那么坏……那不是忌妒，只是围绕着你转，因为我想从一切方面观察你，也包括从忌妒方面；但这是愚蠢的，而且我也不会这么做，这只是单独存在时的不健康的梦幻。你对马克斯的揣测也是错误的，昨天我终于向他转达了你的问候，带着气恼（见上！），因为他总是被人问候。由于他通常对任何事都有办法解释，于是他说，你经常向他转达问候，是因为我还从未向你转达过他的最衷心的问候，只要我这么做，也许你的问候就终止了，而我从此可以安心了。这是可能的，那么我就试试吧。

此外，你不必为我产生任何忧虑，密伦娜，你还会有机会为我担心的。假如没有这几天其他事的纠缠，今天早晨我又会出现向你诉苦的"恐惧"，你可以说是完全健康的。何况你当时在林子里怎么会说，你也并没有不同想法呢？那是第二天在山上树林中说的话。那些天我区分得很清楚：第一天是不安的，第二天是过于安稳的，第三天是后悔的，第四天是良好的一天。

现在我必须去参加我妹妹的婚礼了。为什么我是一个在充满着可怕责任感的状况下受着这种最模糊不清折磨的人呢？譬如说为什么我不是你房间中一个幸福的大橱呢？当你坐在靠背椅上，或者在写字台旁，或者在你躺下时，或者睡着时（祝福你的睡眠！），作为大橱能一点不漏地看着你。为什么我不是呢？因为假如我看见你最近几天的烦恼不安，

---

① 维也纳一家饭店的名称，密伦娜有时去那里吃饭。

或者甚至看见你打算离开维也纳,我会因痛苦而崩溃的。

F

星期四,较晚

我感到你马上会得到一张护照的,想到这点我很舒畅。

下午,纽扣眼里插着桃金娘,尽管脑袋难受得很(分离,分离!),还是昏昏沉沉地和我的妹夫的好姊妹们一起吃完了婚宴。现在我却完蛋了。

假如我们在一起——我怎么写到这上头来了,我这傻瓜!——一问一答,目光对目光,要是那样生活将是多么轻松啊。从现在开始我必须一直等到星期一,等待你对我上午的信的答复。好好理解我吧,好好待我吧。

F

星期四

有几件事你误解了,密伦娜:

首先,我病得并不那么厉害,假如我能稍稍睡一会儿,便会比在美兰的任何时候都感到更舒服。肺病在大多数情况下是一切疾病中最可爱的一种,即使在炎热的夏天也不例外。我将怎么度过晚秋,则是以后的问题。目前我只有一些小小的苦恼,比如在办公室里什么都干不了。在不给你写信的时候,便躺在我的靠背椅上,望着窗外。从这里可以看到的东西够多的了,因为对面的房子只有一层楼。我不是说,我在往外望时心情特别忧虑,不,一点也不,我只是不能制止自己向外望。

第二,我根本不缺钱,倒是太多了,看到一些钱(比如供你休假用的）还在那里没动,我反而感到不高兴。

第三,你为我恢复健康已经做出了最关键的举动,而且无时无刻不在重新开始这么做,那就是:你想着我。[1]

第四,你稍带疑虑地就布拉格之行所说的那些话是完全正确的。"正确"我在电报中也提到,但在电报上是指同你的丈夫谈话,这当然也是唯一正确的。今天一早我突然**害怕**起来,怀着爱**害怕**起来起来,揪心地**害怕**:你也许受到什么突发性小事的引诱而突然地到布拉格来,是你生龙活虎地生活在如此深的内心深处,难道一件小事就会对你产生关键性的作用吗?即使维也纳的那些日子也不至于引你误入歧途的。即使在那儿,有些事难道我们不应该感谢你的潜意识的希望吗,即晚上能再见到他?对此我不想再谈了。要么再说说这个:我刚从你的信中获悉两件新鲜事,第一是那个海德堡计划,第二是到巴黎去和避开银行的计划[2]。第一个计划向我表明,我是在"救星"和暴力施行者之列,但我并不在这行列中。第二个计划向我表明,即使在那里也有未来的生活、计划、可能性、前景,还有你的前景。

第五,你的可怕的自我折磨的一部分(这是你唯一令我难受之处)是你每天给我写信。少写些吧!我写给你,假如你愿意,我可以每天写,即使是一片小纸条,这样你工作时心情将更加平静,对此你会高兴的。

谢谢你的《多那狄》[3](我能否寄书给你?)。目前我几乎不可能去读它,这是第二个小小的苦恼:我不能读,可是又不觉得特别痛苦,只是对我来说不可能而已。马克斯的一部伟大的手稿(《犹太教·基督教·异教》——一本伟大的书)有待阅读,他几乎在催促我了,可我刚刚开了一个头。今天有位年轻的诗人带来七十五首诗给我,有些长达好几页,我又将使他成为我的敌人,这事已发生过一次了。

---

[1] 〔左边边缘上写着〕至于我,你完全可以放心,我在最后一天就像在第一天那样等待。
[2] 密伦娜丈夫的计划。他是银行职员,但不喜欢这一工作。
[3] 《玛丽·多那狄》(»Marie Donadieu«)是查理-路易斯·菲莉浦(Charles-Louis Philipe)所著的长篇小说。

附上姑娘的回信（用这封信的语言你也可以拼缀成一封我写的信），以便让你看看人们是怎样拒绝我的。他们这样做不是没有通过脑子的。我不再答复了。

昨天下午并不比上个星期天下午好多少，开始时虽然很好，当我走出房子去公墓时，阴影中的气温是 36℃。电车因罢工停开了，但恰恰是这点使我特别高兴，能沿着道路向那儿走去使我特别高兴，那个星期六我走上交易所旁小花园的那条路时也是那么高兴。但我到了公墓后，却找不到那个墓，询问处关门了，没有一个侍者，没有一个女人晓得。我在一本册子上查找了一下，但那不是应该查的那本。我在那里转了几个小时，读碑文已把我搞得头昏脑涨，糊里糊涂，我于是走出了公墓。

F

星期一

这儿是你的两封电报……但关键是，在度过了一个几乎不眠之夜后，我坐在这封信面前，它对我来说重要极了。所有我从布拉格写给你的信本来都不必写，包括最近几封在内，而只有这封是应该存在的。或者说那几封是可以存在的，这无所谓，但这封必须置于它们之上。可惜我一点也说不出我昨天晚上对你说了些什么，或昨天夜里以及早晨说了些什么。不管怎么说，关键是不管你周围广阔的圈子里的其他人以高尚的智慧，动物的（但是动物并不是这样的）迟钝，魔鬼般的好心，置人于死地的爱情对你说些什么——我，我，密伦娜，我彻头彻尾地知道：不管你做什么，你都是做得对的，不管你是留在维也纳，还是到这儿来，还是继续在布拉格和维也纳之间徘徊，还是一会儿这么做一会儿那么做。**假如我不懂的这一点，我同你还有什么关系可言呢？**就像在海底深处没有一块地方不处于巨大的压力之下一样，你的情况就是如此。但是其他任何一种生活方式都是一种耻辱，并使我反感。我至今一直认为，我忍受不了这种生活，忍受不了人，而我为此十分羞愧，你现在却向我证实了，在我看起来那不可容忍的东西，不是生活。①

你的
星期二

我成功地迫使自己在办公室里不去碰这封信，也没有在其影响下把任何工作搞错，为此我几乎耗尽了一切力量，而没有任何精力来干公务了。

致施塔萨的信：T. 昨天上午到我这儿来过，提到从你那里来了一封信，他一早离开家时在桌上看到的，但是不知道里面写着什么，晚上让施塔萨告诉我。面对他的友好态度我却感到十分不舒服，因为在你的信里（由我共同促成的）什么话不可能出现呢？但是晚上我们看到，它写得很好，至少就其友好的调子而言（我没有读它），使两者都满意。首先，那里给那个男人提供了一个思索的句子。这句子的来源只能追溯到我提供的消息，它真使施塔萨愉快，并使她的眼睛比平时更亮一些。他们是好人。当施塔萨由于真的不可理解而长时间地、全神贯注地、默不做声而严肃地看着你的照片时，在这一分钟内她真是美极了。也许我还会叙述这个晚上的，我疲倦、空虚、无聊、该揍、漠然，从一开始就只想上床（附一张条子，施塔萨的画——我们说着你的房间的状况——写有T.的解释，现在我寄上给你）。

昨天我劝你不要每天给我写信，今天我还是这个意见，这也许对我们双方都有好处。我今天再一次，并且更强烈地劝你——只是，密伦娜，千万不要听我的，还是每天给我写信吧，可以很短，可以比今天的信更短，只要两行，只要一行，只要一个字，但这个字我只有在受着可怕的

---

① 〔左边边缘上写着〕我很赞成芝加哥计划，前提是，那些不会跑的跑步选手也包括在内。

烦恼折磨时才能缺少它。

F
下午

假如有勇气,便会产生一定的结果:

首先,就我的理解,格罗斯①也许并非没有道理,至少有一点对他是有利的证明:我还活着,而照我体内的力量分配状况,我本该早就活不了啦。

其次,不必去谈论我以后会如何,有一点可以肯定——在远离你的地方我只能这么生活:完全承认恐惧的存在是合理的,比恐惧本身所需要的承认还要多,我这么做不是由于任何压力,而是欣喜若狂地将全部身心向它倾注。

由于我在维也纳的态度,你一恐惧的名义责备我是正当的,但它的真正特别之处是,我不知道它的内在规律,只知道它卡着我脖子的手,这才是我在任何时候所经历过的、或者所能经历的最可怕的事情。

结果很可能是:我们俩现在已经结了婚,你在维也纳,我怀着恐惧待在布拉格,不仅是你,我也攥着这婚姻之绳的一端拽来拽去。不信你就看看,密伦娜,假如你在维也纳完全被我说服了(直到步伐一致,你对此本是不信服的),那么尽管这一切,你必定已经不在维也纳,或者没什么"尽管这一切",你已经到了布拉格,而你在上一封信中用来安慰自己的一切仅仅是安慰而已。你不信吗?

假如此后你马上就到布拉格来,或至少马上对此作出决定,这对我来说不是对你的证明,我不需要对你的证明,你对我来说比一切都清楚和肯定,但这将是对我的一个大证明,而我现在缺乏这个。恐惧有时也是赖此为生的。

---

① 指维也纳的心理分析学家、哲学家奥托·格罗斯(Otto Gross)。

是的，事情也许比这更可恨，而恰恰是我这个"救星"把你定死在维也纳，超过了以往任何人。

好，暴风雨就是如此，在林子里不停地威胁着，但我们感觉良好。我们只能继续在他的威胁下生活，没有别的办法。

你为什么反对那小姐的信，我觉得难以理解。它想使你产生忌妒情绪的目的看来是实现了啰？那么我将每隔一段时间写上这么一封信，而且自己写，比那些信写得更出色，而不会得到最终的拒绝。就你的工作写几句吧！Cesta？Lípa？kmen？politika？①

本来我还想说些什么，但是又有一个年轻诗人来了——我不知道为什么，只要有人来，马上就会使我想起我的文件夹，在整个接客时间内从头到尾只想着它——我困了，什么也不知道，什么也不想，只想将我的脸埋到你的怀里，感觉着你那抚摩着我的头的玉手，直到永远永远。

你的

星期三

对了，原来我还想说，你的信里有一句大实话（除了其他实话外）：žle vlastně Jy jsi čiověk, ktery nemá tušeni o tom……②这里每个字都是真实的。那一切只是污秽，最卑劣的事，像地狱的沉沦。而在其中我真的像一个孩子一样站在你的面前，这孩子干了很坏的事，现在站在母亲面前，哭着，哭着，我发誓再也不做坏事了。但从这一切之中恐惧在汲取着力量："正是，正是！"它说，"nemá tu ení！③还是什么事都没有发生！那么他还是可以挽救的！"

---

① 为当时捷克的一些报刊杂志的名称。
② 捷克语：你本来就是对此一无所知的人。
③ 捷克语：对此一无所知。

我猛地跳起来——电话！到经理那里去！我回到布拉格后，这是他第一次为公务打电话来！现在好戏终于开演了。18天来什么也没干，光是写信，读信，更多的是向窗外看，把信拿在手里，放下，又拿起来，再就是接客，别的什么也不干。但当我走进去的时候，他很友好，微笑着，说一些我听不懂的公务上的事，然后向我告辞，他要休假去了，这真是个好得叫人难以理解的人（当然我含含糊糊地嘟哝着，我几乎干完了一切，明天开始口述文件）。现在我还要赶紧将此向我善良的神灵报告。

你对我有点误解，密伦娜，我实际上是与你完全一致的，细节我一点也不想陈述。

我如今还说不上，我能否去维也纳，但我相信我不会去的。假如说以前我有许多理由说明我为什么不能去，那么现在只有一条，即这超越我的力量，此外也许还有一条十分次要的理由：这样对我们大家都有好处。我还想补充一下，假如你在你所描述的状况下（nechat člcvěka čekat①）到布拉格来，那将同样甚至更加超越了我的力量。

我必须知道你就那六个月想对我说些什么，这种必要性不是暂时的。我深信那将是可怕的；我深信你经历过可怕的事情，或者甚至亲自干过；我深信我作为与你同时生活着的人对这些也许会忍受不了（即使说七年前或许我对什么都能承受的话）；我同样深信，我作为同时生活着的人将来对此也会忍受不了的——好吧，可是这一切又有什么相干呢？难道对我来说最重要的是你的经历和行为，而不是你本身吗？即使没有那番叙述，我对你的认识也远远胜过对我自己的认识，但我的意思并不是说：我对我的双手的状况没有认识。

你的信并没有站在反对我的建议的立场上，而是相反，因为你写道："Nejraději bych utekla třetí cestou, která nevede anik Tobě ani s nim, někam do samoty."②这是我的建议，而你在同一天也写了。

---

① 捷克语：让人等待。
② 捷克语：我最向往的是在第三条路上跑去，既不向你那儿跑，又不同他一起跑，而是通向某个孤寂之处。

当然，疾患到了这个阶段，你也就不能离开你丈夫了。但正如你写的，这不是没完没了的疾病，你说只会持续几个月，现在一个多月已经过去，再过一个月你将暂时成为多余的，然后才是8月，最晚9月。

还有，我承认：你的信属于我不能马上阅读的那一类。这回我一连四次把它掉在地上，这样我至少不能马上说出我的见解。不管怎么说，我相信，上面那些话是有效的。

你的
星期六

对你昨天那封信再谈几句：

对你这封信我试着从另一个方面去看整体，这是我一直来小心避免让自己去看的方面。从这方面去看问题，事情显得很奇特：

我并没有为了你而与你的丈夫去斗争，这一斗争只在你心中进行；假如事情取决于我与你丈夫之间的斗争，那么一切早就决定了。在此我并未过高地估计你的丈夫，很可能我倒是低估了他，这我是知道的；假如他爱我，这便是一个富人对穷人的爱（在你对我的关系中也有点这样的味道）。在你与他共同生活的气氛中，我实际上只是"大家庭"里的一只耗子，一年之中人们顶多只准许它公开地从地毯上跑过去一次。

事情就是如此，一点都不奇怪，我对此毫不惊讶。我感到惊讶并觉得似乎完全不能理解的是：你，生活在这"大家庭"中的你，在所有意识中觉得自己是属于他的，从他身上汲取最强大的生命力，成为那里伟大的女王，尽管如此——这我知道得很清楚——你却不仅有可能喜欢我，而且有可能成为我的，在你自己的地毯上跑过。

但是这还不是最惊讶的，最惊讶的是：你，假如你要到我这儿来，也就是说假如你（从音乐的角度看）想要放弃整个世界，屈尊到我身边，下降得如此之深，以致从你那里不是只能看见一点，而是什么都看不见：

为达到这一目的,——奇怪,奇怪,——你不是往下爬,却是以超人方式向远处高于你的地方抓去,如此使劲,使得你的身体可能会撕裂,你会掉下去,消失掉(而我当然是同你在一起的)。而这仅仅是为了去一个地方,那里没有什么有吸引力的东西,只有我坐在那里,既无幸福又无不幸,既无功又无罪,只是因为人们把我放在了那儿。在人类的阶梯上我大约相当于你的郊外的一个"战前小贩"(连卖艺乐师都不是,连这都不是),即使这地位是我斗争得来的——可这并不是我斗争得来的,这也不是什么功绩。

关于根你写得特别清楚,事情确是这样。在图尔瑙主要任务是找到并排除所有次要的根,只要找到主根,工作便告完成,因为从这时开始,人们便用铲子铲根部,整个地挖出来。那撞击声还在我耳际作响。当然人们可以从那里好好地挖出这棵树来,因为人们知道,这棵树在其他土壤中同样可以长得很好。然而这并不是树,而是一个孩子。

昨天我又同 L. 谈了话。对他的看法我们意见一致。有些事表明他的好处,比如当他说到你时他能稍稍集中精神。是的,他的心灵深处是善良的。他对我说了些什么吗?告诉你吧,我两次同他在一起,谈到主要的事情时他每次都重复着同一个故事,加上许多旁枝细节。一个姑娘,另一个人的未婚妻到他这里来,尽管他反感到极点,她毕竟还是一坐就是八至十个钟头(这个姑娘上午在他的私人住宅里,另一个姑娘夜里去编辑部,他就这么分配时间),说自己一定要嫁给他,假如他拒绝,她就从窗口跳出去。他真的拒绝了,也不去守着窗户。这两位姑娘虽然没有往外跳,事情却也很可怕,一个姑娘抽筋般地狂叫起来,另一个姑娘——我忘了她怎么了。我不否认这一切在事实上是这样的,或者甚至更糟糕,我只是弄不懂,听来怎么会这么枯燥无味。

在关于他的未婚妻的许多故事中,有一段很有意思。她的父亲得了两年抑郁症,她照料着他。病房里的窗户必须始终敞开,但当下面有车驶过时,就必须迅速关上,因为父亲受不了那噪音。女儿的工作便是负责关窗开窗。L. 说到这里便发表议论："您想想，一个艺术家！"（她是一个艺术史家。）

他还让我看她的照片，一张看似美丽、忧郁的犹太人的脸，塌鼻子，浓眉大眼，细嫩的手，贵重的服装。

你问那姑娘的情况，我不知道她最近的情况。自从她那次把给你的信交给我后，我再也没有见过她。我当时虽然同她约过时间，但正好收到你关于同你丈夫谈话的第一批信，我感到自己在这种情况下没有精力同她谈话，于是取消了这次约会，理由基本与事实相符，但我认为表达得很婉转。以后我给她写了张条子，但她显然误会了，因为我收到她一封母亲般教训人的信（在这封信中她还请求我把你丈夫的地址告诉她），我马上以管道邮递信给了她相应的答复。从那时至今已一个多星期了，这期间我一直没有她的音讯，因此也不知道你给她写了什么，对她产生了什么影响。

你信中说，下个月你可能会来布拉格。我真想请求你：别来吧。给我留下这么个希望吧：在我特别需要你而求你来的时候，你马上赶来，现在最好别来，你来了又要走的①。

关于那个女乞丐，事情说不上有什么好，也说不上有什么坏，我只是过于心不在焉了，或是过多地纠缠在里面，以致我不能以别的方式采取行动，而只能根据模糊的印象。比如印象告诉我："不要赐给乞丐太多，以后你会后悔的。"在我还是个很小的孩子时，有一次得了一个塞柯色尔②，我很想把它给一个坐在外环路和内环路之间马路上的一个年老的女乞丐。但我觉得这钱数目大极了，也许人们还从未一下子给过乞丐那么多钱呢。想到要作出如此的壮举，我感到难为情了。但我却又必须给

---

① 〔左边边缘上写着〕我知道你会怎么答复，但我希望在你的信中读到。
② 奥匈帝国时期的货币单位，一个塞柯色尔相当于十个克罗采。

她钱。于是我把这个塞柯色尔换成零钱,先给这乞丐一个克罗采,然后绕着内环路的市政府大楼和拱廊这一套建筑物跑一圈,以一个全新的善人的面目从左边出现,再给这乞丐一个克罗采,然后又跑起来,愉快地重复了十次(也许不到十次,因为我好像记得那乞丐后来失掉耐心而躲开了我)。总而言之,最终我筋疲力尽(包括在道义上),我马上跑回家去,不住地哭,直到母亲又给了我一个塞柯色尔。

你看,我在同乞丐打交道时多么不幸,但我仍然宣布:我愿意将我目前的和以后的一切财产换成最小面值的维也纳货币,在歌剧院前慢慢地交给一个女乞丐,前提是:你站在一边,而我可以感到你就在近旁。

弗兰茨
星期日

趁口述(为此我今天一早就挣扎着爬起来)间歇写几句。

像今天的两封信,这样短小、愉快或至少可以说是自然而然的信,已经几乎(几乎几乎几乎)是树林,是你袖中的风,几乎让人看见了维也纳。密伦娜,在你那儿多好啊!

今天姑娘给我寄来了你的信,未加任何评论,只用铅笔画了几道。显然她对这封信不满意。不错,它同任何画着道道的信一样是有缺陷的,我由此悟出,我在那封信中向你提出了多么荒诞的、不可能实现的要求啊!我千百次地请求你原谅。我或许也必须求得她的谅解,因为不管信写得怎样,事情本身是对她有伤害的。比如,假如你写下,非常谨慎地写下:"poněvadz o Vás nikdy ani nepsal ani nehovořil."[①]这便会使她难过,而反过来写同样会使她难过。再一次请求你的原谅。

你另一封信——致施塔萨的信——给了我很大帮助。

星期二

---

① 捷克语:因为他从未写到或说到过您。

施塔萨写的便笺是很美的一封短信。但不能说当时这便笺中的她与现在有所不同，她自身并不在这便笺中，她为你说话，这是她与你之间一种令人难以置信的结合，几乎是宗教式的，就像是一个自己毫不动感情的人，他只能作为一个中间人，转达他所听到的话，而这些当然（对这一点的了解也是起作用的，并且使整个事物蒙上自豪和美丽的光彩）只有他可以听到，可以懂得。但她与当时并无不同之处，我相信：这种便笺今天她也许能写出来，假如情况相仿的话。

至于那些故事，说来真奇怪，它们之所以使我心情压抑，并不是因为它们是犹太故事，不是因为一旦这些盘子放到桌上，每个犹太人都可以从这共同的、可怕的、有毒的、古老的、从根本上说永恒的食物中抓取自己的一份，它们使我心情压抑并不是因为这些。现在你不想越过它们把手伸给我，并久久地、久久地放在我的手里吗？

昨天我找到了那个墓。如果畏畏缩缩去找，那真是找不到它的。我不知道这是你母亲亲属的墓，只有弯下腰去仔细看，才能看清碑文——镏金已差不多完全脱落了，我在那儿待了很久。墓很美，石头的光泽没有随岁月而消逝，当然一朵花都没有，但有什么必要在墓上放那么多花呢？我对此从来不能理解。我将一些丁香花放在边上。我觉得在公墓里要比在城里舒服，它令人流连忘返，我长时间地穿过城市就像穿过一个公墓。

燕尼切克，是你的小弟弟吗？

你身体健康吗？从新瓦尔德克拍的照片上看，你明显是生病了。这张照片当然照得夸张了些，但毕竟只是夸张了一些。我还未得到你真正的照片。有一张照片上是一个年轻、高雅、温柔、有家教的姑娘，看上去就像人们不久——大概过一两年吧，便要把她从修道院寄宿学校接出来的那副样子（当然嘴角有点下撇，但这是高雅和对宗教虔诚的表现），而第二张则是一张夸张的宣传画："在维也纳人们现在就是这么生活的。"此外，在这第二张照片上，你与我的神秘的第一个朋友相像极了，以后我将告诉你关于他的事情。

不，维也纳我是不会去的。但只有撒个谎才能办到，也就是让人告诉我的办公室，说我病了；要么就只有在两个节日连在一起的时候。但这还仅仅是外部障碍，可怜的家伙（这是自言自语）①。

电报，谢谢，谢谢，我收回一切责备，其实那也不是责备，而是用手背（它已妒忌很久了）抚摩。刚才那作家兼版画家（但他主要还是音乐家）又到我这里来过了。他老来，今天他给我带来两副木刻（托洛茨基和一个宣言场面，你看，他的世界不小），为了让他高兴，为了使这事物与我之间产生一点关系，我马上在这事与你之间搭上了桥，我说，我将把它寄给维也纳的一位朋友，结果（并非出于我的本意），他不是给我一幅，而是两幅（我为你保存你那幅，或者，你是否想马上得到它？）。接着来了电报，在我读了一遍又一遍，满怀喜悦和感激，总是读不够的时候，他毫不受影响地继续说着（他并不是想打扰我，不，完全不是的；我说我现在有事，说得很响，唤醒了他，于是他便将说了一半的话吞了下去，跑开了，一点没有生气）。整个消息都很重要，但细节将会更重要。首先应该指出的是：你将怎样保重自己呢？这纯粹是瞎说，假如一个医生这么对我说，那就没有比这更没有意义的了。噢，这真糟糕。但是不管怎么说，还是谢谢你，谢谢。

星期四

这两封信和明信片我已经读了足有半个小时了（信封可不能忘了，我很惊讶，邮局的整个邮递班子怎么没有都跑上来，向你请求原谅），而现在才发现，从一开始到现在我都笑逐颜开。难道世界历史上有哪一位皇帝会比我现在的感觉更好吗？他走进他的房间，只见那里放着三封信，他只顾把它们拆开（那动作缓慢的手指！），往后仰靠着，并且——

---

① 〔此页上方斜写着〕我每天都写。你还会收到这些信的。

不能相信，这幸福竟会降临到他的头上。

不，我并没有一直笑逐颜开，对搬运行李一说我什么议论也没有，也就是说我不能相信；假如我相信，我便不能设想；假如我能设想，你是如此美丽——不，这已不再是美丽，而是上天的迷误——就像在"星期天"，而我对那位"先生"是理解的（他一定拿出二十K，并要求找三个K①）。但我却还是不能相信，假如这是真的，那么我承认，这事既了不起又可怕。但对你什么也不吃、饿着肚子（而我在这里却不受任何饥饿的折磨，肚子塞得快要溢出来了），眼皮下出现了黑圈（这是不能修饰掉的，它使我对这张照片的喜悦心情减去了一半，但余下的喜悦还足以叫我为你在今生不用再翻译或在火车站搬运行李而吻你的手）——这我不能原谅，永远不能，即使我们一百年后再坐在我们的小屋前，我也要为此而絮絮叨叨地轻声责备你。不，我不是开玩笑。这是多大的矛盾啊，你一边说你喜欢我，也就是说**为了**我，一边又饿着肚子，以示**反对**我，同时，这儿有多余的钱，那儿有"白公鸡"。

我原谅你对姑娘的信所说的话是个例外，因为你称我（终于！）为秘书（我叫tajemník②，因为我在这儿三个星期的工作很tajemné③），你在这方面说的其他话也是有道理的。但是光有道理就行了吗？首先，我没有道理，你也愿意（这是不行的，我知道，这事关意志）在我们的没道理中随波逐流吗？也就是说，你对姑娘的信漫不经心地读下去，而只注意读那些以又大又粗的字体醒目地写着我的不对之处。此外，我不想再听你提那无疑由我促成的书信往来。你的信我又寄给了她，附上了几句温和的话。从那以后，她便音信全无了。我无法克服自己的心理障碍而建议一次会面，但愿一切能无声无息地善始善终。

你为致施塔萨的信辩护，而我已经向你表示过对此信的感谢了。

你去过新瓦尔德克吗？我是常去那里的。奇怪，我们怎么就没有在

---

① 在那饥荒年代中也有妇女在维也纳各个火车站当搬运工。
② 捷克语：秘书。
③ 捷克语：神秘。

那里碰到过呢？是的，你爬山、跑路的速度是那么快，你一定会从我的眼皮底下溜过去，在维也纳不也发生过这样的事吗？这算什么样的4天呢？一个女神从电影院中走出来，一个小小的行李搬运女工站在站台上——而竟长达四天时间？

那封信马克斯今天就能收到。我从中没有读出比暗中可以猜到的更多的内涵。

是的，在兰道威尔①的事情上你真是不幸。读德文本时你仍觉得很好吗？你是怎么处理的，你这受着我的信折磨和迷惑的可怜的孩子（不是小丫头，记着）！我说信会打扰你的，难道我说的没有道理吗？但是有道理又有什么用呢？假如我收到信，那我总是有道理了，并拥有一切；假如我一封也收不到，那我就会既没有道理，也没有生命，更没有别的。

是的，到维也纳去！

把译文寄给我吧！我对你的一切都是贪得无厌的。

星期六

你总想知道，密伦娜，〔我〕是否喜欢你，但这却是一个困难的问题，是不能在信中回答的（甚至在上星期的信中也办不到）。假如我们下次能见面，我会告诉你的（假如届时我的喉咙不会全哑的话）。

你不必提我去维也纳的事，我不会去的。但每次提到这事，就像你拿着一小把火贴着我的皮肤在烧，这已是一堆小小的死刑火堆了，它不会熄灭，而是保持着同样的甚至不断上升的力量。这不会是你所希望的。

你收到的花使我感到很遗憾，我已分辨不出那是些什么花了，而它们现在放在你的房间里。假如我真是那么一个大橱，我会在大白天突然

---

① 兰道威尔（Landauer），慕尼黑苏维埃政府成员，出色的杂文作家，1919年被谋杀。

把自己移到房间外去。我将待在前厅，至少直到那些花枯萎为止。不，这不好。一切是那么遥远，但你门上的把手却又像我的墨水瓶与我的距离一样近。

噢，当然啰，我有你昨天的，不，前天的电报，但那时花也还没有枯萎。为什么你为得到它们而高兴呢？假如说它们是你"最喜爱的"，那你应该对所有的都感到高兴，因为地球上这类东西多的是，为什么偏偏对这几朵感兴趣呢？但这或许是一个难以回答的问题，并只能口头回答。是的，但是你到底在哪里呢？你在维也纳吗？维也纳在哪里？

不，我不会忘掉这些花的。凯伦特纳尔大街，这只是一个鬼故事，或者一个在黑夜般的白天里做的梦，但这些花则是真实的，插满了花瓶（你说 marně①，而将它贴在你的胸前），甚至不容人把手伸上去，因为这是你最喜爱的花。等着吧，等密伦娜走出房间，我就把你们一把抓出来，扔到院子里去。

你为何心情不悦？发生了什么事了？你不愿跟我说吗？不，这是不可能的②。

你问马克斯，但他早就给你写了回信，我不知道他写的是什么，可是星期天他就当着我的面把信塞进了邮筒里。**你收到我星期天的信了吗？**

昨天是特别不得安宁的一天，不是折磨人的不安宁，只是不安宁。也许我，首先，我口袋里装着你的电报，揣着它走路是另有情趣的，有一种人所不知的特别的善意。比如说人们向切齐桥走去，掏出电报读起来（它总是那么新鲜，在如饥似渴地读了一遍后，纸便成了空白，但刚把它塞进口袋，那上面又以最快的速度写满了字）。然后人们便环顾四周，想到将会看见凶恶的表情了，并不一定是嫉妒，但总是人们的目光，这些目光在说："什么？偏偏是你收到了这封电报？我们马上就往上呈报。至少马上会有花（一大捧）送到维也纳。无论如何，我们已决定，

---

① 捷克语：徒劳的。
② 〔左边边缘上写着〕你为什么伤心呢？

不能就这样容忍这封电报。"但这一切都没有发生，目光所及，万籁俱寂，垂钓者在继续垂钓，旁观者在继续旁观，孩子们在踢足球，桥头那个人在收罗着克罗采。假如仔细观察，会发现有一缕神经质似的空气在游动，人们强迫自己干自己的事，不暴露任何思想。但他们强迫自己这一点是十分可爱的，这一切汇成一个声音："这是正确的，这电报属于你，我们对此没有异议，我们并没有调查你是否有得到它的权利，我们对此不闻不问，你可以放心地留着它。"过了一会儿，我又把它掏出来，这时人们会不会想，这实在叫人恼火呢？因为我至少应该保持安静，并躲起来。可是没有，这没有叫他们恼火，他们还像原来那样。①

晚上我又一次同一个巴勒斯坦犹太人谈话。在信中让你理解他——我想：大概就他对我的重要性而言——是办不到的。这是个小个子，几乎小极了，虚弱，大胡子，只有一只眼睛。但他却使我花了半个夜晚来回忆他。下回再谈谈这件事。

那么你现在没有护照，而且还弄不到一本？

星期五

密伦娜，勤劳的人，你的房间在我的记忆中变化着，那张写字台和其他一切看上去不太像是为工作服务的。但现在却有那么多工作，我能感觉得到，它们使我信服。房间里温凉适宜，快乐无比，只有那个大橱保持着其迟钝笨重的特性，有时锁坏了，它便什么也不许往外拿，竭尽全力合着门，尤其不让拿走你在"星期天"穿的那件衣服。这不是橱，有朝一日你重置家具，我们就把它扔出去。

我为最近写的一些东西深感遗憾，不要生我的气。不要老是认为你

---

① 〔左边边缘上写着〕那么你为什么伤心呢？

不能离家出来只是你的，或纯粹是你的责任，不要老是用这种想法来折磨自己，这不如说是我的责任，以后我会在信中谈到的。

星期四

这样一来疑虑一扫而光，密伦娜：

现在这也许不是最佳状况，也许我还能承受更多的幸福，更多的安全，更多的充实感——尽管这些根本不保险，何况在布拉格——总之，与我的平均状况相比，我现在过得很好，很快乐和自由，这大大超出了我所应该得到的，好得叫人害怕。假如当前的先决条件能再保持一会儿，不发生突变，假如我每天能收到你的三言两语，并从中看到你不怎么受折磨，那样也许足以使我的病体恢复一半。密伦娜，求你不要再折磨自己了，物理我从来没有弄懂过（顶多懂得火柱，这也算物理，对吗？），Váha světa[①] 我同样不懂，而它对我肯定也不懂（这么巨大的天平拿我这 55 千克净体重又有什么办法呢，它一定毫无察觉，纹丝不动），我在这儿就像在维也纳那样，而你的手愿意在我的手里放多久就能放多久。

韦尔弗的这首诗就像一幅肖像，它看着每一个人，也看着我，首先是看着恶人，即使是他也写过这首诗也罢。

你关于休假的意思我没有完全明白。你要到哪里去呢？

星期四，稍晚

不，事情真的不那么糟。再说，心灵不是只能通过一点恶毒才能摆

---

① 捷克语：世界之天平。

脱负担吗？我今天认为我所写下的一切都是正确的。有的你误解了，比如关于那唯一的苦恼；因为你的自我折磨是一种唯一的苦恼，而不是你的信。你的信每天早晨都给我以度过一整天的力量，从而使我不想放弃其中任何一封，这是不言而喻的，但是同样不想放弃其中任何一天。我一点都不忌妒，相信我，但是要想认识到忌妒的多余性，那确实十分困难。不忌妒我总是能够做到的，但认识忌妒的多余性则只是偶尔才能办到。

现在我终于有话可告诉马克斯了，即你对他的伟大的书所作的显然简短的评断。他不断地问到你，问你过得好不好，发生什么事情没有等等，他关心这一切。但我几乎什么也说不上来，幸亏我在这时候总是连话也说不出来。我当然不能对维也纳任何一个密伦娜信口开河，说"她"这么那么想着，说着，做着。你既不是"密伦娜"，也不是"她"，这纯属胡扯，反正我什么也不能说。这是如此的不掷自明，因此我从不感到遗憾。

是的，同陌生人谈论你，我是做得到的，这也是一种美妙的享受。假如我让自己在此时用上一些喜剧手法（这对我是很有吸引力的），那么这乐趣就更大了。最近我碰到鲁道夫·福克斯①。我很喜欢他，但假如平时遇见他，我是不会这么欢喜的，也不会这么卑鄙地紧紧握着他的手。我当然知道收获不会很大，但我想，只要有收获就行啦。话题马上就转到了维也纳和他与之打交道的那个圈子里的人。我很愿意听到人名，他开始一个个列举出来，不，我不是这意思，而是说，我愿意听到女人的名字。"对了，那儿还有密伦娜，您是认识她的。""是的，密伦娜。"我复述了一遍，向下看着费迪南特大街，似乎要听听这条街的见解。接着又提到了其他名字，我咳嗽的老毛病又犯了，话声变得若隐若现。用什么办法让他重提到你呢？"您能告诉我，我在大战中的哪一年在维也纳吗？""1917年。""那时 E.P.② 还没到维也纳吗？那时我没有见

---

① 福克斯（Rudolf Fuchs），布拉格诗人，捷克诗歌的一位杰出翻译家，所译布雷其那（Březina）和贝茨鲁斯（Bezruč）的诗尤其出色。
② 密伦娜的丈夫。

过他。那时他还没有结婚吗?""没有。"完了。我本来还可以叫他再谈谈你,但我没有这个勇气。

你现在和最近一段时间内服药片的效果如何?这是你第一次又提到头痛。你能就巴黎计划再对我说几句吗?

现在你将到哪里去?(一个邮政条件好的地方吗?)**什么时候?多长时间?六个月?**

一旦你有什么作品发表,马上告诉我在哪一期。

你是怎么安排你那两天巴黎之行的(纯粹是好奇的问题)?为"尽管如此"这个词而谢谢你,这是一个有魔力的词,它直接进入我的血液。

星期五

到家后我看到了这封信。这姑娘我认识已久,也许我们有点亲戚关系,至少我们有一个共同的亲戚,即她提到的那个表哥。他在布拉格,重病卧床,几个月来一直由她和她的姐姐照料着。就身体而言她几乎给我以不舒服的感觉,长着一张大得过分的圆脸和红面颊,矮小而滚圆的身体,说话悄声悄气,简直叫人恼火。但我也听到她的长处,即亲戚们在她背后骂她。

假如在两个月前,我对这样一封信一定会简单地回答:不,不,不。现在我则认为我没有权力这么说。我并不是认为我可以帮助她。当然罗,俾斯麦不是指出过吗:生活是一顿安排得很笨拙的盛宴,主菜已经悄悄地过去了,人们却还在焦急地等待着饭前佐食。俾斯麦以为这样就能把这些信统统打发掉。人们也应该照此处世——这种小聪明是多么愚蠢,愚蠢得可怕!——我将给她写信,与其说是为她的缘故,不如说是为我的缘故,我愿意与她见面,某种东西通过你,密伦娜,交到了我的手里,我想,我不能紧握着不放。

舅舅明天走。我又将作些呼吸新鲜空气之旅行,到水里去,到城外去,这对我是必要的。

她写道,只有我可以读此信,我把它寄给你,这样便满足了你的要求。撕掉它。有一处很美:ženy nepotřebuj mnoho①。

星期五,下午

不管怎么将这封可爱的、忠实的、愉快的、带来幸福的信翻来覆去,它都是一封可称作"救星"的信。救星中间的密伦娜(假如我也在他们中间,她是否已在我的身边了?不,那就肯定不会了)!救星中间的密伦娜,她从自己的切身经验知道,要救一个人,只能通过其自身的存在,别的都没有用。她已经以她的存在拯救了我,现在却还在尝试用其他小得多的方式来使之圆满。假如一个人救了一个快要淹死的人,这当然是个壮举;但假如他在这之后赠给被救者一张参加游泳训练班的证件,这又算什么呢?为什么这救人者要拈轻怕重,为什么他不愿始终以他的存在,以他那始终愿意为他人效劳的存在继续拯救人呢?为什么他要把任何推给游泳教练和达渥什的旅馆老板呢?此外我的体重是55.4公斤!我们手搀手时,我又怎么飞得走呢?假如我们俩一起飞走,过后又干什么呢?此外,这是前面因素的真正基本思想——我永远不愿离你太远。我不是刚从美兰那铅顶地牢中脱身出来的吗?

星期六,稍晚

我今天本来还想写点别的,但它现在变成无关紧要的了。我回到家

---

① 捷克语:女人不需要很多东西。

里，在昏暗的房间里看到这封出乎意料的信放在书桌上。我匆匆读了一遍。他们不断地叫我吃晚饭，我随便吃了一点东西，可惜这些东西你不把它吞下去便不会从盘子中消失。完了我便读这封信，彻底地、慢慢地、迅速地、狂乱地、幸福地、有一会儿惊讶地读着——完全难以置信，但确实是白纸黑字写在那里，就是不能相信，但身子却朝那儿下倾，其实这已是一种相信了——终于绝望了，心怦怦地跳，绝望了。"我不能来。"这我从头几行就知道了，在读最后一行时也知道，在这期间我的心当然已多次到了维也纳，就像在一个失眠之夜有十次做了个半分钟长的梦。然后我去邮局，给你打电报，心境安宁了一些。现在我已坐下来。我坐在这里的倒霉任务是向你证实，我为什么不能来。现在你说我并不弱，也许我会成功的，首先我也会成功地挨过下几周，这下几周的每一个小时已经在向我狞笑了。它们问道："你真的没有到维也纳去过吗？你收到这封信也没到维也纳去过？没有到过维也纳？没有到过维也纳？"我不懂音乐，但这段音乐，可惜我却比所有音乐行家都懂得更加透彻。

我不能来，因为我在公司里不能吹牛。我可以在公司里吹牛，但只能出于两个原因：出于惶恐（这是一种办公室工作的自然现象，与办公室工作是分不开的，在这种情况下我吹牛不用准备，熟练而灵感丰富），或者由于迫不得已（也就是说假如"爱尔塞病了"[①]的话，爱尔塞是爱尔塞，不是你密伦娜，你不会病的，这将是最万不得已的情况，我对此根本不愿谈及）。迫于万不得已我会马上就撒谎的，这时电报也没有必要。万不得已是一种可以顶得住办公室的东西，在这种情况下我将不管是否得到获准都会来的。但是假如我借以撒谎的原因中的主要原因是幸福，是幸福的必要性，在这样的情况下我撒不了谎，我撒不了，就像我举不起二十千克的哑铃一样。假如我带着一份"爱尔塞"电报到经理那儿去，这份电报一定会从我手里滑落；假如它掉在地上，我一定会用脚去踩它，踩这个谎言；假如我这么做了，一定会不提任何请求就从经

[①] 估计是约定在电报中使用的暗语。"爱尔塞病了"可能意味着"来！"

理那儿跑开的。想一想,密伦娜,办公室并不是随随便便的一个愚蠢的机构(确实是愚蠢的,而且太愚蠢了,但现在这不是我们的话题,再说它还是美妙多于愚蠢呢),而是我至今的生活,自然我可以摆脱它,这样也许一点都不坏,但至今它毕竟是我的生活。我可以吊儿郎当应付它,我可以为它干得很少,比其他任何人都工作得少(我做得到),可以对工作随随便便(我做得到),可以照样摆架子(我做得到),可以毫不羞愧地接受一个职员能得到的最佳待遇,但是吹牛,为了突然作为一个无牵无挂的人(而我明明只是个受雇的职员)到那里去,到那除了不言而喻的心跳"没有其他任何东西"驱使我去的地方去,那么,我是吹不了牛的。但是我在收到你这封信之前就想写信告诉你,我在本周内就想去换个新护照或者延长有效期,以便在必要时可以尽快地赶到。

我读的时候把它漏掉了,我并不"强大",我也根本没有说过这个意思,只是由于我找不到恰当的表达方法(还有:换一个人,一个——大多数职员都这么认为——认为自己不断受到不公正待遇的人,一个竭尽全力地工作的人——假如我是这么认为的,那么可以说我已经坐上通向维也纳的快车了,一个把办公室看成一台被人愚蠢地领导着的机器的人——要是他自己来领导会好得多,在这台机器上,这个人正是由于领导的愚蠢而被安放在不适当的地方——照他的能力,他,是个最上面,最上面的齿轮,在此却不得不作为最下面,最下面的齿轮来工作,等等,换这么一个人,他撒谎一定会比我圆满,可是在我的眼里,办公室,——以前小学、中学、大学、家庭,一切,也都是这样——是一个活生生的人,不管我在哪里,他都用他那清白纯洁的眼睛看着我,我不知怎么会与这个人结下了不解之缘:尽管他对我来说比那些我现在听见他们坐着车穿过环城路的人更陌生,他对于我来说陌生得叫人失去理智。但正是这一点叫人留意,我几乎不掩饰我的陌生感,但是它什么时候才能认识到这种清白无辜的特点呢——我便不能撒谎了)。不,我不强大,我不会写,我什么都不会。现在,密伦娜,你也疏远我,不会很长的,我知道。但是看吧，长时间心不跳是受不了的，在你疏远我的时候，它又怎么会跳呢？

在这封信后你要是能打个电报给我多好啊！这是呐喊，不是请求。只有在你能毫无困难地这么做的时候才这么做，只有在那时。你看，我在这几行下面并没有画道道。

我忘了可以叫我撒谎的第三种情况：你在我的身边。可是这就将成为全世界最纯洁无辜的一种撒谎，因为那时站在经理室里的将只有你，没有别的任何人。

星期六晚

你对星期六晚上的信会说些什么，我还不得而知，并且在很长时间内也将无从知晓。总之我现在坐在办公室里，星期天值班（也是这个机构的一个奇怪之处，坐在这儿就够了，故其他人星期天值班时工作比平时少，而我却同样多）。天阴沉沉的，一会儿像要下雨，一会儿云层中透出的光亮又干扰我的书写。这天就和现实一样：悲戚而沉重。你写道，我有生活的乐趣，而今天我则几乎没有；它应该给我什么呢？给我今天的夜晚，今天的白天？从根本上看我还是有这种乐趣的（这话说得多好：时时再现），但在表面上却很少。我对自己并不怎么欣赏。我坐在这儿，在经理的门外，经理不在，但是我不会惊讶的，假如他从里面走出来，并且说："我也不喜欢您，所以我解雇您。""谢谢。"我会说，"我急需被解雇，以便去一趟维也纳。""是嘛。"他会说，"现在我又喜欢您了，我收回解雇令。""啊，"我会说，"那么我又不能去了。""噢不错，"他会说，"您现在又不叫我喜欢了，我宣布解雇您。"这故事会无穷无尽地延续下去。

我相信，今天是我回布拉格后第一次梦见你。是凌晨时做的一个梦，短而沉重，经过一个恶劣的夜晚之后还算迷迷糊糊睡了一会儿。我记得的不多:你在布拉格,我们沿着位于维利麦克斜对面的费迪南大街朝河堤方向走去,你的几个熟人在街对面走过,我们向他们转过身去。你谈论着他们,好像也说到了克拉萨①(我知道他不在布拉格,我会打听他的地址的)。你像平常一样说话,但话中有一种难以琢磨、难以名状的反感。我对此根本不提,而是咒骂自己,只是在咒骂我自己。然后我们到了一家咖啡馆,好像在咖啡联合会(这是我们经过的地方),一个男人和一个姑娘坐在我们的桌旁,我已经完全想不起他们的样子了。后来又来了一个男人,长得很像陀思妥耶夫斯基,他是个年轻人,深黑色的胡子和头发,他的一切,比如眉毛,隆起的眉棱显得异常突出。然后是你和我在那儿。你的反感一点都没有暴露出来,可是你的反感却是明摆着的。你的脸——这种折磨人的奇怪现象吸引住我的目光——搽了粉,而且搽得太明显了,笨拙而不体面;天气好像很热,因此你的两颊现出了搽粉的线条,我现在想起来仿佛还历历在目。我不断向前欠身想问你:为什么搽粉;当你察觉我要问的时候,你就抢先问我———一点不露出反感——"你想说什么?"但是我不好开口了,我不敢再问,而我隐约地觉得,你搽粉是对我的一次考验,一次最关键的考验,要看我敢不敢问。我也想问,但是不敢。这个悲伤的梦就这样压在我身上。那个像陀思妥耶夫斯基的男人也在折磨着我。他对我的姿态就像你那样,但稍有不同。当我问他什么事时,他显得非常和气、热心,向我俯过身来,十分爽朗,但是当我不知道该问些什么或说些什么时——这随时都在发生——他就一下子缩回身去,埋头读一本书,与世界,尤其是与我隔绝开来了。他消失在他的胡子和头发之中了。我不知道为什么忍受不了这种场面,我不断地——我没有别的办法——以提问题把他引过来,但又不断地因我的过失而失去他。

有一点我可以借以得到一点小小的安慰,今天你不能禁止我去读它。《论坛报》②就在我的面前,我不必违反禁令去买这份报纸,我是从妹

---

① 克拉萨(Hans Krasa),作曲家,后来死在集中营。
② 布拉格一家进步日报,密伦娜曾为该报工作过。

夫那儿借来的。不对，是妹夫借给我的，让我享受这幸福。起初我并没关心里面有什么东西，但是我听见了一个声音，我的声音！在世界的喧嚣声中，让我享受这个幸福吧。再说它的整体是那么美！我不知道是怎么回事，我分明用眼睛在读，但我的血液是怎么得知的呢，并把它溶于一身，以至热血滚滚？而且很有意思。我当然属于第二类：脚边的这一重量正是我自己的财产，我全然不同意公开纯属我个人的事情。有一次有个人对我说，我像只天鹅似地在遨游着，但是这不是恭维。不过这也叫人激动。我觉得我像个巨人，张开胳膊挡住拥向你的观众——巨人这样做并不容易，他既要挡开观众，同时又不想漏掉你的哪怕一句话，不想失去对你的注视，哪怕只有一秒钟之久——这些似乎是执迷不悟的，未开化的愚昧。此外还有婆婆妈妈的观众，他们也许在喊叫："时装在哪儿哪？时装到底在哪儿哪？我们至今看见的，'只是'密伦娜。""只是"，我是靠这个"只是"生活的。我本来已将世界的其他部分夺了过来，就像闵希豪森①夺了直布罗陀海峡的炮台，并把它们扔到了大海中去。什么？所有其他部分？撒谎？你在办公室里不能撒谎？好吧，我坐在这儿，天像刚才一样阴，明天没有信来，而那个梦是关于你的最后消息。

星期日

那么要快，机会来了，每个礼拜都有，只是以前我没有想到。当然，我首先必须得到护照，这并不像你所想的那么简单，没有奥特拉②几乎不可能。

我在一个星期六下午坐上快车，大约（我明天去打听准确的时间）

---

① 闵希豪森（1720—1797年），德国军人及冒险家，因R.E.雷斯朴搜集的他的冒险故事而闻名于世。——译者
② 卡夫卡的小妹妹，对卡夫卡的生活有重要影响。——译者

于半夜2点到达维也纳。在这期间,你要在星期五买好星期天去布拉格的火车票,并给我拍个电报,说你买到了。没有这份电报我不能离开布拉格。你在火车站等我,我们可以共度四个小时,星期天早晨7点我离开那儿。

这便是我说的机会,虽说有点凄凉,只能一起疲乏地度过夜间的四个小时(在哪里呢?在弗兰茨——约瑟夫车站附近的一家旅馆里?),但总还是一种机会。假如你——可以有这种机会吗?——你坐车到格蒙德,而我们在格蒙德过夜的话,这一机会便将美得多。格蒙德在奥地利吧?那么你就不需要护照。我大约晚上10点到达,也许还要早些,星期天大约乘上午11点的快车离开(星期天想必容易得到座位)。假如有一辆合适的客车更晚离开那儿,便更迟些离开。当然,你怎么坐车去,坐什么车离开,我就不知道了。

那么你怎么看呢?奇怪吧,我跟你谈了一天,而现在却不得不问你了。克拉萨的地址是玛丽恩巴德明星旅馆。

星期日,晚

那么,那份电报不算答复,星期四晚上的信才是答复。因此,"彻夜不眠"是千真万确的,今天早晨可怕的伤感也是千真万确的。你丈夫知道吐血的事吗?不必夸大,也许没有什么问题。吐血有种种原因,但毕竟是吐血,要忘却是不可能的。而你英雄般快乐地活着,任你的生活之流朝着这个方向流去。你活着,就像你在对血说:"来吧,为什么还不来啊。"于是它来了。至于我该怎么办,你根本别管。你当然不是nemluvně[1],知道自己在干什么:你故意在我眼前沉入维也纳的海中。假如说你没东西可知,这不就prosebe[2]是一种需要吗?要不你是认为,

---

[1] 捷克语:婴儿。
[2] 捷克语:就其本身而言。

这与其说是你的需要，不如说是我的需要吧？哦，你这么认为也是有道理的。钱我不能再寄给你，因为中午我将回家，把钱塞进厨房的炉子里。这样我们就完全分手了。密伦娜，我们共同竭尽全力保持的只有一个愿望，就是你到这儿来，你的脸离我尽可能地近些，当然还有死的愿望。"舒服地"死去的愿望也是我们共有的。不过，这愿望本来是小孩子就有的。比如，当我在上算术课时，看见老师在讲台上翻着他的笔记本，大概在找我的名字时，我就产生了一种愿望，那是恐慌和真实的体现，与我的知识一样不可捉摸，一样虚无。我由于恐惧而半梦半醒地希望，自己会像鬼魂般站起来，鬼魂般从板凳之间择路而逃，就像我的数学知识一样轻盈，从老师的身边飞过，不知怎么就出了门，到屋外才定下神来，自由自在地享受着美好的空气。这空气，在我认识的整个世界中，都不像在教室里那么紧张。是的，这是"舒服"的。但是事情没有这样发展。我被老师叫起来，他交给我一道题。要解答它须有一本对数表，我忘记带了，却撒谎说在凳子上，因为我相信老师会把他那本借给我，老师却叫我到凳子那儿去拿。我带着绝不是装出来的恐慌——我绝不能在学校里装作恐慌——发现那儿没有，而老师——前天我还碰到过他——对我说："您这条鳄鱼！"我马上得了及格的分数。这本来很好，因为这只是形式上的，而且不公正（我虽然撒了谎，但没有人能够证实这是谎话，所以不公正吧？）。首先，我不必暴露我不知羞耻的无知了。整个说来，这也是相当"舒服"的。在有利的情况下，即使在房间里，也可以"死去"。这种可能性是无穷的。人可以"死去"，其实还活着①。

只有一种可能性不存在（干脆别啰嗦了，这是显而易见的）：你现在走进来，待在这儿，我们彻底地讨论一下你怎么恢复健康。这恰恰是最迫切的。

在读这封信之前，今天我本来要跟你谈许多，但现在面对这鲜血又

---

① 〔在这一页和前一页之间用蓝笔写着〕我这样瞎扯，仅仅因为无论如何我在你身边总是感觉舒适的。

能说什么呢？请马上写信告诉我：医生说了什么？那位医生是怎么样一个人？

在火车站的后悔，你描写得不准确。我一刻也没犹豫过，一切是那样不言而喻的悲伤而美好，我们是那么孤独，以致那些本来不在那儿的人突然抗议起来，要打开站台的门。那一幕景象显得多么滑稽。

但是旅馆前的情景完全如你所述。你在那儿的模样多么美啊！也许那根本不是你？假如你那么快就站了起来，那倒是十分奇怪的。但假如那不是你，你怎么能对经过情形知道得如此清楚呢？

星期一

唉，恰恰现在来了这么多文件。我是为什么工作的呢？何况根本没有睡醒，脑袋昏昏沉沉。为了什么呢？为了厨房里那个炉子。

现在又加上了那个诗人，即第一个诗人。他还是木刻家、蚀刻师。他不走开，充满了活力。他把这一切往外向我扔来，看着我怎样由于焦躁而颤抖，我的手怎样在这封信上面颤抖。我的头已经垂到了胸前，他还不走开。这是个好心的、活跃的、又快乐又不快乐的、非同寻常的年轻人。但恰好现在我烦得要命，而你的嘴角正流着血呢。

实际上，我们写的是一回事。有一次我问你是否病了，于是你写了这方面的情况；有一次我想死，接着你也这么表示；有一次我想象个小男孩一样在你面前哭泣，接着你也想象个小姑娘似地在我面前哭泣。我一次、十次、一千次，始终不断地说想来到你的身边，而你也这么说。够了，够了。

那医生怎么说的，至今不见你来信相告。你这个慢性子，你这糟糕的写信人，你这鬼东西，你这亲爱的，你——哦，怎么啦？没有别的，只想静静地躺在你的怀里。

星期一，稍晚

假如我不比今天早晨在信中多说一些，那我是骗子了，何况是对你说。对你，我可以比对其他任何人说话都更坦率随便。因为没有一个人像你这样知心，而且自愿地站在我这边，尽管那一切，尽管那一切（要把这伟大的"尽管那一切"与伟大的"尽管如此"区别开来）。

你信中最美的（这是多余的话，因为它们就整体而言，几乎每一行都是我生活中所经历过的最美的）是那些承认我的"恐惧"具有合法地位，同时又试图向我进行解释的话。这大可不必。因为我虽然有时看上去像受了自己的"恐惧"贿赂的卫士，但我内心深处好像确实承认它的合法地位。其实，我就是恐惧组成的。它也许是我身上最好的东西。因为它是我身上最好的东西，所以它兴许也是你最喜爱的东西。否则，在我身上找得到什么值得你爱的东西呢？它确是值得爱的。

也许有朝一日你会问，我既然心里怀着恐惧，怎么又会用"好"字来形容那个星期六呢？这不难解释。因为我爱你（**我爱你啊，你这死心眼的人，有如大海爱它海底的一颗小石子，我对你的爱就像海水淹没着你一样——而我在这里却又像一颗小石子，假如上天允许的话**）。假如说我爱整个世界，那么也包括你的左肩，不，首先是你的右肩，我因此而在想吻它的时候便吻它（而你是多么够意思，把你的衬衣往一边拉开），还有左肩，更有在树林里你贴在我上身的脸蛋和你埋在我身底下的脸蛋，还有我贴在你几乎裸露的胸脯上的脸。因此，你说我们已合而为一是有道理的。我对此毫不害怕，这正是我唯一的幸福，唯一的自豪。我根本不将这局限在树林的范围内。

但是，恰恰在这白昼世界和那"床上的半小时"（你有一次在信中轻蔑地把它说成是"男人的事情"）之间，对我来说是条鸿沟，我无法跨越，也许是因为我不愿意。对面那边是黑夜的事情，从任何意义上看都完全是黑夜的事情，而这边是尘世，我占有着它。现在，我为了重新占有黑夜的事，却要跳过去，跳入黑夜之中。有什么东西能够重新被占有吗？这是否意味着失去？这里是我所占有的世界，我却应该到对面去，为了玩一个可怕的魔术，一种变幻的魔术，一块炼金石，一种炼金术，一个魔环。去它的吧，我对此害怕极了。

竟想通过魔术在一个夜晚抓住它，急不可耐地、气喘吁吁地、困惑而迷乱地抓住它，用魔术抓住白天暴露在众目睽睽之下的东西！（也许不可能以别的法子获得孩子，也许孩子们也是魔术。先不去管这个问题吧！）因此我便有这般感激（对你和一切），于是一切便是这般 samozřejmé[①]：我在你身边最平静，也最不安，最窘迫，也最自在。这正是我放弃了其他一切生活方式的原因。请你看着我的眼睛吧！

通过 K. 夫人我才得知，那些书从床头柜上转移到了书桌上。在这之前无论如何应该问问我是否同意这一转移，那我一定会说：不！

谢谢我吧。我本想在这最后几行中再写一些激烈的话（一些激烈妒忌的话），但是我愉快地把这个欲望压下去了。

但是，现在够了，现在你谈谈艾米丽吧。

星期一下午

度过了一个不管怎么说总有点阴沉的日子。现在时间已经不早了。明天又会有你的来信。星期六那封我已收到了，星期天那封要到后天才能收到。明天不会受到某一封信的直接影响。多奇怪，密伦娜，你的信

---

① 捷克语：不言而喻。

是这样令我头晕目眩！自一个星期，也许更长时间以来，我总感到你出了什么事，某种突如其来的或者慢慢袭来的事，某种必然的或者偶然的事，某种意识到的事。反正我确信出了事。这并不完全是从来信的细节中发现的。当然这样的细节也存在，比如：信里充满了回忆（而且是非常特别的回忆）。你虽然像以往一样回答问题，但又不是回答一切问题。你有着莫名的悲伤，叫我去达渥斯，突然又愿意与我这么相会了（你马上就接受了我劝你不要到这里来的建议，宣布在维也纳会面不合适。你曾经说过，在你此行之前我们不要会面，而在现在这两三封信中，你却如此急切。我本该对此高兴，但办不到，因为你的信中有某种隐藏着的惶恐，是向着我，还是反对我，我不知道。反正这惶恐流露在你想要会面的突然性和迫切感之中。能找到一个会见的机会，无论如何我很高兴。这确实是一个机会。假如你不能在维也纳之外的地方过夜，那么无非牺牲几个可以共处的小时，而目的仍能达到。你坐星期天早晨 7 点的快车前往格蒙德——就像我当时那样，10 点到达那里，我在那儿等你。我下午 4 点半才离开那儿，我们待在一起的时间总共还有六个小时。你坐晚上的快车回维也纳，11 点 1 刻到达那里。这可以算一次小小的星期日郊游）。

我心神不宁，或者倒不如说，我并没有怎么不安，你的力量就是这么大。我的心并没有更加不安，因为你沉默不语，隐瞒着什么事情，或者是必须瞒着，或者是无意识地瞒着，我没有为此而更加不安，而是保持着镇静。我对你的信任如此强烈，不管你的表情如何。我想，假如你瞒着什么事，这种隐瞒也必定是正确的。

不过，我面对此事仍然镇静，还有一个真正非常特别的原因：你有一个特性——我相信，这是深深地融合在你的本质中的，假如它不能处处得以发挥，那一定**是其他人的罪过**——我还从未在别的人那儿发现这种特性。我唯独发现了它，真有点不敢相信。这特性就是，你不会给人制造烦恼。你之所以如此，并不是出自同情心，而是因为，你不会。——不，这是奇妙的，我几乎整个一下午都在琢磨这件事，现在却不敢写下来。这一切，也许只是为拥抱你而想出的一种或许很高明或许不很高明的借口。

我现在上床睡觉啦。此刻，即星期一晚上 11 点，你在做什么？

星期一晚

你太不通达人情世故，密伦娜，我一直这么说。好吧，爱尔塞是生病了，这看来是可能的，也许必须因此而前往维也纳，但是老姨妈克拉拉（病）重吗？你难道以为我可以撇开其他一切因素到经理那儿去，告诉他克拉拉姨妈的事，而不笑出来吗？（这里当然又牵涉到对人情世故的认识，犹太人谁都有个克拉拉姨妈，但我那位去世已久。）这是完全不可能的。好吧，我们不再需要她了。即使她死的时候，她也不是孑然一身，奥斯卡在她身边。当然啰，谁是奥斯卡呢？克拉拉姨妈是克拉拉姨妈，但是谁是奥斯卡呢？无论如何，他在她身边。但愿他没有生病，这个骗取遗产的人。①

真的收到一封信，而且是这一封！我开头写的那些话不适用于晚间的信，但这种（正如我说过的：安宁）不安因素——由于它已经出现——即使在晚间的信面前也不会消失。我们互相能见面该多好啊。也许我明天或后天（奥特拉今天已经去为护照奔走了）会打电报给你，告诉你我是否能在本周六就到格蒙德来（去维也纳这个星期无论如何太仓促了，因为还必须去买星期天的快车票）。你用电报答复我，你是否也来。我还是傍晚去邮局，这样你能马上收到电报。这样吧：我在电报中称："不可能。"就是说我本周不能来。那就不必给我回电，我们继续在信中商谈（今后四周内会晤的可能性取决于你将到什么地方的乡下去，或许你会走得比现在离我更远。那么，我们也许将有一个月之久不能见面）。

---

① 显然，密伦娜想给他发一封假电报。

假如我在电报中称:"周六可到格蒙德",你就要回电,或者说"不可能",或者说"周六到格蒙德",或者说"星期天到格蒙德"。**如果是后两者,那就算定下来了,不必再发电报**(不,为了使你放心,表明我已收到你的电报,我还将回电),**我们俩都到格蒙德去,在本星期六或星期天便可见面**。这听起来十分简单。

浪费了几乎两个小时,不得不将信放在一边。奥托·皮克[1]来过。我很累,我们何时见面?为什么在一个半小时内只能有两三次听到你的名字?你在哪里?在前往那茅屋所在的村庄的路上?我也在路上,这是一次漫长的旅行。但是不要因此而折磨自己吧,无论如何我们已坐在车上。除了坐车上路,别的办法都是不可取的。

星期二

医生在哪里?我把这封信从头到尾浏览了一遍,并未读它,只是想找到那个医生的名字。他在哪里?

我睡不着。我不想说,我是因此而睡不着。对于没有音乐细胞的人来说,真正的忧虑其实比其他东西更能催他入眠,但我就是睡不着。维也纳之行距今已经很久了吗?我对我的幸福称颂得过分了吗?牛奶、黄油和色拉都无济于事,而我需要的不正是你在我身边陪伴我养神吗?也许这些理由一个都不是,但这些日子不能说是美好的。三天来我也失去了住在空荡荡的居室中的福气,现在住在家里(这也是我会这么快收到电报的原因)。使我感到那么舒服的也许不是居室的空空荡荡,或者说这不是主要因素,而是由于同时占有两套住房,一套白天用,另一套僻静些,供晚上和夜间用。你明白吗?我不明白,可是事情就是如此。

---

[1] 布拉格作家,《布拉格日报》编辑,卡夫卡的老朋友。

是的，那个大橱，我们将为它进行我们之间第一次也是最后一次争吵。我会说："我们把它扔出去。"你会说："留着别扔。"我会说："有它没我，有我没它，你二者择一吧。"你会说："一回事，弗兰克和施兰克①，是押韵的。我选择施兰克。""好吧。"我会说。然后我慢慢地走下楼梯（哪一个楼梯？），接着——假如我还没有找到多瑙河，那么我今天一定还活着②。

此外我对那大橱是很同情的，只是那件衣服你不应该穿。你会穿破它的，这么一来还能给我留下什么呢？

奇怪，那坟墓，我本来就是在那地方找，但只是畏畏缩缩地，把范围扩展得越来越大，越来越大，最终大得不得了，终于把一个毫不相干的礼拜堂当作了那个礼拜堂。

这么说，你将离开而又没有签证。**你在必要时马上会得到的保险性因此便不复存在。**现在你还希望我睡觉。而那个医生呢？他在哪里？他还没有来吗？

没有特种会议邮票，我也曾相信有这样的邮票。人们今天给我带来的"会议邮票"真叫我失望。这都是些普通的邮票，只是盖上了会议的戳。尽管如此，这个邮戳也会使这些邮票十分值钱，但是那个小伙子是不会明白的。我将每次只附上一张邮票，一是由于其珍贵，二是为了每天都能得到一声谢谢。

你看，你需要一支笔。我们为什么没有更好地利用维也纳的时间呢？我们为什么不能始终待在纸张店里？那里是那么美，而我们离得那么近。

你没有把那些愚蠢的笑话念给那大橱听吗？我几乎对你房间里的一切东西都爱得发昏。

---

① 施兰克，德语为 Schrank，意为大橱，与卡夫卡的名字弗兰克（Frank）是谐音。
　　——译者
② 这里是幽默地模仿一些童话的结尾：假如他们还没有死，那么他们今天一定还活着。
　　——译者

那么那医生呢?

你经常碰到那位集邮者吗？这不是别有用心的问题，尽管从表面上看是如此。睡得不好，就爱提问，但不知道自己问了些什么。人人都想永远地问下去。不眠就意味着提问，一旦得到答复，便会安睡了。

以神经错乱来解释未免太过分了。护照你已经得到了吧？

星期二

收到一封星期五的信。假如星期四没有写，那也无所谓，只是一封也不要失落。

你信中所说我的话聪明得可怕，我对此不想补充什么，且让它原封不动地留着吧。只是里面有一点，我想说得更坦率一些：我的不幸在于我把一切人——当然首先是那些我认为是出色的人——都看成好人，我的理智和心都叫我这么去看（现在进来了一个人，吓了我一大跳，因为我正在自言自语，做出表达这些观点的表情），只有我的身体不知怎么让我无法相信他们（在必要的情况下）真的会变好。我的身体感到恐惧，宁可慢慢地爬上墙去，也不愿等待那就此意义而言真能拯救世界的考验。

我把昨晚上那一封信撕毁了。你因为我的缘故而非常不幸（其他因素当然也在起作用，一切都在起敌对的作用），一次比一次更坦率地说出来吧。总有一次会突然行不通的，这是当然之事。

昨天我去看医生。与我的估计不同，无论他还是秤都没有发现我的状况有所改善，当然也没有发现恶化。但医生说我必须离开这里，到瑞士南部去。他马上从我的解释中认识到这是不可能的，于是他不需要我提醒，立即举出两个奥地利疗养院是最理想的去处：格里蒙施泰因疗养院（弗兰克福特博士开的）和维也纳森林疗养院。当然他目前不知道这两处的邮政信箱号码。你是否能顺便打听一下呢？比如在某个药房，从某个医生那儿，在一本邮政簿或电话簿中？事情不急，也并不是说，我就一定会去。这是些专治肺病的地方，病人们没日没夜地咳嗽着，发高烧。人们在那儿必须吃肉①，当病人拒不打针时，那儿还有犹太医生捋着胡子在一边看着，对犹太人和对基督徒一样强硬。

在最近的某一封信中，你说（我不敢把最近几封信抽出来仔细引证，也许我在匆匆阅读时误解了，这是最可能的），你的事业正面临彻底的完蛋。其中有多少成分是一时的烦恼，有多少是持续的现实呢？

我把你的信又读了一遍，决定收回"可怕"二字，这话不全面，又有些过分，其实仅仅"聪明"便够了。对于人来说，同幽灵玩"捕捉"的游戏是困难的。

你同布莱②在一起。他在干些什么？我乐于相信这一切是愚蠢的，我也相信人们是矛盾的。这里边有些美好的东西，只是距此约五万英里之遥，而且拒绝前来，一旦萨尔茨堡所有的钟全部鸣响起来，它会出于谨慎而向后退几千英里。

星期二

你知道卡萨诺瓦③逃离铅皮顶监狱④的故事吗？是的，你知道的。

---

① 那时卡夫卡在坚持素食。——译者
② 布莱（Franz Blei），作家。——译者
③ 卡萨诺瓦（Cassanova），意大利中世纪一部著名的长篇小说的主人公，是个善于猎取女人心灵的英俊男子，是欧美众所周知的文学形象。——译者
④ 威尼斯古代一处监狱。——译者

故事中草草描写了监禁的最可怕的方式。在黑暗、潮湿的地牢里，在海水所及的高度，人们蹲在一块狭窄的木板上，水已经快淹到脚跟了，随着海的涨潮水也真的涨了上来。但是最可怕的是那些野蛮的水老鼠，它们在夜间的　叫声、拖拽声、撕裂声、啃啮声（我想，它们是为了觅食而与人们作斗争的），尤其是它们焦躁的等待，等着人们精疲力竭，从木板上掉下去。你知道吗？这封信里的故事正是如此，可怕而又不可思议，尤其这么近，又这般遥远，就像自己的往事一样。人们蹲在上面，脊背会变得不那么美，脚也在抽搐，怀着惊恐，除了注视着那些又大又黑的老鼠之外，无所事事。它们在半夜里使人头昏眼花，使人最终搞不清他们是依然坐在上面呢，还是已经掉进海里；是在吹口哨，还是龇牙咧嘴。去它的吧，不要说这样的故事，到这儿来吧，这算什么呢，来吧。我把这些"小动物"赠给你，条件是：你将它们撵出这座房子①。

难道就再也不跟我提及医生了吗？你明明许诺过你要去看医生的，而你从来是说到做到的。因为没有再咯血，你就不去了吗？我不愿你效法我，你比我健康得多，简直不可相比。我将永远是那个自己扛着箱子走的先生（但是这并不意味着地位的高低，首先是那个招手呼唤搬运工的先生出场，接着搬运工来了，然后才是请求搬运工为他扛箱子，因为他快要支撑不住了。我最近——最近！——从火车站回家时，本来没有说什么有关的话，那个扛着我的箱子的服务员便开始安慰我，说我无疑懂得许多他办不了的事情，扛行李是他的义务，对他毫无妨碍，等等。一幕幕往事在我脑海中闪过，服务人员的话可以作为对这些往事的答复——完全能令人满意的答复。但是说穿了，我并没找到合适的例子）——是的，我在此不能与你相比，但我总不得不想我自己当时的情况如何。想这些使我产生忧虑，得出的结论是：你应该去看医生。此事发生在三年前，以前我的肺从未患过病，干什么都不觉得累，走路有无

---

① 〔左边边缘上写着〕在这些信上那"尽管如此"真是必要的，但这作为一个词本身不是也挺美吗？在"尽管"中人们撞在一起，"尘世"还在，在"如此"中人们沉了下去，一切便统统不存在了。

穷无尽的劲,从未达到我力量的极限(在想问题方面却总是如此)。事情是突如其来的,大约是8月份——天气炎热美好,除了我的脑袋外,一切正常——我在平民游泳学校吐出一口红红的东西来。这又奇怪又有趣,对吗?我看了它一会儿,很快就忘了。这以后便经常如此,而且只要向外吐痰,我就可以看到红色,真是随心所欲。这就不再有趣,而是枯燥了,我又将它忘了。假如我当时马上去求医的话——那么,也许一切同样如此,就像不找医生一样,只是当时无人知道这血的事。我本来也不知道,没有人担惊受怕。但是现在有人担忧了,所以求求你,去看医生吧。

奇怪,你的男人说,他将给我写信,写这写那。还要殴打和绞杀吗?我对此真的不懂。我当然完全相信你的话,但对我来说完全不能想象。读到这些我没有产生任何感受,就好像这是一个完全陌生的遥远的故事似的。就像你在这儿,对我说:"现在我是在维也纳,这儿在叫喊着。……"我们俩都会向窗外看去,看着维也纳的方向,这当然不构成任何足以引起激动的因素。

但还有一点该说的:你有时在谈到将来时,是否忘了我是个犹太人?(jasné nezapletené①)作为犹太人,这始终是危险的,即使是在你脚下。

星期三

你信中对我出门一事所说的话(čekáš, až to Tobě budenutné②),我宁可省略不读。首先,这已经过时了,其次,这叫人痛苦。里面当然也有合乎道理之处,否则星期六晚上至星期天早晨的信为什么这般绝望

---

① 捷克语:清清楚楚,毫不含糊。
② 捷克语:还是等到对你来说是必要的时候吧。

呢？第三，我们星期六也许就能见面（好像你在星期一早晨还没收到三份电报的第一份，但愿第三份你能及时收到）。

关于父亲的信①所引起的你的绝望情绪，我只能理解到这个程度：事情已经持续那么久了，那最折磨人的关系每一次新的体现，都使你重新陷入绝望。从这封信中你找不出什么新东西。你父亲的信我一封都没有读过，但在这封信中我也没有发现什么新的东西。他是忠心的，又是暴戾的，并且认为只有暴戾才能使心灵得到满足。签字确实没有多大意义，不过是暴君的体现而已，上面写着"lito"和"strasně smutné"②，这抵消了一切。

当然，使你惊恐的也许是你的信与他的信之间的不平衡。你的信我没有读过，再便是另一方面，想想他的"不言而喻的"谅解精神与你的"不可理解的"抗拒态度之间的不平衡关系。

现在，你拿不定主意该怎么答复？或者不如说曾经如此，因为你写道，现在你知道应该怎么答复了。这真奇怪。假如你已经答复了，却又来问我："我回答了些什么？"我会毫不犹豫地说，你已经照我的意见回答过了。

自然这是不容置疑的，在你父亲眼前，你的丈夫和我之间是根本没有区别的，对欧洲人来说我们都长着一样的黑人的脸。假如撇开你目前对此说不出什么肯定的话这一点不谈，你又为什么把这写到回信中去呢？为什么一定要撒谎呢？

我相信，你只能这么回答，就像一个几乎别的什么都不看，只是心情紧张地注视着你的生活的人必然会对你父亲（假如他也会以同样的方式来谈论你的话）说的那样："一切'建议'，一切'确定无疑、不可动摇的条件'，都毫无意义，密伦娜过着她自己的生活，不会去过另一种方式的生活。密伦娜的生活诚然是悲凉的，但总还是像住疗养院那样

---

① 估计是密伦娜提到她父亲的来信。密伦娜的丈夫是犹太人，当初密伦娜父母坚决反对这门婚事，密伦娜从此与家庭闹翻。——译者
② 捷克语："遗憾"和"伤心极了"。

'健康和平静'。密伦娜只请求您终于能看到这一点，其他什么请求都没有，尤其不会请求得到任何'舍施'。她只是请求您不要千方百计与她隔绝，而是去体谅她的心情，像一个人与另一个同样地位的人说话那样与她说话。只要您一旦这么做，您便会在密伦娜的生活中消除许多'可悲性'，您也就不必再为她感到遗憾了。"

你说你给父亲的答复落到生日的话题上了，这是什么意思？为这个生日我确实开始害怕了。我们星期六能否见面？无论如何请于 8 月 10 日晚上打电报给我。

假如你有可能于星期六，或至少于星期天到格蒙德来，那多好啊！这的确非常必要。

这样的话，在我们面对面互相看着之前，这便将是最后一封信了。这双一个月来实际上一直无所事事的眼睛（哦，当然啰，也读读信，看看窗外）将能看着你了。

这篇文章比德文写的那篇好多了，当然还有漏洞，或者不如说，人们在它里面走着，就像走在一片沼泽地里，每一次拔出脚来都那么艰难。最近，一位《论坛报》的读者对我说，我一定在疯人院里做过大量的研究工作。"只是在自己的那个里面。"我说。他为此还试图恭维我"自己的疯人院"这一说法。（译文中有两三个小小的理解错误。）

星期三

现在是晚上 10 点，我在办公室。电报来了，来得这么快，我几乎要怀疑这是不是对我昨天发出的电报的答复。但那上面确实写着：8 月 4 日上午 11 时发出。甚至 7 点钟就到了，也就是说只用了八个小时。

这电报带来的安慰之一是：我们离得够近的：几乎在二十四小时内我便能收到你的答复，而且答复不总是：不要来。

还有一线希望：我在一封信里向你解释过，你不必在维也纳之外的地方过夜，可以到格蒙德去。也许你还没有收到那封信。但是这点你自己也是可以想到的。不管怎么，我总是在想，我是否应该根据这微弱的希望去取来有效期仅仅三十天（你的休假旅行）的签证，并把快车票办妥。但我大概不会这么做。电报的语气是那么肯定，你对此行总是抱着不可能克服的顾虑。看吧，密伦娜，这没有关系，我自己还不至于胆大包天（当然，之所以如此，仅仅是因为我没有察觉，见面的可能性会是那么简单），才过了四个星期就"已经"胆敢想要见你了。假如我们见了面，我也认为全是你的功劳。那么，你自然也有（除非你不来，事情无论如何总会是这样的，这我知道）权力把这一由你造成的可能性一笔勾去，我完全不必为此白费笔墨。这情况就像是：人们钻出自己的居室，挖一条通向你那里的通道，高兴极了，以致逐渐全力以赴进行挖掘，深入这条也许（愚蠢却马上说：不是"也许"，是一定！一定！一定！）通向你那里的通道。可是突然间，这挖掘突然碰到了"请勿来"这块不可穿透的岩石。于是，人们现在又全力以赴地沿着这条曾挖得那么快的通路，慢慢地往回撤，并重新把土填上。这有点令人痛苦，但既然有能力就此作这般复杂的描述，那么看来事情就不会太糟。最终人们又会开辟新的通道，人们——老鼹鼠。

糟糕得多的是：根据我昨天指出的原因，这次会见或许是非常重要的。从这个角度看，任何东西都不能取代它，因此电报便使我感到悲伤。不过你后天的来信或许会带来安慰。①

我只有一个请求：在你今天的信中有两个很强硬的句子。第一句 (a Ty nepřijedeš, poněvadž čekáš, až to Tobě jednou bude nutné,

---

① 〔左边边缘上写着〕我一点都不反对你的休假旅行。我怎么会反对呢，你又为什么会这么想呢？

to, abys přijel①）还有一些合理之处，但远非完全合理。第二个句子（Měj se pěkně, Franku②，为让你能听清句子的音调，把跟着的话也抄录在此：Telegrafovat Ti ten falešný telegram nemá tedy smyslu, neposílám ho③。那你为什么又发出了呢？）这个"Měj se pěkně, Franku"，一点都站不住脚。就是这几句话，密伦娜，假如你愿意的话，你能够以某种方式明确地收回这几句话吗？第一句话只须收回一部分，第二句话则全部收回。

今天早晨我忘了附上父亲的信了，请原谅。而且我也没有注意到这是三年来的第一封信。现在我才明白它会给你造成什么印象。这样一来，你致父亲的信当然也显得重要得多了，**那里面必定有完全新的内容。**

对了，在你的信中还有三个针对我的句子，比起上述那两个也许更站在反对我的立场上，就是那个有关弄坏胃的甜食的句子。

星期三晚

今天该是出乎意外地成为我担心如此之久的无信的日子了。星期一的信中你说第二天不能再写信，口气多么郑重其事。但是现在，我总算还有你的电报赖以支撑。

星期四

我本想在你面前表现自己，显示我的意志力，先了结一件公文，等

---

① 捷克语：你不来，因为你在等待对你来说必须来的时刻。
② 捷克语：一切顺利，弗兰克。
③ 捷克语：给你发这个不该发的电报是没有意义的。我不发出。

一下再给你写信。但是房间空空如也,没有人关心我在干什么,就像是有人在对我说:让他去吧,你们没有看到他的事情把他的身心塞得满满的吗?就像他嘴里塞着一拳头似的。我只写了半页,便又回到了你的身边,俯在这封信上,就像当初在树林中躺在你身边一样。

今天没有信来,但我并不惊惶,密伦娜,求你不要误解我,我从未为你害怕过。假如有时看上去如此(经常是看上去如此),那也只是一个弱点,是心里在闹脾气。尽管如此,心却对它为什么跳动知道得很清楚。就是巨人也有弱点,甚至赫克力斯①。我相信,有一次我也曾昏过去。但是我紧咬着牙,面对你的眼睛(我在大白天也能看到)便能忍受一切:遥远、惧怕、担忧、无信。

我多么幸福,你使我多么幸福啊!来了一个当事人,你想想,我也有当事人。这个人打断了我的写信,我很恼火,但他长着一张好看的、亲切的、胖胖的、符合德意志帝国标准的面孔,乐于承受对他开的玩笑,就像对待公务程序一样。可是不管怎么说,他打搅了我,我不能原谅他;我甚至还不得不站起来,同他一起到别的部门去走走,这对于你来说已经过分了。而正在我站起来的时候,勤杂工来了,带来了你的信。我在楼梯上打开了它。老天爷,里面有一张照片,一种完全取之不尽、用之不竭的东西,一封可以读一年的信,一封永恒的信,而且这张照片真好,好得不能再好了。一张可怜的照片,只能透过泪眼,伴着剧烈的心跳才能看清它,用别的方式都不行。

一个陌生人又坐在我的桌旁。

接着上面的话说,我一切都能承受,只要有你在心中。如果说我曾经在信中说过,不见你来信的日子是可怕的,这说得不对,这样的日子只是沉重得可怕。小舟是沉重的,吃水深得可怕,但却是漂游在你的潮

---

① 赫克力斯(Herakles),希腊神话中的大力士。——译者

水中。只有一点,密伦娜,没有你的帮助,我承受不了"恐惧"。和它作对我太弱了,这些庞然大物我连俯瞰一下都不能,是它们夹带着我漂游而去的。

诚如你谈论雅尔米拉时所说的,正是由于心中的某种弱点,有一瞬间你的心停止了对我的忠诚,于是你就产生了这种想法。从这个意义上说,难道我们还是两个人?难道我的"恐惧"与对自我污损的恐惧大不相同吗?

又被打断了,我在办公室里没法再写信了。

要不是这封信那么令人宽慰的话,你预告的那封伟大的信差点儿没叫我害怕起来,信里会写着什么呢?

马上写信告诉我钱是否寄到了。假如丢失了,那么我再寄一笔。假如第二笔钱也寄丢了,我还会再寄去,永远寄下去,直到我们一无所有,那么才一切正常了。

F

星期五

花我没有收到,看来它使你在最后一刹那确实为我感到遗憾。

目前你的状况比我认识你以来的任何时候都坏。我与你之间不可消除的地理距离和你的苦恼加在一起,使我感到就像是置身于你的房间里,而你几乎认不出我来。我困惑地在床与窗之间踱来踱去,对谁都不信任,对哪个医生都不信任,对任何治疗方法都不信任,什么都不知道,看着阴沉沉的天空。早年天空只是开开玩笑,而今却是第一次露出了真正绝望的面孔,对你就像我一样爱莫能助。你躺在床上?谁给你送吃的?吃什么?还有你的头痛。可能的话,你写信把这些告诉我。我曾有过一个朋友,一个东方犹太人,话剧演员,他每个季度都有几天头痛得要命,除此之外,他是完全健康的。这些日子一到,他就必须靠在马路边的墙上,人们没办法帮助他,他只能来回踱步达半小时之久,等头痛过去。——病人被健康人抛弃了,但是健康人同样被病人抛弃了。是有规律的周期性的头痛吗?医生呢?是从什么时候开始的?那么你现在或许也在服药片啰?糟糕,糟糕,我连"宝贝"都不敢说了。

可惜你启程的日子又一次推迟了,现在你得在下星期四才走。现在,看着你在那儿的湖泊、森林和群山之间重新恢复的幸福,这个幸福我是享受不到的。但我还想要许多幸福,贪婪者,贪婪者。可惜你还不得不在维也纳忍受长时间的折磨。

关于达渥斯[①]我们还会谈到的。我不想去,因为那儿太远,花费太多,也太没有必要。假如我离开布拉格(这或许是我必须做的),那我最好是随便到某一个村庄去。当然,那里是否有人接纳我呢?这我还要考虑一下。但是10月份以前我是不会走的。

昨天晚上我碰到过一个叫施坦因[②]的人,也许你在咖啡馆里见到过他,人们总是将他与阿尔封国王相比。他现在在一个律师那里承担起草工作。遇到我他很高兴,并说他有公务要跟我谈,不行的话第二天他还会打电话给我。"哦,是什么事呢?""一桩离婚案,我似乎介入此事了,就是说,他请求我插手。""怎么插手?"我真的不得不把手搁在心窝处,听他讲完,才知道,这是一个作家父母的离婚案。那位母亲(我根本不认识她)向他——施坦因请求,要他让我对那个作家施加点影响,叫他对母亲好一点,不要老是这样骂她。

此外,这还是一次奇怪的婚姻。想想看,这女的已经结过一次婚,在第一次婚姻中同现在的丈夫生了一个孩子,就是这个作家。这个作家因此而姓女人前夫的姓,而不是跟着自己父亲的姓。然后他们结婚了,在过了许多年后,在现在的丈夫——作家的父亲——的推动下又离婚了。离婚手续已经办完,由于现在住房紧张,这女人得不到住房,仅仅出于

---

① 瑞士东南部的一个风景优美的疗养胜地,托马斯·曼《魔山》故事的地理背景。——译注
② 施坦因(Paul Stein),布拉格的律师。

这个原因,他们依然同床共枕。这同居生活(由于住房紧张)却不会调和她与丈夫的关系,更别提放弃离婚判决了。我们难道不是一些可怜得叫人发笑的人吗?她那个丈夫我认识,是个有理智、很能干、待人随和的好人。

当然,应该把愿望单寄给我,单子开得越长越好。我愿爬到你想得到的每一本书、每一件东西里面去,让它们载着我驶往维也纳(而经理则什么也办不到)。给我尽可能多的行驶机会吧,已经在《论坛报》上发表的文章,你可以借给我吧。

此外,我几乎为你的休假感到高兴,甚至通信不便也不在乎。你会简短地向我描绘那儿的情景,对吗?包括你的生活,你的住处,你的道路,窗外的风光,伙食,这样我可以在一定程度上分享你的生活。

星期五

目前我精神涣散而伤感,我遗失了你的电报。它不会丢失的,但必须去找它这一点就已经够糟的了,而对此有责任的只有你,假如它不是那么美,我就不会老是攥在手里了。

只有你就医生所谈的话给我以安慰,这么说来,咯血不说明任何问题。怎么样,我根据猜测不也是这么说的吗?我可以算是个老医学学究了。那么,他对肺病是怎么说的呢?他在诊断书上一定没有写下饥饿和扛箱子吧?你应该继续对我好下去这一点他予以肯定了吗?还是一句话也没有谈到我?但是,如果医生没有找到任何我的迹象,我又怎么能满意呢?要不他在肺中找到的是我的病?

事情真的不糟糕吗?他没有说别的,只是叫你到乡下待四个星期?这本身太妙了。

不,比起你在维也纳的生活,我并不特别反对这次旅行。去吧,真的去吧,你在某处写到过你对此行抱着的希望,这也足以成为我愿你成行的原因。

到维也纳去一事，再提一遍，假如你是严肃的，那就是最坏的情况。那样，这里的土地就会真的晃动起来。我紧张地瞧着，看它是否会把我抛出去。它没有这么做。关于外界的障碍（关于内心的障碍我不想谈，因为它们尽管更大，但它们挡不住我。不是由于我强大，而是由于我弱小，弱小得不能让它们挡住我），我已经写过，我只能通过撒谎来达到成行的目的。但是，我对撒谎很害怕，不是像一个老实人那样害怕，而是像一个小学生那样害怕。此外，我有这么个感觉，或者至少有这么个预感：有朝一日我可能会由于我的缘故或者你的缘无条件地、不可躲闪地要到维也纳去。但是即使我是个轻飘飘的小学生也撒不了第二个谎。这一次撒的谎是我的储备，我靠它生存，就像靠你马上就来的诺言生存一样。所以我现在不来，我没有感到过这两天是肯定不变的（不要描绘这两天，密伦娜。那样你就近乎是在对我施刑了，必要性没有到来，但却是一种无穷的需要性），我倒是看到了持续的可能性。

那些花呢？它们早该枯萎了吧，你是否曾让花朵"塞错了喉咙"，就像这些花对我一样，这真不么好受。

你与马克斯之间的斗争我不插手。我站在一边，认为双方都有道理，而我则安然无恙。你说的话无疑是有道理的，但是我们现在交换一下位置。你有你的家乡，也可以放弃它，这或许也是对家乡最好的做法，特别是由于人们正是不放弃对家乡来说不可放弃的东西，他却没有家乡，因此也无物可弃，必须不断地想着去寻找它，或者建立它。不断地这样做，不论在衣帽钩上拿下帽子的时候，在游泳训练班躺在烈日下的时候，还是在写供你翻译的书的时候（在此他也许最轻松——但是你这可怜的、亲爱的，你出于负疚心理给自己压了多少工作量啊。我看见你俯在那里工作，裸露着脖子，我站在你身后，而你不知道——当我的嘴唇接触到你的后颈时，你可不要惊慌，我不是想吻你，这只是无可救药的爱情），——是的，马克斯，他必须不断地想着这个问题，包括在他给你写信的时候。

奇怪，尽管你整个说来是正确地抗拒了他，但你在细节上却怎么会输给他呢？他显然写到了住在父母家里和达渥斯的情景。两者都对。当然，在父母家里生活得很糟，但并不仅仅是居住，还有那生活，那在好心的、爱的圈子里的沉沦。你没有读过那封父亲的信：苍蝇在胶粘杆上颤动。此外这也有好的地方，一个在马拉松竞赛中奋斗，一个在餐室里，战神和胜利女神无处不在。但是那种机械的迁居异乡的方式有什么意义呢？我目前在家吃饭，我觉得这是我的最佳处境。下一次谈达渥斯，我觉得在达渥斯时唯一值得回味的，是离别时的吻。

亲切并且有耐心，我是这样的吗？这我真的不知道。我只知道，这样的电报叫人舒服，在一定程度上叫人感到浑身舒服，但毕竟只是一份电报，而不是伸出的手。

但是听上去也伤感、疲倦，像是躺在病床上说的，确实是悲哀的，而且一封信也不来。又是一个无信的日子。也许你的状况很坏了。谁能向我保证，电报是你自己发出的，而你不是一整天躺在床上，在上面那房间里（我在那房间里度过的时间要比在我自己的房间里更多）？

今天夜里我因你之故杀了人，一个凶杀的梦，糟透了的夜，详细的情形我几乎一点都想不起来了。

现在信还是来了，这封信写得很明了。其他信在明了性上当然不比它差，但是却叫人不敢向它们的明了性逼近。顺便说一下，你又怎么可能吹牛呢，你并没有长着吹牛的前额呀。

马克斯没有归罪于我；当然，不管他信里写了些什么，他总是不对的。没有任何东西，甚至最好的人，可以插入我们之间。也正是为此，我今天夜里杀了人，某人，一个亲戚。他在与我交谈，谈话的内容我记不起来了，可是意思大概是：这个人和那个人不能完成某件事，一个亲戚最终在谈话过程中插了一句讥讽的话："那么，或许密伦娜能办成。"于是我便以什么方式杀死了他，然后激动地走回家去。母亲一直跟在我后面跑，谈的也是类似的话题，最后我暴怒地大叫起来："要是有谁说密伦娜的坏话,比如父亲(我的父亲),我同样会杀死他,或者杀死我自己。"接着我就醒了,但我实际上根本没有睡,所以不存在醒不醒的问题。

我又翻阅起以前的信来。它们从根本上说像那封致那位姑娘的信,而晚上的信一律在对早晨的信表示遗憾——有个晚上你写道:一切都可能,只有我失去你不可能——其实只需轻轻一压,那不可能的事便成为可能了,也许还真有过这么一种压力,并且也许它还取胜了呢。

无论如何:这封信使人得到休息。人们本来已经被活活地埋在以前的信中,认为不得不静静地躺着了,因为自己可能真的是死了。

这一切并非完全出乎意外,我知道这日子会到来的,尽可能地做好了准备,以便在它到来时能够忍受住。可是它现在真的来了,自然我始终还没有充分地准备好。当然啰,还不至于叫我震惊。你对其他情况和你的健康情况所写的,真是太可怕了,我受不了。等你休假回来,我们还要好好地谈谈。也许那里真的会发生奇迹,至少你所期待的恢复健康的奇迹。在这方面我对你非常信任,以致我根本都不盼望奇迹出现,而是将你——美妙的、受到强力胁迫的、又不可能为强力所胁迫的自然静静地交给森林、湖泊和饮食,当然,假如其他一切不来干扰的话。

我仔细推敲一下你的信——只读了一遍——你就你的现在和将来所写的,你就你父亲所写的、你就我所写的,便只能发现(这也是我曾经说过的,而且说得很清楚),你的真正的不幸只是我,不是其他人,只是我——在此我要声明:你的外界的不幸——,因为假如不是我,那么你或许在三个月前就离开了维也纳,假如不是三个月前,那么现在总该走了。你不想离开维也纳,这我知道,你也不会动这个念头。但正因为如此,人们会说(这已经是从最高点鸟瞰了)一些闲话,其中包括:我对你的感觉的含义是,我尽可能让你留在维也纳。

至于其他完全不必想入非非,陷入复杂的细节中去。只要想一想,就会觉得事情是明摆着的:你已经离开你丈夫一次了,在目前这大得多的压力下，离开他更容易。当只是由于要离开的缘故而离开他，而不是由于另一个人的缘故。

可是，所有这些思维只能帮助你直截了当地来看问题。

为你寻那些东西自然是叫我高兴的。只是我想，在维也纳买那些紧身衣或许更合适些，因为寄送紧身衣也许需要得到出口许可证（最近在一个邮局寄书，他们竟也非要出口许可证不可，而在另一个邮局，人们却没提出任何要求就接受了）。也许可以在商店里问一下，——钱我将在每封信里夹一点。只要你说"够了"，我马上不再寄。

谢谢你允许我读《论坛报》。最近一个星期天，我看见一个姑娘在温策尔广场旁买《论坛报》，显然是为了那篇关于时装的文章。她穿着并不特别好，应该说是还没有穿得很好，可惜我以前没有发现她，因而未能观察她穿着的进展。不，我不该把这些文章看得太低下，它们是可以公开读的。我真的很感谢你（以前我偷偷地，也就是说以卑劣的方式经常读这些文章）。

星期六

我早就知道这封信里会写些什么了，几乎写在所有信的背后，写在你的眼睛里——从它们纯净的底色上又会有什么叫人看不出来呢？——写在你额头上的皱纹里。这我早就知道，就像一个人整个白天沉浸在某种似睡似梦、惊恐交加的心境中，躲在关上的百叶窗后面，晚上打开窗户，一点都不惊讶，早就知道现在天黑了，美妙的漆黑。我看见你在折磨自己，辗转反侧，不能脱身。而且（让我们把火种扔入火药库里吧！）永远不能脱身。我看见了这个情况，却又不能说：你待在原地吧。但相反的话我也不说。我站在你对面，看着你可爱而又可怜的眼睛（真是可叹，你寄给我的那张照片。看着它是一种折磨，这是一种叫人甘愿一天上百遍接受的折磨。可惜这又是一种所有。为保护它，我有能力与十个强壮的汉子对抗）。我真的强大，如你信中所说，我有某种强大之处，要想简短而明了地指出这强大之处是什么吗？——我的"不懂音乐的存在"。但多么强大也说不上，还不足以让我至少现在能继续写下去，某种苦恼和爱的潮流席卷了我，把我冲走。

F

星期六

你的论据中有一点一开始就使我感到不安，这在上一封信中显得特别清楚。这无疑是个错误。不信你可以检验一下：假如你很爱你的丈夫（这也是正确的），因此你不能离开他（看在我的面上也不能这么做，我是说：假如你真的这么做，那么对我来说也是可怕的）。我相信你，也认为你是对的。假如你说你虽然可以离开他，但是他内心需要你，没有你活不下去，因你不能离开他，我也相信，而且认为你是对的。可是假如你说，表面上他没有你不知道该怎么生活，你因此而（你把这看成是一种主要的原因）不能离开他。你这么说，要么是想掩盖以前说过的理由（不是为了加强那些理由，因为加强本身是不需要那些理由的），要么是大脑开的那些玩笑中的一种（你在上封信里写到过的那些），你的身体，而且不仅是身体在它们下面痛苦地辗转反侧。

星期日晚

我正想顺着上封信里的思路给你写下去，这时来了四封信。不是一下子来的。先来的那封写的是你为告诉过我你晕过去那件事而感到遗憾。稍过了一会儿来的那封，是你从昏迷中苏醒过来马上写的，同时来的是那封，噢，那封美妙的信。又过了一会儿来了那封谈到艾米丽的，它们的先后顺序我分不太清，你没有再写日期。

我将回答那个关于"strach-touha"①的问题。要想一下子回答好几乎不可能，但是假如我接连在几封信中谈到这一题目，或许会成功的。假如你读了我的（顺便说一下是糟糕的，没有必要的）致父亲的信，我们就有一个好的出发点了。也许我会把它带到格蒙德去。

假如像你在上封信中做的那样，对"Strach"和"touha"的意义这般限制，那么这个问题回答起来就很简单，但是并不容易。这样我就只有"Strach"了。是这样的：

我记得第一个夜晚。那时我们住在蔡尔特纳路，对面是一家成衣店，门后总是站着一位年轻的女售货员。在上面的房间里，当时刚过二十岁的我不停地踱来踱去，为第一次参加国家考试，拼命往脑子里装一些我觉得毫无意义的东西，真是令人神经紧张的学习。那是夏天，天很热。这季节就是这样，简直叫人受不了，牙齿间咬着那讨厌的罗马法律史，一直站在那儿。后来我们终于交换了信号，定在晚上 8 点我去接她。可是当我晚上下去时，已经有另一个男人在那儿了，这并没有引起什么变化。我本来就对整个世界都感到害怕，当然也害怕这个男人；即使他这时没有出现在那儿，我照样是怕他的。这姑娘虽然挽着他的手，却给我打了个手势，要我跟在他们后面。我们便这样走到了苏岑岛上，在那里喝啤酒，我坐在旁边的桌子上。然后他们慢慢向姑娘的住处走去，我跟在后面。在肉市的某处那个男人与姑娘道别了，姑娘跑进了房子。我等了一会儿，她又向我跑来了，然后我们到克莱因赛特的一家旅馆去。还没到旅馆，一切就已是那么诱人，令人激动而又厌恶，到了旅馆里还是这样。凌晨时分，天气还是那么热，那么好，我们走回家去，走过卡尔大桥。这时我自然深感愉快，但是愉快的仅仅是因我那永远可怜不堪的身体终于获得了平静。令人愉快的首先在于：这一切没有更叫人厌恶，

---

① 捷克语：恐惧、渴望（或渴慕）。

没有更龌龊。我后来又同这个姑娘相聚过一次,我相信,是在两天以后,一切像第一次一样美好。没过几天我就到一个避暑胜地去了。在野外同一个姑娘稍稍玩了玩。从那以后我在布拉格不敢再看那姑娘一眼了,没有再跟她说过一句话,她是(以我的眼光看)我的凶恶的敌人。可是她实际上是个好人,一个友善的姑娘。她总是以茫然若失的眼光看着我。我的意思不是说,我的敌意的唯一来由(肯定不是那么回事)是这姑娘在旅馆里全然无意识地做了一点什么令人讨厌的事(这根本不存在的事不值一谈),说过什么脏话(不值一谈),但是记忆抹不去这些。我当时就知道,我永远不会忘掉这个时刻。当时我就知道或以为自己知道,这讨厌的、肮脏的一幕就外部来说不是必要的,就内部而言却是必要地与整体缠在一起了。而正是这讨厌的肮脏的一幕(它的小小的记号仅是她那小小的动作,小小的言谈)用强力把我拖到这个旅馆里来,本来我一定会全力反抗的①。

当时是这样,后来一直也是这样,我的身体几年之久常常处于静止状态,可又不断被震撼。对这么一种小小的,但确实可厌的事的渴望,对某种让人有点反感、痛苦的肮脏的事情的渴望往往把我逼到无法忍受的地步。即使在我所经历过的最美好的时刻,也有某种东西在作怪,某种淡淡的难闻的气味,某种硫磺味,某种地狱味。这种欲望有点永恒的犹太人的性质,他们被莫名其妙地拖着拽着,莫名其妙地流浪在一个莫名其妙的、肮脏的世界上。

也有那样的时期,身体处于非静止状态,什么都处于非静止状态,但是我又感觉不到任何压力。这是一种美好的、安宁的、只有希望才能使它不安宁的(你见过比这更美好的不安宁吗?)生活。在这样的时期(只要它能持续哪怕很短的时间)我总是单独的。在我的生活中现在第一次出现了**这样的时期**,而我**又不是单独的**,因此不仅是你在我的身边

---

① 卡夫卡在这里说的事和他经常说到的"污秽"、"肮脏"等意思和犹太教教义认为"性的接触是肮脏的"有关。但卡夫卡没有局限在这里,而是把当时整个世界看成是污秽的。
——译者

这种情况,而且你自己本身就是既给人安宁,又叫人不安的。因此我对肮脏没有欲望(在美兰的前一半时间里我违背着我那经常出现的意志,不分昼夜地构思着如何去征服那清扫姑娘的计划——还有更恶劣的——美兰的日子快结束时,一个非常愿意和我相好的姑娘自愿地跑到了我的手中。我在一定程度上必须将她的话先译成我的语言,才能听明白她的意思),我竟然也看不到肮脏,没有这类东西,有外部吸引人的因素,也有一切在内部带来生命力的因素。简而言之,有着在天堂犯下原罪前呼吸的那种空气,不过只有一点儿那种空气,因此没有"touha",不完全是那种空气。因而有"恐惧"——现在你知道了吧,所以我虽然对度过一个格蒙德之夜感到"恐惧",但只是那种通常的"恐惧"——噢,通常的也就够了——,是我在布拉格也有的那种恐惧,不是独特的格蒙德的恐惧。

现在谈谈艾米丽吧,我还能在布拉格收到这封信。

今天我信里什么都不谈,明天再说。但这封信**很重要**,我希望它能平安到达你的手中。

昏厥只是各种信号中的一种。请千万到格蒙德来。假如星期天一早下雨,你就不能来了吗?无论如何,星期天上午我总会在格蒙德火车站前等候你的。你不需要护照吗?你已经打听过了吗?要我捎带什么东西给你吗?①

你提到施塔萨的意思是说,我应该到她那儿去吗?但她很少来布拉格(她在布拉格的时候到她那儿去更困难),我等着你下一次提到她,或者在格蒙德向我解释。

关于 L. 的话(这是什么记性——这不是嘲讽而是忌妒;不是忌妒,

---

① 〔左边边缘上写着〕你 9 点一过就来。你是奥地利人,不要跟海关检查处纠缠,我总不能数小时之久地反复默诵准备问候你的话。

而是愚蠢的笑话），你误解了。我感到奇怪的只是，他提到任何人时，不是称为"蠢驴"，就是称为"骗子"，或者"爬窗的坏蛋"。而你密伦娜，是个叫人肃然起敬的人。想到这一点，我很高兴。这就是我为什么写这些的原因。并非为了挽救你的名誉，而是为了挽救他的名誉。顺便提一下（为了不致边提边漏），也有一些例外。他那时的未婚妻的父亲，未婚妻的兄妹，未婚妻以前的未婚夫，所有这些人对他来说都是真正"了不起的"人。

你今天的信是这么悲伤，尤其是把痛苦深深地锁在里面，以致我觉得自己完全被关在门外。一旦需要离开我的房间，我就循着楼梯跑上去跑下来，仅仅希望隔一段时间再回到那里后会在桌子上发现一份电报："星期六我也到格蒙德。"可是什么也没有。

星期日晚

电报。是的，最好的办法或许莫过于见面，否则谁知道要多长时间才能使一切恢复正常呢？这一切是怎么发生在我们之间的？我顶多只能看到一步之内的东西，你受了多少罪啊，还有其他种种乌七八糟的事情。也许我早就应该阻止事态的发展。目光是够短浅的了，但是懦弱更占上风，我难道没有自欺欺人吗？——我明明看到那些信不属于我，却像属于我那样答复了。但愿这个意义上"自欺欺人的"答复没有在你的格蒙德之行①中起过胁迫作用。

读了这些信，人们也许会认为我很悲伤，其实根本不是这样，只是目前没有别的话可说而已。四周变得这般安静，叫人一句话都不敢说，深怕打破寂静。好吧，星期天我们将有五六个小时在一起，对于交谈来

---

① 这里说的涉及在布拉格发生的一件怪事，好几个人同时收到来信，不容置疑是密伦娜的笔迹，但又不是密伦娜写的。

说太少了，对于沉默不语，对于手一握一着一手，对于眼睛一看着一眼睛来说是够了。

星期日

从列车时刻表看，比我想的还要好得多。但愿这个时刻表没有错处。情况如下：

①比我想的可能性差得多：

星期六下午4点12分我从这儿启程，晚上11点10分抵达维也纳。我们有七个小时可以在一起（因为我将于星期天早晨离开那儿），前提是，我在之前的夜里能好好睡一会儿（这可不是轻松的任务），否则出现在你面前的将是一头可怜的病恹恹的动物。

②按照列车时刻表而来的非常美妙的可能性：

我4点12分从这儿启程，7点28分就已经（已经！已经！）到达格蒙德。即使乘星期天上午的快车离开，也要到晚上10点40分才抵达，这样我们便有十五个小时左右，还可以睡上几个小时。还可以安排得更好些，我不必坐那班车回来，下午4点38分还有一班慢车开往布拉格，我可以坐那班车。这样我们便可以共同度过二十一个小时。我们可以（想想看！）——至少在理论上——每个星期都享有它。

只有一个缺陷，但我相信没有什么大不了。无论如何你得打听一下。说起来，格蒙德的火车站是属于捷克的，这个城市却是属于奥地利的，难道护照上的公文就愚蠢到这个地步，以致一个维也纳人通过捷克火车站竟然需要一份护照？这样的话，假如格蒙德人要到维也纳去，那也就需要带上一本办好捷克签证的护照啰？这我实在不能相信，因为这正是针对我们的嘛。说不定我在格蒙德海关检查处要等上一个小时才能走出火车站，这样我们的二十一个小时就被缩短了。仅这一点就够糟的了。

关于那些重大事情，显然是没有什么可写的。无论如何要谢谢你，让我今天也能收到信。但是明天呢？我不会去打电话。首先，这太叫人激动；其次，这也是不可能的（我已经打听过一次）；第三，我们马上就可以见面。可惜奥特拉今天没有时间到警察局去办理护照，只能明天去。对了，邮票你处理得好极了（可惜我忘了把那些加急邮票放在哪里了。当我告诉那个人时，他几乎要哭了）。你对我的邮票的感谢有点轻描淡写，但这也叫我高兴，因为我还将(你想想)寄军团邮票给你。——我今天没有兴趣讲童话故事，我的脑袋就像个火车站，一列列火车开进开出。在海关检查处，那个边防站长窥伺着我的护照，但是这一次无懈可击。请吧，拿去看看吧。"对，很好，从这儿出站吧。""边防站站长先生，还劳您一下驾，帮我把门打开，我打不开。我这样没有力气，莫非是因为密伦娜在外边等着？"——"哦，好的，这我可不知道呀。"于是门打开了……

星期一

在生日临近之际，我没有做好准备，比平时睡得更少，头脑暖烘烘的，眼睛火辣辣的，太阳穴难受得很，还咳嗽。我相信，如果我不咳嗽，就无法表达完一个较长的愿望。幸亏不必有什么愿望，只有一种谢意：感谢你存在于这个世界上，我从一开始（你看，我对世界也没有多少认识，我只是为了与你有区别才承认这一点），我从一开始就看不出会在这世上找到你。为此我感谢你（这算感谢？），就像在火车站上那样给你一个吻，尽管那时你不喜欢这个吻（今天我多少有点固执）。

我的情况最近并不总是这么坏，有时候还很好。我的主要荣誉日却大约在一个星期前。我感觉麻木地在游泳学校的游泳池里没完没了地乱转。那时已是黄昏，人已经不太多，但也不少。这时，第二游泳教练迎面走过来。他不认识我，东张西望的，好像在找什么人。他发现了我，显然选中了我,问道:"Chtěl byste si Zajezdit[①]?"原来有一位先生从索菲亚岛下来,想要到犹太岛去,我相信他是个什么大建筑企业主,犹太岛上在搞什么大建筑物。眼下可不能把事吹过了头,这位游泳教练是看到了我这个可怜的小伙子,愿意恩赐我一次驾驶小艇的机会。但是,考虑到那是建筑业的一个大企业家,于是必须找一个值得信赖的小伙子,有劲,又灵巧,还要在完成送人任务后不会利用这只船游逛,而是马上就回来。他认为我具备这一切条件。那个大个子特伦卡走了过来(游泳学校的老板,我还会告诉你有关他的事情的),问道:"这个小伙子会不会游泳?"这个游泳教练(他也许一直在观察我)说了几句叫他放心的话;我几乎一句话都没有说。于是那位乘客走过来,我们便开船了。我作为老老实实的小伙子,几乎什么话都没说。他说今天晚上真美,我说 ano[②]。然后他说,可是已经凉快了,我说:ano。最后他说,我开得很快,这时我由于感激而什么都说不出来。我当然以最佳风格驶抵犹太岛的岸边。他下了船,向我表示感谢,可是令我失望的是他忘了给小费(是的,因为我不是姑娘)。我笔直地开回去,大个子特伦卡对我这么快回来表示惊讶。——我已经很久没有像这个晚上那样心中膨胀着自豪感。我觉得我在你面前的价值只稍稍上升了一点点,但毕竟是上升了。从那以后,我每天晚上在游泳学校等待着,看有没有乘客来,但是谁也不来了。

今天夜里我在短暂的半睡眠状态中想起,我可以在对你来说重要的场所中搜索一遍,以此来祝贺你的生日。没有任何下意识,我马上就来到了西站前。那是一座很小的建筑物,里面好像也很小,因为这时正好来了一列快车和一个火车头,由于里面没有足够的地方,车身就露在车站外面。使我深感满意的是,在车站外站着三个穿着很可爱的姑娘(有个梳着辫子),都很瘦,是三个搬运工。我想起你的所作所为没有一点

---

① 捷克语:你想过过驾驶瘾吗?
② 捷克语:是的。

是这么不同寻常。尽管如此,我为你现在不在这儿感到高兴,但同时又为你不在这儿感到遗憾。我发现了一个旅客遗失的小公文包,从这个包里抽出来的却是件衣服,使围着我的旅客都吃了一惊。

《式样》的第二部分特别出色,尖锐、凶狠,而且精彩。迄今为止,我还没有发现过出版是桩多么狡猾的事情。你写得那么平静,那么令人信赖,那么恳切地对读者说话。世界上的一切你都忘记了,只有读者引起你的关注。结尾你却突然说:"我写得美吗?是吗?真是美?好,这使我高兴,但顺便说一下,我离得很远,我不会因感激而吻你的。"然后真的结束了,你走开了。

你知道吗?你是在行按手礼时(犹太教也有一种按手礼)赠给我的礼物。我是1883年出生的,你出世时我13岁。13岁生日是个特别盛大的节日,我必须在教堂里背诵一遍我十分吃力才学会的祷文,在上面的圣坛前,然后再在家里作一段小小的(也是刚学会的)发言。我也得到了许多礼物。但是,我在想,我并不很满意,还缺点什么,我恳求上天赐给我。上天一直踌躇到8月10日才发善心。

我尽管对最近这十封信已经很熟悉,但自然地还是很高兴重读它们。假如你也把我的那些信重温一遍,你会发现那是一座由问题构成的完整的姑娘们的公寓。

关于父亲的事,我们到格蒙德再谈吧。

在"格蕾特"面前,我就像在大多数姑娘面前那样,不知怎么办才好。难道我有过某种与你有关的思想吗?我想不起来了。我乐意握着你的手,看着你的眼睛。这就是一切。去它的格蕾特吧!——至于"未能赢得",nechápu, jak, takóvy, člověk……[①] 我又处于同样的谜语前了,这个谜语相信我们在一起时也猜不出。而且这是麻烦的,不管怎么说,

---

[①] 捷克语:我不懂为什么一个人……

我不想在格蒙德为此浪费一分钟。——现在我看出来了,你必须撒谎的情况比我还多,这压抑着我的心。**如果有严重的障碍,也要平静地待在维也纳**——也不必领会我为什么这么说,——那时我已经完成了格蒙德旅游,而且能有三个小时离你近一些。签证我已经得到。给我拍电报(至少在今天)完全不可能,因为你们那儿在闹罢工。

星期二

我不懂你为什么请求我原谅。假如事情已经过去,那么要我原谅你是很自然的。只有在事情还没有过去的情况下,我才是固执的,而你还没有注意到这一点。假如事情已经过去,你又有什么不可原谅之处呢?你竟会这么认为,可见你的脑子里有多么乱。

我不喜欢同你父亲作比较,至少在目前。我也应该失去你吗?(当然我没有你父亲为此所具备的力量)如果你坚持这么比较,那么就把那套紧身衣寄回来吧。

购买和寄出那套紧身衣花了三个小时。这真的使我(这在当时对我很有必要)精神抖擞。我为此很感谢你。我今天太累了,不能跟你细说,第二夜几乎没有入睡。我能不能克制一下自己,暂时不提,以便在格蒙德能受到一些表扬呢?

真的妒忌那位阿姆斯特丹的旅游者?假如她是带着自信这么做的,那么她的作为真好。可是,你犯了一个逻辑上的错误,对于这样生活的人,生活是压力,对于不能这样生活的人,生活便是自由。到处都是如此。这么一种"妒忌"归根结底只是死的愿望。——

同马克斯的关系你想怎么处理就怎么处理吧。我现在知道了你托付给他的任务。因此,如果事情行将结束,我将同意到他那里去,与他讨论一下一起出游几天的事。"因为我感觉到自己浑身是劲。"然后慢慢爬回家去,在那儿最后一次四脚朝天。

只要事情不太坏,我当然仍这么说。一旦我体温达37.5℃(下雨天38℃），送电报的邮差会一个接一个在你的长长的楼梯上跌跌撞撞地奔跑。但愿到时候他们正好罢工，而不至于在现在——生日——这样不合适的日子送去。

我曾威胁说，我不把邮票给那个人了。邮局对此太信以为真，那封加急信到我手里时，邮票已经掉了。顺便说一下，你对那个人要正确理解。他大概不是每一种邮票都只收集一张。每种类型的邮票他分别放在一些大张的集邮页上，所有的集邮页收订为大本的集邮册。假如某一种贴满了一页，他就另起一页，以此类推。他每天下午都扑在他的邮票上。他胖胖的、乐呵呵的，精神愉快。每弄到一种他都会高兴一番，比如今天弄到面值五十分的邮票时就是这样。现在邮费将要提高（可怜的密伦娜！），五十分的邮票将变得罕见。

你说的克洛岑的情况我很满意（阿芙乐尔则不然，那是一座真正的肺病疗养院，那儿要打针，天哪！我们这儿有个职员认为这是肺病死亡的前哨站）。我喜欢这样的国家也有历史纪念意义。可是，晚秋时节那儿还开吗？接受外国人吗？对外国人收费不贵吗？除我之外有没有人会明白我为什么要到这饥饿的国家去寻求大吃大喝的快乐呢？可是我会写信去的。

昨天我又同那个施坦因谈了话。他属于那种处处遇到不公正待遇的人。我不知道人们为什么取笑他。他认识每一个人，知道人家的一切私事，然而却很谦虚，发表看法很谨慎，具有聪明的调和色彩，带着恭敬的口气。那些人的虚荣心有点过于明显、过于露骨，这反而增加了他的价值。前提是，人们要认清那种暗中虚荣心强的人，那种带着好色、罪恶的虚荣心的人。我突然从哈斯①谈起，扯到雅尔米拉，过了一会儿又扯到了你的丈夫，最后终于……（认为我爱听人家谈论你，这是不对的，根本不是这么回事。我只是希望不断听到你的名字，整天如此。）假如我问起他，他便会说起许多关于你的事；由于我没有问他，他仅谈到那

---

① 哈斯，即本书原编者维利·哈斯。——译者

使他深感痛心的看法：你几乎已经不活在世上了，可卡因毁了你（当时我对你活着这一点真有说不出的感激之情）。然后他小心而谦虚地（他的性格就是这样）补充说，这他没有亲眼目睹，而是道听途说。他把你的丈夫说得像个神通广大的魔术师。他还提到了与你布拉格时期有关的、我从来没有听到过的名字：好像是克莱德诺娃。——他本来还可以谈很久，可是我告辞了。我感到有点恶心，首先是对我自己，因为我竟如此愚蠢地走在他身边，去听我不想听、也丝毫引不起我关心的事情。

我重复一遍：如果存在任何障碍，如果可能引起你任何小小的痛苦，你就留在维也纳吧。假如没什么办法，也不必非通知我不可。假如你来的话，一到那里就突破边防关卡，如果发生某种现在料想不到的疯狂的事情使我来不了，而又来不及向维也纳（如果来得及我会打电报给K.夫人的）通知你的话，格蒙德站前旅馆里会有一份电报给你的。

六本书都收到了吗？

我读 Kavárna^① 时的感觉同听施坦因叙述时的感觉一样，只是你叙述得比他好得多。还有什么人叙述得这么好？可是，你为什么向每一个买《论坛报》的人叙述呢？我读着它，感到自己像在这家咖啡馆门口走来走去，日日夜夜，年复一年。每当有人进去或出来，我便通过打开的门，确信你还在里面，然后我又踱起步来，等待着。这既不悲伤也不累人。在这家咖啡馆门前又怎么会悲伤或者吃力呢？当你在里面坐着的时候！

星期三

---

① 捷克语：《咖啡馆》，这是密伦娜写的一篇短篇小说的题目。

闵希豪森把事情办好了,这使我异常高兴。当然啰,他完成过更难办的事情。玫瑰花也会像上次那些花一样受到很好的照料吗?那是些什么花?谁给的?

格蒙德的事我在你问以前就已经回答过你了,尽可能少折磨自己,这样也能尽可能少地折磨我。我对你必须撒这样的谎这一点没有设想得那么充分。可是你的丈夫又怎么会相信,在我见过你一次以后,我又怎么会不写信给你,怎么会不想见你?

你写道,有时你真想考验考验我,这不过是开玩笑,对吗?求你别这么做,认定你要花我很大的力量,谁能设想不知道你会耗费多大力量呢?你觉得那些广告好吃,真使我高兴①。尽管吃吧,尽管吃!假如我现在开始存钱,而你愿意等二十年的话,而且皮货那时会更便宜些(因为那时欧洲将是一片荒芜,而毛皮动物就在大街小巷里穿行),那么我们的钱也许会够买一张皮了。

你猜得出,我将在什么时候终于能睡一觉,比如在星期六或者星期天夜里?

这样,你便知道了,得到这些加印面值的邮票正是他的本来愿望(他有的是"本来"愿望)。To je Krása, to je Krása②!他在那里发现了什么啊!

现在,我要去吃饭了,然后去外汇中心——办一个上午的公。

星期四

我不知道为什么要写,可能是由于神经紧张,就像我今天一早对昨天晚上收到加急电报作了笨拙的答复,也是由于神经紧张一样。今天上

---

① 显然是指维也纳皮货公司的广告。
② 捷克语:太美了,太美了。

午,在我向申克尔打听过以后,我急着要回答你。

一般来说,通过对此事交换信件总是不断得出这个结论:通过一个正是神圣不可解除的婚约(我是多么神经质,我的船一定是在最近的几天里不知怎地弄丢了舵),你同你的丈夫结合在一起。而我也通过这样一桩婚姻,我不知道同谁结合在一起,但是这个可怕的妻子的目光经常注视着我,这我有所感觉。奇怪的是,尽管这两桩婚姻每桩都是解除不了的,也就是说本来是无须对此多言的。尽管如此,一桩婚姻的棘手造成了另一桩婚姻的棘手,或者至少是使它变得更棘手。反过来同样如此。只有这个宣判存在着,正如你写下的 nebude toho nikdy①,而我们永远不愿谈未来,只谈现在。

这条真正千真万确,不可动摇,是支撑世界的中流砥柱。然而我承认,在感觉中(仅仅在感觉中),这个真理却继续存在,毫无疑问将继续存在。你知道吗?假如我想写下面将写的话,便唤来了许多宝剑,它们围成一圈向我的躯体逼近,这是最完善的刑罚。假如他们开始划开我的肌肤(我没有说刺入),假如它们开始划开我的肌肤,那就可怕极了,我会立刻随着第一声叫喊就出卖一切,你、我、一切。我只是在这个前提下才承认,关于这些事情的信件往来仅仅在我的感觉中(为了我的生命,我再重申一遍:仅仅在感觉中),就像我是生活在非洲的什么地方,而且一生都是在那里度过的,现在却要向一直住在欧洲、生活在欧洲中心的你谈谈我对今后的政治动态的坚定的见解。但是这只是一个比方,一个愚蠢的、笨拙的、错误的、感伤的、可鄙的、装聋作哑的比方,不是别的什么,噢,他们的宝剑!

你把你丈夫的信摘录给我看是对的(但**不要**把信寄给我)。我虽然没有全弄懂,可是我看明白了写信个"单身"汉子,他想要"结婚",

---

① 捷克语:永远成不了。

他有时"不忠实"是什么意思。这并不是不忠实,因为你们仍然走在同一条路上,只是在这条路的范围内他有点偏左。这"不忠实"意味着它不停地向你最深的痛苦和最深的幸福倾注着,这"不忠实"与我的永恒的受束缚相比又算得了什么!

关于你的丈夫,我并没有误解你的意思。你们为什么会牢不可破地抱成一团?这是一种丰富的、不会枯竭的秘密。你总是抱着这个秘密,忧心忡忡地注视着他的大皮靴。这里有某种东西折磨着我的心,可是我不知道那是什么东西。这本来很简单,假如你离他而去,他或许会跟另一个女人共同生活,或许会搬到一个公寓去住,他的皮靴会擦得比现在更亮。这是愚蠢的,又是不愚蠢的,我不知道这种说法中有什么东西弄得我心里这么难受。也许你知道。

你本来不至于把生日过得那么糟的,你可以在这之前写信给我提出钱的问题嘛。我会带给你的。——但是我们也许根本见不了面,在这种思想混乱的状态中这是非常可能的。

事情也确是这样。你写道,有些人能够共同度过晚上和早晨,而有些人则不能。后者的命运我倒觉得不错。他们肯定或者可能干了些不好的事情,你说得很对,这污秽的一幕主要来自他们的陌生的存在。这是人间的污秽,是一个从来没有住过的、现在突然被打开门窗的住房里的污秽。看上去这很糟糕,但是并不是什么决定性的事情,不是什么在天上或人间具有决定意义的事情。这正如你说的,只是一种"玩球游戏",就像夏娃虽然摘下了苹果(有时我认为我比任何人都更懂得原罪是怎么回事),但只是为了给亚当看,因为她喜欢他。咬苹果才是决定性的,玩玩它虽然没有获得允许,但也不曾明令禁止。

星期四

这封信寄出后，我要等十至十四天才能收到回信，与历来的通信相比，简直像是被人遗弃了，对吗①？正是现在，我感到有些难以言传、难以下笔的话要对你讲，不是为了弥补我在格蒙德的过失，不是为了拯救什么被淹死的生灵，而是为了让你深深地理解到，我现在的身心状况如何，以免你被我吓坏了，而这在人与人之间是可能发生的。不管各种情况怎么好，有时我觉得我的身体如此沉重，好像一眨眼工夫就会不由自主地沉入海底最深处，而又有一种力量想要抓住我，甚至救我，不让我沉下去。它这么做，不是出于虚弱，更不是出于绝望，而纯粹是出于恼怒。这当然不是指你，而是指你的一个淡淡的幻影，我这疲惫的、空虚的头脑（不是不幸的或者激动的头脑，要是这样，人们或许会感激不尽的）勉强还能认出它来。

昨天我到雅尔米拉那里去了。由于你把这事看得那么重要，我便一天也不敢耽误。说老实话，想起我这回无论如何总要跟雅尔米拉交谈，还真使我心慌意乱。我宁可马上把这事办完。尽管没有刮胡子（这样鸡皮疙瘩倒不会露在外面了），只要能够完成任务，倒也无所谓了。6点半左右我到了楼上，门铃不响，敲门没用，*Národní Listy*②插在信箱里，显然没人在家。我转过身去，稍站了一会儿，看见院子里有两个女人走来，一个是雅尔米拉，另一个也许是她的妈妈。我一眼就认出了雅，尽管她跟照片几乎对不上号，而且跟你一点都不像。我们马上就一起出门，在军官学校旧址后面来回走了约有十分钟。我最感意外的是，与你事先说的相反，她话很多，当然只是在这十分钟里。她几乎不停地说，使我想起你寄给我的她那封信滔滔不绝的特色。这种滔滔不绝的特色就像是某种脱离说话者本身独立存在的东西，这一点此刻更明显，因为这次不像当时那封信里那样牵涉到那么具体的细节。据她说，她已经有好几天

---

① 这时密伦娜到圣·吉尔根去了。
② 《民族报》。

为那件事①激动不已,为韦尔弗的事给哈斯打了电报(连回音都没有),给你打了电报,写了加急信,并根据你的要求马上烧掉了那些信,不知道还应该做些什么来安慰你。因此下午已经动到我这儿来的念头,为了至少能同这件事的一个知情人谈谈。这些话多少说明了她为什么那样活跃,那样滔滔不绝(她相信她知道我的住处)。是这样的:我想是在一个秋天,或者已经是早春,我记不清了,我同奥特拉和小露琴卡——那个在逊伯伦宫预言我快完蛋了的姑娘——去划船,在鲁道芬努姆前面我们碰到了哈斯和一个女人,我当时根本没有看这个女人一眼,她就是雅尔米拉。哈斯把我介绍给她,于是雅尔米拉发现,她几年前在平民游泳学校曾和我妹妹说过话。由于平民游泳学校是基督徒的去处,她对我妹妹,一个犹太人到那儿去感到很奇怪,因此便记住了她。我们那时住在平民游泳学校对面,奥特拉曾把我们的住房指给她看过。整个过程便是这么一段长长的故事。所以她对我的到来从心底里感到高兴,这也是她这么活跃的原因。此外,这纠缠不清的事情使她深感不快,这事情肯定、千真万确已经过去,她几乎是热烈地保证说,这事肯定、千真万确地不会造成任何后果。可是我的虚荣心却没有得到满足,我多想(我并没有完全看到其重要性,但是你交给我的使命是我维持生命的空气)亲自烧掉这些信,亲手把纸灰撒在百尔维德勒。

她很少谈到自己,比如说到她总是坐在家里(她的脸便是明证),不同任何人交谈。她偶尔出门要么是去书店看看,要么是去发一封信。通常她都谈到你(也许是我谈到你,事后这已经很难区别了),我提到,有一次你在一封柏林来信中谈到,雅尔米拉可能会来看望你,你是多么快乐啊。她说,她对快乐的可能性几乎没有指望了,尤其不能理解的是,她竟会给什么人带来快乐。这话听上去朴实而可信。我说,过去的日子并不是那么易于抹去的,它们重新在记忆中活跃起来的可能性总是存在的。她说,是的,假如人们聚在一起,也许会发生这样的情况。最近一

---

① 显然是指上星期天信中注解里提到过的伪造事件。

段时间她很盼望与你见面,假如你出现在这里——她多次指着面前的地,她的手竟也是这么活跃——,出现在这里,她觉得将是非常自然的事情。

在她的房子前我们匆匆地道了别。

在这之前她啰嗦地说到你一张特别美的照片,说本来要拿给我看,后来发现,在她柏林之行前烧毁所有废纸和信件时,这张照片还在她手里,偏偏就在今天下午怎么竟找不到了。这冗长的叙述有点叫我恼火。

然后我给你发了一份夸大其词的电报,说使命已经完成。可是我能为你做得更好些吗?你对我满意吗?

由于你十四天后才能收到信,所以提出请求是没有意义的,但是也许这个请求本身就是毫无意义的,而这只是在这无意义上再加上一点无意义:如果在这个站不稳脚的世界上还存在那么点可能性的话(人们正是被强力从世界这儿拽开了,由于被拽开了,人们便无法自救),不要被我吓坏了,即使我有一次或者上千次地或者正是现在或者也许永远正是现在使你失望。其实这不是请求,也不是向你提出的,我不知道这是向谁提出的。这只是受压抑的胸腔的受压抑的呼吸。

星期二

你星期一早晨的信。从那个星期一早晨起,或者不如说从星期一中午起,从那次旅行的舒适印象(不说别的,每次踏上旅途本身就是一种休养,如同把压着脖子的东西解开,浑身上下被颠得好轻松)已稍稍淡薄下去的时刻起,从那时起,我翻来覆去不停地给你唱着一支歌。它不停地变换花样,但又始终是同一支,内容丰富。就像睡了一个无梦的好觉,枯燥而使人疲倦,以致我自己有时唱着唱着也睡着了。你应该为不必听到它而高兴,你应该为这么长时间免受我的信件的干扰而高兴。

啊,人情世故!我有什么理由反对你真的把那双皮靴擦得锃亮呢?

擦吧,把它们擦亮,然后放在角落里,让事情成为过去。只是你成天地想着擦靴子的事,有时使我感到痛苦(而且这样也不会使皮靴干净)。

星期三

我总想听到另外一句话,而不是你这句:jsi muj[①]。为什么偏偏是这句呢?它连爱的意思都没有,不如说意味着接近和夜。

是的,这是个大谎言,我是撒谎同案犯,但比你更恶劣,是在角落里对我自己撒的,撒了谎却依然清白无辜。

可惜你总是给我一些那样的任务——每当我到那儿去,这任务已经完成了。假如说你对我没有多少信任,而只是想帮我树立一点自信心,那么你也做得太不加掩饰了。

雅尔米拉的电报(这是在我们见面前已经发出了的)同我,甚至同忌妒有什么关系,这我就不懂了。我的出现确实使她高兴(因为你的缘故),可是,我的离开更使她高兴(因为我的缘故,或者不如说是因为她的缘故)。

对感冒的事你本该多谈几句,它是在格蒙德还是在从咖啡馆回家的路上得的?顺便告诉你,这里目前还是美好的夏天,即便是星期天也只在南波希米亚下了雨。我很自豪,全世界都可以从我被雨水浇透了的衣服上看出,我是从格蒙德来的。

星期四

看信时眼睛离得太近,对你目前生活的不幸根本不能理解,必须把

---

① 捷克语:你是我的。

它拿得远一点,但是即使这样也不行。

对关于"紧紧抓住"的说法你误解了。当然这说法本身就无法理解。你对格蒙德所说的是正确的,而且从最广泛的意义上讲是正确的。比如我记得你问过我,我在布格拉是否有过不忠实于你的举动。你这样问是半开玩笑半认真,又有点无所谓,恰恰因为那是不可能的。你拿着我的信,还这么问。这是一个站得住脚的问题吗?但是这还不够,我给它弄得更站不住脚了。我说,不,我对你是忠实的。人怎么会这么说话的呢?我们经常长时间地一块说话,听对方说话,就像陌生人一样。

雅尔米拉昨天傍晚到我这儿来了(我不知道她是怎么知道我现在的住址的),我不在家,她留下了一封给你的信,还有一张铅笔写的条子,请求我把这封信寄给你,因为她虽然有你在乡下的住址,但又觉得没有把握。

星期五

现在看来,用不着等那么长时间,来自萨尔兹堡的两封信我都收到了,但愿在吉尔根会一切顺利。秋天无疑已经到来,这是不容否认的。我的情况不好不坏,就是这样,但愿这健康状况还能在秋天支持一段时间。关于格蒙德,将来我们还一定会写到或谈到,这是事情不顺利的一部分。附上雅尔米拉的信。我打长途电话答复了她的来访。我说,我当然很愿意转寄她的信,只是不太急的话才行,因为我得一个礼拜后才能知道你的地址。她没有答复。①

星期一

---

① 〔右边边缘上写着〕假如可能的话,望寄一张你的住处的图片来。

我刚读完那封铅笔写的信。星期一那封信只匆匆读了下面画了道道的一段，便宁可放下不读了。我真是太怯懦，不能用全部身心去体会每句话。那又是多么糟糕：如果这句话是进攻性的，读了之后就不能保护自己的整体，或者不能整体地被消灭。但是这里不信会有死亡，而且不信会有疾病。

还没有读完这封信，我就想起（你在结尾处也写到了类似的意思）你是否有可能在那里待得久一些，在秋天所允许的时间内，这是否有可能呢？

从萨尔兹堡发的信来得很快，从吉尔根发的慢一些，但我总也能从这里那里得到一些消息。报纸上登了波尔加的随笔，写的是一个湖，一片悲凉，使人心情灰暗，因为那里的气氛始终还是那么快活（这文章本身没有那么多快活气氛，然而后面是关于萨尔兹堡，关于戏剧节和不稳定的天气的报道）。这气氛也不快活，你离开得太迟了。有时我叫马克斯谈谈沃尔夫冈和吉尔根，他在那里度过了少年时代。那是很幸福的，在过去的日子里那里一定要好得多。可是如果没有《论坛报》，那么这一切就太少了，《论坛报》提供了每天能找到一点你的东西的园地，然后便真的能在这儿那儿找到一些你的踪影了。我说这些你会感到不快吗？但我是那么乐意读它。而且假如不是我——你最好的读者——来谈这些，那么又该由谁来谈呢？以前，还在你说你写作时偶尔会想到我之前，我已经感觉到了这么一种关系。应该说，是我把它抱过来搂在胸前的；在你明确地说了这句话以后，我在阅读时几乎变得更畏怯了，比如我读到雪地里的一只兔子时，就好像看见自己在那里跑。①

我总算读了另一封信，但却是从 Nechci, abys na to odpovidal②读起的。我不知道在这之前写了些什么，但是你的信无可争辩地证实了你在我内心深处的形象。为此，我可以读都不读就在下面签字，承认其

---

① 〔左边边缘上写着〕是的，我知道，我那时漏读了什么，我忘不了，却记不起具体是什么：发烧？真的发烧？量过体温吗？
② 捷克语：我不要你对此作出答复。

真实性,即使在其最深远之处有着反对我的因素。我是肮脏的,密伦娜,肮脏得无法形容,所以我这样大声疾呼纯洁。谁也不如那些处于地狱最底层的人唱得那么圣洁,我们以为是天使们在歌唱,其实那是地狱底层的人在歌唱。

几天前我开始了"士兵"生活(说得正确些,是"演习"生活)。多年前,我曾发现这对我来说暂时是最好的生活方式。下午尽可能长地躺在床上睡觉,然后出去逛两个小时,使头脑保持清醒——能保持多久就保持多久。可是这个"能多久就多久"有点棘手。"持续不了多久",下午不行,夜里也不行,早晨到达办公室时更是萎靡不振。真正出成果的时间是凌晨2点、3点和4点。现在,我如果不最迟在午夜时分上床睡觉,那就完了,白天黑夜都睡不着了。

尽管如此,我还是无所谓。即使没有任何成果,这种"当兵生活"也不错。也不可能有什么成果。我需要这样过半年,才能"松开舌头"。那时便会发现,事情结束了,当兵的可能性结束了。可是,正如我说过的:这样本身是件好事,隔一段或长或短的时间,咳嗽就会粗暴地闯进来一次。

当然,这些信并不那么坏。可是,这封铅笔写的信所给予我的,不是我应得的荣誉。有资格赢得它的人到底在哪里呢?在天上还是人间?

星期四

今天我几乎什么事都没有干,只是坐在这儿,胡乱读点东西,正事什么都没干,或者说,大部分时间都在倾听一种轻微的疼痛在太阳穴不停作响。全天都沉浸在你的信中,怀着艰苦,怀着爱情,怀着忧虑和对捉摸不定的东西的一种完全捉摸不定的恐惧。之所以捉摸不定,是因为它远远超出了我的力量。因此,这些信我根本不敢读第二遍。而且有半页连一遍都没有读。为什么就不能委曲求全，在这种完全特殊的、不断使人产生自杀念头的紧张空气中生活，并将这视为正确的生活方式（你有时也有过类似的说法，而我还企图嘲笑你），却又肆意诱发这紧张空气，像一头没有理智的动物一样从那里面钻出来（而且还像一头动物一样喜欢这种无理智），把全部因此而搅乱了的、变得乱七八糟的电流引入体内，使自己几乎要燃烧起来呢？

我说这些本来想要表达什么意思，我不清楚。我只是想以某种方式堵住怨言，不是书面的那些，而是没有说出的那些。这些怨言，从你的信中可以感觉得出，我也随时会发的，因为从根本上讲，它们是我自己的怨尤。我们在暗中竟也那么一致，这再奇妙不过了。对此，我每隔一段时间才能相信一次。

星期四晚

夜晚我不是在睡眠中，而是在与信件相伴中度过的（当然不是完全自愿的）。尽管如此，现在情况还没有坏到极点。当然，一封信都没来，不过这件事本身也没有什么关系。现在不再每天写信，这比每天写信要好得多。这一点你比我发现得早，只是不说罢了。每天写信，与其说是加强，不如说是消耗人的精力。以前人们喝干了信的水分，便感到（我说的是布拉格，不是美兰）强壮了十倍，焦渴也增加了十倍。现在问题却这么严重，以致在读信的时候，人们会咬破自己的嘴唇，而最肯定的感觉莫过于太阳穴的疼痛。但是这也无关紧要，只有一点：不要生病，密伦娜，不要生病。不写信是好的（我需要多少天时间才能攻克像昨天那样的两封信呢？愚蠢的问题，怎么能以天来计算攻克的时间？），但是不写信的原因可不能是生病。在此我只想到自己，我会采取什么行动呢？顶多就像我现在所做的。但是，我将来怎么做呢？不，我不愿想这个问题。这时只要想起你，我眼前浮现的最清晰的景象总是你躺在床上，就像你在格蒙德的晚上躺在草坪上那个样子（我在那儿对你讲我的朋友的事，你心不在焉地听着）。这种想象根本不使人痛苦，而且可以说是我目前可以实现的最佳想象：你躺在床上，我照料着你，隔一会儿去看一下你，把手放在你的额头上。当俯视着你时，我便沉醉在你的目光之中；在屋里来回走动时，我感觉到你在注视着我。当我知道，我是为你活着，可以为你活着，我心中的自豪感便总是抑制不住。于是，我想到你曾经站在我的身边，把手伸给我时的举动，一种感激之情便油然而生。这看来只不过是一种转瞬即逝的病，它会使你比以前更健康，让你重新挺直身子站起来，而我呢，马上将会——但愿无声无臭、无痛无苦——钻到泥土下面去。——这种想象一点不使我痛苦，只是不敢去想你一旦在远方生病⋯⋯

你也喜欢售票员，对吗？是的，那个风趣的、如此富有维也纳风韵的瘦瘦的售票员！不过，这里也有好人呢。孩子们想当售票员。当售票员那么神气，受人尊敬，可以坐车东游西逛，站在车门踏脚板上，可以低低地向孩子们俯下身去，手里拿着剪票夹和好多好多车票。我想当售票员（上述的一切动作其实只能令我害怕），这样可以成天高高兴兴，对什么事都插上一手。有一次我跟在一辆缓缓行驶的电车后面走，那个售票员（那位作家来办公室要接我走了，让他等一会儿吧，等我先写完这位售票员的故事）站在后面平台上欠出身子来对我喊了什么话，由于约瑟夫广场太喧闹，我没有听见他喊什么。他同时激动地挥舞双手想要告诉我什么，但是我没有弄懂。电车开远了，他的努力越来越无望了——终于我明白了：我领子上的金色安全别针松开了，他想提请我注意。今天早晨我又想起了这件事。当我度过了这么一个夜晚，像一个残废的幽灵一般坐上电车后，售票员找给我五克朗，为了逗我高兴（并不是为了逗我高兴，因为他没有看我，而是为了活跃气氛），就他给我的钞票说了一句令人愉快的话。我倒没听见说的是什么，站在我旁边的一位先生为我获得的这个荣誉而朝我微笑。我不知怎么回答才好，也只能报以微笑，这样一切都会好些。但愿这也能使圣吉尔根乌云密布的天空变得晴朗！

星期五

那么美，那么美，密伦娜，那么美！这封信里（星期二的信）并不是什么内容都那么美，但这安详、这信任，这信的清晰都是美的。

清早什么也没有来，对于这事情本身我本来是很容易处之泰然的。现在对于收信的热情已经完全不同以前了，而写信的热情却几乎未变，必须写信的急切心理和幸福感依然存在。对此我本来很能泰然处之。我要一封信干什么呢？譬如昨天整个白天、整个晚上和半个夜间，我都是在与你对话中度过的。在这场谈话中，我像一个孩子那样诚实、严肃，你像一个母亲那样宽容、严肃（在现实中我从来没有见过这么一个孩子或者这么一位母亲），这一切都还过得去，只是你不写信的原因我必须知道，我不能老是看见你卧病在床。在那小小的房间里，外面下着秋雨，你一个人，发烧（你曾写到过）、感冒（你写到过），夜里盗汗、疲倦（这一切你都写到过）。假如一切都不是这样，那就好了，我现在没有更高的企求了。

我不想答复你的信的第一段，我甚至连上一封信的第一段写的是什么都还不知道。这全然是些盘根错节的事情，只有在母亲和孩子的对话中才能解开，也许只是因为这些事物不会在那儿出现，才能听得出来。我不去回答它，因为疼痛在太阳穴中潜伏着。难道爱神之箭射中了我的太阳穴，而不是射中了心脏？关于格蒙德我也不会再写些什么，至少不会有意识地去写。对此也许有许多话要说，但最终会归结为：假如我在维也纳也是晚上告别的话，那么维也纳的第一天也不会好到哪里去。当然，维也纳比格蒙德还有个优越之处：我到那里去时，由于惶恐和劳累而几乎处于半昏迷状态；到格蒙德去时则相反，我也没有意识到我那时是多么蠢,竟然那么自信,就像永远不会再发生什么事似的——我去时就像一个房屋主人。奇怪,尽管种种不安不断袭击着我,这种对占有的疲乏可能正是我根本的错误所在,不管是在这些事情中,还是在其他事情中。

已经 2 点 1 刻了,我在 2 点之前才收到你的信,现在我该搁笔去吃饭了,对吧?

结尾那句译得很好。在那个故事中①,每一个句子、每一个词、每一段(假如可以这么说的话)音乐都同"恐惧"联系在一起。当时是在一个漫长的夜里,伤口第一次破裂,我感到译文准确地表达了这一关系,用的是那只神奇的手,那正是你的手。

看到了吧,收信时是什么因素在折磨着人,现在你知道了吧。今天在你的信与我的信之间(在这强大的不安定中这已经算是到了极限了)有着清楚的、良好的共同之处。现在我该等着对我以前的信的答复了,我心里为此惶惶不安。

顺便说一下,你怎么会在星期二等我的信呢?我不是星期一才收到你的地址吗?

星期六

昨天闹了个奇怪的误会。昨天中午我为你的信(星期二的信)那么高兴,可是当我晚上重读一遍时,发现它在本质上与前几封信几乎没有区别,比它本身所承认的要阴郁得多。我抓住你能让我抓住的东西就再也不放开,恨不得抓着它跑到什么沙漠里去,不让任何人夺走它。由于我在口述完文章后跑回自己的房间,由于你的信出乎意料地摆在那里,由于我喜不自禁地、如饥似渴地浏览了一遍,由于信里没有用粗体字写

---

① 指短篇小说《判决》。——译者

下什么反对我的话，由于太阳穴里血管碰巧在平静地跳动，由于我正好为你安静地、舒适地躺在树林中、湖边和山上遐想而心满意足——由于这一切原因，还有其他一些原因（这一切与你的信和你真正的状况绝无丝毫的关系），我感到你的信是愉快的，便写了一封荒唐的回信给你。

星期日

看吧，密伦娜，这么身不由己地在大海中被浪头抛来抛去，大海只是出于作弄人的恶意才不把人吞噬下去。上次我求你不要天天写信，这是实话。我对信是害怕的。假如有一天一封信都不来，我的心境反而会更平静些；一旦我看到桌子上放着一封信，我就必须调动起全身力量来读，这还远远不够——今天假如没有这些明信片来（两封都收到了），我说不准会郁郁不欢的。谢谢。

在我迄今读过的一般谈论俄国的读物中，这篇附来的文章，给我——或说得准确些，给我的身体、神经和血液留下的印象最为深刻。当然，我没有原封不动地接受它，而是把它投入到我的乐队中去（我把文章的结尾撕去了，文章包含着对共产主义者的责难，这与整体没有联系，而这整体也只是一个残篇）。

星期一

收到了星期天、星期一的来信和一张明信片。你来作出正确的评价吧，密伦娜。我坐在这儿，这般与世隔绝，这般远离尘嚣，心静如水，有些东西在我脑海中穿行而过：恐惧不安。我就这么动笔写起来，即使没有多大意义。同你说话时，我便忘却了一切，也包括你在内，只有在又有两封信来到的时候，我才重新意识到整个情况。

你对冬天的种种害怕心情中，有一点我没有完全弄懂：既然你的丈夫病得这么厉害，甚至有两种并发症，如果确实如此，那他就不该去上班，而作为正式雇用的职员，他是不会被开除的。由于他的疾病，他也必须改变自己的生活方式，这样将使一切变得很简单，至少会在表面上使一切变得轻松，尽管一切都那么悲伤。

可是这地球上最荒唐的事情之一是以严肃的态度对待罪责，至少我这么觉得。不是责备使我感到荒唐。当然，在急迫的情况下，人们会向四面八方发出责备之辞（尽管这自然还不是最紧迫的情况，因为在这种情况下人们是不会责备的），在某种令人激动、心潮起伏的时刻，人们也会容忍这样的责备的，这也可以理解。可是人们要是认为自己有能力就此进行谈判，就像讨论一个普通的计算问题一样（而这个问题却是那么清楚，你可以从中引导出日常行为的规律来），这个我可就一点都不懂了。的确，你是有罪过的，但如果是这样，你丈夫也便是有罪过的了，于是你是有罪过的，然后他又是有罪过的。在人与人的共同生活中事情只能如此，罪过层层堆积着，无穷无尽地排列着，遥至远古的原罪。可是，在这永恒的罪愆中胡搅一气，对我今天的日子，或者对去伊斯勒的医生那儿看病又有何益呢？

外面雨不停地下，根本就没有停的意思。这对我毫无妨碍。我坐在干燥的地方，只是为我坐在擦窗工人面前吃着丰盛的早餐感到羞愧。擦窗工人站在擦窗悬架上，冲着雨水发火（现在雨又小一点了），为我正在往面包上涂那么多黄油发火，毫无必要地往窗上喷那么多水；而这也只是我自作多情，他对我的关注可能比我对他的关注要少一百倍。是的，他毕竟是在雷电交加的倾盆大雨中干活啊。

我后来又听到了魏斯的消息，他可能没生病，可是缺钱用，至少在夏天如此。人们在弗兰茨巴德为他筹集了一笔款子。大约三周前我给他寄了封挂号信回答他的来信，当然是寄到黑森林去的，这还是在我听到这件事之前的事了。他没有回信。现在他同他的女友一起在施塔伦贝格湖，他的女友给鲍姆①写了张情调阴郁、一本正经（她的性格就是如此）、但也并非抑郁不快（这也是她性格的一部分）的明信片。在她离开布拉格之前（她在这里的剧院成就卓著），大约一个月前吧，我跟她匆匆谈过几句。她看上去情况很糟，虚弱不堪，像是风一吹就要倒的样子。演戏使她劳累过度。她提到魏斯时大体上是这么说的："现在他在黑森林，情况不太妙。不过，现在我们将要在施塔伦贝格湖边共同生活了，情况会好起来的。"

星期四

密伦娜，这里就是你原来想要写下来的头等大事而不是秘密吗？有一次你也曾写到过它，就在寄往美兰的最后一批信札的某一封信里，我当时已来不及回信了。

瞧，鲁滨孙曾不得不应人招募去作危险的旅行，遭受翻船等等各种各样的苦难。我只要失去了你，就成了鲁滨孙了。但我也许比鲁滨孙还要鲁滨孙，他还有那个小岛和礼拜五以及各种东西，最后毕竟还有船来接他，几乎使一切又变成了梦；而我则一无所有啊，连名字我都给了你。

因此，我在一定程度上是无依无靠地面对你的，原因就在于依赖性超过了一切界限。

"要么……要么"的选择余地太大了。"要么"你是我的，这很好，但"要么"我失去了你，那事情就不是什么糟糕的问题了，而是什么都没有了，那就永远没有忌妒，没有痛苦，没有烦恼，什么也不再有。对一个人信赖到如此程度，确实有点儿卑下，因此事情之糟在围绕着基础而产生的恐惧方面也表现出来。但那不是因你而产生的恐惧，而是指敢于这样去建立基础的恐惧。因此才有如此多的神圣的东西流露在你凡人

---

① 鲍姆（Oskar Baum），卡夫卡的老朋友，盲人作家，住在布拉格。

的脸上(但也许原来就是如此)。

好,现在西姆孙·达里拉已经讲了他的秘密,她能够把他的头发剪下来。为了准备这一着,她一直跟他争吵,但由他去吧。如果她没有一种类似的秘密,那么她怎么做都无所谓了。

我已经三个夜晚不知什么原因睡得很不好,你的健康状况还算过得去吧?

真是快速的答复,假如这算是答复的话。我刚收到电报,它是那么突如其来,而且那么公开,我连害怕都来不及了。真的,我今天有些需要它。你是怎么知道的?真是不言自明,你总是雪里送炭。总是这样。

星期日

误会,不,这比单纯的误会更糟,绝对更糟,密伦娜。当然,只有在你对表面现象也能正确理解的情况下。可是,在这里什么叫理解,什么叫不理解?这是一种不断重复的误会,在美兰时就已经出现过一两次。我没有向你询问该怎么办,犹如像我会对坐在桌子对面那个人问该怎么办那样。我是对我自己说话,我问我自己该怎么办。在一场美梦里,你唤醒了我。

我不知道你是否正确理解了我对那篇关于布尔什维克的文章的看法。作者在文章里所指摘的东西,对我来说是地球上所能受到的最高颂扬的东西。

假如昨天晚上(8点钟我从街上向犹太区政府大厅里张望时,看到那里有许多俄国犹太移民,起码有几百,在那里等待美国签证。大厅里就像举行一次民众集会那么拥挤。夜里12点半我看见他们全在那里睡觉,一个挨一个,在椅子上也有人四脚八叉地躺着,咳嗽声此起彼伏,有人在向另一边翻身，或者在人体的夹缝中小心翼翼地走过，电灯通宵地亮着），假如那时人们让我想当什么就当什么的话，我希望当一个东犹太族小男孩，待在大厅的角落里，没有一丝一毫的忧虑，父亲在男人堆里谈话，母亲身上裹得厚厚实实，在破破烂烂的行李中翻寻着什么，姐姐在同姑娘们聊天，搔着她美丽的头发——而再过几个星期就到美国了。事情当然不是那么简单，骚乱场面已经在那里出现，马路上站着一些人，向窗子里面骂人。即使在这些犹太人中也有人在争吵，有两个已经亮出了刀子。可是假如人少一些，能很快综观一切，判断一切，又怎么会出事呢？那里有许多这样的男孩子在跑来跑去，爬上垫子，钻入椅子下，等待着面包。任何一个都会把什么东西——什么都可以吃——抹在面包上给他们（这是一个民族）。

星期二

今天来了两封信和那张明信片。我迟疑不决地把信拆开，不是你好得叫人难以理解，就是你能令人难以理解地控制自己。一切都证明是第一种可能性，也有一些东西证明是第二种可能性。

我重申：你完全有理。假如你——这是不可能的——以类似肆无忌惮、愚昧顽固、幼稚可笑、自我陶醉，甚至漫不经心的态度加害于我，就如我通过与V.谈话加害于你那样，我就会昏厥过去，而且不仅在收到电报的一刹那①。

这份电报我只读了两遍，刚收到时匆匆读了一遍，然后过了几天，在撕毁它之前又读了一遍。

很难描写读第一遍时的滋味，那么多事情都凑在一起了。最清楚的

---

① 卡夫卡为密伦娜调停了一次家庭纠纷，而且显然做得很有步骤，很机智。我们找不到他为什么如此严厉地责备自己的任何理由。

是：你在打击我，我觉得，那是从"立刻"开始的，这便是你的一击。

不，我今天还不能详述，并非因为我太累了，而是因为我"沉重"。我曾经在信中说过的"一无所有"，在我脑海中一闪而过。

假如我相信上述一切是我以罪恶的方式做的话，那么这一切便叫人难以理解了，我就完全应该挨打了。不，我们俩都有罪责，又都没有。

也许你能够克服一切确实有道理的反感，然后与V.的信（你将在维也纳收到）达成谅解。我在收到电报的当天下午就去你父亲的住处找她。下面写着Schody①，我一直以为这是第二层楼的意思。到了楼上，一位年轻、漂亮、乐呵呵的女佣人打开了门。V.不在家，这我早已料到。我只是想找点事做，也想知道她早晨什么时候来。早晨我站在屋外等她。我挺喜欢她，她聪明、实在、坦率。除了在电报里告诉你的那些话外，我没有跟她说多少话。②

雅尔米拉前天到办公室找我。她很久没有听到你的消息了，对发大水一无所知。她来打听你的消息，这就很不错了。她只待了一会儿。我忘了向她转达你请求她写信的事了，事后我给她写了几行字。

两封信我还没有仔细看，过后我再给你写。

现在电报也来了。真的？真的？那么你不再追着我要打我了吧？

不，你想为此高兴是不行的，这办不到。同上一封电报一样，这是一封暂时有效的电报，而真理不在那里，也不在这里。有时候，当人们一清早就醒来时，会相信真理就在床旁，其实也就是一个坟墓，旁边有几朵枯萎了的花，墓敞开着，恭候人们进去。

我几乎不敢看这些信，只在休息时溜一眼。我受不了看信时的痛苦。

密伦娜——我又一次分开你的头发把它捋向一边——我是一头如此凶恶的野兽吗？对自己凶恶，对你同样凶恶？还是应该说，有一头凶恶

---

① 捷克语：楼梯间。
② 〔左边边缘上写着〕对你父亲害怕的心情我可以克服一部分，下一次吧。

的野兽在追赶我？我甚至不敢说它是凶恶的。只有在给你写信时，我感到是这样的，便说了出来。

其他事真的像我对你说的那样。假如我给你写信，那么在等信之前和之后都无法入睡；假如我不给你写信，那么我至少可以稍稍睡上几个小时。假如不写，那么我只是疲乏、悲哀、心情沉重；假如我写，不安和惶恐就会撕裂着我。事情正是这样，我们在互相乞求同情：我求你现在允许我躲起来，你求我——可是如果这是可能的话，那便是最可怕的咄咄怪事了。

但这怎么可能呢？你问道。我想干什么？我应该干什么？

情况大致如此：我，林中之兽，那时很少待在林中，只是躺在某处一个肮脏的沟壑中（肮脏自然只是由于我目前的处境），看见你在外面，你是我见过的生物中最美丽的，我忘记了一切，甚至完全遗忘了自己，站了起来，走近些，我的心在这新鲜的、可仍然是属于家乡的自由空气中颤抖着，但还是走近了，一直走到你的身边。你是那么和善，我在你身边蹲了下去——好像你允许我这么做似的，把脸贴在你的手上。我是多么幸福！多么自豪！多么自由！多么强大！如同在家里一样，我总是这么说：如同在家里一样——可是从根本上说我却只是一头野兽，只有森林是我的归宿，而能够待在野外只是由于你的慈悲。我从你的眼睛里寻找我的命运，而自己却并不知道（因为我已经忘掉了一切）。但这持续不了多久。尽管你用最仁慈的手抚摩着我，你总会发现我身上的某些奇怪迹象，表明我来自森林，表明森林是我的老家，我真正的家乡。我们不得不谈到，不得不一再重复着"恐惧"，它折磨着我的每一根裸露的神经（也折磨着你，但不是故意地），它在我面前不断增长着。对你来说我是怎样一种不洁的祸害，怎样一种到处干扰你的障碍啊！有关对马克斯的误会也来凑热闹了，在格蒙德这已经很清楚了，然后发生了雅尔米拉理解和误解的事情，最后终于在V.那儿发生了愚蠢、粗暴、冷漠的事情，其间还发生了许多小事。我想起了我是谁，在你的眼睛里，我发现我的错觉已经消逝，我怀着噩梦般的惊恐（在某个不该来的地方凑热闹,就像是在自己家里一样)。我真的怀着这种惊恐,我必须回到黑暗中去。我受不了目光,我绝望了,真像一只迷途的野兽,奔跑起来,尽快地跑呀,脑子里只有一个想法:"要是我能带走她该多好!"还有一个对立的想法:"她去的地方还会有黑暗吗?"你问我是怎么生活的:我就是这样生活的。

你的信到达时,我的第一封信已经发出了。不管这里面可能会写着的一切(里面会有"恐惧"等等),不管使我恶心的一切——不是因为什么东西令人恶心,而是因为我的胃太弱了——不管这一切,这话由你说出来也许会简单一些。大致如此:孑然一身时,人们对不尽如人意的事物必须忍受,每时每刻地忍受;两个人的不尽如人意就不是非忍受不可了。难道人们没有长着眼睛,不能及时把不尽完美的事物消灭掉吗?难道心也不能起到同样的作用吗?在这方面,事情并不那么糟糕,这是夸张和谎言。一切都是夸张,只有欲望才是真实的,是无法夸张的。但是,甚至欲望的真实性也不完全确实,而多半是一切其他谎言的表现。

听上去似乎颠倒了,可是事情就是如此。

当我说你是我最心爱的人时,这也有可能不是真正的爱情;爱情也者,你对我乃刀子也,我拿着它在我心中搅动。

此外,你自己也说:"nemáte/síly/milovat①。"这难道还不足以成为"野兽"和"人"之间的分水岭吗?

密伦娜,你不能准确理解问题在哪里,或者部分问题在哪里。我自己也不理解,我只是在爆发的火山下面颤抖,折磨得自己快要发疯,可是上面发生了什么,远方行将如何,我都不知道。只知道近处所要的是:安静、黑暗、藏匿。这我知道,而且必须遵从,舍此别无他途。

这是一次爆发,会过去的,而且一部分已经过去了,可是那引起爆

---

① 捷克语:你们没有爱的力量。

发的力量还始终在我心中震颤,事前和事后始终如此;可以说,我的生命、我的存在就是由这种地下的威胁构成的,一旦这种威胁终止,我也就终结了。这是我参与生活的方式,它一旦停止了,我也就放弃了我的生命,那么轻松自然,就像合上眼睑一样。自我们相识以来,这事儿不是一直如此存在着的吗?你不是只有在它偶尔不在的当儿才匆匆瞥我一眼的吗?

当然不能把它翻转过来,然后说:现在事情过去了,我在新的共同相处中只感到安宁、幸福和感激。不能这么说,尽管这与事实相去不远(感激是完全真实的,幸福只是在一定意义上是真实的,而安宁永远是不真实的),因为我会不断地吓人一跳,最多的是吓着我自己。

你几次提到订婚和诸如此类的事,事情固然很简单,痛苦却不简单,不过其影响却是简单的。就像一个人过着轻浮的生活,突然被抓了起来,要他为一切轻浮的行为承受惩罚,脑袋被塞到一只螺旋式虎钳中,一个螺丝顶住右太阳穴,另一个顶住左太阳穴,现在螺丝越拧越紧,这人不得不说:"好吧,让我继续过轻浮的生活好了。"或者说:"不,我不这样了。"这个人当然会大声地吼出"不"字来,吼得肺都炸裂了。

如果你把我现在的所为归入过去的一连串事情中去,你也是有道理的,可是我永远只能是这个样子,只能过这种生活。只有另一种可能性能使情况不同,我已经有经验,不是等人们拧紧螺丝逼供才大声叫喊,而是人们把虎钳拿出来就开始叫喊,在远处有动静时就开始叫喊。我的良心已经变得这般清醒,不,不是清醒,还远远不够清醒呢。但是,还有一点情况不同:人们能为他和你的缘故对你讲真话,对你说那些不可诉诸他人的话,人们甚至能直接从你这里得知所需的真实情况。

假如你这么尖刻地说,密伦娜,说我怎么乞求你不要抛弃我,那你就不对了。在这方面,我彼时此时没有什么不同。我靠吮吸你的目光而活着(这还不是对你的人格的特殊神化,看着这样的目光每个人都会变得圣洁),我足下没有属于自己的土地;我对此很害怕,却不甚了了。我完全不知道我在离地面多高的地方晃悠。这无论对你还是对我都很不妙。一句真话，一句不可回避的真话就够了，就能将我向地面扯下一截；再来一句，又扯低一截；最终将无物可倚，便坠了下来，即使到了这时还会感到掉得太慢。我有意不说出这种"真实的话"的具体例子，这类例子只会把人弄糊涂，而且绝不会是完全正确的。

密伦娜，请发明一种我怎么给你写信的新的可能性吧。邮寄写着谎言的明信片过于愚蠢，应该寄些什么书给你，我也并非总是知道的。想起你有朝一日跑到邮局却一无所获，我简直受不了。发明一种新的可能性吧。

星期二

星期三你去邮局，会发现那里一封信都没有——噢，有的，星期六那封。在办公室里我不能写，因为我要工作，可我又不能工作，因为我想着我们的事。下午我不能起床，因为我不是太累，而是太"沉重"了。总是这个词儿，这是唯一适用于我的词儿，你懂得它的意思吗？这好比一艘船的"沉重"，它丢了舵，对波浪说："对于我来说我太沉重了，对于你们来说太轻了。"可是这么表达也不够充分，用比喻是难尽其意的。

我没有写信的主要原因是：我有一种模糊的感觉，感到我有那么多特别重要的话要对你说，以致闲暇时再闲也不足以让我为此调动起全部力量来。这也是一个原因。

对目前我没什么可说的，更不用说对未来了！我真的就像是现在才完全离开了病榻（指从外部看去是病榻），还抓住床架不放，希望最好还能回到那上面去，尽管我知道它意味着什么，这张床。

密伦娜，你写的关于那些人的话，nemáte síly milovat①，是对的，

---

① 捷克语：你们没有爱的力量。

即使你在写下这些话时并不这样认为。也许他们的爱的力量仅仅在于：可以被人爱。在这点上这些人之间还是有区别的，这种区别又削弱了这一点的力量。假如他们之中有一个人对他的情侣说："我相信，你是爱我的。"这就完全不同于另一种说法，力量也要小得多；或说"我被你所爱"。但是这样的人就不是情侣，而是语法学家。

"双方的不完美"在你的信中是一个误解。我这么说的意思仅仅是：我生活在污秽中，这是我的事情。而把你也牵连进来，性质就完全不同了。就不仅仅是对你犯下过失，这还是次要的。我不相信，对另一个人犯下的过失（假如只牵涉到另一个人的话）会使我夜不能寐。因此并不是这么回事。可怕得多的是，通过你，我对我肮脏的意识看得更加清楚，尤其是，这么一来，对我来说拯救工作就要艰巨得多，不，应该说可能性更小了（无论如何都是不可能的，可是这样一来不可能性更升级了）。这使恐惧的冷汗渗满我的额头；至于你的罪责，密伦娜，那是无从说起的。会使我夜不能寐。因此并不是这么回事。可怕得多的是，通过你，我对我肮脏的意识看得更加清楚，尤其是，这么一来，对我来说拯救工作就要艰巨得多，不，应该说可能性更小了（无论如何都是不可能的，可是这样一来不可能性更升级了）。这使恐惧的冷汗渗满我的额头；至于你的罪责，密伦娜，那是无从说起的。

错误的是，我十分后悔，我在上封信里把情况与以前的事情作了比较。让我们一起把这些话一笔勾销吧。

那么你真的没生病啰？

星期一晚

的确，密伦娜，布拉格这里有你的一笔财物，对此也没人表示异议，除非夜晚也在争夺它，不过夜晚对一切都是在争夺的。但这是一笔什么样的财物啊！我不愿贬低它，它是某种东西，可以说很大，大得可以遮蔽满月，就在楼上你的房间里。而你不会因为这么黑暗而害怕吧？黑暗，却没有黑暗的温暖。为了让你看看我的"工作"，我附上一幅画。这是四根柱子，中间两根有木棍穿过，"违法者"的双手被捆在这根棍子上；外面两根柱子上插着的棍子是用来捆脚的。这个人被这样固定后，人们就慢慢地继续往外扳这几根棍子，直至这个人从中间裂为两截。柱子上靠着发明者，叉着手叉着腿，显得洋洋得意，好像这一切是前无古人的发明创造似的。可是实际上，他不过是从卖肉屠夫那儿偷看来的，屠夫就是用这种方法撑开内脏已经掏空的猪的躯体，把它挂在店门口。

所以我问你会不会害怕，因为你写到的那个人实际上并不存在，也没有存在过。在维也纳的那个没有存在过，在格蒙德的那个也没有，后者就更是子虚乌有的了，并且应该受到诅咒。知道这一点之所以重要，是因为，假如我们重新相聚，维也纳那个人，甚至格蒙德那个人又将粉墨登场，那么天真无邪，没事人似的，而下面那个真实的人，那个大家和他自己都不认识的人，比其他人存在的可能性更小。可是在他所显示的威力中，他比一切都更真实（为什么他不自己升出地面，现出真身来呢？），他向上发出威胁，并将重新粉碎一切。

是的，密兹·K.来过，谈得很投机。可是只要有可能，我将不再写到其他任何人。他们插入我们的通信中间是破坏一切的根源所在。可是，我不想写到他们的原因并不在此（他们实际上没有破坏什么，只是为真实性和想要跟随他们而去的事物打开了一条出路），我不打算以这样的话来惩罚他们，如果这些话可以视为对他们的惩罚的话。我只是感到他们不再适于在这里占有一席位置了。这里为黑暗笼罩，一座黑暗的住宅，只有当地人才能勉强习惯这个环境。

我是否知道这终将会过去？我知道，这是不会过去的。

小时候。假如我干了什么不可饶恕的坏事，但在大家眼里并不是什么坏事或者不是什么了不起的坏事，可是在我自己的心目中却是很坏的事了（大家眼里不是坏事，这不是我的功德，而是世界的盲目和沉睡），那么我就会很惊奇，怎么一切还是一成不变地循着自己的道路走？那些大人，当然脸色显得阴沉了一些，并没有特别的变化，还在我身边走来走去。我从懂事时起就一直钦佩他们的嘴巴怎么老是那么安详，老是那么理所当然地紧闭着。这时他们的嘴也依然如故。观察了一会儿以后，我从这一切中得出结论：我显然什么坏事都没有干过，无论从哪个方面说，对此害怕是一种幼稚的误会。我又可以捡起刚才吓了一跳而停下来的事情，继续干下去了。后来这种对周围世界的认识慢慢地发生了变化。首先我开始相信，其他人对一切都洞悉了，他们的意见也表达得足够清楚，只是我至今还没有足够敏锐的目光来洞察这一切。打那以后我很快就获得了这种目光。第二，我感到其他人的坚定品格（即使这是真的存在的话）虽然还总是那么令人吃惊，但再也不是可以用来为我开脱的证明了。

好吧，他们什么都没有发现，我的本质中什么也进入不了他们的世界，在他们看来我是无可指责的，我的本质的道路，也就是说我的道路在他们的世界之外。假如我的本质是一条大河，那么至少有一条强壮的胳膊从他们的世界伸展出来。

不，密伦娜，我求求你发明另一种写信的方式吧。你不该徒劳地跑邮局，甚至你的小邮差（他在哪里？）也不该这么做，甚至邮局小姐也不该听多余的问题。假如你找不到别的方式，那么只能一切照旧了，可是你至少得努力动动脑筋，看能不能找到一个办法。

昨天我梦到了你，细节我几乎记不清了，只记得我们不断地变换位置，我变成了你，你变成了我。后来你身上不知怎么着了火，我还记得人们用布把火扑灭，用一件旧上衣拍打你。可是变形又开始了，你不再是那个人了，身上着火变成是我了，而用上衣拍打的也是我。可是拍打没有用处，只是证实了我由来已久的担心：这类东西对救火来说是毫无用处的。这时消防队来了,你不知怎么又被拯救了。但是你与以前不同了,像幽灵一般,用粉笔在黑暗中描画。也许仅仅由于得救而高兴得晕了过去,你倒在了我的怀里,毫无力气。可就是这个时候也有那种变化无常的不稳定性在作怪,也许是我倒在什么人的怀里。

现在 A. 在这儿,你认识他吗?只要不再有人登门拜访就好了。所有人都是永远这么生气勃勃,长生不老,不是真的向着超凡入圣的方向,也许是在坠入他们目前生活着的深渊里。我是这么惧怕他们。由于害怕,我多么想从他的眼睛里看出他的每一个愿望来,假如他不提出要我回访的要求就离去,我会感激得去吻他的脚的。我单独一人时还能活着,可是只要有人来,实际上就是杀死了我。尽管来者意在以其力量重新使我复活,可是他又没有这么大力量。说好星期一到他那儿去。我头都晕了,不知它是否还在肩膀上。

密伦娜,你为什么写到共同的未来呢?这是永远不可能的。或许这正是你这么写的原因?当我们有一天晚上在维也纳匆匆谈到这一点时,我就有一种感觉,好像我们在找一个我们熟识的、非常惦念的人,因此我们用一些最美好的名字呼唤他,可是没有回音。他又怎么能回答呢?他根本不存在,在最广阔的范围内都找不到他。

可以肯定的东西很少,而这便是一个:我们永远不会生活在一起,不会住在同一个房间里,身子挨着身子,不会坐在同一张桌子旁,永远不会,连住在同一座城市里也不可能。我现在恨不得想说,这在我看来如此确定无疑,就像我明天早晨会起不了床(我应当独自坐起来!看见我在我之下,好比在一个沉重的十字架下面,肚皮朝下,背上被压得很重。在我至少能够蹲着、背上的尸体能自行抬起来以前,我难以着手工作),去不了办公室那样确定无疑。这也对,我肯定会起不了床。不过,起床站立起来,只需超出人的一点点力量,这点力量我还有。总的说来,我勉强还有超出人的那么一点点力量。

对于起床一说，不要咬文嚼字，事情并不这么糟，我明天将起床，这一点总比我们共同生活那一最遥远的可能性要肯定一些。再说，密伦娜，如果你检验一下你和我，看一看在"维也纳"和"布拉格"之间的"大海"上那不可逾越的滔天巨浪，那么你也一定不会得出别的看法的。

关于污秽，为什么我不能对它——我唯一的所有物（这是所有人唯一的所有物，只是我对此知道得不很确切）再三谈论呢？由于谦虚么，哦，这倒是唯一有理的借口啦。

你联想到死亡时感到害怕吗？我只对痛苦怕得要命，这是一个坏迹象。想死，却不想痛苦，这是个坏迹象。否则的话，人是敢于去死的。人们正是作为圣经中的鸽子被派遣出来的，还没有找到一片绿地，便又缩回到黑暗的诺亚方舟里去了。

关于两个疗养院的介绍我收到了，里面没有能令人吃惊之处，顶多在价格和与维也纳的距离方面有些出乎意料。这些方面两个疗养院相差不多。贵极了，每天超过四百克朗，也许达五百克朗，这还须看情况而定。离维也纳的距离约为三小时火车路程，再坐一小时马车，那么也很远，大致如格蒙德距维也纳那样远，当然是指慢车。看来格里门施坦要便宜一点点，也许在特殊情况下会这样，可是只有在特殊情况下才选择它。

你看，密伦娜，我总是只想着自己，或者说得正确些，只想着那窄小的、我们共有的、根据我的感觉和意志对我们具有决定意义的世界，而忽视了周围的一切，甚至没有为《克蒙》和《论坛报》对你表示感谢，而你又一次干得那么出色。我将把我的一份寄给你，这份我放在桌子的抽屉里。可是你也许要听我说几句意见，那么我就不得不再读一遍，而这不是容易的事情。我真爱读你译的别人的文章。这篇托尔斯泰谈话录是从俄文译过来的吗？

你得流行性感冒了？这样我至少不必责备自己这段时间在这里过得太快活了（有时我不懂，人们是怎么找到"快活"这个概念的，可能人们仅仅为了把它选来作为悲伤的对立面的吧）。

我曾确信你不会再给我写信,可是我对此既不惊讶,也无伤感。不伤感,是因为我觉得其必要性已经超出了一切悲伤的范围,因为在整个世界上也许没有足够的重量可以托起我这可怜的微小的重量;不惊讶,是因为假如你以前说:"到现在为止我对你是友好的,可是现在我停止这么做,并且要走开了。"我可能从来就不会感到惊讶。世上是有许多令人惊讶的事情,这件事却是最不令人惊讶的事情之一,比如人们每天早晨起床这件事就要令人惊讶得多。那么,这就不是什么能给人以信心的惊人消息,而是一件在有的情况下会叫人恶心的奇事。

你问你是否配听我说句好话,密伦娜?显然是我不配对你说这样的话,否则我是可以这么做的。

我们见面的时间会比我估计的要早吗?(现在我写的是"见面",而你写的是"共同生活"。)可是我相信(而且看到我的观点到处都得到证实,到处,从那些完全与此无关的事情上,一切事情都证明这点),我们永远不会,也不能一起生活,比"永远不会好一些",归根结底还是永远不会。

格里门施坦在其他方面还好一些。价格差别每天在五十克朗左右,而且要到另一个疗养院去进行卧床疗养的话,什么东西都要自己带(毛皮脚垫、软枕、毯子等等,而我什么都没有)。在格里门施坦这些东西可以借,在"维也纳森林"要付一大笔保证金,而在格里门施坦则不用。格里门施坦地势也高一点,如此等等。再说我现在还不去。有一个礼拜我的情况够坏的(有点烧,呼吸如此困难,以致我从桌旁站起来都害怕,咳嗽也频繁),不过这看来只是一次长时间散步的后果,那次散步时我多谈了一些话,现在好多了,于是疗养院又变得无关紧要了。

现在我手头有介绍单了:在"维也纳森林"住朝南带阳台的房间价钱起码三百八十克朗,格里门施坦最贵的房间六十克朗。区别就是这么大,尽管两者都贵得叫人反感。要获得打针的可能性须预付钱,打针本身则由自己付钱。我愿意到农村去,更愿待在布拉格学一门手艺,最不愿意的是到疗养院去。我到那里去干什么?让主任医生从两膝间取走,让他用那满是石炭酸味的手指把肉团塞进我的嘴里,然后顺着咽喉硬往下推,噎得我难受得要命。

我已经在长沙发上躺了两个小时,几乎始终在想你。

你忘了,密伦娜,我们并肩站着,看着地上那个生物,我就是那个生物,而这个往地上看的我当然就失去了生物性。

连秋天都在戏弄我:我有时觉得暖和得可疑,有时候又觉得冷得可疑。可是,我不去管它,事情不会太糟的。事实上我也考虑过是不是坐车经过维也纳。这么考虑的原因仅仅是:肺部确实比夏天糟糕(当然这是自然的),在街上谈谈话,肺就给我带来了困难,而且会产生不舒服的后果。假如我应该离开这个房间的时候到了,我就愿尽快地跑到格里门施坦去,一下子把自己放倒在躺椅里。而且,也许正是旅行会使我感到舒服,还有维也纳的空气,我觉得它好像就是我生命的空气。

"维也纳森林"也许近一些,可是距离上的差别肯定不大。这家疗养院不在列伯多夫,而是更远一些,从火车站到疗养院也要坐半小时马车。假如说从这家疗养院出发直接到巴登去很容易(当然是违反规定的),那么从格里门施坦到维也纳新城不也同样容易吗?这不管对你还是对我来说都没有多大差别。

怎么会呢?密伦娜,你怎么会到现在还不对我感到害怕或者厌恶或者什么呢?你的严肃和力量达到了什么样的深度啊!

我在读一本中国人写的书《bubácká kniha》①。因此我想到,这里全是有关死亡的故事。一个人躺在临终的床上,死亡的临近使他摆脱

---

① 捷克语:鬼的故事。

了一切依恋，他说："我的一生是在抵御欲望和结束生命的斗争中度过的。"然后是一个学生在嘲笑一个老唠叨着死亡的老师："你老是说死，却总也不死。""我会死的。我在唱我的送终歌，一支歌唱得长一些，另一支歌唱得短一些，只需要用几句话便可以概括它们之间的区别。"

这是正确的，嘲笑这位英雄是不对的，他带着致命的创伤躺在舞台上，唱着咏叹调。我们躺着、唱着，年复一年。

《镜中人》①我也读了。充满了何等的生命力啊！只有一处有点病态，可是其他地方都很丰富饱满，连疾病都是丰满的。我如饥似渴地仅用了一个下午就读完了它。

现在在"那里"折磨着你的是什么？以前我总是以为得了此病我会浑身无力，现在我才真的这样了。你也这么爱生病。

我刚才也去了经理那里，是他让人叫我去的。原来奥特拉违背我的意愿，上个礼拜去找过他。我违背自己的意愿接受了公司医生的检查。违背了我的意愿，我将获得休假。

密伦娜，原谅我，上次我也许写得太简略了，那是由于要预订房间而感到不安（现在我发现，根本不必预订）。我还是想到 Gr.②去，可是还有些犹豫不决。只要具有常人的力量的人早就会把这种犹豫克服了（当然这种人也不会到 Gr. 去），而我却没有。现在我还得知，与疗养院声称的不同，我还得去取得州政府的居留许可证。这个也许会发给我，但在我把申请书寄出之前就绝无此可能。

现在每天一整个下午我都在街上闲逛，沐浴在悠闲的气氛之中。有一次我听到人们称犹太人为"Prašivé premeno"③。人们离开那备受仇

---

① 是弗兰茨·韦尔弗的一个剧本。
② Grimmenstein（格里门施坦）的缩写。——译者
③ 捷克语：讨厌的种族。

视的地方难道不是合乎自然的吗(可是犹太复国主义或者民族情绪对此是完全没有必要的)?那种我非待在这儿不可的英雄气概就像浴室里那消灭不掉的蟑螂一样。

我正好从窗口望出去:纵马而行的警察,准备让刺刀见红的宪兵,叫喊着四散跑开的人群,而待在这楼上的窗里真是一种可厌的耻辱——总是在保护下生活。

已经在这里站了一会儿了,可我还没有去把信寄出。我完全陷入了苦思冥想之中,对你不写信的原因也只知其一。

给州政府的申请书我已经寄出,只要收到许可证,其他一切很快就能办完(订房间和办护照)。办完了我就去。我妹妹想去维也纳,也许她会与我同行。她想在维也纳逗留一两天,想赶在孩子出世前抓紧时间作一次小小的旅游。她怀孕已三个多月了。

从爱伦施坦[1]写给你的信中看,他的眼光比我想象的要好。我愿意修正对他的印象,可是由于我再也见不到他,这也办不到了。我在他那儿(当然只待了不到一刻钟)感到很轻松,没有一点陌生感,当然也没有崇高的家乡感,这就像我当小学生时从我的同桌身上感到的那种轻松和熟悉感一样。那位同桌觉得我好,我觉得少不了他。在学校里面临一切吓人的事情时我们都是盟友,我在他面前要比在其他任何人面前更少装腔作势——可是实际上,我们之间的联系却是多么可怜啊。在E.[2]那里情况也是这样,我感觉不到他有攫人的力量。他待人和善,善于言谈,勤奋刻苦,但是如果在每一个街角都站着这么一个说话人,那么他们虽然不会加速世界末日的到来,却会使目前的日子变得更令人难以忍受。你知道"坦嘉"吗?知道俄国牧师和坦嘉的对话吗?他们的对话有违于他们的初衷,成了一种无能为力的救助的典型。坦嘉显然是死于寻求慰

---

[1] 爱伦施坦(Albert Ehrenstein),维也纳作家。
[2] 指爱伦施坦。——译者

藉的噩梦里。①

E.的内心确实是十分强大的,他晚上朗读的东西美极了(应该视为例外的,当然又是克劳斯一书②中的一些段落)。正如刚才说的,他的眼光也很好。

顺便说一下,E.几乎变成了胖子,至少是变得结实了(而这正是美的地方;你真是看错了!)。关于瘦子,他只知道他们是瘦的。这种认识对于大多数人来说已经足够了,比如对我来说。

杂志来迟了,有机会我会告诉你是什么原因,可是它们总会来的。

不,密伦娜,我们当初认为可以在维也纳相聚的可能性是不存在的。绝无可能了。那时候我们也没有这种可能性。我"从我们的篱笆上"看出去,只用手抓着篱笆上部,手被扎得稀烂,我又掉回了地面。当然还有其他相聚的可能性,这世界充满了可能性,只是我还不认识它们。

你开列的时间表给我带来了快乐。我像研究一张地图那样在研究它。这至少是一种保障。可是在两周内我肯定去不了,看来晚一些才行。办公室里还有一些事情拖着我的后腿。那疗养院不久前曾写信给我表示欢迎。在我打听食素的事宜后,它便沉默了。即使我像一个民族一样蓦地站起来踏上旅途,这里那里总还缺乏那么一点决断的力量。这个人或那个人还须加以鼓舞,到头来,所有人都耐心地等待,因为一个孩子哭了起来,大家就走不成了。我对这么一次旅行几乎有点害怕。举例说,假如我住到一家旅馆里,就像昨天那样(多年来第一次9点1刻就上床了)从9点1刻不停地咳到将近11点,然后睡着了,12点时在从左向右翻身时又咳了起来,一直咳到1点,这样旅馆里谁能受得了我呢?我前年坐卧铺车厢还毫无问题,现在却无论如何也不敢再问津了。

并不完全如此,密伦娜。你是在美兰认识现在给你写信的这个人的。

---

① 卡夫卡在这儿说的是恩斯特·魏斯(Ernst Weiss)的剧本《坦嘉》。
② 爱伦施坦写的评论维也纳讽刺作家卡尔·克劳斯(Karl Kraus)的小册子。

然后我们成了一体，再也认不出自身来，后来我们又分离了。

对此我还想说几句，可是我的喉咙哽住了，什么话都出不来。

我也是这样。我常常想：我要写信告诉你，可是到头来却还是写不了。也许是因为波金中士抓着我的手，只有在他松开一会儿的时候，我才能抓紧时间偷偷写下一句话。

你正好译了这一段，这表明我们的口味是相似的。是的，刑罚对我来讲特别重要，我所干的事情无非是受刑和施刑。为什么？出于一个与波金相似的原因，像他那样未加考虑、机械地、循规蹈矩地做：要从这该死的嘴里挖出那该死的话来。这么做的愚蠢性（认识到其愚蠢性是没有用的），有一次我是这么表达的："畜生夺过了主人的鞭子鞭挞自己，意在成为主人，却不知道这只是一个幻想，是通过主人皮鞭上新打的一个结产生的。"

当然，刑罚也是可怜的。亚历山大在哥尔提亚斯的绳结解不开时，并没有施以刑罚[1]。

这里看来也是一种犹太传统在起作用。《农村报》[2]，这份现在登了许多攻击犹太人的文章的报纸，最近在一篇社论中证明，犹太人败坏了一切，搅散了一切，甚至(!)中世纪的自笞苦行也是犹太人败坏了的！可惜文章对此没有作进一步的阐述，只是引用了一本英文著作中的话。我太"沉重"了，到大学图书馆去一次对我来说很不容易，可是我很想知道犹太人同这一（在中世纪）离他们非常遥远的运动有什么关系。也许你有什么博学的熟人知道这件事。

---

[1] 相传哥尔提亚斯系了个解不开的绳结让亚历山大大帝解，亚历山大大帝后来用剑把它劈开了。——译者
[2] 当时捷克农民党的反动报纸。

书我给你寄出了。我明确地声明：我没有恼火，这可能还是我很久以来做过的唯一有点理智的事情。《阿列斯》①卖完了，要到圣诞节时才再版，我用契诃夫代替了他。《巴比斯长》却印得几乎难以卒读，也许你看到这个样子就不会买了。但是我是负有使命的……

有没有看到关于那场疗养院火灾的进一步的消息？无论如何现在格里门施坦一定会塞满了人，那里的态度也会因此而变得傲慢起来。H.怎么会到那里去看我呢？你信中不是说过他在米兰吗？

你希望我不要同你的丈夫会面，你的希望不可能比我同样的希望更强烈。如果他不是径直跑到我这里来——他显然不会这么做——那么我和他互相见面的可能性就几乎不存在。

启程的时间还要推迟一点，因为我在办公室里还有点事。你看，我毫不害羞地写下我"有点事"。当然这可能是跟别的任何工作一样的一种工作，而我却处在半睡眠状态中，与死亡这么近，就像睡眠接近死亡一样，《农村报》说得很有道理。迁徙，密伦娜，迁徙！

你说，密伦娜，你对此不能理解。假如你把它看作疾病，你就试着去理解它吧。这是心理分析学自称揭示了奥秘的许多病理现象中的一种。我不把它叫作疾病，我把心理分析学的治疗学那一部分视为一种不可救药的迷误。这一切所谓的疾病（不管它们看上去多么悲惨）都是信仰上帝的事情，是处于危难中的人在任何一片感到亲切的土地上落脚扎根的现象。心理分析学者认为可用来解释每个人的"疾病"的东西，按照他们的看法也同样是宗教的起因，当然今天我们这里多半没有宗教团体。

---

① 阿列斯，捷克画家和雕刻家。

教派多如牛毛，可都局限于个人，也许这只是因为人们的目光受到当前环境的束缚，看不到那么多。

这些真正在土地上落脚扎根的现象，不是人们可以互相交换的个别财物，而是在人的本质中事先形成的，而且在事后还会沿着这个方向继续塑造人的本质（和身体）。人们想要在此得到治疗吗？

我的境况可以设想有三个圈子，最里面的一圈是 A，往外是 B，再是 C。核心的 A 向 B 解释：为什么这个人必须折磨自己，不信任自己，为什么他必须放弃（不是放弃，放弃将是很难做到的，这只是一种必须放弃），为什么他不能活下去。在这层意义上狄奥根尼斯①不也病得很重吗？我们当中又有谁在亚历山大的目光终于俯视着他时会不感到幸福呢？狄奥根尼斯却固执地请求他释放太阳，那可怕的、在希腊不断燃烧着、逼得人发疯的太阳（这个桶里装满了鬼魂）。C，这个行动的人却什么解释都得不到，B，只是对它下达命令。C 在最苛刻的压力下行动，恐惧的冷汗直流（在别的情况下能看到这种从额头、面颊、太阳穴、头皮——一句话——从整个头盖骨周围一起流出来的恐惧的冷汗吗？在 C 那儿就是这样）。C 行动着，与其说出于理解，不如说出于恐惧。他信任，他相信 A 把一切向 B 解释清楚了，B 则正确地理解和转达了一切。

我不是不真诚的，密伦娜（当然我有这么个印象，我写的东西没有以前的坦率，清晰，是这样吗？），我是在"狱规"容许的情况下尽可能做到真诚，这就够意思了，而且"狱规"也越来越宽松。可是，"凭这个"我不能来，"凭这个"来是不可能的。我有一个特点，它不是在本质上，而是在等级上把我与其他人区分得非常清楚。我们俩都见过西方犹太人许许多多性格典型。就我所知，我是他们中最标准的西方犹太人。说得夸张一些，我没有获得哪怕一秒钟的赠予，我的一切都不是赠

---

① 狄奥根尼斯（Diogenes，前412—前323年），希腊犬儒学派哲学家。——译者

予的,一切都必须靠努力夺取,不仅当前和未来,就是过去也同样包括在内。也许每个人都是顺带得到了过去,而我却必须去争取,这也许是最困难的工作。如果地球向右旋转(我不知道它是否会这么做),那么我就必须向左旋转,去攫取过去。可是我却一点没有完成这些义务的精力。我不能把世界扛在肩上,我连自己的冬装都扛不动。倒不一定为没有力气叫苦,又有什么力量足以完成这些任务呢!每一种试图用自己的力量完成一切的尝试都是神经错乱,也只能得到神经错乱的报答。所以像你所写的那样,"凭这个来"是不可能的。靠自己我走不了想走的道路,甚至连走这条路的念头都不能有,我只能静静地待着,不能想干别的,别的我什么都不想。

就像是有个人每次散步前要梳洗一下(这已经够麻烦的了),而且由于他每次散步前一切必要的东西都不齐全,他不得不缝衣服、钉靴子、补帽子、削正拐杖,如此等等。他当然不能将这一切做得很好,也许可以坚持走完几条马路,可是比如说在格拉本①那儿一切又突然散开了,他便赤裸裸地站在那儿,身上挂着碎布条。从旧环城路②上跑回去是多大的折磨啊!最后他在爱森路又碰到一大群人,他们追逐着辱骂犹太人。

不要误解我,密伦娜,我没有说这个人完了。完全不是。可是他如果走上格拉本大街,那他就算完了。他这是侮辱自己和世界。

你的最后一封信我是星期一收到的,也在星期一马上写了回信。

那么你的丈夫说了他要搬到巴黎去啰?这是老计划里面的什么新内容吗?

---

① 布拉格一条大街名。
② 卡夫卡父母的住房就在这条路上。

今天来了两封信。当然你是对的,密伦娜,由于对我自己的信感到羞愧,我简直不敢拆开你的信。现在我的信却是真实的,或者说至少是在通向真实的道路上。假如我的信是编造的谎言,那么我在你的回信面前会如何呢?答复很简单:我会发疯的。说真话并不是多么伟大的功勋。这算不了什么。我总是力图传达一些不可传达的东西,解释一些不可解释的事情,叙述一些藏在我骨子里的东西和仅仅在这些骨子里所经历过的一切。是的,也许其实这并不是别的什么,就是那如此频繁地谈到的、但已蔓延到一切方面的恐惧,对最大事物和对最小事物的恐惧,由于说出一句话而令人痉挛的恐惧。当然,这种恐惧也许不仅仅是恐惧,而且也是对某种东西的渴望,这东西比一切引起恐惧的因素还要可怕。

"O mne rozbil"[①],这可以说是彻头彻尾的胡话。只有我负有罪责,它表明在我这方面真话太少;真话还总是太少,绝大多数总是谎言,是对我自己和对别人的恐惧所引起的谎言!这个罐子早在到达井边之前便已经打碎了。

现在我要闭嘴了,这样至少还有些真话可以保留着。撒谎是可怕的,没有比这更强烈的折磨精神的东西了。所以我求你:让我沉默吧——现在在信上,到维也纳后在谈话里。

O mne rozbil,你写道。可是,我只看到你在折磨自己。正如你信中所说,你只有在街上才能找到安宁,而我却穿着睡衣、拖鞋坐在这温暖的房间里,这般安宁。只要我的"手表发条"允许,就可以一直这样(因为我总要"报时")。

得到居留许可证,我才能说我什么时候上路。现在逗留三天以上就必须得到州政府批准,为此我在一周前就提出了申请。

O mne rozbil,我又想起了这句话,这话就像设想相反的可能性一样错误。

---

① 捷克语:它是在我这里打碎的。

这既不是我的缺陷，也不是人类的缺陷。我的归宿是最寂静的寂静，这对于我来说才是正确的。

这段故事我为你剪下来了。列维涅①在慕尼黑被枪毙了，对吗？

今天是星期四。到星期二为止，我还真的下了去格里门施坦的决心，虽然有时想到此事就感到有一种内在的威胁，也感到行期的拖延是有它一定的原因的，可是我相信这一切都是容易克服的。星期二中午我听一个人说，不必在布拉格等待居留许可，在维也纳满可以得到的。这么一来道路便已经畅通了。我在长沙发上折磨了自己整整一个下午，晚上给你写了一封信，可是没有寄出。我还是相信困难是可以克服的，但是我在痛苦的折磨中辗转反侧，度过了一个不眠之夜。我心里有两个人，一个想去，一个害怕去。两个人都是我的一部分，两个人也许都是无赖，在我身上厮打。我一早起来，情况就像在我最坏的日子里那样。

我没有动身的力量；一想到站在你面前的情景，我现在就受不了，受不了脑子里的压力。

你的来信就已经给我带来了遏止不住的、无边无际的失望，再加上这些话。你写道，你没有任何希望，可是你希望能一劳永逸地离我而去。

我无法向你，也无法向任何人解释清楚我心里是怎么回事。我怎么解释得清楚事情为什么会是这个样子呢？我甚至无法向我自己解释清楚。可是，这也并不是主要的。主要的问题很清楚：在我周围的环境中要像人一样生活是不可能的；你看到了这一点，但还不愿相信吧？

那封黄信封的信我还没有收到，我将原封不动地寄回去。

假如说我们现在停止通信不是好事，那么我一定是犯了可怕的估计

---

① 慕尼黑苏维埃政府成员。

错误了。我不会搞错的,密伦娜。

我不想谈你的事,并非因为这不是我的事情,这是我的事情,只是我不去谈它。

那么只谈我吧:你在我心目中的位置,密伦娜,在我们所生活的世界背后你在我心中的位置,没有在我每天写给你的废纸上表现出来。这些信除了起一种折磨人的作用,别的什么作用都没有。假如它们不折磨人,那么事情就更糟糕。它们的作用只是让格蒙德的那个日子重现在我们眼前。那是误会、耻辱,几乎是不可磨灭的耻辱。我想凝视着你,就像第一次在街上那样,可是这些信分散了我的注意力,比整条喧闹的L.大街更强烈地分散了我的注意力。

但这不是决定性的,决定性的是我随着信件的增多而不断加重的晕眩无力,想要从信堆里爬出来的绝望的挣扎,在你面前和我面前都感到的无能为力。哪怕你写一千封信,我说一千个愿望也否认不了这一点。决定性的还有(也许起因是这种无能为力,可是这里所有原因都难以辨认)一个**不可抗拒的强大的声音,全然是你的声音**,它要求我沉默。

有关你的一切这里都没有提到,这些当然多半可以从你的信中读到(或许也可以在那封黄信封的信中,或者说得更准确些,在你要求收回这封信的电报中。你这么做当然是有道理的),它们经常出现在我所害怕的那些段落中。我避开它们,就像魔鬼避开圣地。

奇怪,我也想给你拍电报。我长时间地玩味这一点,下午躺在床上在想,晚上在百乐威也在想。可是,电文只不过如此:"请对上一封信中画线的句子作出明确的、以示同意的答复。"后来我感到这里面包含着无缘无故的、丑恶的不信任,于是我便没有发出电报。

现在我无所事事,在这封信上一直趴到深夜1点半,看着它,并透过它看着你。有时候(不是在梦里),我想象中出现了这样的情景:你的脸被头发遮盖了,我成功地分开了你的头发,向左右两边撩开头发,你的脸现出来了,我的手抚摩着你的前额和太阳穴,双手捧住了你的脸。①

星期六晚

我本想撕掉这封信,不寄出去,不回答那份电报。这类电报总是让人能从许多方面去理解。但是现在这张明信片和这封信来了。这么一张明信片,这么一封信。但是,即使在它们面前,密伦娜,即便把想要说话的舌头咬破,我又怎么能相信你现在需要这些信呢?其实你需要的不是别的,而是安静,正如你经常有意无意地说出的那样。而这些信只是烦恼,**来自不可救药的烦恼,造成不可救药的烦恼**。在这样的冬天为什么要这样呢(而烦恼至今还在加深)?保持沉静是活着的唯一手段,不管在这里还是那里。满怀悲伤,好吧,这有什么作用?这让人像孩子般深沉地酣睡。可是烦恼呢?这无异于扶着犁耙在睡眠中耕耘(在大白天),这是难以忍受的。

星期一

没有一条法律禁止我继续给你写信,并为这封信感谢你,也许这封信里写着你能写给我的最美好的语言,像:"我知道,你……我。"

但从另一面来说,你我长期以来就取得一致了:我们现在不应再写信。至于这话正好由我说出,则完全是偶然的。我不说你也同样会说的。由于我们观点一致,就没有必要解释,为什么说不写信好。

糟糕的只是,这样我(从现在起你不必去邮局打听了)便没有、几乎没有给你写信的可能性了,或者还有这么一种可能性,即我寄给你一

---

① 〔右边边缘上写着〕如果找到哪个疗养院,我自然会写信告诉你的。

张没有写字的明信片。这便意味着，在邮局有一封信。只要有一点必要，你就写信给我，这当然本身是不言而喻的。

我在 V. 那儿把事情弄得很糟，这是不容置疑的，但还不像你刚听到吓一跳时想象的那么糟。首先我不是作为一个乞求者，或甚至是以你的名义去的。我去的身份是个陌生人，跟你很熟，对维也纳的社会状况有所认识，而且还收到你两封悲伤的信。

我没有说辞别的话。这不是告辞，而像是有一股强大力量埋伏在那里，把我一把拖了下去。可是在你活着的时候，它怎么敢这么做呢？

星期三

亲爱的密伦娜夫人①：

我想，还是不要多谈掩护和与它有关的事情为好，这就像在战时谈叛变一样。有些事情人们是难以完全理解的，最后只能进行猜测。在这些事情上人们仅仅是"民众"。人们对事件是发生影响的，因为没有"民众"什么仗也打不成。除此以外，人们对事件也有发言权。可是要对这些事情作出判断和决定，则只有通过等级制统治当局那目不可及的最上层。假如人们一旦真的用自己的言辞影响了事态，那么只会带来损害，因为这些言辞是外行的，是非克制的，就像睡梦中脱口而出一样，而这个世界上到处都有间谍在窃听。在这方面安静、尊严、不为挑衅所动乃是最好的秉性。这里一切都是挑衅，就连长长的运河边上您坐着的草都是（有一段时间，我躺在烧热的炉子旁的床上，抱着热水袋，盖着两层被子，床是弹簧床，我却以为自己着凉了，这是多么不负责任）。最终人们只会得出一个看法，就像大家看到表面现象都会产生的那种看法：我的病要比你可怕的（如果可以这么说的话）散步强得多。因为假如我

---

① 最后几封信是直接寄到密伦娜住处去的。

在那种意义上来谈论我的病，实际上没有人会相信我。事实上这也不过是开玩笑。

《多那狄》我马上就开始读，不过也许还是先寄给您好，我知道这么一种欲望意味着什么，人们对一个把这么一本书加以藏匿的人是会怀恨在心的。比如说我就对一些人抱有成见，因为我毫无根据地怀疑《夏末秋初》在他们中谁的手里。而奥斯卡·鲍姆的儿子从法兰克福那儿的野外学校么匆忙地赶回家来，最主要的原因是他没有把那些书带去，尤其是他最心爱的基普林写的《瘦高个和同志们》，这本书我相信他已经读了七十五遍了。假如《多那狄》会引起类似的情况，那么我就寄去，可是我也很想读它。

假如我拿到副刊，我也许不会去读那些时装介绍文章（这个星期天它们登在哪里？）。如果您不断把日期告诉我，我会非常高兴的。什么时候我能出门了，我就去取《魔鬼》，眼下我还有点头疼。

乔治·凯瑟尔——他的东西我读的很少，也没有兴趣去多读，舞台上我还没有看到他的任何作品在上演。给我留下深刻印象的是他两年前的诉讼案，我读了塔特拉上刊登的报道，尤其是那雄辩的辩护词，他宣称他有拿别人东西的不可辩驳的权利，把他自己在德国历史上的地位与路德相比，并且要求说，一旦判他徒刑，德国就应该下半旗。在我的床边他谈的主要是他的大孩子（他有三个孩子），那是个十岁的男孩，他不让他去上学，也不给他上课，所以他还不会读，不会写，画画却很好，成天在林中、湖上玩（他们住在一幢寂静的别墅里，在柏林近郊的格伦海德）。我在告别时对凯瑟尔说："不管怎么说这总是一个伟大的事业。"而他说："这也是唯一伟大的事业，其他一切都是毫无价值的。"看见他站在面前，你会产生一种奇怪的、不太舒服的感觉，半个柏林商人，大大咧咧，乐呵呵的，半个疯子。他看上去身心没有完全垮掉，可是有些方面却垮得太厉害了，据说也只是热带摧毁了他（他年轻时在南美受雇，得了病，回到家里，将近八年无所事事，躺在家里一张长沙发上，最后在一家医院里恢复过来），没有别的因素。从他的脸上也能看出各占一半的特点：一张扁平的脸，浅蓝色的眼睛空洞得叫人吃惊，它们像有些人的眼睛那样在脸上一抽一抽的，而脸的其他部分却一动不动，就像麻木了似的。马克斯对他的印象却完全不同，觉得他能使人愉快，为此他可能是出于友好的感情硬要凯瑟尔到我这里来一趟，而且他现在还把整封信都占着。我本来还想说点别的，下一次吧。

亲爱的密伦娜夫人：

我必须承认，我曾经非常妒忌一个人，因为他被人爱着，在理智和力量的无微不至的保护下，平平安安地躺在花丛下面。这种妒忌到现在还是一呼即来。

我没有经常阅读《论坛报》，可还是读过几次，从中我相信可以得出结论：您夏天过得很好。有一次在普拉那的火车站得到了一份《论坛报》。一位避暑的女人在同人家谈话，背后握着报纸，正好对着我，妹妹帮我把它借了来。假如我没有搞错的话，那上面登着一篇很有意思的文章，内容是批评德国浴场的。有一次您描述了远离铁路度过的夏日生活的快乐，这也很美，要不就是同一篇文章？我不相信。像以往一样，只要你踏入《民族报》①，甩掉犹太人（时装）方面的教育题目，你的文章就会非常出色。这回是关于陈列展品，然后你译了那篇关于厨师的文章，为什么呢？姑妈真怪，有一次她写的是应该怎样正确地贴邮票，后来又写到不该从窗口把任何东西扔出去，都是无可辩驳的事情，却又都是毫无希望的斗争。可是，如果很留神的话，会发现她有时也会写到一些可爱的、动人的、美好的事情，只是她不该这么恨德国人。德国人是了不起的，并将永远如此。您读过艾兴多夫这首诗吗："啊，山谷深远，啊，高地！"或者尤斯提努斯·凯纳尔那首关于锯子的诗？② 如果

---

① 捷克一家报纸。——译者
② 这是卡夫卡心爱的诗，作者是凯纳尔（Justinus Kerner），诗名为《水轮锯木厂旁的旅行者》。

您没有读过，我可以抄给您。

关于普拉那本来可以说几句，可是现在已经提不起兴致来了。奥特拉对我很好，尽管她除了我以外还有一个孩子。我的肺（至少在室外时）还过得去。我在这里已经待了两个星期，还没有到医生那儿去过。我在外面（神圣的虚荣心！）劈一个多小时的木柴也不感到累，而且一直很愉快。这么看来我的情况不会太坏的。其他方面，睡眠及跟着而来的失眠则要坏得多，某些时候。

而您的肺——这个自豪的、强壮的、备受折磨的、不可动摇的生命体呢？

您的 K

我已经很久没有给您写信了，密伦娜夫人。今天我也只是因为一件偶然的事才提笔的。我不想为不写信道歉。您也知道，我对信是多么痛恨。我一生的一切不幸（我在此并不想抱怨，只是想总结出一条普遍的教训来）都来自信件或者来自写信的可能性，假如可以这么说的话。人们几乎没有欺骗过我，但是信总是在欺骗，并且不是别人的，而正是我自己的信。发生在我身上这是一种特殊的不幸，对此我不想多说了，但同时也是一种普遍的不幸。单单从理论上看，由于写信想写就可以写，轻而易举，这就势必把可怕的灵魂紊乱带到世间来。这是一种同幽灵打交道的行动，不仅是同接信人的幽灵，而且也是同自己的幽灵。幽灵在写信的那只手下成长，在信件的连续性中，即在一封信证实着另一封信，并可将另一封信作为自己这一封的见证的连续性中成长。人们怎么会偏偏产生这样的想法：人与人可以通过信件互相交流！人们可以想起一个远方的人，人们可以抓住一个近处的人，其他一切都超出人的力量。但写信则意味着：在贪婪地等待着的幽灵面前剥光自己。写下的吻不会到达它们的目的地，而是在中途就被幽灵们吮吸得一干二净。它们正是通过这种丰富的营养骇人听闻地繁殖着。人类感觉到这一点,也在与此斗争。为了尽可能把幽灵似的东西与人隔绝,为了达到自然的交往,获得心灵的安宁,他们发明了铁路、汽车和飞机,但已经起不了什么作用。这显然是些在毁灭过程中产生的发明;其对立面则更平静、更强大,它为邮政发明了电报、电话。幽灵们不会饿死,而我们将会灭亡。

我感到惊讶,怎么您还没有写到过这一点?并不是说要通过公开见解来阻止或者达到什么,这已经太晚了,但是至少要向"它们"显示,您是认出了它们的。

此外,从一些例外事情上可以认出"它们"来。有时他们让一封信不受阻碍地通过,这信会像一只友好的手那样到达目的地,轻柔而和善地握在自己手中。但是,这兴许也只是表面现象,这种情况也许是最危险的,对这种情况应比对其他情况更警惕。但如果这是一种错觉,那么就是彻头彻尾的错觉。

我今天遇到了类似的情况,这正是我想起来要给您写信的原因。我今天收到了一位您也认识的朋友的来信[①]。我们已经很久不通信了,这本来是最明智的。同上面说的有关的一点是:信是了不起的催眠药。它们是怎么到达的啊!心中干涸、空虚、激动,片刻的快乐,跟着是长时间的痛苦。在忘我地读着它们时,本来已经来临的那一点点睡意从洞开着的窗口飞了出去,久久不再回来。所以我们互相才不写信。我经常想到它[②],但这思想一闪即逝。我的整个思想都是一闪即逝的。但昨天晚上我久久地想着它,长达几个小时,夜晚躺在床上的那些时间(这段时间正是由于其敌意对我来说才特别珍贵)我都用来考虑如何在一封打算要写给他的信里,不断用同样的句子来重复我当时觉得特别重要的、需要告知的事情。早晨果然来了一封他[③]的信,信中有一条说明,说这位

[①] 指密伦娜自己写的信。
[②] 指信。——译者
[③] 仍接着前面提到的"朋友"(阳性),所以用"他"。——译者

朋友一个月来，或者说得准确些，一个月前，有一种感觉，觉得他应该到我这儿来。这条说明与我的遭遇竟如此奇特地巧合。这个关于信的故事给了我写一封信的机会。而既然我已经写了那一封，那么，密伦娜夫人，我为什么不能给您，也许是我最愿意给的人，也写一封呢（只要还愿意写信，何乐而不为呢？这话当然只是说给那些贪婪地包围着我的桌子的幽灵们听的）①。

我已经很久没有在报纸上找到您的文章了，除了那些介绍时装的文章外。最近一段时间里除了个别例外，我觉得这些文章写得令人欢快而安宁，包括最近那篇关于春装的文章。在此之前我有三周没有读到《论坛报》（但我会想办法弄到手的），我到施宾德米勒家去了。

然后来了您的信。现在写信的事弄得有点怪：您必须（以前您什么时候又不必呢？）有耐心。三年来我没给任何人写过信，在这方面我就像死了一样，没有任何传达信息的愿望。我好像不属于这个世界，但也不属于其他任何世界，就像是那么多年来我都是人家要我做什么就做什么，心不在焉，而实际上一直在倾听有没有人叫我，直到疾病在隔壁房间叫我，我赶紧跑过去，越来越深地委身于它。可是房间里很黑暗，人们根本就不知道它到底是不是疾病。

不管怎么说，我想问题、写东西变得非常困难，有时在书写时两手空空地从纸上滑过去，现在也仍然如此。对思考问题我根本不想谈（我不断为您的思想闪电般的敏捷所叹服，一大堆句子不知怎么就聚拢来，闪电般猛击下来），无论如何您要有耐心。这朵蓓蕾在慢慢地绽开，它也只是蓓蕾，因为人们把闭合着的就称为蓓蕾。

我开始阅读《多那狄》了，但只读了一点，还没有被吸引住。读过的他②的少量作品也没有给我多少亲近之感。人们称赞他的简朴，可是

---

① 这也许是暗示：还有一封信在邮局。
② 指《多那狄》（Donadieu）的作者查理－路易斯·菲利浦（Charles-Louis Philipe）。

简朴本来就是德国和俄国文学的特色。他，这个祖父，是可爱的，可是他却没有力量阻止人们在阅读他的时候草草掠过。到现在为止我所读到的最美的（我才读到里昂那里），我觉得具有法国的特色，而不是菲利浦的特色，是福楼拜的反光。譬如在一个街角突然产生的快乐（您也许还记得这一段吧？），译文像是由两个译者合作译的，一会儿很棒，一会儿糟得简直看不懂（一个新译本将由沃尔夫出版）。不管怎么说，我还是很乐意读它的。我成了一个差强人意的，可是阅读速度非常慢的读者。读这本书时阻碍着我的，是我在姑娘们面前会变得很困窘的弱点。这甚至使我不相信作者所描写的姑娘的真实性，因为我不相信他胆敢去接近她们。就好像作家做了一个洋娃娃，称它为多那狄，目的只是把读者的注意力从真正的多那狄那里吸引过来。这真正的多那狄是完全不同的，身处的地方也完全不同。我的头脑中对这种小姑娘岁月（尽管非常可爱）形成了一种固定的模式，从这个模式看问题，就好像这里所叙述的一切并没有真正发生，而是以后的事情，而这一段只是按照音乐规则补充创作的前奏，并按照真实的乐章调定了调子。在有的书中这种感觉会一直持续到结束。

Na velké cestě[①] 我没有读过。契诃夫我却非常喜爱，有时爱得完全发狂。《离开磨坊》我也不知道。史蒂文生我根本没读过，只知道您喜欢。《弗朗齐》[②] 我会寄去的。可是除了个别地方，您一定不会喜欢它的。这可以用我的理论来解释：活着的作家同他们的书有一种活的关系，他们本身的存在就是捍卫它们，或者反对它们的斗争。一本书真正独立的生命要在作者死后才表现出来，说得更正确些，要在作者死去一段时间后才表现出来，因为这些血性的人在他们死后还会为他们的书斗争一番。然后书就慢慢地孤单下来，只能依赖自己的心脏的搏动了。所以，譬如说麦耶贝尔就做得很理智，他为了支持这种心脏的搏动，把他

---

① 捷克语：《在大路上》。显然是书名。
② 马克斯·勃罗德的长篇小说。

所有的歌剧都留给了蕾加特,也许还根据他自己的信任给它们分了等级。对这种理论还可以加一些补充发挥,即使没有什么重要的可以补充了。用在《弗朗齐》这儿便意味着:这位活着的作家的这本书真的就是他那套住房尽头的那间卧室,供他亲吻用——如果这房间是供亲吻用的话。如果不是这样那就可怕了。假如我说我喜欢它,或者您说(也许您不会这么说)相反的话,那么这简直算不上是对这本书的评价。

今天我读《多那狄》,读了较长一段,可是我吸收不了(但看来今天不能用那个理由来解释,而是谓为妹妹在隔壁跟女厨师谈话。我只要轻轻咳几声就会打断她们,可是我不愿这么做,因为这个姑娘——到我们家来才几天——一个十九岁的姑娘,强壮得像巨人一样,说自己是世界上最不幸的人。这么说没有理由,她只是因不幸而不幸,她需要妹妹安慰。我妹妹也从来就是这样,就像我父亲说的:"最喜欢跟女佣人坐在一起不管我在表面上说什么批评这本书的话,都是不合理的,因为一切责备都来自核心,却不是来自这本书的核心。如果一个人昨天杀了一个人(这个昨天什么时候会变成前天呢?),他今天就不敢听任何杀人的故事。所有杀人的故事对他来说都是一样的:痛苦,枯燥,刺激。书上那庄严的不庄严,那拘束的不拘束,那赞赏的讥讽——我都不能忍受。假如说拉斐尔诱惑了多那狄,那么这对她来说是很重要的,可是作者在那学生的房间里待着干些什么呢?还有第四者——读者,直到他的小房间变成医学系或者心理学系的大教室。除此之外,这本书充斥着绝望,别的东西很少。

我还经常想着您的文章。我奇怪地相信——将虚构的对话变成真实的对话:犹太教!犹太教!——如果不是由于寂寞中产生的绝望才要求结婚,那么结婚是可能的,而且会是在头脑高度清醒的情况下结婚。我相信,天使也是这么认为的。因为,那些由于绝望而结婚的人会赢得什么呢?假如把孤寂放到孤寂之中,那么永远不会产生家乡,而只会产生一个卡托加。一种孤寂反映在另一种孤寂之中,即使在最黑暗的深夜也是如此。假如把孤寂与安全放在一起，那么对于孤寂来说情况将更糟糕（除非是一个温柔的、姑娘般无意识的孤寂）。如果对结婚的前提准确而严格地下个定义，那么结婚意味着：安定。

眼下最糟的却是（连我都没有想到）：这些信，甚至这些重要的信，我都写不下去了。写信的恶魔又开始作怪了，把本身被自己摧毁的夜晚摧毁得更甚了。我必须停笔，再也写不下去了。咳，您的失眠与我的不同。请不要再写了。

谢谢您的问候。关于我：我离开那儿几天，布拉格日子过不下去了。可是这还不能算是旅行，只是胡乱拍打了一阵长得很不合适的翅膀。

K

〔发自多布里乔维茨的明信片，邮戳日期：1923年5月9日〕

亲爱的密伦娜夫人：

我从多布里乔维茨寄出的明信片谅已收到。我还在这里，可是两三天后就回家。这里东西太贵，太难入睡……其他方面当然好极了。关于进一步的旅行：也许通过此行，我对旅行比以前更适应一些，尽管还要坐着朝与布拉格相反的方向走半个小时。我首先担心的是价格——这里的价格是那么贵，看来人们只能在临死时到这里来待几天，到死的时候便正好把钱用完。第二，我担心——第二——天堂和地狱。除此之外，世界对我是敞开着的。

致

衷心的问候！

您的 K

〔发自多布里乔维茨的明信片，邮戳日期：1923年5月9日〕

〔用铅笔在行间,在明信片上方和下方写着〕

钱都不会找,一会儿太多,一会儿太少,简直看不透,真是个机灵的跑堂。

此外,这是我们认识以来的第三次,您在一个算得非常准确的关键时刻突然给我写来几行告诫的话,或者说是宽慰的话,或者是随便什么话吧。

在我们最后一次相会后,你突然(但并不是出乎意外地)失踪以来,我这是第一次听到你的消息,恰恰是在我狼狈不堪的时候,在9月初。这期间的7月我完成了一件有点伟大的事情(世上有着多么伟大的事业啊!):我在大妹妹的帮助下到波罗的海边的缪利茨去了一趟,无论如何是离开布拉格,走出了这四壁紧锁的房间。刚开始时我的情况很不好。后来在缪利茨萌生了完全没有想到过的去柏林的愿望。我本想10月去巴勒斯坦,我们还谈论过这件事呢。这当然是永远不可能实现的,只是一个幻想,就像一个明知自己永远下不了床的人所抱的幻想一样。既然我永远下不了床,我为什么不能至少到巴勒斯坦去一趟呢?可是在缪利茨我碰到了一个柏林犹太人大众疗养院的度假旅游团,多半是犹太人。这很吸引我,路就在我前面。我开始考虑搬到柏林去住的可能性。那时这个可能性不比去巴勒斯坦的可能性大多少,后来却越来越大。无论从哪方面看,一个人住在柏林对我来说当然是不可能的,而且不仅在柏林,在其他地方一个人生活同样是不可能的。可我在缪利茨找到了一位有着难以想象的好心肠的助手[①]。然后我于8月中旬到布拉格去,接着还在什雷森我的小妹妹那里度过了一个月。在那里偶然听到烧毁那封信的事,

---

[①] 卡夫卡这里指的是他生前最后一位女友多拉·迪曼特。多拉忠诚地爱着他、照拂他,直至他病逝。——译者

我绝望了，马上写了一封信给你，为了减轻我心灵的负担。可是我没有寄出，因为我对你一无所知，后来在去柏林前也把它烧掉了。你提到的另外三封信我至今一点不知道，我对给任何人带来的任何耻辱都感到绝望，不清楚这三者中涉及哪一个。可是，我当然绝不会因为绝望（即使它是以其他形式出现的）而迁来迁去，就算我在缪利茨及时地收到那三封信也不会这样。

接着，9月底我来到了柏林，出发前不久收到你寄自意大利的明信片。说到出发，我是用剩下的最后一点力气进行的，或者说得更正确些，已经一点力气都没有了，就像被抬进坟墓那样。

现在我在这儿了。在柏林，迄今为止还不像你想的那么糟，我住的地方差不多是乡下，在一个有花园的别墅里。我好像还从来没有住过这么好的地方，诚然，我也会很快就失去它的。对我来说它美丽过甚了，这已经是我到这里后的第二处住宅。伙食至今与布拉格没有太大的区别，当然只是我的伙食，健康状况同样如此。这便是一切。我不敢再说下去了，已经说得太多了，空中的幽灵们贪婪地把它们吞进了那贪得无厌的咽喉。而你自己在信中说得更少。你的整个状况是好呢，还是堪可对付？我无法拆解这个谜。诚然，人们对于自身的谜也是无法拆解的。没有别的，唯有"恐惧"。

F

亲爱的密伦娜①：

给您写的一段信已经在这里放了很久了，可是却写不下去，因为过去的烦恼又在这里找到了我，袭击了我，几乎把我摔倒在地上。于是，我举止艰难，每一笔都很艰难——我写下的所有的话我都感到太伟大了，与我的力量较量着。当我写下"衷心的问候"时，这问候还真有力量出

---

① 这是卡夫卡致密伦娜的最后一封信。

现在那喧哗、混乱、充满城市灰暗色调的 L. 大街上,而我和我的一切却连气都喘不上来。所以我根本不写,等待着更好、或者更糟的时辰的到来。顺便说一下,我在这里受到了人间最大限度的温柔与周到的照料。对于世界我只是通过涨价,而且是深受震动地通过涨价去了解的。布拉格的报纸我收不到,柏林的报纸对我来说太贵,您能偶尔给我寄些《民族报》剪报吗?用以往那种使我欣喜的方式。我用下列地址已经好几周了:施台格利茨,格鲁纳瓦尔德街13号,赛福尔先生转。现在又该致"最好的问候"了,如果它们刚到花园门口就摔倒了怎么办呢,或许您的力量会更大一些。

您的 K

附录 1

原编者跋

> 写信意味着在贪婪地等待着的幽灵面前剥光自己。写下的吻到不了它们的目的地,而在中途即被幽灵们吮吸得一干二净。
>
> ——卡夫卡致密伦娜

弗兰茨·卡夫卡结识密伦娜时,她正在将他早期的短文译成捷克语。他们的关系演变成热烈的往来,此过程可在 1920 年发自美兰的书信中找到踪迹。事情仅仅发生在一个瞬间——在那个瞬间,卡夫卡发现自己不再能自由地决定,是取道慕尼黑还是其他什么路线从美兰回到布拉格去,或回到波希米亚的某个温泉疗养地去,而依照密伦娜的要求,他该取道维也纳——在那里她生活在一种逐渐解体的婚姻关系中。卡夫卡也不是自由人,他的处境与密伦娜颇为相似。布拉格有个未婚妻[①]在等待着他,她期待着尽快完婚,但她的婚姻前景同样很渺茫,正如这之前卡夫卡的另一位未婚妻[②]的命运一样。关于这个未婚妻我们只知道她是"柏林人"。唯一的区别是:卡夫卡两次——其实是三次,因为他与同一位姑娘已经两次订婚了——婚约的破裂对这些姑娘来说显然都是严重的危机。而密伦娜一旦脱离她的丈夫,看来不会产生任何悲剧性效果,若干

[①] 指卡夫卡的第二个未婚妻尤丽叶·沃里切克,1919 年订婚,翌年解约。——译者
[②] 指卡夫卡的第一个未婚妻菲莉斯·鲍威尔,1912 年至 1917 年间,卡夫卡与她先后两次订婚,两次解约。——译者

年后事情果然如此。

卡夫卡的日记（马克斯·勃罗德整理编辑，1951年绍肯和S.费歇尔出版社出版）展示了这一关系的深度。她的名字（或只要与密伦娜有关的提法）在1921至1922年间反复出现。事情开始于1921年10月15日，卡夫卡写道，他将所有日记都给"M."看了。通过此举，他真的将他的心灵和良知全部裸露在她的眼前。12月1日他这样记道："她来找过我四次（显然是在他父母家里），她即将离开布拉格。""内心备受折磨的日子中较为平静的四天，"他补充道，"从我对她的离别未感到悲伤，未感到有真正的悲伤，到我为她的离别感到无限的哀伤，这过程是一条漫长的道路。当然，悲伤还不是最严重的事情。"第二天他又写道："总是M.，或者不是M.，但都是一种原则，是黑暗中的一道亮光。"1月18日："你用胜利的赠予干了些什么？最终可以说是失败了……但本来这是很容易成功的……M.说得对：畏惧即不幸……"1922年1月19日的日记中记载的显然是一封未曾寄出或对方未曾收到的信的草稿："从一些我羞于引述的小事件中找得出这么个印象：最后几次来访和以往一样，是亲切的，值得骄傲的，但多少有点儿疲乏，有点儿迫不得已，就像探望病人一样。这个印象对吗？你在日记中可以找到什么可以据以对我作出裁决的东西了吗？"

1月23日他对她（大概是书面的）"讲了那个晚上"。另一次他分析了她对他的评价；还有一次，1月底在施平德缪勒他记道："比如假使说M.突然来到这里，该是多么可怕。"但这将会（真正的卡夫卡，而不**完全是幽默之辞**！）在这风景秀丽的山沟沟里显著地揭示他的市民形象。他还写道，以前他同M.在玛丽恩巴德是过得幸福的，因此要重温那段幸福也是有可能的——当然要"在痛苦地突破界线之后"。他们之间的关系到此已开始解体："以前炽热的纽带所在之处，如今是一道墙或一群山或说得更确切些是一座坟墓。"4月6日有一段十分奇异的记载："打算给密伦娜的信。三个爱林尼亚人。逃入小树林。密伦娜。"1922

年4月他们肯定又在布拉格相会过①。

这些记载虽然富有特色，但是倘若没有这些书信构成一段完整的震撼人心的爱情小说，没有这绝望、幸福、自我啃啮和自我作践的狂放的盛宴，那些记载便只不过是微不足道的残简断片而已。因为，不管他们会面多么频繁，这种爱情就其实质而言只是一种书信上的谈情说爱，如同少年维特②或克尔凯郭尔③的那种爱情。

密伦娜出生于一个老布拉格的捷克人家庭，一个属于人们可称之为真正的捷克斯洛伐克爱国者的家庭。她的家族祖姓用拉丁文镌刻在布拉格旧市府大楼的巨大的青铜牌上，以纪念她的一个祖先，他作为捷克爱国者，白山战役后被哈布斯堡王朝处以极刑。她自己有时就很像16或17世纪的贵族妇女，是司汤达取材于古意大利编年史的小说中那种气质的妇女，犹如桑塞维林娜公爵夫人或玛蒂尔德·拉·穆尔作决定时所表现的那种热烈、勇敢、冷静、机智，然而在选择她们的手段时则无所顾忌——只要是出于她炽热的情感所要求的话，而这种要求几乎贯穿了她的整个青春时期。作为朋友，她是取之不竭的源泉，有着取之不竭的善良，取之不竭的救助手段，而这些手段的来源又常常是扑朔迷离的。她对朋友的需求同样也是取之不竭的，这对她或对她的朋友们来说似乎都是再自然不过的事情。而作为情人呢——这只能由少数几个男人来述说，他们肯定知道，但他们差不多都已故世。在1918年后那些动乱的年头里，她成了维也纳咖啡文学家沙龙的座上客，一个色情和才学混杂的场所，她不适应这个环境，所以颇多痛苦。她的黄金时代显然是年轻时在布拉格度过的那些日子。那时她令人难以置信地挥霍无度：生命、金钱、感情——她自身拥有的和她所获得的感情，她视之为自己自由支

---

① 密伦娜某些方面也以"拒绝的形象"（见1922年2月12日日记）出现，这个形象对卡夫卡说："你不能爱我，尽管你是很愿意这样。不幸的是你爱着对我的爱情，而对我的爱情却不爱你。"
② 少年维特，德国伟大诗人歌德早期的寒名小说《少年维特之烦恼》（1774年）的主人公。——译者
③ 克尔凯郭尔（1813—1855年），丹麦哲学家，存在主义哲学的先驱，卡夫卡曾受他的影响。——译者

配的固有财产。可是卡夫卡却称她为"密伦娜妈妈",这并非没有理由。他在这些书信中说,她具有"不会惹人不快的"特性——这也是事实;在她无所顾忌地发怒而他不得不默默忍受之后,这话有了更深一层的含义。这些悲喜剧的混合穿插充斥着这些信件。

美兰书简是基于一种个人和职业上的互相同情,并在这种纯友谊的气氛中开始的。那是 1920 年,卡夫卡在那里疗养,医生已诊断出他患有肺病。

卡夫卡的生命是由自我折磨、自我谴责、恐惧、甜蜜和怨毒、牺牲和逃避组成的巨大的漩涡,假如向这个漩涡俯视,会令人几乎忘却这期间发生的、秋毫难察的内在喜剧性。就连卡夫卡这个为时人不知的伟大的幽默家(这批信件中就有两个令人着迷的例子:关于旧市府大楼前那个女乞丐的故事和在女佣人陪同下去上学的描述),他显然没有注意到或没有工夫加以注意:她施行的打击,她琢磨出的诡计,她作为爱的一方想要达到而且总是能够达到的目的。卡夫卡在美兰的最后一周里,她阻止了已经迷恋上她的卡夫卡仓惶逃避的企图,并迫使他踏上有决定性的维也纳之行。这 7 天活像在演出一幕充满无可比拟的、显然也是鬼使神差的机智所导演的喜剧——只可惜那个对白的女角当时不在场。当然,她不是庸俗意义上的那种勾引者,想诱骗男人,或由于她尊敬作为作家的他,并比他和她周围的大多数人更早发现了他的天才而一心想要诱惑这个男人。她这么干是因为爱情;即使她的对象是个毫无价值可言的笨蛋,她肯定也会这么干的。她备受心灵痛苦,她肯定痛苦得可怕——首先是因为他在痛苦;其次是因为她也许察觉到,这是有可能与他进行一种心灵对话的唯一方式,好像在维也纳近郊幽静的马路上,在旅馆里,在令人陶醉的夏天的草地上,在维也纳和格蒙德四周的森林里,虽然彼此的灵魂也有可能接触,但真正谈得上对话的却只有在地狱之中。她也毫不奇怪地得了肺病,原因很简单,因为他——或者她在想象中至少强烈地感觉到血已从嘴里涌出来了。

"你的生命甚至活跃到这样的深度。"卡夫卡有一次在信中对她说。

这评语再正确不过了，无论如何，她"不是为了受苦而来到人世"的，从这批书信的作者笔下完全可以得出这样的结论。如果说她在此受苦，为他而受苦，依然只能说这种痛苦是她强大的生活欲望的一个部分，甚至是她生活欢乐的组成部分。不管怎么说，我们不能对斯拉夫女人那仿佛是传统的甘愿受苦的特性（对今天来说这已属于历史了）熟视无睹，陀思妥耶夫斯基是密伦娜心爱的作家，这是不无来由的。

这个爱情故事的两个主要阶段反映在卡夫卡两个象征性的梦里，做这两个梦的时间正是在两个关键的转折关头。第一个梦在美兰初期，那时他明白了，他必须到维也纳她那里去——梦中他在维也纳她的房子前，在火车站与她相见了，在一起的有几个喋喋不休、乱出主意、打扰着他们的朋友，密伦娜作出完全拒绝的姿态（这是他潜意识中一个清楚的、坦白的、恰恰是绝望地表达愿望的梦）。根据弗洛伊德的理论，这个梦可以作此解释。另一个更深刻的梦是在他们关系结束时，此梦形象地描绘了结束这一恋爱史的最终决断。在这个梦中，他和她不断地互易角色，同时燃烧着，然后把火扑灭。正如同卡夫卡的所有作品，这两个梦通过寓言般的叙述道出了某种东西，这种东西以其他方法是根本不可能表达出来的，不是表达得差一点或不太准确，而是根本不可能表达——真实的象征的特征(而不是马克斯·勃罗德在他的卡夫卡传记中所说的寓言)。在此我也为我的见解找到了最有力的证明。几十年来，自从我第一次接触卡夫卡的著作以来，这个看法就不断在头脑中出现，卡夫卡的作品至少在其萌芽状态中是"梦发"出来的，也就是说，他的天才在他独特的梦境现实主义、在他独特的梦境作品、他的梦境逻辑甚至在他的整个建筑结构和纤维结构中以"梦"的方式表现出来的，不是就"作家梦"的不确定意义而言，而是世界文学真正的伟大的梦者的体现——如凯维多，或更像斯威登博格（在他的《梦的日记》中）——那种完全具体的意义。这里也自然绝不能排除作家有意识地对这些梦的因素作一番天才的、意义无比深刻的整饬。通过这番整饬，这些梦的因素才能赋予作品以确定的、不可改写的、真正富于象征的"意义"。无论如何，没有任何其他方式可以比这两个梦在开头和结束时将这段心路历程的轨迹交代得更深刻，也不可能在表达的精确性上堪与其匹敌的了。

卡夫卡的作品和行动中（包括这些信件）论奇异和古怪莫过于此。在这一切之中，不论想说什么或说了什么，都是完美的。完美的象征，完美的（几乎是警句式的）措词（甚至包括表现出最深刻的矛盾之处），完美的线条、色彩、细微差别、句号、逗号，一切标点符号——不无奇怪的是，卡夫卡的天才头脑永远对自己不满，永远不了解自己：根本不想越雷池一步，除非（如果想这么做）反其道而行之。我始终感到既古怪又有特色的是：卡夫卡是欧洲唯一的、毫无疑问地用地道的措词，完美、精确而绝妙的悖论语言，用真正的"最后一句话"辞别世界的天才。当他无法忍受疼痛时，他提醒他的朋友和医生克洛普施托克博士兑现在最后时刻给他一针致命的鸦片针剂的诺言。当医生犹豫不决时，卡夫卡对他说："杀死我吧——否则您就是凶手！"除了他以外，还有谁在身体备受折磨的临终挣扎时刻，关心将如此闪光的智慧火花投入空中——且不管人们是否喜欢。这一点人们可在卡夫卡写下的每一句话中察觉到；在这些信件中也一样：精确性、尖锐性、完备性，每一句话里意蕴的丰富性。

这些信件中的其他因素情况也相同。内心痛苦、自我痛恨、自我谴责、内心矛盾是否能找到如此完美的、分析性的、形象化的、文学性的、譬喻性的表达呢？这即是说，假如它们真的是些最深重的、致命的内心痛苦，而不是诸如出于羞耻心（或近似羞耻的感觉），而不能继续与一个女人共同生活下去，从而产生了摆脱他的愿望。在一个关键性的时刻，在第二次会晤（在格蒙德）前，卡夫卡同样既清楚又极富象征性地谈到性。在一封信里，他将性行为称为"黑色魔法"——这对于爱着一个男人的密伦娜来说，肯定是一种十分陌生的观念，即便她是出于喜欢随声附和而以不屑的口吻来谈性生活也罢。在卡夫卡的著作中——如果要举出名字，则特别是在他最深刻的《城堡》一书中（那几年他正好在写这本书——他对于性生活这一棘手的问题有十分透彻的描述。在此无须赘言了）①。尽管我们有时（甚至经常）有这样的感觉：密伦娜在这里显示出一个比他更善良、更坦率、更健康、更有人情味的形象（他会毫无保留地同意我们这种感觉的）。但我们也不能忘记，尽管他有种种生活的天赋，也不能在那充满高压电流的超凡脱俗的空气中自由呼吸。她虽然深深引发了他的激情，并且——假如我们相信他信中的话——她赋予他以新的生命，但毫无疑问，她也时常弄得他烦躁不安，最终使他觉得小睡片刻要比密伦娜炽烈的信还重要一些。我们同样不能忘记，在卡夫卡的信札中，他那令人惊悸的自我啃啮经由同样夸张了的、但也合情合理的自我认识而取得了平衡。两者在一个奇特的句子中找到了共同的归宿。在这个句子中，他为他的恐惧（不为其他任何东西，只为此）而要求爱的到来："对我来说它是值得爱的。"他这么说，仅此而已。他有时会过言其实，比如说他在开头，后来在结尾时将自己描写成一个在臭气和污浊中打滚的生物（这种姿态在我眼中显得太原始，太简单，难以使我相信），而我们大可不必信以为真。"爱情意味着你是我用来在我体内搅动的刀子。"——这话应该是在他有意结束他俩关系时说的。可是仅仅几个月前，事实完全与此相反。另一次他说："有时我相信，我比任何人都更理解原罪。"这也只有在他将所有罪过都理解成原罪的情况下才是真实的，人只可能从中"拯救"出来（是可能，而不是即将），却不能避免甚至纠正它。在他的著作中，无论是天国还是地狱，哪有避免或纠正一种罪过的一席之地？于是他完全可能像对以往的恋爱史一样来结束这段故事。他可以给一个同样热烈地堕入情网，然而不像密伦娜这般富有生气的女人一个决定毕生命运的打击，而不必给予她更多的慰藉。他所给予的无非是受责的良心、自我的折磨、无穷的自践自怨——大体上如同克尔凯郭尔对蕾吉娜·奥尔森的关系，当然同样出于那些极其复杂又极其简单的理由。他们最后意见一致，提出"她太爱她的丈夫

---

① 马克斯·勃罗德在给我的信中不无道理地指出密伦娜与《城堡》中弗丽达之间有一定的类比关系。

了,以致难以离异"的观点,这无疑是一种信手拈来的简单易行的解决方法。在这个借口下谁都不至于感到自己的虚荣心受到过深深的伤害。她以前和以后都经常抛下她丈夫一人在家;他对她同样如此。

"我不得不承认,"卡夫卡有一次以此作为结束语,"有一次我非常妒忌一个人,因为他得到了爱,备受爱护,处在理智和力量的保护下,静静地卧在鲜花之中。这种妒忌之情时时涌上我的心头。"卡夫卡在他"卧在鲜花中"之前,在他生命的黄昏中终于也享受到了这种引起妒忌的幸福。他的结局要比他对密伦娜的骤然窜起闪亮的火焰又骤然熄灭的热情来得幸福,来得平静。

关于密伦娜的结局,玛加莱特·布伯·诺伊曼在她震撼人心的回忆录《作为斯大林和希特勒的俘虏》("十二"出版社,慕尼黑)中作了报道。玛加莱特·布伯·诺伊曼是密伦娜在拉文斯布吕克集中营的难友。那时她们俩同汉堡的妓女和惯犯关在一起。

玛加莱特·布伯·诺伊曼像其他人一样被密伦娜的魔力所迷住,即使在以后的年头,密伦娜年事已高且微微发胖之时。她叙述道:"密伦娜一开始就和我成了朋友,在四年集中营生活中出生入死,始终不渝。我感谢命运将我送到拉文斯布吕克来,使我与密伦娜相遇。从第一天起,只要我看着她受难的脸,心中便出现一种模糊的恐惧。她从德累斯顿的收审监狱转来时已有病在身。她认为那是风湿病。她双手肿胀,总是感到疼痛,在长达几小时之久的集中营点名中,她穿着褴褛的囚服冻得发僵,晚上单薄的被子不能给她带来暖意。但是她是一个坚强的人,她总是懂得怎样来驱散我的忧愁。1940年她仍然不气馁,勇敢,积极进取,与囚徒的精神状态毫无共同之处……密伦娜从来没有变成一个'囚徒',她不会像其他许多人那样变得冷漠和残忍……"

密伦娜果然避开了那些直接把病人送入毒气室和焚尸炉的"病人输送员"。"想到她将死去,恐惧攫住了我的心,"玛加莱特·布伯在另一处叙述道,"我听得见她晚上在草袋上啜泣的声音:'唉,假如我不必经过死亡过程便死了多好。……别让我像一条狗一样丧命啊……'在我趴在她身边安慰她时，我自己也相信，她将会活到自由的日子，会重新健康起来的。然而在牢房的黑暗中我恍然大悟，她是无救的了。"

出于对那些杀害病人的"病人输送员"和杀害病人的"针剂"的害怕，她还坚持挺了一段时间。

密伦娜在一次肾脏手术后于1944年5月17日死去，手术显然做得太迟了。"这时生活对我便失去了意义。"玛加莱特·布伯·诺伊曼说道。

6月10日集中营被解放了。"既然密伦娜不得不死去，活着还有什么意思呢？"玛加莱特·布伯·诺伊曼以此结束了她对密伦娜最后几年生活的回顾。"密伦娜在世时，自由意味着同她一起重新经历一番第一座城市的生活，一起重新步入第一座树林……"自由对密伦娜来得太迟了。

很高兴回忆此事。

维利·哈斯
1952年5月于特洛伊斯多夫（莱茵州）

附录 2

原版后记

为作家和弗兰茨·卡夫卡遗作的编纂者马克斯·勃罗德让我来编辑出版这本书信集,我首先表示朋友式的感谢。这些信件是 1939 年春天由我尊敬的朋友密伦娜在布拉格赠予我的——那是在德国军队进驻布拉格后不久。由于我不能携之流亡,它们由我在布拉格的家人在那些险恶的年头忠实地保存了下来,直至 1945 年。我有充分的理由认为,密伦娜不会反对在她身后发表这批信件的。另外她当时的、不久前逝世的丈夫通过遗嘱形式也同意我发表这些信件,他在这些通信中扮演着一个不可磨灭的角色。

给这些信札排出时间上的顺序是十分困难的,因为它们几乎都没有署明日期。通过长达数月的工作(不仅是我一个人),我们根据数以百计的提示,横向联系和少数时间依据(布拉格胡斯纪念日,法兰西共和国国庆,密伦娜的生日,一些信的编号等)对它们进行编排,并不断重新编排。我绝对无意宣称,这一工作已做得天衣无缝了。搞一个日期清楚的校勘版,对于一个可以借助一种包含数千条目的常用词汇表的德国文学研究班来说并非难事。然而这不是本质的目的,本版只想提供一本可读的、尽可能细心地加以编排的、无可比拟的生活文献。这一工作包括将捷克语的话系移植过来。假如有读者或评论家以为在这些信的顺序安排上有错处,最好还是先将自己的见解细致地检验一番:那么他们便会发现,一种被认为具有关键性的横向联系往往会被两种另外的横向联系所否定。不过,编者对于顺序掉换的有根据的建议将十分感谢,并可在第二版中加以采纳。

就此请允许我向出版者和卡夫卡著作的出色的专家萨尔曼·绍肯先生致谢，感谢他提出了丰富的、非常值得注意并且也受到了注意的见解。

关于信件内容，卡夫卡无疑在他的信中涂去了很多话，密伦娜也一样。在她将这个卷宗交给我之前不久，也显然用墨水将若干处涂抹得无法辨认。假如要出个校勘版，用化学手段或射线工艺使这些地方重新变得可以阅读兴许也是办得到的。可是在这里这种做法不言而喻是不可思议的。一批（不很多）信页或信件一定是丢失了，从这些信中某些不知所指的提示和残片般的段落中可以得出这个结论。

由于考虑到今天依然活着的人，本版中有些信的部分可惜不得不删去。编者尤感遗憾的是，在这些被删信件中有一些地方反复提到此书编者的名字——可以预先告诉未来的任何编纂者，本书编者丝毫不反对发表这些信件中被删的部分，尽管卡夫卡就一起可悲的事件作出的结论带有很大的幻想色彩，不符事实。这些情书有个引人注目的特点，即卡夫卡对密伦娜的男友们并无妒忌之心，相反倒是妒忌她青年时期的那些老女友们。更引人注目的是，他对某些人所怀的这种忌恨的原因显然并非总是明白可鉴的；于是在这些信件中出现了一些文学肖像，或不如称之为漫画，它们与事实毫无相符之处，因此目前不能发表。但愿将来会有完整的版本，为此我们现在就要在这里强调这些肖像的严重失实性质。同样出于容易理解的原因，凡提及密伦娜家庭的一切几乎都删去了。

与此相反，尽管十分犹豫，却还是保留了信中大多数与犹太民族有关的部分。对于作为犹太人的卡夫卡来说，他对一个非犹太女子的爱显然是个重大的、悲剧性的、受到灵魂和遗传心理的重压的问题。这以种种形式表现出来，有时身为犹太人的自卑自贱会可怕地爆发。要想删除这些地方，必然会将整个信件系列的特征摧毁殆尽，可是这些地方为一切形式的误解敞开着大门。所幸信中还有其他一些地方，在那里他有力地表达了对犹太民族未来的自豪和信念。

为了进一步强调本版所追求的不是科学性，而是良好的可读性，故对书中被删去的部分没有详加注明，对于今天已有些过时的拼写方法（奇怪的是，在 1920 至 1923 年间，亦即写这些信时就已经有点过时）一般保持原样。

如果说这本书与马克斯·勃罗德编的其他有关的书籍有所出入，那么签了字的编者只能据此为唯一合法的辩解理由：他与密伦娜和她的捷克朋友圈子多年交往并与他们关系密切。除此之外，他与马克斯·勃罗德竞争几乎是毫无希望的。勃罗德是卡夫卡的几十年的朋友，他发现了这个天才人物，并促使他闻名于世，同时以无可比拟的忠诚和可靠从事他著作的编纂工作。编者所能做到的仅仅是：他能勾勒出卡夫卡伟大的女伴密伦娜的肖像的轮廓。她事实上也值得人家将她的肖像公诸于世，而一个不可弥补的损失是，她的信未能保留下来。

自然，马克斯·勃罗德关于卡夫卡的传记性或资料性工作成果（其他人的几乎未予注意）这里用得很多。最后，编者有一切理由对在这些信中经常被提到的施塔萨夫人表示衷心的感谢。

维·哈

附录 3

密伦娜、施塔萨和波希米亚的生活

当我还在摇篮里的时候,密伦娜就认识我了。又过了很长一段时间,我的母亲作为密伦娜的最要好的朋友又跟我谈起过她俩年轻时的友谊,这种友谊诞生于共同的意愿,即要以另一种方式生活,不同于其他一本正经的姑娘们。

施塔萨·日洛弗斯卡和密伦娜·耶申斯卡是在米内尔娃女子中学认识的。密伦娜比施塔萨高一班,她俩虽然性格各异,但很快就互有好感。她俩都拒绝过平庸、虚伪的小资产阶级生活,两人甚至在外表上也与众不同。她们都很苗条、漂亮,拒穿当时尚在流行的束胸紧身衣。她们理想中的人是依萨多拉·登康①。

那时,许多妇女都不喜欢密伦娜。在 30 年代,上流社会的一些太太都劝自己的女儿不要和她们来往。

埃伦斯特·波拉克在当时不仅是一位杰出的笔杆子,而且还因其在情场获胜而引人注目,一旦密伦娜决定嫁给他的时候,家庭纠纷就开始了。使耶申斯卡教授不高兴的是,女儿的求婚者是个犹太人。耶申斯卡教授十分重视纯正的捷克籍。于是他作出决定:应该消除女儿的精神痛苦,送她去瓦莱斯拉维精神病院进行医疗监护……

当密伦娜在瓦莱斯拉维逗留期间,她的女友们坚定不移地效忠于她,充当了她和埃伦斯特·波拉克之间的媒介,并且监督他忠于被关起来的未婚妻。1918 年密伦娜获得自由以后,就和波拉克一起动身去维也纳了。

---

① 依萨多拉·登康(1877—1927 年),爱尔兰血统的美国舞蹈家。

接着就开始了密伦娜和弗兰茨·卡夫卡的通讯时期,这期间,施塔萨起了作用。卡夫卡总是到我们在斯特庞斯卡大街41号的家里来找信。

很久以后,我母亲对我丈夫伊方·弗莱茨曼回忆起她自己和弗兰茨·卡夫卡之间的交往时,曾说卡夫卡非常钟情于密伦娜。他的一举一动处处表现出他对密伦娜的爱。对我的母亲,卡夫卡既不羞怯也不孤僻,他是一个很开朗、很外露的年轻人。

我个人对密伦娜的最初回忆是与共产主义思想联系在一起的。密伦娜那时经常到斯特庞斯卡大街来看我们,而且几乎总是有一位男朋友陪她一道来。有一天,她和一位非常漂亮的男青年来到我们家,姐姐和我都跟他打招呼说:"先生晚安!"密伦娜就纠正我们说:"这位是尤里乌斯·伏契克,人们从来不跟他道'晚安',但是说:'同志,劳动光荣!'"

在那些年里,密伦娜曾无条件地支持苏联。和施塔萨一起,她正在布拉格最大的一家杂志社当编辑。当她因"轻率地进行有利于苏联的宣传"而被解雇时,我母亲就以辞职表示声援。

密伦娜是当时的"左派先锋队"的一分子,那些人即使不是出于对苏联表示赞赏,至少也是对她表示同情。为什么对密伦娜的错误要感到惊奇呢?今天不是有人仍有支持苏联想要西欧裁军的意愿吗?

密伦娜穿着朴素,讲究实际,不戴首饰,梳着短短的环形鬈发。那些自己什么也不干,专等丈夫来侍候的女人使密伦娜感到厌恶。

一见倾心

马乃斯艺术家团体曾在普里马托尔·狄特里希船上组织过一次周末晚会,就在那次晚会上,密伦娜结识了一位名叫雅罗米尔·克列依查尔的建筑师,两人一见钟情。她的朋友施塔萨气得要死,说:"他们叫一辆出租汽车,动身去舒马瓦山了,住在斯皮卡克的普罗科克饭店。"这肯定是密伦娜的主意。

密伦娜在给马克斯·勃罗德的一封信中说了心里话:"作为一个女人,我是太典型了,因此不可能去忍受我所知道的那样一种生活,那是最艰苦的苦行僧所过的日子。我怀着一种迫不及待的强烈愿望,那就是要过一种完全不同于我现在所过的日子,而那种日子我也可能会永远都过不上,即希望过一种有一个孩子的世俗生活。"研究卡夫卡的权威们为什么不来读一读这封信呢?然而,就在这封信中,密伦娜向他们解释了自己究竟为什么离开了卡夫卡。早在许多人之前,她就认识到了这位自己无限崇拜的人物的伟大。卡夫卡的爱情使她感到骄傲,可是她懂得拒绝它。也许就在这种高尚的放弃中,人们反而可以找到卡夫卡所以爱这位女子的主要原因之一。

密伦娜的最大愿望终于在1927年实现了,她嫁给了克列依查尔,并且等到了一个孩子。她那时很幸福,其父耶申斯卡博士也一样。在密伦娜的生活中,终于出现了一个"规范的"男人,一个捷克人,而且,还是一位有才华的建筑师。在密伦娜怀孕期间,她继续按自己的习惯生活,她照常滑雪,摔断了一条腿,并且产生了并发症。分娩也非常困难,她盼望一个男孩,但生了一个女孩。密伦娜给孩子取名叫雅娜,但是大家只叫她翁扎,好像她是个男孩似的。密伦娜拖着一条病腿,发胖了,常感神经痛,开始习惯于打吗啡。

克列依查尔夫妇搬家了,新居是维落赫拉第的一套很漂亮的房子。整层房子是按照克列依查尔的设计建造的。四壁都是玻璃窗的大房间,装了一个壁炉,阳台环绕一周,楼顶的平台能环顾布拉格全景。室内家具不多,只是必不可少的几件,倒是有许多花。紧挨着套房的是克列依查尔的工作室。

1930年夏天,我们曾到比利时的海边去度假,有一位名叫沃勒克的建筑师陪伴我们。我的姐姐、翁扎和我一起用沙子建造城堡。当时常常刮风,海边很冷,但这些并没有阻挡密伦娜到离海边很远的地方去游泳,这是她拖着一条残腿所能进行的唯一的运动了。她和施塔萨一起半裸着身子在沙丘上晒太阳,丝毫没有感到沃勒克和当地居民会对她们有所妨碍。有一次,她俩发现村里的神甫在远远地观察她们,这使密伦娜感到好笑,而施塔萨则用道地的法文把那个神甫骂得个狗血喷头。克列依查尔终于开着一辆车——他以前打牌赢来的司机座和客座隔开的大轿车——来接我们了。我们带着满满两箱子贝壳回到了布拉格。

当我和姐姐快十二岁的时候,密伦娜决定有必要对我们进行政治教育。"课程"就在她的房间里进行。她屋里除了一张很宽的长沙发以外什么也没有,她就躺在那张长沙发上,而我们则坐在沙发的边上。

密伦娜一边织着毛衣,一边说着话,还时不时地给自己注射一针吗啡。她说的是从曼彻斯特手工作场到十月革命一类的内容。当她觉得我们对此感到厌烦的时候,就让我们去看翁扎,并且一起到平台上去玩沙盘。对于这样的教育,我承认自己什么也没有记住。

直到今天,我还敬佩密伦娜追求梦想的那种热情,赞赏她的自觉、朴实以及她能够做到的那种忠诚。

我是在被占领时期加入共产党的。后来,当我不得不解释自己怎么会入党时,我本想回答说:"那是因为密伦娜当时常在施杰潘斯卡伯爵的陪同下去维也纳车站帮旅客提行李。"这样的回答显然是不能令人满意的。然而,这确是发生于密伦娜在维也纳逗留期间:她当时为了赚钱去提行李,就这样认识了施杰潘斯卡伯爵,是伯爵吸收她加入了共产党。

密伦娜希望她的女儿翁扎是个勇敢的、经受过锻炼的、爱好体育的姑娘。有一次,她强迫女儿从一只凳子上跳下来,翁扎照办了,并且摔断了一条胳臂。翁扎还很小的时候就会游泳了,我们决定要看看她是不是有本事横渡伏尔塔瓦河。我们游在四周,四岁的小翁扎游在我们中间。此事,我们对密伦娜只字未提。我们那时并不知道年轻时的密伦娜也曾横渡过伏尔塔瓦河。

投身共产主义

当密伦娜认为我们受够教育以后,就介绍我们认识了那些在上次大战期间组织共产主义运动的大学生们。其中有一位后来在纳粹占领时期成了我的丈夫。那时,我们在斯特庞斯卡街的家里常常开会。后来,共产主义青年联盟改组成青年文化组织,它的目的就是为了集中全体大学生进行反法西斯战斗。绝大多数的年轻人都死在集中营了,有的因为是犹太人，有的因为是共产党员。这些人中有我的丈夫，他被押送到奥施维茨集中营。

在大宅子内过日子，生活是很昂贵的，密伦娜又不是个节省的人，一有钱就拿来花，而且还常常把帮助一位有困难的女友看得比付电费更重要，因此债台高筑，终致婚姻破裂。1933年雅罗米尔·克列依查尔动身去了莫斯科。在很多回忆录里，我读到的是："他的出走是由于对苏联的狂热崇拜。"而在家里，我听到的只是："他走是为了躲债。"

密伦娜，她的新朋友艾夫岑·克林格尔和翁扎搬到奥尔尚墓地附近的一套小房子里去住了。弗兰茨·卡夫卡就安息在那个墓地。我们很快就喜欢上了艾夫岑·克林格尔。大家的印象是：这是和密伦娜"合得来"的第一个男人。密伦娜的父亲不是太高兴，但他也只是心不在焉地一挥手——"又是一个犹太人。"艾夫岑是位有才华的新闻记者，他智慧、敏锐，善于帮助密伦娜。战后，艾夫岑到了英国，成了外交部长弗拉季米尔·克莱芒蒂斯的秘书，后因斯朗斯基案件与他一起被捕。艾夫岑活下来了，而他的朋友克莱芒蒂斯的情况就不同了。

我不知道第一个动摇密伦娜对苏联的绝对忠诚的是艾夫岑·克林格尔呢，还是来自莫斯科的消息。也许两者兼而有之。克列依查尔回到了布拉格，这只是证实了密伦娜的担心。昨天，她兴致勃勃地维护苏联，如今，她怀着同样的热情开始谴责苏联了。她有时还来参加我们"青年文化组织"的会议，并且试着说服我们。

但是，为时太晚了。大学生中的共产党员或同情者们什么也不想再听了，因为他们看到苏联是自己和希特勒交战的唯一支持者。现在，我们知道他们那时错了。但是，今天谴责我们盲目信仰并过分站在密伦娜一边的那些人对这一历史圈套是一无所知的。

1937年，密伦娜开始给《存在》周刊写文章，该周刊当时由自由主义的新闻工作者费尔迪南·珀鲁特卡主持。密伦娜的文章是很出色的。《存在》周刊全面参加反法西斯阵线。那时我们只有一个敌人：希特勒。

那是困难时期。密伦娜工作得很艰苦，她还同意接受了一次痛苦的戒毒治疗。有一阵子，我们很少看见她，时不时地，她还给我们送来一个需要紧急援助的德国流亡者。

慕尼黑事件发生以后，艾夫岑及时去了伦敦，而密伦娜本该陪他一起去，但未能下此决心。她当时有那么多工作要做，而且有那么多同事受的威胁比她还大。随着德军进驻布拉格，搜捕就开始了。在最初几批被捕的人员中，有密伦娜的一个朋友伊凡·赛卡妮娜律师，在国会纵火案发生后，她曾是季米特洛夫的辩护律师之一。密伦娜曾全力以赴地投入了这场不公正的官司。

我本人最后一次见到密伦娜是在1939年11月她被捕之前。那是在"冶金"出版社，那里有我和我姐姐的一个摄影间。她向我们介绍了莫斯科的那些案件，但当时我们很难接受。捷克斯洛伐克被西方出卖了，国家被希特勒占领了。在那种情况下，谁会相信呢？只是当她死在拉文斯布吕克以后，我们才觉得她说得有理，那已经是很久以后的事了。

M·布伯·诺伊曼的著作中描写了这一时期的情况。

雷斯塔·翁扎没有从密伦娜的名望中得到任何好处。再说，也没有人来顾及密伦娜的独生女所处的困境。翁扎在新的"人民民主"国家里，只不过是淹没在一群浑浑噩噩的芸芸众生中的一员。

战后，翁扎从她外祖父耶申斯卡博士那里继承了一笔相当可观的遗产：一百万克朗。可她在一年之内全花光了。她在一群所谓超现实主义的年轻人的陪伴下，搬进了外祖父的那套布置得古色古香的住宅。住宅门口还停着一辆整日租用的出租汽车，谁想用，谁就可以去用。翁扎养着那一帮人，挥金如土。

钱用光以后，她就卖了家具到外祖父在多布里斯地区的乡间住宅去了。有一次，当她在森林中漫游时，以流氓和"寄生"罪被捕了。出于命运的嘲弄，警察派她到作家协会使用的多布里斯别墅去收拾屋子。

翁扎是一个有着真正的文学天才的聪敏女人，但她绝对不可能承受任何指令性的约束。她结婚，离婚，和几个男人生活过。她有四个孩子——三男一女。她本人曾从事过多种职业：当看门的——不是看管房屋；到一辆电车上去当轧票员,有一天当她决定不再去上班时,又忘了交还挎包、票子和钱。她曾遭受过难以令人置信的贫困,而且很难帮助她。她很宝贝自己的孩子,但又不懂得照顾他们。她一直忧心忡忡,生怕孩子们会从她身边被夺走。

翁扎的不幸

1968年,翁扎写了一本非常好的书,是回忆她母亲的。很少有人对这本书感兴趣。苏联占领捷克斯洛伐克可能是一个原因。然而,几乎所有卡夫卡学者对密伦娜女儿的著作都不感兴趣,这倒是件令人惊讶的事……

翁扎在晚年生活中找到了某种平衡。她在布上作画。后来,她和新丈夫一起在布拉格郊区的一个小型车间里生产老式方砖的模型。1981年1月,她死于车祸,终年五十二岁。

密伦娜·耶申斯卡特别因为她是弗兰茨·卡夫卡的女友而芳名远扬,而实际上她远远不止是一位著名作家生活中普通的女主人公。她的遭遇反映了本世纪上半叶捷克知识分子既丰富多彩又很罕见的错综复杂的悲剧性命运。她的理想、失望、信仰和错误是和她的时代、她的民族的命运连接在一起的。密伦娜的命运不仅惊人,而且富有象征意义,同时也和卡夫卡的命运分不开。显示永恒的还是规律的主宰,不可理解的规律,巴比塔①的规律。

密伦娜的女儿翁扎曾经反对发表《致密伦娜情书》。她说:"密伦娜要是在世,她本人也不会愿意的。"她是在给维利·哈斯的一封信中说这番话的,后者想必明白翁扎是在问他要酬金。维利给她的回信不是太亲切。一天,翁扎收到了一份请她去国家银行的通知。然而,她只是在很久以后,当她偶然路过银行时才进去了一下,人们给了她一叠钞票,

---

① 《圣经》故事中没有建成的通天塔。

并且指出:这是卡夫卡名下的。

这笔钱正好够她还清几笔债务。

施塔萨·弗莱施曼

(黄曼龄译)

附录 4

卡夫卡生平和作品中的爱情关系

爱情关系——这在卡夫卡那里既是生活,也是作品本身,既涉及一些与爱情直接有关的作品,也涉及许多乍看上去与爱情毫无关系的作品。因此卡夫卡的爱情经历往往成为解开他的许多作品之谜的一把钥匙。

卡夫卡自己的生平本身就是一个谜。就爱情生活而言,他先后与两个姑娘三次订婚,又三次解除婚约,一直到四十一岁辞世始终是孑然一身。卡夫卡研究者们对此众说纷纭。

卡夫卡并不是一个禁欲主义者,他和常人一样,对异性始终有着热烈的向往。年轻时他就注意观察女性,并记载在日记中。他一度曾暗暗爱慕着一位名叫科露格的女演员:"一见她歌唱,我就兴奋起来;只要她在台上出现,我就眉开眼笑,目不转睛……"他为科露格把他看成孩子却没有看出他的爱而暗暗伤感。他还热烈地爱慕过另一个女演员齐西克,捧着鲜花去看她演出,谢幕时把花献给她。有时因开演时间太晚,部分观众提前离座,此时,卡夫卡说,他"真恨不得把手里的杯子向他们摔过去"。他哀叹说,他想通过花给心中的爱带来慰藉,然而却是徒劳的。

卡夫卡生性内向,不善与女性接触,在与年轻姑娘说话时,需要有年纪大的人在场。他在大多数情况下害怕姑娘们。但他的容貌和为人却使许多女性为之倾倒,因此他短暂的一生中却也留下了许多罗曼司。

1905 年 7 月卡夫卡到一个疗养院休养,在那里认识了一位姑娘,度过了一段爱情生活。1913 年他在另一地又认识了一个姑娘。后来他在给勃罗德的信中写道:"我基本上同女性还没有过深厚的感情,只有两次例外。"这两次例外指的就是上述的两个。他的《乡村婚事》就写于那个阶段,人们认为是他为第一次爱情所立的一个小小的纪念碑。

1912年到1917年期间是他一段痛苦的爱情生涯,他与菲莉斯·鲍威尔在这期间两次订婚,又两次解除婚约。1919年春他认识了一位叫尤丽叶·沃里切克的姑娘,同她也订了婚,但翌年又解除了婚约。在这整个期间,他写下了《诉讼》、《乡村医生》等充满了精神创伤的作品。

1913年10月末,当卡夫卡与菲莉斯的爱情生活中出现危机的时候,菲莉斯委托她的女友格蕾特·勃洛赫居中调解。格蕾特与卡夫卡也建立了友谊。格蕾特于1914年间生下了一个儿子,她后来断言这是卡夫卡的儿子。这个儿子共活了7年,还在卡夫卡去世前就死去了,而卡夫卡生前从未得知他有过一个孩子。格蕾特于纳粹期间流亡意大利,后来同其他犹太人一起被捕,可能死于纳粹的集中营里。

1920年初,卡夫卡认识了捷克女作家密伦娜·耶申斯卡,他们之间产生了热烈的爱情,可是在通信近一年之后,这段爱情史也告终了。在这次爱情失败之后,卡夫卡写下了不朽的名篇《城堡》。

1923年夏,卡夫卡同他的妹妹一起在波罗的海海滨一个休养地休养时,认识了一个叫多拉·迪曼特的姑娘。当时多拉只有19岁,而卡夫卡已经40岁了,可他们之间的爱情却是那么真挚。多拉很快认识到了卡夫卡的天才,她自己的生平(她也是犹太人)使她对卡夫卡的恐惧心理十分理解。卡夫卡也为找到这么一个知心朋友而十分高兴。他从她的朗诵中发现她很有演员的天赋,后来多拉也确实根据他的建议和指导去学习演艺。他们在柏林合租了一套房子,生活在一起。卡夫卡曾写信给多拉的父亲,要求他同意他与多拉结婚,多拉的父亲是个虔诚的犹太教信徒,他拿着该信去找他最崇拜的教士,那教士否定了这一婚姻,于是多拉的父亲也拒绝了卡夫卡的要求,但是这并没有影响卡夫卡与多拉之间深厚的爱情。当时卡夫卡的肺结核已经进入了后期,但爱情给他生命的最后时刻投入了一线绚丽的阳光,他留恋生活,向往着幸福的未来。偏偏这时他的病的严重性被确诊了。在车子送卡夫卡去维也纳一家疗养院时，多拉一直站在卡夫卡身旁，用自己的身子遮挡沿途的风雨。在卡夫卡生命的最后日子中，多拉一直守在他的身边，精心照料他，尽可能减少他的痛苦。在卡夫卡的葬礼上，多拉悲痛欲绝，晕倒在地。可惜对于卡夫卡来说这样甜美的爱情来得太晚了。但反过来说，如果这一爱情早一些发生，卡夫卡也许就不会写下那些震撼人心、充满心灵创伤的名篇了。多拉后来于1952年亡故于伦敦。

在与多拉认识之前，卡夫卡的爱情生活可以说一直是不幸的。难怪他哀叹道："我对爱情所懂得的跟我对音乐所懂得的一样多。"（卡夫卡认为自己对音乐一窍不通。）卡夫卡在他的三部长篇小说（如果算上断片《乡村婚事》则是四部）和一些短篇小说中都描写了女性，但她们都不是道道地地的女性形象，却像是幽灵一般地穿插在故事中间。有的评论家说，卡夫卡作品中的妇女形象在一定程度上是妓女的变形。这种说法固然近于刻薄，但卡夫卡的小说中确实从未出现过真正的爱情。

卡夫卡日记中有一篇小说草稿，他表达了这么一个观点："没有一个中心，没有职业、爱情、家庭、养老金，这就意味着没有在世界上站住脚。"卡夫卡的一生都没有放弃为此奋斗，而三次订婚则更是典型的例子。

……任何童话中所描述的为得到自己心上人所付出的努力，都比不上我为了得到你而付出的努力，不只过去，现在是这样，而且永远会这样。

——《致菲莉斯情书》

1912年8月13日，卡夫卡在马克斯·勃罗德家里见到了勃罗德的一个亲戚，那是一位姑娘。从这一天起开始了卡夫卡生活中一个重要的阶段。卡夫卡在两天后的日记中记述了这件事，他写道："我坐下来时才仔细地看了看她，坐定以后我作出了不可动摇的决定。"这个"她"

就是菲莉斯·鲍威尔小姐。

菲莉斯于 1887 年 11 月 18 日生于德国上西里西亚,12 岁时随家迁居柏林。她有四个弟妹,父亲在柏林任一家外国保险公司的代理人。1904 年到 1910 年,菲莉斯的父母因不和而分居,为帮助母亲承担家庭负担,菲莉斯于 1908 年中学毕业后便在一家唱片公 SI 找了工作(任速记员),1909 年她又转入一家生产录音机的公司,几年后她就成了那家公司的襄理。(1919 年 3 月,即与卡夫卡的关系终结一年多以后,她嫁给了柏林一个富有的商人,生下一男一女,卡夫卡生前对此也是知道的。1913 年,菲莉斯一家迁居瑞士,1936 年迁居美国。菲莉斯于 1960 年 10 月 15 日在美国去世。)

卡夫卡与菲莉斯的爱情关系断断续续达五年之久,是卡夫卡爱情生活中时间最长的一次。在这五年中,双方,尤其是卡夫卡受尽了心理上的折磨,所以卡夫卡称之为"心中的斗争"。

1912 年 9 月 20 日卡夫卡给菲莉斯写了第一封信,从此他们就开始了频繁的通信。1913 年初,卡夫卡在发表《判决》时题上了"献给菲莉斯·B 的故事",他在给菲莉斯的信中声明,这一行为是表明他对她的爱的一个确切信号。

卡夫卡与菲莉斯的关系一开始就充满了悲剧的因素,卡夫卡心中交织着爱、彷徨和惶恐不安的情绪。在 4 月份的一封信中,卡夫卡向菲莉斯表明,要给她充分的时间来考虑他们之间的关系,他觉得他只是人为地拖住菲莉斯不放。可是在 6 月份,他就问菲莉斯:"你愿做我的妻子吗?"

1913 年 8 月是个充满了戏剧性的月份。8 月 13 日卡夫卡在日记中写道:"也许一切都完了,我昨天的信也许是最后一封了,一年来我们哭泣、互相折磨,已经够了。"可是时隔几天,也是在这个 8 月,卡夫卡把他与菲莉斯的关系告诉了他的父亲,并给菲莉斯的父亲写了第一封信,请求他把女儿许给他。两个父亲的回答都是冷静的,都没有异议。偏偏在这之后,卡夫卡与菲莉斯的爱情关系出现了第一次危机,通信一度中断。菲莉斯让女友格蕾特·勃洛赫居中调解就发生在这个时候。

卡夫卡在10月末与菲莉斯见面后的一篇日记中写道:"太晚了。悲伤和爱情的甜美,在船中她给我的微笑,这是最美的。赴死和自持的愿望交织,这一切就是爱。"可是在这之后,通信却又中断了。

直到1914年初,新的转机才出现了,卡夫卡再次写信向菲莉斯求婚,但却迟迟得不到答复。他在2月的日记中描写了自己的想象:他将揣着一封诀别书走入菲莉斯的房间,向她求婚,如果她拒绝了,他就向阳台跑去,跳楼自尽。菲莉斯终究是回信了,虽然没有马上答应与他结婚,却也使他欣喜若狂。2月底,卡夫卡再赴柏林,寻访菲莉斯。菲意外地见到他时,倒也很高兴,菲莉斯说她很喜欢他,但却怕与他结婚,怕那共同的前途。

可是事情却发展得很快,4月份双方分别在柏林和布拉格的报纸上刊登了订婚启事。卡夫卡在给菲莉斯的信中大声呼吁:"快来吧,让我们结婚,把事情了结了!"6月1日,卡夫卡与父母一起在柏林参加了订婚仪式。可是在订婚前后,卡夫卡的心情却非常矛盾。

订婚启事刊登后,卡夫卡收到许多贺信,可是除了头几封外,他都不打开阅读。他说,他不是什么"最幸福的未婚夫","只有自己确实感到最幸福的人才会是最幸福的未婚夫"。

在5月6日的日记中卡夫卡描写了那次订婚仪式:未婚妻被女友和熟人围在中间,而未婚夫却独自一人靠在通向阳台的门口,向外面凝视着。未婚妻的母亲发现了这一情况,走到他身边问,怎么,你们吵架了吗?他答道:"没有。"未婚妻的母亲说:"那么到你的未婚妻那儿去吧,你这样已经引起人家注意了。"这个小故事形象地描写了卡夫卡当时矛盾、孤独的心情。

举行完订婚仪式回到布拉格后,卡夫卡觉得自己"像罪犯一样被捆住了手脚"。

7月12日,时隔仅一个月,第一次世界大战爆发后的两个星期,卡夫卡与菲莉斯的婚约便解除了。卡夫卡在日记中描写道:"旅馆中的法庭。坐在马车中的路程。F.〔菲莉斯〕的脸。她把手插入头发中,打着哈欠,突然振作起来,说出一串深思熟虑、蓄谋已久、充满敌意的话来。"

7月31日,卡夫卡写道:"现在我得到孤独的报酬了。这当然谈不上是报酬,孤独只会带来惩罚。"8月3日,卡夫卡叹息道:"本来再过一个月我就该结婚了。"8月,卡夫卡开始写长篇小说《诉讼》。第一次世界大战的震动、解除婚约的痛苦,在小说中投下了阴影。10月4日至10月18日间,卡夫卡写下了短篇小说《在流刑营》,痛苦和受惩罚的心情在这里得到了更加淋漓尽致的表现。这恰如卡夫卡在给菲莉斯的一封信中所表达的:菲在受刑,刑具操纵在他的手里,可是双方都在受罪。

1915年1月,卡夫卡与菲莉斯又见面了,他们是怎么重新联系上的,人们都不得而知。卡夫卡在1月4日的日记中写道:"同F.在博登巴赫。我认为,我们永远也不可能结合,但我既不敢对她说,在关键的时刻也不敢这么想。于是我还是瞒着她,哄着她,这是多么荒唐,这每天都在使我苍老、僵化。"

尽管如此,卡夫卡这次却采取了比较冷静的态度,他们之间的关系也就比较平静地发展着。1916年7月,卡夫卡与菲莉斯共同度假,在休假地的一个旅馆中一起度过了十天。菲莉斯走后,卡夫卡在给勃罗德的一封信中写道:"我们间的协议简单说来是:战争结束后就结婚,在柏林郊区租二三间房子,经济上各管各。"

1917年7月初,菲莉斯来到了柏林,第二次订婚仪式举行了。7月中旬卡夫卡与菲莉斯一起去匈牙利看望菲的妹妹。

但是这一对注定结合不了的情人,他们之间有那么多格格不入的地方。订婚后,卡夫卡的结核病初次发作了。同时他心灵的创伤也难以愈合了,只要菲莉斯有信来,他就不吃饭,也不拆信。

1917年12月底,卡夫卡与菲莉斯再度在布拉格会面。勃罗德写道,他们25日在他家里做客时,两人情绪都很低落,不言不语。第二天,卡夫卡告诉勃罗德，他的决心已经下定了。12月27日上午，卡夫卡在火车站送走菲莉斯后，来到勃罗德的办公室。他脸色苍白、严肃，突然哭了起来。勃罗德说："这是我看到他哭的唯一的一次。我永远忘不了这个场面，这是我一生中经历过的最可怕的时刻。他抽泣着说：'为什么非发生这样的事不可，这不是太可怕了吗？'"持续了五年之久的这篇爱情史最后终于以悲剧告终。

与卡夫卡和菲莉斯的爱情关系相比，现存有关卡夫卡第三次订婚的材料少得可怜。卡夫卡写给尤丽叶的信都没有保存下来。我们能看到的只有卡夫卡致勃罗德的两封信。1919年11月那一封估计是卡夫卡写给尤丽叶的父母的信（只残留片段），再就是联邦德国的卡夫卡专家克劳斯·瓦根巴赫在《卡夫卡传》中认为是了不起的发现的那封卡夫卡致尤丽叶妹妹的信。

1918年底到1919年初，卡夫卡在布拉格北部的小镇什累申养病，在那儿认识了也患病的年轻姑娘尤丽叶·沃里切克。她的父亲是鞋匠和犹太教教堂仆人，她曾订过婚，未婚夫在第一次世界大战中死亡。卡夫卡这么描写她："普通却又令人惊奇。不是犹太人也不是非犹太人，不是德国人，也不是非德国人，热爱电影、轻歌剧和喜剧。搽着粉，罩着面纱，说话时口若悬河，无所顾忌，整个说来颇不通世事，快乐并不悲伤。"

卡夫卡称他们的认识过程是"奇事"，他们俩每天见面，在散步的路上，在饭桌旁，在面对面坐着时，他们总是相视而笑。卡夫卡觉得这种无缘无故的笑是不舒服的，"折磨人的，使人愧羞的"。尽管这一关系从一开始就不很自然，而且自从与菲莉斯两次订婚失败后卡夫卡已对自己的婚姻前途丧失了信心，可是爱情还是产生了。尤丽叶先离开那里，三个星期中他们没有通信，但卡夫卡一回到布拉格，他们就"像被人追赶着似的飞到了对方的怀抱中"。

关系发展得很快，卡夫卡的决心也下得很快，半年后他们就订婚了。

可是卡夫卡的父亲不同意他们结合。卡夫卡自己心中本来也矛盾重重,在"外部的事实和内心的虚弱的赛跑"中,这次订婚也很快失败了。当年夏天,他们打算租一套房子成家,可就在结婚的两天前,他们突然打消了租房子的打算,而卡夫卡反而暗暗庆幸,他说,否则的话,降临在他们头上的也许将是更可怕的崩溃,也许那时被埋葬的就将是一对夫妻了。此后卡夫卡就一任关系恶化下去,直到第三次解除婚约。这次婚约拖到1920年夏天才解除,但自1919年11月后便已名存实亡了。

二

这世界(F.是它的代表)和我的自身在难解难分的搏斗中,看来非撕碎我的躯体不可。

——卡夫卡:《八本札记》

也许有人会说,卡夫卡对婚姻的态度未免太不严肃了。其实恰恰相反,我们倒有理由责备他严肃得过了分:他认为大多数人并不是真正活着,而只是像珊瑚虫一样粘附在礁石之上。他不愿意像大多数人那样为了生活而生活,为了养儿育女而结婚。他追求的人生目标是"真理"和"纯洁",他追求的爱情、婚姻也是以此为基准的。

卡夫卡写道:"通过婚姻可以拓宽和提高自我生存。这是说教。但我几乎感觉到了其真实意义。"他经常说对安宁和家的追求是他想要通过结婚达到的主要目的。他所说的"家(Heim)"指的并不是家庭(Familie),而是归宿、安身之地。从这点出发,他把成家看成是在可怕的父子关系、可怕的家庭关系中,在家庭成员、社会成员与家庭威权、社会威权之间解救自己的一种办法,他要通过婚姻争取自立、争取安宁和安身之地,但是他马上发现,他走出了一个牢房,想要跨入的却是另一个牢房。

在《致父亲的信》中，他这么形容他要通过结婚摆脱父亲的统治的打算："这要求得太多了，人是达不到这么高的要求的。就好像一个人被关押起来，他不只想逃出去（这也许是做得到的），而同时又想为自己把这监狱改建成一座宫殿。假如他逃跑，他就不能改建；假如他改建，他就不能逃跑。"《致父亲的信》是在第三次订婚失败后写的，某种程度上可以说正是订婚的失败引起了卡夫卡心中这次火山爆发。他从1912年到1919年整整7年尝试统统以失败告终。他试着闯出令人窒息的社会空间，进入自立与自由的天地，可是他不能如愿。他认识到菲莉斯是"这世界的代表"，而这世界与他斗争的激烈程度是他所不曾料到的，以致觉得要突破出去自己就会被撕得粉碎，归结为一句话，就是要导致他的事业——创作被葬送。于是他宣布不打算结婚了，他认为婚姻是他"一生中迄今最恐怖的东西"。

在三次订婚的漫长七年岁月中，卡夫卡感到幸福的时刻很少，几乎从头到尾他都认为这种关系是对双方的折磨。他后来回顾与菲莉斯这段关系时说："当然她只是受罪，而我则是既大打出手同时又受罪。"卡夫卡总认为是自己拖累了女方，把她们推上了绝路。他的名作《在流刑营》也可以看作是这种罪疚意识的一种体现。

这七年之所以成为折磨双方的七年，是由于卡夫卡的斗争与失望的交错，由于他既想结婚，又害怕结婚的矛盾心情造成的。他说，安宁和家是不会从天而降的，必须是斗争的成果，必须是"有权利说：这是我的成绩"的东西，他为之斗争，可是他失望了。他说："爱情总是造成创伤，这创伤永远不会完全治愈，因为爱情总是由污秽伴随着的。"从这里可以看到，他失望的是在他的追求中找不到爱情的纯洁性——他一生的理想，为此他一次次自认失败，给自己，也给对方带来痛苦和折磨。

现在应该来看看伴随着卡夫卡的爱情关系的是什么样的污秽了，也就是说，什么是导致卡夫卡订婚一再失败的具体原因。

1913年7月21日，也就是说还在卡夫卡与菲莉斯爱情关系的第一个阶段，卡夫卡在日记中总结了有利于与不利于结婚的七个因素：

1. 没有能力单独承担生活的担子……没有能力单独承担一切：我自己生活的风暴，我自己人格的要求，时间和年龄的进攻，一阵阵的写作冲动，失眠，面临发疯的边缘……与F.的联系会赋予我的生存以更大的抵抗力。

2. 一切都会使我深思……昨天我妹妹说："所有结了婚的人（指我们的亲戚）都很快乐，我理解不了这一点。"这句话也使我深思，我又惶恐起来。

3. 我必须尽可能单独生活。我获得的成绩都是单独生活的成绩。

4. 我恨一切与文学无关的东西，我厌烦与人交谈，厌烦串门拜访……

5. 怕联系，怕屈从于对方。那样我就永远不能再单独生活了。

6. 我在我的妹妹面前经常表现为与在其他人面前截然不同的另一个人：无所畏惧、坦率直爽、强大有力、令人吃惊、爱动感情。如果通过找妻子的中介作用我在所有人面前都能成为这么一个人就好了！但这是否意味着放弃写作呢？这就是不行，这就是不行！

7. 单独一人我也许总有一天会真的放弃我的职业、工作。如果结了婚这就永远不可能了。

在这个全面的总结中，我们看到卡夫卡与菲莉斯之间的矛盾的一些轮廓，尽管是不很全面的轮廓。他们两人的思想观点、处世哲学相距甚远，用卡夫卡自己的话说：家里人对他还多少有所理解，可是菲莉斯"也许一点都不能理解"。

卡夫卡视写作为生命，可是菲莉斯对这一点不能理解。卡夫卡写的作品如《判决》、《变形记》等都曾寄给她看，朗读给她听，可是她毫无兴趣，有时也明说看不懂。一次卡夫卡写道："我的书〔指《观察》〕你不喜欢，就像你当初不喜欢我的照片一样……这是我使你感到陌生的一个地方……但是你又不说，不用简单的两句话挑明：你不喜欢。"卡夫卡的母亲对卡夫卡的写作也不理解，认为纯粹是浪费时间。一次她从卡夫卡的衣兜里发现了一封菲莉斯的信，得知了他们之间的关系，就写了一封信给菲莉斯，要她帮忙劝卡夫卡改变生活习惯，她认为卡夫卡用写作来消磨时间，每天写得很晚是不利于健康的。菲莉斯果然给卡夫卡写了一封信，要他改变作息时间。卡夫卡得知此事后，同母亲吵了一架。他在给菲莉斯的回信中写道："你关于饮食起居的建议并不使我特别吃惊。我必须这么生活。我已在信中告诉过你，我对找到目前这种生活方式是多么高兴。"在上面引的七点总结中和其他许多场合，卡夫卡都声明他绝不会为婚姻而放弃写作。担心婚姻会影响写作成了他解除婚约的一个重要原因，当然绝不是唯一的原因。

卡夫卡在总结的第七点中说，他一个人生活的话有可能达到弃职不干的目的，而结了婚就永远不可能了。在对待职业的态度上，卡夫卡与菲莉斯的观点也是截然不同的。菲莉斯看上卡夫卡，一个重要的原因显然是门当户对，卡夫卡的父亲十分赞同这一结合，出发点也是一样的。菲莉斯和卡夫卡当时都是高级职员，菲莉斯的地位甚至更高一些。她是个重实际的人，当然决不会同意卡夫卡为了写作而放弃现有的工作和地位。卡夫卡则相反，他十分厌恶自己从事的这种官僚化工作，一心想放弃这一工作，专心从事文学创作，这便水火不相容了。卡夫卡写道："正是办公室和布拉格是对我，因而也是对我们的一种不断加强威胁的破坏因素。"后来卡夫卡告诉妹妹，当初菲莉斯对他的保险业务很感兴趣，急切地盼望他同她商量这方面的问题，可是他却绝口不提，使她很失望。此外，菲莉斯对卡夫卡家的工厂也很感兴趣，常劝卡夫卡多管工厂，做出点成绩来，卡夫卡却从不隐讳自己对工厂的厌恶，他不无气愤地问道："为什么你对这工厂就比对我懂得多！"

在1915年第二阶段的第一次见面后，卡夫卡在日记中写道："两人都在暗中想，那个人还是那么顽固，那么不讲情面。我要过一种美好的、一切为我的工作〔指写作〕设想的生活，我对我这个要求毫不让步；而她呢，好像对我的一切无声的请求都听不见似的，要的是同一般人一样的生活：舒适的住房，要我对工厂感兴趣，保证充足的饮食，晚上11点上床睡觉，带暖气的房间……"菲莉斯还怕与卡夫卡结合后会"穿不上美丽的服装，会坐三等舱旅行，会坐不上戏院中的好座位"。这两个人的要求实有天渊之别，虽然属于同一个社会阶层，但一个是这个社会阶层的背叛者，他厌恶这里的一切，抱着自己的理想，要开创自己的天地；另一个则要维护这一切，要的是物质利益、金钱生活和"一般人"的享受。两个人之间相对地"异化"了。

在第三次订婚中，我们看到的同样是"异化"现象。尤丽叶的父亲是教堂仆人，是犹太人中社会地位最低下的，难怪卡夫卡的父亲对这一结合暴跳如雷，责骂卡夫卡还不如去娶一个妓女。卡夫卡虽然是个理想主义的叛逆者，行动上却是个弱者，他想闯出去，但又找不到正确的方向，只能绝望，只能顺从父亲的愿望。

异化在父子关系中表现为彼此陌生化，在婚姻关系中带来的也同样是陌生化。卡夫卡说："同F.生活是不可能的。同任何人共同生活都是不可忍受的。"他虽然正确地认识到菲莉斯代表的并不是她自己，而是"这世界"，但他对此却一筹莫展，只能投身于孤独的河流之中，只能力图在自己心底建筑与这世界隔绝的壁垒，用他的话说："我在笼子中……我心中始终围着铁栅栏。"

三

"下面的歌是二十世纪上半叶一个不知名的骑士爱情歌手的作品。"就让我们用这句话作为开头吧！

——E. 海勒：《〈致菲莉斯情书〉导言》

一个文学家的作品，人们谈到的往往首先是他的散文、诗歌和剧作，但不少作家的书信不仅是研究其生平和思想的重要资料，同时也是文学作品。在20世纪的奥地利，这样的作家除大家熟悉的里尔克和茨威格外，至少还有卡夫卡。卡夫卡的《致父亲的信》、《致菲莉斯情书》和《致密伦娜情书》等都是他书信中的精华所在。它们自成体系，风格各异，充满了文学意味。

书信集《致菲莉斯情书》篇幅最巨，共收入625封信、明信片和电报。从日期上看，这些信应该说是保存得相当齐全的。这应当归功于菲莉斯。当时卡夫卡曾在信中对别人说："她说她不会嫁给另一个人；她永远不会扔掉我的信……"第一个诺言她没能去实践，但第二个她却做到了。是因为她意识到卡夫卡是个天才吗？未必。但在长年的接触中她也许确实感受到了一点卡夫卡的奇异光泽。

卡夫卡致菲莉斯的第一封信写于1912年9月20日，在这封信中，他先作了自我介绍，怕菲莉斯已忘了他，还提起了一个月前他们在勃罗德处第一次见面的情景。从11月初开始，他把称呼由"尊敬的小姐"改成了"亲爱的菲莉斯小姐"，以后又变成了简单的"最亲爱的"，通信迅速频繁起来，变成了一天两封，有时甚至三封，觉得这样还不够，有时干脆拍电报，写加急信，如此等等。

卡夫卡当时似乎完全沉浸于对菲莉斯的爱情之中。他说在他醒着的时候，几乎没有任何一刻钟，其间不曾想到过她；在创作方面，他好些日子几乎没有动过笔，因为太想她了。而在睡着的时候，几乎每天晚上都梦到她。他在信中不断表达自己等待菲莉斯来信的迫切心情，有时一封信他至少读二十遍。他多次描写自己坐在办公室里盼望邮差的情景，如果邮差未送来信，他甚至会马上跑回家去，看看信是否寄到家里去了。他还让家里人收到信马上给他送来。有时一天半天没收到信，他会急得恨不得去打长途电话，又千思万虑，生怕自己在什么事上，或在语言上得罪了对方。他甚至在梦里见到，楼梯上下都铺满了菲莉斯的来信，因而高呼："真是好梦！"他自己写信是为了摆脱这些快要把他炸开的感情。他经常在信中写道：自从遇上你后，一切都变得光明了；我在快要完蛋的时候遇上了你……

可是在这些信中热烈的感情表达并非始终占着统治地位。低沉的调子时常出现，随着感情危机的发生，"最亲爱的"称呼一度变为"我的小姐"等。有时卡夫卡写下这样的话："我与你的关系是幸福与不幸的混合；你应该抛弃我，因为我不像一般情人那样握着你的手，而是拽着你的脚，使你寸步难行；我听到你在叫：'够了！够了！'我这两年中遭的罪比世界上同时发生的灾难要小得多，但对我来说已经是够受的了。"他不时以形象的语言写下自己这种负疚的心情："我始终引导你走在最丑恶的路上，即使旁边就有一个美丽的湖。"他对他们之间关系的疏远一直十分担忧、害怕，当他从梦中惊醒时，他绝望地发现，她离他是那么遥远。他对他们关系的前景经常陷入绝望之中，经常认为，他在与人打交道方面已经彻底失败了。

起伏的调子，爱与失望的交织，构成了《致菲莉斯情书》的基调。

在《致菲莉斯情书》中，我们经常看到卡夫卡心中激烈的斗争，他的许多话前后矛盾，有时同时表达出两种矛盾交织的心情。

他对这一爱情关系的心情是十分矛盾的。他明明日夜期待着菲莉斯的来信，半天不来信都受不了，却写道："您最好一个星期给我写一封信……我受不了您每天的来信。"他还这么说过："假如我听到你说你爱我，我会惊恐万状；假如我听不到这样的话，我就会想一死了之。"他们关系的客观内在条件在他的眼中总是那么的矛盾，似乎可以结合，但实际上又不能结合："我们现在也许可以紧紧地握住手了，但我们脚下的地板不是固定的，它不停地、不规律地移动着。"

他对他们俩是否该结合的心情也是矛盾的。一会儿说：看来我们只能分手了，一会儿又问：你想做我的妻子吗？他说过，他真想放下笔不再给菲莉斯写信，"不再老是拖着你不放，叫你老弯着腰。听任洪流把我冲走吧。"可是他仍然不断地写信，向菲表达自己的爱慕之心。在痛苦的精神折磨中，他只能想出这样的建议："最亲爱的，带着我走吧，但是不要忘了，不要忘了及时把我推开。"

痛苦、矛盾的心理斗争始终贯穿在《致菲莉斯情书》中。

卡夫卡专家艾利希·海勒在《致菲莉斯情书》前言中说了一段含义颇深的话，他说这些信和卡夫卡本人都是"文学"，"它们[这些信]有一点是与骑士爱情歌手相同的，即被歌颂的对象并没有'真正地'被追求着。"这段话道出了这些信的一个十分重要的特点。信的作用在卡夫卡那里确实是奇异的，它并不是建立实际关系的桥梁，而是寄托理想、表达自我的一种手段。

卡夫卡早在1902年致当时的朋友波拉克的一封信中就这样说过信的作用："假如我们试着用笔来写，我们就会比面对面地谈话感到轻松自在。"卡夫卡对他那个时代的人与人之间的陌生化特别敏感，越是亲近的人他越感到陌生，在与菲莉斯的关系上同样如此。如果我们把他致菲莉斯的信和卡夫卡同时期的日记对比着看，我们会看到卡夫卡与菲莉斯之间的每次会晤几乎都使卡夫卡感到窒息、难受、无话可说；可是在信中他却如鱼得水，自由自在，宣泄着自己的感情，不管是爱恋也好，抱怨也好，牢骚也好……都无拘束地倒了出来。"既然不能用臂膀，那就让我们用抱怨来拥抱吧！"这是卡夫卡信中的一句话。信与实际中的卡夫卡判若两人。但不能说卡夫卡口是心非，而应该说这本身就是一种"异化"现象，一种心理的变态。在生活中，卡夫卡面对的是一个活生生的、因而是陌生的人；在信中，卡夫卡面对的是一个虽然实际存在，但在这儿实际上只留下了一个空洞的名字的对象，一个他自己设想出来的、从现实中异化出来的，借以倾注感情的"她"。这样才不难理解卡夫卡为什么说给菲莉斯写信的欲望扎根在他的生存的中心，也才不难理解卡夫卡为什么"只有在动笔的幸福时刻"才有自信。在第一次与菲莉斯见面后的日记中卡夫卡这样描写菲莉斯："颧骨突出的空虚的脸，其空虚显而易见。""空虚"这个形容词告诉了我们菲莉斯脸上的什么特征呢？什么也说明不了。因为这形容的不是这张脸，而是卡夫卡的心情。卡夫卡就是在这张空洞无物的脸上驰骋他的想象力，憧憬他理想中的爱人。同样，菲莉斯曾先后寄给他一张近照和一张小姑娘时的照片，他告诉菲莉斯，他更喜欢那张小姑娘时的照片。为什么呢？显然因为小姑娘的照片象征着未来，给他留下了充分的想象余地；而近照则把当时的、现实中面临的人推到了他面前，填死了一切空隙。

实际生活中的、面对面的这一对恋人始终是疏远的，于是他只能"享受我想象中的、笔下的、用心灵的全力斗争得来的你的亲近"，正因为这是理想中的爱人和理想中的爱情关系，他才会写下"婚后一切都会明了，而我们将成为最协调一致的人"这样的话来。

对爱人的理想，对爱情生活的理想围绕着卡夫卡一生最大的理想目标：真理和纯洁性。

除了寄托理想，卡夫卡这几百封信还是表达自我的重要工具。他曾说过："与人交往会导致自我观察。"确实，他在信中是进行了大量的自我观察的，他观察自己的能力，观察自己的地位，观察自己的世界观。卡夫卡对菲莉斯说："你是我的自我，"这句乍看不易理解的话说明卡夫卡正是把想象中的、异化了的"她"作为自我观察的工具。在信中卡夫卡名义上是对菲莉斯说话，但在一定程度上又是自己对自己说话，他不断地问自己：我到底是怎么样一个人？我到底会有什么样的前途？他往往不需要收信人说话，自己便已经作了回答。

他虽然自己回答自己的问题，但是他也是希望听到菲莉斯的回答的，当然他希望听到的是与自己的心声相应的答复。他说："你是我的法庭。"他希望菲莉斯仲裁他心中激烈的斗争。他甚至说过："最亲爱的，你想象不出我是怎样从你的信中汲取生命的源泉啊！"当然，这个"生命的源泉"对他是相对异化了的，他到头来发现自己汲取的只是自己的对立面，是生活的苦汁，他当然难免要失望了。

他失望的是，他发现他与菲莉斯之间频繁的通信"就像是一种骗局"。他有时觉得自己的信"不是写出来的，而是呕吐出来的"。他深知自己以信寄托理想的做法是空虚的，得不到任何实际效果的，"我没有被关入牢房，但是被关押在这城市中，我呼唤着最亲爱的姑娘……但是实际上呼唤的是四周的墙和面前的纸，而我的姑娘在受罪"。

他失望的是，他追求的最高目标——爱情与婚姻的纯洁性遥不可及，而在现实生活中,即在他与菲莉斯的爱情关系中,不存在这种纯洁性。他在给格蕾特的信中说:他对他与菲莉斯的关系看不清楚,但也许又看得太清楚了,以致他的每一句话都会使这关系"更暗淡,更不纯洁,更折磨人";他在回顾与菲的订婚之吻时说:"这吻不纯洁,吻得不纯洁,接受得不纯洁。"

他的失望慢慢地变成了绝望,转化成了对书信的痛恨。他在1922年的一封信中写道,他长年来一直"用书信欺骗自己";在给密伦娜的一封信中他甚至说:"我一生的一切不幸都来自信件或者说来自写信。"

回顾写信过程中理想的进击、现实的失败自然是痛苦的。但恰恰是这些信所留下的作者的人生观、世界观和理想有着其特定价值。《致菲莉斯情书》所显示的对写信对象寄托理想、表达自我的这一特色,在世界名作家的书信中恐怕也是不多见的。

四

现在,《致密伦娜情书》公之于世了……我认为这是有史以来最伟大的爱情书信之一,堪与尤莉·德·莱斯匹那斯那些炽烈如火、自怨自艾的书信媲美。

——M.勃罗德:《弗兰茨·卡夫卡传》

与《致菲莉斯情书》相比,评论家们对《致密伦娜情书》的评价要高得多。他们称之为"震撼人心的爱情小说",把卡夫卡与密伦娜的爱情同歌德笔下的少年维特的爱情相媲美。确实,《致密伦娜情书》非常优美感人。尽管由于这些信都没写日期,给编者留下了安排顺序的困难,也许很多次序是颠倒的,但读来仍然如同一部美丽的爱情小说。与《少年维特之烦恼》相比,《致密伦娜情书》似乎更真挚感人一些。谓之真挚,是因为它本身不是小说,而是作者的亲身经历;谓之感人,也许是因为它产生的年代离今天要近得多,牢牢交织在其中的恐惧心情至今仍是西方世界的普遍心理状态,因此读来容易发生共鸣。

密伦娜·耶申斯卡生于 1895 年,比卡夫卡小 12 岁。她是捷克人,不是犹太人,这在卡夫卡一生的爱情史中是个罕见的例子。她父亲是外科医生和布拉格捷克大学的教授。她有文化,很聪明,也很有个性。当初她爱上了犹太人波拉克,父亲非常反对,为此把她关入了医院,但她从那儿跑了出来,毅然与波拉克结了婚,定居维也纳。但是她的婚姻是不幸的,波拉克另有所欢,经常在外鬼混,使她精神上十分痛苦。她是个颇有才华的作家,当时经常给布拉格一家报纸撰稿。她也是当时就发现了卡夫卡的天才的少数几个人之一。她于 1920 年初写信给卡夫卡,询问可否由她将他的几篇小说译成捷克文。他们就这么认识了。她爱上了卡夫卡,就主动进攻。卡夫卡说过,她是"一团火",这团火甚至一度烧融了卡夫卡心中的坚冰。与菲莉斯的关系不同,卡夫卡同她在一起时确实感到十分幸福。勃罗德说,卡夫卡从维也纳密伦娜那里回来时,容光焕发,俨然像换了一个人。他在密伦娜身边时甚至能够摆脱一直紧紧地缠着他的恐惧情绪,他们俩还一起嘲笑这种心情。可是密伦娜虽然痛恨丈夫的所作所为,一时却还下不了决心断绝与丈夫的关系而与卡夫卡结合。他们的这一关系便很快陷入了绝境,双方都痛苦地努力要结束这一关系,努力地减少通信。后来关系终于断绝了,但双方的思念之情却难以割舍。密伦娜在给勃罗德的一封信中写道:"我将不给弗兰克[指卡夫卡]写信,一行也不写。如果您能隔一段时间给我写封信,告诉我他的近况,我将非常高兴。"后来卡夫卡病重时密伦娜还去看过他。卡夫卡死后没几年,密伦娜终于离了婚。她因思想激进在第二次世界大战中被捕,死于法西斯集中营。卡夫卡致密伦娜的信一直锁在银行的保险柜中,直到战后才由维利·哈斯公诸于世。

优美的文笔,热烈而真挚的感情和含蓄而曲折的表达技巧,使《致密伦娜情书》在艺术上确实胜于《致菲莉斯情书》。在这里,我们可以读到这样的抒发:"直到现在你还没有告诉我医生是怎么说的,你这慢性子,你这糟糕的写信者,你这狠心人,你这亲爱的,你——哦,怎么啦?一点也没有怎么,静静地靠在你的怀中。"感情一泻如注,爱得不知怎么表达才好。这在《致菲莉斯情书》中是见不到的。

我们还可以见到对爱的这样的形容:"你这迟钝的人,我爱你,就像大海爱它海底的一块小石头一样,我的爱就像大海一样地抚摩着你。"

爱甚至会引起如此奇想:"为什么我不是像你房间里一个幸福的大立柜呢?它可以看着你的一举一动,不管你是坐在椅子上或者俯在写字台旁,或者上床睡觉,或者正在睡眠之中(祝你做个好梦!)。"

也许密伦娜抱怨卡夫卡有些信没有多少实际内容,卡夫卡辩解道,正是在这些信中"我的心离你那么近,周身血液是那么驯服,那么驯服于你。在那么深的森林深处,在寂静中憩息,这种时候人们除了说诸如'透过大树可以看见上面的天空'这类话外,别的什么也不会说,而在一个小时后人们又会重复一遍这同样的话,这话中肯定'没有一个词是未经过深思熟虑的。'"

这些信真是一首首动人的爱情诗。如果要把这样的抒情段落都摘引在此,恐怕将等于翻译全书了。

但是如果仅此而已,那么卡夫卡充其量也只不过是个出色的爱情诗人罢了,也就不成其为卡夫卡了。他书信日记中使人们震动的更有其他一些带有普遍意义的思想感情,在这些信中最突出的则是贯穿始终的恐惧情绪。

恐惧感在卡夫卡的小说、书信、日记、札记中无所不在,它的生成有各种各样的背景。当时欧洲刚经过第一次世界大战,大战的严重破坏性在人们头脑中记忆犹新,战后革命与反革命、夺权与反夺权接踵而来,使许多人感到前途莫测;理想的幻灭、安宁生活的消逝、看不到真正光明的前景,使欧洲的小资产阶级彷徨不安,恐惧难宁。加上社会、家庭中的异化现象,仇视犹太人主义……这种种因素加深着卡夫卡心中的惶恐情绪。《致密伦娜情书》中的恐惧感自然不光是就爱情关系而言的,但它与爱情关系交织在了一起,难解难分。《致菲莉斯情书》中自然也有恐惧感,但《致密伦娜情书》中更盛,这是因为卡夫卡与密伦娜爱情中有几种因素是卡夫卡与菲莉斯爱情中所没有的,其中主要的是,一、密伦娜是已婚女子;二、密伦娜不是犹太人。

卡夫卡这么说过:"在你与他共同生活的气氛中,我真是'大家庭'中的一只老鼠,人们一年中最多容许它公开地从地毯上跑过去一次。"这段话十分形象地说明了他们爱情关系的性质和卡夫卡的心情。

正是由于密伦娜是已婚女子,卡夫卡与她会面只能偷偷进行,他们在通信中一不写日期,二不写收信人姓名,署名一般也只写个缩写"F."(代表弗兰茨),或者干脆只写"你的",而更多的只写星期。卡夫卡给密伦娜的信不能直接寄到她家,一般寄邮局,由密伦娜去取。尽管采取了这些"安全措施",卡夫卡还是十分惶恐不安,他对密伦娜说:"写信意味着在贪婪地期待着的幽灵面前把自己剥光。写下的吻到达不了应到达的地方,而在半路上就被幽灵吮吸得一干二净。"这里显然暗示了他的不安,唯恐他的信到达前就被密伦娜的丈夫等人偷拆。

至于卡夫卡是犹太人这一点,密伦娜本人并不忌讳。可是卡夫卡却总感到不安,他在信中不断提醒密伦娜注意这一点。在一封信中,他把自己比作一头林中兽,有一日走出森林,遇到了密伦娜,密伦娜待他很亲切,使他感到非常幸福、自豪、自由自在,"可是从根本上说我还是那只野兽,归宿只能是在林中,只是由于你的仁慈才得以在这野外待着"。在与密伦娜相处的幸福时刻,卡夫卡可以忘掉一切,但一旦离开她,他就会想起他对她来说实际上只是个陌生的人,一头"林中兽",一个受歧视的民族的成员。这又怎能叫他不惶恐不安呢?

面对密伦娜这么一个为爱情而生的、火一样热烈的人,他也十分惶恐不安,他不知这一关系将把他引向哪里。他觉得自己在通信中处于一种不断上升的昏迷状态,面前有一种捉摸不定的东西会无限制地超越他的力量。

这一爱情关系从一开始就具有注定要失败的性质,卡夫卡从一开始就认识到了这一点,也一直对此惶恐不安。他说:"只要失去了你,我就成了鲁滨孙了。但是我将比鲁滨孙更鲁滨孙。他还有那个岛、星期五和其他许多东西……而我将一无所有,连名字都没有,因为我把它也给了你了。"

　　这种惶恐不安的心情笼罩着他俩爱情关系的全过程,他们既想接近,又想回避。就这种痛苦的折磨卡夫卡描述道:"有时我有这么个印象:我们有个房间,这房间有两个相对着的门,我们每人攥着一个门的门把,只要一个人的眼睫毛动一下,另一个就已经站在了这个人的门后;只要第一个人说一句话,第二个人就带上了身后的门而再也看不见了。"

　　关于恐惧感卡夫卡写过这么一段理论性的阐述:"生活的乐趣不是生活本身的,而是我们对升入一种更高的生活的恐惧;生活的折磨不是生活本身的,而是我们因那种恐惧而进行的自我折磨。"严酷的现实使卡夫卡对前途无法乐观,而对将要升入"一种更高的生活",譬如说与密伦娜的爱情的升华只能感到恐惧。这就是卡夫卡对他一生的不幸,包括爱情生活的不幸所作的哲理性总结。这也是笼罩着现代西方社会的惶恐情绪的一个重要特点。

　　《致密伦娜情书》便是这么一种惶恐的追求、绝望的斗争,这恐怕是这些平常的爱情书信为什么会使人感到惊心动魄的原因所在吧。卡夫卡的恐惧并不完全是手足无措的恐惧,它也是忧虑的变形,睿智的结晶,为理想而激动地颤抖;卡夫卡的绝望并不是束手待毙的绝望,它也是卡夫卡独特的斗争方式的一个特点。让我们听听卡夫卡在给密伦娜的一封信中的呼声吧:"什么时候才能把这颠倒了的世界稍稍矫正过来一些呢?"

五

　　目标虽有,却无路可循;我们谓之路者,不过是彷徨而已。
　　　　　　　　——卡夫卡:《对罪愆、苦难、
　　　　　　　　希望和真正的道路的观察》

　　从1912年底卡夫卡与菲莉斯建立爱情关系到1924年卡夫卡去世这

十二年间,是卡夫卡一生中遭受痛苦折磨最多的时期,也是他文学创作的"黄金时期"。卡夫卡最重要的一些作品都是在这一阶段写成的。看一下现存作品的写作日期,我们会发现一个有意思的现象,卡夫卡创作的高潮都发生在卡夫卡爱情危机发生时或发生后。归纳起来,我们可以看到四次创作高潮:一、1914年,第一次解除婚约前后,作有长篇小说《诉讼》、短篇小说《在流刑营》等;二、1917年,与菲莉斯的关系最后崩溃的前夕,这是短篇小说的丰收年,写下的著名的短篇有《乡村医生》、《在楼座上》、《豺与阿拉伯人》、《中国长城建造时》、《为某科学院写的报告》、《猎人格拉库斯》等;三、1919年,与尤丽叶的关系面临危机,即遭到父亲的反对之际写下了著名的《致父亲的信》;四、1921—1922年,与密伦娜的关系失败后,写下了长篇小说《城堡》和一些短篇名作,如《饥饿艺术家》等。这些作品的诞生期绝不是时间上的巧合。正所谓"悲愤出诗人",细读之下,这些作品多半在思想内容上与卡夫卡当时面临的爱情危机或失败是有着密切的内在联系的。

  1915年1月23日至24日卡夫卡与菲莉斯在博登巴赫重聚时,卡夫卡给菲莉斯朗读了他在1914年下半年写的几篇小说,其中便有《在法的门前》。这篇小说,或者更正确地说,这个从长篇小说《诉讼》中抽出来的小故事应写于第一次婚约解除之后不久。卡夫卡1914年7月29日的日记中写有一个故事:一个富商的儿子约瑟夫·K.同父亲吵架后,走到了码头边的商会门前,门房向他深深鞠了一躬,而K.只是瞥了他一眼;当他又一次转过身来看那门房时,"这人向大街转过身去,仰望着乌云密布的天空"。这故事与《在法的门前》有许多相似之处,即使不是《在法的门前》的灵感来源,也是姐妹篇。

  《在法的门前》这个小故事的内容大家是熟悉的:一个乡下人来到法的大厦的门前,要进去,门警说,你可以试着往里走,但里面的门警一个比一个厉害,他被吓住了,一直坐在门口。直到弥留之际,门警才告诉他,这个门本来是专为他而开的。这个故事与那些年卡夫卡的爱情生活是多么相似啊!乡下人追求的是"法",卡夫卡追求的是真理、真实性和纯洁性以及安宁和归宿；乡下人被吓住了，不敢往里走，卡夫卡也被吓住了，在眼看快成功的时刻解除了婚约。在法的门前站着个门警，而且里面每一个大厅门口都有一个门警，一个比一个强壮。那么在卡夫卡的婚姻生活中站着什么门警呢？让我们读读卡夫卡后来写下的这段话吧："我曾爱着一位姑娘，她也爱着我，但我不得不离开她。为什么呢？我不知道。她就像是被一群武士围在中间，他们矛头向外。只要我向她走近，我就会撞在矛尖上，被刺伤，而不得不退回……我身边也围着一圈武士，他们矛头向内，也就是向着我。假如我向那姑娘挤过去，我就会首先撞在我的武士的矛头上，从这里我就迈不出脚去。"他"身边的武士"其实就是他自己心中的门警，心中的"铁栅栏"。《在法的门前》中的看门人其实也只是作者自己在心理中设置的障碍，并非外界的看门人。"乡下人"和它的作者一样，目的都是有的，就是不知怎么走去，因而不敢走去，只能"彷徨"而已。

《中国长城建造时》写于 1917 年三、四月间，也就是卡夫卡与菲莉斯的爱情关系面临最后崩溃的时刻。这篇小说在卡夫卡生前未全文发表，卡夫卡只从其中抽出一段发表在小说集《乡村医生》中，题名《皇帝的圣旨》。这个小故事说的是：皇帝临终前凑着一个信使的耳朵传了一道旨意，信使听完后马上向外奔跑，人人向他让路，可是庭院套庭院，宫殿复宫殿，他几千年也走不出紫禁城，即使有一天他终于走了出来，等待着他的将是更为庞大无比的都城，他永远不可能穿过这都城而跑出来，可是在黄昏降临之时，他却坐在窗前梦想着圣旨的降临。

这"圣旨"指的是什么呢？不得而知。我们只知道，1917 年春正是卡夫卡心中激烈地斗争着的时刻，经过几年危机起伏的爱情生活，最后的结束时刻即将来临了。他深深地知道，一切已不可挽回，幸福是永远不可能降临的了；可是又不甘心，总盼望奇迹的出现。他自嘲地写下了"你却坐在窗前梦想着圣旨的降临"这样辛酸的句子。

《乡村医生》也写于 1917 年。这个短篇说的是：在一个大雪纷飞的夜晚，乡村医生乘马车赶往外村急诊，到达以后，他发现躺在床上的少年其实并没有病。但是病人的亲属苦苦哀求他一定要给治好病，于是他又一次走到床边，这回他看见在他的臀部右侧裂开一个碗口大的伤口，样子非常可怕，他知道治不好了。可是病人家属一定要他治，为此把他的衣服都剥光了，关上门，大家退了出去。他来不及穿衣服，就跳上马车逃命，两匹马拉着车，慢慢悠悠地走着，怎么也催不起来，而他光着身子，冻得要命，"这样我永远也别想到家……受骗了！受骗了！一旦听从了夜间误响的门铃声——那就一切都无可挽回了。"

看上去这纯粹是一个噩梦，许多评论家都觉得它过于神秘，不可解释。当然，要逐字逐句地进行解释确实是不可能的，也没有必要。可是卡夫卡自己（虽然他自己也往往解释不了自己的作品）却总是给我们提供了理解他的作品的钥匙。

《乡村医生》中有两个值得注意的重点：一、病人的伤口；二、永远到不了家的流浪。

真是无独有偶，就在同一年——1917年9月的一篇日记中，卡夫卡也写到了伤口："如果真如人所断言的，肺部的伤口只是一个象征，伤口的象征，F.[菲莉斯]是它的炎症，辩护是它的深处，那么医生的建议（光线、空气、太阳、安静）也就是象征了。正视这个象征吧。"读了这段话，对《乡村医生》中的伤口问题恐怕都不用解释了。在9月初的一封信中卡夫卡在谈到菲莉斯时就曾问勃罗德是否记得《乡村医生》中的伤口。因此小说应写成于9月之前，但又不会相隔很远。我们看到，小说中把伤口的边缘、深处、颜色等分开来写，与日记中这段话的风格十分相似。

关于长篇小说《城堡》的具体写作日期并没有确切的材料加以说明，我们只知道1922年3月15日卡夫卡给勃罗德朗读了《城堡》的大段开头部分，因此该小说开始动笔的时间应在1921年下半年或1922年初，停笔的时间应在1922年9月。在9月11日的一封信中，卡夫卡写道："看来我必须永远搁下那个城堡故事了。"他说他在不久前疾病再一次爆发后，思路已经接不上去了。也就是说，卡夫卡这部代表作断断续续地写了一年或将近一年的时间。

《城堡》的中心思想概括起来就是——目标之不可抵达。一座高高矗立在山上的城堡,阴森庄严,可望而不可即。当土地测量员K.来到山脚下的村庄时,城堡已经看不见了。"雾和黑暗围住了它,没有一星半点微弱的灯光示意这个庞大城堡的存在。K.久久地站在从公路到村庄之间的木桥上,仰望着前方那似乎是虚无缥缈的夜空。"进入村庄后,K.曾想徒步走到城堡那里去,但村子里那条主要的路并不通向城堡所在的山上,到了山的附近,路就似乎有意识地拐弯了,走多远都与城堡保持着不远不近的距离。当他决定离开道路,从无路的地方走上山去时,他马上陷入了深深的积雪中,举步难行。城堡里的官僚机构也是可望而不可即,高高在上,一个个成了神秘的人物,打上去的电话成了那儿的娱乐,送下来的信是从庞大的公文堆中抽出来的陈年旧账。这个土地测量员名义上是由城堡请来的,可是始终无人承认他,无人叫他测量什么,直到最终他还是个陌生的外乡人,什么目的也没有达到。

目的可望而不可即这一思想在卡夫卡的爱情生活中得到进一步强化。在与菲莉斯的爱情关系阶段,卡夫卡就不断地哀叹目的之不可实现,不可达到,他说他就像一个攻克不下城府的"可怜的将军",他有时觉得菲莉斯"就像生活在另一个星球上"。

在与密伦娜保持着热烈的爱情关系的1920年,卡夫卡写了一个小故事,出版者认为这是《城堡》的雏形:K.想要使自己融入一个地主之家,但他"不走社会性的道路,却只管拣直路走去。也许那条路他觉得绕得太远,所以走直路确实不错,可是他所试图走的这条路却是一条走不通的路"。这小故事向我们透露了:卡夫卡一年后描写的"城堡"就其直接来源而言就是"融入一个陌生人的家庭"——即寻找安宁、归宿这一目标。写这个小故事时,卡夫卡正处于同密伦娜的爱情之中,所以他还只是检点自己走的道路不对。在写《城堡》时,卡夫卡与密伦娜之间的爱情已经结束,卡夫卡对建立家庭已经绝望,因此就连明明通向城堡的路也接近不了城堡,城堡完全不可抵达了。

1921年4月,也就是在卡夫卡与密伦娜爱情结束之后,小说《城堡》动笔之前,卡夫卡在一封信中总结了他与菲莉斯、与密伦娜等人的爱情关系,然后说道:"显然我所爱的总是那些我将其高高置于我的上方的东西,那些对我来说不可获得的东西。这自然就是整体的核心,这整体可怕地增长着,直到叫人'恐惧得要死。'"经过多年的痛苦生活,卡夫卡那目的遥不可及的思想至此已经发展成熟。瓜熟蒂落,《城堡》应运而生。《城堡》的核心自然就是卡夫卡从一系列失败,包括爱情生活的失败中总结出来的核心。

目标虽有,无路可循,这是卡夫卡这一阶段创作的重要主题之一。但是目的之不可即并不意味着瘫软的绝望,并不等于说卡夫卡因此便裹足不前了。即使在上面提及的这几篇小说中我们仍然可以看到卡夫卡一生的宗旨:寻找道路,永远探索,永远奋斗。

在写于1917年三、四月间的《皇帝的圣旨》中,卡夫卡又一次嘲笑了自己,但这是另一种自嘲,是悲观的自嘲——圣旨明明来不了,他却在梦想着。这期间卡夫卡心中正值矛盾交织之际,他知道与菲莉斯肯定无成功希望,但却不肯放弃。这种自嘲却也说明了他心中并未完全绝望,总还是抱着希望与理想。这么一个梦想圣旨的人也象征着卡夫卡的一生,他悲观,但并不放弃希望。《乡村医生》是这几个作品中气氛较沉郁的一篇,也许是可以冠以"绝望"之称的一篇。但是绝望这个词其实并不十分合适,一个裸体的医生在马背上向无边无际的雪原中走去,此情此景倒是更让人想起"凄凉"和"悲愤"这两个词,这是卡夫卡当时心情的真实写照。这同时又使我们联想起卡夫卡在1916年10月写下的一段话:"我是个多半不能自立的人,对完全的自立、无依赖性和自由怀着无穷的渴望。宁可蒙上眼罩走我的路,直至路的终端,也不愿让家乡的人群围着我转,分散我的目光。"乡村医生不也是夺门而出,一直向前走去,"直至路的终端"吗?虽然不知终点何在,但毕竟也是一种斗争。这篇小说也说明卡夫卡面临爱情关系的崩溃,心情固然凄苦,但他又觉得这是为摆脱束缚,获得自由所必须做的,决心已经下定了。

《城堡》无疑是目的不可即这一思想延伸的终极，但恰恰又是这部小说、甚至是卡夫卡所有小说中斗争性最强的一部。K.为争取进入城堡，争取社会的承认，自始至终不懈地斗争着，从未屈服过。K.争取社会承认的目的也就是卡夫卡一生为之奋斗的目的，用卡夫卡自己的话说，叫做"辩护"。卡夫卡说过："每个人当然都必须有能力为自己的生（或死）辩护，这个任务是不能回避的。"

本章分析的这几篇小说当然是卡夫卡爱情关系的直接或间接产物，不联系其爱情关系恐怕对它们是难于全面和深刻理解的。但是它们又远远地超出了爱情关系的范畴，目的不可及的思想，永远斗争、为"辩护"而奋斗的思想，是指导着卡夫卡一生的哲学思想。卡夫卡的作品是多义性的，有多重解释性。

六

> 《文学回声》杂志最近刊载了一篇对《观察》的评论。此文很讨人喜欢，但没有太大意思。只有一处很醒目，即评论中提到的"卡夫卡的单身汉艺术……"你对此怎么看，菲莉斯？
> ——卡夫卡：《致菲莉斯情书》

不知菲莉斯是否回答了这个问题，本文倒是愿意说上几句。

卡夫卡的小说中有个明显的特点，即所有作品中的主要人物都是单身汉。许多评论家注意到了这一点，有的还冠之以"单身汉文学"、"单身汉艺术"。

从几部长篇小说看，《失踪者》（《美国》）写作年代较早（1912年），小说中的卡尔·罗斯曼才十六岁，卡夫卡当时也还不到三十岁。罗斯曼当然是未婚的，他在爱情方面还很无知，甚至受到比他大二十来岁的女佣人的勾引。两年后开始写作的《诉讼》中，约瑟夫·K.也没有妻室，独自一人为证明自己无罪而奋斗。写作最后一部长篇小说《城堡》时，卡夫卡已年近四十，他已经饱尝人间的痛苦辛酸，至此依旧孑然一身。小说一开头"拦腰抓来"，K.从天而降——从公路上走了下来，人们不知他从何而来，年龄多大，仿佛就根本没有家，小说中从未提及他的任何亲人。

更有趣的是，卡夫卡一生中也许只在两篇小说中写到过订婚的事，这两篇却都写于卡夫卡订婚之前。一篇是被人们遗忘了的"长篇小说"断片《乡村婚事》，写于1907年，这部长篇小说卡夫卡只写了一个开头就搁下了。另一篇就是短篇小说《判决》。但这两篇写的也只是订婚，主人公还是单身汉。

卡夫卡有五个舅舅（他的母亲是老二），这五个舅舅中竟有三个终生未娶，而恰恰是这三个对卡夫卡影响最大。他们是：大舅舅阿尔弗莱德，住在西班牙，即卡夫卡日记、书信中常提到的"马德里的舅舅"，他后来成了西班牙铁路总经理；四舅西格弗里德，是个乡村医生，是卡夫卡最喜欢的舅舅，卡夫卡经常去看望他；小舅舅鲁道夫是性格最怪癖的一个，卡夫卡称他为一个"猜不透的、过于谦逊的、寂寞的并因此而近于啰嗦的人"。卡夫卡的父亲常说卡夫卡将会成为"第二个鲁道夫"，卡夫卡自嘲地说，为什么不可能呢？卡夫卡的性格受这几个舅舅的影响很深，他曾说大舅舅是他"感到最亲近的亲戚，比父母要亲近得多"。除了亲戚外，卡夫卡在社会上也见到不少老单身汉。在一封信中他记载了结识一个老单身汉的事：这个六十二岁的单身汉，未结婚的原因是家里人老是反对他的婚姻选择，使他最终对结婚失去了兴趣。在给菲莉斯的信中卡夫卡还说到一个书店老板，他因为没钱结婚而解除了婚约。这人走出门后，卡夫卡也不知是在什么情绪驱使下，竟跟着他走了一大段路。

孤寂和阴森可怕的气氛是卡夫卡作品的一大特点。造成这一气氛的一个重要原因就是卡夫卡周围及他自身的单身汉生活。

1915年，卡夫卡写下了小说《一个上了年岁的单身汉——布鲁姆费尔德》。小说一开始写布鲁姆费尔德回家的情景:"他最近一段时间走上楼梯时经常感到,这寂寞透了的生活真是讨厌,弄得他不得不这么神不知、鬼不觉地登上七层楼,然后进入他那些空空荡荡的房间。在房间里又是那么神不知、鬼不觉地穿上睡衣,填上烟斗……"正在布鲁姆费尔德因无伴侣而苦闷时,卡夫卡笔下的怪诞法术又出现了:两个球在房间里不停地蹦跳,主人公怎么也制服不了他们,蹦得他晚上睡不好觉,白天上班不安心。本来寂寞中出现伴侣是好事,但这么两个"伴侣",叫人哭笑不得。这怪诞之笔表面上冲淡了寂寞的气氛,回味中却感到更突出了寂寞中的痛苦。

小说《判决》写的也是寂寞的单身汉生活。卡夫卡在小说写成几个月后发现,彼得堡"那个朋友是父与子之间的联系,他是他们之间最大的共同点"。彼得堡那个朋友是个单身汉,他的生活十分孤独、寂寞,卡夫卡对他的那段描写具有典型的卡夫卡气氛:"格奥尔格仰视着父亲可怕的形象。父亲突然声称非常熟悉的那个彼得堡朋友揪着他的心,产生这样的感觉还是第一次。他仿佛看见他在辽阔的俄罗斯大地上时隐时现,看见他站在空空荡荡、被洗劫一空的商店门口,站在砸烂了的货架、破碎的货物、倾斜欲坠的煤气壁灯中间。他何苦跑那么远去呢!"而就是这么一个人是父子间"最大的共同点",就是这么寥寥数笔构成了《判决》的核心气氛——孤独、寂寥。

卡夫卡曾说,《判决》中有许多方面与马德里那个舅舅有关。其实这一联系不光在《判决》中有。看到那个孤孤单单向雪原中走去的"乡村医生",人们会自然而然地想起,卡夫卡的四舅、单身汉西格弗里德不就是一个乡村医生吗?这些联系绝不是偶然的。但是卡夫卡笔下的彼得堡朋友、乡村医生等并不是舅舅形象的照搬,而与鲁迅笔下的阿Q等一样,是集合图像,其中主角还是卡夫卡自己。

卡夫卡一生中有许多关于寂寞、孤独的言论,比如:"那快乐泉是他的寂寞之泉,他喝得越多便越想喝。最后他的干渴再也无法遏止了,他嗜饮成癖,再也不管是否解得了渴。"这段话与他所说的"寂寞的小溪汇成大河"的话一样,并不是真正把寂寞看成了自己的"快乐泉"。是的,不愿与人交往,交往反增痛苦,使他宁守住寂寞、孤独,甚至向往这种孤寂,但这种"向往"比之厌恶更其痛苦,所以,"快乐泉"流出的是涓涓苦水。

卡夫卡在早年写的小段散文《单身汉的不幸》(小说散文集《观察》中的一篇)中说,单身汉老了后总要请求人们接纳他,与人相处总感到特别难受,他只有资格看着别人的孩子,而自己不得不反复说:我没有孩子。

《观察》中还有一篇名为《窗外所见》的小散文,文中写道:夕阳照着一个稚气的姑娘的脸,她边走边向四处环顾,同时可看见一个匆匆在她后边走来的男人,他的影子遮住了她脸上的光,男人走过去了,姑娘脸上又亮了。这样的"观察"随笔在卡夫卡的日记中是十分常见的。他担心男人是冲着那姑娘去的,男人走过去后,姑娘脸上亮了,作者心里也才亮堂了。

现存卡夫卡最早的一篇小说《一场战斗纪实》写于1903至1904年间。以第一人称出现的小说主人公有个熟人,是个情场老手,这人还以此自豪,主人公亲眼见到许多女人先后吻了他。走在路上时,他得意地问主人公:你看到那姑娘是怎么吻我的吧?这时,"我说不出话来,泪水顺着脖子往下流,为了打破老不说话的尴尬局面,我发出邮差号角那样的哀鸣声"。

写于1917年初的《在楼座上》是一篇文笔优美的小小说。一个坐在楼座上的年轻观众幻想着:假如一个病弱的杂技女演员受到虐待,人们不让她休息,不停地让她骑在马背上绕场疾驰,音乐不停歇,掌声不停歇,那么他就会不顾一切地从最高层直奔而下,冲入场子中间,大喝一声:停!但情况并非如此,入场的是个美丽、健康的女子,杂技场负责人对她非常尊重,看她的眼色行事,扶她上马……"由于事情竟是这样,那楼座观众把脸埋在栏杆上,在圆场进行曲中像是沉入了一个可怕的梦境,他哭了,而自己却不知道。"

不能简单地把这类作品中表达的情绪称之为妒忌。妒忌固然有，但超过妒忌的却是一种痛苦———一个弱小无力的孤独者的自怜。

卡夫卡说："塔尔蒙经（犹太教典）中也写着：一个没有女人的男人不是人。"犹太教典中的这句话的意思或许是：凡是人都应嫁娶成婚，传宗接代。可是卡夫卡引用这句话却扭曲了其本意，而是用以表达一个单身汉的酸楚，一种在结了婚的人面前见人矮三分的痛苦的自卑感。卡夫卡悲愤地说：单身汉"退得离活着的人们越远，他所需要的生存空间就越少。他不得不为这些活着的人干活，就像一个懂得自己身份，却又不可说出自己这一理解的奴隶……这单身汉似乎出自自愿地在生活的中途即把自己限制在越来越小的空间，有朝一日他死了，棺材对他倒正合适"。这是酸还是痛？毫无疑问，同《在楼座上》这类作品一样，这里表达的是一种痛不欲生的凄楚感情。

卡夫卡说过："我并不妒忌具体的某一对夫妻，我妒忌的只是所有的夫妻。"也就是说，卡夫卡羡慕世上的婚姻生活，并由此而联想到单身汉生活的孤单、寂寞。但在他的周围，他在所看到的具体的夫妻生活中发现的却多是不幸。他留下的文字中有许多谈到周围人婚姻生活的不幸。密伦娜自不待言，勃罗德、奥斯卡、妹妹埃莉……离婚、破裂、不和，种种现象不断呈现在他的面前。这些也是使他对自己面临的婚姻生活心怀恐惧，以致屡屡退却的一个重要因素。在所有这些婚姻关系中，对他影响最大、最深的莫过于他父母间的关系。他描写过这种关系：当妻子的总是盲目地斗争，看不见眼前立着什么，"明明立着一堵墙的地方，她却暗地里断定只有一根绳子拴在那儿，可以从下面钻过去。至少在我父母的婚姻生活中情况就是这样的"。

1922年底，卡夫卡写了短篇小说《夫妇》，这也是卡夫卡小说中比较著名的一篇，颇受评论家重视。有些人认为它是卡夫卡作品中最具自传性质、因而也最感人的小说之一。小说写的是：一家公司的职员去拜访一个老主顾，在那儿遇到了另一家公司的职员，两人在病危的老人面前抢起生意来。老人的妻子是个体弱个小的人，对他十分顺从、体贴。

拜访者在病床前滔滔不绝地大谈生意经,直至老人的儿子用拳头威胁他时,才发现老人已经奄奄一息了。老人就这么死了。老人的妻子进来时,见这么安静,微笑着说:他睡着了。她吻了吻他,于是大家都大吃一惊:老人居然动了。他说他只是由于感到烦闷而睡着了。临走时,拜访者对老太太说,你有点像我母亲,她能创造奇迹,我们所破坏的,她能修复。他这些话说得很响,可那老太太显然聋了,她的回答是:"那么我的丈夫看上去怎么样?"

这里写的是别人的婚姻生活,主人公是个闯入别人家庭,几乎破坏了这个平静生活的不速之客。这里更多的是卡夫卡父母的形象。但这篇小说似乎和其他与家庭有关的小说(如《判决》、《变形记》)十分不同,这儿是一幅多么安宁、和谐的生活图画啊!老人对妻子那么顺从,让她扶自己上床,盖好被子。读到这里,不禁令人想起《判决》中儿子给盖好被子的场面。生活真是这么安宁吗?老人真会又一次站起来,扔开被子,宣布"判决"结果吗?熟悉卡夫卡作品的读者读到这里恐怕就难免会产生这样的感觉。卡夫卡式的平静总是那么叫人胆战心惊!作者把希望寄托在母亲身上,希望这个贤妻良母会"创造奇迹"。她也确实创造了奇迹,把一个死人吻活了,犹如真的从本来钻不过去的墙底下,像绕过一根绳子一样地钻了过去。

卡夫卡本身可谓"典型环境中的典型人物",他的情绪有着惊人的代表性,他的惶恐病是西方的世纪病。人们不必具有他的性格,却同样倍感胁迫而忧惧不宁;人们不必有他同样的经历,却同样为异化的可怕而震撼;人们不必是寂寞无期的单身汉,却同样可以感同身受。

他说过:"这种恐惧不是我个人的恐惧。"

他还说过:"我们大家在进行着共同的斗争。"

译 者

大事年表

1883 年

7月3日:弗兰茨·卡夫卡出生。其父赫尔曼·卡夫卡(1852—1931)为商人,其母名尤丽叶,婚前姓略维(1856—1934)。弗兰茨为卡夫卡家长子。

1889 年

9月16日:上"肉市旁德语男生小学"。对其童年教育具有重要影响的人员是:法语家庭女教师拜莉、女佣玛丽·维尔纳、一位女厨师和教员莫里茨·贝克。

9月22日:大妹艾莉出生。

1890 年

9月25日:二妹瓦莉出生。

1891 年

9月1日:约瑟夫·达维德出生。后来为奥特拉丈夫。

1892 年

10月29日:奥特拉出生。

1893 年

9 月 20 日：上"金斯基皇宫"的"老城德语文科中学"。班主任是埃米尔·格施温德。卡夫卡在中学时代早期即开始写作。

1896 年

6 月 13 日：施坚信礼。

1897 年

与鲁道夫·伊洛维结谊。

1898 年

与胡戈·贝格曼（终身）、埃瓦尔德·普里布拉姆（直至大学时代）、尤其是奥斯卡·波拉克（直至 1904 年）结谊。受到社会主义、尼采和达尔文的影响；受到自然史教员阿道夫·戈特瓦尔德的影响。

1900 年

至 1904 年在费迪南德·阿费纳利乌斯的影响下出版《艺术守护者》。在罗兹托克（谢尔玛·科恩）度暑假。

1901 年

7 月：中学毕业。

8 月：在诺德尼和赫尔戈兰度假。

秋天：开始在布拉格德语大学的学业，先学两周化学，然后转学法律，并兼听艺术史讲座。

1902 年

春季：在奥古斯特·绍尔处学习日耳曼语言文学。

夏季：在里博赫和特里施（舅舅西格弗里德处）度假。

10月：前往慕尼黑。卡夫卡打算与保尔·基施一道在那里学习德国语言文学。后在布拉格开始冬季学期的学习，并初识马克斯·勃罗德。

1903 年

7月：参加法律史国家考试。

1904 年

秋/冬：开始写作《一场战斗纪实》。

1905 年

7/8月：在楚克曼特尔（西里西亚）疗养院疗养，初恋。秋/冬季：开始与奥斯卡·鲍姆、马克斯·勃罗德和费利克斯·韦尔奇定期见面。

1906 年

3月16日：博士论文答辩。
4月至9月：在母亲的异母兄弟里查德·略维的律师事务所实习。
6月13日：国家考试。
6月18日：获博士学位，导师为阿尔弗雷德·魏伯尔。
8月：在楚克曼特尔疗养。
10月：法律实习（至1907年9月），先是在州法院，后在刑事法院。

1907 年

春季：写作《乡村婚事》（一译《乡村婚礼筹备》）。
6月20日：从采特纳尔街3号搬到尼克拉斯街36号。
8月：在特里施，与黑德维希·W结识。
10月：进入私营 Assicurazioni Generali 保险公司任临时职员

1908 年

2月至5月：在布拉格贸易科学院参加工人保险法习班。

3月：在《徐佩里昂》杂志上发表《观察》。

7月底：在半国立的布拉格工人事故保险公司任临时职员；上正常班（8—14时）。

9月：在切琛、采诺西和尖山（波希米亚森林）度假。

1909 年

5月24日：卡夫卡观看了来自圣彼得堡的俄罗斯皇家芭蕾舞团的一场演出（《奥珍妮·埃得瓦多娃》）。写作《日记》。

9月4日：与马克斯和奥特·勃罗德一起去加尔答湖畔的里瓦旅行（至9月14日）。

9月11日：参观布雷齐亚航空表演，写了《布雷齐亚观飞记》。

12月：去北波希米亚出差。

1910 年

与弗兰茨·韦尔弗进一步结识。

5月1日：卡夫卡成为保险公司职员。

8月：在萨茨度假。

10月8日至17日：去巴黎旅行。

12月3日至9日：去柏林旅行（看戏）。

12月中旬：艾莉与卡尔·赫尔曼结婚。

1911 年

1月30日至大约2月12日：出差弗里德兰；写旅行日记。

2月底：去北波希米亚出差。

4月：去瓦恩斯多夫出差（与自然疗法专家施尼策尔相识）。

8月26日至9月13日：与马克斯·勃罗德一道去卢加诺、斯特雷扎、米兰、巴黎度假旅行。之后，卡夫卡在苏黎世附近的埃尔伦巴赫自然疗法疗养院逗留一周。

秋季：写作《里查德和萨姆埃尔》（与马克斯·勃罗德合作）。

10月4日：首次观看来伦贝格的东犹太人剧团的演出；该团在布拉格演出至1912年初；与演员依茨恰克·略维结交。

10月15日：全体店员向父亲辞职。

10月22日：与奥特拉和依茨恰克·略维一同散步远行。

11月底：卡夫卡为奥特拉朗诵《默里克自传》。

12月：研究卡尔·施陶费尔—贝尔恩和歌德的《诗与真》。

12月8日：艾莉的儿子费利克斯出生。

12月14日：赫尔曼·卡夫卡斥责儿子对家产中的石棉厂关心不够，卡夫卡答应在下午空闲时帮助照料工厂生产。

12月21日：韦尔弗在朋友圈内朗诵诗歌。

1912年

冬季：《失踪者》的第一稿问世。

2月18日：J.略维的朗诵之夜，由卡夫卡组织并致开场白。

3月6日：赫尔曼·卡夫卡因木棉厂而斥责儿子，卡夫卡产生自杀念头。后几周内，卡夫卡重又时常去工厂。

4月3日：奥特拉被"哈姆雷特剧社"接走。

5月26日：与马克斯·勃罗德和费利克斯·韦尔奇一同作圣诞节旅行。

6月1日：卡夫卡参加了捷克无政府主义者弗朗蒂赛克·索古普关于"美国及其官员"的幻灯报告会；激起《失踪者》的再创作热情。

6月28日至7月7日：与马克斯·勃罗德前往魏玛度假旅行。

7月8日至29日：在哈尔茨山区施塔佩尔堡附近杰斯特的容波恩自然疗养院疗养。

8月上半月：卡夫卡将《观察》付梓。

8月9日：卡夫卡为奥特拉朗读格里尔帕策的短篇小说《贫穷的乐师》。

8月13日：在布拉格马克斯·勃罗德的父母家与菲莉斯·鲍威尔

初次见面。

8月15日：奥特拉为卡夫卡朗诵歌德的诗歌。

8月24日：韦尔弗在 Arco 咖啡馆朗诵自己的诗作。

9月15日：瓦莉与约瑟夫·波拉克相爱。

9月20日：卡夫卡初次给菲莉斯写信。

9月22日至23日：彻夜写作《判决》。

9月25日：着手写作《失踪者》（第二稿）。

9月28日：卡夫卡收到菲莉斯的回信。

10月7日：因木棉厂爆发家庭纠纷，奥特拉站在父母一边反对卡夫卡；卡夫卡再度萌生自杀念头。

11月8日：艾莉的女儿格尔蒂出生。

11月17日：卡夫卡开始写作《变形记》。

11月25日至26日：去克拉茨奥出差。

12月4日：卡夫卡在布拉格的赫德尔联合会作家晚会上朗诵《判决》。

12月6日至7日：《变形记》脱稿。

12月9日：去莱特迈里茨出差。

12月15日：马克斯·勃罗德与埃尔莎·陶遂希相爱。

1913 年

1月11日：瓦莉结婚。

1月18日：卡夫卡观看俄罗斯皇家芭蕾舞团在布拉格的一场演出。与马丁·布伯相遇。

1月24日：卡夫卡临时中断《失踪者》的写作。

2月1日：韦尔弗为卡夫卡和勃罗德朗诵其新诗作。

2月3日：卡夫卡与奥特拉去莱特迈里茨；当晚住在正于该地庆祝婚礼的马克斯·勃罗德处。

2月9日：卡夫卡与众妹一道去农村亲戚家。当晚，他为奥特拉朗诵《司炉》。

2月/3月：与奥特拉的关系暂时疏远。

3月1日：晋升为副书记官。

3月23至24日：在柏林与菲莉斯会面。认识阿尔伯特·埃伦施泰因。

3月25日：途经莱比锡返回。卡夫卡在该地邂逅弗兰茨·韦尔弗和J.略维。

3月27日：去奥遂希出差。

4月7日：开始在布拉格市郊特洛亚的花园劳动。

4月22日：去奥遂希出差。

5月11至12日：前往柏林看望菲莉斯。

5月底：约瑟夫·达维德去英国旅行数月。

6月2日：J.略维在布拉格举办诗歌朗诵晚会。

6月7日：奥特拉生病，父母前去弗兰岑温泉疗养；卡夫卡不得不照料父亲的店铺。

6月10至16人：卡夫卡写信向菲莉斯求婚。

6月22日：与弗兰茨·韦尔弗会面。

6月28日：首次与医生、作家恩斯特·魏斯在布拉格见面。

7月13日：去Radešowitz远足。

7月23日：与费利克斯·韦尔奇去罗兹托克。

8月28日：给菲莉斯的父亲去信。

9月6至13日：与经理马施纳一道去维也纳参加救生与事故预防国际会议；参加第11届犹太复国主义者大会；与阿尔伯特·埃伦施泰因、莉塞·韦尔奇、费利克斯·施特辛格和恩斯特·魏斯聚会。

9月14日：经特里斯特去威尼斯旅行。

9月15日至21日：旅行至威尼斯、维罗纳和加尔答湖畔的德森察诺。

9月22日至10月13日：在里瓦的冯·哈通根医生疗养院疗养。与瑞士姑娘G.W.相爱。

11月：卡夫卡一家搬到旧城环行大道6号的奥佩尔特公寓居住。

11月1日：与菲莉斯的女友格蕾特·勃洛赫相识。

11月初：阿尔伯特·埃伦施泰因来布拉格访卡夫卡。

11月8及9日：卡夫卡去柏林访菲莉斯。

11月11日：卡夫卡在托因比大厅朗读克莱斯特的作品《米歇尔·科尔哈斯》。

12月中旬：恩斯特·魏斯受卡夫卡之托去菲莉斯所在公司找她，请她解释长期不回信的原因。

12月底：恩斯特·魏斯来布拉格访卡夫卡。

1914年

2月15日：奥特拉向卡夫卡叙述了她在"犹太妇女俱乐部"某晚活动的情况；她是该俱乐部成员。

2月底：罗伯特·穆西尔请求卡夫卡协助出版《新评论》。

2月28日至3月1日：在柏林与菲莉斯会面。访马丁·布伯。

3月底：卡夫卡决定，如果菲莉斯不准备宣布与他结婚，他将留在柏林当记者。

4月12至13日：在柏林与菲莉斯非正式订婚。

5月1日：菲莉斯前来布拉格，共同找住房。

5月26日：卡夫卡的母亲和奥特拉前往柏林。

5月30日：卡夫卡在父亲的陪伴下前往柏林参加6月1日的正式订婚。

6月：奥特拉在一所盲人学校帮忙。约瑟夫·达维德在"布拉格市立储蓄所"任职员。

6月中旬：恩斯特·魏斯前来布拉格。

6月24日："奥特拉和我是怎样发泄对人际关系不满的。"（《卡夫卡日记1910—1924》第404页）

6月27至29日：前往莱比锡附近的赫勒劳旅行。

7月2日：卡夫卡决定于11和12日去柏林与菲莉斯面谈。

7月12日：在柏林阿斯卡尼庄园旅馆与菲莉斯谈话，格蕾特·勃洛赫、埃纳·鲍威尔和恩斯特·魏斯在场；解除婚约。

7月13至26日：度假；先在吕贝克和特拉弗明德，后与恩斯特·魏斯和拉埃尔·赞沙拉同去丹麦的东海岸浴场玛丽利斯特。

8月初：卡夫卡被拒绝应征入伍。"我自愿报名，但由于某些关键原因而被拒，部分原因当然仍是妨碍我一切行动的那个因素。"（《致菲莉斯的信和恋爱时期的其他书信集》第633页）

8月3日：初次独居于瓦莉在毕莱克街的住房内，因为她正在波希米亚—勃罗德的婆家休假。约瑟夫·波拉克和卡尔·赫尔曼均已于7月底应征入伍。

8月：开始写作《诉讼》。

9月：独居于艾莉的住房内，因为她和孩子们在战争时期住在卡夫卡的父母家，卡夫卡为了大妹妹而腾出自己的房间。

10月5至18日：卡夫卡休假突击《诉讼》；在此期间，还写就《失踪者》的一章（《俄克拉荷马的露天剧场》）和短篇小说《在流刑营》。

10月25日：卡夫卡收到格蕾特·勃洛赫的一封信，信中通报菲莉斯将写信给他。

10月27日：卡夫卡收到菲莉斯的一封信，信中请他解释自己行为的原因。

10月底/11月初：卡夫卡回信。

12月18日：开始写作《乡村教师》。

圣诞节：与马克斯·勃罗德在库滕贝格。

1915年

1月初：与来自加利岑的东犹太难民（马克斯·勃罗德为他们施教）建立联系；之后的数月内，与来自伦贝格的范妮·赖斯建立友谊。

1月6日：中断《乡村教师》的写作。

1月20日：放弃《诉讼》的写作。

1月23至24日：与菲莉斯在博登巴赫会面。

2月8日：卡夫卡开始写作《勃鲁姆费尔德，一个上了年岁的单身汉》。

3月1日：在朗根街的金梭鱼楼内租了自己的房间。

3月14日：卡夫卡与奥特拉和约瑟夫·达维德同去兄妹俩在布拉格最喜欢的去处肖特克公园。达维德于当月应征入伍。

4月14日：卡夫卡在难民学校中旁听了马克斯·勃罗德的一堂课。

4月底：与艾莉同去匈牙利喀尔巴阡山区探望她的丈夫。

5月9日：与奥特拉和范妮·赖斯同去多勃雷乔维奇。

5月23至24日：与菲莉斯和格蕾特·勃洛赫同去波希米亚小瑞士。

6月：与菲莉斯同去卡尔温泉。

7月20至31日：在鲁姆堡（北波希米亚）附近的弗兰肯施泰因疗养院逗留。

9月14日：卡夫卡与马克斯·勃罗德探访一位神奇拉比。

10月：卡尔·施特恩海姆获得冯塔纳奖金，但在弗兰茨·布莱的建议下，将奖金全数转交卡夫卡。《变形记》作为冉奈希克勒发行的《白色书页》杂志第10号出版。

1916年

4月14日：罗伯特·穆西尔来布拉格造访卡夫卡。

4月中旬：卡夫卡在神经科医生林德隆处询问其神经衰弱的病因。

5月9日：卡夫卡打算辞职，但遭到拒绝。

5月13至14日：去卡尔温泉和马里恩温泉出差。

约6月20/21日：赫尔曼·卡夫卡前往弗兰岑温泉疗养。

6月29日：奥特拉与卡夫卡一同阅读叔本华的作品。

7月初：奥特拉前往埃森施泰因（波希米亚森林）度假。

7月3日：卡夫卡前往马里恩温泉疗养，与菲莉斯同住在"巴尔默拉尔宫"旅馆。

7月12日：尤丽叶·卡夫卡与瓦莉前往弗兰岑温泉，父亲从此地返回。

7月13日：卡夫卡与菲莉斯前往弗兰岑温泉探望尤丽叶-卡夫卡。

菲莉斯返回柏林。

7月24日：卡夫卡从马里恩温泉返回。

7月底：莱比锡的库尔特·沃尔夫出版社欲聘卡夫卡任审校。

8月：奥特拉接管布拉格父亲店铺的经营管理。

8月7日：母亲和瓦莉从弗兰岑温泉返回。

8月13日：奥特拉在卡夫卡的指导下开始阅读普拉顿的《学术讲座会》（鲁道夫·卡斯纳的译本）。

8月18日：访米尔施泰因大夫。

9月：约瑟夫·达维德调到东部前线。

9月8日：卡夫卡为奥特拉朗诵普拉顿的《学术讨论会》。

9月10日：卡夫卡为奥特拉朗诵N.N.施特拉霍夫的《陀思妥耶夫斯基哲学文集导言》。

9月17日：卡夫卡再次朗诵施特拉霍夫的作品。

9月20日：在卡夫卡的推荐下，奥特拉阅读了哈姆森的《蔷薇色》和弗尔斯特的《青年指南》。

10月22日：卡夫卡与奥特拉一同访问奥特拉的一位前乡村女教师。

11月5日：卡夫卡与奥特拉来到艾尔贝坦尼茨。

11月10日：卡夫卡启程前往慕尼黑，在戈尔茨画廊朗诵其《在流刑营》；与戈特弗里德·克尔维尔、马克斯·普尔韦尔和欧仁·蒙特相识。

奥特拉向父亲谈了自己的愿望，即离开店铺去学农业。

11月11日：卡夫卡与菲莉斯抵慕尼黑。

11月12日：卡夫卡返回布拉格。

11月26日：自这天起，卡夫卡在奥特拉租用、装饰的小房（即炼丹师小巷）内写作；至1917年4月底，卡夫卡在这里写就了《乡村医生》集内发表的一系列短篇小说。

1917 年

2月24日：奥特拉在奥特尔巴哈一薛尔定报考农业女子学校，被录取登记为1917/18学年的正式学员。

3月1日：卡夫卡兄妹的一位熟人鲁岑卡建议奥特拉去一个农庄工作。卡夫卡在集市街的美泉宫租了一套二居室住房，但只作过夜之所。

3月8日：奥特拉决定去奥特尔巴哈，遂于之后的数日内坚持要求放弃父亲店铺的经管。

4月中旬：奥特拉前往屈劳。

5月27日：赫尔曼·卡夫卡前往弗兰岑温泉休养。

6月初：卡夫卡前往屈劳访奥特拉。

6月10日：尤丽叶·卡夫卡与瓦莉去弗兰岑温泉。由于艾莉同意照料店铺，奥特拉得以留在苏劳。

初夏：卡夫卡开始学习希伯来语。

7月初：卡夫卡与前来布拉格的菲莉斯再次相爱；二人经布达佩斯前往阿拉德访菲莉斯的一位姐妹。卡夫卡独自经维也纳返回。与奥托·格罗斯、安东·库以及鲁道夫·富克斯会面。

7月22日：奥特拉的女友伊尔玛前来苏劳休假。

7月23日：卡夫卡为奥托·格罗斯的一个杂志出版计划感到振奋。

8月5日：卡夫卡与奥斯卡·鲍姆前往拉德索维奇。

8月12至13日：卡夫卡夜间咯血。

8月13日：访米尔施泰因医生。

8月13至14日：再次咯血。

8月14日：请米尔施泰因医生看病。

8月24日：与马克斯·勃罗德谈到病情。

8月28日：请米尔施泰因医生看病。

8月31日：卡夫卡搬出美泉宫的住宅和炼丹师小巷的住房。

9月1日：卡夫卡搬到老城环行大道6号父母家中的奥特拉房间。

9月3日：再去米尔施泰因大夫处就医，这位医生根据X光照片确诊为肺尖浸润。

9月4日：在马克斯·勃罗德的催促下访医生弗里德尔·皮克教授，教授证实了米尔施泰因大夫的诊断。

9月6日：卡夫卡去办公室，根据医生诊断书要求退休。

9月7日：工人事故保险公司批准卡夫卡休养三个月。

9月10日：卡夫卡再访皮克教授。

9月12日：卡夫卡前往屈劳看其三妹奥特拉。

9月21日：菲莉斯前来屈劳，当晚与奥特拉同往布拉格。

9月24日：奥特拉返回屈劳。

9月30日：尤丽叶·卡夫卡前往屈劳看望孩子们。

10月19至23日：奥特拉回到布拉格。与父亲在良好的气氛中谈话。

10月27日至大约11月1日：卡夫卡回到布拉格。看牙医，访皮克教授，并去办公室，意味着他即将重新上班。与马克斯·勃罗德谈话。

11月初：卡夫卡的办公室同事和他的女秘书前来探望他。

11月8至11日：奥特拉的女友伊尔玛在屈劳。

11月22日：奥特拉回布拉格，向父亲透露了对全家保密的卡夫卡真实病情。

11月23日：奥特拉受哥哥之托去保险公司谈话。卡夫卡打算隐居乡村，以小农身份度过余生，因而请求退休，但再度未获准。

12月22日：卡夫卡前往布拉格与菲莉斯会面。

12月25日：卡夫卡与菲莉斯访马克斯·勃罗德夫妇。解除婚约。对外界宣布的原因是卡夫卡的病情。

12月26日：上午在勃罗德家。谈到了托尔斯泰的《复活》。下午与勃罗德、鲍姆、韦尔奇夫妇和菲莉斯前往希普卡巴斯远足。

12月27日：卡夫卡送菲莉斯去车站。访米尔施泰因医生。

12月28日：卡夫卡不得不去保险公司，因为他被免除兵役的期限将到1月1日结束。

1918 年

1月1日：卡夫卡向公司要求退休，但只获准延长假期。

约1月6日：卡夫卡与盲人朋友奥斯卡·鲍姆前往屈劳。

1月12日：开始阅读克尔恺郭尔的《非此即彼》。

1月13日：奥斯卡·鲍姆在奥特拉的陪同下回布拉格。

2月底/3月初：卡夫卡阅读克尔恺郭尔的《重复》；因兵役事回到布拉格的保险公司。

3月底：卡夫卡开始在奥特拉上一年开辟的田园内劳动。

4月18日：奥特拉在一次布拉格之行后带来消息：保险公司拒绝再度延长假期。

4月25日：奥特拉自数日来一直在阅读托尔斯泰的《一个地主的早晨》。

4月29日：卡夫卡与前来探访奥特拉的约瑟夫·达维德之妹埃拉相识。与黑德尔一家告别，黑德尔是当地最出色的农民，颇令卡夫卡兄妹佩服。

4月30日：卡夫卡回到布拉格，于5月2日重新上班。

5月：奥特拉不愿去园丁学校，但打算拜一位园丁为师。

夏季：在布拉格郊区特罗亚从事田园劳动。

7月：卡夫卡的母亲在弗兰岑温泉。

8月/9月：卡夫卡给各个家政和农业学校写信。他建议妹妹去利卜魏尔达的农业科学院或弗里德兰的冬季农业学校学习。

9月下半月：卡夫卡在图尔瑙疗养，并从事田园劳动，学习希伯来语。奥特拉在布拉格与父亲谈到自己的职业未来。

10月：奥特拉终于从屈劳回到布拉格。前往土尼采旅行。

10月14日：卡夫卡染上当时流行全欧的西班牙感冒，病重垂危。

11月2日：奥特拉来到弗里德兰，申请在冬季农业学校当进修生。

11月中旬：尤丽叶·卡夫卡向家庭医生克拉尔建议，希望让卡夫卡去舍莱森疗养。

11月19日：卡夫卡再度上班。

11月23日：卡夫卡再度病倒。

11月27日：退役后在布拉格市立储蓄所重新谋到职位的约瑟夫·达维德，首次正式拜访卡夫卡父母。

11月30日：尤丽叶·卡夫卡送儿子前往舍莱森，住进施蒂德尔膳宿公寓。

12月2日：奥特拉搬进弗里德兰郊区林根海姆的 Alt-deutsche Bierstube（老德意志啤酒馆），因为她愿意住在乡村环境中。

12月9日：奥特拉在卡夫卡的影响下，开始练习丹麦人 J.P. 米勒所创的体操。

12月11日：约瑟夫·达维德再度拜访卡夫卡家。

12月21日：奥特拉返回布拉格。

圣诞节：卡夫卡在布拉格。

1919年

1918年12月底至1919年1月初：奥特拉与父母之间的关系十分不协调，因为父亲对奥特拉与约瑟夫·达维德的恋爱关系持保留态度，认为他不般配，太穷，作为基督徒也不太适宜。

1月6日：奥特拉回到弗里德兰续学。

1月中旬：约瑟夫·达维德在法院工作。此间，他的高等教育结束，获得博士学位。

1月22日：卡夫卡再度去舍莱森疗养。与尤丽叶·沃利切克相识；她是一位布拉格鞋匠、镇上的犹太仆人的女儿。

1月23日：奥特拉搬进另一间朝向较好的房间，以便能够更加集中精力学习。

2月12日：奥特拉在图尔瑙与约瑟夫·达维德秘密会面后返回。

2月28日至3月5日：奥特拉在布拉格与母亲谈到找一个农业职位的可能性。

3月：奥特拉通过了各项规定的考试。

3月底：奥特拉与哥哥回到布拉格。

春/夏季：卡夫卡与尤丽叶·沃利切克经常在一起。

5月12至15日：卡夫卡生病。

秋季：卡夫卡欲与尤丽叶·沃利切克结婚未遂。

11月：再度前往舍莱森住进施蒂德尔膳宿公寓，与马克斯·勃罗德会面。与闵策·艾斯纳相识。《致父亲》的信写就。

11月15至16日：奥特拉来舍莱森探访。

11月21日：卡夫卡上班。

12月22至29日：卡夫卡失去工作能力。

1920年

1月1日：晋升为保险公司书记官。

1月6日至2月29日：《他》的格言问世。卡夫卡很可能在此期间首次给捷克女记者密伦娜·耶森斯卡去信，她正为他的《司炉》做翻译。

2月21至24日：卡夫卡因病不能上班。

3月：与古斯塔夫·雅诺施相识。

奥特拉打算去科隆附近的奥普拉登参加一次农业预训班，为移居巴勒斯坦预作准备。她的计划受到卡夫卡的鼎力支持。

4月初：卡夫卡前往梅拉诺疗养，先在艾玛旅馆小住数日，后搬到翁特尔麦斯的奥托堡膳宿公寓。与密伦娜保持通信。

5月第2周：奥特拉在工人事故保险公司争取到卡夫卡病假的续假。

6月23日：卡夫卡去博岑附近的克罗本施泰因远足。

6月29日至7月4日：卡夫卡在维也纳的密伦娜家。

7月7日：卡夫卡借住大妹妹的住房，后者当时正在马里恩温泉疗养。卡夫卡的父母从弗兰岑温泉返回。

7月15日：奥特拉与约瑟夫·达维德结婚。

7月下半月：奥特拉去埃森施泰因（波希米亚森林）度蜜月。

8月8日:卡夫卡回到父母家自己的房间内。

8月14至15日:与密伦娜在奥地利与捷克斯洛伐克之间的边境小镇格明德会面。

8月底:辍笔逾三年之后,重新从事文学写作。

10月:奥特拉在保险公司为卡夫卡申请到病假。

11月8日:与阿尔贝特·埃伦施泰因会面。

12月18日:卡夫卡开始在高地塔特拉的马特里亚利进行卧床增肥疗法,以治疗病情有所发展的肺结核。

1921年

1月:密伦娜寄来告别信。卡夫卡在回信中请求中止通信,并拒绝再次见面。

1月31日至2月3日:卡夫卡因重感冒卧病在床。

2月3日:首次与罗伯特·克罗普施托克相见,二人后成为好友。

3月10/11日:奥特拉在未得到卡夫卡直接委托的情况下在保险公司申请到续假。

3月第3周:卡夫卡得知在波利昂卡疗养的可能性。

3月27日:奥特拉的女儿维拉出生。

3月底/4月初:卡夫卡身患伴有高烧的肠炎。

约5月10日:奥特拉再度申请续假,于13日获准。

5月下半月:约瑟夫·达维德在巴黎。

6月:前往塔兰卡远足。

8月:奥特拉在陶斯度暑假。

8月8日:卡夫卡远足。

8月14至19日:卡夫卡高烧卧床。

8月26日:返回布拉格。

9月:与恩斯特·魏斯、古斯塔夫·雅诺施、闵策·艾斯纳和密伦娜会面。

10月初：卡夫卡与他所崇拜的诗朗诵者路德维希·哈尔特相逢。他将所有日记转交给密伦娜。

10月15日：重新开始写日记。

10月17日：卡夫卡的父母瞒着儿子与O.赫尔曼医生约定日程，请他为卡夫卡体检并开具系统治疗的证明。

10月24日：与阿尔贝特·埃伦施泰因会面。

10月29日：保险公司批准疗养。

11月：卡夫卡在布拉格接受一次系统的治疗。之后，密伦娜多次来访。

1922年

1月中旬：神经崩溃。

1月27日：卡夫卡前往巨人山区的施乒德尔缪勒疗养。

2月3日：卡夫卡晋升为秘书长。

2月17日：从施乒德尔缪勒返回。之后，短篇小说《饥饿艺术家》问世，并开始写作《城堡》。

6月底：前往卢施尼茨河畔的普拉那；奥特拉当时在那里租有一套夏季住房。

7月1日：卡夫卡退休。之后几周内《一条狗的探索》问世。

7月14日：卡夫卡的父亲在弗兰岑温泉身患重病，遂即被送回布拉格做手术。卡夫卡亦立即返回布拉格。

7月19日：再度前往普拉那。

8月初：卡夫卡前往布拉格逗留数日。

8月底：卡夫卡神经崩溃，因为奥特拉打算9月1日即回布拉格，于是卡夫卡不得不独自留在客栈达一个月之久，并自己开火做饭。放弃长篇小说《城堡》的写作。

9月初：卡夫卡在布拉格逗留四天。

9月10日：神经再度崩溃。奥特拉以天气阴冷为由劝卡夫卡离开此地。

9月18日：卡夫卡回到布拉格。

9月底：神经再度崩溃。

12月2日：路德维希·哈尔特在布拉格朗诵卡夫卡的作品。

12月17日：卡夫卡再度阅读克尔恺郭尔的《非此即彼》。

1923年

冬/春季：卡夫卡大多卧病在床。之后，他在巴勒斯坦姑娘普娅·本图温姆处学习希伯来文。

4月底至5月初：与胡戈·贝格曼会面，后者向他介绍了巴勒斯坦的情况。卡夫卡计划移居巴勒斯坦，住在贝格曼家。

5月初至大约11日：在多勃雷乔维茨疗养。

5月10日：奥特拉的女儿海伦娜出生。

6月：与密伦娜最后一次会面。

7月初至8月6日：与艾莉及其孩子们在波罗的海岸浴场缪里兹。与多拉·迪芒相识。

8月7至8日：在柏林逗留。

8月9日：回布拉格。

8月中旬至9月21日：与奥特拉及其孩子们在舍莱森疗养。

9月22至23日：在布拉格。

9月24日：搬到柏林多拉·迪芒家。

9月25日：卡夫卡住进施台格利茨的米盖尔8号。之后，与普亚本图温姆和勃罗德的女友埃米·萨尔维特会面。卡夫卡在犹太高等学校听课。

10月7日：恩斯特·魏斯访卡夫卡。

10月第2周：奥特拉与母亲有效地规劝卡夫卡放弃于月底去布拉格向朋友、熟人告别的计划。

11月15日：搬至绿林街13号。

11月第3周：马克斯·勃罗德在柏林看望卡夫卡。

11月25日：奥特拉看望哥哥。

12月中旬：奥特拉去保险公司诉说卡夫卡的病情，并要求延长在国外的逗留期。

圣诞节：卡夫卡发烧卧床。

1924年

2月1日：搬至柏林采伦多夫区25—26号。健康状况迅速恶化。

3月17日：与马克斯·勃罗德一同回到布拉格。

3月下半月：《女歌手约瑟芬，或者鼠众》问世。

3月：病灶转移到喉头，卡夫卡只能低声说话。

4月第2周：卡夫卡在奥地利的"维也纳森林"疗养院。确诊为喉结核。

4月中旬：卡夫卡在维也纳M.哈谢克教授大学医院就诊，病情得到证实。

4月19日：搬至克罗斯特新堡附近基尔林的霍夫曼医生疗养院。如同在维也纳一样，由多拉负责照料。

5月初：罗伯特·克罗普施托克接管了一部分对卡夫卡的医护工作。卡夫卡开始校对短篇集《饥饿艺术家》的校样。

5月12日：马克斯·勃罗德看望卡夫卡。

6月3日：卡夫卡病逝。

6月11日：在布拉格施特拉施尼茨的犹太人墓地下葬。

王建政　译